KB079060

왜란종결자

왜란종결자

倭亂終結者

이우혁 지음

엘릭시르

【차례】

이순신을 만나다

"못 들어간다. 수사님이 그리 한가하신 분이라더냐?"

전라좌수영의 문지기가 은동을 쫓아내며 눈을 부라렸다. 은동은 왜란 종결자인 이순신을 만나기 위해 전라좌수영에 온 것이다. 이곳에 올 때까지는 흑호의 도움을 받을 수 있었지만, 흑호나 태을 사자는 이순신과 이야기를 할 수 없었다. 그러니 은동이 그들의 대변자 역할을 해야 할 처지였다.

이순신은 율포에서의 해전을 마치고 6월 10일에야 좌수영으로 돌아왔다. 때문에 은동은 6월 11일까지 기다려야만 했다. 하지만 감히 전라좌수사님을 직접 뵈어야겠다는 일개 어린아이의 말에 문지기는 코웃음만 칠 뿐이었다. 은동은 애가 탔다.

"급한 용건이 있어 그렇습니다."

"어린 녀석이 무슨 급한 용건이냐? 뭔지 말해봐라."

"여기서는 말할 수 없습니다."

"웃기는 녀석이로군. 그러면 못 들어간다."

"아이구, 이거 참……."

은동은 계속 졸랐으나 문지기는 들은 척도 하지 않았다. 그렇다고 저승사자니 호랑이니 하는 이야기를 했다가는 미친 아이 취급받을 것이 분명하니 그런 내용에 대해 말할 수도 없었다. 문지기가 딱 잘라 말했다.

"수사님은 몸이 좋지 않으셔서 쉬고 계시다. 아프지 않으셔도 너 같은 아이 만날 시간은 없으시고!"

은동은 하는 수 없이 그 자리에서 물러났다. 그러자 보이지 않게 몸을 감추고 있던 흑호와 태을 사자가 은동에게 전심법으로 말을 걸어왔다.

"어허, 들여보내주지 않는가 보구나."

"제기럴. 내가 문지기 놈을 한 대 먹여서 기절시킬까? 어떻수?"

"그런 짓을 해서야 쓰겠는가? 그런 건 최후의 수단으로 남겨두고 다른 방법을 찾아보세."

은동과 태을 사자, 흑호는 한 식경(한차례의 음식을 먹을 만한 시간)이나 그 앞에서 궁리를 했으나 뾰족한 수가 없었다.

"호유화가 있었다면 둔갑하여 안으로 들어가는 일쯤 쉬웠을 텐데……."

태을 사자가 중얼거리자 은동은 사경을 헤매는 호유화 생각에 눈물이 솟구쳤다. 그때 어느 꾀죄죄한 노인 하나가 좌수영 안으로 들어가는 것이 보였다. 군사나 관리 같지 않았는데도 문지기는 노인을 아무 말 없이 들어가게 해주었다. 그것을 보고 흑호가 말했다.

"어, 저 영감은 왜 들여보내주지?"

"흠, 어디 알아보세나."

태을 사자는 좌수영 안쪽으로 들어갔다가 잠시 후 나왔다.

"저 사람은 의원일세. 이순신의 병을 봐주고 있는 것 같더군."

은동이 말했다.

"맞아요! 그러고 보니 이순신 장군이 아프시댔죠? 그럼 허 주부님께 물어보면 안 될까요?"

"허 주부가 누구냐?"

"왕실 내의원에 계시는 의원이신데, 아주 용하신 분이에요! 그분에게 증상을 말하고 처방을 받으면…… 나도 들어갈 수 있지 않을까요?"

태을 사자가 생각해보고 입을 열었다.

"하지만 그 사람을 여기로 데려올 수는 없는 것 아니냐? 처방을 그 사람에게 듣고 그대로 내린다 해도, 네가 의술을 지녔다고는 아무도 믿지 않을 텐데?"

"아이고, 그럼 어떻게 하나?"

흑호가 말했다.

"가만가만. 내게 좋은 수가 있어!"

"어떤 수인가?"

"은동아, 나랑 같이 좀 가자꾸나. 히히히……."

흑호는 기분 좋게 웃으면서 아무 이야기도 하지 않고 은동에게 둔갑법을 걸어 휙 하고 어디론가 데리고 가버렸다. 태을 사자는 흑호가 무슨 짓을 꾸미는가 어안이 벙벙했지만 어찌되려나 보려고 그 자리에 남아 있었다. 마수들이 언제 이순신을 노릴지 모르는 상황이었으므로 모두 자리를 비울 수는 없었던 것이다.

흑호가 은동을 데리고 간 곳은 깊은 산골짜기였다. 인적이 없는 그늘이 진 언덕배기였는데 그곳에 은동을 내려놓고 흑호는 실실 웃었다.

"은동아, 저거."

흑호는 한곳을 손짓했으나 은동은 의아해할 뿐이었다.

"뭐가요? 여긴 어디예요? 뭐하러 날 데리고 왔나요?"

"아, 저거."

은동은 흑호가 가리키는 곳을 보았으나 풀과 나무밖에는 보이지 않았다.

"저게 뭔데요?"

"아이구, 바부야. 저기 산삼이 있잖여? 저걸 얼렁 캐란 말여!"

"사…… 산삼요?"

"그려! 그걸 들고 이순신에게 바친다고 하면 무난히 들어갈 수 있을 거 아녀!"

흑호는 영통한 동물인지라 커다란 산삼이 묻혀 있는 곳을 여러 곳 알고 있었던 것이다. 은동은 흑호의 말에 얼른 땅을 파기 시작했다. 흑호가 잔소리를 했다.

"아이구, 그건 산삼이 아녀. 여기여기. 향긋한 냄새가 나는 이 풀이 산삼이여."

은동은 산삼을 뽑으려 했으나 흑호가 또 만류를 했다.

"이거 봐, 이 바보야. 넌 산삼 캐는 법도 모르냐?"

"네……? 몰라요."

"산삼은 잔뿌리 하나라도 다치면 약효가 반감되는 법이여. 손가락 끝으로 조심조심 파서 잔뿌리 하나도 다치지 않게 정성 들여 캐내야 혀! 어서!"

은동은 그 말을 듣고 열심히 고사리 같은 손을 놀려 산삼을 캐내었다. 산삼은 상당히 큰 것이어서 캐내는 데만 꼬박 한 식경 이상이 걸렸다. 흑호가 그 외에도 주변에 자라는 산삼을 몇 개 더 가르쳐주어서 은동은 도합 다섯 뿌리를 캘 수 있었다.

"와, 신기하네요. 이건 되게 귀한 거 아닌가요? 그런데 이렇게 많아요?"

흑호가 히히하고 웃었다.

"귀하지. 영약 중의 영약이지. 보려무나. 다섯 뿌리 중 제일 작은 게 사백 년 묵은 거구, 제일 큰 건 구백 년이나 묵은 거여. 아마도 내다팔면 큰 기와집 한 채는 살걸?"

"요거 다섯 뿌리로 집을 산다구요?"

"으이구……. 모르긴 몰라도 제일 작은 거 한 뿌리로도 집 한 채는 살 거다, 히히. 왜? 너 돈 좀 벌고 싶어?"

"돈을 뭐에다 쓰겠어요. 이순신 장군이나 낫게 해드리면 그만이지. 근데 이걸로 낫게 해드릴 수가 있을까요?"

"죽은 사람만 아니면 그걸로 못 구할 리 없을 거여. 하지만 말여, 한 번에 다 줘버리진 말어. 작은 거부터 하나씩 주라구. 이건 하늘이 내린 천물天物이니 아껴 쓰란 말여."

"네."

은동은 대답하고 나서 산삼을 잘 갈무리하여 품에 넣었다. 산삼에서 풍기는 청아한 내음이 정신까지 맑게 해주는 듯한 기분이 들었다. 은동이 산삼을 갈무리하자 흑호는 다시 둔갑법을 써서 번개같이 전라좌수영 부근으로 돌아왔다. 은동이 돌아오자 혼자서 망을 보고 있던 태을 사자가 흑호에게 물었다.

"어디를 갔었나?"

"히히, 산삼 캐러 갔다 왔수."

"산삼?"

"히히. 이순신도 만나고, 병도 낫게 해주고. 꿩 먹고 알 먹는 거 아니우?"

머리 회전이 빠른 태을 사자는 고개를 끄덕였다. 그러고는 은동에게 말했다.

"제법 좋은 생각 같으니 은동아, 잘해보아라."

은동은 흑호의 도움으로 산삼을 손에 넣었다고는 하지만 어떻게 해야 될지 잘 몰라서 막막했다. 막막하기는 흑호나 태을 사자도 마찬가지였다. 흑호는 워낙 단순했고, 태을 사자는 고지식하여 잔꾀가 부족했다.

무엇이라 말을 하고 들어가야 이순신을 직접 만날 수 있을지, 또 만난다 하더라도 어떻게 말을 해야 할지 셋이 머리를 맞대고 궁리해 보았으나 역시 막막하기만 했다.

"으음, 이럴 때 호유화가 있었다면 좋았을 것을……."

흑호가 호유화를 들먹이자 은동은 대번에 눈가가 붉어졌다. 그것을 보고 태을 사자가 고개를 설레설레 흔드는데 뒤에서 명랑한 목소리가 들려왔다.

"무엇을 가지고 그렇게 고민들 해?"

셋이서 돌아보니 하일지달이었다. 하일지달은 몸을 감추지 않고 평범한 여자의 모습을 하고 있었는데, 여전히 생글생글 웃는 얼굴로 은동에게 다가와 말했다.

"요 꼬맹이. 내가 꼼짝 말고 있으랬는데 언제 여기까지 왔니? 찾느라고 혼났다네."

하일지달이 꿀밤을 때리는 시늉을 하자 은동은 별 이유도 없이 인상을 찌푸렸다. 그러나 흑호는 반가운 생각이 들어서 말을 건넸다.

"어, 여봐. 하일지달. 뭐, 좋은 수가 없을까?"

"무슨 좋은 수? 뭘 쑥덕거리고 있었는데?"

흑호와 태을 사자가 하일지달에게 이순신과 은동을 직접 만나게 할 방도가 없겠느냐고 사정 이야기를 하자 하일지달은 특유의 홍홍거리는 웃음소리를 내더니 말했다.

"뭐, 그런 정도 가지고? 나한테 맡기면 된다네."

"정말 문제없겠는가?"

"쉬운 일이라네, 뭐. 산삼이나 나한테 주구. 그래, 그럼 가자. 은동아."

하일지달은 산삼 한 뿌리를 받아들자마자 곧바로 은동의 손목을 잡고 좌수영 쪽으로 가려고 했으나 은동은 반사적으로 하일지달의 손을 뿌리쳤다. 호유화가 생각난 까닭이었다.

"그냥 따라갈래요."

"원 참, 얘두. 그런데 얼굴이 그게 뭐냐?"

"내 얼굴이 어때서요?"

"눈이 벌겋게 되어가지고……. 흠, 좋다네. 아무튼 내가 살짝 신호를 하면 막 울어야 한다네. 알았지? 그러면 넌 이순신 옆에 있을 수 있을 거라네."

은동은 하일지달이 무슨 꿍꿍이가 있는지는 몰랐지만 좌우간 뒤를 따라갔다.

하일지달은 은동을 좌수영 문 앞에서 떼어놓고 문지기와 한참 동안 무슨 이야기인가를 주고받았다. 그다음 문지기 한 명이 안으로 들어가자 은동을 데리고 좌수영 안으로 들어갔다. 이번에는 문지기가 은동을 제지하지 않았다.

"어떻게 했죠?"

은동이 묻자 하일지달은 아무렇지도 않게 대꾸했다.

"뭐, 간단하다네. 귀한 산삼을 얻었기에 이 수사님께 바치고 싶다고 했다네. 그 대신 수사님 얼굴이라도 한번 뵙고 싶다고 빌었다네."

"그런다고 들여보내줬단 말예요?"

"수사님 병에 대해 긴히 아뢸 것이 있다고 했다네. 너는 지금부터 칠 대를 내려온 의원 가문의 후계자가 되는 거라네. 알았지?"

"네?"

은동은 더 묻고 싶었으나 놀라고 어이가 없어서 입을 다물었다. 어느새 좌수영에서 장수 한 사람이 부하 두 사람과 같이 나오는 바람에 이야기를 중단할 수밖에 없었던 것이다. 녹도만호인 정운이었다. 정운이 하일지달에게 다가와 물었다.

"너희가 은희와 은동이 오누이냐?"

"예……. 그러하옵니다."

'누이?'

은동은 놀라 하마터면 뭐라고 말할 뻔했으나 옆에 따라온 태을 사자가 전심법으로 '쉿' 하는 통에 소리를 내지는 않았다. 그리고 하일지달이 고개를 숙이자 은동도 덩달아 고개를 숙였다. 하일지달은 그 사이 자신에게 은희라는 이름을 만들어 붙인 모양이었다. 은동은 속으로 중얼거렸다.

'호유화도 그렇고, 하일지달도 그렇고……. 여자들은 전부 저렇게 속임수에 능한 것일까?'

하일지달은 지난번 호유화가 허준 앞에서 은동의 어머니 흉내를 냈던 것을 보았었기에 자신은 이번엔 은동의 누이 행세를 해볼 생각을 한 것이다. 그런 것을 알 리 없는 정운이 하일지달에게 말했다.

"보아하니 너희들은 나이도 어린데, 이 수사님의 병을 살필 자신이 있느냐?"

"의원의 재주가 경륜에 많이 좌우되기는 하나, 꼭 경륜만으로 의

술을 행하는 것은 아닐 터, 해보겠사옵니다."

항상 말끝마다 붙이는 '다네'도 붙이지 않고 매끄럽게 말하면서 하일지달은 은동과 흑호가 캐 온 산삼을 슬쩍 꺼내 보였다. 워낙 오래 묵고 영묘한 산삼인지라 꺼내자마자 향기롭고도 쌉쌀한 특유의 내음이 사방을 메웠다. 그것을 보고 정운은 크게 놀랐다.

'어허, 저렇듯 큰 산삼을 지니고 있는 아이들이라면 보통 의원 집안의 아이들은 아닐 것 같구나. 안 그래도 이 지방 의원이 영 신통하지가 않아 고민이 많았는데 한번 수사님의 병을 돌보게 해볼까?'

그리하여 정운은 하일지달과 은동을 데리고 별청으로 들어갔다. 그곳은 이순신의 거처에서 그리 멀지 않은 곳이었으며, 한편에서는 약 달이는 냄새가 났다. 그곳에서 정운이 말을 건넸다.

"그리면 너희가 한번 수사님의 진맥을 해보고 약을 써보거라. 누가 할 것이냐?"

"제 동생이 저보다 열 배는 낫사옵니다."

하일지달이 능청스럽게 말했다. 은동은 어이가 없고 놀라서 안색이 변했으나, 정운은 그런 은동의 얼굴은 보지 못하고 수사님께 여쭙고 오겠다고 밖으로 나갔다. 은동은 하일지달에게 말했다.

"아이구, 나한테 진맥을 보라고 하면 어떻게 해요? 내가 뭘 아는 게 있다구요!"

"별수 없잖니? 앞으로 네가 이 수사 주변에 있으려면 의술에 능통해지는 방법밖에 없다네."

그러자 근처에 둔갑법을 써서 몸을 숨기고 있던 흑호가 끼어들었다.

"어허, 선무당이 사람 잡는다던데 잘못하다간 은동이가 이순신을 잡겠네그려. 은동아, 너 약 쓰고 진맥할 줄 알어? 침은?"

흑호가 반농담 삼아 웃으며 말하자 은동은 울상이 되었다.

"아, 몰라요!"

은동이 툴툴거리자 하일지달이 웃으며 말했다.

"염려 말고 그럴듯하게 흉내나 내면 된다네. 내가 알아서 감당할 거라네."

"어떻게 감당을 해요?"

"내가 이순신의 병세를 자세히 보고 허 주부에게 물으면 된다네."

"아……."

허 주부 허준이라면 의술이 정심하여 당대의 명의로 꼽힐 만한 사람이었으니, 하일지달이 그 사람에게서 처방을 얻어다 주기만 한다면 이순신도 고칠 수 있을지 몰랐다. 그때 태을 사자가 정색을 하며 나섰다.

"그러나 하일지달, 당신이나 우리는 모두 인간의 일에 개입하여서는 안 된다고 엄히 명받지 않았소이까? 그런데 허준에게 직접 약 처방을 물어 이순신을 구한다면 안 될지도 모르는데……."

순간 하일지달은 조그맣게 특유의 홍홍거리는 웃음소리를 냈다.

"내가 이순신을 치료하는 것이 아니니 괜찮다네. 그리고 대모께서는 나에게 은동이 옆을 지키라 하셨다네. 그런데 허 주부는 은동이도 돌봐주었으니 어차피 관계 없는 사람도 아니라네. 직접 오라는 것도 아니고 환자 병세는 좀 물어봐도 괜찮을 거라네. 그렇다고 생각되지 않아?"

하일지달은 귀한 용족 출신이라 그런지 퍽 머리 회전이 빠른 것 같았다. 그 말에 태을 사자는 고개를 끄덕였다. 그것을 보고 은동도 마음이 놓였지만, 그래도 팔자에도 없는 의원 노릇을 가짜로 할 것이 퍽이나 마음에 걸렸다.

그러는 사이에 정운이 돌아와 흑호와 태을 사자는 다시 모습을 감추었다. 사정 모르는 정운은 은동과 하일지달에게 같이 가자고 말했다. 은동은 어떻게 해야 가짜 의원 노릇을 잘할 수 있을까 걱정되었지만, 왜란 종결자인 이순신을 만나게 된다는 사실에 가슴이 두근거렸다.

잠시 후, 드디어 은동은 하일지달, 정운과 함께 이순신의 방으로 들어가게 되었다. 이순신은 방에 보료를 깔고 누워 있었는데 이순신의 곁에는 정운 말고도 몇몇 장한들이 늘어서 있었다. 그들은 방답첨사 이순신과 군관 나대용 등등 이순신의 가까운 수하들이었다. 은동은 긴장이 되어 자신도 모르게 몸이 떨렸고 이순신의 얼굴을 볼 엄두조차 나지 않았다.

'어떻게 하면 될까? 잘할 수 있을까? 가짜라는 것이 들통나면 어떻게 하지?'

은동은 저절로 몸이 떨리는 판인데, 옆에서 하일지달은 태연하게 말문을 열었다.

"제 동생에게 진맥을 하게 하소서."

은동은 도대체 그놈의 진맥이라는 것을 어떻게 하는지조차 몰라 당황하여 자신도 모르게 벌떡 일어나려고 했다. 그러나 무엇인가 알 수 없는 힘이 은동의 어깨를 무겁게 눌러 은동은 일어나기는커녕 손가락 하나조차 움직일 수 없었다.

이어서 그 힘은 은동의 손을 가볍게 옮겨갔다. 은동은 놀랐지만 곁에서 하일지달이 슬쩍 눈짓을 하기에 당황하면서도 가만히 있었다. 그러자 은동의 손가락이 저절로 척척 움직여 이순신의 야윈 팔목을 잡고 여기저기를 짚어나가는 것이었다. 순간 뒤에서 다른 사람들은 들을 수 없는 전심법의 음성이 들려왔다. 흑호였다.

"허허, 은동이가 진맥도 잘하는데? 손놀림이 제법이구먼. 어디서 배웠냐?"

태을 사자의 목소리도 들려왔다.

"하일지달이 은동이의 몸을 대신 움직이는 것이네."

하일지달은 은동을 곁에서 돌보던 며칠 동안 허준의 손놀림을 보면서 진맥하는 방법을 대강 익혀둔 것이다. 물론 하일지달이라고 인간을 진맥하는 법을 알 도리는 없었지만, 적어도 손놀림만큼은 정확하게 기억하고 있어서 은동의 손목을 잘 조정했다.

덕분에 이순신의 부하들 중 조금이라도 의술에 식견이 있는 사람들은 가볍고도 정확하게 혈을 짚어내는 은동의 손놀림을 보고 매우 감탄했다. 곧 하일지달의 목소리가 들려왔다.

"됐다네. 인제 울어."

은동은 놀라서 하마터면 '네?'라고 말할 뻔했으나 간신히 입을 다물고 마음으로 물었다.

"네? 울라고요?"

"내 말을 따라야 한다네. 그냥 엉엉 울면 내가 알아서 한다네."

막상 울려고 하니 막막한 기분이었다. 그때 하일지달이 툭 쏘듯이 말했다.

"어머니 생각 안 나? 그리고 호유화 생각은?"

하일지달이 말하자 은동은 자신도 모르게 눈가가 붉어지며 눈물이 주르르 흘러내리는 것을 느낄 수 있었다. 하일지달은 눈치가 빨라 그 한마디만 하면 어린 은동이 눈물을 참을 수 없을 것이란 사실을 꿰뚫어보고 있었던 것이다.

그러나 이순신과 부하들은 은동이 진맥을 하다가 우는 모습을 보고 상당히 놀라는 것 같았다.

"아해야, 어찌 우는고?"

조용하고 인자한 목소리에 은동은 문득 고개를 들었다. 이순신이었다. 이순신은 몹시 피로한 듯 눈 밑이 처지고 안색이 파리했으나 매우 온화한 인상이 풍겨져 대장이라기보다는 조용한 선비 같은 얼굴을 하고 있었다.

은동이 자기도 모르게 아무것도 아니라고 입을 떼려 하자 하일지달이 재빨리 은동의 입에 귀를 갖다 대며 마음으로 톡 쏘았다.

"아무 말이나 중얼대면 된다네. 밖에 들리지만 않게."

은동이 어쩔 줄 몰라 별말도 하지 않았는데 하일지달은 갑자기 크게 놀라는 표정을 지으며 외쳤다.

"뭐……? 그게 정말이냐?"

그러자 이순신의 부하들의 안색도 덩달아 파랗게 변했다. 성질이 급하고 용감한 나대용은 걸걸한 목소리로 소리까지 질렀다.

"무슨 일이냐? 말을 해봐, 말을!"

더이상 참을 수 없다는 듯, 나대용은 불문곡직 은동의 멱살이라도 잡고 다그칠 기세였다. 하지만 이순신이 조용히 말문을 열자 금세 자리에 주저앉았다. 이순신은 당황하는 기색도 없이 말했다.

"인명이야 하늘에 달린 것. 저어치 말고 이야기해보거라."

그러고 나서 이순신은 이상하게도 스르르 눈을 감았는데 마치 기절한 것처럼 보였다. 이순신이 의식을 잃자 부하들이 일순 동요했으나 하일지달은 고개를 끄덕여 보이며 그들을 안심시킨 후 재빨리 말했다.

"그러면 저어치 않고 말씀드리겠나이다."

나대용이 걸걸한 목소리로 채근했다.

"아, 어서 고하여라. 뜸들이지 말고!"

나대용의 다그침에 하일지달은 청산유수처럼 어려운 병명과 증상과 처방들을 단숨에 수십 가지나 말했다. 아마도 허준의 근처에 있을 때 주워들은 것 같았다. 하지만 이순신의 부하들은 잘 모르는 내용이었고, 천하에 귀한 산삼을 선뜻 바친 것과 은동의 나이가 어린데도 손놀림이 정확한 것에 압도되어 있었다.

"제 동생이 눈물을 흘린 것은 이유가 있나이다. 수사 어르신의 용태가 심상치 않은 것이 첫 번째 이유이옵고…… 두 번째는 수사 어르신의 구완에 몹시도 어려운 문제가 많은지라……."

"아니! 그래서? 못 고친단 말이냐?"

이번에는 정운이 나섰다. 정운은 이순신의 부하들 중에서도 평소에 과묵하고 신중한 사람이었으나 지금은 목소리가 떨리고 있었다.

"아니옵니다. 다만 용태가 심하시어 앞으로 얼마나 곁에서 모시고 구완을 드려야 할지 모르옵니다. 그것이 몹시도 지난한 일인 줄로 아뢰옵니다."

"얼마나 병구완을 해야 할지 모른다? 고칠 수는 있겠느냐?"

"고칠 수는 있다 하옵니다."

"틀림이 없느냐?"

"예."

은동은 멍해졌다. 잘될 것인가 아닐 것인가도 걱정이 되었고, 지금은 어머니와 호유화에 대한 슬픈 마음에 정신이 없었기 때문이기도 했다. 어쨌거나 이순신의 수하들이 기뻐하자 하일지달이 정색을 하며 말했다.

"하오나 여기에는 세 가지 어려운 점이 있사옵니다."

성질 급한 나대용이 다그쳤다.

"어허! 무엇이 문제란 말이냐! 어서 말하거라. 답답하구나!"
"첫째로는 약재가 문제이옵니다. 보통 약재로는 구완이 곤란한데다가 지금은 난리중이라……."
"아무리 난리중이라도 설마 전라도 땅에 약재가 전혀 없기야 하겠느냐?"
"저희가 쓰는 처방은 독특한 것이라 아마도 쇤네가 사방을 다니며 계속 약재를 채집해야 할 것으로 아뢰옵니다. 깊은 산이나 계곡, 혹은 동굴이나 물속에 이르기까지 저희는 저희가 정한 기준대로 채집한 약재만을 쓰는 까닭이옵니다."
"그러면 네가 수고를 해주면 될 것이 아니냐!"
"허나 수개월이나 수년이 걸릴지도 모르는 터에 저희 어린 오누이만이 있기는 어려울 것 같사와……."
"어허, 이분이 뉘신지 아느냐? 정말 중요한 어르신이다. 이분이 없으면 왜군이 밀려와서 나라 전체를 쑥밭으로 만들 것이야. 야속한 말 말고 제발 수고를 해주려무나. 보상은 두둑하게 해줄 것이니."
정운이 간절하게 말하자 하일지달은 고개를 숙였다.
"보상을 바라지는 않사옵니다. 다만 정 그러하시다면 쇤네가 자유로이 바깥출입을 하고 좌수영 내일지라도 편히 드나들 수 있게만 해주시옵소서. 여자의 몸으로 군영에 드나드는 것이 힘들어서 그러는 것이옵니다."
"어허, 그것이라면 문제 될 것이 없다. 그리고 또?"
"또한 약을 다루는 것은 은동이 혼자서는 곤란하옵니다. 그러니 약 일에 능숙한 집안사람을 두어 명 써야 하옵는데……."
"두 명이 아니라 스무 명이라도 필요하면 써야지. 솜씨 좋은 하인이나 이 근방 의원들이라도 붙여주면 어떻겠느냐?"

"아니옵니다. 저희 의술을 잘 도울 수 있도록, 익숙한 집안사람들이 좋을 것이옵니다. 다만……."

"무엇이냐?"

"그 사람들은 용모가 남들과 조금 다르고 행동이 이상한 데가 있는지라……. 군영에 드나들면 혹 남들이 놀랄까 저어되옵니다."

그러자 흑호가 엥 하며 놀라는 소리가 은동과 하일지달에게 들려왔다.

"어라라? 그럼 그건 혹시 우리?"

곧이어 태을 사자가 허허 웃는 소리도 들렸다.

"그런가 보네. 우리도 편히 드나들게 하려고 그런 꾀를 썼나 보이. 말도 잘하는군."

흑호나 태을 사자의 말이 들리지 않는 나대용이 답답하다는 듯 말했다.

"어허, 문제 같지도 않은 것을 문제라고 말하지 말거라. 누가 의술에서 용모를 따지겠느냐? 반편이건 곱사등이건 개의치 말거라. 왜놈만 아니라면 누구라도 좋다."

"그리고 저희가 여기 있다는 것을 누구에게도 알리지 말기를 바라나이다."

"그 이유는 무엇이냐?"

"자칫 잘못 소문이라도 나게 되면 저희 처지가 매우 곤란해지옵니다. 본시 저희는 사람을 꺼리옵니다. 여기저기서 병구완을 해달라 청이 오면 몹시 번잡해지옵니다. 수사님의 병환을 돌보는 데에만 전념할 수 있도록 해주소서."

"흠……. 그럴 수도 있겠구나. 좋다."

정운이 응낙하자 이번에는 방답첨사 이순신이 또랑또랑한 어조로 물었다.

"다음은 무엇이냐?"

"이것이 가장 어려운 문제이옵니다."

"무엇인데 그러느냐?"

하일지달은 잠시 뜸을 들이며 고심하는 척하다가 주저주저 말했다.

"이 병은 구완이 불가능하지는 않사오나 발작이 일어날 때 치료에 때를 놓치면 매우 좋지 않사옵니다. 특히 흥분하시거나 놀라는 일이 생기면 더욱 어려워집지요."

일리가 있는 말이라며 정운이 고개를 끄덕였다.

"그것이야 거의 모든 병이 마찬가지 이치겠지."

"『삼국지연의』의 주유도 싸움중에 흥분하여 결국 죽게 되었다고 전해지옵니다."

"불길한 소리는 말거라. 그건 그렇고, 이 소년 의원이 왜 눈물을 흘린 것이냐?"

"그러니 수사님의 병세를 살피는 동안에 은동이는 계속 수사님 근처에 있어야만 하옵니다. 하오나 수사님은 수군의 전선을 다스리시는 터, 해전을 하러 나가시게 되면 은동이도 그 배를 타고 따라가야 할 것이 아니옵니까? 솔직히 말씀드려서 저 아이는 그것을 저어하여 그러는 것이옵니다……."

대뜸 흑호가 의아하다는 듯이 태을 사자에게 물었다.

"어라라? 은동이가 같이 배를 타면 더 좋은 거 아뉴? 근데 왜 저러지?"

태을 사자는 너털웃음을 지으며 대답했다.

"허허, 하일지달은 참으로 영악하군그래. 정말 머리가 좋아."

"머리가 좋다구? 난 모르겠구먼."

이것은 하일지달의 깊은 계략이었다. 은동은 이순신을 보호하려고 이순신 곁에 가려는 것이니 전라좌수영에 들어오는 것만으로는 충분하지 않았다. 이순신이 해전을 치르러 나가면 그 배에도 타야 하는 것이다.

마수들이 이순신을 공격한다면 흑호나 태을 사자가 막을 수 있겠지만, 만약 마수들이 인간의 몸을 빌려 이순신을 해치려 한다면 태을 사자나 흑호는 그것을 막아서는 안 된다. 인간을 통해 치러지는 일은 은동만이 막을 수 있도록 중간계의 재판에서 결정되었기 때문이다.

허나 억지로 은동을 배에 태워달라고 한다면 왜 의원이 배까지 따라가느냐고 의심을 살지도 모른다. 그래서 하일지달은 일부러 애를 태워서 오히려 저쪽에서 은동에게 배를 항상 타고 있어달라고 강요하도록 만드는 것이었다. 게다가 하일지달은 슬픈 얼굴을 지어 보이며 말을 이었다.

"쇤네의 처지로서도 슬프고 놀라움을 감출 수 없나이다. 이제 열 살을 갓 넘긴 동생이 전함을 타고 전쟁터로 간다니요……."

그 말에 이순신의 부하들도 일순간 한숨을 지어 보였다. 그러다가 정운이 말했다.

"그렇더라도 어쩌겠느냐? 너무 염려는 말거라. 우리는 이미 여러 번 싸웠지만 아직 한 척의 배도 잃지 않았다. 수사님은 그만큼 고금에 없는 명장이시니 안전할 것이다."

나대용도 한마디 거들었다.

"하물며 이 소년 의원은 대장선에 탈 것이 아니냐? 대장선은 내가 목숨 걸고 지킬 것이니 안심하거라."

이어서 방답첨사 이순신도 말했다.

"지금 이 난리중에 이 나라 백성치고 힘들지 않고 슬프지 않고 괴롭지 않은 자, 누가 있겠느냐? 하지만 누구라도 할 수 있는 일이라면 해야지. 아직 어린 아해에게 이런 것을 말하는 내 심정도 괴롭지만 어쩌겠느냐? 아해나 아녀자가 아니라, 도깨비나 귀신의 힘이라도 이 나라 귀신이기만 하면 빌리고 싶은 심정이다."

그 말을 듣고 흑호는 눈이 휘둥그레졌다.

"어라? 저 인간이 우리 일을 아는 거 아뉴?"

태을 사자가 어이가 없다는 듯 웃었다.

"허허……. 말이 그렇다 이거네. 저 인간이 어찌 알겠는가? 하긴 실제로는 비슷하게 일이 돌아가기는 하네만. 도깨비나 귀신만이 아니라 우수 전체의 존재들이 이 난리에 관심을 쏟고 있지 않은가. 허허……."

그렇게 하일지달의 대활약으로 은동을 이순신 곁에 붙여놓는 계략은 멋지게 성공하였다. 이순신의 부하들은 하일지달이 내놓은 조건에 모두 동의하였으며 모든 협조를 아끼지 않을 테니 꼭 이순신을 낫게 해달라고 수차례나 간곡히 부탁했다.

하일지달과 은동이 물러나온 뒤 태을 사자가 하일지달에게 물었다.

"다 잘되었으니 다행이네. 정말 수고 많았네."

"그 정도야, 뭘. 홍홍홍……."

"참, 그런데 한 가지 궁금한 일이 있네. 이순신은 자네가 의식을 잃게 하였지? 왜 이순신이 듣지 못하게 하였는가?"

그 질문에 하일지달이 고개를 갸웃하며 말했다.

"그건 내가 하지 않았다네."

"그러면?"

"이순신이 그냥 기절한 거라네. 아마……."

"그냥 기절? 어째서?"

"병이 중할지 모른단 소리를 들으니 그랬나 봐. 마음이 은근히 약한 사람 같았다네. 자, 일단 나는 허 주부 만나러 간다네……. 연극도 해보니 재미있다네."

하일지달은 훌쩍 둔갑하여 평양으로 떠나버렸다. 하일지달이 사라지자마자 은동은 의아하여 중얼거렸다.

"목소리는 태연했는데…… 자기 병이 중한 줄 알고 놀라 기절했다고요?"

은동은 정말 뜻밖이었다. 무슨 왜란 종결자가 저렇게 마음이 약할까 싶었다. 그러나 태을 사자는 쓴웃음만 지으며 아무 말도 하지 않았다. 이순신이 명장이고 왜란 종결자일지라도 심약하고 병약한 것은 사실이었으니까.

아무튼 은동과 자신, 흑호와 하일지달까지도 이순신 옆에 떳떳이 있을 수 있게 된 것이 다행이라 여겨질 뿐이었다.[1] 다만 허준의 지식을 빌려도 이순신을 잘 치료할 수 있을지가 의문이었지만.

그런 생각을 하면서 태을 사자는 혼자 속으로 중얼거렸다.

'이제부터는 만사가 제대로 풀리려나? 그래야 할 텐데……. 허허…….'

평양 함락

이순신과 만났던 그날로부터 은동은 좌수영 뒤쪽에 기거하면서 이순신의 시중을 들게 되었다. 정운과 방답첨사 이순신, 나대용 등등의 당부가 있어서 좌수영 내의 모든 사람들은 나이 어린 은동을 '의원님'이라 존대하여 불렀다. 은동은 퍽 쑥스러웠다. 하지만 그렇다고 자신이 의원 아니라고 할 수도 없었으니 별수 없었다. 특히 이순신과 몹시 가까운 사이여서 측근의 일을 위임받고 있던 정운은 몸소 은동을 좌수영 뒤쪽의 작은 별채에 데려다주며 말했다.

"소년 의원님, 자네는 여기 묵게나. 혼자서는 불편할 것이니 시중들 아이라도 구해줌세."

그날은 딱히 할일이 없었다. 흑호와 태을 사자도 주위를 둘러보고 양신법과 둔갑법을 쓴 후, 이틀가량 있다가 오겠다고 해서 은동은 홀로 작은 별채에서 뒹굴 수밖에 없었다. 그러다가 심심해져 흑호에게서 받았던 산삼 중 남은 것을 꺼내어보기도 하고 이것저것을 뒤적거리다가 자리에 누웠다.

'허 참……. 내가 의원이라니……. 잘할 수 있을까? 혹시라도 거짓말한 것이 들통나면 어떻게 하지?'

그러나 그날은 군무에 바빠서인지 아무도 은동의 처소를 기웃거리지 않았다. 은동은 혹시라도 누가 와서 의학 지식에 대해 물으면 어쩌나 하고 걱정했지만, 다행히 그런 일은 일어나지 않았다.

그날 밤, 은동은 누군가가 자신을 톡톡 건드리는 바람에 잠에서 깨어났다. 눈을 떠보니, 은동을 깨운 사람은 하일지달이었다.

"피곤했니? 자자, 시간이 없다네. 어서 이걸 외워야 한다네."

하일지달이 내놓은 것은 봉서(편지)였다.

"이게 뭔데요?"

"처방을 적은 약방문."

"약방문? 아, 그럼 허 주부님께 다녀오셨나요?"

"그래. 그런데 조금 골치 아프게 되었다네."

그러고 보니 일이 잘 풀리지 않았는지 하일지달은 낯빛이 좋지 않았다.

"왜 그러세요? 허 주부님도 못 고치는 병인가요?"

은동이 묻자 하일지달은 허준을 찾아갔던 이야기를 해주었다. 하일지달은 이순신과 비슷한 남자의 모습으로 둔갑을 하여 허준을 찾아갔던 것이다.

비록 호유화만은 못하지만 하일지달은 모습을 자유로이 바꿀 수 있는 수룡이었기에, 이순신의 증상을 눈여겨보아두었다가 흡사한 모습으로 변하는 것이 그리 어렵지 않았다. 하일지달은 이순신의 진맥을 하면서 이순신의 맥박수도 알아내어 비슷하게 조절했다.

실제로 이순신의 맥을 짚은 것은 은동이었지만 하일지달의 보이지 않는 힘에 조종되어 그런 것이니, 실질적으로 진맥을 한 것은 하일지달이나 다름없었던 것이다. 그러나 허준은 둔갑한 하일지달의 맥을 짚어보고 단박에 말했다.

"이상하군……. 맥은 고르지 못하나, 그리 아픈 것 같지는 않은데……."

허준은 뜨끔해하는 하일지달에게 이것저것 자세한 것들을 물어보았다. 하일지달은 이순신에 대해 사전 지식이 별로 없던 터라, 당황하여 아는 한도 내에서 억지로 증상을 두드려 맞추었다. 그러자 허준은 이해가 가지 않는다는 듯한 표정으로 말했다.

"혹시 무슨 고민이 있는 것은 아니오? 몸의 병이라기보다는 마음에 병인病因이 있는 것 같소만."

"그럴지도 모르지요. 요즘 퍽 일이 많아서 고민을 하고 있답니다. 그런데…… 제가 일전에 거다란 삼蔘 한 뿌리를 얻었는데…… 그것이 도움이 되지 않겠습니까?"

그 말에 허준은 탄식했다.

"허어……. 큰 삼이오?"

"예……. 아주 크고 오래된 것입니다."

그러나 뜻밖에도 그 이야기에 허준은 고개를 저었다.

"삼은 열기를 내는 약이니, 마음속 답답한 울화가 병인이라면 오히려 증세를 그르치오. 정확히 진단하기 전에 함부로 탕약을 쓰는 것은 좋지 않소. 댁의 증상은 나로서도 처음 보는 기이한 것이오. 병이 있는 듯 맥이 고르지는 못하나 이상한 곳은 없는 듯하니……."

그러면서 허준은 자신에게 꾸준히 들러서 진맥을 받고 그때그때 처방을 바꾸어야 할 것이라고 했다. 난감해진 것은 하일지달이었다. 억지를 부리다시피 하여 비슷한 약방문은 받아 왔지만.

"그러니 어떡하니? 내가 아무리 맥을 비슷하게 해도 허 주부라는 의원은 실제로는 병이 없다고 척 알아내는 거야."
"그럴 만도 하죠. 명의시니까."
"그래서 더 걱정이라네. 그렇다면 이순신을 데려가야 정확히 진맥을 하고 처방을 내릴 수 있다는 이야기인데……. 이순신하고 허준은 천기상으로 직접 만나는 일이 없는 걸로 안다네. 그 두 사람을 만나게 하면 천기를 흐트러뜨리는 일이 될 터인데……."
하일지달이 말끝을 흐리자 은동도 내심 근심에 싸였다.
"그러면 어떻게 하죠?"
"일단은 별수 없다네. 내일 이순신을 진맥할 때 내가 허준에게서 들은 대로 말하고, 이 처방을 내리는 수밖에. 나는 옆에 있다가 가급적 이순신하고 똑같이 맥을 만들어서 가야겠다네……."
그때 문밖에서 낯선 목소리가 들려왔다.
"다른 방법도 있을 거요."
은동은 깜짝 놀라 문을 열려고 했지만 하일지달은 놀라지 않았다. 은동이 문을 열기도 전에 문이 드르륵 열리고 파리한 낯빛의 한 남자가 들어왔다. 인간의 모습으로 변한 태을 사자였다. 태을 사자의 모습 그대로 진중하고 점잖은 생김이었지만, 너무도 낯빛이 파리하여 은동도 보고 놀랐다. 저승사자의 검은 옷차림으로는 익숙해졌지만, 이렇게 평복을 입으니 파리한 얼굴빛이 두드러져서 놀라지 않을 수 없었다. 은동은 놀란 가슴을 쓸어내렸다. 하일지달이 홍홍거리고 웃으며 말했다.
"내가 주위에 결계를 쳐서 보통 사람은 우리 이야기를 듣지 못한다네. 아니, 그보다 너는 말로 이야기를 하고 있지만, 우리는 전심법으로 이야기하니 다른 사람들은 들을 수 없다네. 적어도 태을 사자나 흑호 정도 도력이 있어야 들을 수 있고, 안으로 들어올 수도 있는 거라네."

태을 사자가 물었다.

"흑호는 아직 안 왔는가?"

"와 있수."

말이 떨어지자마자 창문이 드르륵 열리더니 시커멓고 커다란 그림자가 불쑥 얼굴을 들이밀었다. 은동은 그 형체를 보고 하마터면 까무러칠 뻔했다. 사람 모습이기는 했지만 덩치가 너무도 크고 얼굴이 험상궂어서였다. 호랑이 상을 그대로 박은 듯 굵은 눈썹은 하늘로 치솟고 퉁방울 같은 눈에서는 불빛이 번쩍이는 것 같은데다 얼굴에 더부룩한 수염은 호랑이처럼 각기 바늘같이 솟구쳐 있어서 그야말로 『삼국지연의』의 맹장 장비가 화난 모습보다 더했다. 거기다 얼굴은 『수호지』의 흑선풍 이규보다도 칠흑 같은데다 지나치게 덩치가 커서 창문으로 들어오지도 못하고 한아름이나 되는 큰 얼굴만 불쑥 들이밀었으니…… 흑호라는 것을 알고 있었음에도 놀라지 않을 수 없었다. 흑호는 창문으로 들어오려다 어깨 하나도 통과하지 못하자 둔갑술을 써서 간신히 방으로 들어왔는데, 흑호가 들어오자마자 좁지 않은 방이 꽉 들어차버렸다. 흑호는 은동이 놀라는 것을 보고 계면쩍은 듯 머리를 긁적였다.

"이상해 보이냐? 사람 같지 않어?"

"사…… 사람은 사람 같은데…… 좀……."

태을 사자가 이맛살을 찌푸리며 말했다.

"자네, 헝겊으로 얼굴 가리고 다니게."

흑호는 그 말을 듣고는 조금 기분이 상한 듯 대꾸했다.

"제기럴, 나는 죽을 고생을 했는데 다들 왜 그려? 태을 사자, 댁은 뭐 성한 줄 아슈? 시퍼렇게 썩은 송장 같아 보이는구먼……."

흑호의 말에 태을 사자의 눈썹이 꿈틀거리자 하일지달이 참을 수 없다는 듯 웃으며 말했다.

"둘 다 참 기이하네. 둔갑이 그리 서툴러서 어째? 내가 보기에는 둘이 다 얼굴을 가리고 다니는 게 좋겠어. 그리고 태을 사자, 댁은 앉은뱅이 행세를 하는 게 낫겠어."

"앉은뱅이? 내가 왜?"

"세상에 어떤 인간이 그렇게 둥둥 떠 있는담?"

그러고 보니 태을 사자는 무릎을 굽히지 않고 둥둥 떠다니는 습관이 있어서인지 자리에 앉아서도 땅에서 떠 있었다. 그 말을 들은 태을 사자는 음음 하고 용을 써서 간신히 몸을 땅에 붙였다. 그 모습을 보고 하일지달이 말했다.

"어디 한번 걸어봐, 인간들처럼."

그러자 태을 사자는 힘을 잔뜩 주고 일어나서 방안을 걸었으나 도대체가 자연스럽지 않고 이상해 보였다. 원래 다리는 몸의 무게를 받치는 것인데, 태을 사자의 경우는 아무리 양신으로 둔갑했어도 무게 없이 떠다니는 영혼 같은 존재인 것이다. 그러니 다리로 무게를 받치는 것이 아니라, 발을 땅에 붙이는 데에만 신경을 집중하여 걸으니 그 꼴이 오죽 이상할까?

흑호는 그것을 보고 서까래가 주저앉을 정도로 커다랗게 웃어댔고 하일지달과 은동마저도 웃음을 참을 수 없었다. 태을 사자가 영 입맛이 개운치 못한 듯한 표정을 짓자 하일지달이 나섰다.

"아무래도 어색하니 안 되겠어. 그러니 뭘로 묶어서 뜨지 않게 해두고 거동하지 못하는 것처럼 하라구. 공연히 걸었다가는 사람들 의심을 살 테니."

대뜸 흑호가 되받았다.

"나는 원래가 생계의 존재니 이상하지 않지? 어떠우, 응?"

그러면서 흑호는 어린아이처럼 뽐내듯이 방안을 걸어 다녔다. 흑호의 걸음걸이는 약간 어색하였지만, 거의 사람과 흡사하여 눈을 크게 뜨고 보지 않는 이상에는 구별이 되지 않을 성싶었다. 하일지달이 흥흥거리며 웃은 다음 말했다.

"그건 됐는데……. 흑호……."

"왜 그러우?"

"덩치를 좀더 줄일 수 없을까? 옛날 신라 때 석탈해[2]가 아니고서야 조선 땅에 그렇게 큰 사람은 없다네."

"음냐……. 그건 잘 안 되우……. 제길……."

흑호는 무의식중에 뒷발로 머리를 긁적거리려 하다가 화들짝 놀라면서 그만두었다. 흑호 역시 네발짐승일 때의 버릇이 튀어나오는 것이다. 그것을 보고 하일지달은 한숨을 쉬면서도 웃었다.

"걱정이라네, 걱정……. 얼굴 가리고 바보 흉내라도 내야겠네. 하나는 앉은뱅이에 죽은 사람 상이고, 하나는 얼굴 가린 거인 바보니……. 정말 대단한 의원 집안이라네……. 흥흥흥……."

은동도 앞날이 걱정이 되기는 했으나 분위기라도 바꿔볼 양으로 태을 사자에게 물었다.

"으음……. 그런데 아까 말씀하신 다른 방법이란 게 뭐죠?"

은동의 질문에 태을 사자가 보일 듯 말 듯한 미소를 띠며 말했다.

"내가 누구더냐? 내 저승에 가서 용한 의원의 영을 찾아다 주마."

반가운 마음에 은동이 손뼉을 쳤다.

"아……. 그래서 그 의원의 힘으로 치료를……."

은동의 말이 채 끝나기도 전에 하일지달이 말했다.

"그건 안 된다네. 죽은 사람의 혼을 이끌어내서 이승 사람을 건드리다니……. 나중에 혼날 거라네."

"어……. 그럼 안 되나요?"

"안 된다네. 이승과 저승간의 법도가 그렇지 않다네."

하일지달이 근엄하게 말하자 은동은 화가 났다.

"법도! 법도! 무슨 법도가 그리 많나요? 답답해라……."

은동이 화를 내자 태을 사자는 하일지달을 보고 말했다.

"나도 의원의 영을 직접 청하여 이순신을 치료하려 한 것은 아니오. 아까 내가 얼핏 들으니, 그대가 이순신의 맥을 흉내내었지만 고르지 못하여 힘들어하는 것 같기에 그것만 닮게 해주려 말한 것이오. 그것이라면 별문제가 없지 않겠소?"

하일지달은 잠시 생각해보다가 고개를 갸우뚱거렸다.

"나도 잘 모르겠다네. 정 그렇다면 신인님이나 대모님께 한번 여쭈어보지, 뭐."

"성계에 올라가서 말이오?"

"그렇다네."

성계라는 말을 듣는 순간 은동이 소리쳤다.

"그러면 나도 갈래요. 호유화가 어떻게 되었는지 궁금해요!"

하일지달은 고개를 저었다.

"인간이 성계에 그렇게 마음대로 갈 수는 없다네. 네가 한 번 중간계에 갔던 것만도 엄청난 일이었다네. 대신 내가 꼭 소식은 전하여 줄 테니 기다리렴. 알았지?"

결국 하일지달은 떠나고 은동은 밤새 다음날 이순신을 진맥하는 흉내를 내기 위해 길고 어려운 약방문과 처방전을 다 외워야 했다. 그러나 은동이 제대로 이해하지 못하자 흑호는 슬쩍 밖으로 나가 동네 의원 집을 다니면서 의서 나부랭이들을 닥치는 대로 훔쳐가지고 돌아왔다. 하지만 어렵고 방대한 의원 공부가 어찌 하룻밤 사이에 끝날 수 있겠는가? 은동은 밤을 꼬박 새웠지만 여전히 요만큼도 자신이 없었다.

새벽녘이 되자 하일지달이 돌아왔다. 하일지달은 증성악신인과 삼신대모에게서 저승에 있는 죽은 의원의 재주를 빌리는 일을 허락받아내는 데 성공한 것 같았다. 그리고 하일지달은 삼신대모의 전언을 태을 사자와 흑호에게 일러주었다.

"현재 다른 일은 잘되어가고 있다네. 사계에 침범한 유계의 군대는 계속해서 패하여 세력이 약해지고 있고 마계와 유계의 변경도 빈틈없이 지켜지고 있다네."

그 말을 듣고 흑호는 좋아했다.

"그러면 새로운 마수들이 더 내려올 가능성은 없구먼. 우리가…… 아니, 은동이가 벌써 한 마리 잡았수. 이제는 열한 마리가 남은 셈이지!"

그 말에 하일지달은 고개를 저었다.

"아니라네……. 열둘이 남았다네."

흑호가 눈을 치켜떴다.

"날 놀리우? 열둘에서 하나를 잡았는데 어찌 열둘이 남우? 날 바부루 알우? 음……. 하긴 내가 생각해도 그런 셈에 내가 좀 약하기는 하지만……. 그래두……. 음……. 맞는 것 같은데……. 으음……."

"전에 중간계의 재판 때 도망친 흑무유자는 끝내 잡지 못했다네……. 기억나?"

하일지달의 말에 태을 사자가 놀라서 말했다.

"아니, 그러면 흑무유자가 생계로 도망쳐 들어왔단 말이오?"

하일지달이 천천히 고개를 끄덕이자 태을 사자의 얼굴은 상당히 긴장되었다. 흑무유자라면 마계의 대표로, 재판에 참석할 정도로 법력이 강한 최정상급의 존재가 아닌가? 풍생수 같은 마수들만 해도 대적하기가 쉽지 않았는데, 흑무유자 같은 초강자가 왔다면…….

"우리가 흑무유자의 상대가 될까……. 흑무유자는 마계에서 어느 정도의 직위요? 지난번 백면귀마는 마계 서열 24위라고 들었는데……."

대뜸 흑호가 엄청나게 커다란 손바닥으로 철썩 무릎을 치며 말했다.

"맞어, 맞어. 백면귀마도 상당히 높지 않수? 마계 스물네 번째라며? 비겁한 방법을 써서 그랬지, 원래대로라면 한 주먹감이우! 백면귀마가 그 정도면 1위라고 해도 감당 못할 정도는 아닐 건데?"

하일지달은 씁쓸한 표정으로 고개를 저었다.

"마계의 서열은 간단하다네. 10위까지는 그냥 열 마리라네. 그러나 11위가 두 명 있고, 12위는 네 명 있다네. 13위는 여덟 명, 14위는 열여섯 명……. 그런 식이라네."

그 말을 듣자 흑호의 눈이 커졌다.

"에엑?"

은동도 놀라서 가만히 속으로 셈해보았다.

'흐음……. 그러면 15위는 서른두 명이고……. 16위는 예순네 명……. 으음…… 더이상은 계산도 안 되네.'

흑호도 계산이 안 되는 듯 울상을 지으며 말했다.

"그러면 백면귀마 같은 놈이 마계에 몇 마리나 있단 말이우? 그런 놈이 삼사백 마리나 된다는 거유?"

그러자 영혼의 숫자를 파악하느라 계산이 빠른 태을 사자가 천천히 말했다.

"일만 육천삼백여든네 마리네."

그 말을 듣고 흑호는 거의 까무러칠 정도로 놀랐다.

"에엑, 뭐가 그리 많어? 그러면 까마득하디 까마득한 졸때기 아녀?"

"그뿐만이 아니네. 서열 24위가 일만 육천여 마리가 있다는 것 외에도, 백면귀마보다 법력이 높은 자는 더 많은 걸세. 23위까지의 합으로 셈하여야 하니까. 23위까지의 총수는 일만 육천삼백아흔두 마리일세. 24위까지를 더하면 마계에서는 대략 삼만 이천 마리 정도가 백면귀마와 비슷하거나 더 빼어난 실력을 가졌겠구먼."

"으…… 으으음……."

머리가 아파오는 듯 흑호가 머리를 움켜쥐는데 하일지달이 거들듯이 말했다.

"마계가 얼마나 넓고 광활한 세계인데 그래? 그 정도면 상당히 높은 자야. 자네들이 상대했다는 홍두오공은 34위 정도 돼. 그런 녀석은 마계에 대략 일천육백칠십칠만 칠천이백열여섯 마리 있을걸? 그놈과 비슷하거나 강한 놈은 대략 삼천삼백오십오만……."

"그만두슈, 그만둬. 너무하우. 이게 뭐유? 어떻게 상대가 되겠수?"

흑호가 탄식하자 태을 사자가 고개를 저었다.

"우리가 모두를 상대하는 것은 아니지 않는가? 성계, 광계, 사계, 환계가 총동원되어 막고 있으니 될 걸세. 우리는 여기 생계에 내려온 열두 놈만 잡으면 되는 게야."

"흠……. 그건 그렇구먼……. 여기서야 백면귀마보다 센 놈이 그리 많지는 않겄지! 지난번에 은동이와 같이 잡은 놈들은 하나도 안 세더구먼."

“그럴지도 모르지. 백면귀마가 서열을 자신 있게 입에 올린 것으로 보아 생계에 파견된 자들 중 상당히 높은 직위였을 것이라 여겨지네. 마계의 마수들 전체가 생계로 파견된 것은 아니지 않겠는가?”
태을 사자가 말하자 흑호는 고개를 끄덕였다.
“그려, 그려. 백면귀마보다 더 강한 놈은 흑무유자 정도일 거야. 하일지달, 그놈은 서열이 얼마유?”
하일지달이 또 한 번 섬뜩한 소리를 했다.
“흑무유자는 마계 서열 4위야.”
그 말에 아무도 입을 열지 않았다. 두려움 때문이었다. 조선의 관직과 마계의 서열을 비교하여 마계 서열 1위를 왕으로 보고 2위를 영의정으로 본다면 흑무유자는 이조판서나 대제학 정도 될 것이다. 따라서 서열 24위라는 백면귀마는 아예 품계에 들지도 못한다. 정구품, 종구품까지가 관직이니까. 억지로 환산하면 종십이품 정도 될까? 그런데 관직으로는 가장 낮다는 능참봉조차 종구품이었다. 대강 때려 맞히기로 십품을 중인, 십일품을 양민으로 치면 십이품이면 천민 정도에 해당하지 않겠는가?
현대의 군 체계로 보더라도 1위를 군 통수권자인 대통령으로, 이위부터 10위까지를 부통령이나 총리, 국방장관 등으로 보고 10위부터 원수(별 다섯 개)라고 치더라도 24위라면 겨우 말단 병장에 지나지 않는다! 순서로 24위가 아니라 서열로 24위라면 4위와 24위의 차이는 하늘과 땅과도 같은 것이었다!
한참 침묵이 흐르자 하일지달이 주저하듯 입을 열었다.
“거기에 더 좋지 못한 소식이 있다네.”
“그게 뭐죠? 혹시라도 호유화가…….”
은동이 놀라서 말하자 하일지달은 고개를 저었다. 은동은 조금 안심했지만 곧이어 하일지달이 놀라운 이야기를 했다.

"예전에 대모님과 염라대왕님이 나누었던 말 기억해? 마수들이 생계에서 인간들의 영혼을 닥치는 대로 잡아갔는데도 사계에 들어온 영혼 수가 같았다는 말……."

그 말에 태을 사자의 눈이 빛났다. 역시 직업의식 때문인지 영혼에 대한 주제는 태을 사자의 관심을 더 많이 끄는 것 같았다.

"그랬지. 그 이유를 알아냈소?"

"대모님이 말씀하셨다네. 그것은 아마도 암흑의 대주술일 거라고……. 비록 이름은 모르지만……."

하일지달의 말에 흑호가 눈을 멀뚱거리며 물었다.

"암흑의 대주술? 그게 도대체 뭐하는 건데?"

"잘 들어봐. 우주에서 생계는 비록 작은 세계이지만 거기에서는 모든 영혼들이 저마다의 가능성을 가지고 발전해나가도록 되어 있다네. 거기서 발전한 영혼들이 광계나 성계, 나아가서는 신계까지 올라가 결국은 새로운 우주의 창조가 이루어지는 거라네. 그건 이제 알겠지?"

사실 흑호나 은동은 그런 이치를 제대로 이해하지는 못하고 있었다. 그러나 태을 사자는 지난번 중간계에서의 재판 이래로 우주 순환을 대강 이해하고 있었으므로 고개를 끄덕였다. 하일지달은 계속 말했다.

"그 반대의 세계가 유계와 마계라네. 그들은 어둡고 악하여 파괴와 혼돈을 원하는 영혼들이 타락을 거듭하다가 모이는 곳이지. 즉 사계에서 윤회의 심판에 들 자격조차 없는 타락한 영혼이 보내지는 곳이라네."

"그럼…… 호유화도 그런가요?"

은동이 눈을 크게 뜨자 하일지달은 싫증내지 않고 차분히 설명해 주었다.

"그건 아니라네. 환계는 뭐랄까……. 자유로운 영혼들만이 모이는 곳이라고 할까? 정正이나 사邪 어느 쪽에도 얽매이지 않고 자유롭게 살아가는…… 그런 깨달음을 얻은 존재들의 세계라네……. 그러니 인간의 관점에서 볼 때 환계의 존재는 선한 존재일 수도, 악한 존재일 수도 있지만…… 호유화 등 환계의 존재는 그렇게 악한 존재는 아니야. 자존심이 강하고 고집이 센 존재이기는 해도."

하일지달은 얼굴빛을 엄숙히 했다.

"그 유계와 마계는 이번에 일어난 전쟁을 빌미로 하여 많은 수의 영혼을 모았다네. 천기를 조작하여 죽지 않아도 될 사람들을 천기의 열려 있는, 일정 자유도를 이용하여 많이 죽게 만들었고, 그것을 통해서 많은 영혼을 거뒀지. 생계의 영혼을 관장하는 사계의 존재들마저도 모르게 말야. 매우 치밀하게 짠 계획이 분명하다네."

"그렇소이다. 무척 오랜 시간 동안 꾸민 계략일 것이오. 이 판관도 실제로는 마계의 백면귀마였소. 저승에서 판관의 지위는 결코 그렇게 낮다고 볼 수 없는 것. 더구나 그 밑에 있었던 나와 다른 사자들이 모두 속고 있을 정도였다면 이미 수백 년 전부터 꾸몄던 일일 것이오."

태을 사자의 말을 듣자 하일지달이 씩 웃었다. 그러나 아무도 하일지달이 왜 웃는지는 몰랐다. 하일지달은 웃은 이유에 대해서는 설명을 해주지 않고 말을 이어나갔다.

"좌우간 나중에 사계로 거두어들인 영혼의 숫자는 하나도 차이가 없었다네. 물론 홍두…… 뭐더라? 그 괴수가 머릿속에 집어넣었던 영혼들만은 그들도 미처 헤아리지 못했을 거라네. 그 괴수와 백면귀마가 한꺼번에 죽어버렸으니 영혼이 은동이의 몸 안에 있던 건 몰랐겠지. 그러나 마수들은 그토록 공을 들여 인간의 영혼들을 거두어갔으면서 시간이 지난 뒤에는 모조리 사계로 되돌려주었어. 그렇다면 그들은 그것으로 무엇을 했을까? 궁금하지 않아?"

"혹시……."

흑호가 머리를 긁적이며 말을 이었다.

"영혼들이 가짜는 아니었수? 그렇게 애를 써서 영혼들을 거둬 모은 다음에 그걸 그냥 돌려보낸다는 건 이상하잖우? 가짜를 돌려보낸 거 아닐까?"

이번에는 하일지달이 아닌 태을 사자가 고개를 저었다.

"글쎄……. 그러나 영혼을 어떻게 가짜로 만들 수 있겠는가? 그것만은 창조가 불가능한 것이라네."

"그렇지만……. 아하! 그렇지. 은동이 몸속에 있었던 스무 명의 영혼도 그 말대루면 도로 저승으로 갔다는 거잖수. 안 그러면 어찌 숫자가 맞을 수 있었겠수? 그렇다면 가짜밖에는 도리가 없는데?"

하일지달이 미소를 띠며 대답했다.

"반만 맞았다네. 대부분의 영혼들이 틀림없이 사계로 돌아가기는 했지. 그러나 전부는 아니었다네."

"그렇다면 도대체 누가 사계로 돌아간 것이오? 영혼을 가짜로 만들 수는 없을 것인데, 그러면……."

태을 사자는 앗 하고 자신도 모르게 탄식성을 냈다. 흑호나 은동은 아무것도 모르고 멍한 상태였지만, 영민한 태을 사자는 눈치를 챈 것이다. 그런 태을 사자를 보며 하일지달이 고개를 끄덕였다.

"맞을 거야. 말해봐, 맞나 보게."

"대체 뭐유? 답답허니 말 좀 해보우!"

흑호가 묻자 태을 사자가 낮은 목소리로 말했다.

"그자들은…… 아마도 마계의 존재들일 걸세. 마계의 존재들의 영혼이…… 산 사람 대신 저승으로 간 것이겠지……."

"에엑?"

흑호와 은동도 몹시 놀랐다. 하일지달이 말했다.

"그래. 마계의 존재들일지라도 순수한 영혼의 상태가 되면 구별하기 어려워지지. 백면귀마가 이 판관으로 변신하여 있었어도 사계의 누구도 몰랐을 정도로 그들의 법술은 뛰어나거든."

"그렇다면……."

"맞아, 무서운 흉계라네. 사계의 심판을 받고 나면 그들은 다시 생계에 태어나지. 더군다나 그 심판은 마계의 존재에 대해 행해지는 것이 아니라, 생계에서 죽은 사람들이 살았을 때 행동에 의해 이루어지는 거라네. 조선군은 대부분 방어를 위해 싸우다가 죽은 자들이니 가엾은 자들이지. 아마도 대부분은 생계에서 인간의 몸으로 다시 환생할 거야……. 그러면……."

그 말을 듣고 태을 사자는 긴장된 듯한 동작으로 묵묵히 고개를 끄덕였다.

"생계에 마계의 주구들이 늘어나게 되는 셈이로군요……. 그러면 나중에는 천기를 눈에 보이게 어그러뜨리지 않고도 그런 인간들의 행동만으로도 천기를 조작할 수 있을지도 모르겠소. 인간들은 창조하는 존재이므로 약간씩 천기와 다른 행동을 할 수도 있다 하였으니……. 과연 무서운 음모요."

태을 사자가 몸을 부르르 떨자 하일지달이 미소를 지었다.

"그렇지. 그러나 그것뿐일까?"

"음?"

"마계의 존재들은 그 정도로 끝낼 만큼 무르지 않다네. 무서울 정도로 교활하지. 그리고 모든 영혼들이 바꿔치기된 것은 아니야. 그런 정도라면 굳이 전쟁을 빌미로 하지 않아도 불가능하지는 않을 거야. 태을 사자, 당신의 능력은 이제 사계의 저승사자들 가운데서 몇 손가락 안에 꼽힐 거야. 하지만 모든 저승사자들에게 그만한 능력이 있나?"

"그렇지는…… 않소……."

"그래. 그러니 그 정도 능력을 가진 저승사자들을 속이는 것만이라면 결코 생계에 티가 나는 전쟁까지 일으키지는 않았을 거라네. 마수들의 술법과 능력만으로도 가능한 일이니까. 그런데 마계는 유계를 부추겨서 사계를 침공하기까지 했다네. 왜 그랬을까?"

하일시달은 스스로에게 묻듯이 중얼거리다가 입을 다물었다. 그리고 한참이나 침묵이 흐른 뒤에 천천히 입을 떼었다.

"마수들의 능력이 왜 그리 강해졌을까? 아니면 마계 중에서도 가장 강한 정예만이 나와 있는 것일까? 아니면 마수들의 법력이 강해진 데에는 무슨 이유가 있는 것일까?"

태을 사자가 되물었다.

"대모님이나 염라대왕도 모르시는 듯싶소?"

"아직까지 확실한 것은 알아내지 못하신 듯해."

"그렇다면 아까 말씀하신 암흑의 대주술이란 무엇이오?"

태을 사자의 물음에 하일지달은 엄숙한 표정을 지으며 천천히 입을 열었다.

"마계의 존재들이 신이 되려고 하는 거지……. 하나의 세상을 창조하려는 거야."

너무나도 터무니없는 말에 태을 사자와 흑호마저도 깜짝 놀랐다.

"세상을 창조한다고? 도대체 어떻게? 창조의 힘을 지닌 것은 신계와 생계의 존재뿐이라 하지 않았소?"

"그러니 생계의 존재를 이용하는 거라네……. 그걸로 그들은……. 대모님의 짐작이 맞다면……."

"세상을 도대체 어떻게 만든다는 거유? 생계의 존재를 또 어떻게 이용하구? 이번 일과는 도대체 무슨 관련이 있다는 거유!"

"암흑의 대주술……. 그건 바로 영혼을 번식시키는 술법이라고 해."

냉철한 태을 사자조차도 믿어지지 않는 말에 그만 입을 벌렸다.

"어…… 영혼을 번식시킨다구? 말도 안 되는……!"

태을 사자가 말을 잇지 못하자 하일지달이 침울한 목소리로 말했다.

"무릇 생계의 산 것들은 짝을 지어 번식하여 수를 불려나가지. 그것과 비슷한 거야."

"영혼이 다시 태어나는 경우도 있소이까?"

"물론 대부분의 영혼은 순환되어 다시 태어나는 윤회를 거듭하지만 간혹 소멸되는 영혼들도 있다네. 너희들도 싸움중에 마수들을 여럿 소멸시켰고, 마수들과 싸운 사자들과 신장들도 소멸되었잖아. 어쨌든 그런 식으로 영혼의 수가 부족해지면 영혼은 다시 태어나는 거지. 그런데 새 영혼의 탄생은 무척이나 중대한 일이라서 신계에서 관할을 한다네. 관할한다기보단 섭리에 의해 그리되는 거지. 하지만 마수들은 아무래도 인간의 영혼을 이용하여 영혼을 증식시키는 법을 알아냈거나 그렇게 하려고 애쓰는 것 같고, 그게 바로 암흑의 대주술이라 믿어지고 있다네. 사실이라면 그것은 금단의 술법임이 분명해. 그리고 성계의 분들이 가장 우려하시는 것이고……."

"영혼을 어떻게 번식시킨다는 것이오?"

"그건 아직 아무도 모른다네. 그러나 높으신 분들은 이렇게 추측하고 계셔. 아마도 완벽한 영혼을 만들어내지는 못할 것이니, 영혼의 일부분을 떼내어 하나의 영혼처럼 만드는 거겠지. 물론 사악하고 기괴하며 추한 영혼일 거라네. 조화도 갖추어지지 않고 한쪽에만 편중된……. 하지만 마수들이 노리는 일은 그런 것들만으로도 충분할 거야."

"그것들로 도대체 무엇을 한다고!"

"아까 말했잖아? 또 다른 세상을 창조하여 그 세계의 신이 되는 것이 그들의 목적일 것이라고……."

"허어……."

태을 사자는 마음이 답답해졌다. 하일지달의 말대로라면 이것은 너무나 중대하고도 큰일이었다. 흑호도 자기도 모르게 탄식을 내뱉었다.

"그런데 어찌 하필 이 시대, 조선 땅에서 이런 일이 벌어진단 말유……. 허 참……."

"그건 모른다네. 왜 마수들이 이 시대, 이 땅에서 그런 일을 벌였는지는……. 이제부터 알아내야겠지. 그러니 태을 사자, 흑호, 그리고 은동이도 최선을 다해줘. 광계, 성계 등이 총동원되어 마계와 유계를 막고 있지만 생계에 내려온 녀석들을 없애지 않으면 위험하다네. 정확한 이유는 모르겠지만, 놈들은 이 전쟁을 확산시키기 위해 왜란 종결자를 집중적으로 노리고 있는 것이 분명해. 그리고 생계에서 그들을 막을 수 있는 것은 너희들밖에 없어. 반드시 해야만 해. 반드시……."

태을 사자가 긴 한숨을 내쉰 다음 입을 열었다.

"그것이 대모님의 전언이오?"

"그래……."

흑호와 태을 사자가 마음이 무거워져 있는데 은동이 불쑥 물었다.

"그런데 호유화는요? 괜찮나요?"

하일지달은 미소를 머금으며 은동의 머리를 한 번 쓰다듬어주고 말했다.

"글쎄……. 어쨌거나 너무 걱정하지는 마."

"혹시…… 주…… 죽을 것 같나요?"

"아니야. 소멸되지는 않을 거야. 그러나 아직은 의식이 없어. 꼼짝 못하고 누워 있는 것 같은데……. 치료하려면 몇 년이 걸릴지도 몰라."

은동은 잠시 실망한 듯한 눈빛을 띠었으나 이내 표정이 밝아졌다.

"죽지만 않았으면 됐어요! 꼭 만나게 될 거예요, 꼭! 반드시 기다릴 거예요!"

하일지달이 인자하게 미소를 지으며 고개를 끄덕였다.

"그래……. 그렇게 될 거야……."

태을 사자가 하일지달에게 물었다.

"그런데…… 혹시 '려'란 마수를 아시오?"

"려?"

"그렇소. 려."

"잘 모르겠는걸? 무슨 관계가 있어?"

그러나 태을 사자는 대답하지 않고 다른 데로 말을 돌렸다.

"흠……. 은동아, 혹시 내 법기인 묵학선을 본 적이 있느냐?"

"네? 음, 글쎄요. 저는 잘 몰라요."

"거기에 단서가 있을 터인데……. 묵학선이 어디에 가 있을까?"

말끝을 흐리는 태을 사자를 보며 흑호가 나섰다.

"지난번에도 나헌테 묵학선이 어딨냐고 묻더니만. 법기라면 법력으로도 되찾을 수 없수?"

"글쎄……. 생계에 있다면 법력으로 반드시 감응이 될 것인데……. 도대체 찾을 수가 없다네."

태을 사자의 얼굴빛이 어두운 것을 보고 하일지달이 물었다.

"법기라면 물론 중요한 것이겠지만……. 그게 그렇게 중요해?"

"중요하오. 첫째는 그 안에는 소멸된 내 동료의 힘이 깃들어 있기 때문이며, 둘째로 그 법기는 내 법력의 삼분의 일 이상을 담은 것이기 때문이오. 마수들을 상대하려면 되찾아야 할 것인데……. 그것이 어디 갔을까?"

아직 태을 사자도, 그 누구도 태을 사자의 묵학선을 호유화가 지니고 있다는 사실을 알지 못했다. 더구나 호유화는 의식 불명으로 중간계에 있으니 그런 사실을 말해줄 수도 없는 노릇이었다. 낙천적인 흑호는 태을 사자의 등을 툭툭 두드리며 말했다.

"너무 염려 마슈. 법기가 가면 어디로 가겠수? 조만간 찾게 될 테니 염려 마시우, 히히. 그나저나 태을 사자도 양신을 하니 인제 만져지는구먼."

그러면서 흑호는 태을 사자의 등을 일없이 계속 툭툭 두드렸다. 태을 사자는 흑호와 거리를 두려고 몸을 이동해서 스르르 옮겨갔다. 그때 밖에서 새벽 첫닭이 우는 소리가 들렸다. 그 소리를 듣자 태을 사자는 찔끔했다. 그것을 보고 하일지달이 웃으며 말했다.

"양신을 하고 있으니 이제 계명(닭 울음소리)에 놀라지 않아도 돼. 습관이 무섭긴 무서운 거로군. 홍홍홍……."

태을 사자가 멋쩍은 듯 고개를 숙였다가 은동에게 말을 건넸다.

"그러면 은동아, 우리는 이만 간다."

"네? 어……. 둔갑도 했으니 같이 있어도 되는 거 아닌가요?"

"아니다. 우리는 양신법과 둔갑법을 시험해보았을 뿐이야. 어제는 분명 너 혼자밖에 없었는데, 오늘 여럿이 있으면 사람들이 놀라지 않겠느냐? 우리는 차후에 각각 오는 걸로 하지. 양신도 좀 가다듬고 행동도 더 인간같이 다듬어서 말이다. 아무래도 앉은뱅이나 벙어리 흉내만 낸다면 그렇게 붙어 있기가 쉽겠느냐?"

태을 사자의 말은 이치에 그른 것이 없었다. 하일지달은 자연스러워 보이도록 다시 증성악신인에게 돌아갔다가 이삼일 후에 오기로 하고, 태을 사자와 흑호도 이삼일 터울을 두고 한 사람씩 은동을 찾아오는 것처럼 합류하기로 했다. 은동은 혼자 있는 것이 불안했지만 별수 없었다. 떠나면서 태을 사자는 흑호에게 말했다.

"자네는 이 근방에서 마수들을 경계하여 은동이를 도와주게. 나는 며칠 동안 좀 할 일이 있네."

"할 일이 뭐유?"

"일단은 저승에서 의원의 영의 힘을 빌려야 하지 않겠는가?"

"그거야 금방 될 거 아뉴? 아하, 묵학선 찾으시게?"

"그것도 있고, 전황을 둘러봐야겠네. 그리고 조정의 이덕형이나 이항복, 유성룡 같은 인물들을 마수들이 노릴지도 모르니 그것도 걱정되기도 하고."

"그러시유. 나야 뭐, 이 근처에 있는 게 더 편하니깐."

그리하여 태을 사자는 어디론가 떠나고 흑호는 좌수영 앞바다의 돌산도 섬에 자리를 잡았다. 우연히도 흑호가 자리를 잡은 곳은 과거에 호유화가 잠시 쉬어 갔던 그 터였다.

은동은 밤을 새웠지만 그래도 하일지달이 구해 온 두루마리며 약방문을 애써서 달달 외운 뒤에야 자리에 누웠다. 조금 더 확인을 해보는 것이 좋을 것 같았지만 잠이 쏟아져 더는 참을 수 없었다. 그러고 보니 그리 길지 않은 몇 달 사이에 너무도 많은 일이 일어났다. 너무나도…….

자기도 모르는 사이 잠시 잠이 들었던 은동은 누군가가 밖에서 기침을 하는 소리에 잠에서 깨어났다. 은동이 급히 일어나 미닫이문을 열어보니 정운이었다.

"아……. 무슨 일이십니까?"

"무슨 일이라니? 몹시 피곤했나 보구먼. 그러나 해가 중천일세. 수사님 진맥을 좀 보아주셔야 하지 않겠는가?"

생전 해본 적도 없는 진맥을 다시 하게 된 터라 은동은 가슴이 콩당거렸지만 별 방법 없이 도살장에 끌려가는 소마냥 정운을 따라 나섰다. 그런데 가는 도중에 갑자기 온몸에 부르르 소름이 돋으며 묘한 기분이 들었다. 은동은 놀라서 그 자리에 멈추어 섰다.

'이건 뭐지? 왜 이런 기분이…….'

그러자 누군가의 목소리가 마음속으로부터 들려왔다.

"자넨가? 진찰을 할 사람이?"

'엑? 이게 뭐지? 태을 사자나 흑호도 아닌데……!'

"난 태을인지 누군지 부탁을 받고 내려온 의원일세. 내가 도와줄 것이니 아무 염려하지 말고 진맥을 해보도록 하게."

은동은 기뻤다. 태을 사자가 저승에서 고명한 의원의 영혼을 데리고 와서 도움을 주려는 것이 분명했다. 그제야 은동은 정운이 왜 그러나 하고 의아한 시선으로 자신을 바라보고 있다는 것을 깨달았다. 은동은 몇 번 헛기침을 하면서 얼버무리고 정운과 함께 이순신의 처소로 향했다. 이번에는 걱정되거나 겁나지 않았다. 아니, 오히려 왜란 종결자이자 전쟁의 유일한 희망이라는 이순신을 자신의 도움으로 회복시킬 수 있을지도 모른다는 기쁜 마음이 드는 것을 막을 수 없었다.

은동은 상상 외로 이순신을 진맥하는 흉내를 능숙하게 잘 해내었다. 태을 사자가 저승에서 불러온 의원 귀신은 은동의 옆에서 귓속말로 행동을 지시해주었다. 의원은 이름도 밝히지 않았고, 이순신의 증상에 대해 이렇다 저렇다 말도 하지 않았으며 오직 동작만을 지시했다.

그렇게 진맥을 한 다음에 은동은 하일지달이 허준에게서 얻어 온 약방문을 말하여 약을 짓게 하였다. 하일지달은 의주를 몇 번이나 왕복하면서 허준에게서 처방을 알아 왔던 터였다.

하일지달의 둔갑술이 은동에게 도움을 주는 의원의 고증을 따르면서, 허준은 더 정확한 처방을 내릴 수 있었다. 그러나 허준의 진단에 따르면 이순신은 일종의 신경성 병을 앓고 있는 것이라 완치가 되기는 어려울 듯싶었다.

좌우간 몸에 더없이 좋다는 산삼을 탕으로 하여 먹고, 또 좋은 처방으로 약을 쓰게 되자 이순신은 점점 얼굴에 핏기가 돌며 건강을 되찾아갔다. 그것을 보고 이순신의 부장들 또한 기뻐하였으며, 은동은 한층 더 신임을 받게 되었다.

이틀이 지난 후 둔갑한 흑호가 하일지달의 안내를 받아 은동의 집안사람인 척하고 좌수영 내에 들어왔다. 태을 사자는 저승에 한 번 다녀온 뒤로, 무엇을 찾아 나갔는지 며칠이 지나도 돌아오지 않아서 핑계 댈 필요가 없었다. 흑호의 경우, 심부름하는 몸종이라는 핑계를 댔다.

사람들은 흑호의 무지무지한 덩치(인간으로 변한 흑호의 키는 9척을 넘어 10척, 즉 2미터 30센티미터에 가까웠다)와 험상궂은 얼굴을 보고 몹시 놀라워했다. 하지만 좌수영 내의 사람들은 처음의 약속대로 은동의 집안사람들에 대해 아무런 이야기를 하지 않았다.

나대용 등의 몇몇 사람들은 '과연 바깥에 알려지는 것을 꺼려할 만한 용모로구나. 허 참' 하고는 속으로 고개를 저을 뿐이었다. 그렇지만 정운이나 방답첨사 이순신 등은 흑호의 용모가 기이한 것을 보고 혹시나 하는 생각에 그들의 좌수영 본영 출입을 금했다. 은동은 어린아이였고 하일지달은 여자였으니 별로 의심할 것이 없었지만, 덩치가 크고 기이하게 생긴, 정체 모를 장한이 아픈 이순신의 부근에 드나드는 것을 그리 달갑게 여기지 않았기 때문이었다. 사실 이순신의 부하 중 몇몇도 비록 은동의 의술이 뛰어나기는 하나 은동에 대해 약간의 의심을 품고 있었다.

그러나 은동의 의술로(실제로는 허준과 저승에서 온 의원의 의술이었지만) 이순신이 며칠 만에 건강을 되찾아가자 그런 말을 입 밖으로 꺼내는 사람은 아무도 없었다.

그러던 어느 날, 정확히는 6월 20일, 은동의 처소 앞으로 수척한 아주머니 한 명과 계집아이 하나가 찾아왔다. 은동은 그 두 사람을 보고 놀랐지만 거부할 수가 없었다. 두 사람이 찾아온 경위는 이러했다.

하일지달은 의주를 오가기도 하고 증성악신인의 명을 받들어 일을 하느라 거의 처소에 없었다. 때문에 이순신의 부장들에게는 남자들(은동과 흑호)만 지내는 것이 안돼 보인 것이다.

하일지달은 용이었으며 바깥출입이 잦았고, 흑호도 도를 닦아 음식을 먹을 필요가 없었지만, 이순신의 부장들이 그런 사실을 알 리 없었다. 아주머니는 밥이나 빨래 같은 일을 돌보아주고, 계집아이는 몸종으로 시중을 들어주도록 정운이 배려를 한 것이었다. 그 두 사람은 난민인데, 약재를 간수하고 약을 달이는 일 정도는 할 수 있다고 했다.

그러나 은동은 진땀이 흐를 지경이었다. 흑호와 태을 사자는 가뜩이나 행동이 어색한데, 두 사람이 옆에 붙어 있게 되면 행여 그들의 정체가 탄로 날까 두려웠던 것이다. 그래서 아주머니와 계집아이인 오엽은 낮에만 들러 일을 돌보아주기로 했다. 그런데 그 오엽이라는 아이가 매우 맹랑하여 은동의 곁에서 떨어지려고 하지 않았다.

은동으로서는 산 너머 산이라는 말처럼, 긴장되고 초조한 나날이라고 할 수밖에 없었다.

그보다 조금 앞서 겐소와 야나가와는 급히 평양을 들이쳐 조선 상감(선조)을 잡으려 하였으나, 이덕형의 기지와 은동 및 흑호 덕분으로 그 일에 실패했다. 고니시는 조선군의 방비가 있을 것으로만 믿었기 때문에 천천히 진군할 수밖에 없었다.

가뜩이나 남해에서의 연이은 패전으로 말미암아 해상 보급로가 막혀서 고니시의 부대는 심각한 어려움에 빠져 있었다. 해상 보급로가 막힌 이상 보급받을 방법은 육로밖에 남지 않은 셈인데, 육로로 부산포에서 한양까지 보급을 하는 것은 기간이 많이 걸릴뿐더러, 여기저기서 의병 등이 일어나고 있어서 수송도 어려웠다.

가령 쌀을 보내려면 그 쌀을 지킬 병력을 같이 파견해야 하는 판이었으니, 올라오는 중에 그 병력이 쌀을 다 먹어치워 기껏 보급 부대가 당도해도 남은 쌀은 거의 없는 식이었다. 결국 고니시는 텅텅 빈 성이나 다름없는 평양을 6월 15일에 함락했는데, 거기서 고니시의 전 부대는 진이 빠져 더이상 진격할 엄두조차 내지 못하는 처지가 되고 말았다.

'실패다……. 이 전쟁은 실패다…….'

그래도 조선의 큰 성인 평양을 점령하였다고 축하연이 빈약하게나마 벌어졌으나 고니시는 내내 입술을 깨물고 침통하게 앉아 있었다.

'조선 병사만이 우리와 싸우는 것이 아니다. 조선에 있는 모든 것이 우리와 싸우고 있다. 비록 지금 우리가 우세하다 하나 우리가 이길 수는 없을 것 같다…….'

조선군은 미약했지만 조선 백성들은 끈질긴 잡초와 같았다. 그들은 왜군에게 협조하기를 대단히 꺼리고 싫어했으며, 성이 점령되면 모두 어디론가 흩어지고 숨어버렸다. 그 때문에 현지 조달을 원칙으로 하던 보급품이나 군량의 수급노 큰 문제에 빠지게 되었으며, 여기저기 불쑥 나타나는 소규모의 조선인 집단이 길을 잃거나 홀로 떨어진 왜병들을 해치고 있었다.

원래 왜군은 조선 백성들을 잘 회유하라는 군령을 받고는 있었으나 일이 그렇게 풀릴 수는 없었다. 도자기를 비롯하여, 조선의 앞선 문물을 수탈하라는 명령이 있는 까닭이었다. 다른 나라의 군대가 물건을 수탈하면서 자신들을 따르라고 말한다면 그 누가 말을 들을 것인가?

때문에 왜병이 진군하는 곳에는 조선 백성들이 뿔뿔이 흩어져 식량을 구할 수가 없었다. 그뿐만이 아니라 조선의 험한 산로, 판이한 환경 조건 때문에 수많은 환자들이 발생했다. 보급을 받지 못해 잘 먹지 못한데다가 물을 갈아 마신 탓인지 이질 환자가 끊이질 않았다. 생강, 마늘 등 비교적 맛이 독한 것을 즐겨 먹어 장이 단련된 조선인에게 이질은 단순한 배앓이에 지나지 않았지만 싱거운 음식을 주로 먹어 장이 약한 왜병들에게 이질은 무서운 질병이었다.

'전투다운 전투도 없이 고작 천오백 리를 진격하고 이렇게 군이 지쳤는데, 이런 군대를 거느리고 어떻게 명나라를 침략하겠는가? 말도 되지 않는구나……. 틀렸다.'

현재 고니시 부대의 상황은 심각했다. 평양에서 불과 수백 리밖에 떨어지지 않은 의주에 조선 상감의 어가가 있다는 것을 알면서도 진격할 엄두조차 낼 수 없었다. 고니시는 이제 전쟁에 신물이 났다. 하지만 왜국에 있는 히데요시는 망상을 버리지 않고 전쟁을 독촉하고 있었다.

'부하들을 모두 죽이라는 말인가……. 아아……. 방법이 없구나. 어떻게 하여야 하나…….'

고니시는 문득 이순신이라는 조선 장수가 미워졌다. 그의 경쟁자인 가토는 이미 함경도 부근까지 진격했다고 들었다. 가토는 동해안을 끼고 북상하고 있어서 수로를 통해 보급받을 수 있었다. 그러나 자신은 서해안을 끼고 있으니 남해안을 거치지 않고서는 보급선이 도착할 수 없었다.

하지만 남해안에서 모든 수군은 이순신의 몇 척 되지도 않는 조선군 수군에 속속 몰살당하고 있으니, 고니시는 보급받을 방법이 없는 것이다. 이순신이라는 자만 없었더라면 보급을 받아 조선을 단숨에 석권할 수 있는데, 지척인 의주조차 갈 수가 없으니…….

'이순신만 없다면……. 이순신만 없었다면…….'

고니시는 괴로웠다. 고니시가 반전주의적인 경향을 띠고 있기는 했으나 지금은 엄연히 정벌군의 선봉으로 나선 대장이다. 경쟁 관계인 가토가 계속 진격을 하는 마당에 자신은 더이상 진격하지 못한다는 것은 괴로운 일이 아닐 수 없었다. 아니, 이대로라면 진격이 문제가 아니라 보급이 끊겨 자칫 위험해질 수도 있었다. 그것도 자신만이 아니라 부하들 모두 함께.

'무슨 수를 내야겠다……. 이순신을 없애야겠는데……. 가능할까?'

작전 구역이 다르니 고니시가 직접 이순신을 처치하러 갈 수도 없는 상황이었다. 거기서 고니시는 문득 닌자인 겐키를 떠올렸다.

'암살은 어떨까? 겐키에게 의뢰해볼까…….'

그러고 보니 겐키가 지금 무엇을 하고 있는지가 궁금했다. 이미 꽤 시간이 지났는데도 전갈 한번 없었다. 상당히 드문 일이었다.

'흐음, 아직 일을 마치지 못했나? 왜 돌아오지 않지?'

고니시는 그렇게만 생각하고 그날 밤 축하연을 마친 후 느지막이 잠자리에 들었다. 그러나…….

설핏 누군가가 부르는 것 같은 소리에 고니시는 잠에서 깨어났다. 그러나 불이 꺼졌는지 아무것도 보이지 않았다. 아니, 불이 꺼진 정도가 아니라 마치 땅속에라도 들어온 것같이 사방이 온통 암흑에 휩싸였고 아무것도 보이지 않았다.

"무슨 일이냐! 누구 밖에 없느냐!"

고니시는 소리를 쳤으나 아무런 대답도 들리지 않았다. 그 대신 킬킬거리는 음산한 웃음소리가 뒤에서 들려왔다. 고니시는 재빨리 몸을 일으키면서 뒤를 돌아보았지만 그곳에는 아무도 없었다. 고니시는 방구석에 세워둔 패검을 찾았지만 그것도 손에 잡히지 않았다.

'또 그 악마들이로구나!'

고니시는 이를 악물고 기도를 하기 시작했다. 그러자 목소리가 울려왔다. 음산하면서도 간드러진 여자의 목소리였다.

"고니시……. 아직도 우리와 손을 잡지 않으려느냐? 너는 두렵지도 않느냐?"

"썩 물러가라, 사탄아!"

고니시는 딱 잘라 말하고는 열심히 기도문을 외웠다. 눈도 꽉 감고 뜨지 않았다. 목소리가 다시 말했다.

"네가 조선인들을 살육하지 않겠다면 너희 부하들이 대신 죽을 것이다. 그래도 좋으냐?"

"헛소리!"

"눈을 떠보는 것이 어떠냐?"

"네놈들의 말은 듣지 않겠다!"

"이것을 보면 생각이 달라질 텐데?"

그 말에 고니시는 자기도 모르게 눈을 스르르 떴다. 순간 소스라치게 놀랐다. 캄캄한 어둠만이 사방을 가득 채우고 있는 자신의 눈앞에 한 여인이 서 있었다. 긴 백발에 간드러진 용모를 지닌 요염한 모습의 여인이었는데, 그 여인은 양손에 무엇인가를 들고 있었다. 그것은…….

"저…… 저것은!"

고니시는 자신의 눈을 도무지 믿을 수 없었다. 그것은 두 개의 머리였다. 여기저기 깨어지고 뭉개진 것 같은 참혹한 사람의 머리. 그 사람들이 누구인지 고니시는 알지 못했지만, 그들은 닌자들의 복면 같은 것을 머리에 두르고 있었으며, 어딘지 모르게 겐키와 닮아 있었다.

"네가 왜국에 파견했던 첩자들이다. 조만간 겐키라는 자도 이렇게 될 것이다. 쓸데없는 것에 호기심을 가지면 너도 이 꼴이 될 것이야. 알겠느냐?"

"어…… 어떻게……."

"이것이 마지막 경고다. 어서 우리와 손을 잡겠다고 언약해라!"

"그럴 수는 없다! 그럴 수는……."

"험한 꼴을 당해봐야 말을 들을 모양이군."

여인은 날카로운 눈초리로 무섭게 고니시를 노려보다가 천천히 말했다.

"잘 들어라. 우리의 말을 듣지 않는 이상, 너의 앞길에는 패배와 절망뿐이리라. 좌절과 고통만이 네 앞길에 기다리고 있으리라……. 그러니 어서 마음을 바꿔라……. 그렇지 않으면……. 호호호……."

여인은 간드러진 웃음소리만을 남기고 사라져버렸다. 그리고 주변을 가득채우던 시커먼 어둠이 갑자기 핏빛으로 변하면서 고니시에게 몰려들었다.

"으아악!"

고니시는 놀라서 소리를 지르며 자리에서 벌떡 일어났다. 눈을 뜨니 낯익은 막사 안의 모습이 보였다. 세워놓은 검도, 걸어놓은 갑옷도 제자리에 있었다. 고니시는 땀을 흘리며 고개를 휘휘 흔들었다.

"꿈…… 이었나?"

그러나 다음 순간, 고니시의 눈앞에 끔찍한 장면이 펼쳐졌다. 장막의 한쪽 구석에 방금 꿈에서 보았던 닌자 두 사람의 머리가 마치 눈덩이처럼 싯누런 물로 녹아내려가고 있었다. 코언저리가 녹고, 이윽고 눈과 이마마저 녹아내린 후 두 개의 머리는 완전히 형체가 사라지고 단지 누런 물 자국으로만 남았다.

'꿈이…… 아니었단 말인가? 그 여인은 대체 누구인가? 사탄인가? 악마나 요괴인가?'

고니시는 두 개의 머리가 모두 녹아 없어지고 난 이후 한참 동안이나 움직이지도 못한 채 그쪽을 바라보면서, 정신 나간 사람처럼 앉아 있었다. 그저 멍하니 그렇게…….

평양이 함락되었다는 소식은 며칠 만에 전라좌수영까지 흘러들어왔다. 사람들은 곡을 하고 슬퍼하였으나 정작 건강을 어느 정도 되찾은 이순신은 침착했다. 항상 이순신 주변에 있어야 했던 은동은 이순신의 의견을 들을 수 있었다.

"고니시는 더이상 올라가지 못할 걸세."

어느 날 병문안을 온 방답첨사 이순신과 군관 나대용의 의주도 위험할 것 같다는 말에 이순신은 그렇게 말했다.

"그것을 어떻게 아십니까?"

나대용이 놀라자 이순신은 천천히 힘없는 목소리로 말했다.

"고니시는 보름 만에 부산에서 한양까지 진격했네. 그러나 한양에서 한 달 남짓이나 움직이지 않고 시간을 끌었어. 하지만 가토는 이미 함경도까지 나아갔다더군. 그것이 무엇을 의미한다고 보는가?"

"흠……. 그렇다면 보급이 제대로 이루어지지 않는 것일까요?"

"그렇지. 수만 대군의 군량과 무기와 탄약을 수송하려면 고갯길이 많고 험한 육로로는 수송이 어려울 것이야. 그렇다면 반드시 해로를 이용하여 배로 물자를 실어날라야 하는데, 동해안을 따라 진격하는 가토군은 보급을 받겠지만, 고니시는 서해안을 통해 보급을 받아야 하거든. 그러려면 남해안을 통과해야 하지 않겠는가? 그러니 우리의 역할이 막중하다는 것일세."

이순신은 상황을 정확하게 판단하고 있었다. 나대용이 걱정스러운 듯이 물었다.

"그러나 만약 가토가 의주로 진격하면 어떻게 합니까?"

"가토는 의주로 갈 수 없네. 가토도 바보는 아닐 거야. 의주 쪽으로 진군하면 그 역시 보급로가 끊어지는데 어찌 의주로 가겠는가? 함경도 쪽으로 진군하다가 그칠 것이네. 그러니 우리가 이곳을 잘 지켜야만 고니시를 꼼짝 못하게 붙잡아둘 수 있으며, 종묘사직 또한 보전할 수 있을 것일세."

"우리만으로 되겠사옵니까? 혹시 저들이 해로를 포기하고 육로 운송을 강화한다면……."

나대용은 여전히 걱정스러운 것 같았으나 이순신은 고개를 저었다.

"육로로는 못 움직일 걸세. 대군은 움직여도 수송 부대는 움직일 수 없을 거야."

"어찌하여 움직이지 못한다 하시옵니까?"

"난민들의 이야기를 듣지 못했는가? 이제는 우리 백성들도 마음을 가다듬고 있네. 민심은 대개 어디나 비슷한 법일세. 들으니 이제 곳곳에서 여러 뜻있는 분들이 의병을 일으켰다 하더군. 의병들이 중간을 방해하니 육로 수송은 불가할 것이야. 두고 보게. 이제 전세는 변했네. 당장은 물론 말할 수 없이 우리가 불리하네만…… 이대로만 잘 나간다면 우리 조선에도 승산이 있다네."

이순신의 말처럼 전세는 바야흐로 변하고 있었다. 조선 땅 여기저기에서 의병들이 일어나기 시작했다. 이 의병들은 전쟁 초기부터 조직되었으나, 이순신의 승리에 기운을 얻어 비로소 행동으로 들어갈 수 있었다. 의병장들이 제아무리 격문을 뿌리고 구호를 외쳐도, 백성들이 승리할 가능성이 전혀 없다고 여기니 의병에 자원하는 자가 그리 많지 않았던 것이다.

그러나 이순신이 연이어 승리를 거두고 이순신의 군대가 그리 많지 않으며, 대부분은 수부나 어부라는 소문이 알려지자 이를 갈며 의병에 자원하는 사람들의 수도 늘어났다. 이에 따라 의병장들은 비로소 싸울 만한 숫자로 의병들을 모을 수 있게 되었다.

조선 시대는 고장마다 존경받는 촌로나 학자, 뜻있는 낙향 선비가 지역의 유지 격으로 대우받고 있었는데, 대부분의 의병장들은 그러한 사람들이었다. 그들은 지역의 민심을 기반으로 오히려 관군보다도 훨씬 많은 수효의 백성들을 모아 전투에 참여했다.

최초로 의병을 일으킨 사람은 경상도 의령의 곽재우였다. 곽재우의 친구였던 김덕령은 노모가 심하게 병을 앓고 있었기 때문에 의병을 직접 일으키지는 않았지만 그가 사는 전라도 지방에서는 고경명, 유팽로, 고종후 등이 광주에서 의병 육천을 모아 진군하였으며 김천일, 양산주, 임계영 등이 남원에서 의병을 일으켰다.

충청도에서는 율곡 이이의 수제자였던 조헌이 의병을 일으키고 영규가 이끄는 승병과 신간수, 장덕개 등의 병력을 합하여 청주로 진군하였으며, 황해도에서는 조득인과 이정암이 의병을 일으켜 해주와 연안을 각각 사수하였다.

평안도에서는 휴정과 유정이 승병을 주축으로 한 의병군을 마침내 움직였으며 함경도 경성과 경상도 하동에서는 당시 도방道房의 양대 지주라 일컬어지던 정문부와 정기룡이 각각 의병을 조직하려 하고 있었다.

관군은 형편없이 패하고 있었지만 조선의 숨겨진 힘은 이때야 비로소 드러난 것이다. 의병들은 무기나 훈련에서 왜병들보다 훨씬 뒤졌기 때문에, 경우에 따라서는 많은 피해를 입었다. 곽재우처럼 도력뿐만이 아니라 군사적으로도 걸출한 능력을 가진 사람이 거느리는 의병들은 거의 패하지 않았지만 드높은 의기만으로 훈련도 장비도 부족한 의병을 제대로 지휘하기란 정말 어려운 일이 아닐 수 없다.

그러나 그들은 전멸할 때까지 싸우면서도 투지를 잃지 않았고, 그럼으로 해서 왜군들에게 두려움과 공포감을 안겨주었다. 곽재우는 기량을 있는 대로 발휘하여 평양이 떨어진 유월 말에 왜군의 유명한 승장僧將 안코쿠지 에케이가 정암진에 침투한 것을 물리쳐서 왜군과 조선군 모두에게 유명해졌다. 특히 곽재우는 항상 붉은 옷을 입고 다녀 '홍의장군'이란 이름을 크게 떨쳐 조선 의병들의 사기를 높이기도 했다.

전황이 조금씩 변모하고 있었다. 점령했다고 생각한 지역에서, 전력을 알 수 없는 의병의 출몰이 본격적으로 일어나기 시작한 것은 왜군 측의 입장에서 본다면 커다란 충격이 아닐 수 없었다. 조선군이 일방적으로 밀리고 당하는 전투에서 호각지세로 조금씩 상황이 바뀌고 있었던 것이다.

왜군은 점차 자신감이 꺾여갔고 조선군은 조금씩 전의와 사기가 살아나고 있었다. 아무도 정확히 꼬집어서 말하지는 못했지만, 많은 왜군 장수들과 조선군의 지각 있는 사람들은 그런 사실을 점점 깨닫고 있었다.

마수 내습

"범쇠 아저씨, 왜 안 먹는 거예요?"

사람으로 변신한 흑호는 좌수영 내에서 임시로 '범쇠'라는 이름을 쓰고 있었다. 사람들은 흑호의 덩치가 장대하기 이를 데 없고 얼굴도 호랑이와 닮은 면이 있는 것을 보고, 이름 한번 잘 지었다고들 말했다. 그러면서도 사람들은 '범쇠'의 덩치가 너무도 큰 것에 질려서 웬만하면 가까이 하지 않으려 했다.

흑호는 걱정했던 것보다 사람의 말을 능숙하게 했고(하일지달이 잘 지도해주었다), 원래 인간을 그리 좋아하지는 않았어도 성품이 여유롭고 사물에 대해 편견이 없는지라 은동이 보기에도 그럭저럭 잘 처신하고 있었다.

그러나 지금 그 '범쇠'는 자기의 다리 한쪽 크기밖에 안 되는 은동의 몸종인 조그만 계집아이 오엽에게 쩔쩔매고 있었다.

"으…… 으음……. 어이구구."

"내가 만든 게 그리 맛이 없단 말예요? 의원님도 잘 드시는데. 특별히 귀한 고추까지 넣어줬다구요!"

흑호, 아니 '범쇠'의 점심상으로 오엽이 내민 것은 갖가지 나물과 푸성귀와 선연한 빛깔의 고추를 듬뿍 썰어 넣은 비빔밥이었다. 그것도 체격에 맞게 함지박만 한 그릇에 넘칠 듯이 그득 담겨 있었다. 흑호는 도를 닦아 음식을 먹지 않아도 되었지만 육식동물인지라, 푸성귀와 처음 보는 것도 모자라 매운 냄새가 마늘보다도 심한 고추를 먹는 것이 그리 즐거울 수만은 없었다. 그런데도 오엽은 당차게 끝까지 그것을 '범쇠'에게 먹이려고 하는 것이었다.

은동은 붉은 야채가 신기해 보여서 오엽에게 물었다.

"그게 이름이 뭐라구?"

"고추요. 빨간 게 이쁘죠? 이름이 좀 그렇지만……. 킥킥!"

고추는 원래 조선에서는 볼 수 없던 것인데, 왜군들이 소량 가지고 온 것을 오엽이 어떻게 구한 모양이었다.[3] 고추는 가까이에서 보기만 해도 눈물이 찔끔 나오는 것이, 먹는 것이 수월할 것 같지 않았다. 은동은 느긋하게 식사를 하면서 그 광경을 보고 킥킥 웃었다.

"알…… 알았어. 내…… 내…… 이따가 먹을게, 엉?"

"안 돼요! 맛없다고 안 먹을려구 그러죠? 안 돼욧! 내 눈앞에서 다 먹어요!"

"으…… 으음……."

오엽의 강권에 흑호는 우거지상이 되어서 한술 떠서 입에 넣었다. 그러나 싱싱한 나물과 채소, 더구나 듬뿍 친 고추가 맵디매우니 비위에 맞을 리 없었다. 흑호가 우거지상을 쓰자 오엽은 얼굴빛이 변하며 눈가에 눈물이 그렁그렁 맺혔다.

"맛없나 봐……. 어떡해……. 나 같은 년, 재주도 없고 지지리도 복도 없으니……. 아이구, 엄니……."

오엽이 울어버릴 것 같자 마음이 약한 흑호는 눈이 휘둥그레져서 함지박에 담긴 밥을 마구 입에 퍼 넣었다.

"아…… 아니여! 맛있어! 엄청, 뒤지게 맛있대두! 우아아아!"

흑호는 쏟아붓듯이 함지박의 밥을 커다란 입에 마구 쓸어 넣었다. 그러다가 맵고 아릿한 맛을 참지 못해 간간이 지붕이 떠나가라 길게 포효하듯 우우 소리를 질렀다. 어쩌면 울부짖는 것에 더 가까웠는지도 모르지만…….

오엽은 흑호가 한 양푼이나 되는 큼직한 밥그릇을 다 비우자 언제 울었냐는 듯 생글생글 웃으면서 은동에게 다가갔다.

"의원 나리, 괜찮사옵니까? 맵지는 않은지요?"

"아니, 맛있다. 좋아."

이제 눈이 벌겋게 되고 눈물까지 맺힌 흑호가 힐끗 은동의 밥그릇을 보고는 인상을 구겼다.

"어……. 은동……. 아니아니……, 도련님 밥은 어째 벌겋지가 않어? 왜 그런 거여?"

오엽이 샐쭉 웃으면서 말했다.

"고추를 많이 넣으면 맵잖아요. 고추가 원래 매운 건데, 그것도 몰라요?"

"그럼 나는?"

"매운 것을 잘 먹어야 장사가 힘을 쓰지요. 더구나 구하기도 어려운 건데……. 난 생각해서……."

오엽이 얼버무리자 흑호가 분통이 터진다는 듯 소리쳤다.

"으이구! 요 쪼끄만 것이! 난……!"

자기도 모르게 솥뚜껑만 한 주먹을 추켜올리던 흑호는 말을 계속 이을 수가 없었다. 흑호를 무서운 듯 올려다보는 오엽의 눈에 벌써 눈물이 그렁그렁했다. 그러자 흑호는 푸후 하고 오엽이 날아갈 정도로 커다랗게 한숨을 내쉬면서 손을 도로 내렸다.

"난…… 난 잘해주려고 한 건데…… 아저씨는…… 아저씨는…… 으아앙!"

급기야 오엽은 울음을 터뜨렸다. 그러자 흑호는 아까의 기세는 어디 갔는지 얼굴빛까지 변해서는 허둥거렸다.

"어이구……. 널 혼내려구 그런 게 아녀! 아이구구……. 이 일을 어쩐다, 이거……. 은동……. 아니, 도련님! 어떻게 좀 해보슈! 아구구……."

은동은 오엽이 우는 척하면서 밑으로는 킥킥거리고 웃고 있는 모습을 언뜻 보았기 때문에, 나서지 않고 비빔밥만 꾸역꾸역 먹을 뿐이었다.

"흑흑……. 범쇠 아저씨 너무해……. 흐흑……."

"아이구구……. 잘못했다. 내가 잘못했어. 그러니 울지 좀 말어! 엉?"

"아저씨는 짐승만도 못해. 씨이…… 흑흑……."

그러자 흑호는 고개를 갸우뚱했다.

"지금 그거 칭찬이냐?"

"흑흑……."

"흐음……. 인간이야 당연히 다 짐승만 못하지. 짐승이야 제 도리와 본분을 알고 자연의 이치에 맞게 잘 살아가는 것 아녀? 당연한 소리를 왜 그렇게 하냐?"

흑호는 본래가 짐승이고, 자신이 짐승이라는 것에 대해 큰 자부심을 지니고 있었다. 그러나 오엽은 이해가 되지 않는 듯 고개를 갸우뚱했다. 그 모습을 보고 흑호는 오엽이 우는 척하다가 그만둔 것인지도 모르고 오엽이 울음을 그친 것이 좋아 입을 헤벌렸다.

"그려그려. 울지 말어, 울지 말어. 나야 원래가 짐승만도 못한데, 뭘. 그래서 기분 좋으면 더 그려, 더. 허허헛! 그려, 인간이야 원래 짐승만 못한 거지. 흠하하하!"

흑호는 오히려 그 말을 들은 것이 몹시 통쾌한 듯 너털웃음을 웃었다. 그러자 오엽은 은동을 돌아보며 손가락을 머리 쪽으로 향한 뒤 몇 번 동그라미를 그렸다. 돌은 것 아니냐는 표현이었다. 은동은 눈치가 빨라 흑호가 왜 웃었는지 정도는 짐작했지만, 그렇다고 사실을 말해줄 수도 없는 터라 슬쩍 웃으며 말했다.

"자자, 됐어. 그만 물러가거라."

그 말에 오엽은 군소리하지 않고 조용히 물러갔다. 흑호와 장난질을 칠 때와는 전혀 딴판의 모습이었다. 오엽이 물러가자 흑호는 은동에게 다가와 다짜고짜 따졌다.

"은동이! 너 그럴 수가 있냐? 내가 골탕 먹는 건 둘째치고 여자애가 우는데 그냥 보고만 있었어?"

"정말 운 것두 아닌데 뭘 그러세요?"

흑호는 그제야 오엽이 자기를 골렸다는 것을 눈치챘다. 늦어도 한참 늦은 편이었다. 흑호는 새삼 화가 나는지 오엽이 사라진 쪽을 몇 번이나 바라보다가 성질을 부리며 자기 가슴을 둥둥 소리가 나도록 두드렸다. 그러고는 은동에게도 알밤을 한 대 가볍게 먹였다. 은동은 웃으며 말했다.

"아이구, 이거 머슴이 주인을 치네. 누가 보면 어쩌려구 그래요?"

"보긴 누가 봐, 어이구……. 그나저나…… 이거……. 아이구, 속이 뒤집힌다……. 으으으……."

흑호는 아무래도 매운 것을 너무 먹어서 속이 언짢은 모양이었다.

산만 한 덩치에 어울리지 않게 일그러진 표정이 가관이라 은동은 참을 수가 없어서 킥킥거리고 웃었다. 그러자 흑호는 더 얼굴을 찌푸렸다.

"흠, 자꾸 웃지 말어! 거참……. 어이구, 이게 웬 놈의 팔자란 말이냐? 조선 땅 금수의 우두머리가 되어서 머루알만 한 계집애한테 놀림이나 받다니……."

그때 저쪽으로 갔던 오엽이 쪼르르 달려왔다.

"의원 나리! 손님이 오셨어요!"

"손님?"

은동이 나가보니 찾아온 사람은 얼굴빛이 파리하고 검은 장포에 갓을 쓴 중년의 남자였다. 행색을 보아하니 태을 사자가 분명했다. 은동은 빈가워서 하마터면 '태을 사자님'이라고 부를 뻔했지만 태을 사자는 슬며시 눈짓을 하며 은동에게 고개를 숙였다. 태을 사자의 뒤에는 정운과 나대용이 같이 있었다.

"도련님, 여기 계셨군요. 오래 찾아다녔습니다."

"아……. 왔군요."

나대용이 나섰다.

"자네가 일전에 이야기했던 집안사람인가?"

"아……. 예. 그러니까……."

거짓말에 그리 익숙하지 못한 은동이 말을 더듬자 흑호가 나왔다.

"아이구, 오랜만이유. 태을 서방."

은동은 흑호의 느닷없는 말에 조금 놀랐다.

'서…… 방?'

흑호는 넉살 좋게 계속 떠들어댔다.

"군관 나으리, 저 사람은 우리집 집사 태을이라는 분이유. 약재 다루는 기술이 능란하다우."

"호오, 그러한가? 그런데 성이 희귀하군. 태을 성을 가지시었는가? 처음 듣는 성인데?"

"원래 이 나라 사람이 아니고 멀리 서역에서 태어나셨다우. 그래서 얼굴빛이 푸르고 검은 옷 입는 것을 좋아해서 산 사람같이 보이질 않우. 그래서 사람들이 저승사자라구두 부르우. 히히히."

태을 사자는 흑호가 난데없이 입방아를 찧자 당황한 표정이었다. 거기다가 저승사자니 뭐니 하면서 오히려 본색을 드러내는 듯한 이야기를 하자, 상당히 긴장한 것 같았다.

보아하니 흑호는 오엽에게 당한 분풀이를 태을 사자에게 하는 모양이었다. 은동은 장난기가 재미있게 느껴지기도 했지만, 흑호가 너무 말을 막 하는 것 같아서 가슴이 콩당콩당 뛰었다.

다행히 정운과 나대용은 별반 관심을 기울이지 않고 잘 부탁한다는 말만 건네더니 반대쪽으로 돌아가버렸다. 주변에 사람들이 없어지자 태을 사자는 흑호에게 불만 섞인 어조로 말했다.

"왜 그리 함부로 말을 하는가?"

"내가 뭘?"

"정체가 드러나면 어쩌려고……."

"에이, 그런 걱정 마슈. 인간들, 그런 말은 아예 믿지도 않수. 더구나 인간이라고 하기엔 용모가 괴이하니 그런 농담 정도 해두는 게 오히려 좋을 것 아니우?"

하긴 흑호의 말에도 일리는 있는 것 같았다. 그래도 은동의 눈에는 정말 그렇게 생각하고 한 장난 같지는 않아 보였지만…….

"흠……."

태을 사자는 한숨을 내쉬더니 주변을 살펴보고 말했다.

"그나저나 내가 왜 왔는지 알겠는가?"
"글쎄, 모르겠수."
"근래 이 부근의 공기가 심상치 않네. 느끼고 있는가?"
"아니, 뭘 말이우?"
"흑무유자가 중간계에서 무사히 탈출하여 생계로 왔다면, 우리의 거취를 찾을 것이 분명하네. 우리는 중간계에서 엉뚱한 사람들에게 화를 미치는 것을 막기 위하여 왜란 종결자인 이순신 주변에 모이기로 하지 않았던가? 그들도 슬슬 눈치를 챈 듯하이."
"눈치를 챘다면…… 마수들이 이제 슬슬 이 주위로 꼬일 거라는 말유?"
"그렇네……."
태을 사자는 요 며칠 동안 의주와 기타 다른 장소들을 돌면서 마수들의 거동이 있는지를 유심히 살피고 다녔다. 예전에는 선조나 이항복, 이덕형 등의 주위에도 마수들이 얼쩡거렸던 것 같으나 이제는 그런 것 같지 않았다. 그 점으로 판단하건대, 마수들은 왜란 종결자인 이순신의 주위에 확실하게 힘을 모으는 듯하다는 것이 태을 사자의 의견이었다.
"그러니 주변 경계를 게을리하여서는 아니 되네. 마수들이 직접 침노한다면 우리가 손쓸 수 있을 것이나 인간의 힘을 빌려 온다면 은동이밖에 손을 쓸 수 없는 것이니."
은동은 태을 사자의 말에 새삼 각오를 다지며 고개를 끄덕였다.
"유화궁을 꺼내 손질해두어야겠네요. 그래서……."
은동의 눈시울이 붉어졌다. 호유화 생각이 난 모양이었다. 그러자 흑호가 은동의 등줄기를 철썩 쳤다.
"에이, 사내자식이 징징거리긴!"

은동이 창피하여 찔끔하는 듯하자 흑호가 말머리를 돌렸다.

"그나저나 여기저기 돌아보았다면 조선 조정도 보고 전세도 보았겠구먼요. 전세는 어떠하우? 또 영혼들이 없어지거나 하진 않수?"

"근래에는 사계에서도 영혼의 관리에 보다 주의를 기울이고 있다네. 그리고 조선 조정에서는 명에 원군을 청할 요량인 듯하네. 왜병들이 공공연히 조선에 이어 명을 치러 간다고 떠벌리고 있으니 명도 좌시하지는 못할 테지. 다만 명국도 지금 어지러운 상태이니 변설이 뛰어난 사신을 파견해야만 할 터이고."

"누가 가는 것 같우?"

"아직 확정된 바는 없으나…… 아마 이덕형이 가는 듯싶네."

"마수들이 이덕형에게 해코지를 하는 것은 아닐까?"

흑호가 걱정하자 태을 사자도 고개를 끄덕였다.

"글쎄, 나도 그것을 어떻게 해야 할지 모르겠네. 이덕형이 왜란 종결자는 아니라 하나 명의 파병이 이루어지고 이루어지지 않고는 그의 수완에 달려 있는 터. 대단히 중요한 일이라 보아야겠지. 그러나……"

"그러나 뭐유?"

"나는 솔직히 마수들이 명군의 파병을 꺼릴지, 기꺼워할지 분간을 할 수 없다네."

"엥? 마수들이 이덕형을 막으려 하지 않겠수?"

"글쎄, 그것은 모르네. 마수들이 왜병들의 편을 들고는 있지만 결코 마수들이 왜국과 한통속이어서 그런 것은 아니라 여기네. 마수들은 보다 많은 인간들이 희생되기를 바라고 있을 뿐이며, 그렇기 때문에 상대적으로 강한 왜군의 편을 드는 것이라 보이네. 그러나 명군이 전쟁에 나서면 더 많은 인간들이 전쟁에 참여하게 되는 셈이고 더 많은 사람이 목숨을 잃지 않겠는가? 그래서 나는 오히려 마수들이 명군의 참전을 기꺼워하지 않을까 하는 생각도 드네."

"그러면 뭐, 우리가 개입할 필요도 없겠구먼."

태을 사자는 고개를 저었다.

"하지만…… 명군의 참전이 과연 그렇게 기꺼운 일일까?"

"그건 또 무슨 말이유?"

"음, 간단히 말해 내 생각은 이렇네. 그것이 어떤 방향이든 마수들이 인간사에 개입하는 것은 필경 옳지 못한 결과를 노리고 하는 것일 게야. 그러니까 마수들이 이덕형을 방해하건 혹은 돕건 간에, 마수들의 작용이 끼치는 일은 모두 막아야 한다는 말일세."

"으음……. 명군이 오면 전쟁이 더 빨리 끝날 텐데요? 그러니까 그냥 내버려둬요!"

은동이 말하자 태을 사자는 타이르듯 차근차근 말했다.

"은동아, 마수들은 전쟁을 확산시킬 음모를 꾸미고 있는 것이 분명하다. 보기에는 명군의 개입이 좋을 것 같겠지만 실제로는 어떤 결과가 나올지 모르는 것이 아니겠느냐?"

"그러면 또 가세요? 오시자마자."

은동은 속 깊은 태을 사자가 곁에 있는 것이 훨씬 든든해서 가지 말라고 말렸으나 태을 사자는 고개를 저었다.

"명군의 참전 또한 중요한 일이 아니겠느냐? 그러니 이덕형의 주변도 잘 살펴야 한다."

은동은 입을 다물었지만 불만스러운 얼굴이었다. 그러자 흑호가 입을 열었다.

"에이, 그러면 어쩌란 말유? 아무튼 그럼 어떻게 해야 한다는 거유? 그렇다고 이순신을 내버려두고 갈 수도 없잖수?"

"지금 모든 계의 통로가 단절되고 우리밖에 이 일에 개입할 존재가 없으니 우리가 관여를 해야 한다고 여기네. 허나……"

태을 사자는 말없이 눈만 깜박거리는 은동 쪽을 돌아보았다.

"마수들이 직접 나선다면 모르지만 그렇지 않는다면 필경 인간에게 술수를 부려서 개입할 터, 그리고 인간을 시켜 개입하는 일에는 은동이밖에 관여를 할 수 없으니……"

"아니, 그건 이순신에게 있어서도 마찬가지 아뉴? 그렇다고 은동이를 명국으로 보낸다면 이순신은 무방비 상태가 되잖수?"

"그러니 내가 명국으로 이덕형을 따라가겠네. 그랬다가 수상한 분위기가 느껴지면 곧바로 은동이를 데려오도록 할 것이네. 사실 나는 이미 출발했어야 했네."

"가만, 수상한 분위기가 느껴지면 그때 은동이를 명국으로? 에이, 그건 어렵지 않수? 아무리 술법이 고명해도 명국으로 은동이를 데리고 가려면 한나절은 걸릴 건데. 일 터진 다음에 은동이를 데리고 가보았자 뭘 하겠수?"

"그래서 내가 들른 것이야."

그리 말하면서 태을 사자는 헝겊에 그려진 무슨 부적 같은 것을 꺼내어 은동이에게 주었다.

"이게…… 뭔가요?"

"이건 통천갑마通天甲馬라는 물건이다. 다리에 묶고 있으려무나."

"이걸로 뭘 하는데요?"

"보통 축지법에 사용하는 물건을 갑마라고 한다. 그러나 이건 그보다 훨씬 강한 사계의 보물 중 하나야. 이 갑마를 이용하면 명국까지도 순식간에 갈 수 있단다."

"명국까지 단숨에요?"

태을 사자가 고개를 끄덕였다. 흑호가 허허 웃으며 말했다.

"허허, 신기한 물건이구먼."

"하지만 단……."

"어라? 근데 뭐유?"

"단……."

태을 사자는 걱정되는 투로 말꼬리를 흐렸다.

"이 통천갑마를 이용하면 몸은 지니지 못하고 넋만 빠져서 가게 된단다. 아마 넋만 빠지더라도 술법은 사용할 수 있을 것이니 염려는 하지 않아도 된단다."

"넋만요?"

"그래. 그리고 너는 술법을 알지 못하니 내가 위급한 순간이 오면 네 넋을 불러내겠다. 그러면 아마 이쪽에서는 은동이가 정신을 잃은 것같이 될 테지? 허나 그런 일이 밤에 생길지, 아니면 사람들이 활동하는 낮에 생길지는 모르는 일이 아닌가? 그러니 흑호 자네가 잘 둘러대기 바라네. 은동이 너도 평상시에 기절하는 습관이 있다는 말을 해두면 좋을 것이고."

은동은 솔직히 말해서 그리 달갑지는 않았다. 순식간에 명국으로 넋이 빠져서 날아가다니! 상상도 할 수 없었던 일이었으며, 무섭고 울렁거리기까지 했다. 하지만 은동은 할 수 없다고 생각했다.

'나밖에 못 한다고 했으니 별수 없지, 뭐. 그나저나 힘도 들고 걱정되어 죽겠네……. 내가 잘할 수 있을까? 참, 힘이 생기고 중요한 일을 하는 것은 좋지만 골치 아픈 일이 한두 가지가 아니구나.'

태을 사자는 은동이 통천갑마를 매는 것을 확인한 다음 두루마리 하나를 꺼내어 흑호에게 주었다.

"이건 뭐유?"

"사계 장서각의 노 서기가 내게 주었던 물건일세. 마수들의 종류와 특성에 대해 기록한 것이지. 나는 거의 외울 정도가 되었으니 자네가 맡아두게."

그 두루마리는 태을 사자가 사계에서 지니고 온 물건이었다. 난전을 겪는 동안 태을 사자는 풍생수의 털 등은 잃어버렸지만 두루마리는 잃어버리지 않고 있다가 틈틈이 내용을 읽어두었던 것이다. 흑호가 그것을 받아 챙기자 태을 사자는 은동과 흑호에게 잘 있으라고 당부한 뒤 밖으로 나가 사라졌다. 이덕형의 주변에 있기 위해 가리라는 것은 알고 있었지만, 태을 사자가 왔다가 바로 떠나버리자 은동은 서운했다.

태을 사자가 떠난 뒤 흑호와 은동은 태을 사자가 준 두루마리를 살펴보았다. 거기에는 이름도 모르고 모양조차 상상을 초월한 많은 마수들이 기록되어 있어서 은동은 상당히 재미있게 읽었다. 은동은 마수들을 똑똑하게 볼 만큼 신안神眼이 트인 것은 아니어서 잘은 몰랐지만, 흑호는 지난번에 은동이 대동강변에서 만났던 세 마리의 마수의 모습을 기억하고 있었다. 은동은 자신에게 죽은 녀석이 계두사이고 외다리의 새 같은 놈이 기, 백골을 부리던 놈이 시백령이라는 사실을 이제야 알게 되었다.

또한 흑호는 풍생수에 대해 은동에게 말해주었으며, 은동은 두루마리에서 지난번에 물리쳤던 홍두오공과 백면귀마도 찾을 수 있었다. 백면귀마는 이름이었고 놈은 둔갑마遁甲魔라는 종류의 마수였던 것이다. 그렇게 두루마리를 뒤지다가 은동은 묘한 마수를 발견했다.

"이건 뭐죠? 왜 그림이 없나요?"

은동이 가리킨 녀석은 아무 그림도 그려져 있지 않은 마수였다.

흑호는 그것을 힐끗 보며 말했다.

"글쎄, 나도 몰러. 아마 형체가 없거나 어떻게 생긴 놈인지 아무도 모르나 부지."

놈은 역귀疫鬼라는 녀석이었는데, 역귀가 도를 닦아 급수가 올라가면 흑역귀黑疫鬼가 된다는 설명만이 씌어 있었다. 그런데 그것을 보던 흑호가 고개를 갸웃했다. 그 밑에 있는 한 마리의 마수가 흑호의 눈길을 끌었기 때문이다.

"어라……. 이건……."

은동은 흑호의 눈빛이 심상치 않자 고개를 갸웃하면서 그림을 살폈다. 그 녀석은 소야차小夜叉라는 마수였는데, 몸이 작고 머리가 커서 우습게 생긴 몰골이었다. 그러나 팔이 길고 팔 힘이 대단히 강하며 몹시 잔혹하다고 기록되어 있었다.

"왜 그래요? 이놈도 아세요?"

그러자 흑호는 아무것도 아니라고 얼버무렸다. 그러나 은동은 흑호가 몹시 흥분한 듯, 눈빛이 불타오르는 것 같은 느낌을 받았다.

사흘이 지난 후의 밤이었다. 은동은 여느 때처럼 이순신을 치료하고(치료라기보다는 치료하는 흉내를 낸 것이지만), 오엽 등과 놀다가 잠자리에 들었다.

꿈에서 은동은 호유화를 보았다. 호유화는 흰색 머리카락을 넘실거리면서 은동 곁에 돌아와 웃고 있었다. 은동은 그 모습을 보고 너무 기뻐 울음이 터질 지경이었다. 그다음 순간, 커다란 손바닥이 입을 콱 틀어막는 바람에 은동은 잠에서 깰 수밖에 없었다.

"조용."

흑호였다. 눈을 뜬 은동은 흑호임을 확인하고는 고개를 끄덕여 입에서 손을 떼어달라는 시늉을 했다. 흑호가 조심스레 손을 떼며 나직하게 말했다.

"마수들이여."

그 순간 번쩍하고 번갯불의 시퍼런 빛이 방안을 훑고 지나갔다. 그러자 흑호는 휙 하고 재주를 넘으며 싸우기에 편리한 본래의 반인반수 모습으로 돌아갔다. 은동도 고개를 끄덕이며 얼른 머리맡의 유화궁을 집어 들었다. 그러자 우르릉하며 천둥소리가 울려왔다.

은동은 긴장되고 가슴도 콩닥거렸지만 마수와 겨루는 것이 처음의 일도 아니며, 지난번에는 마수 한 마리를 없앤 경험까지 있는지라 자못 침착할 수 있었다.

"드디어 오는구먼. 하나…… 둘…… 셋……. 일단 세 마리 있는 것 같은디."

흑호는 은동에게 중얼거리다가 이를 드러내며 무서운 표정으로 말했다.

"아무래도 이상혀. 너무 드러내놓고 오는 것 같아. 은동아, 너는 일단 나오지 말구 뒤를 경계해라."

"나두 갈래요!"

은동이 유화궁을 움켜쥐고 소리쳤으나 흑호는 고개를 저었다.

"내 말 들어!"

말만 남기고 흑호는 문조차 열지 않고 스르르 사라져버렸다. 둔갑법을 써서 밖으로 나간 것이다. 혼자 남은 은동은 떨리는 손으로 유화궁을 안고 다른 손에는 화살을 쥐었다. 증성악신인이 준 술수는 이제 두 번밖에 남아 있지 않아 태을 사자가 다녀간 후 은동은 화살을 만들어두었다. 다시 한번 번개가 쳤다.

은동은 잠시 생각에 잠겼다.

'가만……. 가만……. 침착하자. 그래, 여기 있는 건 도움이 되지 않아. 이 수사님 부근으로 가 있어야겠어…….'

은동은 결심하고는 서둘러 밖으로 뛰쳐나갔다. 밖에는 언제부터 오기 시작했는지 억수같이 비가 내리고 있었다. 빗소리에 파묻혀서 소리도 들리지 않았고, 한 치 앞도 잘 보이지 않을 정도로 엄청나게 쏟아지는 비였다. 저녁때까지는 하늘에 구름 한 점 없었는데, 이 또한 괴이한 일이었다.

'이것도 마수가 내리게 한 걸까? 제길.'

은동은 이를 악물고 좌수영의 본영 쪽으로 뛰어갔다. 본영에 도달하니 비가 억수로 퍼붓는 와중에도 파수꾼들이 군데군데를 빈틈없이 지키고 있어서 은동은 조금 안심이 되었다. 그러나 그것도 잠시, 다른 생각이 떠올랐다.

'가만, 이 파수꾼들은 마수를 보지도 못하고 느끼지도 못하잖아? 더구나 내가 마수들과 싸우는 것은 사람들에 보이면 안 되니……. 으음……. 파수꾼들이 있는 게 오히려 방해가 되네?'

그때 은동의 머리 위로 뭔가가 휙 지나갔다. 그와 더불어 은동의 등골이 서늘해졌다.

'마수!'

은동에게는 마수를 자세히 들여다볼 만한 능력은 없었지만, 잘 보이지 않는 상대가 마수라는 정도는 알 수 있었다. 은동은 자신도 모르게 유화궁을 빼어 들려다가 멈칫했다.

'아이구, 파수꾼들! 여기서 활을 뽑으면 아저씨들이 놀랄 거야.'

은동은 하는 수 없이 달음질쳐서 담 저쪽으로 숨었다. 그러고 나니 이미 마수의 자취는 먼 곳으로 사라졌다.

'제기랄! 어떻게 해야 하는 거야?'

은동은 초조하기도 하고 무섭기도 하여 안절부절못하고 발만 구르고 있었다. 그때 또 하나의 그림자가 휙 하고 머리 위를 스쳐지나갔다. 그리고 그 뒤를 이어 무서운 돌풍이 불어닥쳤다.

돌풍에는 자갈들도 섞여 있었기 때문에 은동은 자신도 모르게 얼굴을 가렸고 은동의 몸까지 새알만 한 돌들이 타타탁 하며 상당히 아프게 와 부딪쳤다. 떨어진 곳에 있던 파수꾼들도 난데없이 불어닥친 돌바람에 놀라 우왕좌왕하는 소리가 들렸다.

"은동아! 북쪽이다!"

흑호의 소리가 전심법으로 울려왔다. 방금의 돌풍은 흑호가 마수에게 쏘아낸 바람이었던 것이다. 흠뻑 젖은 새앙쥐 꼴이 된 은동은 흑호의 목소리를 듣고 금세 기가 살아나서 유화궁에 화살을 메우고 북쪽을 향해 겨누었다.

'그런데…… 어디로 쏴야 하는 거야?'

그러자 흑호의 목소리가 다시 울려왔다.

"아무데나 쏴!"

은동이 이를 악물고 휙 하고 화살을 한 대 날렸다. 돌풍이 휘몰아치는 빗속이었지만 호유화의 법력이 깃든 유화궁에서 날아오른 화살이라 무서운 힘을 지니고 있었다.

흑호는 공중에 머물면서 화살이 솟아오르는 것을 기다렸다가 휙 하면서 화살의 밑둥을 꼬리로 밀었다. 물론 있는 법력을 다해서였다. 흑호의 무지무지한 힘을 받은 화살은 그야말로 보이지도 않을 정도의 기세로 날아갔다.

삽시간에 삼십 장이나 떨어진 곳의 나무 두 그루가 연속하여 꿰뚫리고 화살은 세 번째 나무에 깊숙이 틀어박혔다. 은동은 북쪽 하늘에 떠 있는 흑호를 볼 수 있었다. 흑호는 신이 난다는 듯 엄지손가락

하나를 세워 보이면서 전심법으로 외쳤다.

"좋고! 더 빨리 날려!"

은동은 흑호의 말을 듣고 계속하여 최고 속도로 화살을 날려댔다. 신이 나 삽시간에 여섯 대의 화살을 날려 보냈다. 안력과 손발의 놀림이 민첩해진 상태였던 덕에 그렇듯 빠른 속사速射가 가능했던 것이다.

흑호도 신이 나는지 공중에서 휙휙 재주를 넘으며 네 발과 꼬리, 입으로 한 대의 화살을 돌려 여섯 대의 화살을 동시에 숲 쪽으로 내쏘았다. 여섯 대의 화살은 일그러진 원형을 그리면서 숲으로 쏘아져 나갔다. 우지끈 소리가 나면서 나무가 몇 그루나 넘어져 내려갔고 견디다 못한 그림자 하나가 훽 하고 숲에서 날아들었다.

"나왔다!"

흑호가 기다리고 있었다는 듯 어흥 하고 포효하며 날아갔다. 흑호도 흥분하여 포효 소리를 죽이지 않고 그대로 낸 것인데 억수 같은 빗속에서도 포효 소리에 좌수영 추녀와 장지문이 부르르 떨렸고 파수꾼들은 놀라서 벌벌 떨었다.

흑호는 포효 소리를 길게 끌면서 흐릿한 그림자와 정통으로 격돌했다. 그림자는 형체가 없는 음신陰身의 상태라서 퍽퍽 하는 타격음도 나지 않았고 흑호의 동작 외에는 자세히 보이지도 않았지만 은동은 손에 땀을 쥐었다.

흑호는 동물의 동작과 인간의 동작을 모두 응용하여 절묘한 움직임으로 그림자와 치고받으며 겨루고 있었다. 흑호의 얼굴은 일그러져 있었지만, 동작이 여유만만하며 조금도 물러설 기미가 보이지 않아 은동은 다소 안심했다.

'흑호 님이 밀리지는 않겠구나. 다행이다…….'

그러나 다음 순간, 은동은 몸을 움찔했다.

'가만! 흑호 님은 마수가 세 마리라고 하지 않았던가? 그러면 나머지는……?'

은동은 정신이 바짝 들어서 머리 위로 줄줄 흘러내리는 빗물을 닦아내며 주변을 살폈다. 그러자 흑호의 뒤편으로부터 거의 느껴지지 않할 정도의 속도로 서서히 다가가는 기운이 느껴졌다!

'뒤에서 기습을 하려고……? 맛 좀 봐라!'

은동은 성성대룡의 술법을 화살에 불어넣으며 뒤쪽에서 다가오는 마수를 향해 활시위를 한껏 당겼다. 그때 뒤에서 날카로운 비명 소리가 들려왔다.

"아이구구!"

은동은 자신도 모르게 활시위를 먹인 채 몸을 뒤로 돌렸다. 은동의 뒤에 조그마한 사람 그림자가 엎어져 구르고 있었다. 그리고 그 뒤로 마치 새와 비슷한 모습의 커다란 그림자가 달려들고 있었다. 마수였다! 자세히 보이지는 않았으나 윤곽으로 볼 때 놈은 두루마리에서 보았던 '기'인 것 같았다.

은동은 본능적으로 유화궁에 먹인 화살을 내쏘았다. 그러자 성성대룡의 불길이 화살에 깃들어 쏘아져나가 기에게 정확히 박혔다.

크아아아악!

귀에는 들리지 않는 비명 소리가 허공을 가득 메우며 기는 불길에 휩싸여 삽시간에 사라져갔다. 그리고 기에게 쫓기던 조그마한 사람 그림자가 구르듯 은동에게로 뛰어들었다. 오엽이었다.

"오엽이 너…… 네가 어떻게……!"

오엽은 다짜고짜 은동에게 와서 덜컥 안기며 절대 떨어지지 않을 것처럼 착 달라붙었다.

"살려줘요! 살려줘요!"

은동은 여자아이가 목에 안기자 기분이 조금 묘했다. 떼어버리고 싶기도 했지만 놓아두고도 싶은 야릇한 기분이었다. 그러나 지금은 그것이 문제가 아니었다. 흑호의 뒤쪽으로 달려들던 마수는 다른 마수 하나가 소멸되자 은동 쪽으로 방향을 바꿨다.

은동은 재빨리 화살을 뽑으려 했으나 달라붙은 오엽 탓에 손이 닿지 않았다. 그러다가 고인 빗물에 미끄러졌는지, 아니면 오엽이에게 밀려서 그런 것인지 오엽과 함께 와당탕 넘어지고 말았다. 때마침 달려들던 마수의 공격은 은동의 머리 위로 아슬아슬하게 스치고 지나갔다. 그 공격이 어떤 것인지는 알 수 없었지만, 스치고 지나가기만 했는데도 소름이 쫙 끼쳤다.

"이기 놔! 오엽아!"

"아이구, 엄니, 나 죽어!"

은동은 거추장스러운 오엽을 떨쳐버리려고 했지만 오엽은 더욱더 매달리며 떨어지지 않으려 했다. 은동은 발로 차버리기라도 할까 했지만 차마 그럴 수는 없었다.

다음 순간, 마수의 몸에서 뭔가 아찔한 것이 뿜어져 나왔고 은동은 자신도 모르게 오엽을 몸으로 감쌌다. 비추무나리의 주문을 외우려 했으나 그럴 시간조차 없었다. 곧이어 눈에 별이 번쩍이는 듯한 충격이 왔고 은동은 오엽과 함께 흙탕에 뒹굴었다.

은동은 억지로라도 몸을 일으키려고 했으나 무엇인가가 은동의 팔과 다리를 붙잡고 늘어졌다. 은동이 깜짝 놀라 힘을 있는 대로 주자 우드득 소리와 함께 은동의 팔다리를 붙잡았던 것들이 부서져 나갔다.

그것을 보는 순간 은동은 비위가 울컥 상했다. 해골만 앙상한 뼈

다귀 손들과 썩어 문드러진 듯한 손들이었다. 그 흉악한 손들은 은동의 힘에 끊어지고 부러졌음에도 꿈틀거리며 은동의 팔다리를 조여들었다.

"이……! 이런……!"

은동은 유화궁을 마구 휘두르며 손들을 떼어버리려 발버둥쳤다. 그때 시커멓게 덮쳐드는 마수의 모습이 눈앞을 덮었다. 놈은 백골귀와 시백인을 부리는 시백령이었다. 은동은 시커먼 그림자가 자신을 덮는 것을 느끼면서 정신을 잃었다.

은동이 정신을 잃은 줄도 모르고 흑호는 열심히 허공에서 싸우고 있었다. 그럴 수밖에 없었다. 그놈은 지난번 흑호가 두루마리에서 보았던 소야차였던 것이다. 흑호는 예전에 자신의 호랑이 일족들이 마수에게 잔인하게 찢겨 전멸한 것을 똑똑히 기억하고 있었다.

그러나 어느 놈이 그랬는지는 도무지 알 수 없었다. 그때는 어깨폭이 좁되 기운이 엄청난 어떤 존재가 흑호의 일족을 해쳤을 것이라고만 태을 사자 일행과 추정했을 뿐이다. 그런데 두루마리에 있던 소야차가 바로 그러한 모습을 하고 있었던 것이다. 어깨가 좁고 몸이 작으면서 팔이 길고 힘이 강하며 잔혹한 마수.

그래도 흑호는 놈의 크기를 알 수 없으니 조금 더 두고 봐야 한다고 흥분을 가라앉혔다. 하지만 이놈의 크기를 보니 그럴 만한 것 같았다. 더구나 놈에게서 풍기는 묘한 기운이 죽음을 당한 일족들의 몸에서 느껴지던 기운과 거의 흡사했다. 흑호는 분을 이기지 못해 마구잡이로 공격하다가 외쳤다.

"네가……! 네놈이 바로 백두산에서……!"

그러자 놈은 킥킥거리는 괴이한 소리로 능글맞게 웃었다. 놈이 대답을 한 것은 아니었지만 시인하는 것과 다를 바 없었다. 흑호는 머리끝까지 분통이 터져 올라 은동의 일조차도 잊어버렸다.

"이놈의 자식! 오늘 한번 죽어봐라!"

흑호는 주먹에 법력을 최대한 담아서 마구 놈에게 휘둘러댔다. 흑호 정도의 법력이 깃든 주먹이라면 그 위력은 말할 나위도 없이 무시무시한 것이었다.

한 번 휘두를 때마다 바람 소리와 함께 돌개바람 같은 것이 일어났다. 보통 사람 같으면 그 바람에 스치기만 해도 까무러칠 것이었지만, 놈은 상당히 법력이 강한 듯 조금씩 밀리면서도 길고 강한 팔로 흑호의 주먹을 쳐내고 혹은 받아내면서 끈질기게 버티고 있었다.

흑호의 기운은 유계의 무명령의 공격을 쳐내버릴 정도였고 환계의 성성대룡을 곤두박질치게 만들 정도로 강했지만, 이놈은 그런 흑호의 주먹을 어찌어찌 막아내고 있었다. 팔 힘만은 흑호에 못지않았다. 밀리면서도 놈은 실실 웃고 있어 흑호는 더욱더 약이 바짝 올랐다. 흑호는 연속으로 네 방의 주먹을 날리고는 우렁차게 어흥 하며 길게 포효했다. 때마침 울려 퍼진 천둥소리가 흑호의 포효와 함께 무섭게 천지를 뒤흔들었다.

"박살을 내주맛!"

흑호는 이를 드러내며 몸을 부르르 떨면서 법력을 모은 다음 몸을 날렸다. 흑호의 몸은 두 팔과 다리를 풍차 날개처럼 삼아 맹렬하게 회전하면서 소야차를 밀어붙였다. 그러면서 두 팔과 다리, 꼬리와 머리까지 합하여 한 번 돌 때마다 여섯 번씩 소야차를 향하여 무지막지한 공격을 퍼부었다.

소야차는 처음 몇 번은 흑호의 공격을 막아내었으나 차츰 손이 어지러워지더니 서너 번 타격을 받고 뒤로 튕겨나갔다. 흑호는 다시 놈에게 달려들려 했으나 난데없이 옆에서 시커먼 기운이 뿜어져 나와 옆구리를 후려치는 바람에 비틀거리며 균형을 잃었다. 그 틈에 소야차는 몸을 빼어 저만치 떨어진 숲속으로 날아가고 말았다.

흑호는 옆구리를 맞았음에도 그쪽은 돌아보지도 않고 소야차의 뒤를 쫓아 무섭게 날아갔다.

'이눔! 이눔! 일족의 원수!'

흑호는 더이상 보이는 것이 없었다. 뇌성벽력이 다시 휘몰아치는 가운데 또 한 번 길게 포효하면서 숲으로 뛰어들었다. 숲의 오래된 나무들이 흑호의 몸에 부딪혀 닥치는 대로 부러져나갔다. 흑호는 나뭇가지 사이로 억수같이 쏟아지는 빗물을 맞으며 소야차를 찾아 헤매었지만 소야차 녀석은 어디로 갔는지 보이지 않았다.

흑호는 너무도 화가 나서 큰 소리로 포효하고, 나무며 돌들을 아무데나 집어던지며 길길이 날뛰다가 끝내는 짐승 소리로 우우우우 하며 커다랗게 울음을 터뜨렸다.

'놈을 놓치다니! 놈을 놓치다니! 어이구! 어이구!'

실컷 목놓아 울고 나니 조금은 기분이 가라앉는 것 같았다. 그 순간, 흑호는 홀로 남아 있는 은동과 이순신의 생각이 났다.

'가만! 이거 내가 나와버렸으니 지금 좌수영에는 은동이밖에 없는 것 아녀! 아이구, 이거 야단이구나!'

은동이 중간계에서 무시무시한 신력을 부여받기는 했으나, 아직 어리고 싸움의 경험이 적었다. 자신이나 태을 사자가 곁에 있지 않으면 마수들에 맞서 싸운다는 것은 아직은 무리였다. 더군다나…….

'가만! 내 원수인 소야차 놈이 나와서 제대로 겨루어보지도 않고 이렇게 도망친 것은…… 혹시 나를 유인하기 위해서 그런 거 아녀!'

거기까지 생각이 미치자 흑호는 온몸에 소름이 쫙 끼쳤다. 자신이 무엇 때문에 여기 와 있는 것인가? 바로 왜란 종결자인 이순신을 마수들로부터 지키기 위함이 아닌가! 흑호는 즉시 몸을 날려 좌수영 안 은동이 있던 곳 부근으로 뛰어들었다. 그러자 은동과 오엽이 땅에 쓰러져 있고, 그 앞에 시커먼 마수의 그림자가 어른거리는 것이 보였다. 시백령이었다!

"안 되어! 이눔!"

흑호는 몸을 사리지 않고 달려들면서 있는 힘을 다하여 주먹을 내질렀다. 그러나 시백령은 흑호가 소리를 치고 그 주먹이 등뒤로 날아드는데도 움직이지 않았다. 다음 순간, 흑호의 주먹이 그대로 시백령의 등을 꿰뚫었다. 시백령은 부르르 한 번 떨더니 서서히 소멸되었다.

"에세세? 이게 뭐여? 너무 약하잖어?"

흑호는 어안이 벙벙해졌다. 시백령 놈과는 이미 이것이 세 번째 만남이었으므로 놈의 실력은 대강 알고 있었다. 물론 놈의 주특기는 시백인이나 백골귀 등을 불러내는 데 있었지만, 놈의 법력이 흑호의 한 방에 당할 정도는 아니었다. 더구나 놈 정도 되면 흑호가 등뒤에서 소리까지 지르며 달려드는 것을 모를 리 없는데…….

'어찌된 거여? 은동이가 그전에 치명타라도 한 방 먹였나? 안 그러고는 놈이 이렇게 맥없이 소멸될 리가 있나?'

어쨌든 흑호는 은동과 이순신의 안위가 궁금했다. 흑호는 땅에 쓰러져 있는 은동에게 다가갔다. 다행히 은동은 기절했을 뿐 큰 상처는 없는 것처럼 보였다.

그런데 은동의 몸 밑에 누군가 있는 것 같았다. 의아해서 은동의 몸을 번쩍 안아들고 보니 그 밑에 빗물과 흙탕으로 범벅이 되어 있는 것은 계집종인 오엽이었다. 흑호는 또 한 번 어리둥절해졌다.

'아니, 이 계집아이가 왜 은동이랑 부둥켜안고 있누?'

그러나 은동이 무사한 이상 그다음으로 중요한 것은 이순신의 안위였다. 흑호의 우려는 곧이어 멀리서 들려온 소리로 금방 사라졌다.

"밖에 아무도 없느냐? 이상한 소리가 들렸느니라!"

제법 거리가 떨어져 있고 비가 쏟아지는 상황이라 사람이라면 들을 수 없는 소리였겠지만 흑호는 이순신의 음성을 놓치지 않고 들을 수 있었다. 요행히 모두가 무사한 듯하자 흑호는 안도의 한숨을 내쉬었다.

'다행이여, 다행. 정말 천행이구먼.'

그러나 흑호는 안도감에 젖어 있을 형편이 아니었다. 이순신의 명령을 받은 병정들이 좌수영 내를 살피러 오고 있는 소리가 들렸던 것이다. 흑호는 둔갑을 벗어던진 반인반수의 몰골이었고, 싸우느라 옷도 찢어져 지금 사람들의 눈에 띈다면 문제가 클 것이었다.

흑호는 은동과 오엽을 번쩍 안아들고 방안으로 달려가 숨었다. 마수들이 뿜어냈던 주변의 마기와 요기는 비에 씻겨서인지 모두 사라졌고, 마수들의 기운도 더이상은 느껴지지 않았으므로 안심할 수 있었다.

마수들과 싸우느라 꽤 소란스러웠지만, 다행히 억수같이 쏟아지는 빗속이어서 다른 사람들은 아무도 이상한 눈치를 채지 못한 것 같았다. 이순신만이 신경이 예민하며 무슨 느낌을 받은 모양이지만, 걱정할 정도까지는 못 되는 것 같았다.

"휴우……. 다행이네."

흑호는 안도의 한숨을 내쉬며 서둘러 은동과 오엽을 바닥에 팽개치듯이 눕히고 옷을 꺼내 입었다. 그리고 서둘러 둔갑술을 써서 사람의 모습으로 변하려고 애를 썼다. 행여 누군가가 문을 열고 들여다볼 가능성도 있었기 때문이다.

'제기럴, 서둘러야 혀.'

흑호는 방구석에 놓인 자리끼(밤에 마시기 위해 물을 떠놓는 그릇)를 집어 얼굴을 비추면서 실룩이기 시작했다. 흑호는 아직 단숨에 모습을 변하게 할 재주가 없었다.

한참을 애를 쓰며 절반쯤 얼굴을 변하게 만들었는데, 별안간 누군가가 자신을 바라보고 있는 듯한 묘한 느낌이 들었다. 흑호는 놀라 고개를 뒤로 돌렸다. 그리고 언제 정신이 들었는지 멍한 눈으로 자신을 바라보고 있던 오엽과 눈이 딱 마주쳤다.

"헉!"

흑호는 놀라서 숨을 들이마셨다. 그리고 다음 순간, 오엽은 다시 눈을 감더니 그 자리에 풀썩 쓰러졌다. 기절한 것이 분명했다. 흑호는 자기도 모르게 눈을 감았다.

'아이구……. 이거 망했구나! 망했어!'

한산대첩

태을 사자는 그 시각, 명나라에 가 있었다. 선조의 어가가 평양에 머물렀을 적부터 이미 조선에서는 여러 번 사신을 보내어 명국에 원병을 파병해줄 것을 청하고 있었다. 그러나 명국이 원병을 보내줄지는 미지수였다.

명국에 온 태을 사자는 놀라지 않을 수 없었다. 명국은 일반적으로 조선에서 대국이니 상국이니 하던 것과는 조금 달랐다. 명나라를 처음 세운 사람은 주원장이었는데, 그로부터 명나라는 주씨가 대대로 황제로 등극하고 있었다.

그러나 황제들 대부분이 난폭하고 백성을 사랑하지 않아 명국의 많은 백성들은 몇 대에 걸쳐서 누적된 핍박과 학정에 시달리고 있었다. 또한 명국의 조정은 부정부패가 판을 쳐 썩을 대로 썩어 있었고, 몇몇 뜻있는 신하들이 조정을 지탱하고는 있었지만 전체적인 국면은 상당히 위험하게 흘러가고 있었던 것이다.

태을 사자는 명국에서 상문신喪門神이라 칭하는 사계의 사자를 만나게 되었다. 생계의 인간들의 믿음에 맞추어 그 면모를 바꾸는 사계의 특성으로 인해 조선에서는 저승사자나 저승 판관 등이 하는 역할을 중국에서는 '흑백무상黑白無常'이라는 저승사자와 상문신이라는 자들이 맡고 있었다.

태을 사자는 조선 사신들의 어가를 따라 명국으로 갔고 다른 자들과는 접촉은 하지 않았지만, 상문신은 직접 태을 사자에게 저승 염라대왕의 명을 전하기 위해 만나러 온 것이다. 거기다가 지금은 저승의 사자들이 조선, 왜, 명의 세 나라에 평소의 두 배 이상 파견되어 있었다.

태을 사자와 만난 자리에서 상문신은 이렇게 말했다.

"원래대로라면 자네는 자네의 관할인 조선을 떠나서는 안 되는 것이나 자네는 염라대왕께서 친히 전권을 주셨나네. 자네는 국적을 가리지 않고 자유롭게 영혼들을 확인할 수 있으며, 필요하다면 각국의 사자들에게 명을 내릴 수도 있다네. 이것은 생계에 나온 사계의 모든 사자들을 부릴 수 있는 염왕령일세. 이런 파격적인 조치는 처음인데…… 뭔가 중요한 일이라도 수행하고 있는 겐가?"

태을 사자는 염라대왕이 자신에게 신경을 써주는 데 대해 감사하게 여겼다. 그런 권한까지 부여했다는 것은 태을 사자를 돕기 위함이 분명했다.

염왕령은 과거 태을 사자를 체포하기 위해 내려진 바 있었으나 이제는 태을 사자 자신이 염왕령을 사용하게 되었으니, 참으로 운명이란 묘한 것이었다. 태을 사자는 상문신에게 그에 관한 사정은 일절 말을 하지 않았다.

이번의 사건 내용을 인간은 물론, 계 외의 다른 존재들에게 알리고 싶지 않았으며 그것은 신계의 결정이기도 했다. 그래서 태을 사자는 예를 다하여 염왕령을 받아든 후 고개만 끄덕이고 말았다.

상문신은 판관급이니 직급으로 보면 태을 사자보다 위인 터라 태을 사자가 명하면 따라야 하는 것이 조금은 불쾌한 듯했으나 그럼에도 상당히 협조적이었다. 그래서 태을 사자는 상문신에게 명국의 돌아가는 상황을 물었던 것인데, 거기서 뜻밖의 사실을 알게 되었다.

"명국은 지금 엉망이라네. 사방에 도적들이 일어나고 법이 유명무실해져서 강호의 협객들이 오히려 관청의 역할을 하고 있다네. 그런데도 조정의 탐관오리들은 백성들을 끝없이 수탈하여 굶어 죽는 자가 부지기수일세. 더군다나 변방도 위험한 터인데……."

"변방이 위험하다니, 무슨 말씀입니까?"

"명국 내에서는 몇몇 뜻있는 자들만이 우려하고 있는 일일세. 북방의 민족들 말일세."

"여진족은 저도 좀 압니다. 조선에 복속된 종족들이 아닙니까?"

여진족이라면 조선의 변방과 접하고 있어서 충돌이 잦은 부족이었다. 조선의 태조 이성계도 여진족과 많이 싸웠고 그의 충실한 막하 장수였던 이지란(원래 이름은 퉁두란)도 여진족 출신으로 이성계의 인품에 감복하여 평생을 따랐던 자였다.

세종 때는 장군 김종서를 시켜 육진을 개척하여 영토를 넓히기도 했다. 김종서가 수양대군에게 목숨을 잃은 이후에는 김종서의 오른팔 격이었던 이징옥이 반란을 일으켜 '대금국'이라 칭하였고, 많은 여진족들이 그를 따르기도 했다.

그러나 조선은 무력 일변도의 정책만을 쓴 것이 아니라, 여진족을 회유하고 따뜻이 대해 이후 여진족은 조선을 적대시하지 않고 있었다.

하지만 중국은 대국이라는 특유의 자부심 때문인지, 변방의 여진족들을 매우 멸시하였다. 더구나 1115년 완안 여진족의 아골타가 세운 금나라는 송나라와 대립하여 많은 싸움을 벌이기도 했다.

아울러 근래에 이르러 명나라의 영락제는 여진족을 침공하여 복속시킨 다음 그들을 건주, 해서, 야인의 세 무리로 갈라놓아 세력을 많이 약화시켰다. 그러나 그것도 어언 이백 년 전의 일이었으며, 여진족은 차츰 세력을 강화하고 있었다. 그로 인해 여진족과 중국과의 갈등은 조선과의 갈등보다 몇 배가 심했다.

"그렇지만도 않다네. 현재 건주 여직(명나라 때에는 여진을 '여직'이라는 호칭으로 부르기도 하였다)에서 걸출한 인물이 나와 흩어졌던 여진족들의 힘을 하나로 모으는 중일세. 그 때문에 명국의 변방에서는 우려가 끊이지 않는 모양이지만, 정작 명국 조정에서는 신경조차 쓰지 않고 있다네."

"걸출한 인물이라니? 그게 누굽니까?"

"누르하치. 성은 애신각라愛新覺羅라는 자일세. 그는 지금 빠른 속도로 여진족을 통일해나가고 있다네. 아직 그렇게까지 세력이 크지는 않지만 그 기세가 놀랍지. 더군다나 명은 번번이 흉년이 들고 각종 재해가 끊이지 않는데다가 탐관오리들의 수탈이 상상을 초월할 정도라네. 그러나 황제는 대대로 환관들과 한통속이 되어 놀고만 있네. 지금 조선에서 전쟁이 일어났다고는 하나 답답한 명국의 황제가 거기까지 신경을 쓸지 모르겠네."

명나라는 효종인 홍치제를 제외하고는 탐욕스럽거나 무능한 왕들이 대부분이었던 탓에 환관 정치가 판을 쳤고 탐관오리들이 들끓었다. 당대 명나라의 황제는 사후 신종으로 일컬어지는 만력제였는데 그도 그리 현명한 황제는 되지 못했다. 초반에는 장거정을 등용하여 개혁을 추진하는 등 나름대로 국정에 애를 썼지만, 후계자 문제로 중신과 대립하자 황제면서도 정사를 돌보지 않았다. 이 '황제 파업'은 이후 장장 삼십여 년 동안 계속되었다. 그동안 거의 집무를 돌보지 않아 법령, 상주문을 보지 않는 것은 물론 재상, 관리가 늙어 죽어 조정이 비는 문제나, 변방 경비를 위한 군비 승인에도 옥새를 찍어주지 않아 국정이 마비되었다. 개인의 고집이 본격적으로 명이 기우는 시발점이 될 정도였으니 대단하다면 대단한 황제기는 했다. 그리고 태만한 정사 집무 중간에는 황제이면서 부를 긁어모으는 것에 재미를 느꼈는지, 환관들을 각지로 파견해 돈(세금이 아니라 황제 개인의 돈)을 긁어내는 짓이나 해 백성의 원성이 자자했다. 만력제가 황제 파업을 시작한 것이 1589년으로, 왜란이 일어나기 삼 년 전 일이다. 덕분에 조선에 원병을 낸다는 것도 쉬운 일 같지 않다는 것이 상문신의 의견이었다. 그런 소리에 태을 사자는 기분이 조금 언짢아져서 금방 상문신과 헤어지고 말았다.

태을 사자는 몸을 날려 이번에는 조선 사신들의 처소로 이동했다. 조선에서는 명국에 계속 구원을 요청하는 사신을 보내고 있었는데, 명나라 조정의 여론은 원군 파병에 반대하는 분위기였다. 그 탓에 조선 사신들의 처소에는 항상 걱정과 불안감이 뒤덮여 있었고, 밤이 깊었는데도 불이 꺼지지 않고 수심에 잠긴 사람들이 돌아다녔다.

그런데 최근에 이덕형이 명에 파견되어 원군을 요청한다는 소문이 나돌았다. 젊고 빼어난 재주를 지닌 이덕형이 온다면 그의 외교력으로 뭔가를 기대해볼 수 있지 않을까 하는 기대에 태을 사자는 계속 그쪽 분위기를 살피고 있었다. 그때 태을 사자에게 뭔가 야릇한 느낌이 와 닿았다. 마수에게서 풍겨 나오는 요기임이 분명했다.

'결국 여기까지 왔구나!'

태을 사자는 습관적으로 묵학선을 꺼내려 하였으나 묵학선은 이미 잃어버린 다음이라 대신 백아검을 꺼내 쥐었다. 그리고 허공을 뚫어지게 노려보았다. 잠시 후 한줄기의 바람이 불어오며 낯익은 형체 하나가 서서히 모습을 드러내었다.

"풍생수!"

태을 사자는 이를 뿌드득 갈며 법력을 끌어올렸다. 놈은 태을 사자의 철천지원수라 할 수 있는 풍생수였다. 태을 사자의 동료 흑풍 사자도, 무사 윤걸도 그놈에게 당하여 소멸되지 않았던가? 그러나 태을 사자가 법력을 끌어올리는데도 놈은 태연했다.

"오랜만이군, 저승사자. 법력이 매우 발전했군그래."

놈은 느긋한 말투로 태을 사자에게 능글맞게 말을 걸어왔다. 태을 사자는 대답하지 않고 백아검을 서서히 돌려 쥐었다. 그러자 놈이 읊조리며 말했다.

"가만가만, 그리 급하게 덤빌 것은 없어. 싸워보아야 금방 승부가 날 것도 아니니 말야……. 그동안 너만 발전하고 나는 놀고 있었다고 생각하는 것은 아니겠지?"

확실히 태을 사자의 법력은 그간 눈부시게 발전했지만 놈에게서 풍기는 느낌도 만만하지는 않았다. 하지만 그보다 태을 사자는 놈이 왜 일부러 모습을 드러냈으며, 여유 만만한 태도를 보이는지가 궁금했다.

"여기는 왜 나타났느냐? 조선 사신들을 노리고?"

"오, 천만에, 천만에, 틀렸어. 나는 그들을 도우려고 하는 거야."

"헛소리! 네놈들이 조선을 돕는다구?"

풍생수는 천천히 태을 사자를 향해 대가리를 돌리더니 슬며시 웃으며, 이를 드러냈다.

"이봐, 우리가 그 정도로밖에 보이지 않나? 우린 조선이니 왜국이니 하는 생계의 구분에는 관심이 없어. 굳이 왜국 편을 들거나 하지는 않는다구. 착각하지 마."

그 말에 태을 사자는 한층 경계하며 물었다.

"그러면 여기는 왜 나타난 것이냐?"

풍생수는 고개를 설레설레 젓다가 대답했다.

"솔직히 말하지. 너에겐 놀랐어. 네가 우리 일을 이리 심각하게 건드릴 줄은 몰랐지. 솔직히 처음엔 별것 아니라고 여겼는데……. 그런데 너는 그 덩치만 큰 고양이 같은 놈을 꼬여서 나에게서 달아났고, 또 작은 꼬마를 끌어들였지. 더군다나 그 빌어먹을 구미호 년까지……. 사계에 심어놓았던 백면귀마마저 이겨버렸어. 그래, 넌 예상외로 대단해. 그래서 우리 계획이 상당히 수정되었어."

"수정?"

의아해하는 태을 사자를 보며 풍생수는 이를 드러내며 무서운 기세로 말했다.

"흥! 이젠 너희가 이긴 것 같지? 마계는 봉쇄되어서 우리는 돌아갈 수도, 지원을 받을 수도 없어. 멍청한 유계 놈들은 사계 접경에서 한 발자국도 나아가지 못하고 있고……. 우리가 한 방 먹었지. 그래서 계획을 바꾸기로 한거야."

"네놈이 두목이냐? 그건 아닐 텐데?"

"그래……. 흑무유자께서 쫓겨 생계로 오실 정도였으니……. 흐흐……. 그분이 모든 계획을 변경하셨지. 너무 염려 마. 우리의 목적은 이젠 단지 살아남는 것뿐이라구. 그러니 너무 경계할 필요 없어. 적어도 지금은."

"다 떠들었나?"

태을 사자는 냉랭한 표정으로 서서히 백아검의 끝을 풍생수에게 겨누었다. 풍생수가 질린 듯한 표정으로 말했다.

"네가 지금 덤비면 날 이길 것으로 보이나?"

태을 사자가 담담히 되받았다.

"내가 이기지 못할 것으로 보이나?"

"실망인데? 말이 통하지 않으니. 나는 좋은 조건을 가지고 왔어."

"네놈들과는 타협하지 않는다. 그건 내 권한도 아니고."

"권한? 하하……. 얼버무리려 하지 마. 이번 일에 대해서는 네가 최고의 책임자인 걸 누가 모를 줄 아나?"

"나는 사계의 일개 저승사자에 불과하다. 그리고 내 임무는 생계에 내려온 네놈들 열두 마리를 없애는 것뿐. 아니지, 지난번에 하나가 은동이에게 당했다니 이제는 열한 마리가 남았나? 흑무유자 때문에 여전히 열둘인가?"

"흥!"

풍생수는 몸을 부르르 떨었다. 그러나 잠시 후 놈은 냉정을 되찾은 듯 이죽거렸다.

"다 알고 있으니 시치미 떼지 마라. 네 계급은 비록 낮지만 생계에서의 이번 일에 한하여는 네가 전권을 가진 것이나 마찬가지 아니냐? 아무리 법력이 높은 성계, 광계의 존재도 이번 일은 직접 건드릴 수 없을걸? 후후……. 좌우간 너는 여기서 나를 막을 수 없을 거야. 왜냐하면 나는 너희에게 도움을 주려는 것이니까."

"네놈들이 누구에게 도움을 준다는 사실 자체를 믿을 수 없는걸?"

풍생수는 눈을 가늘게 뜨고 말했다.

"조선은 지금 명군의 도움이 필요해. 그러나 이대로 두면 몇 년이 흘러도 원군은 파병되지 않을 텐데?"

태을 사자는 몸을 움찔했다. 지금 이 녀석이 무슨 소리를 하고 있는 것일까? 믿기가 어려웠다.

"무엇이라고 했느냐?"

"내 도움이 없이는 조선이 명군의 도움을 얻기가 어려울걸? 흐흐……. 어때?"

"그렇다면 너희는 이제 전쟁을 포기한다는 것이냐?"

"흐흐흐……."

"말해! 그러면 전쟁에 개입하는 것을 포기한다는 거냐? 더이상 인간의 영혼을 모으지 않고, 천기에 어긋나게 조선을 패전으로 몰고 가지도 않는다는 거냐?"

그러나 풍생수는 능글맞게 웃고만 있을 뿐이었다.

"목이 달아나야 말을 할 모양이군."

태을 사자가 화가 나서 백아검에 법력을 집중하자 풍생수는 천천히 입을 열었다.

"생계는 어차피 우리 손에서 벗어나지 못해. 이봐……. 이건 법력의 싸움이 아니야. 머리의 싸움이지. 마계를 봉쇄하고, 유계의 군대를 밀어냈다고 반드시 너희들이 최후의 승리자가 되는 것은 아니야. 한 가지만 더 말해두지. 나는 지금 명군이 파병하여 조선을 돕게끔 만들고 싶은 거야. 나는 아무 인간도 해치지 않을 것이고, 이 일만 끝나면 명국 땅에서 사라질 거야. 너는 솔직히 조선이 명국에서 원군을 받지 못할까 봐 겁내고 있지? 그래서 여기까지 온 것 아닌가? 흐흐……. 그래, 날 없앤다고 하면? 너희가 인간사에 직접 개입할 수 없다는 건 나도 잘 알아. 그러면 무슨 재주로 명군이 파병되게 할 거지? 응? 대답해보라구."

태을 사자는 암담해졌다. 이놈, 아니 마수들은 분명 모략을 꾸미고 있다. 마수들은 지난번 중간계에서의 재판 이후로 구석에 몰려 있을 것이다. 그러니 이제는 그들이 살아남기 위해서라도 더 깊고 교묘한 술책을 꾸밀지 모른다. 그런데 무슨 술책일까?

태을 사자는 잠시 깊은 생각에 잠겼다. 이놈은 지금 무슨 뜻으로 그런 말을 한 것일까? 놈은 명군의 파병을 돕겠다고 했다. 놈이 바라는 것은 명과 왜국의 싸움을 부채질하자는 것일까? 아니, 더 많은 희생자가 나게 하여 인간의 영혼을 거두어들이려는 것일까? 그럴 수도 있었다.

조선에서는 지난번 사건 이후 수많은 저승사자들이 경계의 강도를 높여 하나의 영혼도 잃지 않으려 애쓰고 있었다. 그런 판에 명군이 개입하면 그만큼 통제가 어려워질 것이고, 영혼을 훔칠 수 있는 빈틈도 그만큼 많아질지 모른다. 놈들은 그 점을 노리는 것일까?

"네놈들은 인간의 영혼으로 무엇을 하려는 게냐? 이 판국에서도 암흑의 대주술을 써서 신이 되고 싶은 게냐?"

태을 사자가 호통을 쳤으나 풍생수의 눈빛이 문득 빛났을 뿐이었다.

"상상력들이 꽤 좋군그래. 마음대로 생각해라. 여기서 나는 너와 합작을 하려고 하니까. 동상이몽同床異夢이라 해도 현실은 현실이니 말이야."

"왜 합작을 하려는 게지?"

"말하지 않았나? 명군이 파병되게 하려 한다고. 제길, 솔직히 말하지. 네놈이 와서 눈을 번득이고 있으니 방해를 받을 것 같아서 도저히 일을 할 수가 없다. 하지만 내가 하려는 일은 네놈도 바라는 일이야. 그대로 두면 조선은 망한다구. 어때? 잠시 동안만이라도 휴전을 하지 않겠나?"

태을 사자는 하마터면 그렇게 하겠노라고 말할 뻔했다. 그러나 스스로를 억눌렀다. 마수들의 계획에 옳은 요소가 있을 것이라고는 믿을 수 없었던 것이다. 태을 사자는 한동안 고민하다가 천천히 말했다.

"대답하지."

"좋다. 그러니 어서 가자. 석성을 없애거나 그자의 마음을……."

풍생수는 이미 태을 사자가 자신에게 응낙한 것으로 믿고 지껄이다가 입을 다물었다. 태을 사자의 눈빛이 이상했기 때문이었다.

"넌 내 칼에 소멸된다. 전에 흑풍과 윤 무사가 그리되었던 것처럼."

풍생수는 믿을 수 없다는 표정이었다.

"이…… 멍청한 녀석! 그냥 두면 조선은 망한다! 그리고 네놈들은 인간들에게 영향을 미치지 못한단 말이다. 잊었나?"

"잊지 않았지."

"그러면? 조선이 망해도 좋으냐? 네놈이 이러는 것은 큰 실수야!"

태을 사자는 대답하지 않고 천천히 염왕령을 꺼내 들었다. 과연 대단한 효력을 지닌 사계의 신물답게 수십 명의 저승사자들이 급히 모여들었다.

아무래도 장소가 명국인지라 중국의 저승사자인 흑백무상과 상문신이 주를 이루었고, 조선의 검은 도포 차림의 저승사자도 있는 반면, 특이하게도 검은 천을 뒤집어쓴 백골의 모습에 커다란 낫을 든 사신死神도 있었다. 이런 모습의 사자는 동양에서는 보기 힘들고 멀리 서방에만 있다고 하는데, 북경까지 서방의 사신이 와 있을 줄은 태을 사자도 짐작하지 못했다.

수십 명의 사자들이 풍생수를 원형으로 둘러 위와 아래 방향까지 모두 에워쌌다. 태을 사자는 천천히 말을 건넸다.

"실수라도 좋다. 어떤 것이든 네놈들이 원하는 것을 그냥 하게 둘 수는 없다."

"그러면 조선이 이대로 왜국에 의해 망해도 좋단 말이냐? 무엇을 믿고 이러는 거냐?"

풍생수는 악을 썼다. 그 말에 태을 사자는 슬며시 입가에 미소를 띠며 대답했다.

"나는 천기를 믿는다. 조선이 그리 간단히 망할 나라라고는 보지 않는다. 또한……."

태을 사자는 백아검과 염왕령을 내려뜨리고 말을 이었다.

"조선에 있는 왜란 종결자를 믿는다. 왜란 종결자가 있고 그 인물이 활약한다는 것은 바로 천기가 왜란이 종결지어지게끔 정해져 있다는 의미일 테니까 말이다."

태을 사자는 주변의 사자들이 더이상 풍생수에게 가까이 다가가지 못하게 한 다음 천천히 앞으로 나아갔다. 풍생수는 사나운 기세로 으르렁거리면서 태을 사자에게 말했다.

"흥……. 바보 같은 짓이다. 후회하게 될걸?"

"후회는 하지 않는다."

"네가 나를 정말 이길 수 있을까?"

풍생수는 태을 사자가 미처 무어라 대답도 하기 전에 태을 사자를 노리고 달려들었다. 맹렬하고도 비열한 기습이었다. 그러나 이미 태을 사자는 과거의 태을 사자가 아니었다. 묵학선이 없다고는 하지만 과거에 비해 몇 배나 강해진 법력이 있었다. 태을 사자는 간단하게 풍생수의 공격을 백아검의 검봉으로 쳐냈다.

풍생수는 죽기 살기의 기세로 무시무시한 마력을 태을 사자에게 쏟아냈다. 그것도 품品 자 형을 이루며 세 단계로. 하지만 태을 사자는 천천히 백아검을 휘둘러서 풍생수의 공격을 믿어지지 않을 정도로 간단하게 튕겨내었다.

풍생수가 놀라면서 재차 꼬리를 휘두르는 순간, 태을 사자가 휙 하고 백아검을 그었다. 풍생수의 두 개의 앞발이 뭉텅 잘려나갔다. 사방을 둘러싸고 있던 사자들에게서 으음 하는 탄식성 같은 소리가 터져 나왔다.

"이것은 윤걸의 몫이다."

풍생수는 뒤로 날아 도망치려 했으나, 그쪽에 버티고 있던 많은 저승사자들이 일제히 손을 앞으로 내밀며 법력을 모으자 태을 사자 쪽으로 되튕겨 날아갔다. 바로 그 순간 태을 사자는 한 번 검을 꺾어 쥐었다. 단순히 검을 꺾어 쥔 것뿐이었는데도 파팟 하는 파공음과 함께 풍생수의 뒷다리 두 개가 다시 날아갔다.

"이것은 흑풍의 몫이다. 그리고……."

채 말을 잇기도 전에 태을 사자는 멈칫했다. 풍생수가 몸을 부르르 떨더니 자신의 무기인 꼬리를 자신의 목에 찔러 넣었던 것이다. 그 흉악한 기세에 태을 사자는 주춤했고, 풍생수는 서서히 사라지기 시작했다.

"그래……. 엄청나졌구나. …… 그러나 너는 실수한 것이다. …… 왜란 종결자……. 왜란 종결자라……."

풍생수는 비웃는 듯, 자조하는 듯한 소리만을 남기고 서서히 사라졌다. 태을 사자는 조금은 허망한 듯, 조금은 아쉬운 듯 백아검을 든 채로 꼼짝도 않고 서서 사라지는 풍생수를 지켜보았다. 풍생수의 모습이 완전히 없어지자 저만치에 떠 있던 상문신이 갑자기 태을 사자의 앞에 다가와서는 읍을 해 보였다.

"대단하오! 내 사죄할 것이 있소."

태을 사자는 대답하지 않고 조용히 백아검을 소매 속에 넣었다. 상문신은 엄지손가락을 내밀며 말했다.

"나는 솔직히 당신 같은 일개 사자가 염왕령을 자유로이 사용하는 것이 부당하다고 생각해왔소. 그러나 당신의 법력은 충분히 그럴 자격이 있소!"

상문신이 떠들어대는데 느닷없이 조용히 산들바람 한줄기가 남쪽에서 북쪽으로 불었다. 그 바람을 느끼고 태을 사자는 멈칫하며 크게 소리쳤다.

"아뿔싸! 북! 북방을!"

상문신과 다른 사자들은 태을 사자가 도대체 왜 저러나 하고 허둥대며 북쪽을 살펴보았다. 그러나 그들은 아무것도 발견할 수 없었다.

태을 사자는 안색이 변해 백아검을 꺼내 힘껏 북쪽의 한 지점을 향해 던졌다. 백아검은 빙빙 돌며 날아가다가 아무것도 없는 허공에서 한 번 챙 소리를 내며 되튕겨 태을 사자의 손으로 돌아왔다. 태을 사자는 어허 하며 크게 한숨을 내쉬었다. 어리둥절한 상문신이 태을 사자에게 물었다.

"무엇이오? 대체 왜 그러시오?"

태을 사자는 분노가 치밀어 오르는지 몸을 부르르 떨며 대답했다.

"풍생수를 놓쳤습니다!"

"음? 아까 그 마수가 풍생수요?"

"그렇습니다."

"으음, 놈은 이미 소멸되지 않았소?"

태을 사자는 고개를 저었다.

"아니요. 또 속았습니다! 놈은 불사의 마수로, 바람으로 변하여 언제든 형체를 재생할 수 있습니다. 놈은 죽지 않았어요! 바람으로 화하여 도망쳤습니다……. 아아……. 묵학선이 있었다면 놈을 잡을 수 있었을 텐데……. 백아검을 던지는 것이 묵학선을 던지는 것보다 익숙하지 못하여 또 놓치고 말았습니다! 정녕 아쉽고도 아쉽습니다!"

태을 사자는 분을 이기지 못해 다시 한번 몸을 떨며 입술을 깨물었다. 이번에야말로 풍생수를 틀림없이 잡았다고 여겨 방심한 것이 실수였다. 그리고 놈이 하도 처절한 모습을 보여주었기 때문에 놈이 불사의 괴물이라는 점을 잊었던 것, 그리고 손에 익은 법기인 묵학선이 없었던 것도 놈을 놓친 요인이었다.

놈은 바람으로 화하여 아무 곳으로나 사라질 수 있으니, 지금 놈을 뒤쫓는다 해도 이미 때는 늦었다.

'법력이 높아졌다고 방심하니, 이 꼴을 당하는구나. 그래……. 놈의 말이 맞다. 이건 법력의 싸움이 아니라 머리의 싸움이다…….'

그렇게 생각하자 태을 사자는 또 한 가지의 의문이 떠올랐다. 놈들은 노선을 바꾸었다고 했다. 더이상 왜국의 편을 들지 않으며 오히려 명군이 조선에 파병하는 것을 돕겠다고까지 했다. 주변 정황으로 볼 때 그것은 사실일 것 같았다.

태을 사자가 풍생수에게 응낙을 했다면 풍생수는 정말 명군이 파병되도록 힘을 쓸 수밖에 없었을 것이었다. 태을 사자의 법력은 풍생수보다도 확실히 우위에 있었으니까.

'그렇다면 놈들은 무엇을 꾀하는 것일까? 무엇을 노리는 것일까? 놈들이 불리해지기는 했지만, 그 정도로 꾸미는 일을 포기했으리라고는 믿을 수 없다…….'

태을 사자는 아래 조선 사신들의 거처 쪽을 바라보았다.

'내가 잘한 것일까? 마수들의 말대로 명군이 참전하지 않는 것

은 아닐까? 그렇다면 나는 오히려 조선에 불리한 일을 한 것은 아닐까?'

태을 사자는 걱정이 되었으나 억지로 그 걱정을 밀어냈다.

'아니다, 천기를 믿어야 한다. 마수 놈들이 개입하든 개입하지 않든 천기는 올바르게 흘러갈 것이다. 명군이 참전하든 참전하지 않든 천기는 올바르게 흘러갈 것이다. 천기를 믿어야 한다. 그리고 인간들의 능력을 믿어야 한다.'

태을 사자는 마음을 다잡았다. 주변에서 수많은 저승의 사자들이 태을 사자의 속마음을 몰라 어리둥절해하고 있을 뿐이었다. 태을 사자는 문득 풍생수가 실수로 내뱉었던 말을 기억해냈다.

'가만……. 석성……. 석성이라고 풍생수가 말하지 않았던가?'

태을 사자는 상문신에게 석성이라는 자가 누구냐고 물었다. 상문신이 말했다.

"석성이라면 현재 명 조정에서 병부상서를 맡고 있는 사람이오. 조선 출병에 대해 상당히 반대하는 사람 중의 하나로 들었소만……."

"병부상서라면 병권을 좌우하는 긴요한 자리가 아닙니까?"

"그렇소. 조선에서라면 아마 병조판서쯤 될 것이오."

태을 사자는 미간을 찌푸렸다. 풍생수는 분명 석성을 죽게 하거나 석성의 마음을 돌리고자 했을 것이다. 병권의 실무자인 병부상서가 반대한다면 출병이 이루어지기는 힘들 것이니 풍생수의 생각도 일리가 있었다.

'그렇구나……. 어디 두고 보자. 마수 놈들의 조력이 없이도 꼭 일이 제대로 되게 할 것이다! 반드시!'

태을 사자는 주먹을 불끈 쥐며 스스로에게 다짐했다.

"도사님, 도사님. 나 군관님이 부르세요!"

그 소리에 은동은 인상을 찌푸리며 한숨을 내쉬었다.

"오엽아, 너 나를 그렇게 부르지 말랬잖아!"

그 말에 오엽은 얼굴을 발갛게 물들이며 헤헤하고 귀엽게 웃어 넘겼다.

"도사님이 맞잖아요. 그리구 지금은 아무도 없구."

"하여간 그러지 마! 그건 비밀 중의 비밀이라고 몇 번이나 이야기했니?"

"네! 네! 알았어요. 그러니 화내지 마세요. 네? 의원님?"

오엽은 귀엽게 웃으면서 고개를 푹 숙였다. 은동은 더 화를 낼 수도 없어서 고개만 휘휘 저으며 좌수영 쪽으로 향했다.

그날, 흑호와 은동은 마수들을 물리치고 그중에 기와 시백령을 해치웠지만 오엽에게 진면목을 들켜버렸다. 덕분에 둘은 없는 말재주로(은동은 어린데다가 거짓말에 능숙하지 못했고 흑호는 원래 말재주가 없었다) 오엽을 구워삶아 입을 다물게 하느라고 갖은 애를 썼다.

다행히 오엽은 은동보다는 한두 살 많아 보이긴 해도 아직은 어린 아이였고, 놀라운 일을 보아 기가 질려 있는 터라 자기 마음대로 상상을 하는 것 같았다. 즉 은동은 대단한 산신령에게 배워 도를 닦은 도사(라기보다는 도동道童에 가까웠겠지만)였고, 흑호는 산신령을 따라다니는 영통한 호랑이 아니냐는 것이었다.

때마침 말재주도 없던 둘은 진땀을 흘리면서 그렇다고 둘러댔고, 오엽은 철없이 그 말을 믿는 것 같았다. 그러고는 은동에게 도를 어떻게 닦으며, 도를 닦으면 뭐가 좋으냐고 꼬치꼬치 물어보기까지 해서 은동의 혼을 반쯤 빼놓았다.

결국 은동은 자신들은 하늘이 낸 사람인 좌수사를 못된 악귀들로부터 지키고 전쟁에 이기게 돕는다는 말을 했고(비록 왜란 종결자의 이야기는 하지 않았으나 완전한 거짓말은 아닌 셈이었다), 이 사실을 만약 누구에게 발설한다면 천벌이 내릴 것이라는 협박까지 했다. 그러자 오엽도 고개를 끄덕였다.

흑호가 보기에 오엽은 천벌을 무서워하기보다는 신기하고 재미있어서 그에 동의한 것 같았다. 흑호는 오엽에게 누설하면 잡아먹어버린다고까지 겁을 주었으나, 오엽은 도리어 산신령 밑에 있는 호랑이가 어찌 사람을 잡아먹느냐며 대들어 흑호는 꼼짝하지 못했다.

그 이후 오엽은 은동에게 그렇게 곰살맞게 굴 수가 없었다. 존경심에 그런 것이라고 어린 은동은 생각했지만, 흑호는 남몰래 저 계집아이가 딴 꿍꿍이를 가진 것은 아닐까 싶어 불안했다.

사실 오엽은 그전까지 하지 않던 분가루를 바르고 옷매무새도 단정히 했으며 머리도 깨끗하게 빗어서 몰라볼 정도로 달라졌다. 그전까지 까맣고 고생기 역력한 여자아이였던 것이 언제 그랬었냐는 듯, 곰살궂고 귀여운 얼굴로 변하였다. 그 모습을 보고 흑호는 "여자는 누구나 다 둔갑을 할 줄 아는구먼"이라 말했고, 은동은 '여자는 다 구미호(실은 호유화)와 비슷하구나'라고 생각했다.

오엽의 입을 막은 뒤 은동과 흑호는 둘이서 마수와 싸웠던 일을 되새겼다. 은동은 정신이 든 다음에 뭔가 좀 이상하다고 생각했다. 시백령의 공격에 당해서 이제 죽었다고 체념해 있었는데 정신이 들고 보니 멀쩡했고, 더구나 흑호의 말에 따르면 자신을 공격하던 시백령도 이미 반은 죽어 있었다지 않는가?

도대체 어떻게 된 일인가 궁금했으나 나중에 오엽의 이야기를 들어보니 은동의 몸에서 뭔가 불길 같은 것이 일어나 시백령을 맞히는 것이 보였다는 것이다. 그러자 흑호는 은동이 무의식중에 성성대룡의 술법을 쓴 것이 분명하다고 말하며, 은동이 벌써 혼자 마수 세 마리를 해치운 것이나 다름없다고 칭찬해주었다. 그러나 은동은 뭔가 찜찜했다.

"제가 그럴 정도로 술법에 능하거나 익숙한 것도 아닌데……. 뭔가 좀 이상한걸요?"

"어허, 허지만 그게 아니고서야 어떻게 설명이 되겠냐? 아무도 법력을 쓸 자가 없었는데."

"으음……. 그러나 성성대룡의 불을 맞으면 모두 그 자리에서 타버리는걸요? 계두사도 그랬고 기도 그랬고요. 근데 시백령은 왜 불에 타지 않은 걸까요?"

"그거야 시백령 놈이 세니까 그랬겠지. 너도 보아서 알겠지만 그 계두사나 기 같은 놈들은 홍두오공보다도 훨씬 하급 아니여. 그러니 놈은 조금 더 버틴 거겠지."

그것이 아니고는 시백령이 맥없이 당한 것을 해석할 방법이 없었기에 은동은 수긍하고 찜찜한 마음을 눌렀다. 그러고 보니 이제 성성대룡에게서 받은 불의 술수를 세 번 모두 사용한 것이나 다름없었다. 거기다가 비추무나리의 술수와 증성악신인의 술수도 각각 한 번씩 사용하였으니, 이제 은동에게는 염라대왕에게 받은 술수 세 번과 비추무나리와 증성악신인의 술수가 각각 두 번씩 남아 있는 셈이었다.

그리 따지자 기와 계두사 같은 하급 녀석들에게 강력한 성성대룡의 술수를 낭비한 셈이 되어 조금은 아쉬웠다. 둘은 그 정도로 하고 넘어갔는데, 한참 이후까지도 이상한 점 한 가지를 미처 생각하지 못하고 있었다.

얼마 후 은동은 배시시 웃는 오엽의 얼굴을 뒤로 하고 나 군관, 즉 나대용을 만나러 갔다. 나대용은 은동에게 이렇게 말했다.

"자네, 배를 탈 수 있겠는가? 아마도 며칠은 걸릴 것인데?"

"예? 어째서……."

나대용이 웃으며 말했다.

"자네가 먼저 말하지 않았는가? 출진하는 경우에도 꼭 수사님의 곁에 있어야 한다고. 실은 내일이면 출진이라네. 어때? 수사님은 이제 배를 타도 지장 없으시겠는가?"

이순신의 부대가 드디어 출진한다는 말을 듣고 은동은 가슴이 두근거렸다. 이순신의 증상은 상당히 호전되어 있었다. 은동은 그저 허준의 처방을 전해 듣고 앵무새처럼 읽는 수준이라 잘은 이해하지 못했지만, 이순신의 병은 거의 신경성이었다.

이순신은 마음이 온화하고 너그러운 사람이었으나 몹시 소심하고 신경질적인 사람이기도 했나. 게나가 공무에는 빈틈이 없는 대신 일종의 결벽증 환자이기도 했다. 이순신은 논리에 맞지 않고, 정해진 규칙을 어기는 것을 병적일 정도로 싫어하였다. 그러한 성격인데도 이순신은 조정의 명에 따라, 마음이 전혀 맞지 않고 속으로는 경멸하고 있는 원균과 함께 작전을 해야만 했다.

원균이 자주 자극하고 방약무인한 행동을 하여 이순신은 폭발할 지경이었지만, 그것마저도 소심한 성격과 공무라는 허울에 엮여 참아야만 했다. 그의 결벽성과 소심함이 서로 상충하는 판인데다가 싸움에서조차 절대 질 수 없다는, 아니, 져서는 안 된다는 압박마저 받고 있었다.

부하들의 신뢰를 받는 만큼 그들을 배신하여서는 안 된다는 생각이 강하다 못해 압박까지 받고 있었으니 오죽하겠는가. 또한 이순신은 그러한 불안을 의논할 만한 사람조차 없었다. 지략과 경륜과 비슷하지 않으면 누가 이순신의 마음을 제대로 이해하겠는가? 조정에

가 있는 유성룡 정도라면 이순신의 마음을 알아주고 같이 터놓고 이야기도 할 수 있을 것이었지만, 그와는 이천 리의 거리를 두고 있으니 그것도 불가했다.

이순신의 병은 몸의 허약함에 신경성 압박으로 인해 빚어진 병이었던 것이다. 허준은 비록 하일지달의 둔갑을 통해 이 병을 접했지만 근본 대책을 알아내어 잘 처방을 했으며, 또 연락과 연락의 사이사이에는 태을 사자가 청해 온 저승의 한 의원이 은동의 귀에 붙어 도움을 주고 있었다.

은동은 이순신의 측근들에게 청해 이순신이 며칠간 일체의 군무는 물론, 일기까지도 쓰지 못하도록 했다. 은동은 몰랐지만, 이순신의 수하들은 원균을 이순신과 만나지 않게끔 배려했다. 원균은 가끔 이순신에게 군무를 묻는답시고 찾아와서 술이나 마시고 주정을 부려 이순신의 신경을 갉아먹다시피 해왔던 것이다.

원균을 만나지 않은 덕분인지, 휴식을 취한 덕분인지 이순신은 조금이나마 정신적인 안정을 되찾았고 다시 작전을 활발히 짜기 시작했다.

"예……. 큰 무리는 없으실 것입니다. 그러면 저도 동행하는 것입니까?"

"그래야 하겠지. 솔직히 자네는 너무 어려서 배를 태우는 것이 미덥지는 않네만, 수사님이 작전하시는 것이니 큰 위험은 없을 것이네."

나대용이 우락부락한 얼굴에 미소를 띠며 말하자 은동도 좋아라 목소리를 높여 대답했다.

"예!"

은동은 겁이 나기도 했지만 이순신이 누구던가? 왜란 종결자가 아닌가? 그런 이순신이 패할 리가 없다고 은동은 굳게 믿었다. 그렇다면 자신이 원수로 생각하는 그 왜병들을 통쾌하게 무찌르는 모습을 보아야 직성이 풀릴 것도 같았다.

"흠, 그러면 어떻게 할까? 범쇠도 같이 동행할 것인가?"

나대용은 은근히 범쇠(흑호)에게 눈독을 들이고 있었다. 범쇠는 은동의 하인이라 출전을 강요받지는 않았지만, 덩치가 크고 힘이 세어 싸움에 나가면 공을 세울 것 같다고 생각했기 때문이었다. 그러나 은동은 고개를 저었다.

"범쇠는 물을 몹시 무서워하고 멀미가 아주 심하답니다. 저만 가면 됩니다."

흑호가 사람의 모습을 하고 다른 사람들과 코를 맞대는 것은 불안한 일이었으며, 자칫 마수들이 쳐들어온다면 남의 눈이 두려워 제대로 활약할 수가 없을 것이다. 흑호는 둔갑술을 할 줄 아니 따로 신단을 따라다니는 것이 훨씬 편할 것이었다.

나대용은 알겠다는 듯이 고개를 끄덕이며, 선내에 부상자들이 생겼을 경우에도 좀 부탁한다고 말했다. 은동은 겁먹었으나 여차하면 자신의 귀에 머물고 있는 의원 귀신의 도움을 받으면 어느 정도는 할 수 있을 것 같아 자신 있게 고개를 끄덕였다.

1592년 7월 4일. 이순신의 함대는 세 번째로 출격하게 되었다. 이제 왜선은 겁을 먹고 전라도 근해에는 얼씬도 하지 않았기 때문에 이순신은 부득불 경상도 지역까지 진출하여야만 했다. 공문을 돌려 정탐한 바에 의하면, 가덕과 거제 등지에 왜선이 출몰한다는 소문이 돌아 전라우수사 이억기와 경상우수사 원균과 함께 공동 작전을 펴기로 한 것이다.

이순신의 함대는 7월 4일 저녁에 이억기의 함대와 합류한 뒤 7월

6일에 다시 출발하여 원균 함대와 합류하기로 되어 있었다. 이때 조선군의 규모는 이순신의 함대 24척, 이억기의 함대 26척, 원균의 함대가 8척이었다. 이순신의 함대와 이억기의 함대는 지난번 당포 해전 때와 수가 달라지지 않았으나, 원균의 함대는 여러 척이 늘었다. 그런데 이 배는 실제로 건조된 배가 아니고, 그동안 이순신이 노획했던 왜선을 넘겨준 것에 지나지 않았다.

지난번 당포 해전 등에서 노획한 배가 여러 척 있었는데, 그것을 원균이 억지를 부리다시피 빼앗아갔던 것이다. 경상도가 왜군들의 소굴이 되어버린 터에 경상우수사인 원균이 배를 새로 건조할 여유가 없다는 것이 이유였다. 그 덕분에 원균의 함대는 배가 8척으로 늘었다고는 하지만 화포를 장비할 수 없어 전투에는 직접적으로 도움이 되지 못했다. 그렇기 때문에 이순신은 자신이 매우 싫어하는 원균에게 배를 내준 것이기도 하지만…….

그러나 처음으로 전선을, 아니 바다에서 배라는 것을 처음 타본 은동은 전쟁 같지가 않아 희희낙락하고 신기했다. 아직 전투가 벌어질 기미조차 없었고, 남해의 좋은 풍광 사이를 많은 수의 거대한 함대와 함께 여행하는 것이 즐겁기까지 했다.

더구나 은동은 뱃멀미도 별로 일으키지 않았다. 그도 그럴 것이, 은동은 저승까지 오락가락했으며 축지법에 둔갑술에도 휘말려서 무서운 고속으로 날아다니기를 밥 먹듯 했으니 그에 단련이 되어 뱃멀미 정도는 일으키지 않을 수 있었던 것이다.

그러나 한편으로는 매우 염려가 되었다. 함대가 출발함에 따라 이순신의 신경질적인 면이 점점 두드러지기 시작한 것이다. 이것도 은동이 직접 알아낸 것은 아니었고, 은동의 귀에 붙은 의원의 귀신이 알려준 바이기는 했지만…….

7월 7일이 되자 동풍이 크게 불어서 배가 나아가지 못했다. 할 수 없이 조선 함대는 고성 땅 당포에 이르러 나무를 하고 물을 긷는 작업을 하였다. 함대가 제대로 항해하지 못하자 이순신은 긴장을 너무 한 나머지 머리가 봉두난발이 되었으며 눈이 붉게 충혈되었으나 본인은 그것조차 알지 못했다. 은동이 보다 못하여 사람들이 없는 진맥 때에 은근히 말할 정도였다.

"장군님, 피곤하시옵니까?"

이순신은 피곤이 극에 달한 모습을 하고서도 말투만은 평온했다.

"허허, 피곤하다니? 아직 싸움은 시작조차 하지 않았는데 무엇이 피곤하겠느냐?"

그때 은동의 귓속에 있는 영이 은동에게 속삭였고 은동은 그대로 이순신에게 말했다.

"속히 휴식을 취하시옵소서. 의원으로서 간하는 말씀이옵니다."

"음? 쉬다니. 아니야, 할 일이 많은 터인데……."

의원의 영은 은동에게 정색을 하라고 했고 은동도 그대로 했다.

"장군님, 장군의 몸은 장군 한 분의 몸이 아니옵니다. 수많은 백성들과 병사들, 그리고 조정의 기대가 장군님의 몸에 달려 있사옵니다. 장군님께서 몸을 상하시면 그 누가 수군을 맡는단 말씀이시옵니까?"

그러자 이순신은 조용히 눈을 감았다.

"아직은 적정도 보이지 않으니 이만 쉬시옵소서. 장군님의 휴식에는 병이 가장 큰 약이옵니다."

"음?"

'아이구!'

은동은 의원의 말을 정신없이 옮기다 보니 병에는 휴식이라는 말을 잘못 말했던 것이다.

"아니…… 아니……. 장군님의 병에는 약이 휴식이옵니다."

헷갈리자 더 말이 엉키기 시작했고, 당황스러운 마음에 은동의 얼굴은 더욱 시뻘겋게 붉어졌다. 이순신은 그런 은동을 물끄러미 보고 있다가 갑자기 껄껄 웃었다.

은동은 창피하고 송구스러워서 아무런 말도 못했다. 더구나 귓전에서는 의원의 영이 은동보고 바보라며 욕을 해대고 있었던 것이다. 은동은 자기도 모르게 주르르 눈물을 흘렸다.

'바보, 바보 멍청이! 나는 왜 이 모양일까?'

이순신은 껄껄 웃다가 은동이 눈물을 흘리는 것을 보고는 미소를 지으며 은동을 냉큼 안아 무릎에 올렸다. 은동은 이순신이 자신을 무릎에 올리자 몹시 당황했다. 은동의 체구가 작은데도 이순신은 허약한지 은동을 안아 올리는 것도 그다지 쉽지가 않은 듯했다.

"허허, 소년 의원. 그것 가지고 무어 울고 그러는가? 허허허, 아직 어린아이는 어린아이로군!"

"저……."

은동은 얼굴이 빨개져서 뭐라 말하려 했지만 이순신은 은동의 머리를 쓰다듬었다.

"그래, 의원 노릇하기가 쉽지 않지? 허허……. 내가 미안하구나. 어린아이에게 이런 고생을 다 시키니……. 그래, 좀 쉬어보자. 그러니 편하게 부르자꾸나. 은동아?"

"예……옛."

"은동아?"

"예……옛!"

"허허. 내 자식들이 아직 어려 너만 한 손주는 없다만, 손주를 본다면 너 같은 손주를 보았으면 싶구나. 허허……."

이순신은 맏아들 회와 둘째 아들 울(훗날 이름을 열로 고침)이 있었고 딸도 두 명이 있었지만, 나이가 고작 이십 대 안팎이었으므로 은동만 한 손주는 없는 것이 당연했다.

은동은 항상 근엄하고 엄숙해 보이는 이순신에게 이러한 마음씨 좋은 할아버지 같은 면모가 있다는 것에 놀랐다. 이순신은 어린아이인 은동만 있는 자리라 마음이 풀어진 듯했다.

"세상에 나만큼 박복하고 죄 많은 사람은 없을 것이다. 허허……."

"어째서 장군님이 박복하십니까?"

"허허……."

이순신은 대답을 하지 않았으나 그것은 마음에 어린 가장 커다란 앙금 중의 하나였다. 이순신은 실로 모든 일을 철두철미하고 사리에 맞게 행동하는 사람이었으며, 그렇지 않고서는 직성이 풀리지 않았다.

이순신의 관직 길은 실로 순탄하지 않았다. 간신히 무과에 급제한 것이 서른두 살 때의 일이었으며, 진급도 이순신의 기량과는 맞지 않게 빠르지 못했다. 서른여덟 살 때에는 전라도 발포만호로 있었는데, 정월에 군기가 엉성하다는 이유로 파직되었다.

실제로 이순신만큼 군기를 중요시하는 인물은 없었는데도 파직된 것이다. 이것은 바로 불법 승진 청탁을 거부한 보복이었으니, 이순신은 이때 벌써 쓴맛을 한 번 본 셈이다. 그래도 깔끔하고 완벽한 일처리 덕분에 이순신은 훈련원 봉사로 복직되었다.

그다음 해에는 난데없이 변방 중의 변방인 함경도로 옮겨가 군관이 되었는데, 여기서 이순신은 기량을 살려 호족 울지내라는 자의 침입을 막는 공을 세웠다. 그 덕에 한 달 만에 승진하여 훈련원 참군이 되었으나 며칠 만에 부친이 별세하여 고향 아산에서 휴직하였다.

삼년상을 치른 뒤에는 복직하여 함경도에서 북방 호적을 막는 중책을 맡았는데 일 년 후인 마흔세 살 때 북방 호족의 기습을 받았다. 이때 북방의 절도사는 이일(신립과 함께 탄금대에서 진을 친 이일)이었는데, 그는 이순신이 잘 싸웠음에도 말을 잘 듣지 않고 꼬장꼬장하다는 이유로 희생양으로 삼아 모든 죄를 덮어씌웠다.

이순신은 강한 논리로 결백을 주장하여 결국 무죄가 되었으나 지나친 꼬장꼬장함 때문에 미움을 사서 무죄임에도 보직에서 해임되어 백의종군白衣從軍하게 되었다.[4] 결국 함경도에서 갖은 고생을 하다가 마흔네 살에 정읍현감이 되고, 마흔여섯 살에 고사리진첨사와 만포진첨사로 임명되었으나 관리들의 미움을 사서 유임된 바 있었다.

그러다가 난리를 불과 얼마 남기지 않은 작년에 진도군수로 부임되었으나 채 부임하기도 전에 다시 가리포첨사로, 또다시 부임하기도 전에 전라좌도 수군절도사가 되었다. 다른 때에는 고관들의 장난이었을 것이나 이번만은 그의 고향 친구요, 죽마고우인 유성룡의 전격적인 천거로 승진을 한 것이다.

그러나 승진을 기뻐할 처지도 못 되었다. 유성룡과 이순신은 이미 둘 다 반드시 난리가 나리라 예상을 하고 있었으며, 그에 대비하기 위해 힘을 썼으니 결국 이순신은 알면서도 가장 위험한 자리에 간 것이나 다름없었다. 가장 힘들고 어려운 일을 알면서도 맡아야 한다는 것은 소심한 이순신에게 상당한 부담이 아닐 수 없었다. 더구나 이렇듯 화려한 전력을 가진 이순신이 조정 관리들의 썩어빠짐이나 두려움을 모를 리 없었다.

힘들고 어려운 일을 맡을수록 그 일 자체보다 더 어렵고 난처하고 억울한 일이 생기게 마련이며, 그것이 인간사다. 하지만 이때까지 이순신은 오로지 스스로의 논리와 준비성만으로 버티며 살아왔고, 앞으로도 그래야만 했다.

이순신은 만일에 대비하여 『난중일기』를 사실대로, 빠짐없이 기록하였으며, 모든 공문서와 장계 등을 필사하여 별도로 보관하도록 빈틈없이 지시하였다. 이 모든 것은 지난날 겪었던 쓰라린 일들에서 배운 것으로, 이순신은 조선에서 벼슬을 하려면 어떤 위험이 닥칠지 모른다는 것을 잘 알고 있었던 것이다. 그가 박복하다고 한 것은 이렇듯 힘들고 고달프게 살아야만 한다는 것을 의미했다.

이순신의 고민은 또 있었다. 이순신은 몹시 뛰어난 두뇌를 가지고는 있었지만, 무척 정이 많고 소심한 사람이기도 했다. 이 두 가지가 상충되어 이순신을 계속 괴롭혔다.

군무에는 냉혹하고 과감한 결단력이 요구되었다. 이순신도 그런 것을 잘 알고 있었고, 이순신은 항상 냉혹하리만큼 엄정하게 군기를 세워 부하들의 기강을 잡았다. 그러나 그것은 전라좌수사라는 이순신이 그러한 것이요, 인간으로서의 이순신은 그러한 군기나 처벌을 누구보다도 마음 아파했다.

인간 대 인간으로서의 이순신은 숫기가 없고 말을 잘하지 못하여서 원균이 안하무인으로 날뛰는데도 보이는 데에서는 싫은 소리 한마디도 하지 못하는 성격이었다. 하지만 군무는 군무이니, 정확하게 하지 않을 수 없었고 여기에 이순신의 고통이 있었다. 천성에 맞지 않는 일을 오직 의지로 해내야 하는 이순신의 고통은 다른 누구도 짐작할 수 없는 것이었다. 하물며 그 고통이 반드시 이겨야만 한다는 중압감까지 더불어 이순신은 병이 난 것이라 할 수 있었다.

마지막으로 이순신은 그의 부하들과 모든 사람들을 몹시 아끼는 성격이었다. '공은 얻지 못하더라도 인명을 해칠 수는 없다'는 것이 그의 오래된 신념이자 믿음이었으며, 그 때문에 이순신은 논공행상에 불리하더라도 원균처럼 병사들에게 목 베기를 다그치는 짓은 결코 하지 않으려 했다. 그의 부하들 중에 나오는 사상자들을 몹시 애석해하는 것은 물론, 전투 시에는 용맹했지만 적들이 떼죽음당하게 된 것을 탄식하기도 했다.

그렇다고 이순신이 그런 감정에 빠져 군무를 소홀히 할 만큼 어리석은 사람은 아니었다. 이순신은 군율을 엄정하게 하기 위해 이미 상당한 숫자의 부하들을 잡아 벌주고 참형에까지 처한 바 있다. 하지만 결코 그런 일을 좋아서 한 것은 아니었다. 죽은 부하들을 동정하고 남몰래 슬퍼했다. 속마음은 착하고 여린데 정황상, 직책상 감정적이 될 수 없다는 것이 바로 이순신의 비극이었다. 수없는 적을 죽인 것은 전쟁중이라 그렇다 쳐도, 전투중에 겨우 몇몇씩 나오는 사상자나 군율을 지키기 위해 처단한 몇몇 사람들의 운명까지도 마음 깊이 회오하고 아파하는 성격이었다. 그런데 나라를 지키려 군을 통솔하는 장수로서 그런 내색을 할 수는 없었다. 이성에 의해 감정을 억누르면서 행동해야만 했고, 또 누구보다도 빈틈 없이 그리하였다. 때문에 마음속 앙금이 답답한 울화가 되어 끝도 없이 켜켜이 쌓여가는 것이었다.

차라리 감정적으로 행동했더라면 마음의 앙금은 남지 않았을 것이며, 글을 모르는 과격한 무장이었더라면 하나의 행동에 수십 번씩 갈등하며 마음을 졸이지는 않았을 것이다. 더구나 이순신은 그 선량하고 약한 마음으로 인해 '자신을 믿는 부하들을 죽게 만드는' 죄를 수없이 짓고 있다며 자책했던 것이다.

"장군님……. 지나친 근심은 화가 됩니다……."

은동은 이순신을 가만히 올려다보았다. 이순신은 비록 웃고 있는 얼굴이었으나 무어라 표현할 수 없는 적막함과 외로운 감정이 돌고 있었다. 그의 마음은 몹시 쓸쓸했다.

이번 싸움 또한 쉽게 끝나리라는 보장은 없었다. 왜군들도 바보가 아닌 이상, 지난번의 패배를 만회하기 위한 준비를 하고 있을 것이다. 또한 싸움이 벌어지면 수많은 사람들이 죽고 다칠 것이었다. 이순신은 자신의 계책으로 죽어가는 왜군의 수가 얼마나 될까 생각하고 몸서리를 쳤다. 몇천일까? 몇만일까? 전쟁을 계속 이겨야만 하지만 죽어가는 사람들을 생각하면 비록 그들이 적군일지라도 서글픈 마음이 들었다.

그렇다고 왜군을 동정하여 놓아주자는 의미는 아니었다. 다만 살생의 죄를 저질러야만 살아남을 수 있는 인간 세상의 서글픔과 자기 자신의 위치가 한탄스럽게 여겨졌을 뿐이다.

"허허, 내가 주책이구먼. 되었네, 내 자네의 권고를 받아들이겠네. 틈나는 대로 몸을 쉴 것이니 안심하시게."

이순신은 잠깐의 감상에서 벗어나 다시 본래의 모습으로 돌아오자 더이상 입을 열지 않았다. 그리고 잠시 후 전령이 들어와서 은동은 이순신의 방에서 나가야 했다.

그날 이후 이순신은 냉엄한 태도를 되찾아 더이상 은동에게 감정을 드러내 보이지 않았다. 어린아이에게 감정을 내보인 것을 조금은 쑥스럽고 부끄럽게 여기는 모양이었다.

은동은 말로는 아무것도 듣지 못했지만, 이순신의 그런 쓸쓸함에 말로 다할 수 없는 깊은 공감을 느끼고 갑판 아래 선실로 돌아와 까닭도 모르는 채 눈물을 흘렸다. 둔갑술을 써서 은동의 옆에 다가온 흑호가 왜 그러느냐고 물었지만 은동은 대답하지 않았다. 아니, 왜 눈물이 나오는지 스스로도 이해할 수 없었다. 은동은 그 이후 시간만 나면 이순신에 대해 생각에 잠기는 버릇이 생겼다.

그날 저녁, 당포에 정박하여 물과 나무를 싣던 이순신 함대를 보고 한 촌민이 달려왔다. 그는 김천손이라는 소 치는 목자였는데, 그 사람은 중요한 정보를 이순신 함대에 알려왔다.

> 왜선 대, 중, 소선 70여 척이 오늘 낮 오시경(대략 낮 2시경)에 영등포 앞바다에서 거제 고성 땅의 견내량 물목으로 들어가 정박중이다!

이 정보는 즉각 이순신에게 보고되었고, 이순신은 김천손을 불러 몇 마디를 물은 뒤 그 말이 사실이라고 판단했다. 이것은 중대한 정보였다. 70여 척이나 되는 많은 전선이 한 무리를 이루고 정박중이라는 것은 분명 전투태세를 갖추고 있는 공격 함대라는 것을 의미한다. 수송선이라면 낮에 정박하는 일은 없을 것이기 때문이었다.

이순신은 다시 김천손에게 적의 대선의 숫자를 물었다. 그러자 김천손은 대단히 커다란 배가 절반은 넘어 보이더라고 말했다. 그 말에 이순신은 긴장했다. 김천손은 조선의 해안에 사는 백성이니 판옥선을 자주 보았을 것이다. 그런 김천손이 '큰 배'라고 말했으니, 이번의 '큰 왜선'은 적어도 지난번 다섯 척을 격침했던 오구로마루 정도 된다는 뜻이었다.

큰 배가 30여 척이나 모여 있다는 것은 이번에는 왜군의 결의도 자못 비장하다는 것을 의미했다. 지난번 해전에서 큰 배에 상당한 고위급의 장수들이 타고 있던 것으로 보아, 이순신의 짐작으로 그런 큰 배는 왜국에서는 상당히 귀할 것이었다. 그런 배가 30여 척이나 동원되었다는 것은 무엇을 의미하겠는가?

'이번에 왜국 수군도 결판을 내려나 보구나. 있는 힘을 다 끌어모은 선단이다. 이번 싸움에서 이기면 왜국 수군은 완전히 기가 꺾일 것이다!'

이순신은 아침에 동이 트기 전에 식사를 하고 곧바로 출격할 것을 휘하 함대에 명하였다.

겐키는 불안한 느낌에 밤잠을 설치고 있었다. 겐키는 마수에게 쫓기다가 영문도 모르는 채 전선에 타게 되었는데, 하필 이 전선은 조선으로 출병하는 왜군 함대 소속이었던 것이다.

함대는 이순신을 무찌르고자 왜군의 최고 정예들을 긁어모은 특별 부대였으며, 지휘관은 왜군의 유명한 수군 대장 중의 하나인 와키자카 야스하루였다. 그리고 와키자카의 뒤에는 역시 이름을 날리는 수군 대장인 구키 요시타카와 가토 요시아키가 후속 부대로 따라오고 있었다.

구키 요시타카는 바로 오구로마루를 발명한 인물이기도 했으며, 가토 또한 11명의 수군 대장 중의 한 명으로 용맹할 뿐만 아니라 지략이 있다고 알려진 인물이었다. 가토와 구키는 11명의 왜국 수군 대장 중에서도 첫손에 꼽히는 대장들이었으며, 이번에 출격한 선단의 규모도 유래가 없을 정도의 것이었다.

겐키는 신원이 정확히 파악되지 않았으나 낙오병으로 신고되어 이 배의 일원이 되었다. 정체가 분명치 않은 낙오병마저도 전투원으로 참가시킬 정도로 이번 함대는 급히 조달된 것이었고, 그 임무 또한 막중했다.

그럭저럭 시일이 흐르는 사이 부상을 입었던 겐키의 다리는 거의 치유되었으나 겐키는 통 배에서 내릴 기회를 잡지 못하여서 탈출하지 못하고 있었다. 조심스럽게 수소문해보자니 이 배는 전라도 수군을 쳐부수기 위해 항해하는 중이었다. 겐키는 그 말을 듣고 걱정이 되었다.

'전라도 수군이라면 이순신이라는 장수가 지휘하는 수군이 아닌가? 구루시마 님이나 가메이 님 등도 손 한번 써보지 못하고 당할 만큼 무서운 장수라고 들었는데……. 과연 이길 수 있을까?'

겐키는 자신의 목숨보다도 획득한 센 리큐의 비밀문서를 고니시에게 전달하지 못할까 봐 그것이 더욱 걱정되었다. 겐키는 싸움이 벌어지면 기회를 틈타 달아날 결심을 굳히고 있었다.

풍생수는 겐키의 두 형제를 죽였고, 겐키마저도 쫓아가 죽이려 했으나 겐키가 몹시 겁을 먹어 항상 사람이 많은 곳에서 떠나지 않았기 때문에 함부로 그를 잡을 수 없었다. 그러던 중 풍생수는 명나라로 갈 일이 생겨서 잠시 겐키를 내버려두고 있었다. 마계로부터의 지원이 끊긴 터라 마수들도 여러 곳을 동시에 신경쓸 만한 여유가 없었던 것이다.

그러나 풍생수는 겐키와 그 형제들이 고니시의 명을 받고 무엇인가 탐지하러 왜국에 왔다는 사실만 알고 있었지, 겐키가 센 리큐의 문서를 얻었다는 것까지는 알지 못했다. 만약 센 리큐의 문서에 어떤 내용이 적혀 있는지 알았다면 결코 겐키를 포기하지 않았을 것이다.

• • •

다음날, 7월 8일 새벽, 조선 수군의 모든 판옥선들은 노를 힘껏 저어 어두운 바다로 출항했다. 새벽의 여명이 비칠 때쯤 속도가 빠른 판옥선들은 곧 견내량 앞바다에 이르렀다. 조선군은 이미 준비를 갖추어 병사들이 배불리 먹고 긴장하고 있었지만 왜군은 아직 잠에서 채 깨지도 못했을 터였다.

이순신은 견내량 물목에서 적의 정찰대를 만났다. 큰 배 1척과 중간 배 1척으로 이루어진 이 정찰대는 조선군의 함대가 나타난 것을 보자 급히 뱃머리를 돌려 거제도 만으로 들어갔다. 이순신은 뒤를 쫓지 않고, 행여 매복이 있을지 몰라 선발대로 자신의 함대 중 절반인 13척의 판옥선을 만 안으로 보냈다.

잠시 후 선발대로 보낸 배들에서 통영연으로 왜군의 사정을 알려왔는데, 왜군은 모두 72척이었고 큰 배가 절반이나 되며 방책을 치듯 원형의 진을 이루고 있다는 내용이었다. 이순신의 좌수영에서는 통영연으로 전달 체계를 만들어 먼 거리에서도 상당히 복잡한 내용을 쉽게 전달할 수 있었다. 이 보고를 받은 이순신은 잠시 고개를 갸웃했다.

'큰 배들이 방책을 쳤다고? 왜군이 새로운 전술을 고안해냈나 보군. 가장 뛰어난 인물이 지휘하는 모양이로구나.'

이순신은 지난번 보았던 큰 배들이 대량으로 동원되었다는 것을 듣고는 그렇게 판단했는데 그 판단은 옳았다. 와키자카의 부대에만도 총 72척의 선단에 오구로마루급의 대형 전함이 36척이나 되었으며, 후속 부대인 구키와 가토의 부대도 42척의 선단에 대형선이 21척이나 되었다.

지난번 구루시마의 죽음과 가메이의 궤주로 왜군은 새로운 전략을 짜기에 이르렀으며, 그것이 바로 '층각 전략'이었다. 조선의 판옥선이 크고 속도가 빠르며, 더군다나 화포의 사정거리가 길다는 것을 알게 된 왜군은 높은 층각이 달린 오구로마루급의 배를 모조리 동원하여 높이의 이점으로 사거리의 단점을 막으려 했다.

2층 혹은 3층의 누각이 달린 배들은 그때까지는 단지 지휘용으로만 사용되어왔는데, 높은 곳에서 아래를 굽어보고 총이나 화살을 쏘면 화포가 날아가는 거리상의 단점을 메울 수 있을 것이라고 와키자카는 판단한 것이다. 그가 편 진형은 원형의 진으로, 대형선으로 원형 진을 편 것은 조선군의 화포로부터 받는 충격을 최소화하기 위함이었다.

그러나 이순신은 그에 대응할 적절한 전략을 금세 생각해냈다. 그는 이억기나 원균 등에게 일단 만 밖에서 대기하도록 청하고, 선발대의 절반만 다시 나아가 적을 유인하도록 명을 내렸다. 이순신의 지속적인 훈련을 받지 않은 이억기나 원균의 함대는 그런 연기(?)를 할 만한 능력이 없었던 것이다. 그래서 거북배 2척[5]을 필두로 한 이순신 함대의 돌격 부대 6척이 적진을 향하여 돌격해 맹렬히 포 사격을 가했다.

하지만 과연 와키자카의 계략이 맞았는지 왜선들은 그리 큰 타격을 입지 않았고, 열을 갖춘 층루에서 아래를 굽어보며 쏘는 탄환은 상당히 멀리까지 나갔다. 잠시 후 조선군의 선발대는 견디지 못한 듯 후퇴하기 시작했는데, 와키자카는 이때를 놓치지 않고 총돌격 명령을 내렸다. 부장 하나가 유인이 아니겠느냐고 말했지만 와키자카는 고개를 저었다.

"이순신의 함대는 고작해야 이십여 척이다. 유인을 해보아야 별수 없을 것이다!"

허나 별수 없는 것만도 아니었다. 후퇴하는 조선군선을 따라 만의 입구로 나오자 수십 척의 조선 함선이 있었던 것이다. 이순신은 재빨리 통영연을 올려 학익진을 폈다. 그러자 와키자카는 생각해두었던

'층각 전략'을 사용하여 배들을 급히 원형으로 배열시켰다. 왜선이 원형으로 배치되는 모습을 보더니 이순신은 미소를 지으며 명했다.

"지금부터 일제사격을 가한 뒤 접근하여 배의 고물과 키를 노려라!"

그 말에 수하 장졸들은 놀라워했다. 이제까지 이순신은 사거리가 충분한 화포로 적을 주로 공격했으며, 접근전을 허락하지 않았다. 그런데 어째서 이번에는 접근하라는 것일까? 부장 하나가 묻자 이순신이 미소를 지으며 설명했다.

"잘 보아라. 저들은 이제 바다 한가운데로 나왔으며, 우리의 숫자가 많은 것을 알았으니 후퇴하려 하리라. 그런데 우리가 키와 고물을 파괴한다면 그들은 배를 몰 수 없으니 꼼짝없이 바다에 빠져 죽을 노리밖에 없는 것이다. 이 판에 왜놈들이 싸울 경황이 있겠느냐? 더구나 원형진을 편 것은 스스로 함정에 빠지는 것과 같으니, 배가 접근하여도 자기들끼리 노가 걸려 우리 배로 덮쳐들기가 어려워지는 까닭이다. 그러니 노를 힘껏 젓게 하여 속도를 늦추지 말고 부근을 돌면서 모조리 격침시켜라!"

그 명에 의해 조선군의 함선들은 화포를 일제히 사격하며 거리낌 없이 왜선들에 다가가기 시작했다.

은동은 배가 속도를 내고 두꺼운 배의 판자를 뚫고 둔중한 화포의 굉음 소리가 들리는 것으로 전투가 바야흐로 무르익어가고 있다는 것을 알았다. 흥분하는 은동에게 흑호는 조용히 전심법으로 자신이 상공을 돌아볼 터이니 이순신의 부근에 가 있으라고 말하고 이내 사라졌다.

은동은 호기심이 일어 가슴이 두근거리기도 했지만 겁도 났다. 화포들이 펑펑 소리를 내며 쏘아지는 소리는 은동이 듣기에는 너무도 컸다. 조총 소리만 들어도 간담이 서늘한데 화포 소리는 그 몇 배나 크고 강렬했던 것이다. 더구나 싸움이 벌어진다고 생각하자 지난날 왜군들에게 어머니를 잃었던 악몽 같은 기억이 되살아났다.

'이래서는 안 돼. 정신을 차려야지……. 정신을……'

그러나 계속 삐걱거리는 노 젓는 소리와 뱃전을 때리는 세찬 파도 소리, 사방에서 울려오는 포 소리와 총소리는 점점 은동의 귓속을 후벼파기 시작했다. 은동은 억지로 이를 악물고 선창을 올라가 이순신의 곁으로 가려고 했지만 발도 떨어지지 않았고 눈도 떠지지 않았다.

'용기를 내! 용기를! 이 바보야. 어서! 어서!'

은동은 후들후들 떨면서 억지로 억지로 선창 사다리를 더듬으며 조금씩 기다시피 위로 올라갔다.

은동이 대장선의 위 갑판으로 올라갔을 때, 전투는 이미 한창이었다. 사방에는 수십 명의 기라졸들과 통영연을 날리는 늙은 촌민들(통영연을 날리는 역할은 연날리기에 익숙한 촌민들이 주로 맡고 있었다) 그리고 장교들과 군졸들이 빽빽이 서 있어, 앉아 있는 이순신의 모습은 보이지조차 않았다.

그러나 함성 소리와 포성, 총성과 파도 소리가 뒤섞여 무서운 기세로 귀에 밀려들어 은동은 정신이 나갈 지경이었다. 전투가 한창이라는 것을 느낄 수 있었다. 눈으로 그 광경을 보고 싶었으나 대장선은 높은 방패가 사방을 메우다시피 하고 있어서 키가 작은 은동은 바깥을 볼 수가 없었다.

간신히 방패의 틈을 비집고 내다보자 그제야 비로소 바깥의 광경을 볼 수 있었다. 사방에서 조선군의 판옥선들이 덩치가 크고 높은 왜선들이 모인 곳을 향하여 일제히 돌격해나가는 광경이 눈에 들어왔다.

은동은 그 웅장한 광경을 본 순간, 오금이 저려 움직일 수가 없을 지경이었다. 마수들과 무시무시한 싸움을 겪은 은동이었으나 수천, 수만 명이 각각 당시의 기술을 최고로 모은 전함을 타고 최신의 무기인 화포와 총 등을 사용하며 벌이는 혈투는 은동의 넋을 빼앗았다. 잠시 후 정신이 들면서 은동이 느낀 감정은 단 하나였다.

'무섭다!'

은동이 죽을 고비를 아무리 여러 차례 겪었건, 세상 누구도 경험해보지 못한 신기한 일들을 많이 치렀건, 그것은 아무 상관이 없었다. 마을 사람들이 왜병들에게 모두 죽고 마을이 풍비박산이 났지만, 그것은 단지 도망쳐야 할 일이었고 자신이 직접 그 안으로 뛰어들어야 했던 일은 아니었다.

이리도 수많은 사람들이 목숨을 걸고 혈투를 벌이는, 웅장하고도 무섭다 못해 처절한 광경은 처음 보았다. 그리고 그 앞에서는 단지 무력하고 무섭다는 느낌밖에는 들지 않았다. 은동은 덜덜 다리를 떨면서 나무 사다리를 구르듯 내려와 선창의 한구석에 처박혔다.

• • •

'잘한다! 잘해!'

흑호는 둔갑법을 써서 보이지 않게 조선 선단의 위를 날며 신바람이 나 있었다. 이순신 함대의 함선들이 지닌 화포는 당시에 가장 강력한 무기였지만, 길이가 수백 척에 달하는 왜선들을 단방에 부순다는 것은 어림도 없었다. 그 배들은 수십, 수백 발의 화포를 맞아가며 천천히 여기저기가 부서지다가 나중에는 화전(불화살)의 세례를 받고 불타올라 완전히 분해가 되었다. 그러나 오히려 그편이 더 신나고, 장관을 이루었다.

수십 척에 이르는 왜선들은 이미 이순신의 뜻대로 키와 노, 돛대를 잃고 조금씩 조금씩 부서져나가며 전력을 상실하고 있었다. 와키자카가 새로 내세운 층각 전략은 조선 함대가 원거리에서 함포 공략을 해올 때의 대비책이었으나, 그는 이순신이 이리도 빨리 전략을 바꿀 줄은 꿈도 꾸지 못하였다. 결사적인 항전에도 불구하고 왜선들은 한 척 한 척 부서져갔다.

은동은 몸을 부들부들 떨며 선창 구석에 처박혀 꼼짝도 하지 않았다. 너무도 무서웠다. 무슨 생각이 나는 것도 아니었다. 본능적인 두려움과 공포가 지배하고 있을 뿐이었다.

그런 은동에게 정신이 돌아오도록 만든 것은 피 칠갑을 한 몇 명의 부상자였다. 한창 전투가 진행되는 중이라, 배마다 한두 명의 부상자가 나오는 것은 당연했다.

전투가 열기를 띠자 이순신의 대장선도 상당히 왜선의 진에 접근해갔다. 이는 전투에 참여하기 위해서가 아니었다. 화포와 화살이 난무하는 가운데 지령을 내리려면 통영연이 아닌 근거리용인 깃발 신호를 사용해야 했기 때문이었다.

대장선이 접근하자 자연히 왜병의 사격이 대장선에 집중되었다. 그러자 삽시간에 부상자가 속출하였다. 전투가 한창인지라 은동 혼자 있는 선창에 몇 명의 군졸들이 부상자를 내려놓고 갑판으로 돌아가 버렸다.

은동은 정신은 조금 돌아왔지만 삽시간에 피범벅이 된 부상자들이 자신의 주변에 놓이자 더더욱 무서워졌다. 그들 중 왼쪽 눈에 조총알을 맞아 철철 흐르는 피를 손으로 막고 있던 덩치 큰 사내가 은동에게 힘겹게 입을 열었다.

"자네……. 자네, 의원이라며?"

은동은 멍하니 입만 벌린 채 겁먹은 표정으로 남자를 바라보았다. 남자는 은동의 겁먹은 눈빛을 보더니 갑자기 화가 난 듯 외쳤다.

"뭐하나!"

"네……. 네……?"

은동이 멍한 소리로 더듬거렸다. 그러자 그 남자가 악을 썼다.

"의원이면 어서 해! 내 눈에서 총알을 빼달란 말여!"

눈에서 피를 철철 흘리는 남자의 기세는 자못 흉험하기 짝이 없었다. 아니, 지금 은동의 눈에는 그 남자가 어떤 마수나 귀신보다도 무서워 보였다.

"어……. 어……."

은동이 앉은 채 뒤로 뭉그적거리며 물러나려 하자 그 남자가 다짜고짜 은동의 멱살을 잡았다.

"어서 해! 내가 가지 않으면 누가 포를 놓아! 누가 왜놈을 잡느냐구!"

그래도 은동이 겁을 먹어 벌벌 떨자 남자는 은동의 따귀를 사정없이 후려갈겼다. 은동은 눈에서 별이 와르르 쏟아지는 것 같았지만, 덕분에 정신은 조금 들었다. 화가 치밀어 정신이 돌아온 것인지도 몰랐지만.

"어서 해!"

"아저씬 못 싸워요!"

은동은 있는 힘을 다해 소리를 질렀다.

"그래 가지고 어떻게 싸워요!"

그러자 남자는 누런 이를 악물며 외쳤다.

"안 싸우면! 안 싸우면 그대로 맞아 죽으란 말여?"

"아저씬 다쳤어요! 어떻게……."

"그래도 왜놈들을 죽여야 혀! 왜놈 한 놈이 얼마나 많은 백성을 죽이는지 알어, 엉? 우리 아우 일가는 왜놈들 때문에 씨가 말렸어!"

버럭 외치면서 남자는 구멍이 뻥 뚫린 흉측한 눈을 은동에게 왈칵 들이밀었다. 순간 솟구쳐 오르는 피……. 예전에 죽은 동네 사람들의 베어진 코……. 그리고 어머니의 코……. 그 무엇보다도 남자의 증오심과 적개심이 은동을 견딜 수 없이 짓눌렀다.

은동은 어질하니 온몸에서 힘이 빠져나가는 것 같았다. 머리가 빙빙 돌았다. 그러나 은동은 자신도 모르는 새, 남자의 눈구멍에 손을 밀어넣고 있었다. 남자는 '으아아악' 비명을 질렀지만 은동은 손을 뺄 수 없었다. 축축하고도 비릿한 감촉에 몸서리를 치면서 은동의 손은 딱딱한 것을 찾은 뒤 힘껏 잡아 왈칵 뽑았다.

남자는 찢어질 듯한 비명을 지르고 바닥에 뒹굴었다. 기절한 모양이었다. 은동은 피로 범벅이 된 손을 늘어뜨리고 손에서 뚝뚝 떨어지는 핏방울이 바닥에 무늬를 그리는 내내 덜덜 떨며 망연히 서 있었다.

'싸움이란 게…… 전쟁이란 게…….'

은동은 몸서리를 쳤다. 무심결에 발밑에 널브러진 두 명의 부상자를 내려다보았다. 한 명은 어깨를 맞아 기절한 듯했고 다른 한 명은 배에 화살이 꽂혀 있었다. 은동은 흐흑 하며 울음을 터뜨렸다. 무의식적으로 눈물을 닦자, 시뻘건 피가 얼굴에 범벅이 되었고 옷도 피범벅이 되었다.

은동은 엉엉 소리를 내어 울기 시작했다. 그러면서 부상자의 배에 꽂힌 화살을 잡아 뽑았다. 은동의 신력에 화살은 간단하게 쑥 뽑혀 나왔고, 끝에는 살점이 붙어 있었다. 그것을 본 은동은 흑흑 흐느끼면서 화살을 옷에 아무렇게나 닦아내었다.

아랫도리가 축축했다. 오줌을 싼 것 같았다. 은동은 엉엉 울면서 그 화살촉으로 다른 부상자의 어깨를 후비어 총알을 빼냈다. 한참 만에 총알이 빠져나오자 은동은 흑 소리를 내며 화살을 기둥에 박아버렸다. 은동의 힘에 화살은 기둥 깊이 박혀 자루만 남았다.

은동은 옷자락을 부드득 뜯어 부상자들의 상처를 싸맸다. 대충 싸맨 것이지만 은동의 힘이 워낙 강하여 삽시간에 지혈이 되었다. 대강 처리가 끝나자 은동은 주저앉아 울었다. 징그럽고 무섭고 욕지기가 치밀어 올랐다.

그때 은동의 귀에 부드러운 목소리가 들려왔다. 의원의 목소리였다. 응급조치를 하라고 계속 은동을 다그친 것은 다름 아닌 은동의 귀에 붙어 있던 그 의원이었다.

'고생했구나. 아이야……. 잘했다.'

은동은 울음을 그치지 않았다. 손을 들어 주체할 수 없는 눈물을 닦으려고 얼굴을 문지르자 더욱 엉망진창이 되었다. 그러나 이제는 창피스러워서 어찌할 수가 없었다.

'그래, 이놈의 싸움……. 이놈의 싸움……! 하지만 난 어떡하지? 난 어떻게 해야 하는 거야? 난 이렇게 바보 멍청인데……'

그때 눈에 총알을 맞았던 남자가 정신을 차리는지 신음 소리가 들려왔다. 남자는 아직도 고통이 극심한 것 같았지만, 얼굴을 더듬어 보고 자신의 상처가 천으로 대어져 있다는 것을 눈치챈 듯했다. 그 남자는 성한 한쪽 눈을 힘겹게 뜨고서 은동을 돌아보았다.

은동은 얼굴부터 온몸이 피 칠갑이었고, 옷도 상처를 싸매느라 너덜너덜 찢어진 참혹한 모양새였다. 거기다가 아랫도리는 오줌을 싸서 축축이 젖어 있었으며, 조그마한 몸은 학질에 걸린 것처럼 덜덜덜 떨고 있었다. 그 모습을 본 억세고 거친 남자는 주르르 굵은 눈물을 흘렸다.

"미안하구나. 어린것한테 내가……."

남자는 말을 잇지 못하고 은동을 숨이 막힐 정도로 와락 끌어안더니 가까스로 몸을 추슬렀다. 그러고는 비틀거리며 반쯤 기듯이 사다리를 올랐다. 힘겹게 오르던 남자가 잠시 동작을 멈추고 은동을 돌아보고 말했다.

"네 몫까지 싸울 거여……. 꼭!"

은동은 아직도 슬프고 무섭고 떨리고 속이 메슥거렸으나 남자에게 간신히 고개를 끄덕여 보였다.

왜병들은 화살과 조총을 쏘아댔으나 판옥선의 두꺼운 방패들을 상대로 하기에는 무용지물이나 다를 것이 없었다. 최후의 수단으로 왜병들은 접근하는 판옥선에 올라타려고 기를 썼지만 이 또한 노군들의 힘에 밀려 번번이 실패했다. 두툼하고 굵은 조선 노로 적선이 지나치게 접근하지 못하도록 밀어내는 작전이 대성공을 거둔 것이다.

조선군의 치밀한 계책에 왜선들 선체 여기저기 구멍이 뚫리고 노가 부러지고 돛대가 주저앉고 대선의 간판인 층루가 무너져 내렸다. 그리고 마침내 불길에 휩싸였다. 그 모습을 지켜보던 왜군 대장 와키자카는 몸을 떨었다.

'이게 도대체 어떻게 된 것이냐? 나의 전략을 이리도 쉽게 깨뜨리다니……. 정말 무서운 상대다!'

와키자카는 미칠 것 같았다. 그는 이를 갈면서 숨겨두었던 최후의 비열한 술책을 사용하기로 마음먹었다. 그것은 포로로 잡은 조선 사람을 몇 명씩 분산하여 왜선에 태워둔 안배按排였다.

"조선인들을 갑판으로 올려랏!"

흑호는 신이 나서 왜선들이 침몰하는 광경을 지켜보다 느닷없이 각 배마다 조선인으로 보이는 흰옷을 입은 사람들이 갑판으로 끌려 나오는 것을 보고는 깜짝 놀랐다.

'어라? 뭐하는 짓이지?'

단순한 흑호는 영문을 몰라 잠시 고개를 갸웃거리다가 문득 깨닫고는 몸을 부르르 떨었다.

'아니, 이놈들이 비열하게 백성들을 인질로 세워?'

흑호는 당장 날아가서 와키자카를 때려죽이려 했다. 놈의 짓이 너무나 가증스럽고 더러워 보였던 것이다. 중간계의 의지니, 금계니 하는 따위는 까맣게 잊고 있었다.

'금수끼리 싸워도 새끼를 잡아 인질로 세우는 짓은 없다! 이런 더러운 눔!'

흑호는 쏜살같이 와키자카 쪽으로 쏘아져 내려갔다. 그러나 흑호가 와키자카를 덮치려는 순간, 뭔가 뜨끔한 기운을 느꼈다.

'제기럴! 또 마수냐?'

흑호는 자신의 존재를 느끼지 못한 채 부산을 떠는 와키자카를 한 번 째려보고는 들었던 주먹을 내렸다. 그놈보다는 아무래도 마수가 더 가증스럽고 미웠던 것이다. 그런데 그 마수는 흑호에게 오지 않고 바깥쪽으로 향하여 가는 것 같았다.

'뭐여? 또 유인하는 건가? 흐음……'

흑호는 머리가 둔하고 성질이 급했지만, 동물 특유의 기가 있어

한 번 당해본 경험이 있는 일을 두 번 겪는 무모한 짓을 저지르지는 않았다. 흑호는 주위를 주의 깊게 살핀 후 마수가 한 놈뿐이라는 것을 확인한 후에야 그쪽으로 날아갔다.

"어허, 무엇이? 왜선마다 조선 사람들이 타고 있다는 말이냐?"

이순신은 보고를 받고 깜짝 놀랐다. 오랜만에 병사들이 직접 전투할 기회를 주게 되어 흐뭇하게 여기던 터였다. 그런데 와키자카가 잔꾀를 부려 왜선마다 조선 사람 몇 명씩을 인질로 태워두다니!

그들이 갑판에 나와 있는 것을 본 조선 수군의 사격은 갑자기 둔해졌다. 아무리 난리라지만 조선 수군은 차마 자신들과 같은 동포를 향하여 포를 쏠 수 없었다. 대장선의 장교들도 의견이 분분했다. 왜놈들을 놓칠 수는 없다는 주장과 그래도 사람을 살려야 한다는 주장이 팽팽히 맞섰다.

이순신 역시 망연하여 결정을 내리지 못했다. 의견이 모아지지 않자 모두의 시선이 이순신을 향했다. 이순신은 생기를 잃고 십 년은 더 늙은 듯한 모습으로 변했다. 이순신의 야윈 손이 가늘게 떨리는 있음을 장교들은 보았다.

"장군……."

누군가가 결정을 재촉하였으나 이순신은 한참 침묵하다가 입을 열었다.

"공격을 멈추지 마라……."

"하오나……!"

나대용이 외쳤다. 나대용은 우락부락한 용모였지만 실제로는 성품이 고왔다. 이순신은 괴로운 듯 고개를 저었다.

"왜적을 놓아줄 수는 없다. 아니, 그보다도 우리가 여기서 주춤하면 앞으로 왜군 배들은 우리 백성을 더 많이 태울 것이다……."

이순신은 점점 잦아지는 목소리로 중얼거리듯 말하다가 문득 고함을 쳤다.

"더 쏘아라! 더 몰아붙여라! 앞으로는 왜적들이 그럴 엄두조차 내지 못하게! 또한 인질로 잡혀 있는 우리 백성들의 죽음이 헛되지 않도록 하라!"

이순신은 고함을 치다가 이내 괴로운 듯 풀썩 주저앉았다. 그러면서 다시 한번 크게 소리를 쳤다.

"군령이다!"

"군령이오!"

장교들과 기라졸들은 명이 떨어지자 분주히 군령을 전달했다. 이순신은 나지막한 소리로 말을 이었다.

"왜선이 빈 배가 되면 구할 수 있는 데까지 구하도록 하라. ……이는 군령은 아니다. ……그러나 모두에게 전하도록 하라……."

장교들은 비감한 마음으로 고개를 끄덕였다. 이순신의 마음을 잘 이해할 수 있었기 때문이었다. 작전에 말려들면 당연히 왜군들은 이후 모든 배에 조선인 인질을 세울 것이고, 피해자는 더더욱 늘어날 것이다.

이순신의 군령은 역으로 더 강한 공격을 퍼부어 작전이 전혀 쓸모없음을 보여주라는 의지가 담겨 있었다. 하지만 이순신은 그렇게 하기에는 너무나도 마음이 약하고 백성을 사랑하는 인물이었다. 그래서 작은 목소리로 어쩌면 필요 없을, 사족 같은 말을 한 것이다. 그 말에 조선군은 혹은 더더욱 분노하여, 혹은 단순히 군령에 따라 왜군을 더더욱 밀어붙였다.

'엥? 저게 뭐여?'

흑호는 의아했다. 마수가 이순신을 노리거나 전황에 영향을 줄 짓을 할 거라 여겼는데, 마수는 전쟁터에서 멀리 벗어나고 있는 어느 패잔병을 향해 다가가고 있었다. 그자는 난파한 배에서 탈출한 왜병인 것 같았으며, 조그마한 나무토막에 몸을 의지하여 상당한 속도로 헤엄치고 있었다. 한참을 헤엄쳤을 터인데도 속도도 줄지 않고 무서운 집념으로 나아가는 것으로 보아 보통 사람은 아닌 것 같았다.

'어디로 가려고 그러나? 여긴 바다 한복판이고 물살도 빠른데, 참 이상하구먼. 보통 사람은 헤엄쳐서 가기 어려울 텐데?'

흑호는 최대한 법력을 감추면서 의아한 마음으로 관찰만 계속했다. 그러나 마수는 분명 그자에게 천천히 다가가며 법력을 모으는 품이, 아마 그자를 일격에 해치려 하는 듯싶었다. 순간 흑호는 번민에 휩싸였다.

'왜놈을 죽이려는 건가? 왜 그러는지 모르겄네. 좌우간 왜놈이면 죽어도 그만 아녀?'

그러나 조금 더 생각해보니 그 점도 의아했다.

'아녀. 마수가 좋은 일을 꾸밀 리는 없을 거여. 저 왜놈이 뭔가 중요한 인물인가?'

흑호는 어떻게 해야 좋을지 우물쭈물하다가 마수가 그자를 향해 손을 뻗으려는 순간, 무의식적으로 몸을 날려 놈의 공격을 쳐냈다. 마수는 흑호가 느닷없이 나타나자 깜짝 놀라는 것 같았다.

놈은 흑호가 제일 미워하는 소야차는 아니었으나 처음 보는 놈이었다. 인간의 형상을 하고 있었고, 전신이 반투명하여 그림자 같아 보였다.

"흥! 이눔! 뭔 짓을 꾸미는지는 모르지만 한번 죽어봐라!"

흑호는 다짜고짜로 주먹을 휙휙 휘두르며 달려들었다. 그러나 놈은 정말 그림자처럼 흑호의 주먹을 그대로 통과시켜버렸다.

"오호? 그럼 술법으로 해볼려?"

흑호는 으르렁하며 포효한 뒤 돌개바람을 내쏘았다. 그러자 놈은 신기하게 돌개바람이 닿을 때쯤 몸을 두 개로 확 분리시키는 것이었다. 그 모습을 보는 순간, 흑호는 놈을 태을 사자가 준 두루마리에서 보았던 기억을 떠올렸다.

"으흠, 네놈이 바로 몸을 마음대로 나눈다는 분신귀分身鬼로구나!"

재빨리 놈이 다시 몸을 네 개로 나누었다. 흑호는 흥 하고 코웃음을 치면서 꼬리로 물을 쳐 물방울을 철썩 튕겨 올렸다. 그러고는 솟아오른 물방울에 법력을 담아서 놈들에게 우박처럼 쏘아내었다. 그것은 영빌식투의 술법을 변형시킨 것이었는데, 이는 싸우는 장소가 바다여서 돌이 없었기 때문이다.

놈은 휘르르 하고 여러 개의 분신들이 소용돌이치는 듯한 모양을 만들더니 흑호가 쏘아 보낸 물방울을 휘리릭 에워싸 흩어지게 했다. 그러고는 휙휙 하고 정신없이 흑호의 주위를 떠돌며 공격을 가하기 시작했다.

놈은 음기가 강한 마수인 듯, 놈이 근처로 다가오자 흑호의 몸이 오싹오싹해졌다. 그런데도 그놈은 흑호를 물리치는 것보다는 아래 있는 자에게 손을 뻗으려고 여러 차례 분신을 날렸다. 흑호는 의아해져 번번이 아래 있는 자를 덮치려는 분신을 술법으로 막아내면서 흥이 나게 싸움에 열중했다.

그 와중에도 아래의 헤엄치던 자는 움직임을 멈추지 않고 기를 쓰고 도망만 치고 있었다. 분신귀 놈은 아래 있는 자가 점점 멀어지려고 하자 조금씩 당황하는 것 같았다. 흑호는 마수에게 틈을 주지 않았다. 세 번의 공격을 간단히 튕겨내버린 흑호가 분신귀 놈에게 물었다.

"이눔! 도대체 왜 저 인간을 노리는 거냐? 뭐가 있는지 말하면 놓아줄 수두 있다!"

그러나 약삭빠른 마수가 흑호의 말에 넘어갈 리 없었다. 놈은 약간 움찔하더니 술법도 쓰지 않고 무작정 덮쳐들었다. 목숨을 내놓은 듯한 기세에 흑호는 흠칫했다.

그냥 당하고만 있을 흑호가 아니었다. 흑호는 잽싸게 앞발에 법력을 담아 놈의 머리를 후려갈겼다. 그러자 놈의 머리가 박살나면서 부르르 떨더니 공기 중으로 서서히 사라져갔다. 흑호는 어이가 없어서 잠시 고개를 갸우뚱했다.

'이…… 이놈이 미쳤나? 어째서……?'

다음 순간, 흑호는 놈의 이름이 다름 아닌 분신귀라는 것에 생각이 미쳤다.

'아차! 놈은 몸을 나눌 수 있지!'

아니나 다를까, 놈은 몸을 나누었던 것이다. 놈의 분신 하나가 벌써 저만치 아래로 쏘아져 내리꽂히면서 허우적거리는 왜병에게 다가들고 있었다. 흑호는 바람의 술법을 써서 놈의 분신을 휘말아버리려 했으나 놈은 어느새 왜병의 등덜미로 손을 뻗치고 있었다.

헤엄을 치고 있는 왜병 형색의 닌자 겐키는 낯익은 써늘한 기운이 등덜미에 다가오는 것을 느끼는 순간, 온몸이 굳었다.

은동은 피와 오물과 땀으로 범벅이 된 몸으로 그때까지도 선창에 멍하니 앉아 있었다. 이제 어느 정도 울음은 진정이 되었지만, 마음은 오히려 점점 침울해져 견디기가 힘겨웠다.

'나는 뭐지? 나는…… 바보…… 멍청이…….'

은동은 스스로의 꼬락서니가 한심스럽기 짝이 없었다. 뭐가 우주 팔계의 존재가 힘을 부여해주고 뭐가 신력을 지니고 술법을 지닌 존재란 말인가? 마수들과 싸울 때까지만 해도 은동은 주저하지 않았다. 그건 마수들이었으며 사람이 아니었으니까. 어찌 보면 장난이나 마찬가지인 일이었다.

그러나 자신과 같은 사람들이 상처 입고 피 흘리며 죽어가는 것을 눈앞에서 보는 순간, 은동은 손끝 하나도 제대로 움직일 수 없었다. 그것은 무서움이나 죽음에 대한 공포와는 또 다른 형태의 감정이었다. 과거의 기억에서 비롯된, 보다 큰 공포라고나 할까? 어머니의 죽음, 마을 사람들의 죽음. 그러나 죽음의 공포보다 거기에서 비롯되는 혐오감과 이유조차 모를 무서움과 두려움……. 그리고 긴장…….

'난…… 못 해, 못 해……. 아무것도 할 수 없어…….'

이 꼴로 무엇을 한단 말인가? 왜군을 무찌르고 이순신을 구해내고 난리를 종식시켜야 한다고? 피를 조금 본 것만으로 덜덜 떨리고 손이 굳어버리는 자신이 도대체 무엇을 할 수 있다는 말인가? 마수들이 인간을 조종하여 이순신을 공격한다면, 그것을 막을 사람은 은동뿐이라고 했다. 그러나 자신이 어찌 그렇게 한단 말인가?

지금까지의 은동은 처음 해보는, 얼떨떨하고도 신기한 놀이에 넋이 나간 아이에 불과했다. 그러나 부상병의 눈에서 조총알을 빼낸 순간, 은동은 현실 속의 열 살짜리 아이로 돌아왔던 것이다. 어느새 땅에 떨어져 피와 오물로 범벅이 된 유화궁을 보자 눈물이 왈칵 솟구쳤다.

'호유화가 저걸 줬는데도…… 난 할 수가 없어. ……난 바보야.

……바보 멍청이…….'

은동은 하염없이 눈물을 흘렸다. 더럽혀진 채 땅에 굴러다니는 유화궁을 보며 호유화가 떠올라 울고, 그동안 거의 잊고 있었던 어머니와 전멸한 마을 사람들을 생각하며 울었다. 그리고 조그마한 용기도 내지 못하는 자신 때문에 더더욱 서럽게 눈물을 흘렸다.

'어럽쇼?'

흑호는 놀라서 공중에서 균형을 잃었다. 분신귀 놈은 왜병을 해치지 못했다. 그 대신 무언가 두루마리 같은 것을 하나 안고 도망치는 것이었다. 흑호는 당연히 놈이 왜병의 목숨을 빼앗으려는 줄 알고 술법을 썼는데, 놈이 노린 것은 왜병의 목숨이 아니라 품안에 있는 두루마리였던 것이다.

그것을 빼앗고 난 다음에야 놈은 다시 왜병의 목숨을 노리고 달려들었지만 흑호가 재빨리 놈의 공격을 막아내었다. 그러자 놈은 더 버티기 어렵다는 듯 두루마리를 들고 뺑소니를 쳤다. 끈질기게 흑호가 뒤를 쫓자, 급기야는 두루마리를 마화魔火로 태워 허공에서 재를 뿌리기에 이르렀다.

'어라라? 그럼 저놈은 두루마리를 빼앗으러 왔다는 건가?'

흑호는 망설였다. 분신귀를 해치워야 하는 걸까, 아니면 저 왜병 놈을 닦달해야 하는 걸까? 처음에 흑호는 왜병의 목숨이 살아난 것을 보고 굳이 무리를 하면서까지 분신귀를 쫓지 않았다. 하지만 막상 왜병을 잡아 닦달하려고 보니 미처 생각지 못한 것이 떠올랐다.

'아이쿠! 이런! 중간계에서 나보구 인간과는 더이상 아무 연관도 맺어선 안 된다구 했지? 흐음……. 이 일을 어쩐다?'

지난번 중간계에서 흑호와 태을 사자와 호유화에게는 더이상 왜란 종결자의 일을 인간들이 알게 하거나, 그에 관한 일 때문에 인간들에게 영향을 끼쳐서는 안 된다는 결정이 내려졌다. 그런데 마수들이 이순신도 아닌 이놈을 그토록 기를 쓰고 노렸던 것을 보면, 이놈은 이번 일에 뭔가 중요한 단서를 쥐고 있었음이 분명했다. 그것이 그 두루마리였을 것인데, 아쉽게도 마수에게 빼앗겨 이미 재가 되어버렸다. 그렇다고 놈을 잡아 닦달할 수도 없었다.

'제기! 더럽게 됐구먼. 아이구, 답답혀. 그냥 콱 족쳐버리고 나중에 추궁하면 몸으로 때울거나?'

흑호는 그럴 수도 없다고 생각했다. 자신 한 몸만 달린 일이라면 성질에 못 이겨서라도 저질러볼 터였지만, 천기가 달린 문제라고 하지 않았던가? 그러던 중 흑호는 좋은 생각이 떠올랐다.

'그려! 그래서 은동이가 있는 거지! 은동이를 데리고 와서 이놈을 잡아 추궁하라고 하면 될 거 아닌가벼?'

그러나 그 방법을 궁리하자니 그 또한 문제였다. 은동은 이순신의 대장선에 타고 있는데, 갑자기 끌어내면 주변 사람들이 이상하게 볼 것이었다. 할 수 없이 흑호는 놈의 얼굴과 체취를 잘 기억해두리라 마음먹었다. 시간이 지난 후에라도 얼마든지 놈을 잡아낼 수 있으리란 계산에서였다. 그러고도 마음이 놓이지 않아 새로 부리게 된 부하들을 불러내었다.

"물고기들아! 새들아! 저놈이 어디로 가는지 끝까지 쫓아서 나중에 나에게 일러라! 알았지?"

금수의 우두머리가 된 흑호이니만큼 모든 물고기나 새 또한 흑호의 명을 어길 수가 없었다. 내친김에 흑호는 한 번도 불러보지 않은 도깨비들을 불러보았다. 역시 우두머리는 좋은 것이라 바다 위인데도 삽시간에 네 마리의 도깨비들이 나타났다. 네 발 달린 이매 두 마리와 외발 도깨비인 독각獨脚 두 마리였다.

"밤이건 낮이건 저놈을 놓치면 안 뒤어! 놓치면 네놈들 혼난다!"

단단히 다짐을 받아놓고 흑호는 조금은 가벼운 마음으로 이순신의 대장선으로 향했다.

겐키는 무엇인가 알 수 없는 힘이 자신의 품에 단단히 갈무리해둔 센 리큐의 문서를 빼앗아가자 이젠 끝이구나 싶었다. 그러나 다행히 영문을 알 수 없는 괴상한 일은 더이상 벌어지지 않았다. 한참이 지나도 자신의 몸은 무사했다.

'이게 무슨 일인가? 신령의 가호가 있는 것일까?'

두루마리는 빼앗겼어도 겐키는 이미 문서를 읽어 내용을 기억하고 있었다. 증거는 없어졌지만, 고니시에게 이야기하면 자신의 말을 믿어줄 것이다. 아니, 이는 죽음까지 혼자 가지고 가기에는 너무도 중대한 내용이었다.

'그래, 살아야 한다. 적어도 일을 마칠 때까지는 살아야 해!'

겐키는 지치고 부상당한 곳이 도져서 기절할 지경이었지만, 다시 죽을힘을 다해 헤엄치기 시작했다.

"으…… 은동아?"

흑호는 은동의 몰골을 보고 몹시 놀랐다. 처음에는 심하게 다친 것이라 생각했다. 그래서 곧 주변을 살핀 뒤, 제정신인 사람이 없는 것을 확인하고 은동을 안아 올렸다. 자세히 보니 은동은 부상을 입지는 않은 것 같았다.

"너 왜 얼이 빠져서……."

그러나 그때 부상자 하나가 구르듯 선창으로 내려오는 바람에 흑호는 은동을 내버려둘 수밖에 없었다. 어느새 은동과 정이 들어버린 흑호는 아까의 수상한 왜병마저도 까맣게 잊어버린 채 은동의 걱정에 여념이 없었다. 그러나 은동은 흑호가 부르는 소리조차 듣지 못하고 온몸을 사시나무처럼 떨고만 있을 뿐이었다.

전투는 끝나가고 있었다. 가장 먼저 왜선에 돌입하여 층각선을 쳐부순 사람은 순천부사 권준이었으며, 모든 전선들이 한 척씩 목표를 노리고 접근하여갔다.

"천자총통을 준비해라! 대철환을 장전하고 화약을 최대로 장전하라!"

이순신이 가장 아끼는 용맹한 장수인 녹도만호 정운은 평행으로 떠서 조총을 끈질기게 쏘아내는 두 척의 층각선을 포착했나. 방패틈으로 날아든 조총알에 포수가 넘어지자 정운은 그을음투성이가 되며 군졸들과 함께 거대한 천자총통의 포구를 돌렸다.

"받아라! 왜놈들!"

육중한 천자총통의 포연과 함께 놀랍게도 대철환은 앞의 층각선의 층루를 박살내고 뒤쪽 층각선의 층루마저도 명중시켰다. 뒤쪽 층각선의 층루가 우지끈하면서 넘어져 바다에 처박히고 앞 층각선 층루의 파편들이 비 오듯 쏟아져 내리자 조선 군사들은 이 묘기에 환호성을 올렸고 왜군의 사기는 땅에 떨어졌다.

두 척의 층각선에서는 왜병들이 비명을 지르면서 마구 도망치며 물에 뛰어들었다. 정운은 틈을 놓치지 않고 불화살을 비 오듯 쏘게 하여 두 척의 층각선을 통째로 불태웠다. 도망치지 못한 왜병들의 비명 소리가 처절하게 울려 퍼지자 왜선들의 원형진은 겁을 먹고 와그르르 허물어져갔다.

'틀렸다!'

와키자카 야스하루는 이름이 알려진 장수답게(?) 재빨리 만사를 포기하고 비상시를 위해 준비해둔 전용선에 올랐다. 와키자카의 관직은 나카쓰가사노쇼中務少輔라고 하여, 이른바 8부 장관 중의 하나인 중신이었다.[6] 와키자카는 그만큼 대단한 지위에 있던 까닭에 비상시를 대비하여 특수한 배가 배당되어 있었던 것이다. 이 배는 전투무기는 거의 실려 있지 않은 반면에 다른 배의 갑절에 달하는 노가 달린, 이른바 쾌속선이었다.

와키자카는 자기 가문의 충직한 장수들이 목숨을 내던지면서 앞을 막아주는 사이 쾌속선을 타고 도주하는 데 성공하였으나 와키자카의 수족이었던 장수들은 하나도 남지 않고 몰살되었다.[7]

좌수영 휘하의 최고의 명궁으로 알려진 방답첨사 이순신은 묵묵히 화살 한 대에 왜병 하나씩을 꼬치로 만들면서 천천히 왜선에 접근하고 있었다. 방답첨사 이순신의 배에서도 각종 철환과 화살이 우박처럼 쏟아져 내렸으나, 그보다 더욱 왜군들의 공포심을 자극한 것은 한 대의 활이었다. 방답첨사 이순신은 과감하게 상체를 내밀고 추호도 흔들리지 않는 기세로 정확히 화살 한 대에 왜병 하나씩을 족집게처럼 맞혀 떨구고 있었다.

그의 배가 층각선에 30장까지 접근하자 왜병들의 사격이 뚝 그쳤고, 20장까지 접근하자 왜병들이 다투어 물로 뛰어내렸다. 5장까지 접근하자 층각선은 완전히 비어버렸다. 방답첨사 이순신이 조용히 화전 한 대를 꺼내어 층각선에 꽂는 순간, 뒤를 이어 불화살이 우박같이 쏟아져 곧바로 층각선은 불덩어리가 되었다. 방답첨사 이순신은 이순신의 명 그대로, 추호도 목을 베려는 욕심조차 없이 곧 다른 배를 뒤쫓아 쳐부수기 시작했다.

광양현감 어영담이 과감하게 판옥선의 노로 층각선을 밀어내며 층각을 깨뜨리자, 그곳에 있던 왜장이 고슴도치가 되어 굴러떨어졌다. 판옥선의 노군들은 신이 나서 노로 놈의 몸을 받아내어 산 채로 잡는 데 성공했다. 왜장은 곧바로 작은 배에 옮겨져 이순신의 대장선으로 끌려왔지만, 화살을 너무 많이 맞아 입조차 떼지 못했다.

이순신은 냉혹하게 왜장의 목을 베라고 명하였다. 왜장은 눈을 번하게 뜨고 코앞에서 목으로 날아드는 칼날을 지켜보아야만 했다. 그 왜장은 바로 와키자카의 오른팔 격인 중신 와타나베였는데, 왜국에서도 이름이 높았던 장수는 이렇게 비참한 최후를 맞아 이름조차도 남기지 못했다.

그 외 사도첨사 김완, 여도권관 김인영, 흥양현감 배흥립, 좌돌격장 급제 이기남, 발포만호 황정록 등이 지휘하는 전함이 각각 1척씩의 층각선을 깨뜨리고 불사르거나 포획하였으며[8] 좌별도장 영군관 전만호, 윤사공, 가안책 등의 세 사람은 거의 비어버린 층각선 2척에 뛰어들어 배들을 노획하기도 했다. 이억기의 함대 또한 분산되어 도망치는 왜선들을 무찔렀으며 원균도 머리 사냥에 정신이 없었다.

이미 와키자카가 도망치고 모든 대선이 부서지거나 가라앉고 있었다. 왜군 중 누구도 더 싸우겠다는 열의를 가진 자가 없었다. 원형진을 이루었던 대선들의 안쪽에는 중선들과 소선들이 있었는데, 전의를 상실한 왜병들은 중선과 소선에 올라타기 위해 아귀다툼을 벌였다.

심한 경우는 너무 많은 인원이 한꺼번에 올라타 배가 뒤집히고, 또는 배가 뒤집히는 것을 막기 위해 뱃전을 잡는 같은 편의 손목을 칼로 베어버리는 참극이 벌어지기도 했다. 그중 6백 명가량의 왜군들은 작은 배 6척에 나누어 타고 재빨리 선단을 조직하여 죽을힘을 다해 포위망에서 벗어나려고 했다. 조선 판옥선들이 일차적으로 층각선(오구로마루) 등의 대선들을 공격하는 틈을 노린 것이었다.

그러나 작은 배들 중 두어 척은 화포에 맞아 풍비박산이 났고 왜병들 2백여 명은 고기밥이 되었다. 그때 이순신은 누구보다도 조선인들이 탄 배를 격침시킨다는 생각에 마음 아파하다가 그 꼴을 보고는 분통을 터뜨렸다.

"저놈들을 한산도로 몰아라!"

"예?"

"놈들을 죽지도 못하고, 살지도 못하게 하리라! 우리 백성들이 겪은 고통만큼 놈들도 받아야 한다!"

한산도는 당시 아무것도 없는 그야말로 황폐한 섬에 불과하였다. 숲은 무성하였으나 먹을 것을 전혀 구할 수 없는 섬이어서 이순신은 놈들을 그곳에 가두어두고 천천히 해치울 작정을 한 것이다. 이순신으로서는 다소 잔인한 전략이었으나, 지금 이순신은 신경이 몹시 날카로운 상태였다. 이순신은 내친김에 원균에 대한 감정도 조금 드러냈다.

"그놈들을 경상우수사(원균)에게 맡기기로 하자. 목 베는 것을 좋아하는 이이니."

이번 전투에서도 원균은 많은 배를 파하기는 하였으나 역시 거의 빈 배에 돌입한 것에 지나지 않았다. 덕분에 원균의 함대는 이순신의 함선에 비교해 3분의 1에도 못 미치는 수였음에도 불구하고, 이순신의 함대보다도 많은 사상자를 내게 되었다.

이순신은 그런 원균이 못마땅하여 견딜 수가 없었다. 스스로도 이유를 알지 못할 정도의 못마땅함이었다. 그래서 이번에도 송장을 치우는 일이나 맡기자는, 일종의 심술을 원균에게 발산하게 된 것이다.

그러나 연락을 맡은 장교들은 중간에서 쉬쉬하여 원균에게는 좋은 소리로 전달하였다.

결국 한산도 해전에서 대형선 오구로마루 36척을 포함해 72척에 이르렀던 와키자카의 대함대는 와키자카가 타고 도망친 대선 1척, 중선 7척, 소선 6척을 제외하고는 모조리 격파당하여 불에 타버렸다. 죽은 자의 수효는 말로 다할 수 없을 정도였으며, 대부분의 왜병들은 물에 빠져 고기밥이 되었다. 따라서 이 한산대첩은 왜국과의 전쟁 이래 최대 규모의 승리였으며, 후에까지 임진왜란의 3대 대첩의 하나로 손꼽히게 되었다.

전투 후에도 조선군은 바빴다. 아수라장 속에서도 그나마 살아남은, 인질로 잡혀 있던 조선인들을 구해야 했기 때문이었다. 이 배에서 한 명, 저 배에서 두 명 하는 식으로 구해낸 인질들을 만날 때마다 이순신은 내내 가슴이 아팠다.

'내가 한 행동은 옳았다. 그럴 수밖에 없었다. 그렇다 해도…… 내 나라 백성들을 향해 포를 쏜 나를 용서할 수 없구나……'

이순신은 극심한 피로에도 불구하고 그들을 일일이 만나 왜군의 규모나 상황을 물었으며 따뜻하게 대해주었다. 특히 이순신은 장계에도 이들 하나하나의 이름을 적으며 물어본 내용들을 기록하였다. 이는 당시 이순신이 은연중에 이들에 대한 마음이 얼마나 각별하였는지를 간접적으로 입증한다.

이순신은 그들 모두에게 보금자리를 만들어주고 살길을 열어주었다. 그러한 작은 선행이 바로 이후 이순신에게 힘이 될 줄은 이순신 자신도 미처 알지 못했다. 적어도 그때에는 말이다.

종일 접전을 치른 이순신 함대는 피곤에 지쳐 견내량 앞바다에서 진을 치고 밤을 새웠다. 왜국의 포로가 되었던 난민들의 정보로 후속 부대가 있음을 알아낸 이순신은 결판을 내기로 작정하였다. 그에 앞서 부상자들과 난민들을 그날 밤으로 좌수영으로 후송하라는 명을 내렸다. 그중에는 완전히 무력해진 은동도 포함되어 있었다.

흑호는 은동이 이순신의 옆을 떠나는 것이 불안하였지만 마수를 한 번 쫓아낸 적도 있었고, 지금의 은동의 상태로는 마수가 나타나도 꼼짝도 하지 못할 것 같아서 선선히 내버려두었다. 그리고 조용히 도깨비들과 금수들을 불러 이순신 함대 주변을 더욱 철통같이 경계하게 하였다.

한산대첩이 있은 다음날인 7월 9일, 이순신 함대는 안골포에 왜선 40여 척이 정박해 있다는 정보를 입수하고 그리로 뱃머리를 돌렸다. 이때 원균은 이순신과 동행하였으며, 이억기는 잠시 다른 갈래로 진출하기로 되어 있었다.

그다음 날인 10일 새벽, 안골포에 정박하고 있는 구키와 가토의 연합 함대를 발견한 이순신은 곧장 공격 명령을 내렸다. 구키와 가토의 함대는 앞서 전멸하다시피 한 와키자카의 후속 부대로 대선 21척, 중선 15척, 소선 6척으로 구성된 도합 42척의 함대였다.

그들은 와키자카의 함대가 완전히 궤멸되었다는 소식에 이미 사기가 땅바닥을 뚫을 정도로 떨어져 있었으므로 정박하고 있는 상태에서 꼼짝도 하지 않았다. 안골포 만은 조수가 빠져나가면 바닥이 보일 정도로 수심이 얕은 곳이라 판옥선으로 무리하게 돌격을 감행할 수 없는 곳이었다.

이순신은 몇 번이나 유인 계책을 써보았지만 왜선들은 꼼짝도 하지 않았다. 이순신의 계책을 알아차렸다기보다는 바다로 나아가 싸울 마음이 없었다고 하는 편이 맞을 것이다. 안골포의 만은 뒷부분이 산으로 이어져 있고, 육지와 이어져 있는 곳이어서 여차하면 부산포까지도 도망갈 수도 있었다.

적이 따라 나오지 않자 즉시 이순신은 앞서 당포 해전에서 사용하였던 차륜 전술을 사용하기로 하였다. 즉 조선 총통의 긴 사거리를 이용하여 비교적 원거리에서 돌아가며 지속적으로 포격을 하기 시작한 것이다. 왜장들 중 구키와 가토는 지략이 출중한 장수들로 알려져 있었으나 대응할 방법이 없었다.

어찌되었건 그들은 수군이었다. 그러나 안골포 만 앞은 어느새 나타난 조선 수군으로 꽉 차 있었고, 뒤쪽은 산이었다. 철수를 하고 싶어도 배를 띠메고 산을 님어갈 수노 없는 일 아닌가? 왜군은 층각 전술로 응사를 했지만 조금 공격하다가 장전 시간 동안 뒤로 빠지는 조선 배에는 거의 영향을 줄 수가 없었다.

싸움이 시작되고, 잠시 뒤에 연락을 받은 이억기의 선단이 밀어닥쳐 조선 수군의 공격은 더더욱 맹렬해졌다. 특히 왜군의 저항이 대단하지 않자 이순신은 휘하에 있는 2척의 거북배를 전격적으로 투입했고 이억기도 곧바로 자신이 지난번 보았다가 만든 거북배 1척을 투입했다. 안골포 해전에서 이 거북배의 활약은 대단했다.[9]

구키와 가토는 원형진을 이룬 채 움직이지 않도록 하여 피해를 극소화하려고 했으나 결국에는 화력에 밀려 당해내지 못했다. 가만히 앉아서 움직이는 적과 싸우겠다는 병법이 애초부터 틀렸다는 소리를 남기고 가토가 먼저 철수했으며, 구키도 뒤를 따랐다. 구키와 가토는 이순신에게 치를 떨었으며, 그들이 할 수 있는 마지막 수단을 썼다.

"모든 전사자의 시체를 수거한 다음 철수하라! 이순신이란 놈에게 공을 세우지 못하게 하라!"

대장의 명령이 내려지자 왜병들은 비로소 살길을 얻어 전사자들과 부상자들의 시체를 모조리 끌고 배를 버린 다음 산으로 철수했다. 산으로 피신한 적을 이순신의 수군이 잡으러 가는 것은 대단히 위험한 일이었다. 단병접전을 해본 경험조차 없는 이순신의 수군이 육전을 벌이다가는 미처 싸워보지도 못하고 전멸하리라는 점은 불을 보듯 빤했다.

원균이 그래도 뒤를 쫓아야 한다고 난리를 피우자 이순신은 원균에게 한산도에 고립된 왜군을 넘겨줄 터이니 섬멸하여 공을 세우라고 겨우 달랬다. 이억기는 이 기회에 왜선들을 모조리 쳐부숴야 한다고 주장하였으나 이순신은 그것도 만류하였다.

"우수사, 내 말 들어보시오. 이제 왜선은 쳐부술 만큼 쳐부수지 않았소? 사십여 척에서 삼십여 척을 격침시켰으니, 이 정도면 충분하지 않소이까?"

"좌수사께서는 당장 빈 왜선들이 있는데, 그것을 내버려두자는 게요?"

"그런 것은 아니외다. 그러나 지금 산으로 도망친 왜적 떼는 수가 많고 몸에 아무것도 지닌 것이 없는 도적떼 같은 무리들이오. 그들이 도망칠 길은 남겨두어야 그나마 민폐가 적지 않겠소?"

"민폐라니요?"

"저 많은 무리들이 아무것도 없이 부산포까지 가려면 도중에 수많은 우리 백성들이 피해를 당할 것이외다. 그렇지 않소?"

"그렇지만……."

이억기는 이순신의 말을 듣고 주저하는 듯한 눈치를 보이면서 말문을 열었다.

"어차피 지금은 전쟁중이오. 민초들이 고통을 당하는 것은 나도 아오만, 저들을 그냥 두면 또 내습해오지 않겠소?"

"적을 잡자고 우리 백성들을 고통받게 할 수는 없소이다. 물론 왜병들을 베고 물리쳐야지요! 그러나 왜 그러는 것이오? 누구를 위하여 왜병들을 물리치려는 것이오? 우리 백성들을 위하는 것이 아니오? 전쟁이라고는 하나 전쟁 또한 사람이 하는 것이고, 사람을 위하여 하는 것이 아니오이까?"

"하지만 왜선을 코앞에 두고도 남겨둔다는 것은……."

이억기는 이순신의 의견에 동감은 하였지만 뭔가 불안한 듯했다.

"후일 조정으로부터 문책을 받을 우려도 있소이다."

"염려 마시오. 내 상계에 전말을 적어 올릴 계획이오. 사달이 생기면 내가 감당하리다."

있을지 없을지도 모르는 조선 백성의 피해를 줄이기 위해 자신의 공을 포기하고, 어쩌면 위험할지도 모르는 길을 택한 이순신의 이 결단은 백성들에게 널리 퍼져서 이순신의 인망을 높이는 데 커다란 공헌을 하게 된다. 그러나 이순신은 그런 생각까지는 하지도 못했다. 다만 인질로 잡혀 있던 조선 백성들에게 포를 쏘도록 했다는 자책감이 이순신을 그렇게 행동하는 데 큰 영향을 주었음은 배제할 수는 없다.

한산대첩을 계기로 이순신은 점차 조정보다는 백성을 위하여 전쟁을 치른다는 의식을 강하게 가지게 되었다. 그 일례로, 이순신은 해전이 끝난 후 노획한 막대한 물품(주로 탈취한 왜선에서 얻은 것) 중 군용 물건을 제외한 모든 것들을 군졸들과 백성들에게 아낌없이 나누어준다. 그러나 원균에 대한 이순신의 감정은 한계에 다다랐으니,

이순신은 이때부터 장계에 원균의 행동을 간접적으로 비판하기 시작한다. 더이상은 참을 수 없었던 것이다.[10]

이순신의 연합 함대는 이순신의 뜻에 따라 안골포에 남은 10여 척의 부서진 왜선들을 파괴하지 않고 물러나와 밤을 지새웠다. 그리고 밤새 남아 있던 왜병들은 이순신의 짐작대로 남은 배에 올라타 싹 도망쳐버렸다. 이순신은 그 후 놀라운 것을 보게 되었다.

왜병들의 잔혹한 만행이었다. 그것도 같은 편들에게. 구키와 가토는 이순신에게 공을 세우지 못하게 하려고 죽거나 다친 자기편의 병사들의 목을 모조리 베어 태워 버리는 만행을 저지르고 도망친 것이다. 왜병의 수가 얼마나 많았던지 잘린 손발이며 몸뚱이는 그대로 포구에 참혹하게 버려진 채 머리만을 태웠는데도 무더기가 열두 곳이나 되었다.[11]

조선 조정에서 목을 벤 수급으로 공을 산정하였기에 왜군은 이순신에게 공을 주지 않으려고 발악적으로 목을 베어 태운 것이다. 조선 수군 모두가 그 광경에 모골이 송연해질 정도였다. 이순신은 명을 내려 왜군의 시체를 바다에 수장하고 끔찍한 화장터를 깨끗이 치운 다음 철수하도록 하였다.

그러나 만약 이때 흑호나 태을 사자가 이 자리에 있었다면, 이 믿어지기 힘든 만행이 마수들에게 영향을 받았다는 것을 눈치챘을 터였다.

한산대첩과 안골포 해전에서 이순신 함대는 도합 왜선 92척을 격침시키는 대전과를 올렸다. 그 92척에는 대형 오구로마루가 55척이나 포함되어 있었다.

앞서 이순신에게 전멸당한 가메이 고레노리의 배가 오구로마루 5척만으로 독립 부대 행세를 한 것으로 볼 때, 한 해전에서 대형선 55척을 격멸한 것은 유래가 없는 일이라 할 수 있다. 더구나 이순신 등의 조선 함대는 단 한 척의 작은 배도 잃지 않았으며, 왜군이 아무리 적게 잡아도 3만 이상의 목숨을 바친 데 비해 이순신의 좌수영 함대의 전사자 수는 단 19명이었다. 세계의 전쟁 역사상 이러한 싸움은 없었다.

이로써 왜의 수군은 재기 불능의 타격을 입었으며 서해와 남해를 엿볼 생각을 감히 하지 못하게 되었다. 이제는 왜군의 많은 장수 중 아무도 남해안으로는 가려 하지 않았다. 조선의 이 승전은 수많은 의병과 분산되어 독립적으로 활동을 펴던 조선 관군에게 큰 용기를 주고, 왜군에게는 그야말로 싸울 의사를 송두리째 꺾은 쾌거였다.

명군 참전

그때 명나라 병부상서 석성의 집 앞에서는 희한한 일이 벌어지고 있었다. 조선에서 온 한 남자가 집 문 앞에 앉아 요지부동으로 버티고 있는 것이 아닌가. 주위 사람들이 무슨 소리를 하건, 아무리 많은 사람들이 구경을 하고 손가락질을 하더라도, 그 사람의 안색은 태연하였으며 추호도 움직일 기미를 보이지 않았다.

태을 사자는 그의 머리 위쪽에 둥둥 떠서 그 사람을 감탄의 기색으로 내려다보았다.

'대단하군!'

그 남자가 그러고 있는 것이 벌써 사흘째였다. 그렇게 오랫동안 앉아 있으면서도 그는 자세를 조금도 흐트러뜨리지 않고 허리를 꼿꼿이 펴고 있었다. 그 남자는 바로 조선에서 온 이덕형이었다.

그 시각에 명나라의 실권자 병부상서 석성은 집사에게 걱정스러운 듯 물었다.

"아직도 그대로인가?"

"예. 조금도 허리를 굽히거나 미동도 하지 않는 것은 물론입니다……."

석성은 마땅찮은 안색으로 중얼거렸다.

"쳇! 자기가 무슨 신포서라고!"

오래전, 중국 춘추전국시대의 무장 오자서는 초나라 사람이었다. 초나라 평왕은 오자서 집안의 재주를 두려워하여 일가를 적몰할 요량으로 오자서의 부친 오사와 형 오상을 죽였다. 오자서는 이에 오나라로 도망쳤는데, 그때 오자서의 친구였던 신포서는 복수심에 불타 초나라를 망하게 하겠다고 맹세하는 오자서에게 이렇게 말했다.

"자네가 초나라를 망하게 하면, 내가 초나라를 일으켜 보이겠네!"

결국 오자서는 오나라 왕 합려의 신임을 얻어 합려를 왕위에 올리고 군권을 잡은 뒤 초나라를 공격했다. 마침내 초나라의 수도가 함락되자 오자서는 이미 죽은 초왕의 시체를 꺼내 갈가리 찢어질 때까지 매질함으로써 한을 풀었다. 이로써 초나라는 멸망 직전의 위기에 빠졌다.

신포서는 진나라의 궁전 앞으로 가서 원병을 달라며 이레 낮밤을 식음을 전폐하고 통곡하여 마침내 당시 진의 군주였던 애공을 감복시켰다. 신포서의 간절한 요청으로 결국 진나라에서 대군을 동원하여 초나라를 위기에서 구해주면서 초나라는 멸망을 면했다.

그런 고사가 있었기에 사람들은 이덕형을 보고 신포서가 다시 난 것이라고 수군거렸다. 주변 사람들도 저만한 충신이 있는 나라라면 도와주어도 되지 않겠는가는 의견을 말하기도 했다. 그러나 석성은 오히려 그 점이 마음에 들지 않았다.

이덕형은 과거 신포서처럼 울거나 원병을 달라고 애원하지도 않았다. 다만 담담하게, 목을 꼿꼿이 세우고 앉아 있는 것이다. 그의 입에서는 한마디도 원병을 달라거나 조선을 구해달라는 말이 나오지 않았다. 이 점이 석성의 비위를 건드린 것이었다.

'제깟 놈이 무엇이기에 그렇듯 도도해! 원병은 이미 보내기로 하지 않았는가!'

원래 석성은 조선 출병에 반대하는 입장이었다. 그러나 그 이덕형이란 자는 이미 요동도사遼東都司를 찾아가 설득하여 원병을 얻어내었던 것이다. 그 때문에 조승훈이 이끄는 수천 군마가 파병되어 진군하고 있었다. 그런데 이덕형이란 자는 더 욕심을 부리고 있는 것이 분명했다.

'명군을 모조리 쓸어 넣어야 속이 시원하다는 말인가? 쳇!'

석성은 지금 명의 사정으로는 외국에 군대를 파견할 만한 여유가 없다고 보고 있었다. 외국에 군대를 파견하는 것은 자국 내에서 군대를 유지하는 것보다 훨씬 비용이 많이 드는 일이다. 환경이 다르고 언어가 다르고 물자를 공급해야 하기 때문에 외국 파병군의 군비는 자국 내 주둔군에 비해 10배 이상이 들게 마련이었다.

지금 조선을 침범한 왜군의 수효는 15만 명이라 했다. 그러면 최소한 5만 명 이상의 군대는 파견해야 제 역할을 할 것 아닌가? 그렇다고 5만 명을 파병하면 명의 재정 상태는 도탄에 빠지리라는 것이 석성을 비롯한 반전파의 주장이었다. 따라서 이덕형이라는 자가 비록 요동도사를 구워삶기는 했어도 군대 파견은 생색 정도로 그치고 실질적인 대규모의 파병은 하지 않을 심산이었다.

조승훈이 이끄는 군대는 5천 남짓의 지방병, 이를테면 잡군이었는데 석성은 그 정도로도 전과는 올릴 수 있을 것이며, 그러면 생색은 충분히 내는 것이라 여기고 있었다. 석성은 그 남자가 무슨 짓을 하든 나가서 만나지 않을 요량이었다.

그야말로 신포서가 다시 살아나 환생한 것이라 해도 말을 듣지 않으면 그만 아닌가, 또 제깟 놈이 버티면 얼마나 버티랴 하는 믿음도 있었다. 그러나 시간이 지나자 주변에 사람들이 웅성거리며 모이기 시작했고, 그 소식이 행여나 황제의 귀에 들어가면 곤란했다. 석성은 어쩌나 하고 망설이는 중이었다.

'흠……. 그러면 일단 그자가 무슨 소리를 하는지 들어나 보자. 집에서 부리는 서사 한 명을 보내면 되겠지.'

석성은 제법 똑똑하다 여기던 서사 한 명을 불러 뒷문으로 나가 그자가 무슨 생각을 하는지 듣고나 오라고 시켰다. 앞문으로 나가면 사람들이 석성이 마음을 돌렸다고 여길까 봐 일부러 뒷문으로 돌아 나가게 한 것이다.

태을 사자는 허공에서 석성이 하고 있는 것을 다 볼 수 있었다. 태을 사자는 이덕형이 무슨 이야기를 하는가 궁금하기도 하여 자신도 서사의 뒤를 따라갔다. 서사는 한참 기웃거리며 시간을 끌더니 이덕형에게 물었다.

"귀하는 어찌하여 여기에 앉아 계시오? 어디서 오신 분이오?"

이덕형은 능숙하게 중국말로 대답했다. 이덕형은 원래부터 외국말에 능숙하여 왜국말이나 중국말 모두를 능통하게 구사했다.

"나는 조선에서 왔소."

"허어, 보아하니 조선의 높은 분이신 것 같은데 체모가 말씀이 아니시오. 성함은 어찌되시오?"

"이름은 이덕형, 자는 명보라 하오."

"그런데 무슨 일이시오? 이 집이 뉘 댁인지 아시오? 병부상서 석 나으리의 댁이오. 이렇게 출입을 막고 있으면 안 되지 않겠소?"

그러나 이덕형은 조용히 미소를 짓고는 그대로 꿈쩍도 하지 않고 앉아 있었다. 서사는 고개를 갸웃하더니 말을 이었다.

"보시오. 주인께 청할 일이 있으면 소리를 쳐서 부를 것이지, 왜 그냥 앉아 계시는 것이오?"

"나는 이 댁 주인께 청할 일이 있어서 그러는 것이 아니오."

서사는 석성에게서 분명 이자가 조선의 원병을 청하려고 그러는 것이라 이야기를 들었다. 그런데 이덕형은 전혀 뜻밖의 이야기를 하는 것이다.

"그러면 무엇이오?"

"나는 지금 이 댁 주인에게 큰 환난이 닥칠 것을 일깨워주려는 것이오. 따라서 내가 청하는 것이 아니라, 이 댁 주인이 나를 청하는 것이 옳소이다."

"도대체 무슨 일인데 그러시오?"

이덕형은 담담히 미소를 지었다.

"국가의 대사大事요. 직접 말씀드릴 것이니 주인께 아뢰시오."

서사는 석성이 자신을 보냈다는 것을 이덕형이 눈치챈 것 같아 뜨끔하며 놀랐다. 하지만 겉으로는 아닌 척하며 딴전을 피웠다.

"주인께 아뢰라니 무슨 말이오?"

짐짓 시치미를 떼는 서사를 보며 이덕형은 허허 웃었다.

"내 여기 있은 지 이틀이나 되었소만 나에게 직접 말을 건 사람은 댁이 처음이오. 외국에서 온 사람에게 누가 그리 쉽게 말을 걸겠소? 분명 석 나으리가 물어보라 하신 것이겠지요."

'어이쿠.'

서사는 뜨끔했다. 자신과 석성 모두 이덕형의 손아귀에서 놀아난 것 아닌가 하는 생각이 들 정도였다. 서사가 말을 못하자 이덕형이 웃으며 말했다.

"석 나으리도 궁금하셔서 사람까지 보내셨으니 분명 만나고 싶어 하실 거요. 어서 가서 아뢰시오. 내가 무엇을 청하러 온 것이 아니라, 석 나으리를 위하여 몇 마디 충언을 드리겠다고 말이외다."

서사는 흠칫거리는 표정을 지으며 총총히 안으로 들어갔다. 허공중에 있던 태을 사자 역시 뒤를 따라가 보았다.

서사가 석성에게 전말을 고하자 석성은 눈살을 찌푸렸다.

'흐음……. 이거 어떻게 한다? 만나야 하나, 만나지 말아야 하나? 당당하게 나를 위해 그러는 것이라니……. 도대체 무슨 소리인가?'

석성은 서사를 잠시 물러가게 한 다음 소매 속에서 주사위를 하나 꺼냈다. 그러고는 주사위를 들여다보며 혼잣말로 중얼거렸다.

"일이 나오면 만나고, 다른 수가 나오면 만나지 말자."

그 말을 듣고 태을 사자는 당황했다. 대국의 병부상서라는 자가 이런 일을 자신의 머리로 하지 않고, 고작 주사위를 던져서 결정하려 하다니……. 뜻밖에도 주사위에서는 일이 나왔다.

석성은 다시 중얼거리며 주사위를 집어 들었다.

"삼세 번 일이 나오면 만나자."

태을 사자는 그런 석성의 모습을 보며 한심하기도 했고 화가 나기도 했다. 인간사에 개입하면 안 되었지만 이번에는 건드려도 되겠지 하는 생각이 들었다.

'나는 인간사에 관여한 것이 아니다. 지나가다가 주사위를 건드렸을 뿐이지. 잘못이 있다면 애당초 주사위 따위에 운을 걸려고 한 석성, 너의 잘못이고 주사위에 일이 나왔는데도 억지를 부린 네 잘못이다.'

태을 사자는 중얼거리면서 석성이 던진 주사위에 살짝 힘을 가했다. 그러자 주사위는 일이 나왔고 다음번 던졌을 때도 일이 나왔다.

석성은 휴우 한숨을 쉬고는 이덕형을 불러오라고 말했다. 석성은 딱 보아도 벌써 이덕형을 만나기 싫어하는 표정이 역력했다.

태을 사자는 혀를 끌끌 찼다.

'풍생수도 이자를 없애버리거나 마음을 돌려놓지 않으면 조선에의 파병은 불가하다 했겠다? 어디 이덕형이 어떤 수를 써서 이자의 마음을 돌리는지 보자.'

이덕형은 여전히 약간은 오만하고도 태연한 기색으로 석성 앞에 앉았다. 그리고 석성 앞에 안내되어 온 이후에도 무어라 입을 열지 않았다. 참다 못해 석성이 먼저 입을 열었다.

"조선에서 오신 귀인에게 무례를 범했소. 그나저나 무슨 일 때문에 그러시는 게요?"

석성은 호기심이 일어 견딜 수 없는 모양이었다. 그것을 보고 이덕형은 속으로 웃음을 지었다.

'석성에 대해 조사해두기를 잘했구나. 석성은 성미가 급하고 도박을 좋아하며 잔음모를 꾸미는 데 능한 사람이라 했다. 더구나 일신의 안위를 위해서는 어떤 음모도 꾸밀 만큼 속이 음험한 사람이라 들었는데 과연 그러하구나. 내, 네 애가 타도록 해주겠다.'

"조선에 원병을 파견하는 문제 때문에 그러하시오?"

역시 이덕형은 대답이 없었다. 그러자 석성은 딱 자르듯 말했다.

"그 때문에 오신 듯한데, 그 일이라면 논의가 끝났소. 대장 조승훈이 병사를 끌고 출정할 것이니 더 이야기할 것 없을 거외다."

이번에는 이덕형이 나지막이 소리를 내어 웃었다. 석성의 얼굴이 일그러지자 이덕형은 찬찬히 말했다.

"아, 실례하였소. 어찌 그리 성질이 급하신지요? 허허……."

"흠……."

"그러나 나는 그 일 때문에 온 것이 아니외다. 석 대감의 안위를 위해 이야기를 나눌 수 있지 않을까 하여 온 것이오."

"무슨 말씀이오? 내 안위에 대해서라니?"

그러자 이덕형은 도도하게 이야기를 시작했다.

"석 대감이 큰 화를 당할 것을 뻔히 보시고서도 아무런 우려를 하지 않으시는 것 같아 드리는 말씀이오이다."

"화? 내가 화를 당하다니요?"

"석 대감, 대감의 지위가 무엇인지요?"

"나야…… 병부상서의 직위에 있지 않소?"

"병부상서란 군권을 지닌 자리이지요?"

"그렇소!"

"그렇다면 당연히 외국으로부터의 침략을 막고 백성들을 고통받지 않도록 병사를 잘 쓰는 것이 옳겠지요?"

"그렇소!"

"조선의 사정은 아시다시피 좋지 못합니다. 아, 물론 조선의 백성들 모두가 궐기를 시작하였으니 왜군에게 지지는 않을 것이오. 그러나 왜군들이 무어라 하고 이 전쟁을 시작하였는지 아시오?"

"듣지 못했소."

"정명가도征明假道……. 명을 치기 위해 길을 빌린다 하고 전쟁을 일으켰소. 물론 조선은 그간의 의리로 볼 때 그렇게 둘 수가 없어서 거절하였고, 그 때문에 이 전쟁을 치르게 되었지요."

"그건 말도 되지 않는 이야기요!"

이덕형은 중단하지 않고 계속 말했다.

"조선은 종국적으로는 왜군들에게 패하지 않을 것이오. 그러나 이미 조선의 어가는 의주에 이르러 있고, 조금 더 있으면 그나마 위협

받을 수도 있소. 석 대감, 의주가 어디인지는 아시겠지요? 압록강을 사이로 명과 국경을 접하고 있는 곳이오. 몇 발자국만 움직이면 왜군은 명나라의 땅을 밟게 된다는 말씀이오."

석성은 못 들은 척했다. 이덕형은 망설이는 기색 없이 말했다.

"석 대감은 병부상서시오. 군을 미리 통제하여 자신의 나라가 전화에 휩쓸리지 않도록 하는 것이 대감의 큰 임무 중 하나라 여겨지오. 더구나 황제께옵서…… 부재중이시니…… 군권을 어찌 쓸지는 석 대감의 소관 아니겠습니까."

신종 만력제가 정무에 제대로 임하지 않아 결제를 해주지 않으니 석성이 독자적으로 판단하고 책임도 져야 한다는 의미였다. 석성은 인상을 찌푸리며 머리에 잔주름을 만들었다.

"그래서요?"

"지금 석 대감은 파병을 반대하고 있으나 만약 왜군이 의주로 밀려들어 압록강을 넘어 명으로 진출하려 한다면…… 석 대감의 처신이 어려워지실 것이오."

"왜군은 평양에서 더 진격할 엄두를 내지 못한다고 들었소! 왜군들의 힘도 그게 다요. 그리고 조승훈이 왜군을 물리칠 것이오!"

"고작 몇천의 군사로 말입니까? 허허……."

이덕형이 웃자 석성은 속이 뜨끔했다. 이자가 어느 사이에 기밀에 속하는 명군의 파병 규모까지 알아낸 것일까?

이덕형은 품에서 두루마리를 몇 개 꺼내며 차근차근 이야기했다.

"첫째, 왜군은 수백 년이나 전란 속에 살아온 난폭한 자들이오. 그들의 용맹은 상상을 불허하는 데가 있소. 그들을 물리치려면 특별한 부대가 필요합니다."

"무슨 부대가?"

"듣자 하니, 조 장군의 부대는 주로 여진족과 상대하던 북방군이라 합디다. 철갑을 두른 기마대를 위주로 한 부대는 여진족과의 싸움에서는 위력을 발휘할지 모르지만, 조총을 앞세운 왜병들의 적수는 못 될 것이오."

이덕형은 두루마리 하나를 펴 보였다.

"이는 지금 조 장군의 편제와 비슷한 편제를 했던 조선의 신립 장군의 편제를 기록한 것이오. 신 장군은 니탕개를 물리치고 여진족과 싸워 많은 용맹을 떨친 장수였는데, 한 싸움에 일패도지하고 전멸하였소이다. 우리는 비싼 대가를 치르고 그런 사실을 알아내었소이다."

석성은 두루마리를 잠시 바라보았다. 석성도 병부상서이니 군사에 관한 일에는 밝았다. 아닌 게 아니라 그 편제는 조승훈 부대의 편제와 흡사했나.

"석 대감, 평양을 점령한 고니시의 제일 군만 해도 정규 병력이 이만에 달하오. 왜군의 정규병은 수송병과 짐꾼 등을 합쳐 두세 명을 거느리고 있소이다. 그러나 왜국은 군대에 대한 계급의식이 강하여 하층민을 군대의 수에 포함시키지 않소. 그러니 고니시의 군대 규모만 해도 적게 잡아 족히 오만은 될 것이오. 조승훈 장군이 명장인지는 모르겠지만, 성에 웅거한 오만의 적을 수천으로 이길 수 있으리라 믿으시오? 병서에 이르기를, 웅거한 적을 치는 데는 수배의 병력이 필요하다고 했소. 또한 왜장들과 왜병들은 수백 년 동안 전쟁을 치러 온 사나운 무리들이오. 만약 조 장군이 이기지 못한다면 석 대감은 또 어찌하실 것이오? 고니시나 가토의 부대가 국경을 넘으면 그때는 황제 폐하께 어떤 보고를 드리시려오? 허허……. 그야말로 집에 불이 났는데 눈만 가리고 있는 형국이 아니오?"

석성은 달라진 안색을 감추려 애쓰며 말했다. 석성은 화가 치밀어

올랐지만, 화가 나자 마음이 더 조급해지고 생각이 흩어졌다.

"왜국이 명을 침공하지는 못할 것이오!"

"허허……. 왜국이 감히 명국을 침노하지 못할 것이라 단언하시지만 도요토미 히데요시는 그렇게 평범한 자가 아니오. 자, 이것은 도요토미 히데요시가 길을 청한다고 우리에게 보냈던 국서의 사본이오. 내용에는 틀림이 없습니다."

이덕형은 두 번째 두루마리를 석성에게 건넸다. 석성은 자신도 모르게 국서의 내용을 읽어보았다. 거기에는 명을 정벌하려 한다는 그의 생각이 뚜렷이 나타나 있었다. 이덕형은 다른 두루마리를 내밀었다.

"이 두루마리는 도요토미 히데요시가 평소에 왜장들에게 내렸던 명령과 편지 등에서 조선과 명을 정벌하겠다는 야욕을 나타낸 부분을 모아 번역한 것이오."

도요토미 히데요시는 수년 전, 오다 노부나가의 부장으로 있을 때부터 조선과 명, 류큐 등 주변의 모든 나라를 정벌하겠다는 호언장담을 해왔고, 간파쿠가 된 뒤에는 부하들에게도 아직 점령하지도 않은 나라들의 영주를 시켜주겠노라는 언약을 하기도 했다. 그 증거들을 이덕형은 석성의 코앞에 내민 것이다. 이제야 석성도 설마 하던 생각이 정말임을 깨닫고 조금씩 땀이 흐르기 시작했다.

"분명히 해둘 것이 하나 있소이다. 우리는 지금 전황에서는 밀리고 있지만, 왜국에 지리라고는 여기지 않소. 우리는 해전에서 연승하여 적의 보급로를 완전히 끊어놓았고, 의병들이 각지에서 일어나고 있소. 또한 왜국이 명국을 침공한다고 하여 명국이 왜국에 점령당하리라고는 더더욱 믿지 않소. 허나……."

"무엇이오?"

"과거 삼국시대 때 제갈량은 빈약한 촉군을 이끌고 대국인 위나라를 항상 먼저 공격하였소. 그 이유는 그러지 않으면 촉나라가 전화에 휩쓸리게 되어 백성들이 고통을 받을 것을 우려해서였지요. 내가 석 대감을 위하여 말씀을 드린다는 것은 그런 의미에서였소이다. 허허……."

석성은 화가 났다. 이자는 어찌되었건 결국 원병을 원하는 것이다. 그럼에도 불구하고 말을 빙빙 돌려 마치 명나라를 위해, 그리고 석성 자신을 위해 파병하라는 듯이 이야기를 하고 있었다. 그리고 더 화가 나는 것은 그런 사실이 정말같이 들리며 사실일지도 모른다는 생각이 드는 것이었다. 석성은 모든 것을 깨달았음에도 시치미를 떼며 말문을 열었다.

"조선군이 재정비된나년, 구태여 대병이 파병되지 않아도 왜군을 물리칠 수 있을 것 아니오?"

석성의 의도를 파악한 이덕형은 단호하면서도 침착하게 말했다.

"그러자면 시간이 걸리오. 시간이 걸리면 백성들이 조금이라도 더 고통받게 되겠지요. 나는 그것을 막고 싶소이다."

"그러면 나를 위해서라기보다는 조선 백성들의 고통을 막자는 것이오? 명군의 피를 흘리게 하여서?"

"왜병이 국경을 넘으면 명은 파병하지 않을 수 없을 것이오. 그 시기를 앞당기자는 것뿐입니다. 그러면 조선 백성들은 다치지 않아 좋고, 석 대감은 선견지명이 있다고 추앙받을 것이니, 이 또한 좋지 않겠소이까? 어떻소이까, 한번 시도를 해보심이?"

일련의 광경을 지켜보던 태을 사자는 묵묵히 고개를 끄덕였다.

'사람은 됨됨이에 따라 대처하는 법이 다르다고 하더니, 이덕형이 사람 다루는 솜씨가 대단하구나. 석성은 이기적이고 자기 본위로 사고하는 사람인데, 그것을 파악하고 허를 찌르는구나. 대의를 설하는 것을 잊지 않으면서도 소인의 사욕을 찌를 줄 알다니…….'

보통 사람이라면 대의를 논파하는 것만으로도 명군이 원군을 파병하는 것이 옳다고 마음을 쉽게 바꾸었을 것이다. 그러나 석성은 그들과는 다른 부류였다. 그래서 이덕형은 석성과 이야기할 때 조선은 혼자 힘으로도 문제없다는 듯 허세를 부렸고 오히려 명의 입장과 석성의 개인적 입장에서만 이야기를 진행한 것이다.

결국 석성은 이덕형의 말에 굴복하고 말았다. 이야기는 한참이나 계속되었지만 석성은 이덕형에게 뜻을 돌리게 해주어 감사하다고 이야기한 뒤, 반드시 조선 파병을 지원하겠다는 약조를 했다.

죽 지켜보던 태을 사자는 일이 제대로 풀리는 것 같자 안도의 한숨을 내쉬었다.

'그래, 풍생수 같은 녀석이 구태여 악을 쓰지 않아도 일이 제대로 되지 않는가……. 결국 천기는 흘러갈 방향으로 제대로 흘러간다. 이제 이쪽 일은 더이상 고민하지 않아도 되겠구나…….'

석성과 이덕형의 대화는 다른 방향으로 진행되고 있었다. 이제 어느 정도 이야기가 끝난 두 사람은 원군 파병 이외의 일반적인 화제들을 이야기했다. 태을 사자는 이야기를 조금 들어보다가 굳이 들을 필요가 있겠는가 하는 생각에 자리를 뜨려 했다. 그런데 문득 한마디의 말이 태을 사자의 귀를 후려치듯이 들려왔다.

"근간 조선에는 여역癘疫이 심하여 수많은 백성들이 목숨을 잃고 있소이다. 혹 명국 의서를 얻어갈 수 있다면 크게 도움이 될 것 같은데……."

"여역이라고요?"

"그렇습니다. 천문을 보는 자들이 말하기를 여기癘氣가 검게 치솟아 올라 흉흉하다 합니다. 난리가 나니 돌림병이 도는 것도 당연할지는 모르지만, 기세가 자못 심각합니다."

당시 의서나 기타 기술서 등 서적류의 국경 통과가 원칙적으로 금지되어 있어 이덕형은 특별히 의서에 대한 것을 부탁한 것이다. 그러나 태을 사자는 그보다도 '여기'라는 이름을 듣고 흥분을 감출 수가 없었다. 전에 태을 사자가 중간계로 가기 전, 마수들의 이야기를 엿들었을 때 '려'란 이름을 들은 적이 있었다. 그러나 그 '려'가 무엇을 의미하는지 정확하게 알 수가 없어 항상 궁금하게 여기던 차였다.

태을 사자는 이덕형과 석성의 대화를 조금 더 들어보고 '여역'이란 돌림병을 의미하는 것이며 '여기'라 하는 것은 여역이 일어날 때 하늘에 검은 기운이 끼는 것이라는 사실을 알아내었다. 이미 조선조에는 여러 차례 여기가 솟아올라 돌림병이 돌았던 적이 있었고, 그 때문에 나라에서 여러 차례 제사를 지내기도 하였다. 태을 사자는 비로소 마수들의 음모를 짐작하게 되었다.

'여역이 돌림병이고 여기가 그 병마의 기운이라면……. 이제야 알겠다! 놈들의 계획을!'

태을 사자는 즉시 다른 저승사자들을 불러 중국 쪽의 경계와 아울러 이덕형과 석성 등 파병의 관건을 쥐고 있는 인물들에 대해서도 눈을 떼지 말 것을 당부하였다. 그리고 저승사자들 중 능력이 높은 셋을 뽑아 동행할 것을 명했다. 그러고 나서 태을 사자는 흑호와 은동을 찾아 전라좌수영으로 떠났다.

한편, 태을 사자가 떠난 후에 이덕형은 다른 반전파들을 두루 설득했고, 이덕형 외의 다른 외교관들도 분주히 애를 썼다. 마침내 이덕형은 명나라 조정에서도 매우 예리하고 노련한 인물로 기억될 정도로 훌륭한 외교를 펼쳤으며, 명군은 대규모로 왜군을 맞아 싸울 것을 결정하게 되었다.

단, 대군의 파견은 일단 조승훈의 전투를 지켜보고 난 후로 미루어졌다. 석성은 급히 조승훈의 부대에 자신의 수하요, 모사謀士이며 외국어에 능통한 심유경이라는 자를 유격대장으로 파견하여 전황을 낱낱이 살피게 하였다.

후일 조승훈은 진격했으나 7월 18일에 평양성 외곽에서 대패했고, 결국 명군은 대규모의 원군을 보내기로 결정했다. 이덕형이 예측한 대로 대규모의 전투가 이루어졌으며, 이 과정에서 석성의 역할이 컸음은 두말할 여지가 없다.

원군의 대장으로는 요동도통인 이여송이 결정되었으며, 선발대로 5만에 이르는 대군을 보내기로 하고 군사의 모집과 정비에 들어가게 되었다. 그러나 일견 열정적으로 원군을 파병하는 데 애썼던 석성의 마음속에 또 다른 계략이 자라고 있음을 이덕형도, 태을 사자도 미처 알지 못했다.

의원이 된 은동

태을 사자는 휙 바람이 스치듯 선라좌수영으로 날아왔다. 그러나 아직 둔갑에 그리 능하지 못해 금세 양신으로 변신할 수가 없었다. 공중에서 좌수영을 돌아보니 거의 대부분의 병사들이 출정하여 아직 돌아오지 않고 있던 참이라 텅 비어 있다시피 했다. 태을 사자는 망설였다.

'어찌할까? 이순신은 이미 출정한 모양이고, 은동이와 흑호도 그를 따라갔을 것인데……. 지금 그리로 찾아가보아야 하나, 아니면 돌아올 때까지 기다려야 할까?'

태을 사자는 잠시 고민하다가 자신이 추측한 바를 차근차근 정리해보았다.

'내가 그때에 들은 '려'……란 바로 여역을 일으키는 마수인 역귀가 분명하다. 조선에서 역병이 일어나는 것을 려가 승한다고 하는데, 그것이 분명해. 그렇다면 마수들은 일단 전쟁에서 군사들의 영혼을 잡아가는 일에서 노선을 바꾸었음이 틀림없다. 이제 각 계에서 모든 전쟁터를 주시하고 영혼의 숫자를 파악하느라 힘을 기울이고 있으니까. 그래서 마수들은 역병을 돌림으로써 사람들의 피해를 크게 만들고 인간의 영혼을 긁어모으려고 수작을 부리는 것이 분명하다! 그러나 마수들은 직접적으로 인간의 영혼을 사용하지 않는다. 지난번 없어졌던 영혼들이 모두 사계로 돌아온 것을 보아도 알 수 있다. 그렇다면…….'

태을 사자는 좀더 치밀하게 생각을 가다듬어보았다. 자신의 추리를 입증하려면, 조선의 정황을 주의 깊게 살피는 것이 필요할 듯했다. 정말 조선에 역병이 창궐하고 있는지, 나아가서는 역병의 근원이 되는 려를 잡을 어떤 단서라도 찾아보아야 할 것 같았다.

태을 사자는 동반해 온 몇 명의 저승사자들과 새로 몇 명의 저승사자들을 불러 각지의 역병 현황을 조사하도록 지시하고 자신도 좌수영 부근을 떠돌면서 역병의 유무를 알아보았다.

한산대첩이 끝난 뒤 흑호는 은동을 찾아갔다. 은동은 여전히 배의 선창에 있었지만 처음처럼 몸을 떨고 있지는 않았다. 오히려 조선군이 이 '소년 의원'에게 부상자들의 처치를 맡기고 있었기 때문에 은동은 바쁜 손놀림으로 움직이고 있었다.

흑호는 은동이 바쁜 것을 보고 별말을 걸지 않고 그대로 조선 함대를 따라 좌수영으로 돌아왔다.

그 이후로 이순신은 다소의 신경질적인 증상을 보였는데, 그것은 원균 때문이었다. 앞서 한산대첩에서 이순신은 4백여 명의 왜병을 아무것도 없는 삭막한 한산도에 가두었다. 이순신이 귀영하는 길에 들러보았을 때에 왜병들은 그곳에서 기근에 허덕이고 있었다.

이순신은 원균에게 그들을 맡아서 기운이 다하면 목을 베라 당부하고 그대로 돌아왔다. 원균이 모든 일에 공을 세워야 한다고 억지를 부려 귀찮기도 했지만 소심한 이순신으로서는 원균을 대놓고 나무랄 수도 없었다. 그래서 그곳의 왜병들을 넘겨줌으로써 전과를 양보하기로 하였다.

그러나 원균은 조롱에 갇힌 적들도 제대로 건사하지 못하고 모조리 놓치고 말았다. 원균은 그곳을 지키다가 왜선이 대거 몰려온다는 헛소문에 겁을 먹고 줄행랑을 쳤다. 그 틈을 타 그곳의 왜군들은 조수에 밀려온 부서진 배의 판자로 뗏목을 이어 도망쳤던 것이다.

이 일은 이순신으로 하여금 원균의 무능을 사무치도록 깨닫게 했고, 그야말로 분통 터지는 일이었다. 그 탓에 이순신의 신경증세가 도지자 은동은 이순신의 진맥을 자주 짚게 되었다.

한산대첩 이후 은동은 달라졌나. 적어노 흑호가 보기에는 많이 달라진 것 같았다. 은동은 말수가 적어졌으며 침울한 기분에 사로잡혀 있는 것 같았다.

흑호는 워낙 말주변이 없는 처지여서 그런 은동을 두고 보고만 있었다. 그러던 어느 날, 오엽이 은동에게 다가와 말을 걸었다. 그때는 흑호도 '범쇠'로 변하여 은동의 옆에 있었다.

"의원 나으리, 뭔가 고민이 있으신가요?"

은동은 오엽의 말에 고개도 돌리지 않고 한숨만 내쉬었다. 흑호는 그런 은동의 모습을 보며 늙은 영감 같다는 생각을 했다. 그러나 오엽은 당돌하게 은동의 곁에 앉으며 말했다.

"고민거리가 있으면 풀어버려야지요. 바다 구경이나 나가실래요?"

곁에서 듣던 흑호도 그러는 것이 좋을 것 같아 한마디 거들었다.

"그러시우, 도련님. 기분 좀 푸슈."

은동은 그 말에도 반응이 없었지만 오엽과 흑호는 은동을 거의 끌다시피 하여 바닷가로 나왔다. 좌수영에서는 바다가 보였고 조금만 걸어 나가면 곧바로 바닷가가 이어졌다. 건너편에는 자그마한 섬인 돌산도가 있었다.

흑호는 물을 별로 좋아하지 않았지만 오엽은 신이 나는 듯, 깡충거리고 뛰면서 좋아했다. 그러나 은동은 말없이 건너편의 돌산도만 바라보고 있었다. 흑호는 오엽이 조금 멀리 가자 은동에게 다가갔다.

"여봐, 은동이. 왜 그러는 겨?"

"예?"

"무슨 고민이 있어서 그러는 거냐구? 이야기 좀 혀봐. 나…… 난 본래 말재주가 없어서 뭐…… 뭐라고 잘 말해줄 수 있을지 모르지만, 그래도 일단 털어놓으면 속이 시원하잖어?"

은동은 잠시 파도가 밀려오고 밀려나가는 것을 바라보다가 불쑥 말했다.

"돌산도에도 사람이 사네요?"

그 말에 흑호도 눈을 돌려 돌산도를 바라보았다. 아닌 게 아니라 그 섬은 무인도로 알았는데, 해안가에는 작은 움집들이 있었고 사람들이 꼬물거리며 움직이는 것이 먼발치에서도 눈에 들어왔다.

"그려, 피란민들인가 보네. 여기가 난리가 없단 소문 듣구 왔나 부지, 뭐."

그러자 은동은 우울하게 전혀 다른 말을 꺼냈다.

"사람은 누구나 죽는 것 아닌가요?"

"음? 아……. 음. 그렇지, 그건. 산 건 다 죽게 마련이지."

"기왕 모두가 죽는 것인데…… 왜 다른 자를 죽여야만 하죠?"

"음?"

"나는 지난번에 봤어요. 뭐라고 말은 잘 못하겠지만……. 음…….

어떤 병졸이 있었어요. 그 사람은 눈에 총을 맞았는데…… 나에게 총알을 빨리 빼달라고 했어요. ……어서 올라가서 싸워야 한다고……. 한 명이라도 적을 더 죽여야 한다고…….”

흑호는 잘 이해가 되지는 않았지만 덤덤히 은동의 이야기를 들어주었다. 저 앞에서는 오엽이 파도를 철퍽거리면서 혼자서 깔깔거리며 뛰어놀고 있었다.

“나는 총알을 빼주었어요. 피가 막 나오고……. 그보다 뭔가가 두려웠어요. 뭐가 두려운지는 모르겠지만……. 으음……. 내가 죽을까 봐도 아니고, 아저씨가 죽을까 봐도 아니었어요. 뭐랄까……. 수백 척의 배들이 싸우는 것을 보았을 때…… 두려웠어요. 어떻게 저렇게 많은 사람들이…… 한데 모여서 서로 죽이려 하는 것인지…….”

은동은 어느새 주르르 눈물을 흘렸다. 은동은 흐르는 눈물을 얼른 닦으며 말했다.

“전에 우리가 사계에서 도망쳐올 때…… 난 놀랐어요. 그때 호유화는 작은 미물 안에 있었다는데…… 미물의 사념이 그리 크고 넓은 줄 몰랐거든요. 하물며 사람이야……. 그런데 그 많은 사람이…… 그 많고도 많은 사람이 서로를 마구 죽이며…….”

흑호는 가만히 솥뚜껑 같은 손바닥으로 은동의 등을 어루만져주었다. 은동은 흑흑거리며 흐느꼈다.

“눈에 총을 맞은 아저씨도…… 더 죽이려고 했어요. 그래요. 그게 무서웠어요. 모두 미쳤어요. 미친 것 같아요. 왜군도 그렇고, 우리 쪽도 그렇고……. 모두가…….”

“그만혀. 됐다, 됐어…….”

흑호는 나지막이 으르렁거리는 소리를 내며 말했다. 그러나 은동은 멈추려 하지 않았다.

"난…… 난 이런 세상에서 살고 싶지 않아요. 난 무서워요. 나도 그렇게 되면 어쩌죠? 난 아무것도 할 수 없어요. 아무것도……."

"나도 그건 몰러. 어떻게 그렇게까지 싸울 수 있는 것인지는……."

흑호는 목소리에 힘을 주었다. 그리고 은동의 등을 탁 치면서 말했다.

"그러나 한 가지 중요한 게 있어. 뺏으려고 싸우는 건 더럽지만, 지키려고 싸우는 건 아름다울 수 있는 거여. 난 그렇게 생각혀."

"싸우고 죽는 건 같아요!"

흑호는 천천히 손가락을 들어 바다를 가리켰다.

"봐, 난 보여. 조선군이 어제 죽인 수만의 왜군은 거의 바다에 가라앉았어. 조그마한 물고기들이 송장을 뜯어 먹구 있지. 수백만, 수천만 마리여. 더럽다구? 난 그렇게 안 봐. 너에겐 송장을 먹는 물고기가 더러울진 모르지만 고기들은 아주 행복해혀. 진수성찬이여. 그 고기들은 자랄 거여. 자라고 자라 어부의 그물에 걸려 도로 사람들이 먹을 거구. 그리구 그 사람들두 죽어서 도로 물로 갈 수두 있구……. 은동아, 난 말재주가 없어. 그러나 그게 세상이여. 그게 자연이구……. 너두 그렇구, 나두 그렇구. 모든 사람이나 금수가 그렇지만 살려면 다른 것을 죽여야 살 수 있어. 죽이고 먹어야 살 수 있는 거지."

은동은 시무룩하게 발치의 모래를 내려다보고 있었지만 흑호의 말은 열심히 듣고 있었다. 흑호가 덧붙였다.

"죽는 건 이상한 게 아녀. 죽이는 것두 이상한 게 아니지. 다만 다른 건, 죽이고 먹는 게 뭔지 자기가 아는지 모르는지가, 그 중요성하구 그 가치를……. 그러니까 자기가 산다는 것의 가치를 아느냐 모르느냐에 따라 죄가 되구 안 된다구 생각혀. 흠, 힘들구먼. 히히, 말이 잘 안 뒤어. 그려, 사람만 싸우는 건 아니지. 모든 금수가, 아니 산 것이라면 모두가 다 싸워. 다 싸우고 서로 죽고 죽이고 하지. 인간이 이상한 건 떼 지어 싸우고, 전혀 도움도 안 되는 걸 가지고 싸우는 데 있지. 그건 나도 왜 그런지 잘 모르겄어. 그러나 은동아, 나는 인간이 아녀. 솔직히 난 몇몇만 빼구는 인간이 싫어. 알구 있냐?"

은동은 슬며시 고개를 저으려 하다가 멈칫했다.

"헌데 내가 왜 조선 편을 드는 걸까? 솔직히 그보다는 난 원수 갚는 일이 중요혀. 내 원수인 마수들이 밉구, 마수들이 왜놈들 편을 드니 나는 조선 편을 들지. 그러나 지금은 아녀. 꼭 마수들이 아니래두 난 조선 편을 들 것 같어. 누가 내 굴에 쳐들어와서 내 새끼를 훔쳐 가구 내 사냥감을 뺏으려 든다면 나도 싸울 거거든. 난 왜놈들은 이해 못 하겄지만 조선은 이해할 수 있거든. 그래서여. 은동아, 음……. 난…… 난…… 말재주가 없어. 하지만……"

흑호는 은동을 바라보고 눈빛을 빛내며 말했다.

"만사가 싫고 무섭고 그런 건 알겄어. 하지만 싫다고 그러면 되겄어? 죽는 게 무섭냐? 난 사는 게 무서워. 죽는 건 순간이여. 허나 죽는 걸 왜 모두 무서워할까? 죽는다는 건 사는 게 끝나는 거거던. 살지 않았다면 죽지도 않을 거여. 결국 무서운 건, 죽는 게 아니라 사는 거여. 더 살 수 없고 더 아무것두 할 수 없어서 죽는 게 무서운 거 아닐까? 난 그렇게 생각혀."

흑호가 그 이상의 말을 하는 것은 무리에 가까웠다. 흑호는 왠지 겸연쩍고 쑥스러워서 벌떡 일어나 어디론가 휭 하니 사라져버렸다. 은동은 가만히 앉아서 흑호의 말을 되씹고 곱씹었다.

'난 역시 아무것도 모르나 봐. 잘 이해가 안 돼…….'

한참이 지나자 혼자 놀기에 시들해진 오엽이 다가왔다. 오엽은 같이 놀자고 했지만 은동은 고개를 저었다. 그러나 오엽은 끈질기게 같이 놀자고 떼를 썼다.

은동은 마음이 약해져서 같이 놀까 하다가 문득 오엽의 얼굴을 보고는 흠칫했다. 어떻게 며칠 사이에 이렇게 달라 보일 수 있을까? 까무잡잡하고 눈에 띄지 않던 오엽의 얼굴은 어느새 발갛고 예쁘장하게 변해 있었다. 갑자기 은동은 가슴이 콩당거리는 것 같았다. 호유화 생각이 났다.

은동은 소매를 잡는 오엽의 손을 거칠게 뿌리치고는 뒤도 돌아보지 않고 도망치듯 달려갔다. 아직 은동은 왜 가슴이 두근거리는지, 왜 그때 하필 호유화 생각이 났는지, 그리고 왜 마음이 갑자기 아파지는 것인지 이유를 깨닫지 못했다.

하루가 지난 다음, 태을 사자가 나타났다. 흑호, 아니 범쇠는 다시 태을 서방이 왔다고 농담을 했지만, 태을 사자의 표정은 여전히 딱딱하게 굳어 있었다.

"중요한 일이 있네."

태을 사자는 근엄한 목소리로 이야기를 시작했다.

"려에 대해 알아냈다네."

흑호는 깜짝 놀랐다.

"려? 아니, 그러면 전에 말한 마수 중의 하나라던 려 말유?"

"그렇다네. 려……. 그건 바로 여역이라 칭하는 역질을 퍼뜨리는 역귀였네. 흑호, 전에 내가 준 두루마리를 가지고 있겠지?"

흑호 대신에, 은동이 얼마 전에 흑호가 주었던 두루마리를 꺼내 태을 사자에게 건네주었다. 태을 사자는 그것을 풀어 읽더니 고개를 끄덕였다.

"틀림없어. 이건 큰 음모네."

"자세히 말해보슈!"

흑호가 채근하자 태을 사자는 천천히 설명을 했다.

"내가 '려'란 말을 들은 것은 우연한 기회였네. 이덕형의 말을 들었지. 그는 려라는 것이 돌림병을 뜻한다고 했네. 그리고 여역이라는 것이 조선에서는 돌림병을 지칭하는 말이기도 하네. 그래서 나는 조선에 돌림병이 창궐하는지를 알아보았네."

태을 사자가 말하며 법력으로 조그마한 동그라미를 허공에 그리자 조선의 지도가 허공에 나타났다. 흑호는 허허하며 혀를 찼다.

"그새 또 법력이 높아졌수? 신기한걸?"

"염왕령을 받아서 술수가 조금 늘었다네."

태을 사자는 대수롭지 않게 말했지만, 염왕령이 사계에서 얼마나 중한지를 알고 있는 은동은 그 모습을 보며 놀랐다.

태을 사자는 다른 저승사자들을 시켜 수일간 술법을 사용하여 양신을 이루며 보고를 기다렸다. 그리고 저승사자들은 각각 맡은 지역에서의 여역의 발생 상황에 대해 조사를 해왔다. 태을 사자는 그 분포를 주의 깊게 조사하였으며 저승에도 사자를 보내어 죽은 자의 수효와 죽은 날짜 등을 정확하게 파악하여 오도록 했다.

역귀와 같은 특정한 존재에 의해 역병이 발생했다면, 그것은 특별한 지형적 장애물이 없다면 둥글게 퍼져나갈 것이니, 역병의 중심이 어디인지 대강의 파악은 가능했다. 또한 그 중심이 이동하고 있더라도 병이 퍼진 궤적을 조사하면 이제까지의 병인病因이 이동한 과정과 앞으로의 경로를 예측하는 것 또한 가능할지 모른다는 것이 태을 사자의 추측이었다.

그 결과 병은 처음에 경상도 지방에서 시작되어 세 줄기로 갈라져서 두 줄기는 각각 평양 방면과 함경도 방면으로 올라가고 있었고, 다른 한 줄기는 전라도 지방으로 이동하고 있었다.

"허어, 용케두 조사했수!"

흑호가 태을 사자의 꼼꼼한 처리 방식을 보며 감탄을 금치 못했다. 당시 인간이나 금수는 정밀한 지도를 갖추지 못했고 정확한 사망자 집계를 낼 길이 없었으니 이러한 추적법을 사용할 수 없었지만, 저승사자들은 할 수 있었던 것이다.

흑호는 문득 이상한 생각이 들어 물었다.

"그런데 마수들이 역병을 돌려서 무엇을 하려구? 또다시 영혼들을 얻어가려는 걸까?"

태을 사자는 고개를 저었다.

"그건 쉽지 않을 걸세. 사계에서는 하나의 영혼도 잃지 않도록 경계를 엄중히 하고 있으니까. 그러나 이 병에는 이상한 성질이 있었네."

태을 사자는 이 병의 증상을 설명했다. 이 병은 일단 발병하면 몸에 기운을 쓰지 못하고 고열에 시달리며 조금 지나면 의식을 잃게 된다. 그 상태로 짧게는 수일에서, 길게는 수십 일에 이르기까지 인사불성의 상태가 되었다가 죽거나 혹은 치유가 되는 것이다. 증상을 듣고 흑호가 고개를 갸웃거렸다.

"가만……. 예전 조선군의 영혼들도 시일이 지난 다음에는 사계로 원상 복귀되었는데……. 그렇다면……?"

"나도 그렇게 여기네. 마수들은 인간의 영혼을 일부 빌려 가는 것이 아니겠는가? 그런데 인간들이 이러한 병을 앓고 있다고 하면, 그자가 영혼이 빠져나갔는지 아닌지까지 저승사자들이 파악하지는 못할 것 아니겠나? 이것은 보다 더 교묘한 마수들의 술수가 틀림없네.

전에 하일지달이 말한 암흑의 대주술을 위한 술수란 말이네."

태을 사자가 설명하자 흑호와 은동도 마수들의 음모를 어느 정도 알아챌 수 있을 것 같았다. 놈들은 애당초 전쟁을 통해 사람들의 영혼을 모아들였다.

그러다가 그것이 태을 사자 등의 활약으로 발각되자 이번에는 사계 등의 주의를 그쪽으로 돌리도록 하고 병을 퍼뜨린 것이다. 병에 걸린 사람은 즉시 죽지는 않으나 며칠 동안 빈사 상태가 되므로 그 사이에는 저승사자들도 영혼을 거두지 않으며 거둘 생각도 하지 않는다. 그 틈을 노려 마수들은 죽지도 살지도 않은 인간의 영혼을 얻는 것이다.

"그간 우리는 마수들이 인간의 영혼에 대해 너무 무심한 것 같아 의아해했네만, 그렇게 본나면 이전에 풍생수가 지껄였던 말이나 그 이외 마수들이 나타나지 않는 정황 같은 것들도 설명이 되네."

"풍생수?"

"그렇네. 명국에서 풍생수를 만났는데……. 잡은 줄 알았지만 놈은 다시 달아났네."

태을 사자는 풍생수를 만났다가 놓친 일을 이야기했다. 흑호는 놀라 눈을 휘둥그레 떴다.

"마수들이 명군 참전을 돕겠다고 했다구?"

"그랬다네. 아마도 전쟁에 참여하는 자를 확대시켜 더 많은 전상자를 내려고 그러는 것이겠지."

"사계에서 전쟁터에서의 영혼의 분실을 철저히 감시하고 있다지 않았수?"

"하다못해 돌림병이라도 번지게 할 수 있지 않겠나?"

"혹 난민들이 우연히 일어난 병을 옮기고 있는 것은 아닐까? 돌림병은 전쟁중에는 흔히 도는 것 아니우?"

흑호의 질문에 태을 사자는 스스럼없이 되받았다.

"난민들이 질병을 옮긴다고 보기는 어렵네. 여역이 번지는 방향을 보게. 맨 처음 발병한 장소는 부산포 부근의 경상도 남부 지방이네. 두 줄기는 북으로 확산되어 옮겨가고 한 줄기는 서쪽으로 이동하여 전라도 접경으로 다가오고 있네. 그런데 지금의 상황에서 북쪽으로 피란민이 옮겨간다는 것은 어불성설이지. 경상도의 난민들이 어찌 왜군이 진주한 북쪽으로 똑같이 피란 가려 하겠는가? 더구나 그 속도가 너무 빠르네. 난민이라면 불과 사흘 만에 북으로 천 리를 이동할 수 없을 것이네."

"그렇다면……?"

"그렇네. 마수의 짓이 분명하지. 십중팔구 역귀의 짓이겠지."

"그럼 그 역귀 놈을 때려잡으면 될 것 아뉴?"

흑호가 흥분하자 태을 사자가 가볍게 만류했다.

"문제가 있네."

태을 사자는 생명을 다루는 존재였기 때문에 돌림병이라는 것이 인간의 눈에는 보이지도 않을 정도로 작고 의식이 없는 생명체에 의해 일어난다는 사실을 알고 있었다. 더구나 그 생명체는 너무나 작고 수명도 길지 않아서 생명은 생명이되, 영혼의 경지에서 다룰 수조차 없을 정도로 작았다.

틀림없이 마수들은 이러한 생명의 씨를 어디서 구해왔거나, 아니면 스스로가 창조하거나 하여 병을 퍼뜨린 것이 분명했다.

"만약 이 병이 정말 마수 중의 하나인 려에 의한 것이라도 병의 종류는 수천 가지가 아닌가? 특히나 이 병은 독으로 인한 병도 아니고 돌림병인데, 어떻게 하여야 이 병의 침노를 막을 수 있을 것인가? 일단 려를 잡더라도 균으로 퍼지는 돌림병이라면 일단 퍼진 병을 막기는 어려울 것이 아닌가? 어떻게 하여야 좋을까……?"

태을 사자는 잠시 탄식하다가 말을 이었다.

"좌우간 그 때문에 역귀를 잡는다 하여도 이미 뿌려진 병인을 거두기는 힘드네. 더구나 역귀는 두 마리인지도 모르네."

"어째서? 세 마리가 아니구?"

흑호가 궁금해하자 태을 사자는 설명했다.

"역귀 두 마리는 각기 북으로 이동하고 있을 것이네. 그러나 서쪽, 이곳 전라도로 들어온 병은 난민들에 의한 것일 확률이 많네. 발병 시기도 늦고, 진행 속도도 느리니까. 꼭 역귀가 두 마리는 아닐지도 모르지만, 적어도 병의 근원이 두 방향으로 이동하니 의심할 수밖에 없지."

"그러면 어떻게 하지?"

"방법은 하나뿐일세. 흑호 자네와 내가 각각 둘로 나뉘어 역귀를 잡아야만 하네. 그러나 역귀를 해치우는 것보다는 꼼짝 못하게 제압하여 여역의 약점을 알아내도록 하는 편이 좋을 듯싶네."

흑호는 손뼉을 치며 좋아했다.

"그렇지. 그러면 되겠구먼! 허허."

"하지만 역귀 놈을 쉬이 잡는다는 보장도 없고, 설령 잡더라도 역귀 놈이 제대로 약점을 일러줄지도 의문이니, 은동이는 이 근방에서 난민들 중 병에 걸린 자를 조사하여 치료법을 찾도록 해라. 너에게는 의학에 박학한 영혼이 깃들어 있지 않느냐? 또 하일지달이 오면 의주의 허준에게서 정보를 더 얻어도 좋고."

은동은 고개를 끄덕였으나 마지못해 그러는 것 같았다. 태을 사자는 고개를 갸웃하며 은동에게 무슨 일이 있었느냐고 물으려 하였으나 흑호가 재빨리 말꼬리를 돌렸다.

"그나저나 여기도 한 번 마수들의 기습을 받았수! 그리고 나도 원수 놈을 만났는데……."

"음? 그간 무슨 일이 많이 있었는가?"

흑호는 마수들이 습격해왔다가 은동의 분전으로 쫓겨간 일과 자신은 소야차를 놓친 일하며, 바다에서 정체불명의 왜병을 분신귀가 쫓아 두루마리를 태웠다는 이야기를 하다가 문득 깜짝 놀란 표정을 지었다.

"어쿠! 그때 그놈을 쫓아가야 하는 건데…… 까맣게 잊어먹구 있었네그려!"

태을 사자는 그 말을 듣고는 고개를 갸웃거렸다.

"잠시, 잠시만. 아까 이야기를 자세히 해보게. 처음부터."

"무슨 이야기 말유?"

"마수들이 습격해왔을 때의 이야기 말이네."

그래서 흑호는 그때의 이야기를 시시콜콜한 것까지 태을 사자에게 들려주었다. 태을 사자는 인상을 찌푸리고 있다가 오엽이 흑호의 정체를 보았다는 대목을 들었을 때 안색이 변했다.

"그러면 오엽이가 자네들의 정체를 안단 말인가?"

"흠……. 그렇다니깐. 그래두 대강 속여넘겼수."

"아니야. 이거 큰일일세."

태을 사자는 낯빛이 변하더니 바람같이 그 자리에서 사라졌다. 그것을 보고 흑호와 은동은 크게 일이 잘못되는 것은 아닌가 하여 안절부절못했다. 그러나 금방 되돌아온 태을 사자의 표정은 이상하게도 밝아 보였다.

"어…… 어떻게 되었수?"

"음……. 아니네. 자네들이 잘해둔 것 같군. 그 아이는 아무것도 모르는 것 같네. 그러니 염려하지 않아도 되겠네."

일순 태을 사자는 기이하게도 전에 없던 미소를 짓는 것이 아닌가. 이상하여 바라보는 흑호와 은동에게 태을 사자가 그다음의 이야기를 해줄 것을 청했다. 흑호는 이번에는 한산대첩 중간에 만났던 이상한 왜병과 분신귀의 이야기를 했다. 그러자 태을 사자는 다시 고개를 갸웃했다.

"마수가 이순신을 노리지 않고 웬 왜병을 노렸다구?"

"그랬다니까."

"흠……. 그건 이상한 일일세. 알아볼 필요가 있겠는데……."

"음, 놓친 건 아니니 염려 마슈. 도깨비들하구 금수들을 붙여 놓았으니 찾을 수 있을 거유."

흑호는 금수 우두머리의 신통력을 발휘하는지 잠시 눈을 감았다가 떴다.

"그자는 평양 쪽으로 가는 모양인데? 개성을 지나가구 있수."

"음……. 좋네. 그러면 자네는 평양 쪽으로 가게. 내가 함경도 쪽으로 향한 역귀를 맡을 테니. 그리고 은동이 너는 난민들을 조사해주겠느냐?"

"음……. 그런데 은동이 혼자서 여기 있어두 될까?"

"하는 수 없네. 마수들이 왜란 종결자인 이순신을 노리지 않은 것으로 보아 은동이 혼자 있어도 무리는 없을 것 같은데……."

"어어……. 그래두 지난번에 여러 마리의 마수가 한꺼번에 덮쳤었단 말유. 은동이 혼자서 괜찮을까?"

흑호는 아무래도 은동을 혼자두고 간다는 사실이 마음에 걸리는 모양이었다.

그러나 태을 사자는 괜찮을 것이라고 딱 잘라 말했다.

"지금 같은 때에는 할 수 없지. 은동이가 잘해줄 것으로 나는 믿는다네."

은동은 억지로 기운을 내려 했지만 아직도 맥이 풀린 것 같았다. 그러나 태을 사자는 그런 은동에게 아무런 이야기조차 해주지 않고 흑호와 함께 휭 하니 나가버렸다.

은동은 아무래도 태을 사자가 자신에게 야멸차게 대하는 것 같아서 가슴이 썰렁해지는 듯했다. 평상시 같았으면 혼자 남는 자신을 염려해 말이라도 건넸을 것인데……. 그런데 조금 지나 흑호가 돌아왔다.

"어? 왜 도로 오셨나요?"

"음냐, 아무래도 걱정이 되어. 은동아, 이걸 줄 테니 받어."

흑호는 그러면서 은동에게 웬 썩은 나무토막 같은 것을 하나 내주었다.

"이게 뭔데요?"

"허허, 이건 을척乙尺이라는 거여. 음……. 그러니깐……. 그려, 도깨비방망이라고나 할까?"

"예?"

은동은 깜짝 놀랐다. 그러자 흑호가 허허 웃으며 말했다.

"뭐, 금 나오고 은 나오는 그런 방망이는 아녀. 다만 을척을 두들기면 도깨비가 나오지. 그놈에게 뭐든지 시킬 일이 있으면 시키란 말여. 알겄어?"

"아……. 예……."

"센 놈은 아니지만 도움은 될 거여. 마수들이 덮치거나 하면 이 놈에게 시켜서 나한테 알리도록 하라구. 내가 도와줄 테니껜. 알았지?"

"아……. 예……. 이건 언제 얻었나요?"

"허허……. 조선 땅 금수 우두머리가 되고서부터지, 뭐. 히히……. 요 며칠 동안 한번 심심풀이로 만들어본 건데……."

그러자 밖에서 태을 사자가 부르는 소리가 들려왔다.

"어서 가세나. 그러지 않아도 되는데……."

"알았수! 알았수! 에잉, 저런 딱딱한 양반이 다 있나?"

흑호는 휭 하니 나가버렸다. 은동은 멍하니 있다가 을척을 소매에 넣었다. 흑호가 자신을 생각해주는 것이 고마워서 은동은 잠시 기운이 돌아오는 것 같았다.

은동은 가만히 방안을 둘러보다가 이러고 있으면 안 될 것 같다는 기분이 들었다. 우선 방을 정리했다. 그러자 두루마리며 산삼이며 기타 등등 잡다한 여러 물건을 둘 곳이 마땅치 않았다.

그래서 예전에 저승에서 얻었던 화수대를 꺼내어 그 안에 사계의 두루마리와 산삼과 을척과 유화궁 등등 필요한 물건을 몽땅 집어넣고 소매에 넣었다. 화수대에는 원래 영적인 물건만 넣을 수 있었으나 차차 법력이 올라가고 숙달되어 뭐든 영적인 존재로 치환하여 넣을 수 있게 되었다.

은동은 조금 생각을 하다가 아직은 맥이 없는 걸음으로 밖으로 나갔다. 은동이 밖으로 나가자 오엽이 기다리고 있던 것처럼 착 감겨들듯 달라붙었다.

"의원 나으리, 어디 가세요? 쇤네가 모시고 갈까요?"

은동은 좋다 싫다 말도 하지 않고 오엽을 돌아보지도 않고 걸음을 옮겼다. 오엽은 은동의 뒤를 그림자처럼 따라왔다.

은동이 걸음을 옮긴 곳은 지난번에 난민들을 보았던 돌산도였다. 난민들과 여역에 대해 알아보라고 했으니 그곳을 뒤질밖에 도리가 없었다. 난민들은 참으로 어려운 생활을 하고 있었다. 은동으로서는 동병상련의 아픔을 느낄 수 있다고 할까?

난리 때문에 집과 땅, 혹은 가족까지 잃고 낯설고 아는 사람도 하나 없는 지방으로 피란을 온 것이니, 그들의 생활은 말할 수 없이 힘들어 보였다. 그러나 은동은 그리로 발길을 옮기면서 차츰 기분이 좋아지는 것 같았다.

그들은 포기하지 않고 있었다. 다들 열심히 일하고 노력하고 있었던 것이다. 어떤 사람은 초라한 움집이나마 지으려 안간힘을 쓰고 있었고, 자기 집도 없으면서 작은 힘이나마 합쳐 더 가엾은 사람의 집부터 짓고 있었다.

아낙네들은 나물을 캐기도 하고 얼마 되지도 않는 먹거리를 나누고 있었으며, 아이들까지도 고기를 잡고 풀을 베어 오는 등 열심히 일을 하고 있었다. 그 광경을 보고 은동은 가슴이 뭉클했다. 아직 어린 은동으로서는 정확히 무엇이 그리 감동적인지 콕 집어서 알 수는 없었지만 말이다.

'다들 저렇게 열심히 살려고 애쓰는구나. …… 그런데 나는 바보같이…….'

은동이 뒤를 흘낏 돌아보니 뒤를 따라오는 오엽의 눈 주위가 벌겋게 되어 있었다. 오엽도 뭔가 사연이 있어서 난민들을 보고 슬퍼하는구나 싶어서 은동은 아무 말도 하지 않았다.

은동의 행색은 별반 특이할 것이 없어서, 난민들은 은동과 뒤를 따라오는 계집아이 오엽에게 아무런 관심도 기울이지 않았다.

그러다가 은동은 열심히 그물 같은 것을 손질하고 있는 한 남자

앞에서 걸음을 멈추었다. 남자는 한쪽 눈을 천으로 가리고 있어 전에 배에서 만난 병사를 떠올리게 했다.

"저……. 말씀 좀 묻겠습니다."

"와 그러노?"

남자는 굵직한 경상도 사투리로 대답하며 은동을 힐끗 쳐다보았다. 그러면서도 그물 엮는 손을 멈추지 않았다.

"혹 이 근처에 여역이 돌고 있지는 않나요?"

"여역? 돌림병 말이가?"

"네."

"말도 마라. 벌써 여럿이 죽어나갔다 아이가? 너도 보아하니 먹물 좀 먹은 집 자제 같은데, 이리 오지 말고 저만치 가라."

"제가 볼 수는 없을까요?"

남자는 은동에게 눈을 부라리며 호통을 쳤다.

"뭐하게? 뭔 구경거리 난 게 아이다! 썩 가라 안 카나!"

그때 은동의 뒤에서 따라오던 오엽이 샐쭉해져서 쏘아붙였다.

"이분은 나이는 어리지만 의원 나으리라구요! 도와주려고 하는 건데 왜 그러는 거예요!"

"의…… 의원? 하! 말대가리에 뿔이 났으면 났지, 젖비린내도 안 가신 꼬마가 무싱 의원이가? 하하하……."

"정말이에요! 이분이 바로 전라좌수사 어른의 병을 돌보고 있는 용한 의원이시라구요! 칠 대째 내려오는 가문의 수재인데!"

오엽은 무시당한 것이 분하다는 듯 목소리를 높였다. 순간 남자는 전라좌수사라는 말이 나오는 것과 동시에 분주히 움직이던 손을 딱 멈추었다.

"뭐라꼬? 그게 정말이가?"

"왜 할일 없이 거짓말을 하겠어요! 의심나면 좌수영 가서 아무에게나 물어보라구요! 여러분 병이 걱정되어서 와주신 건데……."

거친 경상도 사내는 털썩 무릎을 꿇었다. 은동이 깜짝 놀라 뒤로 물러서려 하는데 오엽이 뒤를 탁 막았다. 오엽의 부드러운 몸이 등에 닿자 은동은 찔끔하면서 앞으로 나가 사내를 일으키려 했다.

"아저씨, 왜 그러세요!"

"내사 마 죽을 죄를 졌구마! 용서해주이소! 제발 부탁이니 우리 가이(여자아이) 좀 살려주이소!"

애꾸눈 사내는 은동의 옷자락을 잡고 펑펑 울기 시작했다. 은동은 자신이 없었지만 사내가 이끄는 대로 초라한 움집으로 들어섰다. 풀과 잔가지를 얼기설기 엮은 움집은 만들어진 지 얼마 되지 않는 듯 풀 냄새가 진동을 했다.

그 안에는 바싹 마른 아낙네가 한 명 있었고 은동보다도 더 어린, 조그마한 꼬마 아이가 앓고 있었다. 사내는 은동의 옷자락을 잡으며 눈물을 흘렸다.

"우리 가이, 늘그막에 본 하나뿐인 자식이구마. 여역에 걸려 죽어가는데, 난리통에 눈까지 빼불코 도망 나온 놈이 무슨 수가 있겠심꺼? 제발 살려주이소. 제발 우리 가이 좀 살려주이소."

은동은 불쌍한 마음에 남자의 청을 도저히 거절할 수 없었다. 그래서 귀에 들어 있는 의원의 귀신을 불러내어 진맥을 맡겼다. 그러는 사이 의원이 왔다는 소리에 많은 난민들이 달려왔고 저들끼리 병자를 보이려고 난리를 쳤다.

오엽이 재빠르고도 야무지게 사람들을 줄 세우고 순번을 정하지 않았다면 움집이 무너졌을 터였다. 오엽은 나이답지 않게 카랑카랑한 목소리로 당당하게 외쳐댔다.

"의원 나으리는 다 도와주실 거예요! 그러니 밀지 말라구요! 저기 아줌마! 새치기하지 마시구! 줄을 서요, 줄을! 염려 말아요!"

그 소리를 듣고 은동은 멍해졌다. 아무리 의원 귀신의 도움을 받고 있어도, 도대체 이 많은 환자들을 볼 수 있을까 싶어 자신이 없었다.

은동이 얼른 손짓을 해서 오엽을 부르자 오엽이 냉큼 달려왔다.

"예? 부르셨사와요?"

"너…… 어쩌려구 그래?"

"아아니, 의원 어르신이 환자가 있으면 보아주어야 하는 것이 아닌가요?"

"으음……. 그건 그렇지만……."

"설마…… 힘들고 귀찮다고 안 봐주시려는 건 아니겠지요?"

그렇다고 오엽에게 자신은 실력도 뭣도 없는 가짜 의원이라는 것을 밝힐 수도 없어서 말조차 못하고 있는데, 귓가에서 의원의 귀신이 말을 걸어왔다.

'염려 마라. 나도 이제 한을 풀겠구나. 염려 말고 보아준다고 하려무나.'

'한이라뇨?'

'아무 말 말고 그냥 한다고 하려무나. 내 소원이기도 하다.'

은동도 어려운 사람들을 나 몰라라 할 몰인정한 아이는 아니었으므로 그러겠다고 오엽에게 고개를 끄덕여 보였다. 자신감도 생겼고 조금이나마 남을 도울 수 있다는 사실이 기쁘기도 했다.

은동이 허락하자 오엽은 뛸듯이 기뻐하며 호들갑을 떨었다.

"고마워요! 정말 고맙고, 장하세요! 내가 사람은 틀림없이 봤어!"

"뭐라구?"

"아니에요. 쇤네는 나가볼게요!"

오엽은 얼굴을 붉게 물들이며 쪼르르 달려나가 사람들에게 소리를 쳤다. 은동이 애꾸눈 사내의 딸을 진맥하는데 의원 귀신이 말했다.

'이 아이는 여역은 아닌 것 같네. 다행이야.'

'다행이네요. 그런데 치료는 어떻게 하죠?'

'이 아이의 병은……. 음……. 공연히 설명해야 소용없겠고, 자네 삼을 가지고 있지?'

'네. 이 장군님께 쓰고 세 뿌리 남았는데요?'

'그것을 두 냥쭝만 잘라내어 아이에게 하루에 닷 푼쭝씩 달여 먹이도록 하게. 다른 약재가 있으면 좋겠지만 워낙 좋은 산삼이니 그것만으로도 융통이 될 터이니.'

은동이 그 말을 듣고 선뜻 품에서 커다란 산삼을 꺼내자 애꾸눈 사내는 기겁할 듯 놀랐다.

"그…… 그…… 그기 산…… 산삼 아이가?"

"네. 다행히 여역은 아니니 염려는 하지 마세요."

은동은 태연히 대답한 다음 산삼을 대강 두 냥쭝으로 잘라 선뜻 사내에게 내밀었다.

"넷으로 나누어서 하루에 한 토막씩 달여 먹이세요. 다른 약재가 없어서……. 그것만으로도 나을 거예요."

애꾸눈 사내는 기겁을 하며 손을 내저었다.

"그…… 그 귀한 것을 어찌 받겠소? 그만두이소! 못 받심더!"

"왜요?"

"우린 암것도 없고……."

사내가 말끝을 흐리자 은동은 피식 웃으며 고개를 저었다.

"약값 같은 거 안 받으니 염려 마시고, 잘 달여 먹이기나 하세요."

은동은 남자의 손에 산삼 토막을 쥐여주고 움집을 나섰다. 그러자 남자는 '우아아!' 하며 통곡을 하는 것이었다.

그러자 은동도 놀라고 다른 사람들도 무슨 일인가 하여 안을 들여다보았다. 느닷없이 애꾸눈 사내가 은동에게 달려와서 수없이 머리를 조아리며 절을 했다.

"내…… 내…… 이날 입때꺼정 살면서…… 이런 은혜를 받아본 적이 없다 아이가…… 양반님네며 벼슬아치며 전부 우리 같은 무지렁이들 벗겨먹을 줄만 알았는데……. 고맙심더! 고맙심더!"

은동은 난처하여 어쩔 줄 모르고 얼굴이 벌겋게 되어 그러지 말라고 했지만 애꾸눈 사내는 막무가내였다. 그러자 주변 사람들도 감탄하며 은동을 칭송하였다.

"저 귀한 산삼을 선뜻 내어주다니…… 보통 의원이 아님세!"

"저거 한 뿌리면 우리 같은 것들 백 명 목숨은 살 거여. 아이고."

"나도 어떻게 조금 얻을 수 없을랑가 몰라?"

"예끼, 이 사람! 약은 병 고치는 데 써야제. 자네 같은 팔자에 그거 먹고 만수무강한다고 뭐 좋은 꼴 보겠는감? 죽어라 고생만 더 하는 것이제!"

"좌우간 우리가 잘 왔어! 잘 왔어! 이 수사님은 우리한테 아무 대가도 없이 곡식도 주고 피복도 주니 그런 어지신 나으리가 없고, 이런 의원 나으리도 있고……. 여기가 사람 살 만한 곳이구먼!"

이순신의 칭송이 섞여 들리자 은동은 궁금해졌다. 그래서 잠시 들어보니 이순신이 난민들을 위해 애쓰고 있다는 이야기가 저마다의 입에서 나왔다.

이순신은 왜선들을 노획하고 격멸시키는 동안 막대한 군량과 물자를 얻을 수 있었다. 이순신은 그것을 일차적으로 난민들과 백성들에게 나누어주는 데 사용했다. 탐관오리 같았으면 자기 몫으로 돌렸을 것이고, 보통 사람이었다면 조정에 헌상하는 데 최우선으로 두었을 것이다.

그러나 이순신은 군비에 소용되는 물건을 제외하고는 일차적으로 난민들과 백성들을 우선으로 했다. 이는 이순신의 인격을 그대로 보여주는 증거였다. 이순신은 이후 이 일 때문에 곤욕을 치르게 될지도 모른다는 사실도 잘 알고 있었다. 하지만 나중에 어떤 일이 닥치더라도 당장 눈앞에서 고통받는 난민들을 그냥 두고 볼 수 없었던 것이다.

덕분에 적어도 전라좌수영 관할 지역으로 오면 굶어 죽을 걱정은 없다 하여 소문을 듣고 수백 리 밖에서부터 난민들이 모여드는 판국이었다. 돌산도에만 백여 호에 가까운 가구들이 이주하여 있었으니 말이다.

은동은 그날 밤 늦게까지 수십 명의 환자들을 돌보아야 했다. 그런데도 환자들은 끝이 없었다. 원래 난민들은 거의 대부분이 상처입고 다치고 굶주려 병든 사람들이었기 때문에 모두가 병자라고 해도 과언이 아니었다.

결국 은동이 지니고 있던 산삼 세 뿌리는 어느 결에 없어졌다. 더 이상의 약재는 없었다. 약이 있어야 치료를 할 수 있기에 은동은 잠시 뒤쪽으로 가서 을척을 꺼냈다.

'어떻게 쓰지? 흠…….'

고심을 하다가 은동은 을척을 땅바닥에 탁탁 두들겨보았다. 그러나 아무 일도 일어나지 않았다. 은동은 을척을 휘둘러도 보고, 손으로 쳐보고, 나무에도 두들기고 했지만 아무런 반응이 없었다. 은동이 도대체 어떻게 해야 하는지 몰라 멍하니 울척을 들여다보는데 어디선가 탁탁탁 하는 소리가 났다. 어디서 나는 소리인지 몰랐으나 은동은 울척을 손바닥에 대고 연달아 세 번을 두들겨보았다.

별안간 은동의 눈앞에 커다란 덩치의 도깨비가 나타났다. 힘이 무척 센 것 같았지만 조금 모자란 듯한 얼굴에, 이를 무섭게 드러냈으나 어딘가 웃고 있는 것 같아 무서워 보이지는 않은 몰골이었다. 팔이 길어 땅에까지 내려올 것 같은데 다리는 둘이었고 키는 아홉 자가 넘었다.

은동이 도깨비를 보고 질린 표정을 짓자 도깨비가 히죽 웃으며 입을 열었다.

"어떻게 해드려유?"

주변에 몇 사람이 지나가는 것이 번발지로 보이자 은동은 당황했지만 도깨비는 히죽 웃으며 말했다.

"보통 사람은 제가 안 보여유. 어떻게 해드려유?"

은동은 몇 번 헛기침을 하여 마음을 가라앉힌 뒤 말했다.

"약을 좀 구해 와."

"약이라니유?"

"약재 말야. 약 몰라?"

"무슨 약을유?"

"모조리 가지구 와. 되는대루."

"어디서유?"

은동은 답답해졌다.

"네가 알아서 만들면 될 거 아냐? 신통술 없어?"

놈은 더더욱 바보같이 헤벌쭉 웃었다.

"그런 신통술이 있으면 도깨비 하겄시유? 어디서 훔쳐라두 올까

유?"

"음……. 아니. 그건……. 음. 훔치는 건……."

은동은 머리를 긁적이다가 좋은 생각이 떠올랐다.

"그래, 넌 도깨비니까 순식간에 멀리도 갔다 올 수 있지?"

"그려유."

"그럼 한양에서 아무데건 가장 큰 의원에서 약장을 통째로 떼어 오라구."

"알았시유. 통째루 지구 올게유."

아무래도 이 도깨비는 그리 똑똑한 편이 못 되는 것 같았다. 은동은 그래서 속으로 중얼거렸다.

'도깨비들이 그렇지, 뭐. 그러니 만날 속기만 하고 씨름해도 이기지도 못하지. 저 도깨비도 왼다리가 흔들흔들하는 것이 외다리인데 가짜로 다리 모양만 만든 것 같구나. 씨름해서 반대 다리만 걸면 나도 이기겠다.'

도깨비를 부리는 것이 재미있기도 하여 잠시 쓸데없는 생각을 하다가 은동은 그럴 때가 아니란 것을 깨닫고 얼른 소매에서 화수대를 꺼내주었다.

"가만, 여기다가 넣어 오면 될 거야. 여긴 아무리 큰 물건이라도 다 넣을 수 있단다."

도깨비는 상당히 놀라는 것 같더니 은동에게 넙죽 절을 했다. 은동이 어려 보이기는 하지만 그런 물건을 가지고 있으니 도력이 굉장한 줄 안 모양이었다. 도깨비는 곧 사라졌다.

은동은 재미있기는 했으나 커다란 도깨비와 말을 하니 식은땀이 흘렀다. 조금 있으려니 도깨비가 나타나서 은동에게 화수대를 넘겨주고 사라졌다. 은동이 화수대에 손을 넣어보자 재미있게도 약장의 모양이 손에 잡혔다.

의원 귀신은 좋아하면서 은동의 손을 조종하여 약을 마음껏 꺼내 보았다.

'됐다. 이 정도면 여기 있는 사람들 모두 약을 지어줄 수 있겠구나.'

은동은 그날 밤을 꼬박 새우고 다음날이 될 때까지 한숨도 자지 못한 채 사람들을 돌보았다. 은동은 품에서 약을 펑펑 꺼내어 주었지만 사람들은 하나씩 들어와 진맥을 받았기 때문에 의아하게 여기지 않았다. 오엽이 이상하게 보는 것 같았지만, 은동을 원래 도사라 알고 있었으므로 별다른 내색은 하지 않는 듯했다.

마침내 백여 명이 넘는 사람에게 약을 지어주고 처방을 적어준 다음에야 은동은 좌수영으로 돌아올 수 있었다.

돌아오는 길에 오엽이 은동에게 물었다.

"어떠세요? 피곤하시지요?"

"너야말로 피곤하겠구나."

"괜찮아요. 어때요? 사람들을 구하니 기분이 좋으시지요?"

"아니……. 전부 구한 건 아니잖아……."

은동은 실제로 마음이 무거웠다. 대부분의 병자들은 치료가 가능했다. 의원 귀신은 실로 놀라운 기술을 보였으나 그로서도 원인조차 모르는 여역만은 손댈 수가 없었다. 여역 환자는 일곱 명이 있었는데, 중증이어서 손쓸 방법조차 없었다.

오히려 은동은 자신이 고쳐준 백여 명의 사람들보다 그 일곱 사람이 마음에 걸려 가기 전보다 마음이 무거워져 있었던 것이다. 그것은 의원 귀신도 마찬가지였다.

'오호라, 방도가 없구나. 병인을 모르니 손을 쓸 수가 없구나. 손을

쓸 수가 없어…….'

"여역은 손을 쓸 수가 없어. 일단 다른 사람이 접촉하지 못하게 먼 발치에 격리하라 했지만……. 그뿐이야. 어떻게 하지? 도대체 어떻게 해야 하지? 난 정말 아는 것도 없고, 할 줄 아는 것도 없어……."

오엽이 가볍게 웃었다.

"의원이 아무리 용해도 인명은 재천이고 죽지 않는 사람이 없는 법인데, 세상일 모두를 나으리가 짊어져야 하는 것은 아니잖아요? 많은 사람을 고쳐준 것이 어디에요?"

"그건 그렇지만……."

은동은 속으로 세상일 모두를 짊어졌는데 어떻게 하느냐고 한숨을 쉬었다. 사실 난리와 생계의 운명은 은동의 손에 달려 있는 것이나 다름없었다. 그러할진대 은동은 자신이 없었다. 다시 전쟁통에 나간다면 자신이 움직일 수 있을까? 제대로 손을 쓸 수 있을까?

은동은 전에 이덕형을 매국노로 잘못 알고 죽이려 했던 적이 있었다. 그리고 저승으로 오락가락하면서 죽는다는 것을 별것 아닌 것으로 생각하게 되었다. 그러나 실제로 죽음이란 당하는 자들에게는 너무나 큰 것이었다. 더구나 주변 사람들을 생각하면 너무도 슬프고 힘겨운 일이었다.

죽음을 앞두고 앓고 있는 사람들을 보았을 때, 또한 그 사람들과 주변 사람들의 삶에 대한 열망을 보았을 때, 은동에게는 장난같이 여겨졌던 죽음이 예전보다도 더 크게 다가왔다. 하물며 수많은 죽음들이 얽혀 있는 난리라면……. 그리고 그에 자신의 역할이 그리도 큰 것이라면…….

'왜 하필이면 나야? 난 이해할 수 없어. 그리고 두려워……. 도망치고 싶어……. 아, 도망치고 싶다…….'

은동은 숙소로 돌아와 잠에 빠져들면서도 계속 중얼거렸다. 그리고 자신은 몰랐지만 줄곧 잠꼬대를 해댔다.

그렇게 은동이 잠든 방문 앞에는 밤새 작은 여자아이의 그림자가 떠날 줄을 몰랐다.

• • •

태을 사자는 계속 여역의 흔적을 쫓아 병의 근원을 찾아 올라갔다. 여역의 근원이 되는 놈은 금강산 안으로 들어간 것 같았다.

'추적당하는 것을 눈치챘나 보구나. 그렇다면 내가 쫓아간 녀석이 바로 역귀일 것이다.'

만약 태을 사자가 추적한 것이 단순히 병균을 지닌 사였나면 태을 사자를 의식하여 숨을 필요도 없는 것이 아니겠는가? 일만 이천 봉으로 일컬어지는 금강산 속에 놈이 숨어버렸지만 차라리 멀리 도망친 것보다는 낫지 않을까 하는 생각이 불현듯 스쳤다. 태을 사자는 염왕령을 발동하여 수십 명의 저승사자를 풀어 금강산 주변을 포위하고 안을 샅샅이 뒤지도록 하였다.

왜국의 비사 秘史

태을 사자와는 다른 방향인 평양 방면으로 역병의 자취를 추적해 간 흑호는 전에 만났던 왜병을 먼저 추적했다. 그래보아야 흑호는 중간계에서 정한 대로 그 왜병에게 손가락 하나 까딱할 수가 없었지만 마수가 그렇듯 기를 쓰고 쫓아간 녀석의 정체가 무엇인지 궁금해서였다.

그자는 고니시가 보낸 닌자 겐키였다. 겐키는 부상 입고 지친 몸을 끌고 한시도 쉬지 않고 고니시가 있는 평양으로만 향하고 있었다. 숙달된 닌자이니만큼 누구의 눈에도 띄지 않고 이동하였지만 흑호에게서는 벗어날 수 없었다. 조선의 산천초목이 모두 흑호의 눈이었으니 말이다.

흑호는 한편으로는 그자를 추적하면서, 한편으로는 주위에 돌고 있는 역병의 흔적을 쫓으면서 평양 부근에 당도하였다. 그자는 평양 부근에 오자 성에 들어가지 않고 숲속에 처박혀버렸다.

흑호는 여유 있게 평양 부근을 둘러보았다. 이제 역병은 평양 부근까지 올라와 있었으며, 왜군들의 진중까지 조금씩 증상이 나타나고 있었다.

때마침 흑호는 중요한 것을 발견하였는데, 역병이 자꾸 번져가는데도 역귀나 다른 마수의 흔적이 전혀 나타나지 않는다는 점이었다.

'역귀는 이쪽으로 오지 않은 게 아닐까? 병만 옮아왔는가 보구먼. 그러면 병은 어떤 놈이 옮겼누?'

흑호가 조사해보건대 평양에 아직 남아 있는 조선인들까지는 병이 옮겨가지는 않은 듯했다. 오히려 왜군 부대에는 조금씩 여역이 발생하고 있었다. 그것으로 볼 때 병을 옮긴 것은 왜군 부대의 일원이 아닐까 싶었다. 게다가 평양에 있는 고니시의 부대는 상당히 물자가 부족한 듯이 보였고 사병들의 건강 상태도 좋아 보이지 않았다.

'흠……. 이순신 때문에 보급을 못 받아서 저렇게 누렇게들떴나 보구먼. 히히, 꼴좋다. 남의 나라에 와서 난리를 치니 벌을 받는 거여.'

흑호는 수하의 작은 금수들과 도깨비들을 풀어 남몰래 왜군 부대를 정탐하게 했다. 그 결과를 보니 여역은 육로로 부산에서 올라온 왜병을 통해 옮은 모양이었다.

'그럼 누굴까? 어떤 놈이 병을 옮긴 걸까?'

분명 태을 사자의 조사에 따르면 여역은 며칠 사이에 천 리가 넘는 길을 지나 평양에 당도하였다. 그러나 어떤 왜병이 천 리가 넘는 길을 며칠 만에 올 수 있을까? 보급 부대나 보충병이라면 그렇듯 빠르게 이동하는 것이 불가능할 텐데…….

'흠……. 파발이 옮긴 걸까?'

파발은 기마로 빠르게 이동하니 그럴 수도 있을 것 같았다. 하지만 조금 더 치밀하게 생각해보니 그것도 아니었다. 여역에 걸린 녀석이 무슨 용빼는 재주가 있다고 말을 타고 하루에 수백 리씩을 갈 수 있단 말인가?

'가만……. 이거 아무래도 사람이 옮긴 것 같지는 않구먼. 흠냐……. 마수나 그 끄나풀이 있는 모양인데……. 마수가 옮긴 거라면 왜 왜군에게 옮긴 거지, 조선인들에게 옮기지 않고……?'

흑호는 궁리를 해보았으나 할수록 이해가 되지 않고 의혹만 점점 눈덩이처럼 불어갔다. 한참을 생각했지만 갈피가 잡히지 않아 다시 평양성의 내부를 어슬렁거렸다.

이미 시간이 많이 지나 밤이 되었다. 흑호는 둔갑법으로 왜군들의 대장으로 보이는 자의 숙사까지 들어가보았다. 그때 평양성에 주둔하고 있던 왜군의 총대장은 고니시였다.

숨어서 그를 직접 보고 난 뒤 흑호는 혼자 실없이 웃었다. 그 왜장은 지난번 탄금대에서 마주친 고니시였다. 흑호는 고니시와 맞닥뜨려 하마터면 싸울 뻔하기도 했고 화살까지 한 방 맞은 일이 있었다. 그때 유정 스님에게서 구원을 받지 못했으면 속절없이 목숨을 잃었을지도 몰랐다.

흑호는 둔갑법으로 장막 뒤에 숨어 혼자 앉아 있는 고니시를 보며 속으로 중얼거렸다.

'녀석. 안 그래도 마음에 안 드는 놈인데 그냥 요절을 내버려? 제길헐. 중간계에서 인간은 아무두 건드리지 말라고 했것다? 너 참 명이 긴 줄 알어라.'

하지만 흑호가 보기에 고니시는 그때에 비해 몹시 쇠약해진 것 같았다. 무슨 걱정거리가 있는지 얼굴도 야위고 머리도 센 것 같았다.

'안 좋은 일을 허니깐 그 꼴이 되지. 고소허다, 히히.'

그때였다. 누가 안으로 들어오는 것 같았다. 흑호가 누군가 하여 바라보니, 그자는 바로 자기가 한산도에서 만나 추적해온 자였다.

'음? 저자가 여긴 웬일이람?'

그러나 흑호가 보고 있는지 알 리 없는 고니시는 겐키가 나타난 것을 보고 입을 열었다.

"겐키인가? 오래 걸렸구나."

"예……."

"형제들은……?"

질문을 던진 고니시는 겐키가 아무런 대답을 하지 않자 조용히 중얼거렸다.

"알겠다……."

고니시는 심신이 쇠약해진 상태였다. 겐키와 고니시가 다시 만난 이때는 7월 하순, 고니시가 소승훈이 이끄는 명나라 유격 부대의 기습을 격퇴한 직후였다.

조승훈의 부대는 수도 얼마 되지 않았으며, 조총에 대항할 만한 무장도, 훈련도 받지 못한 부대였다. 그 때문에 고니시는 별반 고생을 하지 않고 명군을 퇴각하게 만들 수 있었다. 그러나 고니시는 바야흐로 명군이 직접적으로 조선의 편을 들어 개입하기 시작했다는 것에 충격을 받은 상태였다.

가뜩이나 보급이 부족한 판에 새로운 군대와 싸우게 된다면 앞날이 불안했다. 조승훈의 부대는 곧 사신을 보내어 철군할 것을 요청하였고 고니시는 그들의 뒤를 쫓으려 하지 않았다. 얼마 되지도 않는 수효의 군대를 굳이 뒤를 쫓으면서까지 섬멸할 마음도 없었고, 고니시 부대의 사정 또한 좋지 않아 추적할 엄두를 내기도 어려웠던 것이다.

마음이 착잡한 고니시는 겐키의 얼굴을 보자 명군 측에서 사신으로 찾아왔던 자의 얼굴이 생각이 났다. 얼굴이 좁고 까마귀처럼 생긴 자였는데 그자와 생김새가 비슷했던 것 같았다.

'그자의 이름이 무엇이라고 했던가? 그래, 심유경이라고 했다. 별것 아닌 작자 같아 보였지만 눈빛을 이상하게 번득이고 있었지. 범상한 자는 아닐 것 같은데…….'

심유경은 별반 특별한 이야기를 하지도 않았지만 고니시는 피곤했다. 이상하게도 심유경이라는 자는 만나는 사람을 견딜 수 없을 만큼 피곤하게 만드는 작자였다.

그를 만나고 나서 겐키를 만나자 고니시는 더더욱 피곤한 기분이 들었다. 그러나 겐키의 정보는 소중한 것이 틀림없었다. 고니시는 잠시 생각을 정리한 다음 말을 건넸다.

"알아낸 것이 있는가?"

드디어 겐키가 천천히 입을 열었다. 형제들의 죽음이 생각나서 마음이 아픈 것인지, 아니면 그동안 입은 부상의 통증 때문인지 겐키의 음성은 이어지지 않고 조금씩 끊어지는 듯했다.

"오다 가문과 아케치 가문의 내력을 조사하는 가운데 자연히 간파쿠님의 내력도 들어가게 되었습니다. 그러나 대부분의 일들은 풍문으로만 전해질 뿐, 정확한 것은 알 수 없었습니다. 그러던 중 저는 우연히 센 리큐가 비밀리에 기록해둔 문서를 입수하게 되었습니다. 그 문서는 조선으로 오는 도중 불가사의한 존재에게 빼앗겨 불타버렸습니다만, 저는 내용을 읽어 기억하고 있습니다."

겐키가 입을 열었지만 흑호는 왜국 말을 몰랐기 때문에 옆에 있던 흙덩이 하나를 집어 법력을 가했다. 그 법술은 이력채음술以力採音術이란 것으로 물건에 음성을 기록하는 법술이었다.

"센 리큐라고? 센 리큐는 간파쿠님의 다도茶道 스승이 아니었더냐?"

"예……."

겐키는 기상천외한 이야기를 하기 시작했다.

센 리큐는 당대의 대학자로 알려진 인물로서, 오다 시대부터 이름을 떨쳤다. 그런데 센 리큐는 히데요시와 단둘이서 다도의 밀실에서 대화를 나눈 후 느닷없이 할복을 명받았다.

그때 히데요시와 리큐가 나눈 이야기는 누구에게도 알려지지 않았으나, 리큐는 자신의 죽음을 예감한 듯 히데요시와 이야기를 나누기 전 그가 알고 있는 것들을 기록해두었다. 그것이 센 리큐의 문서로, 겐키가 그의 옛집에서 훔친 것이었다.

"센 리큐가 간파쿠님께 간했던 것이 무엇인가? 무엇을 말하였기에 간파쿠님은 그에게 죽음을 내리신 것인가?"

"거기에는 계약에 대한 이야기가 있었습니다. 미지의 존재와 간파쿠님, 아니 나아가서는 과거의 단조노추(노부나가)님이 하신 계약에 이르기까지……."

"무엇에 대한 계약인가?"

리큐의 이야기는 과거로 조금 거슬러 올라갔다. 오다 노부나가가 부하인 아케치 미쓰히데의 기습을 받아 죽기 불과 며칠 전, 리큐는 우연히 히에이 산山의 승려를 만난 일이 있었다.

히에이 산은 일본 역대의 불문 성지였는데 오다 노부나가에 의해 대학살을 당해 거의 멸망했고 대부분의 승려들이 죽음을 당했다. 그 승려는 히에이 산에서 살아남은 미치광이 같은 승려였는데, 그는 리큐를 만나 이렇게 말했다고 한다.

"노부나가는 영혼을 팔았다. 지옥의 악귀와 계약을 맺은 것이다. 과거 다케다 신겐, 아자이 나가마사 등의 협공을 받았을 때 오다 가문은 멸망한 것이나 마찬가지였다. 그러나 노부나가는 자신의 영혼을 팔고 행운을 받아 위기를 넘겼다. 다케다 신겐이 노부나가를 치려다가 진중에서 병이 도져 죽은 것도, 노부나가가 몇 번이나 암살의 위험에서 벗어난 것도 악마의 힘을 빌린 운이었다. 그러나 노부나가는 대가를 치러야 했으며, 그 때문에 불문의 성지로 이름 높던 히에이 산을 없애고 삼천 명이 넘는 승려들을 죽였다.

또한 천하 통일이 다가오자 그들 악마의 요구에 따라 자신의 수족과 같던 부하들을 하나둘씩 처단했으며, 날이 갈수록 광기에 시달렸다. 그 사실을 뒤늦게 알아내고 미쓰히데는 스스로, 마귀가 되어가는 노부나가를 멸하기 위해 모반을 일으킬 것이다. 그는 이미 그 악마의 존재를 눈치챈 많은 고승들의 법력을 받았다."

당시 센 리큐는 집권층의 자리에 올라 있지 않은, 평범한 처사에 지나지 않았다. 그리고 그런 소리를 미친 중의 헛소리로 여겼다. 그러나 실제로 미쓰히데가 이유를 알 수 없는 모반을 일으켜 노부나가를 살해하는 사건이 벌어지자 그 말을 다시 생각하지 않을 수 없었다. 정말로 노부나가는 히에이 산을 불태워 수많은 승려를 학살한 바 있었으며 그 이유는 아무도 알지 못했다.

또한 노부나가가 그를 위해 일해온 많은 중신들을 별다른 이유도 없이 학살하고 쫓아냈으며, 그로써 많은 반란이 일어나게 만든 것도 사실이었다. 그 승려는 다시는 나타나지 않았으나 리큐는 그때부터 관심을 가지고 천하의 대세를 살펴보았다.

미쓰히데는 노부나가를 죽이고 나자 이상한 행동을 취했다. 군비를 강화하는 대신 불문에 막대한 자금을 시주하였으며 마치 인생에 있어 할일을 다한 것 같은 태도를 취했던 것이다. 당시 노부나가의 휘하에서 손가락으로 꼽을 자는 미쓰히데와 지금의 간파쿠인 당시

하시바(도요토미의 당시 이름) 히데요시뿐이었다.

히데요시는 기회를 놓치지 않고 재빨리 진군하여 미쓰히데와 일전을 벌였는데, 미쓰히데는 별반 저항다운 저항도 하지 못하고 멸망되어 스스로 죽음을 당하다시피 했다.

리큐는 이 점을 이상하게 여겼다. 미쓰히데만 한 군략과 재능을 가진 자의 최후치고 그의 마지막은 무력했다.

'이것은 초자연적인 존재의 힘이 아닐까? 미쓰히데를 괴롭히고 그에게 무엇인가가 보이지 않도록 작용하여 그를 멸망하게 만든 것이 아닐까? 그 중의 말대로라면 노부나가에 붙어 있던 악귀가 노부나가를 죽인 데 대해 앙심을 품고 미쓰히데를 망하게 만든 것이 틀림없을지도 모른다.'

이렇게 생각한 센 리큐는 그 이후의 귀추를 하나도 놓치지 않고 주목하였다. 히데요시는 미쓰히데를 물리친 후, 천하의 패자가 되었다. 단 한 명의 라이벌이라 할 수 있는 도쿠가와 이에야스는 한동안 히데요시와 겨루어 히데요시의 공격을 계속 막는 데 성공하였으나 결국 히데요시와 강화를 맺고 말았다.

히데요시의 행운은 누가 보아도 유별났다. 리큐는 이번에는 히데요시를 의심하게 되었다. 노부나가가 정말 악귀들과 그런 계약을 맺었다면, 그 악귀들은 노부나가가 세상에 없어진 지금, 히데요시와 계약을 맺은 것이 아니겠는가? 그런 의심으로 리큐는 히데요시의 과거를 조사했다.

히데요시의 과거도 행운의 연속이라 할 수 있었다. 작고 힘없고 가난한 사나이는 천민으로 출생하였다. 그러고도 노부나가의 눈에 들어 눈 깜짝할 사이에 출세를 거듭하고 전공을 세워 노부나가 휘하 제일의 대장까지 올랐다.

히데요시는 원래 노부나가의 신발 담당, 따지고 보면 하인에 지나지 않았다. 그러한 하인에게 군대를 주어 전투를 시키는 일 같은 것은 일본에서는 상상하기 힘든 일이었다. 아무리 히데요시가 군략이 뛰어나고 전술 감각이 있다 해도, 그것은 병사를 맡은 후에나 발휘될 수 있는 일이었다.

어찌하여 노부나가 같은 합리주의자가 히데요시 같은 신발 당번에게 전투를 맡길 생각을 하게 되었을까? 사람들은 히데요시가 노부나가의 신발 담당이 된 후 맹목적인 충성을 하여 출세를 거듭한 것에 탄복하고 있었다.

그러나 히데요시는 집안의 집사가 된 것도, 가노家奴가 된 것도 아니다. 전투에서 공훈을 세웠기 때문에 그토록 빠르게 출세할 수 있었던 것이다. 어떻게 히데요시는 전투에 참가하게 되었을까? 히데요시는 죽을 위험을 넘기면서도 운이 너무나 좋았다.

예를 들면 가네가사키의 철수 작전 때 이에야스와 미쓰히데는 어찌하여 목숨을 걸고 히데요시를 도왔을까? 전국시대에 가장 재주가 뛰어났던 그 세 사람이 힘을 합치지 않았다면 철수는 불가능했을 것이고 히데요시는 죽었을 터였다. 그것도 무언가의 힘이 개입한 때문은 아니었을까?

미쓰히데가 노부나가를 죽일 때 히데요시는 서부의 강적인 모리씨와 싸우고 있었는데, 모리씨와의 화평이 기적적으로 이루어짐으로써 히데요시는 대군을 끌고 미쓰히데와 싸울 수 있었다. 그때 수년에 걸쳐 전쟁을 해오던 모리씨가 갑자기 히데요시와 화평을 한 것은 무슨 연유에서였을까?

히데요시는 어차피 미쓰히데와 싸울 수밖에 없었으므로 화평을 하지 않고 오히려 그가 퇴각하는 길을 쳤더라면 모리씨야말로 막대한 이득을 보았을 것이다. 그러나 모리씨는 힘없이 화평을 했고, 또 얼마 지나지 않아 히데요시에게 멸망당했다. 어떤 힘이 그런 불가능을 가능하게 만들어주었을까?

리큐의 의심은 끊이질 않았다. 그러나 의심을 하면 할수록 그는 더더욱 번민이 심해짐을 느꼈다. 도대체 어디까지 의심하고 어디까지 진실로 보아야 할지를 모르게 되었다. 이에 리큐는 과감하게 히데요시의 주변으로 갔다. 그의 학식을 이용하여 히데요시의 측근이 됨으로써 그 일을 더 조사해보기로 결심한 것이다.

"리큐 님은……."

겐키는 긴 이야기가 힘겨운 듯 말을 이어나갔다.

"황송하옵게도 간파쿠님이 그런 계약을 맺은 것이 틀림없다고 단언을 내리기에 이르렀습니다. 수십 년에 걸쳐서 세세히 관찰한 결과였습니다. 그리고 그것은 이번 전쟁의 원인이 되었습니다만……."

고니시는 얼굴이 하얗게 질려서 말을 듣고 있는 것인지, 앉은 채 정신이 나가버린 것인지 모를 정도였다. 그러나 겐키는 꾹 참으며 계속 말했다. 그는 말해야만 했다. 불경이 되었건, 반역이 되었건 이는 자신이 두 명의 형제의 목숨을 바치며 알아낸 정보였다.

"간파쿠님은 아이를 가지실 수 없다고 씌어 있었습니다. 그런데도 쓰루마쓰 님을 얻게 된 것은 악귀들과의 계약에 의한 것이라 하였습니다. 그 대가로 악귀들은 거대한 피를 볼 일, 말하자면 이 난리를 일으키도록 부추긴 것입니다."

"그만…… 그만하여라……. 믿을 수가…… 믿을 수가 없다!"

고니시는 정신 나간 사람처럼 중얼거렸다. 그 말이 사실이라면 도대체 자신은 누구를 위해 싸운 것인가? 무엇을 위해 싸운 것이란 말인가? 겐키는 말을 멈추지 않았다.

"간파쿠님으로서도 전쟁을 일으키는 것만은 무리라 생각하였습니다. 그러나 간파쿠님께 그 악귀들이 끊임없이 출몰하여 약속을 지키라 했습니다. 그렇지 않으면 쓰루마쓰 님을 도로 앗아가겠다고 말입니다. 센 리큐 님은 그러면 안 된다고 여기시고, 마지막으로 그러한 모든 악귀와의 계약을 무효로 돌릴 것과 전쟁을 일으켜서는 안 된다는 말을 간파쿠님께 전하려 하셨습니다. 그 말을 하기 직전, 써서 남겨둔 것이 제가 읽은 문서입니다……."

"그럴 수가……."

고니시가 몸을 부르르 떨자 겐키가 말했다.

"이후의 일은 아시겠지요? 센 리큐 님은 역시 간파쿠님의 비위를 거슬러 다실에서 이야기를 나눈 직후 자결을 명받고 죽었습니다. 그것이 작년(1591년) 이월 말입니다. 쓰루마쓰 님은 작년 팔월에 갑자기 병으로 돌아가셨습니다. 그 뒤 간파쿠님은 조선 출병을 결심하셨고, 전쟁이 일어났습니다. 저는 닌자입니다. 정보를 전할 때 내용을 잊지 않으며, 이 내용 역시 제가 읽은 것과 한 치의 오차도 없습니다. 그리고 저는 센 리큐 님의 글을 믿습니다. 믿어지지 않지만 믿지 않을 수가 없기 때문입니다……."

고니시도 마찬가지였다. 자신에게 나타나는 악마들을 보고 혹시나 하여 조사를 시킨 것이지만 결과는 믿기 힘든 것이었다. 아니, 누구에게 말조차 할 수 없는 내용이었다. 하지만 그렇게 생각한다면 모든 의문이 풀렸다. 그 때문에 겐키는 믿지 않을 수 없었고, 고니시 또한 그러했다.

고니시가 멍하니 있자 겐키는 천천히 고니시에게 절을 올렸다.

"제가 아는 것은 이로써 모두 전달했습니다. 제가 돌아오는 길에도 악귀들이 저를 끊임없이 습격했으며, 두 형제는 죽었습니다. 이 또한 크나큰 증거가 된다고 믿습니다."

그것도 그러했다. 고니시 본인만 해도 수없는 유혹과 협박에 시달리고 있지 않는가?

겐키는 작은 칼을 꺼내어 조용히 자신의 배에 대었다. 이렇게 중대한 기밀을 조사한 자는 일을 마친 후에 자결하는 것이 보통이었다. 말이 새어 나가지 않게 하기 위해서 말이다.

고니시는 멍한 와중에도 겐키를 말렸다.

"안 된다. 너는 아직 할 일이 있다."

겐키는 주인이 제지하자 공손히 엎드렸다. 항상 장난스럽고 어딘가 조롱하는 듯한 태도를 지니던 겐키도 지금만큼은 엄숙하기 한이 없었다. 고니시는 혼자 무엇인가 한참 생각하더니 중얼거리기 시작했다.

"그래……. 이 전쟁은 미친 짓이야. 미친 짓……. 그만두어야 한다. 반드시 그만두어야……."

중얼거리다가 고니시는 마음을 가다듬은 듯 겐키에게 단호한 목소리로 말했다.

"겐키! 이 일은 절대 말하지 마라. 그리고 너에게 할 일이 있다."

고니시가 자신을 믿어준다고 여기자 겐키는 마음이 조금 격동되었다. 닌자는 보통 소모품에 지나지 않았다. 일을 마치고 비밀이 샐 우려가 있으면 자결을 명하거나 죽이면 그만이다. 그 대신 닌자의 고향 가족과 친지는 그가 죽은 보수로 편하게 살 수 있었다. 하지만 겐키도 죽는 것이 좋지는 않았고, 고니시가 자기를 믿고 일을 또 맡기려 한다는 것이 은근히 기뻤다.

"무엇입니까?"

"우리에게는 큰 적이 있다. 전투를 그만두려 해도 지금 같아서는 도망칠 수도 없다. 바다의 제해권이 조선군의 손아귀에 있기 때문이다. 그것이 누구인지 아느냐?"

"예……. 이순신이라는 무서운 장수가 있다고 들었습니다."

"그래……. 그자가 문제다. 너는 지금부터 수단과 방법을 가리지 말고 그자를 암살해라."

흑호가 고니시의 말을 알아들을 수 있었다면 놀라서 펄쩍 뛰었을 것이다. 그러나 그런 이야기가 오가는 가운데에서도 왜국말을 알아듣지 못하는 흑호는 멍하니 앉아 있을 수밖에 없었다. 더구나 흑호는 그들의 이야기가 무슨 왜국의 정보 같은 것이라는 착각을 하고 있었고 술법을 쓰는 것 또한 별로 신경쓰지 않고 있었다.

그나마 마수가 그자를 해치려 하지 않았다면 아예 관심도 없었을 터였다. 오히려 흑호는 그동안 내내 그자의 주위를 경계함으로써 마수들이 접근을 하지 못하도록 막아준 것이나 다름없었다. 한마디로 겐키의 목숨은 흑호가 구해준 것이었으나, 겐키는 흑호가 목숨을 걸고 지켜야 하는 이순신을 암살하려 하고 있었다.

얄궂은 운명이라 하지 않을 수 없었으나 흑호는 겐키가 사라지자 아무 생각 없이 술법을 거두고 그동안의 대화가 담긴 흙덩이를 아무렇게나 집어넣었다.

그때 밖에서 고니시에게 보고하는 소리가 들려왔다. 겐키는 밖에 인기척이 있자 스르르 사라지듯 모습을 감추었고, 고니시는 아직도 얼빠진 듯한 표정으로 외쳤다.

"무슨 일이냐?"

겐키가 사라지자 흑호도 이젠 볼일을 다 보았다 여기고는 나가려 했다. 그런데 고니시가 달려 들어온 군졸의 보고를 듣고는 급히 밖으로 나갔다.

그 장면을 보고 흑호는 호기심이 생겨 토둔법을 써서 고니시의 뒤를 따라갔다. 고니시는 부대의 외곽 쪽에 위치한, 삼엄하게 경비를 서는 어느 집 한 채로 들어섰다. 안으로 들어서자 부하 장교가 고니시에게 설명을 했다.

"우리의 방어 상황을 정탐하기 위해 숨어든 자들입니다. 매우 기민해서 잡기가 힘들었습니다."

"조선인들인가?"

"그렇습니다."

고니시의 뒤를 따라 흑호가 안으로 들어갔을 때, 흑호는 자신의 눈을 믿을 수가 없었다. 그곳에서는 다른 몇 명의 조선인과 함께 꽁꽁 묶인 강효식을 왜군들이 삼엄하게 지키고 있었던 것이다.

'어라라! 지긴 은동이 아버시 아녀! 저 사람이 여기 왜 있담!'

흑호가 놀라서 보고 있는 사이 고니시는 조선인들을 한 사람 한 사람 훑어보았다. 모두 다섯 명이 잡혀 있었는데 두 명은 머리카락이 없는 것으로 보아 승려인 것 같았고 두 명은 젊은이였다. 그리고 강효식이 그중 나이가 가장 많았다.

고니시는 강효식을 손가락으로 가리키며 통역을 불렀다.

흑호는 성질이 불같아 당장이라도 뛰어나가 때려죽이고 강효식을 구하고 싶었다. 그때 갑자기 흑호의 머릿속에 '인간의 일에는 절대로 직접 개입해서는 안 된다'는 신계의 전언이 떠올랐다.

'제…… 제기랄!'

흑호는 고민했다. 어떻게 하는 것이 옳을까? 당장이라도 뛰어들어서 강효식을 구해내야 할까, 아니면 참아야 하나? 고민하다가 흑호는 좋은 생각을 떠올렸다. 은동을 데리고 오면 된다! 은동은 인간이니 인간의 일에 개입할 수 있지 않은가?

은동은 자신의 아버지인 강효식이 붙잡혀 있는 것을 그냥 두고 보지는 않을 것이다. 더구나 은동은 천하장사의 신력을 지니고 있으니 여기 있는 자들 몇 명쯤은 문제가 되지 않을 것이었다.

'빨리 가자!'

흑호는 결심을 굳히고 재빨리 좌수영으로 돌아갔다. 그 때문에 흑호는 고니시와 강효식 사이에서 이루어지는 대화를 들을 수 없었으며 고니시와 겐키의 대화를 흙덩이에 기록했던 일마저도 까맣게 잊어버리고 말았다.

역귀와의 싸움

태을 사자는 금강산에서 다른 저승사자들과 함께 급히 한곳으로 이동하고 있었다. 이상해 보이는 기운을 감지한 저승사자 한 명의 보고를 받았기 때문이다.

"'여기'입니다."

그 사자의 말대로 금강산 중턱 자락의 비탈진 산모퉁이에서 검은 기운이 솟아 나오고 있었다. 보통 사람들의 눈으로 볼 수 없는 요기였지만, 태을 사자 등의 저승사자들은 금방 알 수 있었다.

"문제가 있습니다. 몇 명의 승려가 그쪽으로 가고 있습니다. 우리가 하는 일이 행여 인간들의 눈에 띄면 안 되지 않습니까?"

또 다른 저승사자 한 명이 말했다. 태을 사자는 의아했다. 도대체 누가 이 깊은 곳까지 왔단 말인가? 태을 사자는 그 사람들이 있는 쪽으로 가보았다. 그런데 그중 한 사람이 유정, 즉 사명대사의 제자인 무애였다. 그는 험한 산길을 오르면서도 계속 흥얼거리며 노래를 부르고 있었다.

"험하디험한 산중에 무슨 원이 그리 쌓여 검은 기운이 극성인가. 기다리게, 기다리게. 조금만 더 기다리게. 염불공덕 해탈공덕 극락왕생 될 것이니 기다리게, 기다리게. 금방 가네, 금방 가……."

무애는 마치 무당이 굿거리 가락을 풀듯이 흥얼흥얼 특유의 노래를 부르면서 몇 명의 승려들에게 독경 도구를 들리고 산길을 계속 오르고 있었다. 아마도 무애는 표훈사에서 우연히 산에서 치솟는 여기를 느낀 모양이었다.

무애는 그것이 마수가 만드는 것이라고는 생각지 않았으며, 역병으로 죽은 자의 원한이 쌓여 만들어진 기운이라고 믿었다. 그래서 염불로 그 원한을 없애주기 위해 산을 올라 기운을 찾아가는 것이었다.

태을 사자로서는 난감하기 이를 데 없었다. 저승사자들은 인간의 눈에 띄지 않을 것이지만, 역귀나 마수가 저들에게 패악을 부리거나 인질로 삼는다면 어떻게 할 것인가? 태을 사자의 일은 엄격하게 인간의 일에 간섭해서는 안 되게 규정돼 있었으므로, 인간이 얽이면 물러설 수밖에 없었다.

'이거 야단이로군. 인간들과 접촉도 할 수 없으니. 그렇다고 저들에게 내려가달라고 할 수도 없고…….'

분명 여역의 근원인 역귀는 저 기운이 솟아나는 곳에 있었다. 역귀는 자신이 쫓긴다는 것을 아직 모르고 있었다. 이번 기회를 놓친다면 놈을 잡기는 더더욱 어려워질 것이 분명했다. 할 수 없이 태을 사자는 은동을 떠올렸다.

'은동이를 불러 저 승려들을 다른 곳으로 가게 만들자. 은동이는 인간사에 관여할 수 있으니까…….'

그렇게 생각하고 태을 사자는 통천갑마의 주문을 외웠다. 원래는 명나라에 갔을 때 쓰려 한 주문이었지만 지금도 그에 못지않게 중요한 순간이었다.

• • •

좌수영 앞바다 돌산도에서 환자들을 돌보고 있던 은동은 갑자기 어지러움을 느끼면서 그 자리에 털썩 넘어졌다. 오엽이 놀라 얼른 은동을 일으켰지만 은동은 눈이 뒤집힌 채 정신을 차릴 줄 몰랐다. 환자들은 큰일이 났다고 아우성을 쳤다. 멀리 금강산에 가 있는 태을사자가 주문을 외워 은동의 혼을 잠시 데리고 간 사실을 그들이 알리가 없었으니…….

오엽은 의원 나으리가 과로하여 저리되었다고 슬퍼하며 다른 사람들을 가까이 오지 못하게 했다. 오엽은 건장한 난민 두어 명의 도움을 받아 은동의 몸을 좌수영으로 옮겼다.

이순신과 나대용, 정운 등도 은동의 모습을 보고 놀랐다. 이순신은 은동이 무지한 난민들을 치료해주다가 과로하여 쓰러졌다는 말을 듣고 감동을 받은 듯 극진히 간호하라는 명을 내렸다.

은동은 좌수영의 거처로 옮겨졌고 오엽의 극진한 간호를 받게 되었다. 오엽은 은동의 곁에 붙어서 밤이고 낮이고 떠나지 않았다.

단걸음에 둔갑법을 써서 전라도까지 내달아 온 흑호가 좌수영으로 뛰어든 것은 은동이 쓰러진 뒤의 일이었다. 오엽은 항상 은동의 옆을 떠나지 않았는데, 그때는 잠시 밖으로 이유도 없이 나가 있었다. 오엽이 나간 직후 흑호는 둔갑법을 쓴 채로 거처에 들어가면서 소리쳤다.

"야야, 은동아! 큰일여! 네 아버지가……."

그러다가 흑호는 은동이 기운을 잃고 쓰러져 있는 모습을 보고는 크게 놀랐다.

'어이쿠! 이거 은동이가 아픈가?'

가만히 보니 은동은 아픈 게 아니라 혼이 빠져나간 상태 같았다. 조금 더 살펴보니 은동의 발목에는 태을 사자가 주었던 통천갑마가 매어져 있었다.

'으흠, 그럼 이거 태을 사자가 은동이 힘이 필요해서 데리고 갔구먼. 아이구야, 왜 하필 이럴 때에……'

자칫 지체하다가는 강효식이 고니시에게 죽을 것 같았기에 서둘러 왔는데, 하필 또 이런 때 은동의 혼을 태을 사자가 데리고 갔다니. 흑호는 답답해서 가슴을 주먹으로 두들겼다.

어떻게 해야 하는지 알 수가 없었지만 흑호는 침착해지려 했다. 당장이라도 태을 사자와 은동이를 찾아가고 싶었지만, 눈여겨보니 은동의 몸과 이순신을 지키는 자가 없었다. 마수 하나라도 들이닥치면 이순신만이 아니라 은동의 몸까지 날아갈 판이라 흑호는 결정 내리기가 여간 힘든 것이 아니었다.

흑호는 잘 돌아가지 않는 머리를 필사적으로 돌린 끝에 은동에게 주었던 을척을 꺼내 흔들었다. 그러자 독각 도깨비가 나타났다.

"어이구, 주인이 자주 바뀌네유……."

놈이 나타나자마자 능청을 피웠지만 흑호는 냅다 소리를 질렀다.

"이놈! 여기서 눈 한번 떼지 말고 잘 지켜. 그러구 이상한 기운이 느껴지면 바로 나를 찾아 전달하구!"

"뭘 지키라는 말씀인뎁쇼?"

"여기 말여! 그리고 만에 하나 마기나 요기가 느껴지면 당장 나에게 기별하구. 내가 올 때꺼정 무슨 수를 써서라도 그것을 막으란 말여! 도깨비들이나 뭐나 있는 대로 불러서!"

"어디로 기별을 하면 되는뎁쇼?"

"이눔아! 나두 몰러! 네가 찾아내!"

흑호는 그 말만 남기고는 은동의 몸을 안고 퍼뜩 둔갑술을 써서 사라졌다. 처음에는 은동의 몸을 놓고 갈까 했지만 그러면 은동을 찾은 다음에 다시 은동의 혼을 데리고 와야 하지 않겠는가? 그래서 흑호는 은동의 몸을 안고 가기로 했다. 혼자 남은 독각 도깨비는 눈만 끔벅거리면서 텅 빈 방을 둘러보다가 중얼거렸다.

"지켜? 기냥 지키면 되는 건가? 제기럴, 이거 지루하구먼."

그때 은동이 있던 방문 밖에서 섬뜩한 기운이 느껴졌다. 무엇인가 기 있는 것 같았다. 독각 도깨비는 원래 겁이 별로 없었지만, 밖에서 느껴지는 무엇인가는 자신과는 비교도 되지 않을 만큼 무시무시한 기운을 내뿜고 있었다. 독각 도깨비는 겁이 났지만 고개를 갸우뚱하면서 슬며시 방문 쪽으로 다가가 문틈으로 눈을 들이밀었다.

은동은 한동안 어리둥절하여 주위를 둘러보았다. 자신은 분명 돌산도의 난민들을 치료하고 있는 참이었는데, 지금 눈에 보이는 풍경은 돌산도의 모습이 아니었다.

'뭘까? 또 무슨 일이 벌어진 걸까?'

은동이 어리둥절해 있는데 낯익은 목소리가 들려왔다.

"은동아."

은동이 고개를 들어보니 태을 사자의 음성이었다. 은동은 그제야 태을 사자가 자신을 이리로 불러왔다는 사실을 깨달았다.

"사자님, 무슨 일인가요? 아이구……. 이렇게 갑자기 부르시면……."

"미안하구나. 그러나 일이 급해서 말이다."

"뭐가 어떻게 된 거예요?"

"사정이 급하구나……."

태을 사자는 급히 전심법으로 은동에게 지금의 상황을 일러주었다. '려'를 추적하여 이제 막 잡으려는 순간인데, 승려들이 아무것도 모르고 그리로 가고 있으니 막아달라는 사정을 듣자, 은동은 고개를 갸우뚱하면서 그쪽을 바라보았다. 그리고 승려들의 모습에서 낯익은 얼굴을 발견하자 은동은 앗 하고 소리를 쳤다.

"어, 무애 스님이에요. 제 은인이고 유정 스님의 제자이신데……."

"그러냐? 어찌되었건 네가 애써주어야겠다. 저 스님들이 그리로 가면 위험하단다. 더구나 자칫하면 려를 놓칠 우려도 있고……."

"그럼 가야죠."

은동은 몸을 일으켰다. 그러나 은동의 몸은 영혼만 있었기 때문에 몸을 일으키는 순간 몸이 공중에 붕 떴다.

그 모양새를 보고 태을 사자가 탄식했다.

"아차!"

"예?"

"너는 지금 영혼만 있지 않으냐? 그러면 말을 걸어보아야 저 스님들이 알아듣지 못할 것인데……."

"아이구, 그러면 어떻게 하죠?"

태을 사자는 머리를 굴렸다. 지금 은동의 몸을 가지고 오기에는 시간이 늦었다. 승려들은 조금만 있으면 '여기'가 뿜어져 나오는 동굴에 들어갈 판이었던 것이다. 태을 사자는 불안하기는 했지만 과감한 결단을 내렸다.

"할 수 없다. 저 승려들보다 우리가 먼저 치고 들어간다! 은동아, 우리는 인간들에게 어떤 영향을 끼칠 수 없으니 네가 저 승려들을 들어가지 못하게 해라. 어떻게든 말이다. 알겠니?"

"네……? 네, 알았어요……."

태을 사자는 사방에 모인 저승사자들에게 신호를 하며 쏜살같이 동굴 안으로 들어갔다. 그리고 은동도 급히 무애의 뒤를 따라갔다. 은동은 영혼만 빠져나가 있었지만 술법이 그리 능하지 않아서 무애의 뒤를 따라잡는 것만도 시간이 걸렸다. 간신히 무애를 따라잡은 은동은 무애의 앞을 막아서고 소리를 쳤다.

"가면 안 돼요! 스님! 가면 안 돼요!"

그러나 무애와 승려들의 몸은 은동의 앞으로 거침없이 다가왔다. 은동의 영혼이 보이지 않았으니 낭연한 일이었다. 앞을 막아서고 싶었지만 그러면 자신이 승려들의 몸을 쑥 그대로 통과하여 지나치거나 승려들의 혼과 부딪힐지도 몰라 두려워서 은동은 그렇게 할 수가 없었다.

'아이구, 어떻게 하지?'

은동은 발을 구르다 묘안을 떠올렸다. 은동은 오른손에서 육척홍창을 쓱 뽑아낸 다음 힘을 주어 주변에 있는 바위를 툭 건드려 보았다. 육척홍창도 물론 영적인 물건이었지만 거기에는 법력이 깃들어 있었기 때문에 힘을 받은 바위가 덜컥하고 움직였다.

은동은 됐다 싶어서 얼른 무애의 앞으로 돌아가서 육척홍창으로 땅을 파서 흙을 뿌렸다. 난데없이 흙 세례를 받은 무애와 승려들은 깜짝 놀랐다.

"이게 뭐지?"

은동은 다시 흙을 뿌렸다. 그러자 겁 많은 승려 하나가 몸을 부르르 떨었다.

"이…… 이 밝은 대낮에 무슨 변고입니까? 사형, 귀신의 장난 아닐까요?"

'귀신이라. 하긴 나는 지금 영혼만 있으니 귀신이나 마찬가지겠구나. 맞아요, 스님. 귀신 장난이에요. 그러니 제발 가지 말라구요.'

은동은 승려들에 겁을 주려고 여러 번 흙을 뿌려 던졌다. 승려들은 겁에 질렸으나 어느 정도 법력이 있는 무애는 한바탕 껄껄 웃으며 말했다.

"귀신이면 우리를 어쩌겠느냐? 불법에 몸담은 승려를 감히 귀신 따위가 해칠 수 있을 것 같으냐?"

"하지만……."

"우리는 돌림병의 사악한 기운을 막으러 가는 것인데, 그 정도 일로 겁을 먹어서야 쓰겠느냐? 껄껄……."

그러면서 무애는 겁도 없이 멈추지 않고 동굴로 걸어갔다. 이를 본 은동은 애가 탔다. 안 그래도 벌써 동굴 안에서는 사람에게는 보이거나 들리지 않을 것이지만, 호통 소리와 법력을 쓰는 기운이 솟구쳐 나오고 있었다.

유정 스님이나 김덕령, 곽재우 정도라면 몰라도 무애 정도의 법력으로 그 싸움에 말려들었다가는 즉사하고 말 것이었다. 할 수 없이 은동은 무애의 앞에 서서 육척홍창으로 땅에 글자를 썼다.

"사…… 사형! 무애 사형! 저…… 저기! 저기!"

땅바닥에 저절로 써지는 글자를 먼저 발견한 승려 하나가 주저앉으면서 소리를 질렀다. 어지간히 담력이 큰 무애도 그것을 보고는 깜짝 놀랐다. 땅바닥에 저절로 글씨가 새겨지고 있는 것이 아닌가!

"불입不入? 가면 안 된다고?"

"무애 사형! 돌아가십시다! 이런 일은 본 적이 없다구요!"

그러나 무애는 흥 하고 크게 코웃음을 치고는 단단히 버티고 서서 호령을 했다.

"너는 누구냐? 무엇인데 앞길을 막는 것이냐!"

'음냐……? 나는 은동이에요! 은동이!'

은동은 물론 그렇게 말할 수가 없었다. 조금 생각하다가 은동은 꾀를 내어 이렇게 썼다.

'나는 산신령이다.'

그것을 보고 무애는 고개를 갸우뚱하며 물었다.

"산신령이라면 어찌하여 이런 해괴한 짓을 하시오?"

은동은 즉각 대답했다.

'위험을 경고하기 위해서다.'

"정말 산신령이시오?"

무애의 사제로 보이는 다른 승려가 말하자 은동은 은근히 재미가 생겨서 다시 썼다.

'대낮에 잡귀가 나오는 것을 보았느냐?'

"그건 그렇소. 사형, 산신령이 맞는 것 같구려."

"그런데 무슨 위험이 있다는 것이오?"

무애가 묻자 은동은 급하게 휘갈겨 썼다.

'이곳에서 일다경一茶頃(차 한 잔 마실 시간)만 기다리면 가르쳐주마.'

"여기서 기다리라고요?"

'그렇다.'

"도대체 이유가 무엇이오?"

은동은 답답해졌다.

'아이구, 답답해라! 어떻게 그걸 다 이야기한단 말이에요!'

마수의 이야기를 다 해줄 시간도 없었을뿐더러 이야기해서도 안 되기 때문에 은동은 할 수 없이 말을 지어냈다.

'지금 저 앞에서 산신과 요물 간의 싸움이 있다. 그러나 너희는 끼어들 수 없으며 위험하니 일다경만 기다려라.'

대강 지어낸 말이었지만 무애는 그것을 보고 그럴 수도 있겠다고 생각했다. 자신들도 심상치 않은 기운을 느끼고 그것을 물리치러 온 것이 아닌가?

'혹시 이 존재가 요물은 아닐까?'

하지만 만약 자신의 눈앞에 있는 존재가 요물이라면 자신들을 벌써 해쳤을 것이라고 무애는 생각했다. 그렇게 하지 않았으니 이 존재가 악의를 가진 것 같지는 않았다.

"좋소. 여기서 일다경만 기다리리다. 그러나 일다경이 지나도 소식이 없으면 요물이 이기고 있다고 보고 우리도 들어가겠소. 요물이건 마귀건 부처님의 법력 앞에는 당할 수 없으리라 여기오."

그 말을 듣고 은동은 아차 싶었다. 일다경이 아니라 사오다경 정도로 해둘 것을……. 하지만 이미 한 말을 물리는 것은 산신령답지 않았기 때문에 은동은 짧게 답했다.

'좋다.'

무애는 그 자리에 승려들을 앉게 한 다음 법문을 외우기 시작했다. 뒤의 승려들은 기가 질리고 무섭기도 하여 벌벌 떨고 있었으나 무애는 태연했다. 은동은 안도의 한숨을 내쉬었다. 일단 무애 일행을 잡아놓았으니 다행이라 여기면서…….

그런데 다음 순간, 동굴 안에서 저승사자 하나가 펑 하는 소리와 함께 튀어나왔다. 은동은 그 모습을 보고 태을 사자가 아닌가 하여 깜짝 놀라 몸을 이동시켰다.

그 사자는 힘을 잃고 허공에 둥둥 떠 있었는데 다행히 태을 사자는 아니었다. 그러나 사자의 모습은 정말 끔찍했다. 인간처럼 피를 흘리는 것은 아니었지만, 온몸에 조그마한 구멍이 잔뜩 뚫려 벌집같이 된 모습은 참혹하기 그지없었다.

'아이구, 저 안의 마수가 굉장히 센가 보다! 태을 사자에게 무슨 일이 생기면 어쩌지?'

은동은 부상당한 사자에게 마수에 대해 물어보려 했지만, 사자는 그럴 겨를도 없이 몸을 부르르 떨고 투명해지며 사라졌다. 소멸된 것이다. 은동은 두려웠지만 더이상 방관할 수가 없어서 육척홍창을 몸 안으로 회수하고 유화궁을 꺼냈다.

혼만 빠져 왔어도 은동이 지닌 물건 중 영력을 지닌 물건은 그대로 따라왔다. 즉 원래 사계의 물건이었던 화수대와 그 안에 든 물건 중 사계의 두루마리, 유화궁 등등은 따라온 것이다. 물론 생계에서 훔쳐 온 약장 등의 물건은 없어져 있었다.

은동은 화수대 안에 을척이 보이지 않는 것을 알았지만 을척도 생계의 물건이니 그랬겠다 여기고 유화궁을 꺼내 들고 동굴 안으로 들어갔다.

동굴 안으로 들어서는 순간 은동은 깜짝 놀랐다. 밖에서 보기보다 무척 넓었는데, 그 안에서는 지독한 싸움이 벌어지고 있었다. 태을 사자가 데려온 대여섯 명의 저승사자들은 모조리 중상을 입고 한편 구석에 떠다니고 있었다. 태을 사자는 백아검을 쥔 채 벽을 등지고 있었는데 그 얼굴에도 긴장감이 서려 있었다.

앞에는 홍두오공만큼이나 거대한 검은 덩어리가 떠 있었는데 인간과 비슷해 보였다. 은동은 놀라서 그 광경을 바라보다가 용기를 내려 애썼다. 지난번 한산대첩 이후로 은동의 용기는 퍽 줄어들었지만 은동은 억지로 애를 써서 증성악신인의 주술을 써서 화살 한 대를 손에 쥐었다.

은동이 동굴에 들어온 것을 보고 태을 사자는 놀라서 소리를 질렀다.

"은동아! 어서 나가라! 저놈은……!"

"염려 마세요!"

은동은 소리를 치면서 재빨리 화살을 쏘아 붙였다. 비록 성성대룡의 술수는 다 써버렸지만 이 한 방으로 놈에게 큰 타격을 입힐 수 있으리라 믿었던 것이다. 그런데 놀라운 일이 벌어졌다.

은동의 화살은 놈에게 맞았지만 놈의 몸을 그대로 스르르 통과해 버리지를 않는가. 그 자리에 구멍도 나지 않았고, 놈은 마치 아무것도 맞지 않았다는 듯 멀쩡한 모습이었다.

은동은 놀라서 입을 딱 벌렸다. 려는 은동 쪽으로 고개를 돌리더니 음산한 목소리로 웃었다. 그런데 이상했다. 놈은 입이 없는데도 웃음소리를 낸 것이다. 그것도 전심법 같은 마음으로 울리는 소리가 아니라 실제의 소리를……. 소리는 놈의 입이 아니라 온몸에서 울려 퍼지는 듯했고, 한 놈에게서 나는 소리가 아니라 여럿이 내는 소리처럼 웃음소리에 층이 져 있었다.

은동은 놈이 노려보자 몸이 얼어붙을 것 같았지만 거리가 한참 떨어져 있었기 때문에 안심하고 태을 사자에게 소리를 쳤다.

"사자님! 전 괜찮아요!"

"은동아! 어서 피해! 네가 당할 놈이 아니다! 놈의 몸은……."

순간 놈은 은동을 향해 팔을 주욱 뻗었다. 그 팔은 순식간에 수없이 많은 조각으로 나뉘면서 은동을 향해 돌개바람처럼 달려들었다!

은동은 기겁을 하여 하마터면 기절할 뻔했지만 자신도 모르는 새 비추무나리의 술법을 외웠다.

'비추무나리!'

주문을 외운 지 찰나도 지나지 않은 눈 깜짝할 사이, 은동의 몸에 수없이 많은 타격이 와르르 쏟아졌다. 하나하나의 타격도 작지 않은 것이었는데, 은동의 온몸에 무수한 타격이 바늘처럼 파고들며 쏟아져 들어왔다.

려는 하나의 마수로 된 존재가 아니었다. 놈은 수억 마리의 작고 작은 벌레(여충癘蟲) 같은 것이 모여서 이루어진 존재였다. 그러니 화살이나 검 같은 무기들이 전혀 소용없는 것이 당연한 일이라 법력이 막강한 태을 사자도 고전을 면치 못하고 있었다.

비추무나리의 방어를 입고 있어 직접 타격을 받지는 않았지만 은동의 몸은 바위벽에 묻힐 정도로 밀려났고, 은동은 기절할 듯이 놀랐다.

"은동아!"

태을 사자는 백아검을 휘두르며 소맷자락을 떨쳐내었다. 그러자 검에서 안개 같은 것이 뭉텅 쏟아져 나와 은동의 주변에 맴돌던 여충들을 밀어냈다. 그 일격으로 수백 마리의 여충들이 죽어 땅에 까맣게 떨어진 뒤 곧바로 소멸하였으나, 이 공격으로는 겨우 놈의 털 하나를 뽑은 정도밖에는 타격을 주지 못했다.

그사이 태을 사자는 번개같이 은동의 몸을 끼고 원래의 위치, 즉 부상 입은 다른 저승사자들의 앞을 막아선 자세로 돌아왔다.

"다치지는 않았느냐?"

"예……. 술법으로……."

려는 은동이 자신의 일격을 몸으로 버텨낸 것을 보고 호기심이 생기는 모양이었다. 두 가지의 말이 동시에 섞여서 들려왔다.

"거 대단하군!"

"꼬마 녀석이 상당하구나."

려가 잠시 주춤하자 태을 사자가 전심법으로 속삭였다.

"이거 야단이구나. 놈의 법력은 그리 대단한 것은 아니지만 몸이 수억 마리의 벌레로 되어 있어 모두 없앨 방도가 없다. 역귀에서 흑역귀로 변한 것이 다시 충역귀蟲疫鬼로까지 간 놈이야. 너 그런데 왜 성성대룡의 술법을 쓰지 않았느냐?"

은동도 급히 마음속으로 외쳤다.

'마수들과 싸우느라 다 써버렸어요!'

"큰일이구나. 놈을 한 번에 해치우려면 불로 태워야 하는데……. 하다못해 묵학선만 있었어도……."

태을 사자는 사계의 음기로 이루어진 존재라 불과는 상극이나 다름없었다. 그러니 불을 피울 수도 없었으며 불로 이루어진 술수를 쓰지도 못하는 것이다. 염왕령을 사용하여 저승사자들을 더 불러 모은다 해도 희생자만 늘어날 뿐, 전혀 도움이 될 것 같지는 않았다.

'흑호라면 생계의 존재이니 불을 쓸 수 있지 않을까? 흑호가 있었다면……'

태을 사자는 하는 수 없이 부상을 입은 저승사자 중 비교적 상세가 경미한 자 하나에게 급히 말했다.

"자네, 어서 조선 땅 금수의 우두머리인 흑호를 찾아오게! 내 말을 한다면 즉시 달려올 것이니, 어서 서두르게!"

부상 입은 저승사자가 즉시 나가려 하자 려가 소리쳤다.

"어딜 도망가려구!"

려는 우르르 수없이 많은 여충을 저승사자의 뒤로 내쏘았으나 태을 사자는 예의 검은 안개를 내쏘아 간신히 공격을 막아내었다.

'시간이라도 끌자!'

태을 사자는 그렇게 생각하고는 백아검을 평소와는 다르게 엄청난 속도로 돌렸다. 그러고는 대뜸 은동에게 속삭였다.

"은동아, 내 뒤에 바짝 붙어라!"

말을 마치기 무섭게 태을 사자는 왼손으로 무시무시한 검은 안개를 연속 세 방이나 내쏘았다. 강력한 풍압에 밀려 려가 잠시 비틀하자 태을 사자는 출구 쪽을 막아서고는 더욱 무섭게 백아검을 회전시켰다. 려는 화가 난 듯 여충을 태을 사자에게 내쏘며 소리를 질렀다.

"썩 비키지 못해!"

"모조리 없애주겠디!"

태을 사자는 있는 힘을 다해 회전시킨 백아검으로 려의 공격을 막았다. 팅팅팅 하며 콩 볶은 소리 같은 것이 들리면서 삽시간에 수백 마리의 여충이 태을 사자의 검을 뚫지 못하고 잘리고 부서져서 사라져갔다.

"훌륭한 수법이군! 그러나 이것도 당해내나 보자!"

려는 버럭 소리를 지르면서 몸 전체를 위쪽으로 솟구쳐 올렸다. 뭉클 하며 려의 몸이 마치 살아 있는 액체처럼 꿈틀하더니 삽시간에 일곱 줄기로 나뉘어 사방에서 태을 사자를 덮쳤다.

태을 사자도 지지 않고 있는 법력을 모조리 백아검에 끌어넣어 허공에 백아검을 던지면서 양손으로 검은 안개를 내쏘았다. 두 줄기의 여충이 안개에 밀려 흩어지면서 다섯 줄기의 여충이 덮쳐들었지만 백아검은 회전하면서 태을 사자의 몸 전체를 싸고 위성처럼 돌며 나머지 공격을 튕겨내었다.

그 뒤에 숨은 은동도 열심히 유화궁을 휘둘러 몇 마리 스며드는 여충들을 쳐냈다. 비록 려의 공격을 막아내었지만 법력의 소모가 막심하여 태을 사자는 안색이 점차 희게 변해갔다. 그것을 보고 려가 껄껄 웃으며 층진 목소리로 떠들어댔다.

"그래서 얼마나 더 버틸 수 있겠나?"

"저놈 법력은 이제껏 내가 본 자들 중 가장 높구나."

"하지만 나에게는 이길 수 없어."

"어서 비키는 것이 어때?"

법력의 소모가 커서 얼굴빛이 변했지만 태을 사자의 눈은 번득이며 빛나고 있었다. 태을 사자의 머릿속에는 오로지 두 가지 생각만이 맴돌았다. 첫 번째는 시간을 끌어 흑호가 오기를 기다려야 한다는 것이고, 두 번째는 놈에게서 어떻게든 마수들이 꾸미는 음모를 알아내야 한다는 것이었다. 순간 태을 사자는 려의 모습에서 떠오르는 것이 있었다.

'놈은 수많은 여충으로 이루어진 존재다. 그렇다면…….'

그리 생각한 태을 사자는 난데없이 려에게 소리쳐 물었다.

"네놈이 조선 땅에 역병을 일으킨 놈이 맞지?"

"무슨 소리냐?"

"시간을 끌려는 것이냐?"

"대답할 수 없다!"

동시에 나온 대답이었지만 태을 사자는 놈에게서 갈린 대답이 나오는 것을 놓치지 않았다.

"네놈은 조선 땅에 온 마수들 중 가장 낮은 녀석이지?"

그러자 처음으로 엇갈린 대답이 나왔다.

"무엇이? 저놈이!"

"대답할 수 없다!"

"아니다! 나는……!"

'틀림없다! 놈은 수없이 많은 존재가 쌓여서 된 놈. 당연히 의식이 여러 개 있을 것이다. 놈을 혼란시켜서 일사불란하게 움직이지 못하게 해야 한다! 그러면 놈은 멍청한 짓밖에 하지 못할 것이다. 하나의 의식으로 합쳐지면 또렷한 생각을 하겠지만 여럿인 상태에서는 분별이 없을 것이다!'

"네놈은 너무 약하고 잡다해서 마계의 계획 같은 것은 하나도 모르겠구나!"

"무슨 소리냐! 다 알고 있다!"

"넘어가지 마라! 놈은 우릴 이용하려고 한다!"

"내가 약하다고? 맛 좀 볼 테냐?"

태을 사자의 물음에 놈에게서는 세 가지 대답이 나왔다. 그리고 한줄기의 공격이 태을 사자에게 날아왔지만 일부분만의 반응이어서인지 그리 강하지는 않았다.

려의 공격을 막아낸 태을 사자가 소리쳤다.

"하나로 뭉쳐서 공격을 해야 효력이 있을걸!"

"맞아! 그렇다!"

"아니야! 적의 말은 믿을 수 없다!"

"적이지만 말은 맞다!"

"놈은 우리를 노리는 거라구!"

려의 의견은 점점 갈리는 것 같았다. 예상보다도 좋은 결과였다. 조금만 더 하면 놈에게서 정보까지도 얻어 들을 수 있을 것 같았다. 태을 사자는 조금 더 넘겨짚기로 했다.

"네놈들이 병을 다 퍼뜨린 다음이면 아마 모두 죽임을 당할걸? 혹무유자 놈이 너와 조선을 바꾸기로 했단 말이다."
"헛소리 마라!"
"흑무유자 님이 어찌 너 같은 놈과 거래를 한단 말이냐!"
"어어……. 그럴 리가……."
다시 혼란스러운 소리가 나오는 것을 듣고 태을 사자는 틈도 주지 않고 외쳤다.
"흑무유자는 마계에서 쫓겨나 갈 데가 없는 처지이다! 놈은 마계로 돌아가는 대신 너희들 마수들을 우리에게 넘겨주기로 했단 말이다!"
"말도 안 된다! 말도 안 된다!"
"멍청한 소리!"
"저놈이 수작을 부리는 거다! 믿지 마라!"
"흑무유자 님은 우리와 함께 새 세상을 만들기로……."
놈들 중의 한줄기가 악에 받쳤는지 소리를 지르는 것을 태을 사자는 놓치지 않았다.
"인간들의 영혼을 모아 새 세상을 만든단 거냐? 영혼을 증식시켜서? 그게 말이 된다고 여기나?"
"닥쳐!"
"네놈이 뭘 안다고 그러냐?"
"증식시키는 건 아니지만 힘을 떼어 모으면 된다!"
"새 세상은 반드시 온다! 반드시 만들어져!"
려는 점점 혼란스러워져서 의견이 분분해지는 것 같았다.
'힘을 떼어 모은다고? 그렇구나! 역시……!'
"떼어 모은 힘이 너희에게 있느냐? 흑무유자가 모조리 가지고 말 것이다!"

"닥쳐라! 그분을 욕되게 하면……!"

"힘은 이미 배분되었다!"

"더이상의 힘은…… 영혼의 조각은 그분이 가지고 계시다!"

"네놈 따위는 평생을 찾아도 못 찾을 것이다!"

간신히 들려온 작은 소리를 듣고 태을 사자는 흥분했다.

'놈들이 얻어낸 영혼의 힘은 일부는 배분되었지만 대부분 흑무유자에게 집중되었구나! 그리고 그놈은 어디 깊숙한 곳에 숨은 것이 분명하다! 어디에 숨었을까!'

태을 사자는 놈의 말이 틀림없다고 믿었다. 예전에 하일지달이 마수들의 힘이 예상보다 훨씬 강하다고 한 것, 흑무유자가 생계에 내려와 숨어 있다는 것, 그 힘으로 자신들이 말하는 신세계를 창조하려 한다는 것 등등…….

그렇다면 흑무유자만 잡으면 놈들의 모든 계획은 수포로 돌아갈 것이 아닌가! 그런데 놈은 도대체 어디에 숨은 것일까? 그러나 그사이 려에게도 변화가 생겼다.

"다들 닥쳐! 뭐하는 짓이야!"

"입을 놀리지 마라!"

"그래! 입을 놀리지 마라!"

어느새 놈들도 태을 사자의 유도신문에 말려들고 있다는 것을 눈치챈 것 같았다. 갑자기 여충 전체가 부르르 떨렸다.

"입을 다물어라! 다물어라!"

"더이상 말하지 말라! 말라!"

"저놈들을 모두 없애라! 모두 없애라!"

모든 여충이 같은 음조로 주문을 외듯이 말했다. 그것을 보고 은동이 속삭였다.

"놈들에게 두목이 있나 봐요!"

"그래, 벌이나 개미처럼 두목 격인 대왕 여충이 있나 보군!"

하지만 태을 사자도, 은동도 수많은 여충 중에 어느 놈이 대왕 여충인지 알 방법이 없었다. 다음 순간, 모든 여충이 한데 모이더니 무시무시한 기세로 태을 사자를 향해 덮쳐들었다. 도저히 당해낼 수 없을 만큼 흉흉한 기세여서 태을 사자는 얼른 은동을 옆구리에 끼고는 순간적으로 몸을 날렸다.

태을 사자가 다른 편으로 이동한 순간, 려는 몸을 수십 가닥으로 나누어서 태을 사자와 은동을 노리고 덮쳤다. 태을 사자로서도 피할 도리가 없었다.

바로 그때, 은동이 태을 사자의 앞을 막아서면서 비추무나리의 주문을 외웠다. 수십 가닥으로 가해진 공격은 은동의 몸에 부딪혀 팅팅 튕겨 나왔다. 간신히 려의 공격을 막아낸 은동은 울상을 지으며 태을 사자에게 외쳤다.

"이젠 어떡하죠?"

이제 은동은 중간계에서 부여받은 비추무나리의 술법을 세 번 모두 쓴 것이다. 태을 사자는 아무 말도 하지 않고 입술을 악물더니 뒤미처 들이닥치는 여충의 술법을 검은 안개를 뿜어 막아내었다.

려는 태을 사자와 은동을 슬슬 놀리면서 없애려는 듯, 그렇게 치열한 공격을 가하지 않았다. 그러나 태을 사자는 계속되는 려의 공격에 점점 법력이 빠져나가는 것을 느꼈다. 백아검의 회전도 이제는 훨씬 느린 속도가 되었다. 은동도 유화궁과 육척홍창을 빼들고 있는 힘껏 휘둘러보았으나 별 도움이 되지 못했다.

"어떻게 해요?"

"흠……. 흑호를 불러오려면 아직 멀었을 텐데……."

그때 갑자기 동굴 안에 쩌렁쩌렁한 목소리가 울려 퍼졌다.

"은동아아!"

그 소리를 듣고 은동의 얼굴이 환해졌다.

"어! 흑호 아저씨다!"

태을 사자도 놀랐다. 아무리 저승사자를 풀어 부르게 했다지만 이렇게 빨리 오다니? 흑호는 애당초 은동의 몸을 안고 이쪽으로 달려오던 중이었기에 이렇듯 일찍 도착할 수 있었던 것이다.

흑호가 은동의 몸까지 안고 오는 것을 보고 은동과 태을 사자 모두가 놀랐다. 흑호도 은동을 부르며 막 둔갑술을 풀다가 눈앞에 괴이하게 생긴 괴물이 있는 것을 보고 이를 드러내며 으르렁거렸다.

"이눔이……?"

태을 사자가 소리쳤다.

"흑호! 불의 술법을 쓰게!"

"불?"

흑호가 대답하기도 전에 려는 새로운 적의 출현을 느끼고 휙 하니 공격을 가했다. 흑호는 행여 다칠까 봐 은동의 몸을 뒤로 돌렸다. 그리고 어흥 소리를 지르면서 주먹으로 려의 공격을 받아치려고 했으나 려의 공격은 수십 줄기로 나뉘고 말았다.

하마터면 흑호는 여충들에게 벌집이 될 뻔했으나 몸을 다섯 바퀴나 돌려 간신히 피할 수 있었다.

"뭐 이런 게 다 있누!"

"흑호! 불을!"

그러나 흑호는 려의 공격을 피하면서 불만 섞인 목소리로 외쳤다.

"제길! 짐승이 불 쓰는 것 봤수!"

"어허! 이런!"

태을 사자는 낙담한 듯 소리쳤지만 다시 호기 있게 백아검을 치켜들었다.

"하는 수 없군! 하루 종일이 걸리더라도 모조리 없애는 수밖에!"

은동이 자신의 몸을 보고는 외쳤다.

"제가 몸에만 도로 들어가면 불을 피울 수 있어요!"

"그렇구나!"

태을 사자는 고개를 끄덕이면서 려의 공격을 안개로 받아쳤다. 그러고는 흑호에게 눈짓을 하며 은동을 잡고 몸을 날렸다. 흑호도 눈치를 채고는 역시 태을 사자 쪽으로 몸을 날렸다.

려는 새카맣게 몰려들어 방해하려 했으나 흑호가 뿜어낸 강한 바람과 태을 사자의 안개로 밀려났다. 그사이 태을 사자는 재빨리 은동의 혼을 은동의 몸에 밀어넣으며 외쳤다.

"어서 나가서 불을 피워 오너라! 불이 크면 클수록 좋다!"

흑호는 은동의 몸을 동굴 밖으로 집어던지고는 태을 사자와 함께 동굴의 입구를 막아섰다.

"뭐, 저딴 놈이 다 있수?"

흑호가 외치자 태을 사자도 같이 소리쳤다.

"놈은 충역귀일세! 놈이 빠져나가지 못하게 막아야 하네!"

둘은 있는 대로 법력을 일으켜 여충들을 공격했다. 아니, 밖으로 빠져나가려는 여충들을 막아내느라고 있는 힘을 다했다.

비장한 최후

이상한 글씨를 보고 밖에서 기다리던 무애는 갑자기 동굴 밖으로 웬 사람 하나가 굴러 나오자 깜짝 놀랐다.

"저것이 웬 사람인가? 어찌하여 저기에서 나오는 거지?"

이상한 존재와 약속한 일다경의 시간은 아직 다 차지 않은 것 같았지만 무애는 동굴 앞으로 성큼성큼 다가갔다. 그런데 그 안에서 굴러 나온 것은 은동이가 아닌가?

"어럽쇼? 나무아미타불……. 이런 희한한 일이 다 있는가?"

무애는 은동의 몸을 안고 동굴 안을 들여다보려 했으나 안에서는 무시무시한 싸움 때문에 휘휙 미친듯이 바람이 뿜어져 나와 눈조차 뜰 수가 없었다. 그때 은동이 번쩍 눈을 떴다. 은동은 혼이 들어갔다 나왔다 하는 바람에 제정신이 아니었지만 정신을 차리려 애썼다. 은동은 무애가 자신을 안고 있는 것을 보고 소리쳤다.

"무애 스님! 저를 놔주세요!"

무애는 은동이 소리치자 깜짝 놀라며 놓아주었다. 그러자 은동은 부산하게 움직이며 주변에서 나뭇가지 같은 것들을 끌어모았다. 무애는 은동의 행동을 이해할 수가 없어서 물었다.

"은동아? 너는 왜 여기 있느냐? 동굴 안에서 무슨 일이 벌어지고 있지? 그리고 지금 무엇하는 거냐?"

은동은 대답할 여유가 없었다. 은동은 굵다란 나뭇가지를 몇 개 주워 모은 다음에 소리쳤다.

"스님! 화섭자나 부싯돌이 있으세요?"

무애는 얼결에 품에서 불씨를 담은 통을 내주었다. 은동은 그것을 받아 훅훅 불면서 나무에 불을 붙이기에 여념이 없었다.

"은동아, 대답해줄 수 없느냐?"

무애가 다시 묻자 은동은 빠르게 말했다.

"저 안에 요물이 있어요! 그리고 태……."

태을 사자와 흑호가 싸우고 있다고 말하려다가 은동은 말을 멈추었다. 무애가 그것을 알면 안 되지 않는가?

"저…… 산신령이 요물을 상대하고 있는데 불이 필요하대요!"

"요물이라면…… '여기'를 뿜어내는 요물 말이냐?"

"네, 불로 없애야 한대요."

무애는 은동이 무슨 말을 하는지 잘 몰랐지만 아까 이상한 글씨가 저절로 쓰인 것과 합쳐볼 때 좌우간 동굴 안에 초자연적인 존재가 있어서 싸움을 하고 있는 것만은 분명했다. 그런데 은동이가 나와서 어느 한쪽(산신령이건 아니건)을 도우려고 하고 있으니 자신도 그냥 두고 볼 수는 없다고 생각했다.

"그러면 나도 가자꾸나! 나도 그 요기를 느끼고 오는 길이다. 두고 볼 수는 없지."

"네? 아이구, 안 돼요. 스님은……."

"어린 네가 위험을 무릅쓰고 애를 쓰는데 어른이고 하물며 불제자인 내가 그냥 볼 수 있겠느냐? 어서 가자!"

은동은 당황하여 말리려 하였지만 무애는 스스로 불붙은 굵은 나뭇가지 하나를 집더니 뒤편에 있던 승려들까지 손짓을 해서 오게 했다. 은동은 큰일났다 싶었지만 한시가 급한 판국에 무애를 말릴 틈도 없어 하는 수 없이 무애와 함께 동굴 입구로 달려갔다.

"어이쿠! 저 화상들은 뭐유? 동굴 안에 들어왔수!"

흑호는 난데없는 승려들이 동굴 안으로 들어오자 깜짝 놀랐다. 그것을 보자 태을 사자도 당황하여 말했다.

"흑호, 어서 둔갑법으로 몸을 숨기게!"

"제기럴! 버티기도 어려운데 언제 둔갑을 한단 말유!"

하지만 태을 사자가 목숨을 걸다시피해 법력을 쏟아내는 틈을 타서 흑호는 간신히 둔갑술을 써 풍둔법으로 모습을 감출 수 있었다.

동굴로 들어선 은동은 이제는 인간의 몸으로 있는지라 둘의 모습을 볼 수는 없었지만 휙휙 일어나는 바람 소리 등으로 둘이 아직 싸우고 있다는 것을 알 수 있었다.

무애는 동굴로 들어서면서 무척 놀랐다. 수없이 많은 벌레들이 붕붕 날아다니며 형상을 갖추어 뭉치고 흩어지는 모습은 그야말로 끔찍했다.

여충은 생계에 병을 옮기는 존재이니만큼 어느 정도는 물질화되어 있어서 무애의 눈에도 보였던 것이다. 여충이 입구가 막히자 동굴을 빠져나가지 못한 이유 가운데 하나이기도 했다.

"저…… 저놈이 요물이냐?"

"네……."

태을 사자가 은동에게 전심법으로 외쳤다.

"불붙은 나무를 던져라!"

은동이 불붙은 나뭇가지 하나를 던지자 흑호가 그것을 받아 힘을 불어넣었다. 흑호의 법력은 자연계와 조화를 이루는 것이므로 흑호는 바싹 말라붙은 나뭇가지라도 순간적으로는 그 안에 내재한 기운을 극도로 끌어낼 수 있었다. 흑호가 힘을 쏟자 나뭇가지가 순식간에 타면서 불이 무시무시할 정도로 커졌다.

"좋다!"

태을 사자가 순간적으로 치솟은 커다란 불을 법력으로 밀어내자 화아악 하며 불기둥이 여충들 쪽으로 밀려갔다. 여충들은 불기운을 피할 사이도 없이 불길에 휩싸여 삽시간에 새까맣게 죽어서 떨어졌다.

그것을 보고 무애는 뭐가 어떻게 돌아가는지는 몰랐지만 좌우간 자신도 나뭇가지를 던졌다. 그러자 다시 커다란 불기둥이 여충들을 한바탕 휩쓸어갔다.

"벌레들이긴 해도 불제자의 몸으로 살생을 하게 되다니, 허허……."

"저건 벌레가 아니에요. 요물들이에요. 보세요, 아무리 불에 탔어도 죽은 시체조차 안 생기잖아요."

말을 건네면서도 은동과 무애는 정신없이 불붙은 나뭇가지를 집어던졌다. 몇 번을 더 하자 여충들은 상당한 수가 죽어 없어진 듯, 려의 모습이 전보다 절반 정도의 크기로 줄어 있었다. 그것을 보고 은동은 나무가 더 있어야겠다고 생각했다.

"나무를 더 가지고 올게요!"

은동은 외치면서 뛰쳐나가려 했다. 그때 려의 몸이 갑자기 화악 하면서 녹색의 안개 같은 것을 내뿜었다. 은동과 무애가 놀라서 뒤로 주춤 물러서는데, 다음 순간 려의 몸 가운데에서 여충들이 와르르 몰려나와 원래의 크기로 돌아갔다.

"어…… 어떻게 된 거야!"

은동이 소리치자 무애는 미간을 찌푸렸다.

"저 가운데에 벌레들의 어미가 있나 보다!"

무애가 말하는 순간, 려는 이번에는 무애와 은동 쪽으로 여충들을 우르르 쏘아냈다. 흑호와 태을 사자도 미처 손을 쓸 틈이 없었다. 은동은 무의식중에 비추무나리의 주문을 외우려 했으나 주문을 이미 세 번을 다 쓴 터였다.

'아이구!'

그런 은동의 앞을 무애가 막아섰다. 동굴 안을 한바탕 여충들이 휩쓸고 지나가자 뒤쪽에 있던 승려들도 비명을 지르며 쓰러졌다. 그제야 태을 사자와 흑호가 있는 힘을 다해 여충들을 밀어내었으나 이미 때는 늦었다.

무애의 사제 두 명은 온몸이 여충에 뚫려 벌집같이 되어 쓰러졌고 무애도 온몸에 참혹하게 구멍이 났다. 그러나 은동은 무애가 몸으로 감싸주었기 때문에 몇 군데를 다친 것 말고는 크게 부상을 입지 않았다.

"스…… 스님!"

은동이 소리치자 무애는 은동에게 힘없이 웃어 보이며 말했다.

"허허……. 저놈이…… 대…… 대단하구나. 허허……. 정말 그냥 두면 안 될 요물이구나……. 허허……."

그리고 무애는 쿨럭 피를 토하더니 은동에게 속삭이듯 부드럽게 말했다.

"은동아……. 꼭…… 꼭 큰일을 해야 한다. 너는…… 너는 출가하기 전의 아들 녀석을 닮아서 말이야……. 허허……. 알았지?"

무애는 은동을 놓고 껄껄껄 웃었다. 의외의 행동이라 은동과 태을 사자, 흑호뿐만이 아니라 려마저도 놀라서 주춤하는 것 같았다.

"내 이 한몸 바쳐서 요물을 없앤다면 무슨 후회가 있으리? 허허 허."

무애는 온몸에서 분수같이 피를 흘리면서도 껄껄 웃으며 예의 항상 입에 달고 다니던 노래를 부르기 시작했다.

가자가자 같이 가자. 염왕님 전 지옥으로.
네가 온 곳 거기이니 가는 곳도 그곳일 터.
번뇌 많고 죄도 많은 이 화상이 같이 가니
이런저런 원망 말고 벗 삼아서 같이 가자…….

무애는 마지막으로 남아 있던 불붙은 가지를 들고 몸에 대었다. 그러자 승복에 불이 붙어서 몸이 불덩어리가 되었다. 그래도 무애는 노래하는 것과 웃는 것을 멈추지 않았다.

은동은 그 모습을 보고 질려서 몸조차 움직일 수 없었다. 자신도 모르는 사이에 둔갑을 풀고 모습을 드러낸 흑호도 마찬가지였다.

"저…… 저 사람!"

온몸에 불이 붙은 무애가 덩실덩실 춤을 추듯이 다가가자 려는 놀란 듯 여충들을 우르르 내쏘았다. 그러나 태을 사자가 저만치서 검은 안개를 내뿜자 여충들은 태반이 도로 밀려나고 말았다.

또다시 수많은 여충들이 무애의 몸을 뚫었다. 하지만 무애는 조금도 신경쓰지 않는 듯 여충들 사이로 파고들었다. 여충들은 불덩어리가 다가오자 혹은 도망치고, 혹은 무애를 저지하려는 듯 달려들다가 불이 붙어 사라져갔다.

"안 돼요!"

은동이 그제야 소리를 지르자 태을 사자가 외쳤다.

"저 승려가 대왕 여충을 잡았다!"

무애는 려의 안쪽으로 파고들어 안쪽 깊숙이 감추어져 있던 려의 대왕 여충을 잡은 것이다. 이제 무애는 아무것도 보이지 않았고 아무것도 느낄 수 없었지만 본능적으로 커다란 물체가 닿자 그것을 꽉 끌어 잡았다.

려는 마지막 발악을 하는 듯 녹색의 안개를 분수처럼 내뿜었다. 무애의 몸이 밀려나려고 하자 태을 사자는 이를 악물고 법력을 발해서 그것을 막았다. 그때 흑호가 동굴 안이 흔들릴 정도로 큰 소리로 외쳤다.

"뭐하는 거유! 그 사람을 죽일 셈이유!"

"이제 저 화상은 살아나지 못해! 자기 목숨을 바쳐 려를 없애려 했으니 그리해야 할 것 아닌가!"

태을 사자의 말에 려가 기를 쏘자 무애의 불붙은 몸이 떨어져나갈 것 같았다. 이에 흑호도 크게 서러운 듯 포효하고는 법력을 보태어 무애의 몸을 밀어붙였다. 그러나 둘은 이미 끝도 없이 여충들과 싸우느라 법력이 거의 고갈된 상태였기 때문에 제대로 힘을 쓰지 못했다.

"은동아! 활을! 놈에게 활을 쏘아라!"

태을 사자가 크게 외쳤다. 은동이 부여받은 술법은 거의 다 써버렸지만 활 한 번은 쏠 수 있지 않을까 싶었던 것이다. 하지만 은동은 그 비참한 광경을 보고 멍하니 온몸을 떨고 있었다. 한산 해전에서 수많은 군사들이 싸우고 죽는 것을 보고 주눅이 들었던 때와 비슷한 감정이었다. 두렵고, 무섭고……. 아무런 생각도 나지 않았다.

"못 해…… 못 해요……."

"어서! 더 버티기가 힘들다!"

은동은 와락 울음을 터뜨리며 외쳤다.

"어떻게……! 어떻게 무애 스님한테 활을 쏴요!"

어찌할 바를 모르는 은동을 보며 태을 사자가 노여운 듯한 목소리로 소리쳤다.

"너는 저 화상의 죽음을 헛되게 할 셈이냐!"

태을 사자의 호통에 은동은 부들부들 손을 떨면서 유화궁을 꺼냈다. 그리고 마지막 남은 증성악신인의 술수를 써서 화살 한 대를 손에 쥐었다. 그러나 쏠 수가 없었다. 어떻게 자신의 은인인 무애의 몸을 뚫는 화살을 날릴 수 있단 말인가? 그것도 불에 타서 참혹하게 재가 되어가는 무애의 등에…….

은동은 차라리 죽고 싶었다. 왜란 종결자도, 난리도 모두 다 싫었다. 지긋지긋하고 모든 것이 역겹고 피로하기만 했다. 하지만…….

"어서!"

태을 사자의 목소리가 다시 울려 퍼지자 은동은 으아악 하고 고함을 지르면서 유화궁에 화살을 메겨 있는 힘을 다해 쏘았다. 은동의 신력에 유화궁에 깃든 법력, 증성악신인의 술수로 강력한 기운을 품은 화살이 똑바로 날아가 무애와 대왕 여충을 한꺼번에 꿰뚫었다. 그리고 둘의 몸을 끌고 바위벽까지 날아가 박혔다.

활활 타오르는 무애의 몸은 그때까지도 징그럽게 생긴 대왕 여충을 놓지 않았다. 드디어 대왕 여충은 기이한 울림을 내고는 서서히 소멸되어 사라졌다.

대왕 여충은 사라지는 순간 한 번 더 녹색의 안개 같은 것을 뿜어냈다. 무시무시한 냄새가 나는 안개였는데 그 안개는 어쩌고 말고 할 사이도 없이 은동에게 날아가 몸을 감쌌다. 태을 사자와 흑호는 깜짝 놀랐지만 은동은 여전히 몸을 떨며 유화궁을 든 채 서 있었다.

"스…… 스님……."

여충이 사라지자 일단 태을 사자와 흑호는 안도의 한숨을 내쉬었다. 그러다가 흑호는 은동이 울음을 터뜨리며 주저앉는 것을 보고 놀랐다. 은동의 얼굴이 푸르죽죽하게 변하고 있는 것이 아닌가.

"어어어……! 은동이가! 저거 보슈!"

"으음?"

태을 사자와 흑호가 재빨리 달려가보니 은동의 몸은 이미 불덩이같이 열이 나고 있었다.

"이게 뭐유?"

태을 사자는 은동의 몸에서 이상한 기운이 나오는 것을 알고는 놀랐다. 그때 누군가의 목소리가 들려왔다. 은동을 돕기 위해 저승에서 불러왔던 의원의 혼이었다.

"큰일이로군. 이건 저주일세."

"저주?"

"저주도 보통 저주가 아니라 려가 마지막 발악으로 뿜어낸 것일세. 지독하군. 일종의 병에 걸린 것같이 보이는군그래."

"음냐, 그러면 어떡허지?"

태을 사자와 흑호는 놀라 은동의 상태를 다시 한번 가만히 지켜보았다. 이대로 두었다가는 얼마 버티지 못할 듯싶었다. 의원은 은동의 몸을 살펴보고 말했다.

"야단이군. 방법은 한 가지밖에는 없겠네."

"어떤 방법이유?"

"우선 이 아이의 혼을 다시 빼내세. 그래서 몸과 혼을 분리시키면 병은 도지지 않을 걸세."

"그러다가 몸이 망가져버리문 어쩌라구?"

"그러지는 않을 걸세. 이건 일종의 주술에 의한 저주와 같은 병이라네. 몸과 혼의 부조화를 오게 하는 것이니 혼과 몸이 분리되면 악화되지는 않을 걸세."

그 말에 태을 사자는 은동의 혼을 몸에서 빼냈다. 그러고 나서 태을 사자는 흑호에게 말했다.

"자네 은동이의 몸은 어디서 가지고 왔나? 전라좌수영에서 가지고 온 것인가?"

"그렇수."

"흠……. 그러면 도로 가져다두게. 이대로면 더 심해지지는 않을 것이니."

그러자 흑호는 자신이 왜 여기에 왔는지를 기억해냈다.

"아차! 이거 잊고 있었네. 정신이 없어서……. 큰일이 또 있수."

"무슨 일인가?"

"은동이의 아버지가 지금 왜장 고니시에게 잡혔수. 잘못하면 죽을지두 모른단 말유."

"음?"

그 말을 듣고 태을 사자도 놀랐다. 그런데 막 혼이 분리된 충격에서 벗어나 정신을 차린 은동이 그 말을 들었다. 은동은 뛰어오르듯 흑호에게 매달리며 외쳤다.

"네? 아버지가요?"

"그려. 나도 잘은 모르겄지만 정탐을 하러 평양성에 들어왔다가 잡힌 거 같어. 내가 구하구 싶었지만 그건 인간들 일이니 내가 어떻게 할 수가 없지 않니……. 그래서 너라면 될 것 같아서……."

은동이 소리쳤다.

"그러면 어서 가요! 다른 술수는 다 썼지만 염라대왕님이 주신 술수는 있어요! 그걸로 고니시를 죽이면 되잖아요!"

태을 사자가 호통을 쳤다.

"아니 된다!"

"왜요?"

"고니시는 왜장이나 그중에서도 중요한 인물이다. 천기의 흐름에도 영향을 주는 인물일 터, 그를 그러한 술법으로 해칠 수는 없다!"

"싫어요! 없애고 말 거예요!"

"그것만은 아니 된다!"

은동은 화가 치밀어 올랐다.

'나는 도대체 뭐야? 이리저리 왔다 갔다 죽을 고생을 다 했는데……. 호유화도 죽은 것이나 다름없고……. 무애 스님도 돌아가시고……. 게다가 아버지마저도 돌아가실지도 모르는데 무슨 따질 것이 그리 많다는 거야!'

"그러면 술법을 안 쓰면 되잖아요! 활로 쏘든지 주먹으로 때려눕히든지 아버지를 구하고 말 거예요!"

태을 사자는 고개를 저으며 간곡히 은동을 타일렀다.

"힘을 써도 안 되느니! 그 힘이 네가 원래 지니고 있던 힘이냐? 마수들과 싸우는 데 도움이 되라고 삼신대모께서 주신 힘이 아니더냐? 그 힘을 가지고 고니시를 해치는 것은 네가 천기를 어그러뜨리는 결과를 불러일으킬지도 모른다."

"몰라요! 빨리 데려다줘요!"

흑호는 은동이 가엾어서 얼른이라도 평양으로 데려다주려는 듯한 표정이었지만 태을 사자는 단호했다.

"그런 생각을 가지고 그리 간다면 허락할 수 없다!"

"나빠요! 태을 사자……. 어떻게 그럴 수가 있어요! 우리 아버지가 죽을지도 모르는데!"

태을 사자는 고개를 저으며 되받았다.

"은동아, 아직 이해하지 못하는 모양이구나. 그럴 만도 하다만, 너도 차차 이해하게 될 것이다……."

"몰라요! 항상 나중에! 나중에! 나는 왜 이런 일을 해야 하는 거예요! 왜 이런 일에 휘말려서 이렇게 되는 거냐구요! 그깟 일이 뭐가 중요해서!"

"은동아!"

"다 나빠! 다 나빠! 전부 나를 이용하는 거야! 호유화도 죽을 거구! 무애 스님도 돌아가시구! 내가 무애 스님한테 활을 쐈어! 내가 그렇게 만들었어! 태을 사자도 흑호도 삼신할머니도 모두 나빠! 마수들보다 더 나빠!"

은동은 미친듯이 소리치고 발을 구르다가 끝내는 울음을 터뜨렸다. 몸에서 혼이 빠져나간 상태라 눈물조차 흘릴 수 없어서 더욱더 서럽기만 했다.

흑호는 도대체 어떻게 해야 할지 몰라서 쩔쩔매고 있었고, 태을 사자는 그런 은동을 여전히 냉정한 눈빛으로 지켜보며 잠시 생각에 잠겼다.

태을 사자가 입을 열었다.

"우리가 직접 그 일에 개입할 수도 없고 술법이나 힘을 써서도 안된다. 하지만 좋다. 한 가지 방법이 있다."

그러나 은동은 듣지도 않고 울어대기만 했다. 흑호가 오히려 쩔쩔매며 물었다.

"뭐유?"

"우리는 인간사에 개입할 수 없지만 인간은 할 수 있네. 하지만 은동이도 이제는 인간 외적인 힘과 깊이 연관을 맺게 되었으니 개입할 수는 없을 걸세. 그러나 다른 사람들의 힘을 빌린다면……."

"누구 말유?"

"유정 스님과 김덕령, 곽재우 등이라면 도력이 빼어난 사람들이니 은동이가 귀띔만 해주고 자네가 조금 도와준다면 은동이의 아버지를 구할 수 있을지도 모르네."

"시간이 될까?"

"첩자로 잠입했다가 잡혔다면 금방 처형하지는 않을 걸세. 이삼일 정도는 문초를 하겠지. 그러니 그 사람들에게 조력을 구하면 가능할 걸세."

"태을 사자, 댁은 어쩌시려구?"

"나는 원래 생계의 존재가 아니지 않는가? 나도 마음은 굴뚝같으나 내가 직접 도울 수는 없을 것 같네……."

"흠……. 근데…… 그 사람들을 끌어들이면 그것두 천기에 거스르는 일이 되지 않을까?"

태을 사자는 시각을 다투는 일이라 전심법을 써서 한순간에 긴 내용을 흑호에게 전달했다.

"아닐 걸세. 과거 신계의 전언은 더이상 이 일에 대해 아는 사람이 없도록 하라 했네. 하지만 유정 스님과 김덕령, 곽재우, 서산대사 등 몇몇은 이미 왜란 종결자의 일을 알지 않는가? 그리고 그들은 날 직접 보지 못했겠지만 자네와는 마주 앉았던 적도 있네. 그러니 자네가 어서 은동이와 함께 가서 은동이가 그들에게 부탁하도록 하게.

자네가 그 근처로 옮기는 정도의 힘을 빌려주는 것은 별문제 없을 성싶으니."

"그렇구먼! 김덕령 정도라면 왜군 진중이라도 사람 하나 빼내 오는 정도는 문제두 아닐 거야! 내가 둔갑법을 써서 슬쩍 도와준다면 그 주먹에 왜병들이 어찌 당해내려구! 좋수! 역시 태을 사자는 머리가 좋수!"

흑호는 기운을 얻어 울고 앙탈을 부리는 은동의 혼을 휙 들었다. 그러다가 어이없는 듯 말했다.

"그런데…… 은동이가 혼만 가도 이야기가 될까?"

"그것이 문제일세……. 은동이가 이 일에 끼어들려면 당연히 몸을 지닌 채 가야 하는데…… 저 몸으로 제대로 무엇을 할 수 있을지도 의문이며, 자칫하면 놈의 저주가 은동이의 몸을 망치게 될지도 모르네."

그 말에 흑호는 신음 소리를 내며 의원의 영에게 물었다.

"저주를 풀 방법은 없수?"

"모르겠네. 내가 한번 여기저기 알아보지. 사계에도 가보고, 하일지달에게도 물어보고……. 설마 우주 팔계에 저주를 푸는 방법이 없기야 하겠는가만……."

대뜸 은동이 외쳤다.

"갈래요! 아버지는 죽을지도 모르는데…… 나는 상관없어요!"

그러자 의원의 영이 말했다.

"고통이 극심할 것인데…… 참을 수 있겠느냐?"

"상관없어요!"

의원의 영은 고개를 끄덕이며 태을 사자에게 말했다.

"나는 아는 것이 적은 무지한 의원이고 옛날 사람이라 모르네만,

저승에 가보면 방도가 생길 것이네. 나를 보내주게."

의원의 제안에 태을 사자는 두말 않고 의원의 영을 자신의 소매 속에 들어가게 했다.

"은동아, 정 그렇다면 가보거라. 단, 고니시나 다른 자들을 해치지 않도록 주의하여라. 일전에 보니 고니시의 명은 아직도 매우 오래 남아 있다. 절대 술법을 써서는 안 된다. 알겠느냐?"

은동은 대답하지 않았다. 그러자 흑호가 대신 말했다.

"좋수! 그럽시다!"

"그러면 나는 이곳을 수습하고 전라좌수영에 가 있겠네. 이순신을 혼자 놓아두는 것도 불안하니……."

흑호가 막 떠나려는데 태을 사자가 흑호를 부르더니 고개를 갸웃했다.

"그런데 흑호. 은동이의 화살이 원래 이렇게 강했었나?"

"음? 글쎄. 난 모르우. 성성대룡의 술법을 같이 넣었을 때는 강했는데……. 그냥 쏜 것도 상당하네그려."

"상당한 정도가 아닐세. 성성대룡의 술수를 깃들인 것만큼이나 강하더군. 좌우간 어서 가보게."

흑호가 은동을 데리고 떠나자 태을 사자는 허공을 한 번 보고 염왕령을 꺼내 들었다. 조금 있자 몇 명의 저승사자가 달려와서 부상을 입고 부유하고 있던 저승사자들을 거두고 무애의 영혼과 승려들의 영혼, 의원의 영혼까지도 거두어 갔다.

잠시 숨을 고른 후 태을 사자는 저승사자에게 물었다.

"이 주변에 또 다른 요기는 없었나?"

"없었소이다."

태을 사자는 고개를 갸웃했다.

"이상하군……. 아까는 분명 려 혼자가 아니었는데……."

"예?"

"아니, 되었네."

대강 수습을 하고 태을 사자는 좌수영으로 날아갔다. 그래도 태을 사자의 뇌리에는 이해가 되지 않는 부분이 앙금처럼 남아 있었다.

'아까는 그리 강한 놈들은 아니었지만 두 마리의 마수가 더 있었다. 인면지주人面蜘蛛(사람의 얼굴을 한 거미 모양의 마수) 같았는데……. 그놈들은 분명 려를 도와 통로를 열려고 밖으로 나간 것 같았는데 어디로 사라진 것일까? 그리고 은동이의 마지막 화살은 어떻게 그리도 강할 수 있었을까? 애당초 나는 은동이가 화살을 쏘면 법력을 넣으려 했었는데 기세가 강해서 그럴 수도 없었다. 도대체 어떻게 그런 일이 생긴 것일까…….'

이해되지 않는 것이 있었다. 무엇인가가……. 태을 사자는 날아가면서 깊은 생각에 잠겼다.

'뭔가가 있다……. 분명 우리가 눈치채지 못하는 뭔가가 있어. 우리 주변 가까운 곳에……. 도대체 누굴까? 아니, 무엇일까?'

그러다가 태을 사자는 은동의 생각을 하고 한숨을 쉬었다. 사실 그렇게 복잡할 일도 아니었다. 태을 사자가 저승사자 한 명만 보내어 은동의 아버지 강효식의 명을 알아보면 그만이었다. 명이 금방 끝날 것으로 되어 있다면 강효식은 어떻게 되어서도 죽을 것이고, 그렇지 않다면 굳이 이런 애를 쓰지 않아도 살아날 것이었다.

하지만 그렇게 할 수가 없었다. 만약 강효식의 명이 끝나게 되어 있다 해도 은동을 설득할 자신이 없었던 것이다. 태을 사자는 냉정한 저승사자였지만 이승 사람들의 삶의 애착을 누구보다도 잘 알고 있었다.

영혼이 불멸하고 계속 윤회한다고 죽음을 슬퍼하지 말라는 식의 말을 할 수 없었다. 인간이 죽음을 싫어하고 두려워하는 것은 삶에 애착을 가지기 때문이며, 삶에 애착을 가지기 때문에 세상이 유지되는 것이 아닌가?

더구나 태을 사자는 은동이 천기의 돌파구가 될 것이라는 삼신대모의 말을 잊지 않고 있었다. 그렇지만 은동의 상태는 불안해 보였다. 그렇다고 아직 어리기는 하나 엄연한 인격체인 은동에게 이래라 저래라 하거나 원치 않는 행동을 하도록 강요할 수도 없는 노릇이었다.

'안 그래도 은동이는 요 근래 충격을 많이 받은 모양이던데……. 강효식이 잘못되기라도 한다면 은동이는 걷잡을 수 없는 상태가 될지도 모른다. 그러면 안 되는데……'

태을 사자는 은동과 이순신, 그리고 난리를 겪고 있는 수많은 조선 사람들을 떠올리면서 다시 한번 한숨을 쉬었다.

'은동아……. 강해져라……. 강해져야 한다. 너에게 수백만 조선 사람들, 아니 생계 전체의 운명이 걸려 있는지도 모른다. 제발…… 제발 아무 일 없기를……'

태을 사자는 쏜살같이 남서쪽으로 날아가면서 은동의 일이 잘 풀리기를 마음속 깊이 기원했다.

천기를 위하여

다시 사흘이 지났다. 비록 아슬아슬하게 려를 없애기는 했지만 려가 뿌려놓은 역병, 여역의 파장은 컸다. 여역은 조선 땅 전체에 퍼져나갔고, 수많은 사람이 목숨을 잃었다. 병은 조선인과 왜군을 가리지 않고 퍼져나갔으며, 늦더위에 어울려 기세가 한창이었다.

더구나 전란 때문에 환경은 황폐해지고 식량이 부족해 돌림병의 기세는 더더욱 꺾일 줄 몰랐다. 그나마 려가 죽었으니 망정이지, 무찌르지 못했으면 더 큰 돌림병이 계속 돌았을 터였다.

평양성 부근도 예외는 아니어서 한때 번화했던 평양성은 반쯤 폐허같이 변해버렸다. 대부분의 주민은 도망쳤고 이제 평양성은 극소수의 주민과 왜군만이 사는 황량한 성이 되었다. 게다가 포위당해 보급이 끊긴 평양성에는 식량 부족으로 갖가지 참상이 벌어졌다.

그런데 성의 어느 어두운 그늘 아래에 숨어 눈만 빛내는 몇 사람이 있었다. 그들 중에는 몸이 몹시 아파 보이는 아이 하나가 끼어 있었다.

"은동아, 괜찮겠느냐? 몸이 불편해 보이는구나."

말을 건넨 것은 사명대사 유정이었다. 당시 유정은 서산대사의 휘하에서 의병을 일으켜 정탐과 첩보 활동을 펴고 있었다. 강효식도 거기서 활약하다가 평양성에 잠입했는데 그만 잡혀버리고 말았다.

옆에는 김덕령도 있었다. 석저장군으로 알려진 김덕령은 노모 때문에 아직 의병을 일으키지는 못했지만, 오히려 덕분에 짬을 낼 수 있었다. 곽재우도 오고 싶어 했으나 이미 의병을 일으켜 의병장으로 활동하고 있었기 때문에 올 시간이 없었다.

그들 앞에는 왜군이 성안에 설치한 막사들이 늘어서 있었다. 고니시는 명목상으로는 민폐를 줄이기 위함이라고 말했으나 실제로는 병력을 엄하게 관리하기 위한 막사였다.

"포로들이 잡혀 있는 막사가 지쪽이라 하였느냐?"

김덕령이 묻자 은동의 귓가에 흑호가 속삭이는 소리가 들려왔다.

"맞는 것 같어. 그렇다구 혀."

흑호는 범쇠로 둔갑을 하여 은동을 유정에게 데려다주고, 유정의 의견에 따라 김덕령에게 연락을 하여 평양으로 오게 한 것이다. 유정이나 김덕령 둘 다 은동을 데리고 온 범쇠가 사람이 아니라 지난번 만났던 호랑이라는 사실을 알고 있었다.

하지만 그들은 그런 내색을 하지 않았으며 굳이 범쇠가 누구인지 캐물으려 하지도 않았다.

흑호는 은동의 아버지 강효식을 구하려는 마음에 강효식이 왜란 종결자의 일과 깊은 연관이 있으니 반드시 구해야 한다고 말했던 것이다. 그러나 두 사람은 몸도 아픈 어린아이인 은동이 그들의 뒤를 따라오는 것에 찬성하지 않았다. 하지만 그에 대해서는 흑호가 태을사자에게서 답할 말을 배워 온 바 있었다. 은동이 평양 부근에 갔다가 자신의 부친이 잡히는 것을 목격하였다고 말하라는 것이었다. 그 덕분에 은동이 그들의 길 안내를 맡게 되었다. 물론 은동은 안내 역이었지만 실제 평양성 안의 왜군 진지를 본 적이 없었다. 때문에 흑호가 틈틈이 법력을 써 몸을 감추어 허공에서 내려다본 다음 은동에게 전심법으로 길을 일러주고 있었다.

흑호는 이번 일에 직접 개입할 수가 없어서 범쇠로 변한 채 직접 따라갈 수는 없었다. 하지만 곧 둔갑법을 사용하여 허공으로 모습을 감추고 그들의 뒤를 따랐다. 직접 개입은 하지 못한다 하더라도 별일이 생기지 않나 보아야 한다고 여겼기 때문이다. 유정이나 김덕령도 신통력을 쓰는 방수가 있는 것을 꺼리지는 않았다.

"그런데 말이오. 왜란 종결자가 대체 누구요?"

김덕령이 흑호에게 물었다. 흑호는 고개를 저었다.

"미안허우. 그건 알려줄 수 없수."

"흠……. 그렇다 치고, 지금 잡혀 있는 사람들을 구하는 게 정말 왜란 종결자를 돕는 일이 된단 거요?"

"그렇수. 뭐 언뜻 보기에는 연관이 없다고 보이겠지만, 천기는 그런 게 아니라우. 그들을 구하는 게 나중에 왜란 종결자에게 큰 도움이 될 거유."

흑호는 스스로 거짓말을 한다고는 생각하지 않았다. 은동의 아버지를 구하여 은동이 기운을 내게 된다면 분명 왜란 종결자에게도 도움이 될테니까. 흑호가 자신 있게 말하자 김덕령도 이내 고개를 끄덕였다.

그들은 야행복 차림으로 성에 들어오는 장작과 풀 더미를 실은 우차에 숨어 평양성에 잠입하였는데 왜병이 득실거려 낮에는 내내 성

그늘에 숨어 기다렸다. 그렇게 기다리다 보니 어느새 밤이 깊어서 지나가는 사람들의 흔적이 뜸해졌다.

"해가 뜨기까지 얼마 남지 않았으니 속히 움직이자. 갈 수 있겠느냐?"

김덕령이 묻자 은동은 고개를 끄덕였다. 은동은 몸이 좋지 않았지만 아버지의 일을 생각하여 별로 아픈 곳이 없다고 하며 억지로 따라나섰다.

은동이 아무 말도 하지 않은 탓에 유정과 김덕령은 은동이 조금 몸이 불편한 줄로만 알았지, 그토록 지독한 려의 저주에 걸렸다고는 짐작도 하지 못했다.

"가만."

김덕령이 은동과 함께 그늘에서 나가려는 찰나 유정이 김덕령을 제지했다. 조금 소리를 죽이고 기다리자 왜군 몇몇이 긴 창을 들고 지나가는 모습이 보였다. 그것을 보고 유정은 고개를 끄덕였다.

"평양성은 변변히 보급조차 받지 못할 텐데……. 제법 군기가 엄정하구려."

그러자 김덕령이 물었다.

"대사께서는 이미 의병을 이끄시는 몸이니……. 이런 일은 괜찮으시다면 제가 해결하면 안 되겠습니까?"

"아니외다. 강 공(강효식)은 군무에 경험이 많고 임기응변에 능하여 우리 의병에게는 없어서는 안 되는 분이오. 그런 분을 구하는 일이니 빈승이 직접 나서는 것이 옳지요."

유정은 평양으로 보냈던 정탐꾼들이 모조리 잡혀버리자 그들을 구할 겸, 평양의 방어를 확인할 목적도 지니고 온 것이었다.

"그나저나 안으로 들어가기가 쉽지는 않겠소. 문에서 엄하게 보초를 서고 있으니……."

"보초가 별것입니까? 주먹 한 방이면 될 것인데!"

말하면서 김덕령은 주변에 있던 차돌멩이 하나를 주워서 꽉 쥐었다. 그러자 놀랍게도 그 돌은 손안에서 부스러져 가루가 되어버렸다. 은동은 그때 려에게서 옮은 병이 위중하여 몸조차 제대로 움직이기 힘들 지경이었고 정신이 오락가락했지만 김덕령의 신력을 보고는 놀라지 않을 수 없었다.

유정이 조용히 웃으며 김덕령을 막아섰다.

"용기는 장하오나 방법이 좋지 못하오이다. 중과부적이란 말이 있지 않소이까?"

"그러면 어떻게?"

"숨어서 들어갑시다."

"좋습니다. 저는 강 공을 뵌 적이 없으니 대사께서 들어가십시오. 제가 보초들을 유인해 왜군들의 눈길을 끌겠습니다."

"그렇게 합시다. 강 공을 구하면 내가 크게 휘파람을 불어 신호를 할 것이니, 그러면 여기를 빠져나가 성문 부근에서 만납시다."

"알겠습니다. 오랜만에 힘 한번 써보겠군요."

"헌데 김 공."

"예, 대사."

"조심하시오. 조총에는 눈이 없는 법이오."

김덕령은 허허 하고 낮은 소리로 웃었다.

"그깟 왜놈들 총알에 맞으면 망신이지요. 조심하겠습니다."

김덕령은 야행복에 딸린 검은 복면을 푹 눌러쓰고 휘적휘적 몸을 당당히 드러낸 채 걸어나갔다. 그러자 진문을 지키고 있던 왜군 보초 몇 명이 어리둥절해했다. 야행복을 입은 것으로 보아 수상하기는 한데, 너무도 태연자약하게 다가오니 혹시 왜군 편의 닌자가 아닌가 싶어 잠시 대응도 하지 못했다.

잠시 후에야 저만치에서 보초가 뭐라고 소리치자 김덕령은 허허 웃으며 돌을 하나 아무렇지도 않게 집어 장난처럼 휙 던졌다. 가볍게 던진 것 같았는데 돌을 머리에 맞은 왜병은 투구와 머리가 동시에 깨지며 즉사했다.

다른 보초들이 놀라 소리를 지르자 김덕령은 껄껄 크게 웃고는 휙 바람같이 다른쪽으로 달려갔다. 그러자 보초들은 한 명만을 남기고 소리를 지르며 달려나갔다.

"기회구나! 가자. 시간이 얼마 없다. 보초를 쓰러뜨려야……."

유정이 말하며 돌을 집어 들려는데 은동이 고개를 끄덕이더니 유화궁을 꺼냈다.

'유정 스님은 살생을 하시지 않겠지? 하지만 난 왜병 놈들을 꼭 죽여야겠어. 나쁜 놈들!'

화수대 속에 들었던 것을 꺼낸 것이지만 유정은 난데없이 조그만 소매 속에서 커다란 철궁이 튀어나오자 조금 놀랐다.

"어허, 그 활이 어디서 났느냐?"

"가지고 왔지요."

"아니, 그게 소매에 들어가느냐?"

은동은 대답하지 않고 역시 화수대에 넣어두었던 긴 화살 하나를 꺼내어 휙 쏘았다. 피르르 하고 화살이 무섭게 날아가자마자 한 놈 남았던 보초가 그 자리에서 거꾸러지고 말았다.

은동은 그동안 참았던 화를 화살을 통해 푼 것이었는데 화살이 턱 맞는 소리가 나자 자신도 모르게 가슴이 뜨끔했다. 하지만 유정은 은동의 활솜씨와 화살의 위력이 대단하다는 것을 보고 크게 놀랐다.

"허허, 대단하구나. 무슨 술법이냐?"

그제야 은동은 유정이 보는 앞에서 화수대를 쓴 것을 깨닫고 당황했다.

"어어…… 이…… 이건……."

유정은 웃으며 말했다.

"네가 보통 아이가 아니란 것은 안다. 신력에다가, 저승사자와 도통한 호랑이를 부리고, 무기조차 마음대로 늘이고 줄이는 경지니……"

유정은 이미 은동이 특별한 아이라는 것을 눈치채고 있었던 것이다. 그러자 은동은 겸연쩍기도 하고 자기도 모르게 마음이 가벼워져서 말했다.

"전 이거 말고도 누구든 소리도 없이 죽일 수도 있어요. 단 세 명밖에는 그리 못 하고 천기에 영향을 줄 만한 사람은 그리 못 하지만……."

"그런 술법이 다 있느냐?"

"그럼요. 염라대왕이 직접 주신……."

말하다가 은동은 그만 입을 다물었다. 그 말까지 할 수는 없었던 것이다. 은동은 이 말을 해서 큰일이 나는 것은 아닐까 조마조마했다. 유정도 놀라기는 마찬가지였다.

'은동이가 사람의 생사여탈권까지 지니고 있다는 것인가? 비록 세 사람뿐이라고는 하나…… 이건 정말…….'

믿기 어려웠지만 이제껏 은동을 보아온 유정으로서는 거짓 같지도 않았다. 하나 그런 생각에 시간을 끌 수 없었다. 은동의 몸 상태가 안 좋으니 몸놀림이 느릴까 봐 유정은 은동을 옆구리에 끼고 날

듯이 진문 안으로 뛰어들었다.

순간 은동의 눈에 자기가 쏜 왜병이 쓰러져 죽어 있는 것이 언뜻 보였다. 사람을 죽였다는 생각에 은동은 눈을 질끈 감았기에 은동이 본 것은 왜병의 앙상한 다리와 발뿐이었다.

"어디로 가야겠느냐?"

일단 늘어선 장막 속으로 들어간 유정이 은동에게 물었다. 은동은 아까 죽은 왜병의 다리만을 떠올리고 있다가 놀라서 흑호를 불렀다.

'흑호 아저씨! 흑호 아저씨!'

그런데 흑호의 대답이 없었다. 은동은 이상하여 유정에게 얼버무렸다.

"저도 더이상은 몰라요……. 여기까지 와본 건 아니거든요."

"그렇겠지. 어디로 가야 한다?"

유정은 조용히 주변을 둘러보았다. 장막 저쪽에서는 아직도 왁자지껄한 소리가 들려오는 것을 보아서 김덕령이 꽤나 크게 일을 벌인 것 같았다. 시간이 더 지나자 왜군 한 소대 정도가 우르르 몰려나가는 것이 보였다.

그것을 보고 은동이 걱정하자 유정은 씨익 웃었다.

"저 정도로 김 공을 당해내려구. 천 명 보내서 오백 명은 죽을 각오를 해야 조금이나마 가능성이 있지."

"석저장군님이 그리 무서운가요?"

은동이 믿기지 않아 물어보니 유정은 웃으며 말했다.

"김 공은 하늘이 낸 역사力士시니라. 옛날 중국의 전설로 전해지는 영웅들도 맨손으로는 호랑이 한 마리밖에는 잡지 못했는데, 김 공은 이미 나이 열서너 살에도 쉽게 해냈고 지금은 순식간에 대여섯 마리는 때려잡을 수 있단다."

『삼국지연의』에 나오는 허저나 『수호전』에 나오는 무송도 호랑이 한 마리를 맨손으로 잡아 천하장사 소리를 들었다는데, 김덕령은 이미 어릴 적에 그 수준을 넘어 지금은 몇 배나 되는 힘을 지닌 것이다. 후에 김덕령은 의병을 일으킬 때 군사들의 사기를 돋우기 위해 그날 바로 산으로 들어가 맨손으로 호랑이 두 마리를 잡아와 힘을 과시하기도 했다. 그러나 은동은 호랑이라 하니 흑호가 떠올라 별로 탐탁지 않았다.

'하필 호랑이를 때려잡는담?'

유정은 강효식이 갇혀 있을 만한 곳을 찾아 은동을 옆에 낀 채로 장막 사이를 누비고 다녔다. 얼마나 다녔을까, 포로들이 갇혀 있음 직한 장막은 여전히 나오지 않았다.

조금 더 시간이 지나자 유정은 초조해졌다. 제아무리 김덕령이라도 수많은 왜병들이 몰려온다면 버티기 어려울 것 같았다. 다시 장막 몇 개를 지나자 이번에는 커다란 장막 하나가 나타났다.

"저 장막은 보통 것과는 달라 보이는구나. 내 살펴볼 것이니 여기서 기다려라."

은동에게 말한 유정의 모습이 스르르 없어졌다. 그것을 보고 은동은 깜짝 놀랐다.

잠시 후에 유정은 저만치 장막의 뒤편에서 모습을 드러내 보였다. 은신술을 사용한 것이다. 흑호나 태을 사자에 비할 바는 못 되었지만 유정도 잠시는 자신의 모습을 보이지 않게 할 술법을 지니고 있었다.

유정이 단도를 꺼내 장막을 찢고 안으로 들어가자 은동은 조마조마한 표정으로 유화궁을 들고 장막 밖에서 혼자 기다렸다. 마음이 불안해진 은동이 다시 흑호를 마음속으로 불러보았지만 여전히 나타나지 않았다.

'이상하다. 흑호 아저씨는 어디로 간 걸까?'

은동이 불안을 참으며 얼마간 기다리자 유정이 나왔다. 유정은 긴장한 얼굴이었다.

"무슨 일이 있으셨나요?"

은동은 반갑기도 하고 유정 스님의 얼굴이 왜 굳어 있나 걱정도 되어 물었다. 유정이 침착하게 말문을 열었다.

"놀라운 것을 보았느니라."

"예?"

"흠……. 나는 기회가 닿으면 고니시를 처치하려 했는데……. 그건 그만두어야겠구나."

"무슨 말씀이세요? 고니시를 그냥 두다뇨?"

고니시는 조선의 원수인데 유정이 왜 그런 말을 하는 것인지 궁금했다. 그런 은동의 표정을 읽은 유정이 말했다.

"고니시가 꾸미는 계획이 조선에 득이 될 것 같아서다. 그건 나중에 이야기하고 어서 강 공이나 찾자."

유정은 그 정도로 얼버무리고 은동을 들어 안은 다음 강효식을 찾아 나섰다. 한참을 헤매자 저만치에서 불길이 솟으며 화광이 충천해졌다.

"어허, 김 공이 불을 지르신 게구나. 내가 너무 시간을 끌어 힘들어하시는 것 같구나."

유정이 초조한 목소리로 말했다. 시간이 너무 흘러버린 것이다. 그때 은동이 약간 이상한 막사 하나를 발견했다.

그 막사는 다른 막사들과 상당히 멀찍이 떨어져 있는데다가 사방에 나무 울타리가 덧대어져서 문을 제외하고는 빠져나갈 곳이 없을 듯싶었다. 그런데 지금 김덕령이 소란을 피워서 대부분의 왜병들이 잠을 설치고 달려나가 진 안에는 보초가 없는 것이나 다름없었다. 그럼에도 유독 그 장막만은 보초들이 눈을 부릅뜨고 조금도 물러서거나 우왕좌왕하지 않고 경비를 서고 있었다.

은동은 호유화의 술법으로 눈이 밝아졌기 때문에 쉽게 알아볼 수 있었다.

"스님……. 저기……."

은동이 손가락질을 하자 유정도 곧 그 막사가 이상하다는 것을 알아차렸다.

"그래, 저기가 필경 포로들을 가둔 곳일 듯하구나. 내 보고 오마."

유정은 은동을 내려놓고 막사 뒤쪽으로 접근하였다. 그리고 보초들에게 달려들어 택견의 수법으로 한 놈의 턱을 갈기고, 놀라서 창을 휘두르려는 다른 놈의 아랫배를 발로 걷어찼다.

마지막 한 놈이 조총을 들이대는 것을 유정은 빙글 몸을 돌리면서 두 발로 연달아 놈의 면상을 걷어찼다. 그러자 세 놈의 보초는 삽시간에 정신을 잃고 쓰러졌다.

유정은 쓰러진 보초들은 돌아보지도 않고 날렵하게 장막 안으로 들어갔다. 은동이 조마조마하게 그 광경을 보고 있었는데 장막 안에서 유정의 목소리가 들려왔다.

"은동아! 여기다!"

"와!"

은동이 기뻐서 막사 쪽으로 달려가려는데 갑자기 은동의 귀에 낯익은 목소리가 들려왔다.

"은동아! 안 뒤어! 가면 안 뒤어!"

'어! 흑호 아저씨!'

은동은 흑호의 목소리가 들리자 깜짝 놀랐다. 흑호의 목소리가 몹시 기운이 없었던 것이다.

'왜 그러세요! 무슨 일이 있나요?'

"은동아! 어서! 어서 도망쳐! 눈을 감고 어서 도망가!"

'뭐예요! 무슨 일이에요!'

"은동아 어서! 아무것도 보면 안 뒤어! 어서 도망쳐! 어서!"

은동은 고개를 저었다.

'아버지가 저기 계시대요! 가야 돼요!'

그러면서 은동이 막사 안으로 뛰어들려는 순간, 은동의 앞에 무엇인가가 털썩 하고 떨어져 내렸다. 그것을 보고 은동은 기겁을 할 듯 놀랐다. 바로 흑호였던 것이다.

"어…… 어째서……."

은동은 더이상 말조차 꺼낼 수가 없었다. 땅에 떨어져 내린 흑호의 위로 유유하게 내려앉고 있는 존재가 있었다. 흑호는 전심법을 쓸 생각도 하지 않고 악을 썼다.

"어여 도망가! 눈을 감구!"

그러나 이미 늦었다. 은동은 보고 말았던 것이다. 차가운 미소를 띠며 쓰러진 흑호의 뒤로 유유히 내려앉는 흰 머리의 여인……. 은동이 꿈에서도 잊지 못하던 호유화였다.

그때 자신의 거처로 정한 평양성 내의 큰 집에서 고니시는 밀사 한 명과 만나고 있었다. 밀사는 조금 서툰 왜국말로 말했다.

"심 대장께서는 조만간 직접 찾아오시기를 바란다고 하십니다."

"그러한가."

"그러나 심 대장의 뜻은 확실하십니다. 이 전쟁은 무의미합니다.

왜국에도, 조선에도, 명국에도 아무런 득을 가져다주지 못하는 전쟁입니다."

"동감이다."

고니시는 한숨을 쉬며 말했다. 지금 말한 자는 명나라 병부상서인 석성의 수족 같은 인물로서, 지난번 고니시가 격퇴한 조승훈 휘하의 명군 속에 끼어 있던 심유경이 보낸 밀사였다.

그는 보통 사람 같으면 감히 엄두도 내기 힘든 계획을 꾸미고 있었으니 그것은 바로 이 전쟁을 어떻게든 조속히 끝낸다는 것이었다.

"허나…… 간파쿠님은 동의하지 않으실 것이고, 간파쿠님의 동의 없이는 전쟁이 끝날 수 없다."

"고니시 님이 애써주시면 가능합니다. 고니시 님, 대체 이 전쟁을 하여서 무엇을 얻는다고 보십니까? 정말 조선을 정벌할 수 있다고 여기십니까? 명국이 그냥 두고 보지는 않을 것입니다. 명군의 정예가 지난번의 조승훈 부대와 같다고 여기시는 것은 아니겠지요? 명국의 군대는 수백만이 넘습니다."

고니시는 다시 한숨을 내쉬었다. 지난번 비록 소수이기는 하나 조승훈이 명군을 몰고 참전하였다는 것은 고니시에게도 큰 불안감을 안겨주었다.

'이제는 정말 이길 수 없다……'고 고니시는 생각하고 있었으며 대부분의 왜군 장수들도 고니시와 의견을 같이했다. 단 한 사람, 아무런 생각이 없는 가토만은 반대할 것이었으니 그에게는 알릴 필요도 없었지만…….

"그러나 간파쿠님을 어떻게 설득한단 말인가? 왜국의 모든 자들 중 그분의 의견을 거스를 수 있는 자는 아무도 없다."

"심 대장께서는 방법이 있다고 말씀하십니다만……."

고니시와 심유경의 밀사와의 대화는 그것으로 중단되었다. 장막 밖에서 누군가가 고니시를 불렀기 때문이었다.

"무슨 일인가!"

"대장님, 밖이 소란합니다. 적의 간자間者(간첩)들이 침입한 모양입니다. 불이 나고 보초들이 여러 명 죽었다고 합니다."

"불?"

고니시가 외치자 심유경의 밀사는 꾸벅 고니시에게 절을 했다.

"다망하신 것 같습니다. 그럼 저는 이만……."

그리 말하고는 그자는 뒤 창문으로 스르르 빠져나갔다. 겐키와 비슷한 솜씨였다. 고니시는 밖의 장교에게 들어오라 말하고는 자세한 것을 물었다.

"불은 어디에 났는가?"

"진지 밖의 빈민가입니다."

"죽음을 당한 보초들은 어디에 있었느냐?"

"진문 앞입니다."

"무슨 꼴인가……."

고니시는 잠시 생각을 해보고 말했다.

"필경 포로들을 구하러 온 모양이다. 다들 소란을 피우지 말라 전하라. 내가 직접 간다!"

"예?"

장교는 이해가 가지 않는다는 듯이 말했다. 고니시는 갑옷을 입히라 명하고 장교가 갑옷을 입혀주는 동안 말했다.

"군량이나 마초도 아닌 민가에 불을 지른 것은 우리의 시선을 그리로 돌리기 위함이요, 진문 앞의 보초가 죽은 것은 누군가 진지 안으로 침입했음이다. 소란을 떨며 진지에 침입해 할 일은 뻔하지."

"기밀을 훔치거나, 송구하지만 대장님을 노린 것은……"

"그러려면 소란을 떨 이유가 없다. 아마 다른 쪽에 눈을 돌리게 하고 포로를 탈출시키는 것이겠지."

그제야 이해가 되는 듯 장교는 고개를 끄덕였으나 걱정스러운 듯 말했다.

"하오나 직접 가신다는 것은……."

"저렇듯 기를 쓰고 구하려는 포로라면 뭔가 중요한 것이 있겠지. 직속부대를 불러라."

"예!"

장교는 서둘러 부대를 부르기 위해 밖으로 나갔다. 고니시는 칼을 들고 활을 집어 들었다. 활의 무게가 무겁게 느껴지는 것을 보아 평양에 온 다음 몸이 상한 듯싶었다.

요 근래 지긋지긋한 악마들은 뜸해졌으나 지난번 겐키의 형제들을 죽인 백발의 마녀는 아직도 고니시의 뇌리에서 잊히지 않았다.

'혹시 그 악마들의 짓은 아닐까……? 아니다……. 놈들이 이런 식으로 일을 저지를 리 없지…….'

고니시는 밖으로 나가면서도 생각에 잠겼다.

'어떻게 해야 할까……. 심유경이라는 자는 도대체 어떻게 간파쿠님의 마음을 돌리겠다는 것이지? 아……. 할 수만 있다면 나도 이 지긋지긋한 싸움을 끝내고 싶지만…….'

고니시는 그 지겨운 악마들이 원하지 않는 일이라면 무엇이라도 할 수 있을 것 같은 심정이었다. 악마들은 전쟁이 계속되는 것을 원하고 있으니, 전쟁을 끝낸다면 병사들과 죄 없는 사람들의 목숨을 구할 수 있을 뿐 아니라 악마들에게도 일격을 가할 수 있을 터였다.

'혹시…… 간파쿠님을 나보고 설득하라고 하는 것이 아닐까? 그

것은 불가하다. 아니…… 받아들일 수 없어…….'

고니시는 간파쿠인 히데요시가 두려웠다. 그는 상관이었으며 절대적인 권력자였다. 더구나 겐키의 활약으로 고니시는 이미 악마들이 자신의 주인인 히데요시에게 무언가 손길을 뻗쳤다는 것을 알고 있었다.

하지만 고니시는 충성이 최상의 덕목이라는 믿음을 뼛속까지 가진 낭만주의자였다.

'괴롭구나……. 정말 괴롭구나……. 내가 목숨을 걸고 받들어야 할 주인이 옳지 않다면…… 나는 어떻게 해야 하는가? 어떻게 하여야 옳은 것일까?'

고니시는 우울한 얼굴로 정렬한 백여 명 남짓의 친위 부대 앞에 나섰다. 지금은 어쨌든 침투한 적을 잡아야 했다.

"호…… 호유화……."

은동은 처음에 자신의 눈을 믿을 수 없었다. 중상을 입어서 중간계에서 치료를 받고 있던 호유화가 어떻게 여기에 나타났단 말인가? 그리고 호유화가 어째서 흑호를 공격하여 해쳤단 말인가? 그러나 은동은 흑호가 다쳤음에도 일단은 반갑기부터 했다.

"다…… 다 나았나요?"

호유화는 흥 하고 코웃음을 쳐 보이고는 은동에게 입을 열었다.

"한낱 요물에 불과한 나를 네가 걱정해주었단 말이냐?"

목소리가 얼어붙을 만큼 쌀쌀해서 은동은 자신도 모르게 몸을 부르르 떨었다.

"호유화……. 어째서……."

호유화는 큰 소리로 깔깔깔 웃었다.

"분통이 터져서 참을 수가 없었어. 너 같은 꼬마 녀석 때문에 내가 죽을 고비를 넘기다니……. 그런데도 너는 나에게 무어라 했지? 못된 여우…… 요물이라고?"

은동은 울먹거리기 시작했다. 왜 호유화는 저토록 지독한 소리를 하는 것일까? 그동안 도대체 무슨 일이 있었기에 호유화가 저렇듯 변한 것일까? 도무지 알 수가 없었다. 은동은 천천히 유화궁을 늘어뜨리며 말했다.

"미안해요……. 그렇지만…… 그렇지만…… 나는…… 나는……."

호유화는 은동의 유화궁을 한동안 눈여겨보더니 이상하게도 화를 벌컥 냈다.

"흥! 그따위 활에 내 이름을 새기다니! 용서 못 해!"

호유화가 손을 한 번 뻗자 은동이 들고 있던 유화궁은 호유화의 손으로 휙 빨려들었고, 호유화는 단번에 유화궁을 둘로 뚝 분질렀다. 무서운 힘이었다.

은동은 무어라 말을 해야 할지, 어떻게 하면 좋을지 알 수가 없었다. 그저 눈물만 하염없이 흘리면서 입을 반쯤 벌린 채 말조차 하지 못하고 있었다. 그러자 호유화가 매섭게 외쳤다.

"더러운 인간 꼬마 녀석! 죽어랏!"

외침과 동시에 호유화는 무서운 불길 한 줄기를 내쏘았다. 은동은 그것을 채 피할 사이도 없었다. 그런데 무엇인가 검은 물체가 은동의 앞을 막더니 불길을 한꺼번에 쳐냈다.

호유화가 내쏜 불길은 비켜 나가 저만치 멀리에 있는 막사 하나를 통째로 날려버렸다.

"너…… 아직 죽지 않았더냐?"

호유화는 여전히 싸늘하기 그지없는 목소리로 말했다. 은동의 앞을 막아선 것은 흑호였다. 흑호는 만신창이가 되었으나 지금 눈은 무섭게 핏발이 섰고 갈기가 잔뜩 곤두서 있었다.

"너…… 너…… 은동이를 죽일 셈이여? 네가 어떻게……! 어떻게!"

흥분 때문에 말소리마저 떨렸다. 흑호는 은동을 위해 평양성을 정탐하고 다니다가 우연히 호유화를 만났다. 그러나 호유화는 반가워하는 흑호를 보자마자 다짜고짜 기습하였다. 놀란 처음에는 흑호는 맞붙어 싸울 엄두도 내지 못했다. 하지만 흑호는 그 와중에도 은동이 호유화를 만나지 않은채 무사히 강효식을 구하여 도망치기만을 바라고 가급적 시간을 끌려고 했다. 호되게 당하면서도 가급적 다른 곳으로 호유화를 유인하며 시간을 끌었지만 예상과는 달리 유정과 은동이 강효식의 장막을 찾느라 많은 시간을 소비했다. 그런 탓에 호유화가 은동의 존재를 감지한 것이다.

"흥! 어서 비켜라, 죽고 싶지 않으면. 그 꼬맹이를 없애야 분이 풀리겠다."

호유화가 말하자 흑호는 갈기를 곤두세우며 외쳤다.

"이 애는 안 뒤어. 이 애는 천기를 지킬 수호자여. 절대 안 뒤어."

"그만해요……. 제발 그만!"

은동이 외쳤으나 흑호는 커다란 앞발로 은동을 훽 밀어냈다.

"물러서. 기왕 이렇게 된 거."

"저건 호유화가 아닐 거예요! 호유화가 이럴 리 없어! 마수가 변장한……"

흑호는 씁쓸히 고개를 저었다.

"아녀, 절대 마수가 아녀. 환계의 기운이 느껴져. 호유화가 맞어……."

은동은 벼락을 맞은 듯 몸을 부르르 떨었다.

"아…… 아……."

은동이 충격을 받아 몸을 떨며 굳어버린 것을 보고 흑호는 힘없이 웃었다.

"이렇게 된 이상 이판사판이여. 은동아, 너는 어서 도망가! 어허잇!"

흑호는 찌렁찌렁하게 노호성을 지른 다음 무서운 돌개바람을 뿜어내었다. 그렇지만 호유화는 돌개바람을 양손으로 막아내었다.

"겨우 그 정도로 나를……."

그러나 그것은 흑호의 속임수였다. 흑호는 반분의 힘으로 돌개바람을 내뿜은 다음, 나머지의 법력을 발에 집중하여 땅을 후려갈겼다. 그러자 호유화의 발밑에서 수없이 많은 돌과 바위들이 솟구쳐 올라왔고 호유화는 간신히 세 번이나 몸을 틀면서 바위의 공격을 피했다.

"이 지저분한 호랑이 놈이!"

"호랑이라구? 허허, 고양이라더니 많이 올라갔구나. 이건 어떠냐!"

흑호는 무섭게 갈기를 곧추세우곤 하늘을 향해 양손을 번쩍 들었다. 갑자기 마른하늘이 번쩍하더니 번갯불 한 줄기가 호유화를 향해 내리꽂혔다.

호유화는 무서운 속도로 몸을 피했으나 번개는 그대로 호유화 쪽으로 따라붙으면서 호유화를 내리쳤다.

"흥!"

호유화는 번개를 맞으면서도 흑호를 향해 시뻘건 불길을 뿜어냈다. 흑호는 번개술을 쓰는 도중이라 그 불에 얻어맞을 수밖에 없었다. 쾅 소리와 함께 나가떨어진 흑호의 털은 그슬리고 타들어갔다.

호유화는 번개를 맞았으나 어깨 부분이 조금 그슬린 것뿐, 큰 타격을 입은 것 같지 않았다. 호유화가 다시 흑호를 향해 일격을 가하려는 순간 다른 쪽에서 일갈성과 함께 무형의 법력이 호유화의 뒤를 노리고 날아들었다. 호유화는 황급히 옆으로 세 번이나 몸을 돌리면서 그 기운을 피했다.

"웬 놈이냐!"

은동의 멍한 눈에도 그 광경은 들어왔다. 장막 안에서 쏟아져 나온 기운이었다. 장막 안에서 유정이 힘없이 늘어진 강효식을 부축한 채 뛰쳐나왔다.

강효식의 손에는 아직도 밧줄이 걸려 있었다. 유정은 강효식의 포박을 풀다가 밖에서 괴이한 소리가 나자 놀라서 나오다가 전에 본 적이 있는 백발의 호유화가 은동과 흑호를 공격하는 것을 보고 손을 쓴 것이었다.

유정이 쏘아낸 기운은 불력佛力에 근본을 둔 것이라 무형의 기운이어서 물리적인 힘은 없었지만 호유화나 다른 계의 존재들에게는 충분히 위협이 되는 기운이었다.

"은동아! 어떻게 된 것이냐?"

유정은 주변에 벌어진 일을 이해할 수가 없었다. 유정은 흑호가 공격당하는 것을 보고 얼결에 불력을 쓴 것이었다. 그러나 과거 금강산 아랫마을을 쑥밭으로 만들고 아이를 잡아갔던 요물이 백발의 여자 모습을 했다는 말을 들었던 것을 유정은 기억해냈다. 유정은 인상을 찌푸렸다.

'이 요물이 드디어 본성을 드러내는 모양이군.'

호유화가 인상을 찌푸리면서 쏘아붙였다.

"너는 또 어디서 나온 화상이냐? 극락왕생이 그리도 소원이냐?"

호유화는 한 손을 들어 이번에는 유정에게 기운을 뿜어냈다. 유정은 재빨리 합장을 하면서 불력을 발산했다. 불가의 밀법에서 말하는 부동심결不動心訣이었다.

순간 유정의 몸 주위에서 밝은 빛이 구체처럼 뿜어져 나왔고, 호유화의 법력은 그 기운을 뚫지 못하고 물속으로 꺼져 들어가듯 사라져버리고 말았다.

"저…… 땡중이!"

호유화가 놀라서 이를 갈며 말하자 유정은 천천히 불호를 외우고 말했다.

"무릇 사악한 기운은 불력의 힘에 범접할 수 없거늘……. 그만 그쳐라!"

호유화가 다시 유정을 향해 공격을 하려 했지만 이번에는 뒤에서 흑호의 주먹이 날아들었다. 흑호는 법력을 내쏘려 했으나 자칫하면 유정이나 강효식까지 다칠까 봐서 법력을 쓰지 않고 육탄 공격을 한 것이다.

호유화는 몸을 돌리면서 흑호의 주먹을 막았다. 흑호는 죽기 살기로 주먹과 꼬리, 뒷발까지 놀리면서 눈이 부실 정도로 빠르게 삼사십 회나 공격을 가했다. 호유화는 뒤로 몇 발자국이나 물러날 수밖에 없었다.

그에 더하여 유정이 합장을 하고 불력을 쏟아내자 호유화는 점점 손발을 놀리기가 어려운 것처럼 보였다.

흑호는 정신없이 호유화를 밀어붙이면서 소리쳤다.

"은동아! 어여 가! 아버지랑……."

은동은 몸을 부르르 떨었다. 흑호가 내지른 외침에 은동은 찬물을 뒤집어쓴 듯이 정신이 번쩍 들었다. 호유화와 흑호. 둘 다 은동에게는 목숨을 걸고 함께 모험을 했던 자들이었고 친구라고도, 동료라고도 할 수 있는 자들이었다. 그 둘이 지금 눈앞에서 목숨을 걸고 싸우고 있는 것이다.

"그만해요!"

은동이 애원하듯 외침과 동시에 유정의 등에 업힌 강효식이 신음소리를 냈다. 그것을 보고 은동은 아버지가 걱정되었다.

"아버지!"

은동이 외치자 유정은 강효식을 보느라 잠시 불력을 쏟아내기를 멈추었고 호유화의 동작은 다시 민첩해졌다. 흑호는 원래 호유화보다 법력이 떨어지기도 했지만, 이미 수없이 얻어맞은 이후라 호유화가 자유로워지자 상대가 되지 않았다.

호유화는 은동의 외침에도 아랑곳하지 않고 냅다 흑호의 아랫배를 갈겼다. 흑호의 입에서 컥 하면서 선혈이 튀었다.

유정이 은동에게 물었다.

"도대체 이 요물은 무어냐? 그냥 두면 안 되겠구나!"

"저…… 저……."

은동은 어물어물하고 말을 잇지 못했다. 아무리 지금 흑호와 싸우고 있다손 치더라도 호유화는 그동안 자신에게 얼마나 잘해주었던가. 은동은 비록 그것을 애정이라는 면으로는 느끼지 못하고 있었지만, 호유화의 존재는 은동의 마음속에 분명히 각인되어 있었다.

하지만 지금은…….

'어떻게 해야 하나…… 어떻게 해야…….'

은동은 모든 것이 싫어졌다. 호유화와 지냈던 지난 일들이 눈앞을 줄줄이 흘러갔다. 그리고 그와 동시에 흑호를 잡아 죽일 듯 공격하는 호유화의 모습이 거기에 겹쳐졌다.

'아무도 믿을 수 없어……. 사람도 믿을 수 없고……. 요물은 역시 믿을 수 없었어…….'

은동은 눈물을 주르르 흘리면서 유정에게 소리쳤다.

"이 여자……. 요물을…… 물리쳐주세요……."

유정은 강효식을 내려놓고 있는 힘을 다해 불력을 발했다. 비록 수많은 왜병들 속에 들어와 있는 처지였지만 난데없이 나타나 목숨을 해치려는 요물을 유정으로서는 두고 볼 수는 없었던 것이다. 은동은 부르르 몸을 떨고는 팔에서 육척홍창을 뽑았다.

은동이 육신을 지니고 있었기 때문에 홍창의 모습은 보이지 않았지만 안에 깃든 법력만은 여전했다. 그것을 휘두르며 은동은 호유화에게 무작정 달려들었다.

호유화는 정신없이 흑호와 싸우는 중에도 은동이 몸을 가리지 않고 달려드는 모습을 보았다. 호유화는 일갈성과 함께 무시무시한 힘으로 흑호를 쳐서 쓰러뜨린 뒤, 달려드는 은동에게 소리쳤다.

"역시 그렇구나! 좋다! 죽어라!"

은동은 창을 휘두르며 달려들면서 호유화가 팔을 휘두르는 것을 보았다. 그것을 보고 은동은 눈을 감으며 속으로 중얼거렸다.

'실수하지 말고 날 쳐. 호유화…….'

은동은 죽고 싶었다. 요행히 호유화를 찌를 수 있으면 같이 죽고, 아니더라도 자기가 맞아 죽으면 호유화의 분이 풀릴 것 같았던 것이다. 유정은 놀라서 불력을 힘껏 발휘하였으나 이미 호유화의 손에서는 기운이 뿜어져 나간 다음이었다.

그때였다. 우레 같은 총소리와 함께 호유화의 몸이 뒤로 젖혀졌고 호유화의 겨냥은 빗나가서 은동 옆의 땅을 쳤다. 땅이 두 자나 넘게 깊숙이 파이며 흙먼지가 일어났다. 호유화의 몸이 젖혀진 탓에 은동의 창도 빗나갔고 은동은 장막에 처박혀 쓰러져버렸다.

"어느 놈이……."

호유화는 눈을 들어 총소리가 난 쪽을 보았다. 그곳에는 말을 타고 투구를 쓴 고니시가 백여 명이 넘는 병사들을 거느리고 서 있었다. 고니시는 멀리서 자신을 협박했던 백발의 여자 모습을 발견하자 일제히 총을 발사하라는 명령을 내렸던 것이다.

그 앞에 몇 명의 사람 모습이 더 있었으나 밤이었고 거리가 멀어서 고니시는 잘 식별할 수가 없었다. 유정과 은동은 검은색의 야행복을 입고 있었고, 흑호는 원래 몸이 검어서 눈에 잘 뜨이지 않았다. 그 와중에 호유화의 백발은 멀리서도 눈에 두드러져서 고니시는 일단 무조건 발사를 명령했다.

총알이 호유화를 쓰러뜨리거나 상처를 입힐 수는 없었지만 수십 발이 넘는 총알이 명중한 탓에 호유화도 몸을 비틀거리게 되었다. 고니시가 다가오자 호유화는 이상하게도 이를 갈고는 몸을 빼었다. 그리고 허공으로 몸을 솟구쳐 올리면서 말했다.

"흥. 바보 같은 꼬마! 명이 길구나! 네게 선물을 하나 줄까?"

은동은 깜짝 놀라 몸을 일으키려 했다. 그러나 그 순간, 호유화가 쏘아낸 법력은 아무도 예상하지 못한 방향으로 흘러갔다. 호유화의 법력이 땅에 쓰러져 있던 강효식을 향해 날아간 것이다.

강효식은 순간 온몸에서 우두둑하고 뼈 부러지는 소리를 내면서 손발을 맥없이 늘어뜨렸다.

"으아악!"

은동은 비명을 질렀다. 유정도, 막 몸을 일으키던 흑호도 마찬가지였다. 고니시의 부하들은 멀리 보이는 백발의 여인의 몸이 하늘로 솟구치는 것을 보고 기겁을 했으나 고니시는 부하들을 재촉했다.

"어서 쏘아라! 쏴!"

다시 한번 조총 병들의 일제사격이 이어졌으나 호유화는 몸을 무화시킨 이후였다. 총알들은 호유화의 몸을 통과해 멀리 날아가버렸다.

은동의 귀에 호유화의 빈정거리는 소리가 들려왔다.

"이게 내 마음이다. 지긋지긋한 꼬마야……. 너도 네 아비처럼 어디 가서 죽어버려라!"

목소리가 사라지자 호유화는 보이지 않게 되었다.

"아버지!"

은동은 외치면서 강효식에게 다가갔다. 유정이 얼른 강효식의 맥을 짚고 상세를 살펴보았다. 강효식은 아직 맥은 남아 있었지만 죽은 것이나 다름없었다. 온몸의 뼈가 부러지고 내장이 박살나버린 강효식은 잘 버텨야 일각 정도였다.

"은동아. ……할말이 없구나. 나무아미타불……."

유정이 불호를 외웠다. 은동은 강효식에게 기어갔으나 강효식의 몸이 너무나 참혹하게 망가져 있었기에 아버지의 품에 안길 수조차 없었다.

은동이 잡은 강효식의 손은 너무도 힘이 없어서 사람의 손 같지가 않았다.

강효식은 눈을 감고 있으면서도 나지막하게 말했다. 거의 알아들을 수 없는 소리였지만…….

"은동아……. 너냐? 너…… 맞느냐?"

"맞아요! 아버지! 아버지!"

"그래……. 은동아…… 너는……."

그 순간 고니시가 부하들을 재촉했다.

"다른 녀석들이 더 있다! 어서 쏘아라! 한 놈도 살려두지 마라!"

곧이어 일제사격이 쏟아졌다. 흑호가 놀라서 술법을 썼으나 힘이 충분치 못했다. 조총탄들은 꽤 많은 숫자가 흑호가 뿜어낸 바람에 밀려 나갔지만 몇몇 발은 뚫고 들어왔다.

은동은 어깨에 한 발, 다리에 한 발을 맞았으나 아픈 것조차 느끼지 못했다. 유정도 세 발이 몸을 스쳤고 흑호의 몸에는 두 발의 조총이 박히고 한 발이 스쳤다. 그러나 강효식은 망가진 몸에 또 네 발의 총탄을 맞고 말았다.

그 모습을 보고 은동은 으악 하며 소리를 질렀다. 충격으로 인해 강효식은 그나마 남아 있던 숨마저도 끊어진 것이다.

"이…… 이놈들!"

은동은 완전히 눈이 뒤집혀버렸다. 흑호도 넋이 나간 듯했지만 은동의 입이 움직이는 것을 보고 기겁을 했다. 은동은 바로 염라대왕이 전에 일러주었던, 어떤 인간이든지 죽일 수 있는 술법을 쓰려 하질 않은가.

"은동아! 고니시는 죽이면 안 뒤어!"

흑호가 소리치자 유정이 재빨리 달려들었다. 유정은 정확하게는 몰랐지만, 이 꼬마가 대단한 술법을 지닌 초자연적인 존재가 되었다는 것을 알고 있었다. 더구나 아까 은동은 자기가 아무나 죽일 수 있는 술법이 있다고 무심코 이야기하지 않았던가?

유정은 재빨리 은동의 입을 틀어막고 껴안으려 했다. 은동은 한순간 입이 막히자 발버둥을 쳤고, 그 힘은 믿어지지 않을 정도였다.

유정은 법력도 있는 고승이었고 어른이었는데도 은동의 손짓 한 번에 날아가 저쪽 구석에 처박히고 말았다. 그래도 유정은 정신을 놓치지 않고 외쳤다.

"흑호! 은동이를 막게!"

그 말에 흑호는 얼결에 은동을 잡아 입을 막았다. 아무리 은동이 신력을 지니고 있다 해도 흑호의 힘은 당할 수 없었다. 흑호가 은동을 잡는 사이 고니시의 부하들이 다시 사격을 가해왔다.

은동을 안은 흑호는 낌새를 알아채고는 재빨리 몸을 굴려 피하면서 유정의 몸도 꼬리로 쳐냈다. 덕분에 이번의 사격에서는 셋 다 한 발의 총알도 맞지 않았다.

사정이 이쯤 되자 유정은 다시 은신술을 썼다. 그 와중에도 유정은 강효식의 시신을 끌고 가는 것을 잊지 않았다. 흑호도 둔갑술을 써서 은동을 데리고 유정의 뒤를 따라갔다. 유정의 은신술 정도는 지금의 법력이 높은 흑호로서는 충분히 알아볼 수 있었다.

한편 고니시의 병졸들은 몇 명 남아 있던 사람 형체들이 사라져버리자 또 한 번 깜짝 놀랐다. 하지만 고니시는 그리 놀라지 않았다. 수없이 겪어왔던 일이었으니까.

"되었다. 어서 불길을 잡고 해산하라."

고니시는 자신이 은동의 술법으로 삽시간에 목숨을 잃을 뻔했다는 것은 까맣게 몰랐다. 그의 마음속에는 다시 나타난 백발의 요물 걱정밖에는 없었다.

"대사! 괜찮으십니까?"

아까 약속한 장소에 이르자 김덕령이 유정을 맞았다. 유정은 이제 조총이 스친 상처가 쑤시는데다가 무리하게 은신술을 오래 써서 상태가 좋지 않았다. 울컥 피를 토하고 김덕령의 부축을 받았다.

뒤따라온 흑호는 김덕령이 있는 것을 보고 그냥 반인반수의 모습을 드러낸 채 앞에 나섰다. 김덕령도 처음에는 놀랐지만 흑호라는 것을 듣고는 그러려니 했다. 흑호의 품안에서 고니시를 죽이겠다고 발버둥을 치던 은동은 이제는 풀이 죽은 듯 흐느껴 울기만 했다.

"일은……."

김덕령은 말하려다가 은동과 저만치 건너편에 쓰러져 있는 강효식의 시신을 보고 입을 다물었다. 김덕령도 역시 순박한 사람으로 일이 잘못되었다는 것을 느끼고는 할말이 없어서 머쓱하게 서 있었다.

유정이 조금 숨을 헐떡이더니 흑호에게 눈짓을 했다. 그러자 흑호는 은동을 내려놓았다. 유정은 일단 은동의 상처를 살피고 대강의 응급조치를 해주었다. 은동의 몸 상태는 만신창이였지만 그래도 상처는 싸매야 했다. 은동과 자신의 치료를 얼추 끝내자 유정은 몸을 일으키며 김덕령에게 눈짓을 했다. 김덕령은 강효식의 시신 옆으로 가서 나뭇가지를 집어 땅을 파기 시작했다. 경황이 없어 정식으로 매장할 수는 없었지만…….

은동이 눈물을 주르륵 흘리더니 강효식의 시신 곁으로 가서 울먹였다.

"아버지……."

그 모습을 보고 흑호는 아무 말도 하지 못했고 유정은 조용히 나무아미타불 불호를 외웠다. 김덕령은 시무룩한 표정으로 은동을 보고 말했다.

"아버님은 돌아가셨구나……."

은동은 한참이나 울면서 입술을 꾹 다물고 김덕령이 구덩이를 파는 것을 지켜보았다.

'이젠 아버지를 볼 수 없어……. 살아서는 다시 아버지를 보지 못할 거야……. 아버지는 좋은 곳으로 가실까? 그러실 거야. 꼭…… 태을 사자에게 부탁해야지. 그리고…… 그리고…….'

은동은 스스로 위안하려고 애를 썼으나 소용이 없었다. 저승을 직접 다녀오고 사후 세계를 눈으로 본 은동도 슬픔을 막을 수는 없었다. 이유는 알 수 없었지만 좌우간 그러했다. 이제 어머니와 아버지가 모두 돌아가셔서 세상에 홀로 남은 외톨박이가 되었다고 생각하자 마음이 찢어질 것 같았다.

유정은 조금 쉬고 난 뒤 김덕령을 거들었고 흑호도 머뭇거리면서 같이 땅을 파기 시작했다. 흑호는 죽은 사람을 매장하는 인간의 관습에 대해서는 무지했지만, 어쨌든 기운이 엄청난 흑호가 땅을 파자 순식간에 구덩이가 만들어졌다.

유정이 조용히 불호를 외우는 가운데 강효식의 시신은 그렇게 매장되어 한 많은 세상을 떠났다.

"죽여버릴 거야……."

은동은 강효식의 매장이 끝나자 매몰차게 중얼거렸다. 유정과 김덕령은 아이가 그렇듯 강한 살의를 품는 것을 보고 놀랐다.

"무슨 말이냐? 은동아?"

유정이 은동에게 타이르듯 물었다.

"고니시……. 그놈이 우리 아버지를 죽였어요! 왜놈들이…… 어머니를 죽이고 이젠 아버지까지……! 죽여야 해!"

흑호는 놀라서 은동의 입을 또 한 번 틀어막았다. 언제 은동이 염라대왕이 부여해준 술수를 써서 고니시를 죽일지 몰랐기 때문이다. 유정은 고개를 저으면서 천천히 은동에게 말했다.

"네 마음은 안다……. 하지만…… 강 공을 해친 것을 고니시라고 볼 수는 없지 않느냐? 그 요물이 한 짓이 아니겠느냐?"

흑호가 잠시 입을 풀어주자 은동이 대들었다.

"아니에요! 고니시가 총을 쏘지 않았으면 살려낼 수 있었을 거예요!"

은동은 호유화가 자신에게 그런 짓을 한 것을 아직까지도 믿을 수 없었다. 그래서 자신도 모르게 강효식을 죽인 것은 호유화가 아니라 고니시라고 말하는 것이었다.

유정은 고개를 저었다. 사정을 잘 모르는 유정으로서는 은동이 고니시를 죽이는 것보다는 뭔지 모를 요사한 요물인 호유화에게 살의를 품는 편이 나았다.

"아니다……. 이미 네 아버님은 요물에게 맞아 돌아가시기 직전이었다. 고니시도 책임이 없지는 않지만…… 고니시보다는 요물의 책임이 크단다……."

"아니에요! 아니에요!"

"정 그렇다면 고니시가 아니라 고니시의 부하를 탓해야지. 고니시가 직접 총을 쏜 것은 아니지 않느냐?"

"그놈이 명령을 내렸다구요!"

"그렇게 따지면 결국 네 아버님을 해친 것은 요물이라 보아야지……. 그렇지 않으냐?"

은동은 말문이 막혔다. 다시 눈물이 쏟아지기 시작했다. 이제 어찌되었건 호유화와 원수지간이 된 것이다. 호유화가 은동 자신을 죽이거나 해쳤다면 차라리 좋았으리라 생각했다. 그러나 아버지를 그토록 참혹하게 해친 것은 도무지 용서할 수 없었다.

은동은 아버지가 죽은 것과 그 때문에 호유화와 원수가 되었다는 것이 슬퍼서 소리를 내어 엉엉 울었다. 그것을 보고 혀를 차던 유정은 은동에게 말을 건넸다.

"네가 안다는 술법을 어디에서 배운 것인지, 또 정말 가능한 것인지는 내 알지 못한다. 하지만 그런 술법을 함부로 써서는 안 되는 것이야. 더구나……."

유정은 잠시 말을 끊었다가 이었다.

"고니시는 지금 중요한 일을 꾸미는 것 같다. 아까 문서에서 보았지. 그는 지금 독단적으로 계획을 꾸며 전쟁을 끝내려는 노력을 하고 있는 자다. 명나라의 어떤 고관과 연락을 취하기 시작한 것 같더구나. 비록 그도 왜구의 일인이고 침략자이기는 하나, 그런 노력을 한다는 것은 가상한 일이지. 그러니 조금만 두고 보기로 하자. 일단은 난리가 끝나는 것이 더 중요하지 않겠느냐?"

유정은 은동이 알아듣기를 바라며 조목조목 이야기했다. 김덕령은 고니시가 그런 일을 꾸미고 있는 줄은 몰라서 유정에게 몇 가지를 더 물어보았고 흑호도 눈이 휘둥그레져서 이야기를 들었다.

흑호는 전에 고니시에게 갔던 닌자가 혹시 그 일 때문에 오간 것은 아닐까 생각해보았다. 그제야 흑호는 며칠 전 고니시의 장막 안에서 그들의 대화를 담아두었던 것을 떠올렸다. 그러나 지금 유정이나 김덕령에게 자신이 술법을 써서 알아낸 사실을 들려주는 것은 위험하다고 여겨 꺼내지는 않았다.

한편 은동은 지금 눈앞이 캄캄하기만 하고 아무것도 생각할 수 없었다. 유정의 차근차근한 설복도 거의 듣고 있지 않았다. 지금은 아버지의 죽음과 호유화의 배신으로 너무나 큰 충격을 받아 그 외에는 아무것도 생각할 수 없는 처지였다.

'아무도 필요 없어. 이젠 아무도 믿을 수 없어…….'

은동은 흑호를 힐끗 보고 태을 사자를 생각하며 마음속으로 고개를 저었다.

'호유화마저도 배신했어. 호유화가 아버지를 죽였어……. 흑호도 믿을 수 없고 태을 사자도 믿을 수 없어. 하일지달이건 삼신대모건 성계건 신계건 간에 다 나쁘고 빌어먹을 것들이야. 아버지를 죽인 자들을 눈앞에 주고도 술법조차 못 쓰게 한다면 도대체 술법은 뭐 하러 준 거란 말야!'

김덕령은 유정이 말하는 중에도 은동의 가엾은 모습을 보고 눈에 눈물이 그렁그렁해졌다.

"은동아, 마음을 크게 먹어라. 수많은 사람들이 고통을 당하고 있단다……."

김덕령의 말에 은동은 마음이 약해졌다. 도무지 생각하기가 힘들고 복잡하기만 했다. 그러나 가장 큰 감정은 모든 것이 싫고 귀찮다는 것뿐이었다.

이제 은동은 천기고 왜란 종결자고 뭐고 아무것도 필요 없으며, 아무것도 관여하지 않겠다고 속으로 맹세했다.

호유화를 다시 만나면 죽이거나 호유화의 손에 죽거나 하겠다고도 맹세했다. 그래야 분이 풀릴 것 같았다. 그것 말고는 은동은 더이상 아무것도 듣지 않고, 아무것도 하지 않겠다고 맹세했다…….

거기까지 생각한 뒤, 은동은 버틸 기력이 없어서 풀썩 그 자리에 쓰러져버렸다.

은동의 괴로움

김덕령과 유정은 각기 살던 곳으로 돌아갔고 흑호는 까무러친 은동을 데리고 전라좌수영으로 돌아왔다. 태을 사자는 은동이 반죽음이 되어 있는 것을 보고 깜짝 놀랐으며, 흑호로부터 호유화가 은동과 흑호를 공격하고 은동의 아버지 강효식을 죽였다는 이야기를 듣고 더더욱 놀랐다. 항상 냉정하고 사리판단을 잘하는 태을 사자였지만 이 일만은 이해가 가지 않았다.

"어째서 그런 일이……! 정말 그것이 호유화 맞나? 마수의 변장 아니었는가?"

흑호가 말했다.

"제아무리 둔갑을 잘해도 풍겨나는 요기는 지울 수 없는 거유. 그렇지 않수?"

"그건 그렇네만……."

"분명 호유화였수. 풍기는 기운이 환수의 기운이었고, 그 법력도 호유화였음이 분명하우. 내가 당한 것 보슈."

흑호는 너덜너덜해질 정도로 그슬린 자신의 털과 호유화에게서 얻어맞은 상처를 보여주었다. 태을 사자가 고개를 갸웃거렸다.

"호유화는 주로 꼬리가 변한 백발을 이용하여 싸우지 않던가? 그런 불의 술수나 직접 치고 차는 술수는 거의 사용하지 않는 것으로 아는데?"

"호유화라고 그러지 말란 법이 있수? 나는 원래 생계의 금수고 당신은 사계의 존재이니 불을 안 쓰지만 호유화는 환계의 존재니 얼마든지 쓸 수 있을 거유."

"호유화라면 고니시가 가까이 왔다고 하여 피할 이유가 없지 않는가? 고니시와 부하들이 조금 있다 하여 호유화에게 문제가 되지는 않을 것 아닌가?"

"그거야 난들 아우?"

"흠……. 그러나 호유화는 성계에서 대모님께 치료를 받고 있지 않았던가? 호유화가 하계로 내려갔다면 그 소식을 우리에게 전하지 않을 리 없는데?"

"흠. 그럼 하일지달을 찾아 물어볼까?"

흑호는 독각 도깨비를 시켜 하일지달을 부르려 했다. 그런데 독각 도깨비 녀석이 초죽음이 되어 나타났다. 그 녀석의 입에서도 놀라운 소리가 나왔다.

흑호가 급히 은동의 몸을 가지고 사라진 다음, 독각 도깨비도 호유화를 보았다는 것이다. 독각 도깨비가 묘사하는 용모나 느껴지는 기운은 호유화임이 틀림없었다.

흑호와 태을 사자는 놀라지 않을 수 없었다.

"호유화가 여기를 찾아왔다가 흑호 자네를 보고 평양으로 따라간 것이 분명하군."

"하일지달을 찾아 물어봅시다. 안 그러면 확신할 수가 없잖수?"

결국 한참 뒤 독각 도깨비가 기별을 했는지 놀란 하일지달이 흑호에게 날아왔다.

"아니……. 세상에……. 어찌 그럴 수가……."

하일지달은 흑호와 태을 사자의 이야기를 듣고 충격을 받은 것 같았다.

"좌우간 일이 이렇수. 어떻게 된 건지 말해보슈. 호유화가 정말 중간계에 있수, 없수?"

"호유화는……. 음……. 그러니까 며칠 전에 하계로 내려간다고 하고 떠났어. 꽤 지났는데……."

흑호와 태을 사자는 놀라서 펄쩍 뛰었다. 결국 우려했던 일이 사실이 된 것이다. 태을 사자의 낯빛은 더더욱 푸르게 변했고 흑호는 몸을 계속 부들부들 떨었다.

"호유화의 상처가 낫는 데는 생계 시간으로 육 년이나 걸렸어. 그러나 중간계는 시간의 조절이 자유로우니 사실 생계에서 며칠 지나지 않도록 시간 흐름을 수백 배로 느리게 하셨지. 모두가 대모님의 호의셨어. 그러나 호유화는 공손하게, 생각한 것이 있으니 자신이 일어났다는 것을 절대 알리지 말아달라고 부탁하고 생계로 내려갔거든……. 우리는 호유화가 무슨 뜻이 있어서 그런 것이겠구나 싶기도 하고……. 또 호유화의 의사를 존중해주는 뜻에서 알리지 않고 있었던 것인데…… 그럴 줄이야……."

태을 사자는 얼굴빛이 창백해졌음에도 침착하려 애쓰며 말했다.

"하일지달, 당신들은 마수에 대해 우리보다 잘 아니 묻겠소."

"말해봐."

"마수가 요기나 마기를 근본적으로 감추어서…… 그러니까 환계의 기운과 똑같이 만들면서 둔갑을 할 수가 있소?"

하일지달은 고개를 저었다.

"마수로서는 안 될걸?"

"어째서? 과거 백면귀마는 사계의 판관으로 둔갑을 하면서도 아무도 모르게 했지 않소?"

"사계는 음기만의 지역이라 마계와도 일맥상통하는 면이 있지. 그리고 생계는 몸을 지닌 곳이라 둔갑을 감쪽같이 할 수 있고. 그러나 환계의 기운은 정사반반正邪半半이고 음양도 각각이라 다른 계의 존재가 흉내낸다는 것은 불가능해. 마계의 기운은 사악함과 음기로만 이루어져 있거든. 자신과 같은 기운이 애당초 깃들어 있지 않은 존재로 고스란히 변할 수는 없는 노릇이잖아?"

"그렇다면 아무도 알아보지 못할 정도로 둔갑은 불가능하단 말씀이오?"

"뭐……. 마계의 존재가 사계나 유계의 존재로 둔갑한다거나 환계의 존재가 다른 계의 존재로 둔갑하는 건 가능해도 마계는 그러지 못할 거야. 마계가 그렇게 기운을 숨길 수 있다면 너희들도 마수들의 존재를 알 수 없었지 않았겠어? 그러니…… 음……. 이 일은 아마 호유화가 한 것이 틀림없는 것 같아……."

셋은 다 한숨을 내쉬었다. 더이상은 할 말이 없었다. 한참 지난 후 흑호가 탄식하듯 말했다.

"호유화는 은동이한테 그렇게 정이 깊었는데……. 도대체 정이 무엇이기에 그리도 악독하게 변했을까……. 에휴……."

"나도 이해는 가지 않아. 하지만…… 정이라는 것은 그런 독毒으로 작용할 때도 간혹 있는 것 같아. 그러나 이건 너무……."

하일지달은 가엾다는 듯 은동의 누워 있는 얼굴을 쳐다보았다.

태을 사자가 땅이 꺼질 듯 한숨을 내쉬었다.

"큰일이구려……. 호유화가 은동이를 그리 악랄하게 해치려 한다면…… 어떻게 막을 수 있겠소? 호유화의 둔갑술은 우주 제일이고 법력 또한 상대를 찾을 수 없을 정도이니……."

"우리 둘이 은동이 곁에서 떨어지지 맙시다. 우리도 법력이 많이 증강되었으니 상대는 되겠지."

그러나 태을 사자는 한숨을 쉬며 고개를 저을 뿐이었다.

하일지달이 걱정하며 돌아간 다음, 며칠은 아무 일 없이 흘러갔다. 흑호는 상처가 심한 편인데다가 법력도 고갈되어 며칠간 꼼짝 못하고 쉴 수밖에 없었다.

누구보다도 심각한 것은 은동이였다. 려가 마지막 발악으로 씌운 저주의 병은 은동에게 계속 지독한 고통을 안겨주었다. 하지만 아버지의 죽음 이후로 은동은 겉으로 아픈 것을 내색하지 않았고, 태을 사자나 흑호도 걱정은 되었으나 뭐라고 말을 할 수가 없었다.

이순신의 치료는 하일지달이 맡았지만 오히려 이순신이 은동의 상태를 염려해 의원을 찾아보겠다 했다. 그러나 려의 저주로 생긴 병이 인간의 의술로 나을 리 없다. 하일지달은 자신이 치료하겠노라며 정중하게 사양했다.

은동은 그날 이후 움직일 만하면 해변가를 거닐곤 했다. 조개처럼 입을 다문 채 혼자 비틀거리면서 수심 깊은 표정으로 바다만 바라보았다. 은동의 눈빛은 더이상 총명하지도, 밝지도 않았다. 모든 것을 포기한 눈빛. 오엽이 은동의 옆을 계속 따라다녔지만 은동은 오엽에게조차 눈길 한번 주지 않았다.

오엽은 은동의 체념한 모습을 보고 은동의 기분을 풀어주려 애쓰기도 했고, 가끔 너무도 속이 상하면 울면서 은동에게 그러지 말라며 대들기도 했다.

정성이 하도 눈물겨워서 감정이 메마른 태을 사자조차도 뭉클할 지경이었다. 그런데도 은동은 아무런 반응도 보이지 않았다. 마음을 굳게 닫아건 것 같았다. 이제는 아픔을 호소하는 것조차 그만두었다. 숨은 붙어 있되 시체나 다름 없어진 은동이었다.

한번은 흑호가 은동에게 허준에게 가서 병을 보이자고 했으나 은동은 대꾸도 않고 조용히 밖으로 나가버렸다. 그래도 흑호와 태을 사자는 은동의 충격이 큰 것을 알고는 아무 말도 하지 않고 은동을 그냥 내버려두었다.

태을 사자는 사계로 돌아갔던 그 의원에게 무슨 방도가 없나 궁금해했으나 사계에서도 별다른 고별은 오지 않았다. 단 한 번, 의원의 영이 다른 저승사자에게 부탁해 전갈을 보내기를, 은동의 저주는 빛을 쏘이면 악화된다는 것이었다. 그래서 태을 사자와 흑호가 은동에게 바깥출입을 가급적 삼가라고 말하자 은동은 몹시 우울해했다.

흑호가 밖으로 나가 커다란 산삼을 두 뿌리 캐어다 주었지만 은동은 그것을 쓰려고도 하지 않고 홀로 괴로워할 뿐이었다. 시간이 흐를수록 태을 사자와 흑호는 둘 다 어떻게 할 방법이 없어 속만 태울 수밖에 없었다.

좌수영 앞 바다 돌산도에 건너오는 난민들은 수가 날로 늘어갔다. 이제는 무인도였던 돌산도는 100여 호가 넘는 큰 마을이 들어설 정도가 되었다. 과거 이순신은 전투에서 노획물을 얻을 때마다 우선적으로 백성들에게 돌리곤 했는데, 소문이 퍼져 이제 난민들은 이순신을 우러러보며 공경하고 있었다.

더구나 이순신은 너그럽고, 행정 능력이 치밀하여 조금의 빈틈도 없는데다가 불패의 명장이라 그들을 안전하게 보호해주기까지 했다. 하여 난민들은 이순신의 명이라면 무조건 순종하고 따랐으며, 이순신의 일이라면 시키지 않아도 발 벗고 나서서 돕곤 했다. 수많은 난민 남정네들이 이순신의 수군에 자원하겠다고 나서기도 했으나 이순신은 그중 일부만 거두어들이고 물에 숙련되지 않은 사람이나 나이가 많은 사람 등등은 돌려보냈다.

지금 좌수영 부근에서는 많은 함선이 새로 건조되고 있었다. 이순신의 부하인 정걸과 나대용 등의 지시로 미래를 대비하여 많은 배가 만들어지고 있었는데, 이 대부분은 몰려온 난민들의 노동력에 기인하는 바가 컸다. 배를 만드는 데에는 짧아도 몇 달, 길면 1~2년은 걸리는 큰 작업이라 몇몇 부하들은 지금 배를 만들어서 무엇에 쓰겠느냐고 했으나 이순신은 미소를 지으며 이렇게 말할 뿐이었다.

"이미 늦은 것은 알지만, 늦었다고 아무것도 하지 않느니보다는 무엇이라도 하는 편이 낫네."

이순신은 250척의 전선단을 만들려고 한 예전 구상을 마침내 실행에 옮긴 것이다. 250척의 전선이 있고 그 전선에 화포를 장비하여 작전을 한다면 패하지 않으리라는 것이 이순신의 예상이었다. 그래서 일단 몇 척의 전선과 협선부터 건조하는 작업을 시작하기에 이르렀다.

겨우 일개 전라좌수영에서 그런 대역사를 감당한다는 것은 말이 되지 않아 보였으나 난민들은 이순신의 말이라면 두말없이 따랐다. 난민들은 총포의 제조를 위하여 철광산도 개발하였으며 염초의 제작도 순조롭게 진행하고 있었다. 그러나 그 때문에 이순신은 심기를 너무 써서 건강이 점점 악화되고 있었다.

흑호는 몸이 낫자 지난번에 들었던 고니시와 닌자의 대화에 대해 이야기하며 해독해보자고 제안했다. 태을 사자는 염왕령을 발동하여 왜국의 저승사자 한 명을 붙여 통역을 시켰다. 그 결과를 듣고 태을 사자와 흑호는 깜짝 놀랐다. 물론 그들은 은동도 그 자리에 불러 함께 내용을 들었으나 은동은 아무런 표정의 변화를 보이지 않았다.

"어허, 이거 큰일이네. 큰일이야. 마수 놈들은 진작부터 왜국에 손을 뻗고 있었구먼그려. 그래서 난리가 난 거구."

흑호가 탄식하자 태을 사자는 조용히 말했다.

"더더욱 큰 문제는 고니시가 이순신을 암살하려 한다는 것일세. 그것은 마수가 개입된 것도 아니고, 인간을 시켜 하는 것이니 우리로서는 막을 방법이 없네. 다만……."

그 말에 흑호는 조심스럽게 고개를 끄덕였다.

"은동이라면……?"

순간 그 말이 떨어지기가 무섭게 은동은 냉랭한 목소리로 외쳤다.

"난 못 해요!"

너무나 단호한 말투였기에 태을 사자와 흑호는 조금 멍해 있었다. 그러다가 흑호가 은근한 목소리로 말을 건넸다.

"은동아……. 네 맘은 이해하지만……."

"난 못 해! 아무것도 안 할 거야!"

은동은 흑호의 말이 채 끝나기도 전에 버럭 외쳤다.

"흠……."

"천기를 위한다고 한 일의 대가가 이런 건가요? 아버지도 죽고, 호유화는 배신하고! 나는 이런 병에 걸려서 바깥에 나가지도 못하고!"

울면서 은동은 밖으로 뛰어나가버렸다. 밖으로 나가면 안 된다고 흑호가 소리쳤지만 소용없었다. 태을 사자와 흑호는 그런 은동의 모습을 보고 혀를 찼다.

"저런저런……. 은동이가 영 변해버렸네그려……. 이거 참."

"어쩌면 좋을지 모르겠구먼……. 흠흠……."

태을 사자와 흑호는 걱정이 되어 견딜 수 없었지만 달리 어떻게 할 수 있는 방도도 없었다. 기다리는 것밖에는…….

은동은 밖으로 달려 나가면서 눈물을 흘렸다.

'대체 왜 내가 이런 힘든 일들을 짊어져야만 하지? 도대체 왜?'

가뜩이나 친한 사람들과의 잇따른 이별로 심기가 산란한데 몸까지 아프니 만사가 귀찮고 괴로웠다. 더군다나 이제는 몸이 검푸르게 변해가면서 군데군데에서 썩는 듯한 악취가 났다. 하지만 은동은 아프다는 내색도, 말도 하지 않았다. 그러는 것조차 힘들었다. 당연한 고통인 듯 속으로만 앓으며 괴로워할 뿐이었다. 온몸이 아프니 제대로 생각조차 할 수 없었다. 하지만 이건 저주로 걸린 병이니 세상의 누구도 고쳐줄 수 없는데다 빛까지 쐬면 안 된다니…….

'죽어야 나을까?'

은동은 바닷가로 나가 다시 울었다. 한참을 울고 나서 바다가 훤히 보이는 절벽에 앉아 돌 하나를 바다에 던졌다.

'어머니…….'

왜병에게 죽음을 당해 코만 남은 어머니. 은동은 돌이 풍덩 하고 가라앉는 것을 보고 또 돌을 던졌다.

'아버지…….'

호유화에게 맞아 온몸이 으스러지고 고니시의 부하들이 쏜 총에 맞아 돌아가신 아버지. 은동은 또 하나의 돌을 던졌다.

'무애 스님…….'

여충에 온몸이 뚫려 벌집이 되고 몸에 불이 붙은 채 려를 껴안아 태우던 무애 스님. 그리고 자신은 화살을 쏘아 려와 함께 무애 스님을 죽게 만들었다. 이번에 은동은 유달리 큰 돌을 집어던졌다.

'그리고 호유화…….'

자신을 좋아한다고 하면서도 아버지를 죽이고, 자신과 흑호를 공격한 호유화. 거기에다가 저승에서 사라져버렸다는 울달과 불솔, 백면귀마에게 죽은 금옥 누나. 그리고 이제는 술법도 바닥났고 죽어도 고치지 못할 몹쓸 병까지 걸린 자신에 이르기까지 숱한 상념이 주마등처럼 스쳐지나갔다.

은동은 도리질을 치면서 그 자리에 엎어져 울기 시작했다.

'내가 아는 사람들은 전부 죽거나 멀리 가버렸어. 모두 다……. 나는 재수 없는 놈인가 봐…….'

그렇게 한참을 울고 있는데 누가 뒤에서 등을 툭 건드렸다. 은동이 심드렁하게 고개를 돌려보니 생글생글 웃고 있는 오엽이었다.

"의원 나으리, 왜 울고 있어요? 날씨도 이리 좋은데. 울지 마요."

그러나 은동은 아무 대답도 하지 않았다. 오엽은 그런 은동을 보고 얼굴에 웃음기를 거두었다. 그리고 은동에게서 조금 떨어진 앞에 앉아 은동을 바라보았다.

"울지 마세요……. 나으리 같은 분이 울면 어떻게 해요? 신통한 분이 그렇게 슬퍼하시면 우리 같은 무지렁이들은 무엇을 보고 살라고."

오엽은 말하고서 배시시 웃어 보였다. 언제 오엽이 그렇게 예뻐졌는지 사람을 홀릴 것 같은 얼굴이었으나 은동은 눈길 한번 제대로 주지 않았다. 그러자 오엽은 은동에게 풀죽은 목소리로 말했다.

"힘든 일 겪으신 거 알아요. 하지만…… 그렇다고 그렇게 처져 있으면 어떻게 해요. 세상 걱정을 혼자 짊어진 것처럼……. 네?"
오엽의 말에 은동은 무뚝뚝하게 되받았다.
"세상 걱정을 혼자 짊어져서 그래."
오엽은 이해가 되지 않는다는 듯이 고개를 갸웃했다.
"어떻게 그럴 수가 있나요?"
"내 곁에 오지 마. 내 곁에 오는 자는 전부 불길해져."
"에이……. 설마……. 나는 믿지 않아요."
"나중에 후회 말고 썩 물러가! 병이 옮으면 어쩌려구!"
"무섭지 않아요! 제가 간호라도 해드릴……."
"귀찮아!"
은동은 화를 내며 소리를 버럭 질렀다. 오엽은 울상이 되어서는 흑 소리를 내며 뛰어갔다. 은동은 한숨을 내쉬었으나 곧 다시 괴로워졌다. 자신을 두고 돌아가는 이 모든 일들을 도저히 더 버텨낼 수 있을 것 같지 않았다.
은동은 오엽이 없어진 것을 확인하고는 벼랑 아래로 갔다. 아래에 철썩거리며 파도가 치는 것이 보였다. 물은 무척이나 맑고 시원할 것 같았다.
'시원하겠구나…….'
은동은 눈을 꼭 감았다. 그러고는 천천히 벼랑 끝으로 발길을 옮겼다. 가슴이 두근두근했으나 그보다는 무엇인지 표현할 수 없는, 가슴을 메운 허무함과 괴로움이 더욱 커다랗게 다가왔다.
죽자. 저승에 가서 아버지도 만나고 어머니도 만나자. 저승에 가면 호유화를 만나지 않아도 되고, 지긋지긋한 싸움에 말려들지도 않겠지 하는 생각이 들었다. 죽는 것은 무섭지 않았다. 이미 저승에도 가보았는데 무엇이 두렵겠는가?

'천천히…… 천천히…… 평지를 걷는 것과 똑같이…….'

두어 발자국을 더 내딛자 발밑이 문득 허전해졌다. 은동은 찌르르 하고 울리는 기분을 만끽하며 벼랑 아래로 떨어져 내려갔다. 이제는 고통도 없고 괴로운 것도 없겠지 하면서…….

그날 밤, 밖을 둘러보고 오겠노라고 나갔던 흑호가 갑자기 방으로 뛰어드는 바람에 태을 사자는 깜짝 놀랐다. 둘은 모두 좌수영에 머물고 있었기 때문에 둔갑을 하여 사람의 모습을 취하고 있었다.

"왜 그러나?"

"큰일이우. 아무래두 낌새가 이상허우."

"무슨 낌새가 말인가?"

"전에 고니시가 보낸다던 자객 말이우. 놈들이 온 것 같수."

"뭣이?"

태을 사자도 잠시 난감해졌다. 그들이 이렇게 빨리 올 줄은 예기치 못했다.

"그건 마수들이 시킨 일도 아니고 인간들이 한 일이니 우리가 개입할 수는 없지 않은가?"

"그렇다구 보고만 있을 거유? 이순신이야말로 왜란 종결자인데 이순신이 죽으면 어쩌란 말유!"

"흠……. 이때를 대비하여 은동이가 있는 것 아닌가?"

"하지만……."

흑호가 뭐라고 말하려는 찰나 방문이 열리며 오엽이 뛰어들었다. 흑호는 놀랐지만 태을 사자는 침착했다. 둘 다 인간 모습으로 둔갑을 하고 있었기에 염려될 것이 없었던 것이다.

"아이구! 야단났어요!"

"무슨 야단이 났다고 그러느냐?"

"은동이…… 아니, 의원 나으리가……."

"엉? 은동이가 뭘 어째?"

흑호, 아니 범쇠가 눈을 부릅뜨자 오엽이 흑흑 흐느꼈다.

"의원님이 바다에 뛰어 빠졌나 봐요! 지금 해변가에 밀려나와 있는 걸 보았어요!"

"뭐…… 뭐라구!"

흑호가 대번에 방문을 박차고 둔갑법을 써서 나가려는 것을 태을사자가 전심법으로 붙잡았다.

"조심하게! 저 아이가 보고 있는데 술법을 사용하면 어쩌겠다는 건가!"

"저 아이는 괜찮어."

"뭐가?"

"우리 정체를 대충은 안다니깐?"

"어허, 그래도!"

태을 사자는 흑호를 나무라고는 오엽에게 말했다.

"어디냐! 앞장서거라!"

그러더니 따라나서려는 흑호를 태을 사자가 전심법을 써서 말렸다.

"지금 이순신을 해치려는 자객이 오고 있다고 하지 않았나? 그 자객을 자세히 살피게. 하필 이럴 때 은동이가 물에 빠졌다니……. 그래도 개입하지는 말고 급해지면 내게 알리게."

흑호는 당황한 끝이라 고개만 끄덕였다. 오엽은 태을 사자와 함께 은동이 떠밀려 왔다는 해변으로 달려갔다. 과연 은동은 해변가에 떠밀려 와 있었다.

오엽은 그 자리에 주저앉아 울먹였고 태을 사자는 급히 은동의 숨이 붙어 있는가 확인해보았다. 다행히 은동은 죽지 않았으며 몸이 젖은 것 외에는 특별히 상처를 입지도 않은 듯했다.

"어때요? 네?"

오엽이 다급하게 묻자 태을 사자는 휴 하고 한숨을 쉬면서 말했다.

"염려 마라. 별일 없을 것 같다."

서둘러 태을 사자는 은동의 몸을 들쳐 업다 이상한 것을 발견했다.

"음?"

하얗고 긴 머리카락 같은 것이었다. 그것은 은동의 몸에 붙어 있었는데 태을 사자는 그것을 보고는 얼굴색이 변했다. 호유화의 머리카락 같았기 때문이다.

"왜 그러세요?"

오엽이 묻자 태을 사자는 아무것도 아니라면서 얼버무렸다. 그러나 태을 사자는 머리카락을 다시 만져보며 틀림없이 호유화의 것인지 기운을 확인했다. 틀림없었다. 태을 사자는 궁금해졌다.

호유화가 은동을 물에 빠뜨렸단 말인가, 아니면 호유화가 은동을 구해주었단 말인가? 두 가지 다 이해가 되지 않았다.

'해치려 했으면 굳이 물에 빠뜨릴 필요도 없었을 것이고……. 은동의 아버지까지 죽인 판에 은동이를 구해주었을 리도 없으니……. 괴이한 일이로구나…….'

아무튼 태을 사자는 은동이를 업으며 오엽에게 물었다.

"이 아이를 발견했을 때 이상한 것을 보지 못했느냐?"

"음……. 그러니까…… 음……. 잘못 본 거 같은데……."

"개의치 말고 어서 말해보거라."

"음……. 희미하게 길고 하얀 머리카락을 가진 사람을 본 것 같아요. 그래서 놀라서 해변 아래로 내려가본 거예요. 근데 아무도 없었어요. 허깨빈 줄 알았는데……. 에구, 무서워라."

태을 사자는 흠 하는 소리를 내며 아랫입술을 깨물었다. 그렇다면 호유화가 은동을 구해준 것이 틀림없는데……. 도대체 호유화는 무슨 생각을 하고 그러는 것일까?

"되었다. 어서 돌아가자꾸나. 공연히 소란스럽게 다른 사람들에게 알리면 안 된다. 알겠느냐?"

"예……. 그나저나 괜찮을까요? 정말?"

"괜찮을 것이니 너는 먼저 달려가서 방을 치우고 더운물을 준비하거라."

"예!"

오엽은 대답을 하자마자 쪼르르 뛰어갔다. 그것을 보고 태을 사자는 한숨을 쉬었다.

'저 아이도 은동이를 끔찍하게 따르는구나. 거참…….'

기왕지사 호유화가 적이 되었으니 저 아이가 장차 은동과 함께 살면 어떨까 하고 태을 사자는 잠시 생각해보았다. 생김새도 꽤나 예쁘장한데다 눈치가 빠르고 영리하여 좋은 배필이 될 것 같았다.

오엽이 사라지자 태을 사자는 법력을 조금 넣어 은동이 정신을 들게 만들었다. 은동은 금방 정신을 차렸으나 병마에 시달리고 물에까지 빠진 모습은 처량하기 이를 데 없었다.

"정신이 드느냐?"

태을 사자가 묻자 은동은 눈을 번쩍 뜨더니 주변을 두리번거렸다. 그러고는 어두운 안색이 되어서 눈을 감았다.

"사자님이 날 구했나요?"

"아니다."

"그럼 누구죠?"

태을 사자는 묵묵히 은동의 손에 호유화의 흰 머리털을 쥐여주었다. 그것을 보고 은동은 앗 하는 듯했지만 괴로운 듯 눈을 감았다. 어째서 호유화가 자신을 구한 것일까 하는 의문이 들었으나 아직은 그런 생각을 할 만큼 머리가 자유롭게 돌지를 않았다.

"너 어쩌다가 물에 빠졌느냐?"

"왜 살렸죠? 그냥 놔두지……."

"음……. 네가 스스로 물에 뛰어든 게냐?"

은동은 아무런 말도 하지 않았다. 태을 사자는 심각한 어조로 물었다.

"왜 그랬느냐? 그토록 괴로웠느냐?"

은동은 눈을 감고 여전히 아무런 말도 하지 않았다.

"괴롭다고 죽으려 드느냐? 죽으면 편할 줄 아느냐?"

태을 사자가 힐책하자 은동이 버럭 소리쳤다.

"죽어보아야 별것 아니잖아요! 저승에 가거나 다시 태어나거나 둘 중 하나 아닌가요!"

그러자 태을 사자는 천천히, 무거운 목소리로 말했다.

"너는 저승을 구경해보아서 죽어도 별것이 아닐 줄 알았느냐?"

은동은 그래도 대답을 하지 않았다. 태을 사자는 조용히 탄식을 하며 입을 열었다.

"안 되는 것을 그랬구나. 역시 너처럼 어린아이에게 책임을 지우는 것이 아니었는데 그랬구나……."

그러다가 태을 사자는 갑자기 은동에게 목소리를 높였다.

"너는 죽음이 무엇인지 아느냐? 저승을 바깥에서 잠깐 구경해보았다고 죽음의 진정한 의미를 알았다고 할 수 있느냐! 네가 누구냐? 은동이지? 죽으면 은동이는 없어지는 것이다. 아무리 영혼이 불멸이고 윤회한다고 해도 죽으면 어쨌든 은동이라는 존재는 사라지는 거야. 영혼이 있고 윤회한다고 죽음이 아닌 줄 아느냐?"

"저승에 가면 아버지와 어머니를 만날 수 있을 것 아니에요."

"만나기 어려울 것이다. 아니, 만나도 너를 알아보기도 어려울 것이고 너도 알아보기 어려울지 모른다. 더구나 자살은 큰 죄이니 아무리 공을 세운 너라도 지옥에서 끝없이 시달릴지도 모른다."

"아버지가 나를 알아보지 못한다구요? 어째서요!"

"인간이 죽으면 대부분 기억도 씻어진다. 영혼이 불멸이더라도 죽은 사람은 심판을 거친 뒤에 다시 새로운 사람으로 태어나게 되는 것이다. 그러니 제아무리 영혼이 불멸이더라도 은동의 아버지 강효식이란 사람은 없는 것이란 말이다! 네가 죽어도 그것은 마찬가지!"

"안 돼요! 그럴 수는……."

은동은 말을 멈추고 흐느끼다가 소리쳤다.

"제기랄! 신도 나쁘고 다 나빠! 왜 인간을 그리 해놓은 거야! 난 차라리 마수들의 편을 들 거야!"

"그만!"

태을 사자가 무섭게 소리치자 은동은 훌쩍훌쩍 울기 시작했다. 너무도 힘들고 너무도 겁나고 너무도 괴로웠다. 도대체 어떻게 해야 좋은 것일까? 무엇을 해야 할 것인가?

태을 사자는 후 하고 한숨을 쉰 다음 조용히 말을 건넸다.

"은동아, 저기를 봐라."

태을 사자는 돌산도 앞바다를 가리켰다. 그곳에 모여든 난민들의 마을에서 점점이 흐릿한 불빛들이 어슴프레 빛났다.

"은동아, 나는 누구보다도 죽음과 가까이 있던 자다. 그래서 사람들은 무서워하고 꺼리지. 하지만 나는 죽음과 가까운 덕에 누구보다도 인간의 삶을 사랑하고 아껴왔다. …… 인간의 삶은 짧아. 그리고 숱한 이별과 고통과 슬픔이 있지. 그러나 그것은 지긋지긋할 정도로 무한히 계속되는 우리 같은 존재들의 삶보다는 나은 것이란다. 적어도 인간적인 감정으로는 말이다."

말하면서 태을 사자는 다시 바다를 가리켜 보였다.

"삶이란 무엇일까? 불빛들을 보아라. 저 불빛 아래마다 사람들이 있겠지. 저들은 이 난리 때문에 모두 너같이, 또는 너보다 심하게 슬픔과 고통을 겪은 사람들이다. 그들은 모두 지치고 병들고 굶주린 가엾은 존재들이지. 그래도 그들은 살아가려 한단다. 앞으로의 삶이 더 힘들고 어렵고 슬플지도 모르지만 그들은 살아가려고 해. 나는 그것이 삶의 위대함이고, 삶을 아름답게 만드는 힘이라 믿는단다……."

"죽는 게 무서울 뿐이겠죠, 그들은……."

은동이 자신도 모르게 중얼거리자 태을 사자는 고개를 저었다.

"그럴까? 모두가 죽음을 무서워하지. 하지만 왜 죽음이 무서울까? 살려는 맹목적인 의지 때문에? 그렇다면 살려는 의지는 뭘까? 은동아, 죽음은 삶이 끝나는 순간일 뿐이란다. 삶이 없으면 죽음도 없는 것이고, 그 때문에 죽음은 오히려 삶을 더 가치 있게 만들어주는 것일 수도 있다……."

태을 사자는 잠시 쉬었다가 계속 말했다.

"너는 느낀 적이 없느냐? 자신이 생각하여 무언가를 한다는 것이 얼마나 행복한 일인지 말이다. 물론 인생은 짧다면 짧은 것이지. 허나 그런 시간이 주어진 것이 얼마나 축복받은 것인지 생각해본 적 있느냐? 그러나 그 안에 얼마나 많은 사랑하는 이들이 있었으며 얼마나 많은 것들을 기억하고 좋아할 수 있는지……. 그래, 죽음은 두려울 것이다. 삶에 애착을 가지고 아름다운 삶을 산 사람일수록 죽음은 더더욱 두려울 수도 있겠지. 하지만 그만큼 아름다운 삶을 살았다는 것 아닐까? 그런 삶의 기회를 스스로 팽개치는 짓이 과연 옳겠느냐?"

"저는……."

은동이 대답을 잘하지 못하자 태을 사자는 부드럽게 말했다.

"너는 저승에서의 심판이 어떻게 이루어진다고 믿느냐? 행한 죄를 따져 상벌을 주는 것이라 여기느냐? 그래, 그것도 있지. 그러나 그보다 큰 게 있다. 죄보다 중요한 것은 얼마나 자신에게 주어진 삶을 충실히 살았는가의 여부란다. 인간의 관점과도 비슷하지만, 또 다른 면이 있지."

"어떻게요?"

은동은 자신도 모르는 사이 태을 사자의 말에 귀를 기울였다.

"가령 너는 꼭두각시놀이나 사당패들의 탈춤 같은 것을 본 적이 있느냐? 그 무대는 바로 이 세상, 생계와 같은 것이지. 이건 비유일 뿐이다만……. 어떤 인형이나 탈은 멋지게 만들어져서 많이 나오는 경우도 있고, 어떤 인형이나 탈은 급하고 조잡하게 만들어져서 잠깐 나오고 들어가는 경우도 있단다. 조잡하고 별로 등장하지 않는 탈이나 인형은 아무런 가치도 없는 것일까? 아니다. 그런 배역이 없으면 아무리 멋진 주인공도 빛을 발하지 못하며 어떤 놀이라도 재미없게 되어버리는 것이란다. 결국 보는 사람들은 주인공이 가장 중요한 줄 알겠지만, 사실은 모두가 똑같이 중요한 거야. 아무리 작고 조잡해 보이는 탈이나 한 대목밖에 나오지 않는 작은 인형이어도 말이다. 알겠니? 비유가 이상하기는 하다만 삶이란 건 그런 거다. 인간의 삶에서 슬픔과 기쁨의 크기는 누구에게나 같단다. 남이 보기에 아무리 즐겁고 잘사는 인간이라도 남 몰래 흘리는 눈물이 있고, 아무리 비참한 사람일지라도 기쁨과 즐거움이 있는 법이란다. 스스로가 스스로를 포기하지 않는다면 그 크기는 반드시 지켜진단다. 그것은 바로 우주를 지배하는 인과의 법도이기도 해."

은동은 고개를 저었다.

"아니에요! 우리 아버지는 무슨 잘못을 해서 그렇게 죽어야 했나요! 그리고 우리 어머니는! 도대체 그분들에게 무슨 기쁨이 있었다는 거예요?"

은동이 항의를 했으나 태을 사자는 차근차근 이야기했다.

"슬프고 안된 일이다. 나같이 삭막하고 냉정한 놈도 그런 정도는 물론 알지. 그러나 말이다. 그분들이 정말 살아가면서 별다른 기쁨이 없었던 것 같으냐? 그분들은 너 같은 훌륭한 아들을 두지 않았느냐?"

은동은 화는 났지만 저절로 얼굴이 붉어지는 것 같았다. 태을 사자는 그런 은동을 보면서 말을 이었다.

"너는 아직 어려서 잘 모를지도 모르지만, 생계에는 다른 어느 계에서도 볼 수 없는 기적이 있단다. 자신들에게서 새로운 생명이 나서 그 생명이 계속 살아나가는 신비함 말이다. 닮았으면서도 같지는 않은 또 다른 존재가 계속 뒤를 잇는 것. 그것이야말로 전 우주를 지탱하는 원동력이고 기둥이기도 하단다. 변화와 발전이 없는 것은 죽은 것과 다름이 없는 것이니까……."

은동은 이해할 수 없었다. 은동은 그런 어려운 이야기를 듣자 다시 화가 나고 슬퍼졌다.

"나는…… 나는 이해할 수 없어요. 그런 것은 몰라요. 나에게는 부모님이 계셨는데 두 분 다 비참하게 돌아가셨다는 것. 나는 결국 고치지도 못할 몹쓸 병에 걸렸다는 것. 그리고…… 그리고……."

"말해보거라."

"좋아하던 누나…… 아니, 아줌마…… 아니 할머니가 있었는데 그 요물이 원수가 되었다는 것……. 그리고 나를 해치려 했다는 것 말이에요. 그런데 날 구한 게 호유화라구요? 도대체 왜 그런 거죠? 그리고 뭔지는 잘 몰라도 일이 이렇게 크고 중대한데 나는 아무것도 모르고 아무것도 할 수 없다는 것…… 그것밖에는요……."

은동은 울먹였다.

"몰라요, 모르겠어요. 하나도 이해가 가지 않고, 괴로워 죽겠어요. 숨이 막힐 것 같아요. 왜 내가 이 난리를 짊어진 이 수사님을, 아니 생계와 우주를 책임져야 하죠? 왜 내가, 이 꼬락서니가 된 내가 말이에요……."

"은동아……."

태을 사자가 불렀으나 은동은 입을 꾹 다물었다. 뭔가 생각하는 듯 눈빛이 빛났다. 태을 사자가 궁금해하며 왜 그러냐고 물어보려는데 멀리서 흑호의 목소리가 들려왔다.

"아이구! 큰일이우! 놈들은 대단하우!"

"왜 그러나?"

"놈들은 파수꾼들을 따돌리구 좌수영으로 금방이라도 들어갈 것 같수! 이대루라면 금방 들어가서 이순신을 죽이고 말 것 같으우! 아이구, 답답해 미치겠네!"

"조금만 기다리게! 경거망동하지 말고!"

"내가 사람들을 깨우는 것만도 안 되겠수? 이대로면 이순신은 쥐도 새도 모르게 죽구 말 거여!"

"왜요……?"

태을 사자의 얼굴이 심각해지자 은동이 물었다. 그러자 태을 사자는 은동에게 말했다.

"이순신을 노리고 자객들이 온다는구나. 네가 어떻게 해줄 수 없겠느냐?"

은동의 얼굴이 굳어졌다. 이제는 아무것도 안 하겠다고 맹세를 했었는데 또 뭔가 하라는 것인가? 은동은 고개를 저으려 했으나 그 순간 이순신의 얼굴이 떠올랐다. 명장으로서의 이순신이 아닌, 예전에 자신은 손주처럼 귀여워해주던 모습. 난민들을 걱정하던 모습. 병상에 누워서 신음하던 모습…….

하지만 은동은 이제 아무것도 하지 않겠다고 맹세한 것이 마음에 걸렸다. 그러다가 드디어 이번만은 이순신을 구해주겠다고 마음을 굳게 다잡았다.

"갈게요."

태을 사자는 두말 않고 은동에게 둔갑법을 걸어 속히 뛰어가게 했다. 은동과 태을 사자가 좌수영에 막 도달했을 때, 태을 사자는 전심법으로 흑호를 불렀다.

"자객은 어디에 있나?"

"막 이순신의 관사로 들어가려는 중이우. 그 집 지붕에 있수."

"몇 명인가?"

"두 명뿐이우. 그런데 몸놀림이 대단허우!"

"급하게 되었군!"

태을 사자는 원래 은동으로 하여금 소리라도 지르게 하여 다른 사람들을 깨우는 선으로 마무리를 지으려 했다. 그런데 자객이 그사이에 이순신의 관사에까지 들어갔다면 늦을지도 몰랐다.

태을 사자는 급히 은동에게 전심법으로 사태를 일러주려는데 흑호가 나타났다.

"제길! 이러고 있으면 어쩐단 말유! 은동아! 어서 가랏!"

흑호는 난데없이 나타나서는 무지막지하게도 은동의 몸을 잡고 던져버렸다. 돌연 은동은 흑호의 무지한 힘에 의해 지붕 위를 지나며 날아가려 했다. 그것을 보고 태을 사자가 놀라서 법력을 발하여 간신히 은동의 몸을 허공에 뜬 채 멈추게 하고 서서히 내려앉게 했다.

"은동이가 다치면 어쩌려고 그러는가?"

"제길, 태을 당신은 허수아비유? 다 그럴 줄 알구 그랬지. 급한 걸 어떡해?"

더 이야기를 할 틈도 없었다. 은동은 얼결에 지붕 위로 날아오기는 했으나 정신이 하나도 없었다.

지붕 위에 있던 자객인 겐키와 다른 동료 닌자는 난데없이 아이 한 명이 지붕 위로 날아와 서자 깜짝 놀랐다. 은동도 겐키의 모습을 발견하고는 놀라서 하마터면 지붕에서 미끄러질 뻔했다.

일류 닌자인 겐키의 행동은 과연 재빨랐다. 겐키는 단숨에 은동에게 다가들면서 품에서 날카로운 비수를 꺼냈다. 또 다른 한 명은 쇠사슬이 달린 낫을 휙 휘둘렀다. 비수의 빛이 달빛에 반사되어 번쩍이는 순간, 은동은 두려움에 질려버렸다. 아무것도 할 수 없었다. 오직 한 가지 말고는…….

겐키의 비수 날이 은동의 목에 닿으려는 순간, 겐키의 몸이 멈칫했다. 눈만 남기고 얼굴 전체를 감싼 검은 천 너머로 믿을 수 없다는 듯이 겐키의 눈빛이 출렁였다. 그리고 겐키는 곧 뻣뻣한 시체가 되어

지붕 위에서 아래로 떨어졌다. 그리고 다른 한 명의 닌자도 쓰러져 지붕 아래로 굴렀다.

은동은 목에서 가는 피를 한 줄기 흘리면서 부들부들 몸을 떨었다. 겐키의 행동이 너무나 빨랐기 때문에 흑호와 태을 사자도 은동이 위험하다고만 여겼지 어떤 행동을 취하지는 못했고, 겐키가 지붕에서 아래로 떨어지고 난 다음에야 움직일 수 있었다.

태을 사자가 다급하게 물었다.

"은동아, 괜찮으냐?"

"나…… 나…… 주문…… 주문을……."

은동이 부들부들 떨며 말하자 흑호가 고개를 끄덕였다.

"염라대왕이 가르쳐준 주문을 외웠구나. 흠……. 잘했다."

그사이에 흑호는 곧 아래로 내려가서 겐키의 시체를 마치 헝겊인형처럼 가볍게 뒤적거렸다.

"즉사했구먼. 헌데 역시 내가 구했던 왜병이로군. …… 참으로 묘한 운명이구먼……."

태을 사자는 은동의 낯빛이 좋지 않은 것을 보고 물었다.

"왜 그러냐? 은동아? 괜찮으냐?"

"내…… 내가…… 저 사람들을…… 저 사람들을……."

은동은 계속 부들부들 떨며 말을 잇지 못했다. 은동은 막 주문을 외우는 순간 겐키와 똑바로 눈이 마주쳤다. 잔뜩 긴장되어 살기를 품었던 눈빛이 허탈해지면서 생명을 잃고 풀리는 모습을 은동은 똑똑히 보았다. 너무도 무서웠다.

'죽음……. 이것이 죽음인가? 이게……?'

은동은 몸을 떨면서 지붕 아래로 뛰어내렸다. 저주로 인해 몸이 아팠지만 신력이 있는지라 그 정도는 가능했다. 은동은 죽어 몸이 굳어가고 있는 겐키를 다시 한번 살펴보았다. 비록 적이었지만 방금 전까지 펄펄하게 움직이고 있던 몸이 이제는 싸늘하게 식어 굳어가고 있었다. 다른 한 명의 닌자도 마찬가지였다. 은동은 원래 그의 상대가 될 수 없었다. 그러나…….

"잘했다, 은동아. 안 그랬으면 네가 위험했을 거여."

흑호의 말을 들으며 은동은 정신 나간 사람처럼 겐키의 죽은 눈빛을 내려다보고 있었다.

'잘했다구? 그래……. 잘한 걸까? 이 사람은…… 죽으면서 나를 원망했겠지. …… 그리고 이 사람의 아들이 있어 사연을 안다면 나를 원수로 여기겠지. 호유화가 내 원수인 것처럼……. 그리고…….'

갑자기 머리가 깨질 듯이 아파왔다.

"거짓말! 거짓말! 죽는 게 그렇게 중요하고 큰 거라면서 왜 잘했다고 하죠? 사는 게 그렇게 중요하다 해놓고는!"

은동의 사고가 다시 엉키기 시작했다. 태을 사자가 은동의 앞으로 천천히 걸어갔다. 그러자 은동이 소리를 버럭 질렀다.

"나를 나쁜 놈으로 만드는 건가요? 이런 병에 걸려 죽어가고 부모님도 없는 나를……? 그것도 모자라서 이젠 살인자, 왜군, 마수들과 똑같은 놈으로 만들었어! 나빠! 다 나빠!"

"은동아……."

태을 사자는 은동을 타이르려 했지만 은동은 순식간에 뒤로 몸을 돌려 흑호와 태을 사자를 보지도 않고 달려가버렸다.

원수…… 죽음…… 호유화…… 아버지…… 자객…… 천기…… 난리……. 은동의 머릿속은 뒤죽박죽되어갔다. 정말로 미칠 것만 같았다.

다음날 겐키와 이름 모를 닌자의 시체는 녹도만호인 정운에게 발견되었다. 정운은 이순신의 신경이 쇠약해질까 봐 시체를 비밀리에 처리하고 이순신에게는 말하지 않았다. 그리고 안팎의 경계를 한층 강화하여 이순신의 안전을 보장하기 위해 애썼다.

그리하여 일본 최고의 닌자이며 마수들의 공격에서도 버텨낸 겐키가 열 살 남짓한 한 소년에 의해 죽음을 당했다는 것을 아는 사람은 아무도 없었다.

하지만 그보다 더 큰일이 생겼다. 은동이 온데간데없이 사라진 것이다. 은동은 태을 사자와 흑호가 겐키의 뒤처리를 지켜보는 틈을 타서 짧은 낙서 같은 글줄기 한 장만 달랑 남겨놓고 사라져버렸다. 태을 사자와 흑호는 다른 사람들이 볼까 봐 뒷산으로 올라가서 편지를 뜯어보았다. 거기에는 아직 어린아이다운 서툰 필체로 다음과 같이 적혀 있었다.

> 어제는 미안했어요. 나는 생각해보려 합니다. 오래 걸리더라도 반드시 생각해보려 합니다. 걱정하지 마세요. 죽지는 않을 거예요. 태을 사자님이 해주신 말씀 잊지 않고 있습니다. 내 몸에는 빛을 쐬면 나쁘다면서요? 그러니 빛을 안 쐬고 생각해볼게요.
> 나는 아무것도 모릅니다. 무엇이 옳은지 모르겠어요. 너무 어려서 그런 것인지, 내가 모자라서 그런 것인지 모르겠습니다. 나는 생각을 해보고 싶습니다. 빨리 크고 싶습니다. 어른이 되면 이해할 수 있을까요? 알 수 있을까요? 뭔가 결심을 할 때까지 나는 아무것도 하지 않을 작정입니다. 억지로 시키지 말아주세요. 이제 저는 더 잃을 것도 없고 아무것도 무섭지 않아요.
> 나를 찾지 말아주세요. 내가 어디로 가더라도 나를 찾을 수 있다는 것은 압니다. 하지만 그냥 내버려두세요. 제발요. 흑호 아저씨와

하일지달 님께도 안부 전해주세요. 이만.

"어허……."

그 편지를 보고 흑호는 탄식했다. 그러고는 눈물이 그렁그렁해져서 사방을 둘러보다가 태을 사자에게 말했다.

"불쌍하게두……. 이거 어떡해야 하나? 응?"

태을 사자는 역시 침울한 목소리지만 짧게 말했다.

"할 수 없지. 그냥 놓아두세."

흑호는 분에 못 이겨 쾅 하고 땅바닥을 내리쳤다.

"제기럴! 이게 도대체 어떻게 되어가는 거여! 빌어먹을! 제기럴! 은동이는 어린 나이에 너무 가엾게 되었잖어! 이건 죽는 것보다 더 힘든 결정이라구!"

"그건 그러네. 어린 나이에 이런 생각까지 하게 되다니……. 하지만…… 하지만 말이네……."

태을 사자는 들창 너머로 하늘을 바라보며 조용히 덧붙였다.

"나는 오히려 이것이 다행일지도 모른다는 생각이네. 은동이는 너무 어려. 그리고 너무 큰 책임을 졌고, 견디기 어려운 일들을 짧은 시간에 겪었네. 은동이도 스스로를 되돌아볼 시간이 필요하다네. 은동이는 참으로 총명하고 좋은 아이일세. 하지만 이제껏 은동이는 스스로 생각해서 무엇을 할 만큼 크지 않았네. 이제는 스스로를 돌이켜볼 만한 때도 되지 않았을까?"

"제길! 하지만 난리는 어떡하라구! 마수들은 어떡하라구!"

"우리는 은동이에게만 무거운 짐을 지워왔네. 은동이에게 이해하지도 못하는 일을 하라고 강요할 수는 없지 않는가? 그 아이는 천성이 선하고 마음도 여리네. 그런 어린아이에게 벌써부터, 스스로 뭔가 판단하고 결단을 내리기도 전에 살인을 하라고 시키고 무시무시한 일들을 겪으라고 강요할 수 있단 말인가?"

흑호는 큰 어깨를 축 늘어뜨렸다.

"허어……. 내 잘못이우. 내가 그렇게 만들었수……."

흑호는 어제 은동이를 자객에게 집어던져 은동이가 그런 중요한 생각의 고비에 살인을 하게 만든 것을 깊이 뉘우치는 것 같았다. 그 모양을 보고 태을 사자는 흑호를 달랬다.

"그만두게……. 나는 믿네. 분명 애쓰고 노력하면 모든 일이 잘 풀릴 것이야……. 그것을 나는 믿네."

"무슨 말이유?"

"전에 내가 이야기하지 않았는가? 작은 관점에서 본다면 하늘은 그릇된 것 같고 올바르지 못한 일도 많이 일어나는 것처럼 보이네. 하지만 천기는 옳다고 나는 믿네. 천기는 궁극적으로는 반드시 옳은 방향으로 흘러가도록 되어 있다고 믿는다는 말일세. 모두가 노력하고 애쓴다면…… 그러기만 한다면…… 반드시 그리될 걸세. 은동이도 어떤 것인지는 몰라도 반드시 옳은 결단을 내리고 옳은 방향으로 가게 될 것이야……."

"은동이가 아무것도 하지 않겠다고 한다면 어쩌우?"

흑호는 대들 듯이 물었지만 태을 사자는 천천히 고개를 끄덕이며 침착하게 대답했다.

"그렇다면 할 수 없지. 그것이 옳은 일일 수도 있으니까."

"제기랄, 나는 모르겠수. 그러면 우리 둘만 애써야 한다는 건데? 우리 둘만 가지고 될까? 호유화도 우리 편이 아니고, 인간이 무슨 짓을 하건 우리는 더이상 간섭할 수 없는 것 아니우!"

"할 수 없지 않는가?"

"호유화가 다시 은동이를 해치려 한다면 어쩌우, 응?"

"그러지는 않을 것 같네."

그러면서 태을 사자는 바다로 뛰어내린 은동을 구한 것이 호유화였을 거라는 사실을 흑호에게 말해주었다. 그 말에 흑호도 놀랐다.

"어째 그런 일이? 도대체 알 수가 없구먼. 호유화가 도대체 무슨 속셈으로 그러는지……. 혹시 살려두고서 실컷 놀리고 괴롭히다가 없애려고 마음을 바꾼 건 아닐까? 거 왜 있잖수, 고양이도 쥐를 가지고 놀다가……."

태을 사자가 안색을 바꾸며 흑호의 말을 막았다.

"그만두게."

흑호가 찔끔하며 입을 다물자 태을 사자는 천천히 말했다.

"나는 호유화가 은동을 해칠 의사는 없는것 같네. 누군가 보내어 은동이의 몸에 무슨 일이 생기는가 보기는 해야겠지. 저승사자를 몇 명 보낼 생각이네."

"나두! 나두 도깨비랑 금수들을 풀어야겠수."

"그래……."

흑호는 문득 무슨 생각이 떠오르는지 태을 사자에게 물었다.

"그런데 은동이를 걱정하는 것은 나 못지않은 것 같은데…… 냉정하신 저승사자께서 웬일이시우? 천기 때문에 그러는 것 같지는 않은데?"

태을 사자는 정말 오래간만에 수줍은 듯한 미소를 살짝, 아주 살짝 지어 보였다.

"그러는 자네는?"

태을 사자가 되묻자 흑호는 껄껄 한바탕 웃었다.

"나두유……. 처음에는 마수 놈들이 밉고…… 일족의 원수도 갚아야겠다고 해서 끼어들었지만……. 물론 지금도 그걸 잊은 건 아니우. 하지만…… 지금은 왠지 또 모를 것이……. 제길, 말이 안 되누먼. 허허……."

흑호가 말꼬리를 슬그머니 흐리자 태을 사자는 고개를 끄덕이고는 말했다.

"나도 그렇네. 은동이가 무사해야 할 텐데……. 나도 마음이 놓이지 않는 것은 사실이네. 그러나 어쩌겠는가? 스스로의 길은 스스로가 정하는 것이니……."

태을 사자의 말에 흑호는 푸욱 땅이 꺼지게 한숨을 내쉬었다. 그러고는 혼잣말처럼 외쳤다.

"은동아. 어딜 가든 무사하기만 해라! 항상 편안해다우! 그리구…… 그리구 꼭 돌아오너라!"

흑호의 말은 메아리가 되어 산에 여기저기 울려 퍼지다가 힘없이 사라져갔다.

은둔 생활

홀로 좌수영을 떠나 터벅터벅 길을 걷던 은동은 좌수영이 아스라이 사라져 보이지 않게 되자 한숨을 내쉬었다. 혹호나 태을 사자가 자신이 남긴 편지를 보았을까? 그럴 때는 지난 것 같았지만 누가 따라오는 것 같지는 않았다.

'따라오지 않는구나……. 고마워요.'

자신의 길을 막지 않는 것이 고마우면서도 한편으로는 섭섭하기도 했다. 한참을 가다 보니 맥이 풀려 쓰러질 것 같았다. 벌써 그저께 저녁 이후로 아무것도 먹지 않았다.

"아이구, 이 근처는 민가도 없고……. 어떻게 하나……."

은동은 혼잣말로 중얼거리며 그 자리에 털썩 주저앉았다. 눈앞이 아득하니, 금방이라도 쓰러져버리고 싶은 심정이었다. 고통은 만성이 되어갔지만 그것을 참으며 걷고, 또 굶주리기까지 하니 견디기 힘들었다. 은동은 팔을 걷어보았다. 푸르죽죽하게 변해가는 병든 피부는 빛을 쏘이자 한결 더 심해지는 것 같았다.

은동은 아이구 싶어서 얼른 소매를 내렸다.

'난 아마 이대로 썩어서 죽겠지……? 에이, 모르겠다. 죽으면 죽는 거지……. 하지만…… 하지만…….'

은동이 멍하니 주저앉아 쓸데없는 생각들을 하고 있는데 갑자기 산토끼 두 마리가 은동 앞에 나타났다. 사람을 무서워하지 않는 것 같았다. 은동은 고개를 갸웃하며 토끼를 바라보며 쫓으려는 듯 손을 내저었지만 토끼는 도망치지 않았다. 아니, 오히려 은동 앞에 다가와 몸을 움츠리는 것이었다.

'무얼까? 마치 잡아먹어달라고 하는 것 같구나. 이런, 이런…….'

거기까지 생각하자 문득 머릿속을 스치는 것이 있었다. 흑호였다.

'이런, 흑호가? 나더러 토끼라도 잡아먹으라는 건가? 으음…….'

흑호의 마음씀씀이가 고마웠지만 눈을 빤히 뜨고 있는 토끼들을 잡고 싶지는 않았다. 그때였다. 뒤에서 누군가의 목소리가 들려왔다.

"어머! 토끼네. 잘됐네. 나으리, 배고프실 텐데……."

은동은 고개를 돌려보았다. 그러자 천만뜻밖에 그곳에 오엽이 서 있었다.

"어……. 너…… 너 대체 어떻게……."

그러나 오엽은 은동의 말은 들은 척도 않고 종알종알 지껄이며 대뜸 토끼의 귀를 낚아챘다.

"아프시다면서 무슨 걸음이 그리도 빨라요? 쫓아오느라고 죽을 뻔했네. 여긴 길도 없는 곳이라구요! 이런 데로 들어오다니 정말……."

그러면서 오엽은 조금의 망설임도 없이 토끼를 바라보았다.

"불쌍한 것. 하지만 너는 나으리의 요기가 될 테니 그리 서운해 마라."

오엽은 조그마한 장도칼을 꺼내 토끼를 잡으려 했다. 은동은 오엽이 토끼를 잡으려는 것을 보고 놀라서 소리쳤다.

"죽이지 마! 나는 괜찮아!"

그러나 오엽이는 고개를 젓고는 단번에 토끼를 잡아버렸다.

"배고프다고 얼굴에 써 있는데 왜 그러세요? 토끼가 불쌍한가요?"

은동은 토끼가 죽어 축 늘어진 것을 보고 몸을 부르르 떨었다.

"저런……. 안 죽여도 되는데…… 너는……."

오엽은 죽은 토끼를 들고 대들듯이 은동에게 내밀었다.

"안 죽여도 된다구요? 그럼 나으리는 굶어 죽을 건가요? 불쌍하다구요? 그럼 나으리는 안 불쌍한가요?"

새쭉거리며 대꾸한 오엽은 조금의 망설임도 없이 토끼 가죽을 슥슥 벗겼다. 은동은 차마 볼 수가 없어서 눈을 감았으나 오엽이 냉랭하게 말했다.

"살려면 먹는 것도 당연한 거예요. 정 토끼가 불쌍하면 마음으로 미안하다고 하기나 해요. 나으리가 살려면 다른 것들을 먹어야 해요. 그건 죄도 아니고 이상한 것도 아니에요."

"하지만……."

은동이 엉거주춤 말을 못하자 오엽은 흥 하면서 피 묻은 손으로 머리칼을 추스르더니 말했다.

"내가 보기엔 토끼보다 나으리가 더 불쌍해요. 그 꼴이 대체 뭐예요? 토끼가 불쌍한 줄 안다면 나으리 자신이 불쌍한지 아닌지 생각해보는 게 어때요?"

은동은 아무 말도 없이 멍하니 앉아 있었다. 오엽은 눈 깜짝할 사이 토끼의 가죽을 벗기고 낙엽과 잔가지를 긁어모아 불을 피워 토끼를 구웠다. 비록 엉성하게 구워졌지만 오엽은 그것을 은동에게 불쑥 내밀었다.

안 그래도 은동은 그간 죽음과 다른 일들에 대해 깊은 번민을 하던 차에 눈앞에 멀쩡하게 살아 있던 토끼가 구이가 되어 쓱 내밀어지자 토할 것 같았다.

"으음……. 이…… 이건……."

은동이 머뭇거리자 오엽이 샐쭉해져서 말했다.

"토끼가 불쌍하다고 했나요? 나으리가 안 먹으면 이 토끼는 괜한 죽음을 한 거예요. 쇤네, 비록 생각은 없지만 자신이 필요해서 살생하는 건 할 수 없다고 여겨요. 죄가 되는 건 죽은 대상을 정말 불쌍하게 여기는지, 그리고 정말 그리 생각하는지에 달렸다고 봐요. 토끼에게 미안하다면 먹고 기운을 차려요. 그럼 된 거예요……."

오엽은 처음에는 샐쭉하게 말했으나 치츰 목소리가 애절해졌다. 은동은 잠시 생각하다가 눈물을 주르르 흘렸다.

"난…… 난……."

"사내대장부가 왜 그리도 잘 우나요! 찔찔찔……. 계집애들보다 더 하네!"

"아냐!"

은동은 얼굴이 붉어져서 냉큼 오엽의 손에서 토끼를 빼앗아 마구 먹었다. 반쯤밖에 안 익었지만 굶주리던 차라 몹시 맛이 좋았다. 오엽은 그런 은동을 미소를 띠며 바라보다가 은동이 토끼를 거의 다 먹자 입을 열었다.

"근데…… 어디로 가실 건가요?"

"왜?"

오엽이 피식 웃으며 양손을 허리에 짚었다.

"나으리, 똑똑하신 분이 왜 그러세요? 여기는 산속으로 들어가는 길이라구요. 나무하는 사람들밖에 안 다니고 인가도 없어요. 나으리가 나왔을 때는 어디로 가겠다는 요량이 있었을 것 아니에요?"

은동은 쩔쩔맸다. 흑호나 태을 사자 앞에서도 당당한 은동이었지만 지금 말 잘하는 오엽 앞에서는 고양이 앞의 쥐처럼 꼼짝도 할 수가 없었다. 더구나 오엽은 비슷한 나이이니 응석을 부리기에도 자존심이 허락하지 않았고, 막무가내를 부리기에도 오엽의 태도가 너무 당당했다.

어느새 은동은 과거의 철없는 어린아이로 돌아간 것 같았다. 일견으로는 마음이 편해지는 것 같았다.

"으음……. 나는……."

은동은 끙끙거리다 문득 떠오르는 것이 있었다.

"음……. 금강산으로 갈 거야!"

"금강산요? 거긴 왜요?"

"으음……. 그래. 거기는…… 유정 스님이라고 법력 높은 분이 계시거든. 그래서 거기서…… 음……. 그러니까 동굴에라도 들어갈 건데……."

"동굴에는 왜 들어가나요? 왜 꼭 범쇠 아저씨처럼 웅얼웅얼해요?"

"으음……. 병을 고치려고……. 난 빛에 쏘이면 안 되는 병에 걸렸거든."

오엽이 얼굴에 슬픈 빛을 띠며 깜짝 놀란 표정을 지었다.

"어머? 그런 병이었나요? 나으리가 안 좋은 것은 알았지만……."

잠시 말끝을 흐리다가 오엽이 말했다.

"의원에게 보이는 것이 좋지 않을까요?"

은동은 그 얘기를 듣는 순간 문득 서글퍼졌다.

"내 병은 어느 의원도 못 고쳐."

"하긴……. 나으리도 의원이시니 병에 대해 모르실 리가 없고……. 그런데 그냥 동굴 안에서 무엇을 하시게요?"

은동은 또 막막해졌다. 그것까지는 생각하지 않았던 것이다. 조금 고민하던 은동은 문득 오엽의 얼굴을 보았다. 오엽의 얼굴은 얼마 전과는 또 어딘가 달라져서 정말 예뻐 보였다. 하루하루가 지날수록 예뻐져가는 것 같아서 은동은 얼른 얼굴을 돌렸다.

불현듯 호유화가 떠올랐다. 그러다가 자신도 모르게 죽은 아버지의 생각에 분통이 터지는 것을 느꼈다.

"그래. 수련, 수련을 할거야! 요물을 잡아야 하거든!"

다부진 은동의 말에 오엽은 깜짝 놀랐지만 곧 박수를 치며 기뻐했다.

"그래요? 어마! 신나라! 그런데 그 요물은 누군데요?"

"너는 말해도 몰라. 이 세상의 것이 아니야."

"어머머……. 더 듣고 싶어요. 뭔데요, 네?"

말하면서 오엽은 은동의 옆으로 바싹 붙었다. 은동은 무엇인지도 모르면서 오엽의 몸이 바싹 붙자 그냥 괜스레 기분이 좋아졌다.

"구미호야. 꼬리 아홉 개 달린 여우."

"세상에! 정말 구미호가 있나요?"

"그래. 호유화라는 요물인데 환계라는 데의 환수래. 그게…… 우리 아버지를 죽였어……."

그 말에 오엽은 놀라는 눈치였다. 오엽은 말을 잇지 못하다가 조금 뒤에 은동에게 물었다.

"아버님이…… 돌아가셨나요?"

"그래."

"요물이 왜 아버님을 죽였지요?"

은동은 자신이 했던 거짓말과 실제 이야기가 섞이자 당황하여 말을 할 수가 없었다.

"나도 몰라. 하지만…… 난 원수를 갚아야겠어!"

"네……."

오엽은 뭔가 생각하는 듯하더니 이내 낯빛이 어두워졌다. 은동은 오엽이 자신을 불쌍하게 여겨서 그런가 보다 싶어 서글퍼졌다. 그러나 오엽은 곧 쾌활하게 말했다.

"꼭 그렇게 하세요! 원수는 갚으셔야죠! 나으리라면 반드시 하실 수 있을 거예요……."

그 말에 은동은 또다시 호유화에 대한 적개심이 불타올라 주먹을 휘두르며 외쳤다.

"그래! 맹세해! 꼭 아버지의 원수를 갚을 거야!"

"그래요……. 꼭 그렇게 되실 거예요……."

오엽은 그런 은동을 가만히 바라보다가 돌연 약간 남자 같은 말투로 말을 건넸다.

"그런데…… 빛을 쐬면 안 된다고 하면서 낮에 떠나서 어쩌겠다는 거죠?"

은동은 그냥 북받쳐 오르는 감정에 무심코 떠난 것이라 그런 것은 염두에 두지도 않았다. 원래 은동은 낮에는 길을 가고 밤에는 무조건 자는 것으로 알고 있었기 때문이다.

"아……. 그…… 그건……."

"그래요. 걱정이 많으셔서 미처 생각 못 하셨겠지요. ……그러니 쇤네가 길을 안내할게요. 쇤네 고향이 금강산 부근이에요. 그러니 힘들겠지만 낮에는 자고 밤에만 길을 가야 해요."

은동은 오엽이 따라온다는 말에 놀라서 물었다.

"어……. 너…… 너 따라올 거야?"

오엽이 다시 샐쭉해하면서 대꾸했다.

"나으리는 토끼 한 마리도 못 잡으면서 도대체 어쩌겠다는 거죠? 네? 길을 가는 동안은 물론이고 동굴 안에서 있을 거라면서 누가 나으리 밥을 해주고 수발을 해준단 말이에요? 나으리는 원수를 안 갚을 건가요?"

원수 갚는다는 이야기가 나오자 은동은 물러설 수 없었다. 그래, 원수를 갚아야지. 아버지를 죽인 호유화를 내 손으로 물리쳐야지 하는 생각에 은동은 다시 이를 악물었다. 하지만 그러려면 얼마나 시간이 걸릴지도 모르는데, 오엽이 따라오면서 수발을 해준다면 오엽에게 너무 미안할 것 같았다.

"하…… 하지만…… 그건 내가 너무 힘들지도……. 주막에라도 들르면 되는데……."

"염려 마요! 저야 원래가 나으리를 모시는 계집인걸요? 그리고 무슨 주막엘 들러요? 나으리처럼 어린 사람이 혼자 길 떠났다고 하면 아무도 믿지 않을 거고 어른들이 잡아 좌수영으로 돌려보낼걸요?"

"어……. 그…… 그건 안 되지만……."

황망스런 표정을 짓는 은동을 쳐다보며 오엽이 잠시 궁리하다가 말했다.

"그럼 방법이 있어요. 말이나, 안 되면 나귀라도 한 마리 사서 낮에는 풀을 먹이고 밤에는 타고 길을 가면 돼요. 돈 가진 건 있나요?"

"음?"

그러고 보니 은동은 돈 같은 것은 생각조차 해본 적이 없었다. 그 모습을 보고 오엽은 또 잔소리를 늘어놓으려고 했다. 그때, 지난번 흑호가 새로 캐다 준 산삼이 떠올랐다.

"이거…… 이거라면 돈이 되지 않을까?"

오엽은 은동이 꺼낸 두 뿌리의 산삼을 보고 샐쭉거렸다.

"크기는 하지만 도라지 두 뿌리를 팔아봐야 얼마나 되겠어요?"

"이건 도라지가 아냐. 산삼이래!"

"네? 에이, 설마……."

"정말이야!"

오엽은 고개를 갸웃하다가 입을 열었다.

"의원 나으리 말이니…… 정말일 것도 같지만……. 이건 말린 삼도 아니잖아요? 캔 지 얼마 되지도 않은 것 같네……. 언제 캐셨대?"

은동은 할말을 찾지 못하여 입을 다물었다. 오엽은 산삼을 빼앗듯이 받아들고 말했다.

"좋아요. 쇤네가 가서 한번 팔아보죠. 나으리는 세상을 몰라서 속을 수 있으니 안 돼요. 근데…… 이게 정말 값이 나가는 건가요? 얼마나 나가죠?"

은동도 그것은 몰랐다. 하지만 의원 체면에 산삼값도 모르는 것 또한 말이 되지 않는 것 같아서 지난번 흑호에게 들은 이야기를 옮겼다. 흑호는 작은 것 한 뿌리로도 기와집 한 채는 살 거라고 하지 않았던가?

"기와집 한 채 값은 넘을 거야."

"에? 설마……."

사실은 은동도 믿어지지 않았지만 흑호가 거짓말을 할 리는 없었으므로 은동은 자신 있게 말했다.

"정말이라니깐!"

결국 오엽은 은동을 그늘진 숲에 두고 산삼을 팔러 혼자 갔다. 은동은 누워 쉬면서 눈을 붙였다. 오엽이 혹시 도망칠지도 모른다는 의심도 들었지만 그저 편하게 생각했다.

'가면 오히려 다행이지. 같이 가면 고생이 막심할 텐데……. 그냥 가라, 오엽아. 그냥 들고 도망가……. 그리고 나는…… 나는 그냥…… 모든 게 귀찮은데…….'

오엽은 돌아왔다. 그것도 나귀 한 마리를 끌고 아주 생글생글 웃는 얼굴로.

"나으리, 정말이네요! 신기하기도 해라."

"음? 왔니?"

은동은 오엽이 돌아온 것을 보고 조금 시무룩해졌지만 곧 얼굴을 폈다. 이렇게 된 이상 할 수 없다 싶기도 했고, 또 사실은 예쁘고 영리한 오엽과 같이 가는 것이 싫지도 않았다. 오엽은 호들갑을 떨며 말했다.

"정말로 귀한 물건이더라구요! 돈하고 은괴도 받고 쌀도 샀어요! 정말로……."

은동은 오엽의 호들갑을 막아섰다.

"그럼 됐어. 그런데……."

"네?"

"뒤에 따라오는 건 누구지?"

"네?"

오엽은 뒤를 돌아보고는 까무러칠 듯 놀랐다. 그 뒤에는 벌써 인상부터가 좋지 않아 보이는 남자들 몇 명이 얼씬거리고 있었던 것이다.

"어린것들이 그렇게 많은 돈을 들고 뭐하냐? 어른에게 맡겨라."

"이렇게 인적 없는 산중에까지 제 발로 와주다니, 정말 고맙기도 하구먼."

실실 웃으며 그렇게 말하는 사내들의 얼굴에는 탐욕이 넘쳐흘렀다. 오엽이 큰돈을 들고 오는 것을 보자 도둑들이 달라붙은 것이다. 오엽은 도둑들을 보고 벌벌 떨며 은동의 뒤에 숨었다.

"어떡해요……. 아이구……."

은동은 귀찮은 듯이 심드렁하게 입을 열었다.

"어서들 가세요. 다칩니다."

대뜸 도둑들이 우하하 하고 큰 소리로 웃었다. 보기만 해도 벌써 어리고 가냘픈데다가 병색까지 완연한 은동이 그런 소리를 하는 것을 듣고는 웃지 않을 수 없었다.

"꼬마야, 맞고 내놓을 테냐? 내놓고 맞을 테냐? 낄낄……."

도둑 중 한 놈이 은동을 얕잡아 보고 터벅터벅 은동의 앞으로 걸어왔다. 은동도 사실은 겁이 났지만 신력이 있어 겁낼 것이 없었다. 하지만 자신의 뒤에서 붙어 떨고 있는 오엽을 보자 안쓰러운 마음도 들고 행여 오엽이 다칠까 봐서 빨리 끝내기로 마음먹었다.

은동이 앞으로 나서며 조그마한 주먹을 쳐들자 놈은 비웃었다.

"허. 조막손으로 치려고? 그럼 한번 쳐봐. 히히히."

놈은 때려보라는 듯 징그럽고 더러운 배를 불쑥 내밀었다.

다른 자들도 은동을 비웃었지만 은동이 나서면서 배 내민 녀석의 배를 건드리듯 툭 치자 그자는 신음 소리조차 내지 못하고 풀썩 그 자리에 쓰러졌다. 처음에는 장난인가 했는데 그자는 아예 눈을 뒤집고 정말로 꼼짝도 하지 못하는 것 아닌가?

다른 도둑들이 어이가 없어서 멍하니 은동을 돌아보자 은동은 짐짓 자기도 놀라는 척하며 웃었다.

"아, 어른들이 엄살도 참. 이번엔 좀 세요."

은동은 웃으면서 다른 도둑에게 뛰어들어 한 대 갈겼다. 이번에는 조금 더 힘이 들어갔다. 아주 제대로 맞은 도둑은 뒤로 한참을 날아가 나무에 부딪힌 뒤에 앞으로 털썩 쓰러졌다.

"어어……. 이 꼬마가!"

도둑들은 놀라면서 그때서야 무기를 꺼내려 했으나 은동은 나머지 두 놈을 하나씩 손에 잡고는 휘휘 돌리듯이 멀찍이 던져버렸다. 나가떨어진 놈들은 찍 소리도 내지 못하고 기절하고 말았다. 죽지는 않았지만 아마 몇 달은 방구들 신세를 져야 하리라.

"괜찮니? 오엽아, 넌……."

은동이 말하는데 오엽이 마구 울면서 은동에게 와락 안겼다.

"으아앙! 나으리! 나 죽는 줄 알았어!"

은동은 놀랍기도 하고 부끄럽기도 해서 얼굴이 붉어졌지만 차마 울고 있는 오엽을 떼어버릴 수는 없었다. 한참이 지나자 오엽은 울음을 그치고 품에서 떨어졌지만 이번에는 계속 재잘거렸다.

"세상에……. 나으리가 그렇게 셀 줄은 몰랐어요! 멋있어라! 천하장사네요? 이제 아무것도 겁날 게 없겠어요! 나으리, 꼭 저를 지켜주세요? 네?"

은동은 멋쩍기도 했지만 으쓱하기도 해서 알았다고 고개를 끄덕였다. 그러다가 또 서글픈 생각이 들었다.

'아무리 세상이 험하기로서니 아이들을 해치고 등치려 하다니……. 태을 사자는 삶이 아름답다고 했지만 이런 것도 아름다울까? 모르겠다. 아이구…… 머리야…….'

갈피를 잡기 힘들어 머리가 아파왔다.

은동은 오엽과 함께 나귀를 타고 열흘 이상이 걸려서 금강산에 당도하였다. 오엽은 영리해서 은동의 비위도 잘 맞추었고 늘 기발하고 장난스럽게 놀았기에 가는 동안 지루한 줄 몰랐다.

흑호의 보살핌 덕분인지, 밤에만 길을 가는데도 어떤 짐승도 그들을 해치려고 하지 않았으며 때마다 꿩이나 토끼 같은 작은 짐승들이 잡아달라는 듯이 다가오기까지 했다.

은동은 돈이 생긴 이후부터는 짐승들을 잡아먹지 않았고 함께 장난을 치며 놀았다. 밤에만 길을 갔기에 민심이 흉흉한 틈을 타 간혹 산적이나 왜병 몇몇과도 마주치곤 했지만 그때마다 은동은 신력으로 수월하게 그들을 때려눕힐 수 있었다.

은동의 기운이 센 것도 있었으나 대체로 산적이나 왜병들은 아이들뿐이라고 방심하다가 소리 한번 못 지르고 당하기만 했다. 오엽은 그때마다 벌벌 떨었으며, 그런 오엽의 가녀린 면을 보고 은동은 오엽을 지켜주어야겠다고 생각하게 되었다.

갈수록 은동은 병 때문에 더 고통스러워졌지만 아파서 정말 세상만사가 싫어질 것 같으면 오엽이 원수를 갚아야 한다고 부추겼다. 그때마다 은동은 그 생각을 하면서 그럭저럭 죽고 싶은 마음을 이겨내었다. 열흘 이상을 그렇게 지내다 보니 은동은 어느덧 죽고 싶다는 마음은 거의 잊게 되었고, 하루빨리 도를 닦고 법력을 배워서 원수 호유화를 자기 손으로 물리치겠다는 다짐만 하게 되었다.

은동은 금강산에 도달하여 산을 뒤져서 안이 널찍하고 물이 흐르는 동굴을 하나 잡았다. 그리고 그 안으로 들어가 돌로 문 입구를 거의 봉해버렸다.

"이제 나는 나가지 않을 거야. 원수를 갚을 때가 되기 전에는……."

그 말을 듣고 오엽이 울먹였다.

"정말요? 그럼 나랑도 놀지 못하나요?"

어느새 오엽과 정이 많이 든 은동도 마음이 약해졌지만 복수심으로 마음을 추슬렀다.

"안 돼. 이야기는 할 수 있지만……. 그러니까 오엽이는 내 걱정 말고 가도 돼."

"싫어요!"

오엽은 날카롭게 소리쳤다.

"내가 없으면 나으리는 어떻게 하라고요? 누가 수발을 해드리고 심부름을 해주고 필요한 것을 갖다 주겠어요?"

"나는 혼자서도 그럭저럭 살 수 있어. 네가 힘들어서 어떻게……."

"난 할 거예요! 내가 안 하면 나으리 혼자 어떻게 하려구 그래요?"

오엽은 완강했다. 은동은 눈시울이 뜨거워졌다. 부모님이 돌아가신 후 누가 자신에게 이토록 신경을 써주고 정을 주었던가? 과거의 호유화는 그랬지만 이제 호유화는 적이고 원수였다.

은동은 오엽마저 가면 허전할 것 같아서 조그만 소리로 부끄러운 듯 말했다.

"사실…… 있어주면 고맙겠어……."

"정말요? 호호……."

활짝 웃는 오엽을 보며 은동이 말했다.

"대신 한 가지 부탁이 있어."

"뭔데요?"

"제발 나를 나으리라고 부르지 말고 존댓말 좀 하지 마. 너 몇 살이지?"

"열두 살요."

"그럼 나보다 나이도 많잖아. 그러면 수발을 들어도 허락해줄게."

"안 돼요! 쇤네는 종인걸요! 쇤네는……."

"하지만……."

"안 돼요! 쇤네가 종이 아니면 수발드는 것도 안 할지 몰라요. 그럼 얼마나 아쉬워지겠어요? 다만……."

그러더니 오엽이 다시 한번 밝게 웃었다.

"나으리라고는 하지 않을게요. 됐나요?"

할 수 없이 은동은 그 정도로 좋다고 했다.

오엽이 대강의 살림살이들을 조금씩 짊어지고 나른 다음, 은동은 바람 들어올 정도로만 남기고 빛이 들어오지 못하게 동굴 입구를 막았다. 오엽은 슬퍼하며 꼭 그렇게 해야만 하느냐고 했지만 은동은 고집을 꺾지 않았다.

그렇지 않으면 오엽과 노는 데 정신이 팔려서 마음이 느슨해질 것 같았다. 더구나 병이 심해지지 않기 위해 나와도 밤에만 나올 수 있는데, 오엽이 밤에 이 산중을 홀로 올라와야 하니 그것도 마음에 걸렸다. 오엽이 처음에는 바로 동굴 옆에 초막을 짓겠다고 했으나 은동은 극구 말렸다. 그래서 오엽은 아랫마을에 거처를 정했다고 말하며 은동의 수발을 했다. 며칠을 그렇게 지내다 보니 은동은 지루해졌다. 컴컴하여 밤낮도 알 수 없는 처지에 아무것도 하지 않는데다가 몸이 괴롭고 보니 점점 성격도 침울해져갔고 그에 따라 호유화에 대한 복수심도 깊어만 갔다.

어느 날 은동은 오엽에게 부탁하여 유정 스님을 불러달라고 했다. 물론 동굴 저 너머로 목소리만 들리게 대화를 하는 것이었다.

"왜요?"

"스님께 법력을 배워야지……. 그래야 원수를 갚을 것 아니야?"

"나으리 힘이 그렇게 센데도 이기지 못해요?"

"안 돼. 그 요물은 세상에서 당할 자가 없을 정도야. 스님께 법력을 배워도 될까 말까야."

"차라리 그럼 유정 스님께 원수를 갚아달라고 부탁하면 어때요?"

"내 원수는 내가 갚아야지……. 그리고 유정 스님도 이기기 어려울 거야. 유정 스님하고 석저장군, 홍의장군 전부 덤빈다면 몰라도……."

"어머? 그렇게 강한 요물이라면 유정 스님에게 법력을 배워보아야 이기지 못할지도 모르잖아요?"

그러자 은동은 소리를 버럭 질렀다.

"하지만 해야 돼! 내가 죽든 호유화가 죽든……. 반드시 끝장을 봐야겠어!"

"호유화가 그토록 미운가요? 나으리가 다칠지도 모르는데……."

"미워, 미워. 정말 밉다구……."

오엽은 한동안 말이 없더니 유정 스님께 다녀오겠다고 나갔다. 은동은 유정 스님이 정말 와줄까 반신반의하고 있었는데 그날 밤, 유정 스님이 정말로 굴 밖에 왔다.

"은동이냐?"

유정의 목소리가 들리자 은동은 반가워서 울음이 터질 것만 같았다. 이제 가까운 사람을 모두 잃고 흑호와 태을 사자와도 멀어진 지금, 오엽이나 이순신을 빼면 유정 스님이 그래도 은동에게는 제일 가까운 사람이었다.

은동은 유정 스님이 와준 것에 대해 감사하며 그날 밤을 꼬박 새우고 그간의 이야기를 했다. 유정은 놀라면서 은동에게 자신이 알고 있는 술법을 모두 가르쳐주겠다고 약속했으며, 가급적 김덕령과 곽재우 등에게도 알려두겠다고 했다. 그리고 이순신도 자신들이 알아서 지키겠다고 말해서 은동을 안심시켰다.

이순신의 일이 해결된 것으로 같아 마음이 편해진 은동은 한층 분발하여 호유화를 이길 수 있도록 이를 갈며 수련에만 몰두하였다. 유정이 가르쳐주는 술법들은 모두 기기묘묘하고 희한한 것들이었는데 간혹 곽재우와 김덕령 등도 와서 또 다른 도가의 호흡법 등과 술법 등을 가르쳐주었다.

은동은 오엽이 계속 은동이 필요로 하는 물건 등을 구해다 주어서 별 불편이 없었다. 동굴은 상당히 넓어 수련을 하는 데도 그리 불편하지 않았으며 물이 빠지는 구멍도 있어서 그럭저럭 살 만했다.

은동은 가끔 가다가 오엽의 목소리를 듣는 것과 복수심을 불태우며 수련을 하는 것만을 낙으로 삼으며 하루하루를 지냈다. 날이 갈수록 은동은 오엽의 존재가 마음속에 자리잡아가는 것을 느꼈다.

오엽이 없었다면 제아무리 복수심이 강해도 견디지 못하고 뛰쳐나가거나 죽어버렸을 것이었다. 하지만 오엽은 그야말로 눈물겹도록 정성스럽게 은동의 시중을 들어주고 은동을 격려하고 때로는 나무라면서 잘 보살펴주었다. 몇 번이나 은동은 그런 오엽이 고마워서 눈물을 흘렸으나 오엽은 은동이 칭찬을 할작시면 도망치곤 했다.

그렇게 나날이 흘러갔지만 은동은 얼마나 지났는지도 알 수 없을 지경이 되어갔다. 동굴 속은 해도 비치지 않고 작은 호롱불 하나만 있을 뿐이라 점점 생활이 불규칙해져서 어림잡기도 어려웠다. 구멍 틈으로 밤낮을 알 수는 있어서 처음에는 날짜를 계산해보려고도 했지만 그것도 부질없는 짓 같아 속 편하게 잊어버리기로 했다.

그렇듯 얼마나 지나갔는지도 모르게 세월은 유수같이 흘러갔다.

그로부터 5년

은동이 은둔에 들어간 다음 처음 얼마간은 흑호도, 태을 사자도 찾아오지 않았다. 빛을 쏘이지 않아서인지 은동의 병세는 조금씩 좋아지는 것 같았다. 그렇게 얼마나 지났을지 모를 정도로 한참 시간이 흐른 뒤에 흑호가 한 번 찾아왔다. 동굴 밖에서 우물쭈물하는 바람에 은동은 흑호가 온 줄도 몰랐다. 그러나 나중에 오엽이 범쇠가 잠시 왔었다고 말하여 은동은 흑호가 왔다 간 줄 알게 되었다.

"범쇠 아저씨가 도련님(나으리라 부르지 못하게 한 다음부터 오엽은 은동을 도련님이라 부르고 있었다) 잘 있느냐고 묻더라구요. 세상에 어떻게 알고 온 건지. 그래서 나도 반가워서, 불러줄까요, 했더니 됐다구 하더니 그냥 가버렸어요. 여기까지 와놓고 왜 그냥 가느냐니까 그저 궁금해서 와본 거라구 하면서 절대 이야기하지 말라구 쩔쩔매대요? 후훗, 덩치도 커다란 사람이 어린아이처럼……."

은동은 문득 흑호가 보고 싶어졌다. 비록 인간은 아닐지라도 자신을 생각해주는 정이 있는 것이 틀림없지 않은가? 그러나 은동은 그런 내색을 하지 않고 오엽에게 돌려보내기를 잘했다고 말했다. 은동은 아무도 만나지 않을 결심으로 있었기 때문에 유정 스님과 김덕령 등이 몇 번 왔었지만 그들에게도 동굴 너머로 법력의 방법을 배우기만 했을 뿐 다른 이야기를 나누거나 직접 얼굴을 대하지는 않았다. 다행히 유정 스님 등도 은동의 그런 결심을 이해해주었는지 굳이 은동에게 세상 이야기를 하지는 않았다. 그러니 은동이 만나는 것은 오직 오엽뿐인 셈이었는데 오엽은 은동을 극진히 수발해주었고 영리하게 은동의 기분도 잘 맞춰주었다.

어느새 해가 넘어갔다. 태을 사자와 흑호는 몇 번 은동을 만나볼까 하였으나 결국은 그만두었다. 어디에 있는지 알고 있으니 만나려 하면 금방 만날 수 있을 터였지만 그들은 은동의 뜻을 존중해주기로 마음먹었고, 게다가 그다지 큰일은 벌어지지 않았기 때문이다. 사실 겉으로는 그래도 둘은 나름대로의 생각이 있었다.

흑호는 은동을 가엾게 여겨 암암리에 조선 땅의 모든 짐승들에게 은동을 해치지 말고 복종하라고 명을 내려둔 바 있었고, 은동이 그저 마음을 편하게 가지고 돌아오기만을 바랐다. 그러나 태을 사자는 은동이 어른이 된 다음에 오히려 큰일을 할 수 있을 것으로 은근히 기대하고 있는 참이었다. 사실 은동에게는 매어놓은 통천갑마가 있었기에 언제든 마음만 먹으면 강제로 불러올 수도 있었다. 그렇게까지 할 생각은 없었지만, 급한 일이 생길 경우의 대비는 되는 셈이니 안심하고 은동을 내버려둘 수 있었던 것이다.

흑호나 태을 사자나 모두 인간이 아니고 수없이 오랜 시간을 살아가는 존재들인 까닭에 고작 몇 년 정도 기다리는 것은 그들에게 별로 큰일이 아니었다. 마수들도 별반 출몰하지 않아 그들은 계속 감시만 하면서 시간을 보냈다.

• • •

조선의 의병과 민병, 그리고 이순신의 수군은 왜군의 보급로를 완전히 차단하여 왜군의 진격을 멈추게 하는 데 성공했다. 의병들은 요원의 불길같이 일어나 왜군들에 맞섰고, 조직과 편제가 점차 커져갔다. 전투도 전쟁 초기의 일방적인 국면에서 벗어나고 있었다.

7월 7일에는 왜국의 승장 안코쿠지 에케이의 부대가 전주에 진격하였으나 웅치에서 김제군수 정담, 동복현감 황진 등이 지휘하는 의병에게 공격을 받았다. 조선 의병들은 전원이 전사할 때까지 싸우는 무서운 투혼을 발휘하였고, 이에 안코쿠지 에케이는 전주 부근까지 진격하였음에도 기가 꺾이고 겁이 나서 퇴각해버리고 말았다.

7월 8일에는 왜국에서도 맹장으로 일컬어지는 고바야카와 다카카게의 제6군 15,700명의 부대가 전주에 진격하였는데, 금산군과 완주의 경계인 배재(배고개. 기록에는 한자화하여 이치梨峙로 기록되어 있다)에서 권율이 지휘하는 1,300명 정도의 의병에게 반격을 받아 패전하고 말았다. 배재 전투는 최초의 육상에서의 승리이자 소수의 조선군이 다수의 왜군을 물리친 면에서 의의가 컸다.

고바야카와 부대는 패전 후 금산을 점령하였는데 8월 18일에는 율곡 이이의 수제자인 조헌이 지휘하는 700명의 의병과 영규대사가 이끄는 승병의 공격을 받았다. 조선 의병은 전원이 전사하였지만 왜군의 부대도 커다란 타격을 받고 진군을 멈출 수밖에 없었다. 또 고경명이 지휘하는 7천여 명의 의병도 고바야카와의 부대와 싸워 전원이 전사하였으나 고바야카와의 부대가 완전히 무력화될 만큼의 타격을 주었다.

선봉장이던 고니시는 평양성에서 조승훈의 부대를 한때 격퇴하기는 했지만 여역과 탄약 부족, 굶주림 때문에 꼼짝도 못하고 있었다. 또 다른 선봉장인 가토는 함경도까지 진출해 조선의 두 왕자 임해군과 순화군을 포로로 잡아 기가 하늘까지 뻗쳤다. 그러나 두 왕자는 가토가 직접 잡은 것이 아니라 국경인이라는 매국노가 잡아다 바친 것이었다.

국경인은 문관이었다가 회령으로 유배되어 아전으로 있었는데, 조정에 대한 원망을 엉뚱하게 왕자와 수행 대신을 잡아다 바치는 것으로 풀려고 하였다. 그러나 국경인은 품관品官 신세준이 일으킨 의병에 의해 목이 잘렸다. 고니시보다 더 큰 공을 세웠다고 의기양양하던 가토도 당시 도방의 일인자로, 정기룡과 더불어 양정兩鄭이라 불리던 의병대장 정문부에게 길주에서 참패하고 퇴각하였다.

육상에서의 전투가 점점 왜군에게 불리한 방향으로 나아가는 가운데, 이순신은 이번에는 직접 왜군의 본거지인 부산포로 쳐들어가는 과감한 계획을 세웠다. 이는 지난번 한산대첩 이후로 이순신이 아예 싸워볼 기회조차 갖지 못했던 때문이었다. 왜군들은 이순신의 이름만 들어도 슬슬 피했으며 남해는 이순신의 완전한 장악하에 들어갔다. 이순신은 부산포를 급습하였는데, 왜군은 수백 척이 넘는 배를 정박시켜놓았음에도 '이순신'의 이름에 질려버려, 배를 타고 싸울 생각은 아예 하지도 못하고 그들이 축조해놓은 왜성倭城[12]에서 총포를 쏘아대며 저항했다.

덕분에 이순신의 함대는 무려 100여 척이 넘는 군선을 깨뜨리는 큰 전과를 올렸지만 이제까지에 비해 비교적 많은 사상자를 냈다. 왜군들이 지난번 부산포를 함락했을 때 노획하였던 총통을 사용하여 이순신의 조선군과 동등한 거리에서 사격을 가할 수 있던 탓이었다. 이때 이순신 휘하의 가장 용맹한 장수였던 녹도만호 정운이 목숨을 잃었다. 그는 조선군의 포에서 나온 철환을 이마에 관통당하여 죽은 것이다. 정운의 죽음은 이제껏 이순신 함대가 왜군에게서 받은 타격 중 가장 커다란 것이었다. 흑호는 정운의 죽음을 보고 이렇게 한탄했다.

"정 장군이 죽었네그려. 흐음……. 큰일을 많이 할 사람이었는데…… 죽으면 안 되는 사람이 왜 죽었는지 몰러."

흑호는 정운에게 철환이 날아가는 광경까지 똑똑히 볼 수 있었으나 인간사에 영향을 끼치면 안 되었기에 정운이 죽는 모습을 눈을 뜬 채 지켜볼 수밖에 없었다. 정운은 인품으로나 용맹으로나 이순신의 휘하 장수 중 가장 뛰어나다고 할 수 있는 사람이었고 변장한 은농과 범쇠 등을 직접 받아들여주기도 한 정 깊은 사람이었다. 만약 은동이 옆에 있어서 이 광경을 보았다면 정운을 구하려고 했을지도 몰랐다. 그러나 흑호는 오랫동안 도를 닦은 짐승이라 그렇게까지는 하지 못했다.

그런데 그 말을 옆에서 듣던 태을 사자가 뭔가 잊고 있었던 것을 다시 기억해냈다. 『해동감결』에 있던 예언 중 아직 뜻을 잘 알 수 없었던 구절이었다.

> 죽지 않아야 할 자 셋이 죽고, 죽어야 할 자 셋이 죽지 않아야만 이 난리가 끝날 수 있다. 죽지도 않았고 살지도 않은 자 셋이, 죽지도 못하고 살지도 못하는 자 셋을 이겨야 난리가 끝날 것이다.

'천기에 의하면 죽지 않았어야 할 신립이 죽었다. 정운도 혹시 그런 사람 중의 하나일지 모르겠구나. 죽어야 할 자가 죽지 않은 경우는 이미 박홍과…… 그렇지! 패주만 거듭하면서 목숨만 부지했던 도원수 김명원이 있겠구나……. 그런데 죽지도 않았고 살지도 않은 자는 도대체 누구를 말하는 것일까? 또 죽지도 살지도 못하는 자라면 그것은 또 누구일까…….'

예전에 태을 사자는 죽지도 않았고 살지도 않은 자들이 자신과 흑호, 호유화 등이 아닐까 추측해보았다. 하지만 중간계에서의 재판을 거치면서 보니 그런 것 같지는 않았다. 이 난리는 생계에서의 일이며, 생계의 일을 예언한 것에 자신과 같은 다른 계의 존재를 언급했을 것 같지는 않았다. 『해동감결』의 전문에도 마수들 같은 존재를 언급하거나 자신들의 존재나 역할을 직접적으로 언급한 부분은 없었다.

그렇다면 『해동감결』의 구절에 나온 12명은 모두가 인간일 가능성이 높았다. 그러나 죽지도 않고 살지도 않은 인간이 도대체 어디에 있으며, 죽지도 못하고 살지도 못하는 자는 또 누구를 가리키는 말인가? 태을 사자는 수수께끼를 풀 수 없었다. 『해동감결』의 내용은 중간계에서 정한 대로 아무에게도 말할 수 없는 비밀이 되어버려 다른 자의 지혜를 빌릴 수도 없었다. 은동이나 흑호는 자신이 지혜를 빌릴 만한 자들이 못 되었고 호유화는 적이 되어버렸으니…….

아무튼 이순신의 부산포 해전은 전세에 암암리에 커다란 영향을 끼쳤으니, 그것은 히데요시가 조선으로 건너올 계획을 완전히 포기하게 되었다는 점이다. 부산포 해전 덕분에, 조선으로 건너와 고니시 등 적당하게 싸우려는 왜장들을 무섭게 몰아칠 심산이었던 히데요시도 겁이 나서 건너오지 못했다. 현해탄을 건너다가 이순신의 함대라도 만나는 날에는 날고 긴다는 히데요시라도 꼼짝없이 물귀신이 될 판이 아닌가? 이는 실로 왜란의 전황에 큰 영향을 끼쳐 히데요시가 온다 하고 오지 않자 모든 왜장들이 더이상 진격할 의욕을 잃어 버리고 말았다.

한편 왜군은 남은 여력을 집결하여 아직 함락되지 않은 지역인 전라도를 공격하기에 총력을 쏟으려 했다. 전라도는 본디 조선의 곡창지대였고, 의병과 이순신 덕분에 거의 전화戰禍를 입지 않아 많은 쌀이 수확된 상태였다. 그 덕에 조선군은 어느 정도 보급을 받을 수 있었던 반면, 왜군은 점점 굶주림에 시달리고 있었다. 그러니 전라도의 쌀을 빼앗기 위해서라도 왜군은 전라도로 진격하지 않을 수 없었다.

추수가 거의 끝난 10월 6일, 왜군은 나가오카 다다오키를 필두로 수많은 병력을 한데 규합해 전라도와 근접하여 경상도의 관문이라 할 수 있는 진주성으로 몰려들었다. 진주성은 진주목사 김시민이 불과 3천여 명의 군대로 수비하고 있었는데, 이 소식을 듣고 진주성으로 달려간 것은 홍의장군으로 알려진 곽재우였다.

이때 왜군은 수만의 병력을 동원하여 수적으로는 상대가 되지 않았는데 김시민은 성안의 병사들과 백성들 모두를 능란하게 지휘하여 총력으로 방어전을 폈다. 그리고 곽재우의 의병은 신출귀몰하는 유격전을 펼쳐서 전황을 바꾸는 데 결정적인 역할을 하였다.

곽재우는 힘은 김덕령만 못하였지만 병법에 밝고 군사를 부리기는 더욱 능해서 왜군을 묶어두고 공격하여 커다란 전과를 거두었다. 진주성의 군민은 수십 배에 달하는 왜군과 눈물겹도록 처절한 방어전을 펼친 끝에 마침내 승리하였다. 비록 가장 큰 공로자인 김시민은 이 싸움 막판에 이르러 총을 맞고 전사하였으나 진주성의 승전은 전황에 결정적인 영향을 끼쳤다.

왜군은 전라도를 넘보려던 계획을 완전히 포기할 수밖에 없었으며 사기도 땅에 떨어져버렸다. 이 싸움에서는 곽재우와 김성일 외에도 김성일과 친하였던 조종도, 이로 등의 공이 컸는데 사람들은 이 김성일, 조종도, 이로를 일컬어 삼장사라 불렀다. 특히 이로가 써서 격문으로 돌린 「창의통문」[13]은 백성들이 눈물 없이는 읽지 못했다 할 정도의 명문으로, 의병을 모으고 사기를 진작시키는 데 큰 역할을 하였다. 이렇듯 당시 조선군의 사기는 다시 살아 올라가고 있었고 백성들은 비로소 제정신을 차리고 침략자들을 있는 힘을 다해 격퇴하기에 힘을 아끼지 않았다. 이를 보고 있던 흑호나 냉랭하기 그지없는 태을 사자마저도 감동을 느낄 정도였다.

해를 넘기자 비로소 명군이 참전을 했다. 명군은 이여송을 대장으로 삼는 5만이 넘는 대군이었으며, 조선을 돕기 위해 압록강을 건너와 평양을 공격했다. 참전이 늦어진 이유는 대군이라 도하가 힘들어 압록강이 얼기를 기다렸다는 주장이었다. 그 싸움에서 이여송은 자신의 직속부대인 요동병이 아니라 왜구들과의 싸움에 경험이 많던 절강병을 앞세웠다. 그 부대는 전에 이덕형이 명의 병부상서 석성에게 귀띔을 해준 것과 같이 조총의 공격을 방어할 수 있는 편제로 되어 있었으니 등패藤牌(등나무로 만든 방패)[14]나 낭선狼筅(창의 일종)[15], 당파鎲鈀(삼지창)[16] 등은 이때 처음 쓰여 전해진 것이다.[17]

절강병의 신병기에 공격당한 고니시의 부대는 대패했다. 게다가 서산대사와 유정이 이끄는 의병들이 큰 역할을 해냈다. 첩보와 정탐에 능한 그들이 항상 정확한 정보를 제공하였기 때문에 승리할 수 있었던 것이다. 유정은 의병들에게 정탐과 첩보의 훈련을 시켜준 은동의 아버지 강효식을 생각하며 혼자 눈물을 흘렸다. 강효식의 힘이 없었더라면 평양 수복 때 의병들의 공로는 이렇게 크지 못했을 것이다. 유정은 평양이 수복되자 몇몇 수하들과 함께 강효식의 영혼을 위로하는 제를 올렸다. 그러면서 유정은 혼자 중얼거렸다.

'은동이는 어떻게 지내는지 모르겠구나……. 은동이가 훌륭한 사람이 되어야 강 공도 눈을 편히 감을 수 있을 것인데…….'

패전을 한데다가 역병과 굶주림까지 겹쳐 고니시의 부대는 싸울 힘을 거의 잃고 있었다. 고니시의 부대는 병과 패전으로 3분의 1로 줄어들었으며 고니시 자신도 병이 위중해졌다. 지난날 마수의 예언 그대로 같았다. 고니시는 더이상 버틸 수 없다고 판단하고 1593년 1월 8일에 평양에서 철수하였다. 이여송은 패주하는 고니시의 부대를 급하게 뒤쫓지 않을 테니 어서 도망가라는 식의 호기를 보이기도 했다. 그러나 실은 여기에는 심유경의 협잡이 끼어들어 있었다.

심유경은 병부상서 석성의 지령을 받고 하루빨리 조선과 왜국을 강화시키라는 밀명을 받고 있었다. 또한 이 전쟁을 자기 손으로 결말지음으로써 명예를 드높이겠다는 개인적인 야심도 있었다. 그래서 이전부터 고니시와 은밀히 접촉해왔는데 고니시가 이여송에게 쫓겨 죽어버리면 왜국 측과 연결되는 다리가 끊어지는 것 아니겠는가? 그래서 심유경은 이여송에게 암암리에 바람을 넣어 고니시가 죽지 않도록 해준 것이다.

태을 사자와 흑호는 드디어 기다리던 명군이 참전하여 대군이 평양성으로 몰려들자 이제 이 난리도 끝나는가 하고 기뻐했다. 흑호는 엉뚱하게 이여송도 이씨이니 왜란 종결자가 이여송이 아니냐고 묻기까지 했다. 그도 그럴 것이 조선군이 점차 승기를 잡아가는 판에 대규모의 명군이 밀려왔으니 마침내 난리가 끝난 것이 아닐까 하는 생각마저 든 것이었다. 그러나 태을 사자는 고개를 저었다.

"『해동감결』의 내용은 아직 다 이루어지지 않았네. 더구나 『해동감결』에서는 북을 믿지 말고 남에 속지 말라, 남에서 일어난 것은 남에서 풀리리라고 하였네. 명군은 북에서 온 것이니 조금 더 두고 봐야 할 것이네."

과연 태을 사자의 생각은 적중하였다. 이여송은 비참하게 패주해 가는 고니시의 뒤를 슬슬 추격하면서도 단숨에 한양을 탈환해 보이겠노라고 큰소리를 쳤다. 이상하게도, 참으로 이상하게도 이여송은 그런 만용을 부림으로써 고니시가 살아날 기회를 준 것이다. 고니시는 병에 걸려 있었고 부하들도 거의 전멸에 가깝게 되어 왜군은 차마 눈 뜨고 볼 수 없는 참상이었다.[18]

물론 고니시는 나름대로 이 전쟁을 끝나게 하려고 애를 쓰는 자이니만큼 태을 사자나 흑호도 고니시가 죽는 것을 바라지는 않았다. 그러나 아무리 심유경의 협잡이 있었다 해도 이여송의 행동은 이해할 수 없었다. 특히 이여송과 협력하여 평양을 탈환하였던 유정과 서산대사는 이여송의 행동을 이해할 수 없어 같이 진군하지 않고 평양에 남았다. 이여송의 행동에는 아무래도 뭔가가 있는 것 같았다. 태을 사자는 혹시 마수들이 암암리에 부리는 수작의 일부가 아닐까 의심했지만 딱히 증거가 없었다.

아무튼 고니시의 뒤를 추격하던 이여송은 왜군을 얕보고 자신의 직속부대인 요동병을 앞세워 전과를 노렸다. 요동병은 전통적인 편제를 한, 말하자면 신립과 비슷한 편제의 부대였다. 그러나 평양 수복에 공을 세운 절강병은 이여송의 직속부대가 아니라 차출된 부대였기에, 이여송은 자신의 직속부대인 요동병에게도 공을 세울 기회를 주려고 그들을 앞세워 고니시를 추격한 것이다.

그런 상황 속에 고니시 외 다른 부대의 왜장들은 이를 갈며 이여송의 진격을 방해하려 했다. 특히 앞서 전라도에서 거듭되는 퇴각을 한 고바야카와 다카카게는 왜군 장수 중 최연장자이자 최고참으로서 명예 회복이 큰 문제였다. 명예뿐만 아니라 이제 이 전쟁에서 왜장들의 신임이 떨어지면 히데요시에게서 어떤 벌을 받을지 모르므로 목숨이 걸린 문제라고도 할 수 있었다.

그리하여 고바야카와는 고니시의 계책에 따라 벽제관에서 잠복하여 아무런 대비 없이 놀러가듯 고니시 부대를 쫓아오는 명군을 기다리고 있었다. 1월 27일, 이여송의 부대는 벽제관에서 왜군의 기습을 받아 막심한 피해를 입고 격퇴당했다. 고바야카와는 일약 '명군을 패전시킨 명장'이 되어 이름을 드날리게 되었고, 그에 반해 이여송은 겁에 질려 평양에서 한 발자국도 움직이지 않게 되었다.

"남의 나라 힘은 도무지 믿을 게 못 된다니깐……. 에휴."

태을 사자와 흑호는 드디어 왜란이 끝나는가 싶어서 기뻐하였으나 일은 그렇듯 쉽게 풀리지 않았다. 이여송은 벽제관에서 패하자 평양성에 틀어박혀 더이상 싸우려 하지 않았으며 그들의 민폐는 그야말로 극에 달했다. 구원군이라는 생색을 내며 민가의 값나가는 물건을 약탈하고 반반해 보이는 여자를 희롱하기는 다반사였으며, 민폐가 하도 심해지니 왜군이 진주하였을 때에도 남아 버티던 백성들마저 산으로 도망칠 정도였다.

태을 사자와 흑호는 그 모습을 보며 안쓰럽기 그지없었지만 인간사에 개입해서는 안 되니 그저 손을 놓고 있을 뿐이었다. 그러나 그들은 심유경이라는 자가 명과 왜군 진지 사이를 왔다 갔다 하는 것에 주목하고 있었다. 흑호는 심유경을 따라가서 그의 활동을 정탐하고는 지금 평양성에서 태을 사자와 만나 이야기를 나누는 중이었다.

"그나저나 심유경 그자는 아무래도 양측을 강화시키려는 듯한데……. 허허……. 보통 인물은 아닌 듯싶네."

흑호가 흥 하고 코웃음을 치며 이죽거렸다.

"당대의 협잡꾼이니 보통 인물은 아닌 것 같수만……."

"왜 그러는가?"

"내가 보니 강화는 성립될 가망이 없는 듯하우. 명에서는 체면 때문인지 무조건 왜군을 물리라 하고, 왜국은 조선한테는 말도 안 되게 불리한 조건을 내걸고 있수. 지금 전쟁은 잠시 뜸한 상태이지만…… 아무래도 불길하우. 이대로 난리가 끝날 것 같지는 않우. 그걸 뻔히 알면서도 설치고 큰소리만 땅땅 쳐대는 심유경이 협잡군이 아니고 뭐겠수?"

"흠……."

태을 사자는 잠시 생각하더니 입을 열었다.

"아무래도 심유경이 혼자 그런 장담을 아무렇게나 할 만한 인물은 아닌 것 같고, 아무래도 뒤에는 누군가 있지 않을까 싶네. 명나라의 중요한 인물……. 그렇지, 석성이 가장 의심되네만……."

명나라의 병부상서 석성은 벌써부터 남모를 계획을 꾸미고 있었던 것이다. 석성은 명나라의 피해를 줄이기 위해 이 난리를 대강대강 끝내버리려 하고 있었다. 그 때문에 석성은 심유경을 파견하여 고니시와 수시로 밀담을 하게 하였다. 고니시는 부하들을 많이 잃었고 자신도 여역에 걸려 앓은 상태여서 난리라면 지긋지긋했다.

결국 고니시는 가토만 제외하고 다른 장수들을 비밀리에 설득하여 강화 회담을 벌이도록 하였다. 심유경은 자신이 중국 황제를 설득할 것이니 고니시에게는 히데요시를 설득하기만 하면 된다고 큰소리를 쳤다. 그래서 고니시는 심유경에게 일루의 희망과 자신의 목숨을 걸고 강화 교섭을 추진하는 중이었다. 물론 일이 제대로 이루어진다면 태을 사자나 흑호로서도 마다할 이유가 없었지만 일이 어째 위태위태하게 흘러가는 것이 아무래도 불안했다.

"제길, 그러면 뭣하우? 인간의 일은 우리가 개입할 수 없잖수?"

"내가 걱정하는 것은 인간의 일만이 아닐세. 마수들이지."

"마수들이 왜? 요즘은 쥐 죽은 듯 조용하잖수?"

"너무 조용하니 걱정이 되는 거야. 자, 보게. 우리가 그동안 해치운 마수들의 수는 백면귀마, 홍두오공, 계두사, 기, 시백령, 려 등 여섯 마리네. 그런데 마수는 원래 열둘이었고 흑무유자가 다시 내려왔으니 도합 열셋. 아직 일곱 마리의 마수가 남아 있어. 그중 분신귀, 인면지주, 풍생수나 소야차 등은 아직 잡지 못했고, 흑무유자는 어디로 갔는지 알 수조차 없으며 나머지 두 놈에 대해서는 정체조차 모르고 있네. 놈들이 살아 있는 한, 분명히 무슨 일을 꾸밀 것인데……. 그런데 너무 조용하단 말일세."

"놈들이 두려워서 숨어버린 것 아니겠수?"

"아닐 걸세. 중간계의 재판 이후로 놈들은 외면적으로는 별로 활동을 하지 않았지만 려를 시켜서 역병을 퍼뜨리려 하지 않았는가? 분명 놈들은 무슨 일을 꾸미고 있네. 이제 사계나 다른 계에서 모두 생계에 관심을 집중하고 있으니 만치, 드러내놓고 일을 꾸미기는 어렵겠지. 그러나 놈들은 절대 이대로 물러날 것 같지는 않아……."

"음냐, 그럼 무슨 종류의 일을 꾸미고 있는 걸까? 짚이는 데가 있수?"

흑호가 궁금해하자 태을 사자는 눈빛을 빛냈다.

"아마도…… 인간 속에 파고들려 할 것이네."

"인간에게?"

"그렇다네. 우리는 지금 놈들보다 훨씬 강하다고 볼 수 있네. 나만 해도 수많은 저승사자를 부릴 수 있는 염왕령을 부여받았고, 자네도 조선 땅 금수의 우두머리가 되지 않았나? 아마 우리가 놈들이 있는 곳을 알아낸다면 숫자가 적은 놈들이 우리를 이기기 어려울 걸세. 그러나 우리의 약점은 다른 곳에 있네."

"인간 일에 개입할 수 없다는 것 말유?"

"맞네. 놈들은 그런 우리의 약점을 노리려 들 것이 틀림없어. 놈들이 인간들 사이에 파고들어 계획을 꾸민다면, 우리는 꼼짝할 수 없을뿐더러 우리 이외의 성계, 광계, 환계, 사계 등도 개입할 수 없게 되어버리는 것이네……."

그러자 난데없는 목소리가 뒤에서 들려왔다.

"그 말이 맞다네."

흑호와 태을 사자는 누구인가 하고 뒤를 돌아보았다. 그것은 어느 틈에 나타난 하일지달이었다.

"놀래라. 언제 왔수? 기척도 없이?"

"조금 됐다네. 태을 사자, 당신 정말 대단하네. 당신의 추리는 성계에서 내린 결론과 똑같다네."

그 말에 태을 사자는 아무런 반응도 보이지 않고 담담하게 되받았다.

"그렇소이까?"

"그렇다네. 하지만 우리는 놈들이 어떻게 인간들을 조종할 것인지, 또 누구에게 접근할 것인지조차 모른다네. 아니, 알 수조차 없지. 그것을 알아내는 것이 자네들이 할 일이고, 난 그 말을 전하러 온 거라네."

"전하러 왔다면……? 대모님의?"

"그렇다네. 이제 사계와 유계의 전쟁은 거의 마무리되어가는 상태라네. 환계가 도와주니 유계가 밀릴 수밖에 없지. 마계는 광계에서 맡아 포위하고 있으니 꼼짝도 할 수 없을 테고 말이야. 실상 일은 거의 마무리되어간다고도 볼 수 있다네. 하지만…… 대모님의 생각은 다르시다네."

태을 사자가 조용히 물었다.

"암흑의 대주술 때문에 그들을 가볍게 보아서는 안 된다는 말이 아니오?"

"그렇다네."

"하긴……. 그 주술이 정말 성공한다면…… 또 하나의 세상이 만들어지는 것일 테니……. 어둡고 사악한 세상이……. 그러면 우주의 균형도 깨어질 것이고 또……."

태을 사자가 혼잣말처럼 중얼거리자 하일지달은 흥흥 하고 웃었다.

"그래, 그래. 그러나…… 걱정되는 것이 또 있다네."

"그건 뭐유?"

이번에는 흑호가 물었다. 하일지달은 빙긋 웃으며 대답했다.

"너희들도 잘 아는 자의 일."

"호유화 말유?"

고개를 끄덕이는 하일지달을 보며 흑호가 나섰다.

"호유화가 비록 은동이의 아버지를 죽였다 해두 마수들을 돕지는 않을 거유. 이미 호유화는 마수들과 싸웠지 않수?"

"나도 그랬으면 좋겠다네. 그러나…… 지금 나는 이상한 사실을 알아냈거든."

"그게 뭐유?"

하일지달은 웃음을 거두고 정색을 하며 말했다.

"난 평양을 자주 들락거렸다네. 은동이 일도 있고 해서……. 근데 이상한 것을 느꼈지. 뭐랄까……. 묘한 기운 같은 것 말야. 알다시피

나는 용족이어서 그런 데는 예민하거든. 그런데……."
"뜸들이지 말구 빨리 말해보슈. 답답허네."
흑호가 투덜거렸으나 하일지달은 들은 척도 않고 계속 말했다.
"그 기운은 왜장 고니시 주변에서 느껴졌다네. 고니시는 마수들에게 협박을 당하고 있었다네. 많은 사람을 해치고 전투를 크게 벌이라고 말이야."
"으음?"
흑호는 놀랐으나 태을 사자는 그리 놀라지 않았다.
"그건 당연한 일이네. 마수들은 히데요시를 조종하고 있을 정도이니 다른 자들에게 엉겨붙었다 해도 이상한 일은 아니지."
"그런데…… 고니시는 서방에서 전해진 종교를 독실하게 믿고 있었다네. 그리고 뭐랄까……. 상당히 순결한 영혼이 그 옆에 있어서 마수들이 선불리 침범할 수 없다고 할까? 그런데 이상한 존재가 나타나서 고니시의 마음을 흐트러뜨리고, 이번 평양에서의 패전을 예언했다네. 자기들의 말을 듣지 않는 대가로 부하들의 생명을 거두어 가겠다고."
그 말을 듣고 흑호가 대경실색을 했다.
"으음?"
"왜 그리 놀라?"
"흠, 마수들이 이제는 왜군의 영혼까지도 노리는 것이유?"
"그러나 잃어버린 영혼은 없다네. 왜국의 저승사자들도 신경을 곤두세우고 있거든."
"그러면 다행이우. 그런데? 계속 해보슈, 하일지달."
"이번 평양에서의 싸움은 명군과 조선 승군이 잘 싸우기는 했지만 고니시가 마음이 흐트러지지 않았다면 이렇게까지 쉬운 싸움은 아니었을지도 모른다네. 그런데 알다시피 마수들이 인간들의 마음에 어느 정도 영향을 줄 수는 있어도 고니시같이 난리에 중요한 인물을 마음대로 좌지우지할 수는 없거든."

"그럴 능력이 부족하단 거유?"

"그럴 능력이야 있겠지. 그러나 그리되면 우리 성계나 다른 계들도 직접 마수들의 행동을 제지할 구실이 생기거든. 그러면 놈들은 전멸이라네. 그걸 알면서 그런 바보짓을 하겠어? 더구나 고니시는 신앙심이 강하고 곁에 있는 자 또한 장래 큰 인물이 될 것이기 때문에 마수들의 기운이 그리 녹록하게 침투될 리 없거든."

"허지만 고니시는 이미 영향을 받았다구 하지 않았수?"

"그렇다네."

"마수들은 고니시에세 직접 영향을 줄 수는 없다며?"

"그렇다네."

"뭐가 그렇다는거유? 말이 안 되지 않수?"

흑호가 계속 말꼬리를 잡자 태을 사자가 미간을 찌푸렸다.

"말이 안 되지는 않네. 그러나 설마……."

"뭐가 설마유?"

"마수가 아닌, 그러니까 요기나 마기를 근본으로 하지 않는 존재가 고니시에게 작용하여 영향을 준다면…… 신앙심으로 무장한 고니시의 마음을 돌릴 수 있을 것이란 말 아니오?"

하일지달은 근심하는 눈빛을 띠며 태을 사자의 질문에 답했다.

"맞다네……."

흑호는 조금은 어리둥절하여 잠시 궁리해보다가 입을 열었다.

"가만……. 마수가 아니며 요기나 마기를 근본으로 하지 않는다……."

그러다가 흑호는 깜짝 놀라며 소리를 질렀다.

"에엑! 그럼 호유화가!"

하일지달이 조용히 말했다.

"고니시를 찾아온 존재는 처음에는 풍생수였던 것 같다네. 하지만…… 얼마 전부터 고니시를 협박하는 자는 긴 백발을 드리운 아름다운 여자의 모습이었다네. 더구나 마기를 띠지 않고 고니시를 놀라게 할 정도의 자라면…… 환계의 자일 가능성이……."

"에이! 설마 그럴 리가! 호유화는 이전부터 우리와 함께 행동하였고 근래에는 계속 중간계에서……."

흑호는 그 말을 믿지 않으려 했지만 하일지달은 천천히 말했다.

"고니시에게 백발의 여인이 나타난 것은 호유화가 성계를 떠난 다음부터라네."

"허어……. 그럴 리가……."

계속 고개를 내젓는 흑호를 보며 태을 사자가 하일지달에게 물었다.

"그런데 고니시에게 그런 일이 일어났다는 것은 어떻게 알았소? 고니시의 마음을 읽기라도 했소?"

태을 사자의 질문에 하일지달은 고개를 저었다.

"난 인간의 일에 개입할 수 없는 거 알잖아. 그거 알아내느라고 고생 많이 했다네."

"도대체 어떻게 알았다는 말이오?"

"태을 사자, 당신 고향도 잊었어? 사계에서 알아낸 거라네……."

"사계에서?"

하일지달은 사계로 가서 이상하게 죽은 인간들의 영혼을 만났다. 그리고 오랜 노력 끝에 그들 중 고니시와 직접 접촉이 있었던 자들의 영혼을 찾아낸 것이다. 즉 고니시의 시동 후지히데의 영에게서는 과거 고니시가 마수들에게 협박당했다는 사실을 알아냈으며, 은동에게 죽음을 당한 겐키에게서 그의 두 동생인 덴구와 기노시타야미가 마수의 습격을 받아 죽었다는 것도 알아내었다.

덴구와 기노시타야미는 왜국에서 죽었는데, 그들은 직접 처단한 것은 풍생수만이 아니었다. 그러니까 호유화가 그들을 해치는 데 일조를 하고 그들의 머리를 베어 갔다는 것이다. 그리고 덴구와 기노시타야미는 뜻하지 않은 죽음을 당한 탓에 한동안 원귀가 되어 방황하여 죽은 뒤에도 동강난 그들의 머리에 붙어 다녔다. 그들의 머리는 호유화에 의해 고니시의 앞에서 녹아들었고, 그런 이후 영혼이 사계로 옮겨진 것이었다. 호유화는 마수들과 달라 영혼을 가져가지 않았기 때문이다. 그들의 영혼은 충격을 받았고 세심천의 물을 마신 이후였기 때문에 하일지달도 성계의 존재들의 도움을 받아 간신히 그들의 기억을 헤집어낼 수 있었다. 그리고 하일지달은 한마디를 덧붙였다.

"헌데 더 문제가 되는 것이 있다네. 이건 아직 성계에서도 추측만 할 뿐인 일인데……."

"무엇이오?"

"전에 성계 분들이 말씀하신 거 기억나? 마수들이 영혼을 씨앗으로 불러 하나의 세계를 만들려 한다고 말야."

"기억하오."

"그런데 조금 더 깊이 의논해본 결과 거기에는 모순이 있었다네. 그들이 암흑의 대주술로 만들어낼 수 있는 세계는 한계가 있거든. 그래서 왜 그들이 그런 짓을 하려는지 정말 알 수 없어서……."

"왜 그들이 만들 세계에 한계가 있다는 것이오?"

"세상의 이치를 조금만 생각하면 알 수 있어. 그림자는 어디서 생기지?"

"아하……. 흠……. 그러나 정말 그렇겠소?"

태을 사자는 그 말만 듣고도 대강은 이해한 것 같았으나 흑호는 미간을 찌푸렸다.

"뭔 소리유?"

하일지달이 차근차근 설명을 해주었다.

"영혼의 성장에는 생계가 필요해. 단순히 영혼의 수를 늘림으로써 세계가 이루어지는 것은 아니라네. 그런데 새 세상을 만든다는 건 그 세상이 마수들로만 가득찬 세상은 아니란 걸 의미하잖겠어? 사실 공간적으로는 이미 그들의 마계도 끝이 없는 세계라, 그것을 구태여 늘리려 애쓸 필요도 없어. 새 세계를 만들려면 그 세상을 채울 다양한 영혼이 필요한데, 몇몇 영혼을 마구잡이로 늘려봐야 세상이 유지될 리는 없거든. 똑같은 자들이 득시글거리는 세상이 제대로 굴러가겠어? 그러니 다른 세계의 조력이 없으면 안 될 거거든."

"엑? 그럼 뭐유?"

하일지달은 긴장된 목소리로 말을 이어나갔다.

"이건 어디까지나 하나의 추측일 뿐이야. 오직 하나의……. 우주팔계를 생각해보자구. 생계나 사계는 뭐 일단 제외해도 돼. 그리고 신계는 그럴 리 만무하지. 유계나 마계도 역시 마찬가지이고, 성계는 마계와 극성이니 결탁할 리가 없어. 그렇다면……."

"환계? 아니 그럼 호유화가!"

"글쎄……. 지금으로서는 그것밖에 생각할 길이 없어……."

"호유화가 왜 그러는 거겠수? 난 도무지 이해되질 않어!"

흑호가 버럭 소리를 쳤다. 이해가 가지 않기로는 태을 사자나 하일지달도 마찬가지였다. 의혹은 점점 커져만 갔다. 마계가 아무리 암흑의 대주술을 쓴다 해도 만들어지는 세계는 마계와 다를 것이 없다. 복제하여 번식한 존재나 마수만이 들끓는 세상은 마계와 다를 것도 없다. 그러나 또 다른 세상을 마계의 존재가 만들 수는 없었다. 그러나 정사반반인 환계의 대존재인 호유화가 끼어든다면 이야기가 또 달라지는 것이다…….

하지만 그들로서도 추측 이상의 것은 아무것도 할 수 없었다. 호유화는 워낙이 가공할 법력의 소유자인데다가 우주 제일의 둔갑술을 지니고 있어 거의 아무도 잡을 수가 없었다.

호유화가 은동을 찾지는 않을까 하는 추측도 해보았지만 지난번 호유화가 강효식을 죽이고 은동마저도 해치려 한 것을 보면 그렇다고 할 수도 없었다. 결국 그들은 막연한 의혹만을 품고 사태의 추이를 지켜보는 것 외에는 다른 방법이 없었다.

은동은 유정과 김덕령 등에게서 많은 술법을 배우기는 했지만 정작 마음은 딴 곳에 가 있었다. 어두운 곳에서 혼자서만 지내는 일이 어린아이에게 자연스러울 리 없었다.

몇 번이고 박차고 나가 오엽과 놀고 싶었으며, 또 바깥의 정황은 잘 돌아가는지 궁금하기도 했다. 일이 꼬여서 조선이 이미 망해버린 것은 아닌가 하는 생각도 들어 물었으나 오엽은 아직 난리가 끝나지 않았다는 대답만 했다.

하긴 오엽도 조그마한 산골 마을에서 매일 이곳만 왕복하는 정도이니 세상일을 잘 알 수 없을 것 같았다.

'걱정이 되네. 삼신할머니는 내가 중요한 역할을 할 거라 그러셨는데……. 내가 틀어박혔기 때문에 전쟁이 꼬여가는 것은 아닐까?'

그러나 자기 같은 어린아이 한 명 때문에 일이 꼬인다는 것을 믿기도 어려워서 은동은 갈피를 잡을 수 없었다. 기분 같아서는 당장이라도 뛰쳐나가 태을 사자라도 찾아가서 사정을 알아보고 싶었다. 하지만 은동은 마음을 다잡았다.

'안 돼. ……나는 아직 법력을 쌓지도 못했고 원수를 갚지도 못했잖아? 그런데 이렇게 마음이 흔들려서는 안 돼! 안 되고말고!'

그러던 중 은동은 아버지를 꿈에서 보았다. 그저 보기만 했을 뿐, 특별한 말을 나눈 꿈도 아니었는데 은동은 깨어나서 엉엉 울었다. 꿈 덕분에 은동은 다시 아버지의 죽음과 호유화에 대한 분노의 감정을 떠올렸다. 그러고 보니 자신이 너무 편안하게 지내고 있다는 기분이 들었다.

은동은 다음날 오엽이 와서 밥을 넣어주자 소리쳐 불렀다.

"오엽아!"

"네?"

"음……. 할말이 있는데……."

"뭔데요?"

은동은 오엽에게 앞으로 어느 때가 될 때까지 아무도 만나지 않겠으며 아무와도 말을 하지 않겠다는 맹세를 털어놓았다. 남과 이야기를 하면 마음이 헝클어질 것 같아서 은동은 독한 결심을 한 것이다. 그 말에 오엽은 깜짝 놀랐다.

"그러면…… 나도 안 되나요? 나하고도 이야기하지 않을 거예요?"

"너하고야 어찌 말을 안 할 수 있겠니? 다만 꼭 필요한 이야기가 아니면 삼가도록 하자. 너는 나중에 유정 스님이나 흑…… 아니 범쇠나 태을 서방이 오면 내가 아무도 만나고 싶지 않아 한다고 전해주려무나."

일단 결심하기는 어려웠지만 마음을 정하고 나자 은동은 정신이 맑아지는 것 같았다. 은동은 그렇게 수많은 시간을 동굴 안에서 아무도 만나지 않고 다만 오엽과 가끔 목소리만 나누면서 보냈다.

은동은 스스로의 결심이 흔들릴까 봐 우려하여 날짜조차 세지를 않았다. 아직 법력을 이루지도 못했는데 세월이 얼마나 지났는지 알게 되면 결심이 흔들릴 우려가 있다고 여긴 까닭이다.

얼마나 지났을까? 은동은 차츰 자신의 몸이 변하는 것을 느꼈다. 언젠가는 오엽이 은동의 목소리가 굵어졌다며 까르륵 웃는 소리도 들은 적이 있었다. 그리고 예전에 비해 주위의 사물들이 퍽 작아진 것 같은 느낌이 들었다.

한번 은동은 과거에 입던 낡은 옷을 꺼내어 오엽이 지어다 준 지금 입고 있는 옷과 비교해보고 깜짝 놀랐다. 어느새 자신은 두 배 정도나 키가 자라 있었고, 덩치도 그만큼 커졌던 것이다. 그리고 오래 빛을 보지 않아서인지 려가 가져다준 병도 어느 틈엔가 거의 나아 있었다.

'이제 나도 크는구나. 어른이 되어가는 거야.'

은동은 몸의 변화를 느낀 이후부터 무예와 법력 훈련만이 아니라 책도 구해달라 하여 읽었다. 오엽은 조금도 게으름을 피우지 않고 끊임없이 은동의 시중을 들었고, 유정과 김덕령, 곽재우는 계속 경전과 무예서 같은 것들을 은동에게 보냈다. 그래도 은동은 아무도 만나지 않았다. 이제 은동은 점점 자신이 해야 할 일에 대해 스스로 갈피를 잡아가기 시작했다.

'아버지의 원수를 갚으려면 도를 닦아야 하고, 그러려면 잡념이 없어야 한다.'

마음을 굳힌 은동은 세상일에 대해서는 잠시 잊기로 하고 법력과 무예의 수련에만 힘을 기울였다. 하지만 호유화에 대한 복수심만은 잊을 수 없었다. 오히려 점점 나이가 들면서 은동의 마음속에 더욱 더 사무쳐왔다.

은동은 시간이 지나 철이 들면서 오엽의 목소리와 간혹 물건을 넣어주는 오엽의 흰 손을 볼 때마다 공연히 가슴이 울렁거리는 것을 느꼈다. 그리고 그 알 수 없는 마음이 사람들이 이야기하던 정이라는 것을 깨달았다.

물론 은동은 오엽에게 그런 이야기를 하지는 않았지만 그것을 느끼면서부터 과거에 호유화가 자신에게 느꼈던 것이 바로 정이라는 것을 알게 되었다. 그러고 보면 은동은 어리기는 했지만 자신의 마음속에도 그런 마음이 있었던 것 같았다. 하지만 은동은 그런 마음을 애써 지우려 했다.

'호유화는 원수야. 호유화는 믿을 수 없어. 뚜렷한 형체가 있지도 않고 마음대로 둔갑을 하니 무엇을 보고 정을 느낀단 말야. 호유화는 인간도 아니고…… 요사스러운 존재일 뿐이야…….'

한때 좋아했고 정을 받았던 처지인지라 분노와 복수심은 배반감과 합쳐져 더욱 격렬한 감정이 끓었다. 아무도 보는 이 없고 말할 상대도 없는 혼자만의 생활은 은동을 보다 더 괴팍하게 만들어갔다. 단 한 가지 은동의 낙이 있다면 오엽과 동굴 너머로 이야기를 나누는 것뿐이었다.

오엽에 대한 은동의 마음은 처음에는 고마움에서 점차 정겨움으로, 그리고 이제 더 나아가려 하고 있었다. 그러나 은동이 그렇게 나아갈수록 오엽은 거리를 두려고 하는 것 같았다.

물론 극진히 정성을 쏟는 것만은 변함이 없었으나 은동이 감정이 복받쳐서 동굴을 뛰쳐나가기라도 할작시면 오엽은 냉랭히 거절했다.

은동은 과거 오엽에게 호유화의 술법이 얼마나 대단한 것인지 이야기해준 적이 있었는데 은동이 망설일 때마다 오엽은 은동을 다그치고 격려하였다.

"도련님, 호유화의 술법이 그렇게나 대단한데 도련님은 지금 호유화와 대적할 수 있을까요? 그러니 아무 생각 마시고 수련에만 몰두하세요."

그때마다 은동은 아무 말도 못하고 동굴 벽을 바라보며 한숨만 내쉬었다. 어떨 때는 이것저것 집어치우고 오엽과 같이 산속에 숨어서 살까 하는 생각도 한 적이 있었다.

그러나 아무리 산속으로 숨어보았자 호유화가 마음만 먹는다면 자신을 찾는 것은 쉬운 일이었다. 스스로를 위해서도 은동은 호유화를 상대할 만한 힘을 길러야 했다.

지금은 호유화가 자신에 대해서 잊은 듯 찾지 않는 것 같았고, 그 점이 의아하기는 했으나 은동은 다행이라고만 여길 뿐이었다.

세월이 지나 은동은 몸이 커지면서 법력이 부쩍부쩍 늘어가는 것을 느꼈다. 은동이 스스로도 믿을 수 없을 정도로 일이 수월하게 풀려갔다. 식욕도 왕성해졌다.

동굴 구멍으로 비치는 빛으로 볼 때 날이 밝은데도 낮에만 밥을 세 번씩이나 먹은 적도 있었다. 하지만 은동은 자신의 힘이 어느 정도인지는 혼자서 가늠할 수가 없었다.

처음에 은동은 법력이 늘어나는 것을 느끼면서 점점 기뻤다. 신도 났고 뭔가 가슴속에서부터 뿌듯하게 여겨지기도 했다. 이대로라면 호유화에게 복수를 할 날도 멀지 않았다는 기분도 들었다.

다만 조금씩 법력이 깊어지고 수련의 정도가 올라갈수록 은동은 모든 것이 허무하지 않는가 하는 고민도 하게 되었다.

법력이 어느 정도 수준에 다다르자 실제로 술법을 써보기에 동굴 안은 너무도 좁아졌다. 하지만 은동은 아직도 호유화를 상대하기에는 힘들 것 같아서 조금 더, 조금만 더 참자고 하며 이제는 조용히 좌선하고 법력을 키우는 데에만 정신을 쏟아갔다.

그러다 보니 어느 결엔가 은동은 먹지 않아도 배가 고프지 않았고, 잠을 자지 않아도 졸리지가 않았다. 정신도 명경지수처럼 맑아져서 스스로의 마음을 통제하는 것도 가능해졌다. 그렇게 은동의 몸은 점차 초인의 경지로 들어갔으나 은동의 정신은 여전히 복수심 등이 얽힌 인간적인 감정을 떨쳐버리지 못하고 있었다.

그간 전황은 또 다른 국면으로 접어들고 있었다. 1593년 2월에는 권율이 행주산성에서 왜병 수만을 무찌르는 큰 공적을 올렸는데, 이것이 행주대첩이다. 그런데 이 행주대첩에서는 이순신의 부하 정걸이 큰 공을 세웠다.

그 연유는 이러하다. 한참 싸움이 절정에 올랐을 때 조선군에 화살이 떨어지고 말았다. 때마침 조방장으로 주로 연락책을 담당하고 있던 이순신의 부하 정걸이 판옥선에서 싸움이 일어난 것을 보고 수로로 행주산성에 접근하여 화살을 보급했다.

판옥선 한 척에 실린 화살의 양이 많은 것은 아니었지만 조선군이 수로로 보급을 받는 것을 본 왜군의 사기는 크게 떨어져, 결국 전세에 결정적인 영향을 주었다.

그해 김덕령도 의병을 일으켰으며 각지에 의병들이 난무하여 왜군들은 이제 간신히 경상도 연안만 지킬 지경이 되었다. 더구나 이순신의 활약으로 보급이 완전히 끊어진 왜장들은 히데요시의 분노가 떨어질 것을 알면서도 더 견딜 수 없어서 공모하여 1593년 4월에 한양에서 탈출해 대퇴각을 하기에 이르렀다.

그런데 정작 조선에 도움을 주어야 할 명나라는 다른 꿍꿍이를 품고 있었다. 명의 병부상서 석성의 지령으로 파견된 심유경은 나름대로 열심히 활약을 했으나 그것은 협잡에 가까웠다.

전쟁에 혐오감을 가지게 된 고니시와 심유경은 결탁하여 강화를 하려 했지만 히데요시의 고집은 만만치 않았다. 더구나 히데요시가 내건 조건과 명국이 내건 강화의 조건은 달라도 너무나 달랐다. 궁지에 몰린 그들은 마침내 엄청난 협잡을 생각해냈다. 히데요시가 글을 읽을 줄 모른다는 약점을 이용하여 히데요시를 속여서 거짓된 조건으로 강화를 하게 만들자는 것이었다.

그러나 그 사실을 중간에 알게 된 조선과 명국의 사신들이 겁을 먹고 일을 떠넘기거나 시간을 끌면서 회담은 섬섬 늦어져만 갔다. 조선은 이제 이겨가는 판에 이루어지려는 강화에 커다란 불만을 품고 있었다.

그중 가장 펄쩍 뛴 인물은 선조였다. 선조를 보고 태을 사자는 흑호에게 이렇게 말했다.

"저 사람은 일국의 왕으로서는 도량이 좁고 의심이 많으며 계략을 꾸며 사람을 해치기를 좋아하는 성격인 것 같네. 예전부터 저 사람의 주변에 알 수 없는 요기가 흐르는 것을 느낀 바 있는데 아무래도 걱정이 되네. 인간의 일이니 간섭을 할 수는 없지만 마수들이 관여하는 것은 아닐까?"

흑호의 의견은 달랐다.

"그건 나두 느꼈수. 그렇지만 마수들이 그리 큰 영향을 끼치는 것은 아닌 듯허우. 뭐, 좀 모자라기는 하지만 그렇다구 왜국에 항복을 하는 것도 아니고, 대강대강 꾸려나가기는 하잖수?"

태을 사자는 심각한 목소리로 되받았다.

"마수들의 계략은 그리 빤히 들여다보이는 투로 이루어지지는 않네. 이미 신립의 예에서 교활함을 보지 않았는가? 놈들은 분명 상감을 통해 무슨 일을 꾸밀 것인데……. 아무래도 예감이 불길하군."

아무튼 일은 어느 정도 해결되는 듯이 보였다. 명나라 측에서는 심유경이, 왜국 측에서는 고니시가 나와 1593년 3월 7일경에 휴전회담을 열었는데 이때의 합의 내용은 대강 다음과 같았다.

—포로가 된 두 왕자 임해군과 순화군 및 그 수행원을 석방한다.

—왜군은 4월 8일 한양에서 철수한다.

—명군은 귀국한다.

—명의 강화사講和使를 왜국으로 보낸다.

그러나 이해 5월 23일, 왜국 나고야 성에서 진행된 강화 회담에서 심유경은 난처한 처지에 부닥쳤다.

명 측의 요구 조건은 원래 다음과 같았다.

—왜국은 점령한 조선 전체를 반환한다.

—두 왕자를 즉각 석방한다.

—도요토미 히데요시는 이 전쟁의 책임을 지고 사죄한다.

그러나 히데요시가 들떠 내놓은 국서의 내용은 전혀 이치에 닿지도 않는 것이었다.

—명국의 공주를 일본의 황후로 하게끔 준비할 것.

—명국과 일본은 교역을 할 것.

—명·일 간 우호 관계가 변하지 않는다는 서약을 할 것.

—조선 팔도 중 경기, 충청, 전라, 경상도는 일본의 차지로 할 것.

—작년에 생포한 두 왕자는 돌려보내나 조선 왕자와 대신이 인질로 일본으로 올 것.

—조선 왕과 대신은 앞으로 변심하지 않겠다고 서면으로 약속할 것.

이런 말도 되지 않는 내용을 가지고 명국으로 가면 심유경은 즉각 목이 달아날 판이었다. 그렇다고 심유경은 '이 조건은 받아들일 수 없소'라고 말할 처지도 못 되었다. 그리하면 아마도 심유경은 히데요시에 의해 그 자리에서 목이 날아났을 테니까.

궁지에 몰린 심유경은 고니시와 짜고 부산에서 히데요시의 문서를 변조하기에 이른다. 즉 각 조항을 모두 빼고 '나를 일본국왕으로 봉해달라'라는 내용만으로 국서를 변조한 것이다.

이 과정을 태을 사자와 흑호가 지켜보며 한숨을 길게 내쉬었다.

"저런 식으로 부린 협잡이 끝이 좋을 리가 없네. 이거 난리가 또 나겠구먼……."

그 뒤로도 심유경은 있는 힘을 다해 시간을 끌기에 급급했다. 사실 그 와중에도 왜군은 6월 23일, 비열하게도 진주성을 급습하여 함락시키고 수많은 군민을 몰살시키는 만행을 저질렀으며, 이로써 조선은 더이상 이런 강화 조약 따위는 별 볼 일 없다는 경각심을 가지게 되었다.

그때를 틈타 벌어진 왜군의 진주성 공격은 체면 회복을 위한 비겁한 수단일 뿐이었다. 왜군은 남은 모든 여력을 몰아 진주성을 함락했던 것이며, 곧이어 왜군의 부대는 거의 퇴각하여 본토로 돌아가고 말았다. 그러나 이때 왜군의 상태는 참담하기 이를 데 없었다.[19]

이와는 달리, 조선에서는 그 참담한 꼴을 보고 이런 같잖은 강화회담 따위는 필요 없다는 것을 누구나 느끼고, 나름대로 군비 확충에 힘쓰게 되었다. 특히 이순신은 이전부터 구상해오던 전선 250척의 대함대를 편성하기 위해 불철주야 노력을 아끼지 않았다. 그 원동력은 이순신의 이름을 보고 모여드는 수많은 난민들이었다.

이순신은 그들에게도 식량을 공급해야 했고 승전을 거둘 기회가 없어지자 노획할 물자도 없어져 군량 부족에 시달리게 되었다. 더구나 여역의 기승으로 많은 사람들이 죽음을 당하고 병마에 시달리자 가뜩이나 마음이 약한 이순신은 다시 심한 신경쇠약에 시달리게 되었다. 하일지달이 약 처방으로 몸의 병은 완화시킬 수 있어도 마음의 병은 어쩔 수 없었던 것이다.

왜국에서 고니시의 수하인 나이토 조안이라는 자가 북경에 변조된 문서를 들고 가자 당시 명나라의 신종 황제는 이를 의아하게 여겼다. 그러나 나이토 조안은 기지로 둘러대어 간신히 위기를 넘겼다. 어차피 명 신종은 정사를 신경써 돌보지 않았기에 대강 믿고 결정을 내려버렸다.

이로써 명나라는 이미 왜국이 항복했다고 믿고는 전승 축하 분위기에 휩싸이게 되었다. 결국 왜국과 명국이 모두 이겼다고 잔치를 벌이는 우습지도 않은 일이 벌어졌으니, 이를 바라보는 태을 사자와 흑호는 점점 더 우울해질 뿐이었다. 이런 짓을 하는데 결말이 좋게 날리 없었다.

또한 신종 황제는 왜국으로 정사 이종성, 부사 양방형과 수행원으로 심유경을 보냈는데, 이종성은 어마어마한 협잡의 음모를 알고는 부산에서 그대로 도망쳐버렸다. 얼마나 협잡에 질렸으면 자기 나라도 아닌 말도 안 통하는 타국에서 도망쳐버렸을까? 덕분에 강화 회담은 또다시 시간을 끌게 되었다.

상황이 이렇게 되자 조선의 선조는 이러한 강화에 노발대발하면서 남은 왜군을 모조리 몰살하라는 명령을 수도 없이 내려보냈다. 왜군은 대부분의 군대가 철수하였지만 수많은 곳에 작은 왜성을 쌓아두었다. 제해권 확보에 신경써서 남해의 많은 작은 섬에 성을 쌓고 웅거하였던 것이다.

태을 사자와 흑호의 근심은 끊이질 않았다. 마수들의 발로는 거의 그쳤지만, 어디에 숨었는지 나타나지도 않았다. 그 와중에 그들을 돕는 조력자가 생겼으니 중국에서 무신武神으로 숭앙받는 관우였다. 삼국시대의 명장이었던 관우는 중국인들에게서 대단히 숭앙받다가 명군의 파병을 타고 이 땅까지 전파되었다.

관우는 명군의 싸움에 많은 영험을 보여 사람들이 극진히 섬겼고 우리나라의 일부 사람들도 절반은 관우의 영험함 때문에, 절반은 명군의 비위를 맞추기 위해 관우의 사당을 수없이 세웠다. 이를 '관왕묘'라고도 부르고 '관제묘', '동묘'라고도 불렀는데 그 유적은 지금도 남아 있다.

그런데 이 관우라는 인물은 특별한 인물로서 일종의 원혼으로 승천하지 않고 남아 있는 터였다. 관우는 당시 자신이 섬기던 황제이자 형이던 유비의 적수인 손권에게 죽음을 당하였는데, 원통함에 사무쳐 구천을 방황하다가 승천하지 못하고 그대로 땅에 남은 것이다. 그 이후 시대가 바뀌고 사람들이 올리는 제사를 받자 관우는 스스로 영혼을 달래어 사람들을 돕는 방면으로 나섰다. 그리고 이번의 난리 때에 관우의 영혼은 조선으로 건너왔다.

태을 사자, 흑호도 그와 만날 기회가 있었는데 그의 영력은 과연 비범한 데가 있었다. 흑호는 관우의 도움을 받으면 어떨까 하였으나 태을 사자는 아무도 이 일을 더 알게 해서는 안 된다는 신계의 엄명을 떠올리고 흑호를 만류하였다.

그러나 관우의 영혼은 어느 계에서도 속하지 않은 다소 특이한 존재였으며 관우는 흑호를 마음에 들어 했다. 그의 의제義弟였던 장비와 성격이 닮은 데가 있다고 하여 그런 것인데, 그런 연유로 하여 관우는 일이 되는대로 태을 사자의 일을 도와주곤 했다.

강화 회담이 진행중인 동안에도 크고 작은 사건은 끝없이 벌어졌고 싸움도 끊이지 않았다. 당시 이순신은 신경증의 악화로 고통받고 있었으며, 소심하고 너무나 정확한 것을 좋아하는 성격 때문에 사소한 일로도 수없이 고통을 받고 있었다.

대표적인 예가 원균과의 다툼이었다. 원래 원균을 체질적으로 싫어하던 이순신은 원균과 큰 다툼을 벌이게 되었다. 원균이 나이 어린 자신의 아들이 전쟁에서 공을 세웠다고 허위 보고를 한 것을 이순신이 조정에 그대로 고한 것이다. 그 탓에 오히려 이순신은 '공을 탐내고 시기심이 많은 인물'로 찍혀버리는 결과만 낳았다. 그것을 보고 흑호는 혀를 끌끌 찼다.

"공연히 왜 저런 것을 가지고 저러는지 몰러. 왜란 종결자가 왜 저리 속이 좁나 몰러?"

그러나 태을 사자의 의견은 달랐다.

"이순신은 정신적으로 위기 상황이네. 그는 불안해하고 있어."

"무엇으로 말이우?"

"글쎄……. 이순신은 지금 너무 유명해져 있으니까……. 그리고 원래 원균을 싫어하지 않았는가? 더이상은 견딜 수 없는 게지. 저렇게라도 하여 배출하지 않으면 정신적으로 원균에 대한 증오의 감정을 풀어버릴 수 없어서 그런지도 몰라. 이순신은 그런 생각도 해보지 않고 일을 저지를 인물은 아니네. 도저히 견딜 수 없는 것이겠지."

태을 사자의 지적은 맞았다. 그러나 한 가지 사실이 더 있었으니, 이순신의 불안증은 단순히 원균을 미워하는 데에서만 나온 것이 아니었다. 이순신은 자신이 너무 유명해지는 것이 불안했다.

선조의 됨됨이는 신하가 출중해지는 것을 누구보다 못마땅해하는 편이어서, 이순신은 자신이 불안한 처지에 있음을 뼈저리게 느꼈다. 그러나 멋모르는 백성들은 이순신을 숭상하여 구름같이 모여들었다. 그것이 반갑지 않은 바는 아니었으되 이순신은 바로 그것이 불안했다.

비록 많은 신하들이 애써서 삼도수군통제사라는 해군의 최고 실력자가 되기는 했으되, 선조의 심기가 불편한 것을 유성룡을 통해 누구보다도 명확히 느낄 수 있었던 것이다. 그러다 보니 이순신은 어떻게 해서든 모든 일을 완벽하게 처리해야 빌미를 잡히지 않는다는 일종의 불안증과 강박관념에 시달리게 되었다.

이순신은 태을 사자도 감탄하였듯이 무장으로서의 능력뿐만 아니라 행정가로서의 능력이 놀라울 정도로 뛰어났는데, 그 정도가 지나쳐서 지나치게 원칙주의에 흐르고 있었다. 아주 작고 사소한 일이라도 이순신에게는 예외가 없었으며, 어떤 일이라도 불합리한 점이 발견되면 절대 그대로 보아 넘기지 않았다.

그러면 그럴수록 많은 적을 만드는 것임을 모르는 이순신이 아니었다. 그러나 가뜩이나 소심한데다가 천재적인 두뇌를 가진 이순신의 정신 상태는 몹시 쇠약해져서 그렇게라도 하지 않으면 버텨나갈 수 없는 상태에 이르렀던 것이다.[20]

그러던 중 1594년 4월에 태을 사자와 흑호 둘 다를 놀라게 한 일이 벌어졌다. 그것은 이순신이 사명대사, 즉 유정의 비행을 조정에 고발한 사건이었다. 유정은 너무 나이가 든 서산대사에게서 승병의 지휘권을 일임받아 마음껏 활약하고 있었으며, 보통 사람들은 이제 유정을 사명대사라고 불렀다.

그런데 사명대사가 승군을 초모하는 방법에서 당시 체찰사이던 윤두수의 공문을 받아 승군을 모집한 사실이 이순신에게 알려진 것이다.

모집된 승군 중에는 이순신의 관할 아래에 있던 승려들도 몇 있었는데, 여기에서도 이순신의 소심한 성격이 그대로 드러났다. 사명대사가 걸출한 인물이며 애국자라는 것을 모를 리 없는 이순신은 '그래도 원칙은 원칙이다. 내 소관의 사람을 빼앗아간 것은 불법이고 조정에 알려야만 한다'고 하여 장계를 올려 사명대사를 고발했다.

윤두수의 힘으로 이 일은 유야무야가 되었으나 윤두수는 이순신을 이때부터 괘씸하게 여기게 되었다.

흑호는 다시 이순신을 보고 한숨을 내쉬었다.

"이거 참 갈수록 태산이우. 이순신이 왜란 종결자 맞우? 세상에 그까짓 일을 가지고 고자질을 하다니……. 유정 스님이 승군을 모집하더라도 난리 중에는 정법이 아니라 편법으로 해결할 일도 있는 법인데……. 심한 것 아닌지 몰러. 저렇게 꽉 막혀서야……. 흠흠……."

태을 사자는 대답하지 않았다. 오히려 그렇게까지 나온 이순신의 행동은 이순신의 신경 상태가 거의 파탄 직전까지 갔다는 것을 의미했다. 태을 사자는 그 점에 불안해졌다.

그해 삼월, 이순신의 함대는 당항포에서 왜선 30여 척을 깨뜨리는 승리를 거두는데, 이때 결국 이순신과 원균은 정면으로 충돌하고 만다. 참고 참았던 감정이 더이상 타협하지 못하고 정면으로 튀어나온 것이다.

이순신은 원균에게 정면으로 말을 할 만한 트인 성격이 못 되어서 결국 남들의 비웃음을 사는 '고자질'의 형태로 원균을 고발하게 되었다.

원균은 이때의 전승 보고를 자기가 있는 경상도의 장수들이 모두 깨뜨린 것처럼 써서 보냈는데, 이순신은 이를 "그 때문에 진중의 모든 장수늘이 괘씸하게 여기지 않는 이가 없사오니 조정에서는 참고하여 시행하시기 바랍니다"라고 하여 노골적으로 원균을 공격했다. 덕분에 원균은 이순신에게 행패를 부리기 시작하여 이순신의 신경은 더욱 헝클어졌다.

1594년에는 이순신과 김덕령, 곽재우가 함께 만날 기회가 처음으로 생겼다. 조정의 명은 장문포 산성을 공격하라는 것이었다. 그러나 이때 이순신은 신경쇠약에 시달리고 있었고, 김덕령과 곽재우는 이순신이 대단한 인물이라 여기고 만났다가 그를 보고는 실망했다.

이순신이 단순히, 무력도 얼마 없고 그리 용맹해 보이지도 않는, 약하고 신경질적인 인물에 불과해 보였던 것이다. 게다가 이순신이 유정을 고발하고 원균을 고발하는 등의 행동이 '옳기는 하나 지나치게 형식적이고 사내답지 못하다'는 평을 들으면서 곽재우나 김덕령만한 인물도 이순신을 좋게 보지 않았다.

더구나 장문포에서는 왜군이 아예 진격할 길목을 완전히 차단하고 있었기에 공격할 수조차 없었다. 이순신은 우리 군사들의 피해를 내느니 돌아가자고 계속 주장하였는데, 이순신의 전공을 이야기로만 들은 곽재우나 김덕령이 듣기에는 겁쟁이의 말투 같아 실망할 수밖에 없었다.

왜군은 슬쩍 싸움을 걸긴 했어도 이순신과 석저장군, 홍의장군이 함께 왔다는 소리만 듣고 아예 싸움에 응할 엄두도 내지 않았다. 김덕령은 엄청난 신력으로 유명했고 왜군들은 석저장군의 이름 자체만으로도 무서워한 탓에 어이없게도 김덕령은 왜군과 직접 싸울 기회조차 얻지 못했다. 그래서 그들은 헛되이 되돌아오고 말았는데, 이때 김덕령은 이순신에 대해 완전히 실망했다.

또한 모습을 드러내지 않고 그 광경을 지켜보던 태을 사자와 흑호 역시 낙담하였다. 대단한 도력을 지닌 그들이 이순신을 그렇게 평가한다면 앞으로의 길이 험난할 것 같았다.

"거, 이순신, 이순신 해서 대단한 인물인 줄 알았는데 헛소문인가 보우. 어디 닭 잡을 힘이나 있겠소?"

김덕령은 장문포에서 철군하면서 곽재우에게 이렇게 말했다. 그러나 곽재우는 신중하게 되받았다.

"나는 이순신을 조금 달리 보네. 수많은 백성들이 그를 보고 한산도에 머물며 떠나지 않지 않는가? 건조중인 수많은 군선들을 보게나. 이순신이 그리 큰 인물 같지는 않지만, 얕잡아 볼 인물도 아닌지 모르이."

"나는 과거 그 이상한 존재들이 왜란 종결자 운운하여 이순신이 왜란 종결자인 줄 알았수. 근데 아닌 모양이우."

"그렇긴 하지. 이순신의 공이 크지만 정말 그런 공을 세울 인물이라고는 나로서도 보이지 않던걸?"

결국 곽재우 역시 그저 이순신에 대해 완전한 악평을 하지 않는 정도로 일을 끝내게 되었다. 태을 사자와 흑호가 알고 있던 유정, 김덕령, 곽재우 등이 모두 이순신을 별 볼 일 없는 인물로 치부하게 되자 흑호는 안쓰러웠다. 그해 십일월, 이순신과 원균의 불화는 극에 달하였다.

마침내 이순신은 허물어지는 신경을 견디지 못하고 원균과 같이 있게 할 바에는 삼도수군통제사의 직을 면직시켜달라고 조정에 요청을 하기에 이르렀다. 그러나 선조는 이순신이 제 마음대로 이래라저래라 한다며 이를 불쾌하게 여겼다.[21]

실제로 조정의 많은 대신들은 이순신이 실제로 공을 세운 사람이라는 것을 알고 있었고, 이에 결국 원균은 3개월 후 충청병사로 이임되어 드디어 이순신의 곁을 떠났다. 계속 신경을 거스르던 원균이 없어지자 이순신은 자못 홀가분한 기분이 되어 다시 수군의 정비에 힘을 기울였다.

그사이 협잡이나마 강화 회담이 끌어진 덕분에 조선은 4년이 넘는 시간 동안 큰 싸움 없이 지낼 수 있었다. 조선군은 조선군대로, 왜군은 왜군대로 그 시기 동안 다시 군비를 쌓고 병사들을 정비할 수 있었다. 하지만 결국 협잡은 들통났는데, 그 경과 또한 장난 같다.

고니시는 히데요시가 까막눈인 점을 이용, 히데요시에게 명에서 전해진 국서를 읽어주는 자에게 국서를 변조하여 읽어줄 것을 당부하였으나 그자는 두려움 때문에 말을 더듬다가 결국은 원래의 내용대로 읽고 말았다. 히데요시가 노발대발한 것은 두말할 것도 없다.

히데요시는 당장 고니시의 목을 베라 하였으나 고니시는 침착하게 '나 혼자 한 일이 아니오!'라고 외치며 당시 국서를 변조할 때 수많은 다른 장수들이 찬성하였다는 증명 서류를 꺼내 보였다.

히데요시는 많은 수하들을 모조리 죽일 수도 없어서 씩씩거리고 안으로 들어갔는데, 그런 그를 히데요시의 첩인 요도도노와 가장 촉망받는 신하인 이시다 미쓰나리가 잘 달래어 결국 고니시를 용서하기에 이른다.

요도도노는 당시 일본 제일의 미녀로 일컬어진 여인이었으며, 히데요시의 두 번째 아이 히데요리를 낳아 총애가 절정에 달해 있었다. 그 덕에 히데요시는 고니시를 용서했고 고니시는 간신히 목이 붙은 셈이 되었다.

심유경의 운명은 그렇지 못했다. 심유경은 협잡이 드러나자 본국으로 송환되어 결국 처형되었으며, 병부상서 석성도 투옥된 후에 정유재란이 일어난 다음 옥사하고 만다.

태을 사자와 흑호는 이러한 과정을 대강 알 수 있었다. 물론 태을 사자나 흑호는 조선 땅을 떠나 왜국으로 가지는 못했으되, 많은 저승사자 등을 통해 이런 이야기를 소상히 들을 수 있었다.

태을 사자는 그 이야기를 듣고 흑호에게 이런 말을 했다.

"기억나는가? 자네가 들었다던 고니시와 자객의 대화 내용 말일세. 그리고 난리 초기부터 히데요시는 자식이 죽어서 미쳤다고들 말했지. 만약 마수들의 농간이 거기에 개입되어 있다면…… 히데요시가 두 번째 아이를 가진 것은 이 난리를 일으킨 것에 대한 보상이 아니었을까?"

히데요시가 쓰루마쓰가 죽은 이후, 요도도노에게서 두 번째 아이인 히데요리를 얻은 것은 1593년 8월 29일이었다. 그렇다면 히데요리의 잉태는 1592년 11월이라는 말이 된다. 그러나 당시 히데요시는 자식을 얻기 위해 200여 명의 여자들과 관계를 가졌으나 성공하지 못해 그의 성 기능은 지극히 의심스러운 상태였다.

더구나 그의 나이가 쉰일곱이어서 아이를 가지기에 거의 불가능한 나이였다는 사실도 그러하다. 물론 쉰일곱이라고 아이를 가지지 말라는 법은 없지만, 어째서 그동안 그렇게 애를 써도 생기지 않던 아이가 하필 환갑이 다 되어가는 나이에 생긴단 말인가?

태을 사자의 생각에 히데요리는 필경 히데요시의 아이가 아닌 것이 분명했다. 요도도노가 바람을 피웠거나 아니면 아이를 낳기 위해 씨내리를 썼거나, 그것도 아니라면 몽마夢魔(꿈에 나타나서 치정을 조장한다는 악몽의 유령)류의 마수들이 무엇인가를 조작한 것이 틀림없었다.

어찌되었건 히데요시는 혈육으로서의 아이보다는 '자신의 뒤를 이을 후계자', 즉 자신이 이룩한 것을 유지시킬 존재로서의 자식이 필요했다. 그래서 히데요시는 부정이 있었든 마수가 관계했든 개의치 않고 미친듯이 기뻐했으며, 요도도노의 말이라면 무엇이건 들어주었다. 고니시가 목숨을 건진 것도 그러한 연유였다.

바깥일이 그렇게 돌아가는데도 은동은 얼마만한 세월이 흘렀는지도 몰랐다. 은동의 법력은 나날이 발전되어 이제는 인간 세상에서는 적수를 찾을 수 없는 경지에 도달하였다. 게다가 법력을 이루면 이룰수록 위력에 점점 놀라게 된 은동은 스스로에 대해 점점 기가 질리고 있었다.

은동은 꽤 오랜 시간 동굴 안에서 법력을 연마하였다. 아마도 그런 지 몇 년은 지났을 터였다. 그런데 어느 시기가 지나자 일사천리로 늘어가던 법력의 진도가 갑자기 느려졌다.

그러다가 법력의 상승이 어느 고비에 이르러 뭔가가 꽉 막힌 듯이 잘 이루어지지 않게 되자 은동은 괴로웠다. 그것은 도가에서 이야기하는 임, 독 양맥의 관통이었다.

사실 이는 인간이 일생을 두고 수련해도 될까 말까 할 정도로 어려운 일이었으나, 은동은 특별히 스승을 둔 것도 아니고 해서 그런 사실은 알지도 못했다. 오히려 은동은 뻔히 책에 나와 있는 것조차 수련하지 못한다고 하여 스스로를 부끄럽게 여기기까지 했다.

은동은 수십 일이나 노력을 해보았지만 번번이 실패했으며 그때마다 몸에 부작용이 와서 극심한 고통을 느끼곤 했다.

그러던 어느 날 은동은 오엽에게 푸념하듯이 이야기를 걸었다.

"나는 영 재주가 없나 봐……. 잘되지 않아."

"무엇이 잘 안 되는데 그러세요, 도련님?"

"말해도 오엽이는 모를 거야. 좌우간 잘 안 돼……."

"더 열심히 해보시면……."

"좌우간 안 돼! 안 되는 걸 날 보고 어떻게 하라는 말야!"

"안 될 리가 있나요? 도련님은……."

"난 안 돼! 나 같은 건 아무 짝에도 쓸모없다구!"

은동이 소리를 높이자 오엽은 차근차근한 말투로 은동을 달랬다.

"도련님이 쓸모없다면 세상에 쓸모 있는 사람이 누가 있겠어요? 도련님은 자질이 뛰어나시고 영리하시니 틀림없이 큰일을 이루실 수 있을 거예요……."

은동처럼 오엽도 그동안 나이를 먹어 목소리가 예전의 귀여운 음성에서 나긋나긋하여 녹아내릴 듯한 음성으로 바뀌어 있었다. 특히 지금은 더욱 그러했다.

은동은 그 목소리를 듣자 자신도 모르게 찔끔했다. 목 언저리부터 가슴까지가 뜨거운 물이 흘러내리는 듯이 찌르르했다.

"네까짓 게 뭘 안다고 그래! 난 다 틀렸어! 이젠 다 쓸데없는 짓이라구!"

은동은 오히려 화를 벌컥 냈다. 부끄러운 감정을 감추려고 일부러 더욱 화를 냈다는 편이 맞았다. 사실 은동은 마음속으로는 오엽에게 화를 내고 싶은 기분은 아니었다. 하지만 이상하게도 일이 잘되지 않자 목소리부터 높아졌다. 이러면 안 된다고 마음을 다잡으려 하면서도 잘되지 않았다. 은동은 바야흐로 사춘기에 접어든 것이다.

실제로 은동은 오엽을 은근히 좋아하게 되었는데도(하긴 오엽 말고 다른 대상은 있지도 않았지만) 그것을 똑바로 표현하지 못하고 비뚤게 표현했다.

은동이 소리를 치고 오엽이 대들면서 은동과 오엽은 한바탕 말싸움을 벌였다. 평소 같았으면 누구와 말다툼을 할 성격도 아니었지만 동굴 안에서만 혼자 지내면서 은동은 성격이 괴팍해진 것이다.

거의 제정신이 아니게 된 은동은 더욱더 소리를 지르고 동굴 벽을 치며 외쳤다.

"관둬! 다 그만두라구! 썩 물러가! 앞으로는 다시 올 필요도 없어!"

은동이 그리 외치자 오엽은 아무 말도 하지 않고 물러갔다. 오엽이 떠나자 은동은 이상하게도 가슴이 울컥하여 엉엉 소리를 내며 동굴 구석에 처박혀서 울었다. 자신이 왜 그랬는지 스스로도 도무지 알 수가 없었다. 그리고 그런 자신이 싫어서 견딜 수 없었다.

해야 할 일들이 마음을 무겁게 짓눌러 은동은 미쳐버릴 것만 같았다. 은동은 아무것도 하지 않고 먹지도, 자지도 않으며 그저 죽은 사람처럼 괴로워하며 누워만 있었다. 오엽도 말을 걸지 않았다. 그렇게 며칠이 지났는지 알 수 없었다.

그러던 어느 날 김덕령이 밤중에 찾아왔다. 그러고는 은동에게 슬며시 몇 구절의 법문을 일러주고 돌아갔는데, 일러준 방법대로 하자 조금씩 경맥이 열리는 것 같은 조짐이 들었다. 은동은 기분이 좋아져 다시 수련에 들어갔다. 하지만 오엽은 그날 이후 마음의 상처를 입었는지 말을 하려 하지 않아 은동은 답답했다.

그다음 날 밤의 일이었다. 은동이 혼자 괴로워하고 있는데 밖에서 이상한 소리가 들려왔다. 소리가 들렸다기보다는 심상치 않은 느낌이 왔다고 하는 편이 옳을 것이었다. 아무래도 느낌이 이상하여 은동은 귀를 기울여보았다.

은동의 법력은 이미 상당한 수준으로 발전해 있었기 때문에 직접 귀로 듣지 않아도 상황을 느낌으로 알 수 있을 정도가 되었지만, 아직 습관이 남아 있어 귀를 기울인 것이다. 그런데 가냘픈 오엽의 목소리가 들려왔다.

"도련님…… 도련님…… 구해줘요……."

그와 동시에 무엇인가 사나운 기운 같은 것이 느껴졌다. 잘은 몰라도 오엽이 위급한 상황에 몰린 것이 틀림없었다. 은동은 그 순간 맹세도 잊고 동굴을 막았던 바위를 단번에 차내며 밖으로 뛰쳐나왔다. 바위는 은동의 일격에 박살이 나 가루로 변해버렸다.

밖으로 나온 은동은 차가운 밤공기와 오랜만에 보는 별이 뜬 밤하늘을 잠시 바라보았으나 한가로이 밤의 정취를 즐길 때가 아니었다. 은동이 힘을 주어 몇 걸음을 뛰자 어느새 오엽의 소리가 들려오는 곳에 도달해 있었다.

"오엽아!"

그곳에는 한 명의 여인이 쓰러져 있었다. 오엽이었다. 오엽은 기운을 잃고 혼절한 것 같았다. 그리고 여인의 앞에는 사나운 곰 한 마리가 으르렁거리고 있었다. 그것을 보고 은동은 쓰러진 오엽의 앞을 막아서며 피식 웃었다.

"나는 또 마수가 나타난 줄 알았는데……. 고작 곰이었구나."

은동은 오랫동안 혼자 지내다 보니 혼잣말을 할 때가 많았고 그런 습관 때문에 곰에게도 마치 사람처럼 이야기를 했다.

"이봐, 쓸데없이 사람을 해치려 하지 말고 썩 물러가라."

그러나 곰은 무척 흥분한 것 같았다. 이상하게도 가만 보니 곰은 여기저기에 상처를 입은 듯 조금씩 절름거리고 있었다. 그것을 보고 은동은 고개를 갸웃했다.

"무엇에 이리 상처를 입었을까? 좌우간 상처를 입었으니 사납기는 하겠구나."

그때였다. 까무러친 줄만 알았던 오엽이 번쩍 고개를 들어 은동을 쳐다보았다. 그 순간, 은동은 말문이 턱 막혔다. 그간 오엽은 정말로 아름답게 성장한 것이 틀림없었다. 전에만 하더라도 귀엽기는 하였으되 치기 어린 아이의 얼굴이던 옛 모습이 그대로 남아 있음에도 화사한 자태에 은동은 그만 입을 다물지 못하였다.

더구나 옷 속에 감추어져 있기는 했으나 오엽의 몸매 또한 아름답게 성장하여 완전히 성숙한 티를 드러내고 있었다. 대뜸 오엽이 까무러치듯 은동의 옷자락을 잡고 매달렸다.

"도련님! 도련님! 저…… 곰……! 저 곰이……!"

"염려 마라."

곰은 오엽이 일어나자 다시 울부짖으며 으르렁대기 시작했다. 은동은 곰에게 달려들었다. 곰은 앞발을 휘둘러보았지만 아무런 소용도 없었다. 그 날렵한 동작도 은동의 눈에는 한없이 느리게만 느껴졌다.

곰의 앞발을 가볍게 피한 은동은 곰의 아랫배를 일부러 손바닥으로 쳤다. 주먹으로 치면 타격이 너무 클 것 같아서였다. 그런데도 곰은 괴성을 지르더니 저만치 밀려 나가 털썩 쓰러지더니 숨이 끊어지고 말았다.

은동은 공연한 살생을 한 것이 아닌가 하여 조금 꺼림칙했지만 또 한편으로는 오엽을 무사히 구해낸 것이 뿌듯하기도 했다. 이미 곰이 죽었는데도 오엽은 울먹거리고 있다가 은동이 이제 됐다고 말하자 울음을 터뜨리며 은동에게 와락 안겼다. 오엽의 부드러운 몸이 안기자 은동은 온몸이 나른해지는 것 같은 묘한 느낌을 받았다. 오엽을 밀어버리려 했으나 손이 말을 듣지 않았다.

오엽은 더더욱 은동의 품으로 파고들었다.

은동은 고개를 들어 하늘 위의 맑게 떠 있는 달과 별들을 바라보았다. 흐뭇한 기분이 온몸을 휘감았다.

'그래……. 이렇구나……. 산다는 건 이런 것이로구나…….'

홀연히 은동은 모든 것이 귀찮아졌다. 난리고 천기고 신경쓰기 싫었고 모든 것이 조그맣고 하찮게만 느껴졌다. 이렇듯 느긋하게, 오엽과 같이 지낼 수만 있다면 얼마나 행복할까? 그 순간만큼은 은동은 호유화에 대한 복수심도, 천기에 대한 걱정도, 왜군에 대한 증오심도 모두 잊어버렸다.

그렇게 한참을 있노라니 오엽도 어느새 울음을 그쳤지만 은동의 품에서 벗어나려고 하지 않았다. 은동은 조용히 오엽에게 속삭였다.

"오엽아……. 지난번에는 미안했다."

오엽이 조그맣게 대답했다.

"아니에요. 괜찮아요."

"오엽아……. 우리 산에 숨어 둘이서만 살자꾸나. 어떠냐?"

"도련님……."

오엽은 망설이다가 말을 이었다.

"아버님의 복수는 어쩌시려구요?"

"상관없다. 이제 와서 복수를 한들 아버님이 살아나시겠느냐?"

"그…… 호유화라는 요물이 다시 나타나면 어쩌시려구요?"

"그건 모르겠다만…… 이제껏 나를 찾지 않았는데 설마 다시 찾기야 하겠느냐?"

"호유화를 찾지 않으실 건가요?"

"구태여 찾고 싶지는 않구나……."

은동은 중얼거리며 오엽을 꼭 끌어안았다. 무어라 형언할 수 없을 정도로 기분이 좋았다. 오엽도 조금 주춤거리는 듯했지만 얌전히 있었다.

하지만 그들의 행복한 시간은 누런거리는 소리에 깨지고 말았다. 먼발치에서 사람들이 올라오는 소리가 들리는 것 같았다. 은동은 조금 놀라 오엽을 떼어내고 말했다.

"누가 온다. 누굴까?"

은동은 귀를 기울여보았다. 그러자 먼발치에서 올라오는 사람의 발소리와 나지막한 목소리까지 확실히 들려왔다. 어느새 은동은 천이통天耳通이나 순풍이順風耳의 경지까지 이른 것이다. 놀란 은동은 가만히 생각해보았다.

'내가 어느새 이렇게 법력이 강해졌던가? 임독맥을 관통시키지도 못했는데 어떻게 그럴 수가 있지?'

은동은 이상하여 시험 삼아 조심스레 진기를 유통시켜보았다. 그런데 정말 거짓말처럼 임독맥은 물론이고 생사현관生死玄關까지도 막힘없이 뚫려 있었다. 은동이 알지도 못하는 사이에 전설에나 나올 법한 활연관통의 도력 경지에 이르게 된 것이다.

"어어……. 내가 어느새……."

정말 모를 일이었다. 은동은 무슨 수를 써도 임독맥이 뚫리지 않아 고생하고 낙담까지 했는데 어느새 이렇게 되었을까. 그러나 은동은 한편 기쁘기도 했다. 더이상 호유화와 싸울 생각이 있는 것도 아니었다.

이 경지까지 올라갔다면 나중에 숨어 살다가 태을 사자나 흑호가 자신을 찾으려 해도 그들에게조차 몸을 숨길 수 있을 것 같았다. 호유화도 자신을 찾아내지 못할 것 같았다. 이제 은동은 정말 자유롭게 살아갈 수 있는 힘을 얻은 것이다.

'잘되었구나. 그런데…… 어쩌다가 아무런 힘도 쓰지 않았는데 내가 이리된 것일까……. 이상하구나.'

은동은 혼자 중얼거리다가 올라오고 있는 사람들에게 생각이 미치자 귀를 기울였다. 가만 들어보니 잘 아는 사람의 목소리였다. 유정의 목소리였다.

"어어, 저건 유정 스님이야!"

은동이 기뻐서 소리치자 오엽의 안색이 어두워졌다. 느닷없이 오엽이 은동을 더 꽉 껴안았다.

"가지 마세요."

"왜 그러느냐? 유정 스님은 나의 스승님이나 다를 바 없지 않아?"

"좌우간 지금은 가지 마세요, 네?"

은동은 웃으며 고개를 저었다. 은동은 이참에 아예 오엽과 아무도 모르는 곳으로 떠나버릴 작정을 하던 중이었다. 그러면 유정 스님과는 다시는 만날 수 없을 것 아닌가. 게다가 자신을 주로 가르친 것은 유정 스님이었다.

기왕에 유정 스님이 여기까지 온 이상 만나지 않을 수 없을 것 같았다. 은동은 오엽을 내려놓으며 말했다.

"가서 인사만 드리고 올게. 알았지?"

"도련님!"

오엽은 울먹이며 애타게 불렀으나 은동은 미소를 지으며 조금만 기다리라는 듯 손짓을 하고 발길을 옮겼다. 그런 은동을 바라보는 오엽의 얼굴에는 슬픔과 실망감과 허탈감만이 가득 어려 있었다. 하지만 은동은 그 얼굴을 보지 못했다.

"아니, 누구신가?"

유정은 난데없는 장부 하나가 자신의 앞에 불쑥 나타나자 깜짝 놀랐다. 분명 주위에 아무도 없다고 생각했는데 이 사람은 인기척 하나 내지 않고 귀신처럼 홀연히 눈앞에 나타난 것이다.

그런데 그 사람은 한술 더 떠서 넙죽 유정에게 절을 올리는 것이 아닌가?

"유정 스님, 그간 별래 무양하셨사옵니까?"

유정은 얼떨떨한 김에 합장을 하여 절을 받았다. 그의 옆에 서 있는 처영과 다른 승려들도 얼떨떨하기는 마찬가지였다.

"그런데…… 댁은 뉘신가?"

유정이 조심스레 묻자 은동은 웃으며 되받았다.

"저를 잊으셨습니까? 이런 참, 농담도 잘하십니다."

은동은 자신이 동굴에서 나오지 않고 동굴 너머로 이야기만 나눈 탓에 유정이 성장한 자신을 알아보지 못하는 것으로만 여겼다.

"저입니다. 은동이에요."

유정은 깜짝 놀라며 은동의 얼굴을 찬찬히 뜯어보았다. 은동은 키가 크고 많이 성숙해졌지만 아직 스무 살이 되지 않은 용모여서 과

거의 어릴 적 모습이 얼굴에 제법 남아 있었다. 유정은 그제야 고개를 끄덕이며 말했다.

"어허, 아미타불. 정말로 은동이가 맞구나! 허허……."

유정은 그제야 놀랍기도 하고 반갑기도 한 빛을 띠며 만면에 미소를 지었다.

"허허, 정말 놀랍구나. 그사이 무척이나 자랐구나. 장한이 되었어. 허허허……."

"감사합니다, 대사님. 저를 직접 보시는 것도 퍽 오랜만이지요?"

유정은 고개를 끄덕이며 웃었다.

"그럼, 그럼. 강 공이 돌아가신 후로 너를 무척이나 걱정을 했단다. 그런데 이렇게 훌륭하게 컸으니……. 허허……."

아버지의 말이 나오자 은동은 조금 마음이 무거워졌지만 그것을 떨쳐내려 애썼다. 유정은 연신 감탄을 금치 못하며 은동을 바라보다가 말을 이었다.

"도력을 무척이나 쌓았구나. 놀라운 일이로고. 선재라, 선재……."

유정이 연신 감탄하자 은동은 겸연쩍어하며 말했다.

"놀리지 마십시오. 아직 별로 이룬 것이 없습니다."

유정은 은동을 조금 더 찬찬히 짚어보다가 놀란 빛을 드러냈다. 거의 경악에 가까울 정도였다.

"어허……. 이럴 수가 있는가? 은동이 너 어떻게…… 어떻게 이렇듯 엄청난 공력을 익혔느냐? 정말로 놀랍구나!"

은동은 이상했다. 분명 자신은 유정이 가져다준 비급과 설명해준 수련법으로 간신히 그것을 익힌 것에 지나지 않았는데 유정은 왜 이토록 놀라는 것일까?

"뭘 그리 놀라십니까? 간신히 씌어 있는 대로 익힌 것뿐입니다……."

그러나 유정은 무엇에 홀린 사람처럼 놀라움을 감추지 못하였다.

"네게 이 정도의 기도氣道가 있다면 임독맥이 관통되었을지도 모르겠구나……. 맞느냐?"

"예? 예. 간신히 관통했습니다만…… 생사현관과 십이중루, 기경팔맥 등등도 모두 관통되었는데요? 다행히 모두 한 번에 관통되었습니다만……."

은동의 이야기를 유정은 더이상 듣고 있지 않았다. 은동은 지금 얼마나 엄청난 말을 하고 있는 것일까? 도방의 권위자라는 정문부나 정기룡은 물론이고 곽재우나 김덕령 그리고 유정 자신도 아직 그 경지는커녕 발끝만큼도 가지 못한 상태였다.

곽재우의 진도가 가장 빨라 이대로만 노력한다면 죽기 전까지는 임독맥을 뚫어 신선의 도를 이룰 수 있을지도 몰랐지만, 생사현관의 타통은 다시 한번 태어나지 않는 이상은 어림도 없는 일이었다. 그런데 은동의 말을 들으니 모든 혈도와 맥이 모조리 뚫린, 그야말로 인간의 경지를 넘어선 곳까지 발전해 있는 것이 아닌가?

"너…… 너는 정말…… 정말로 놀라운 아이로구나! 아미타불! 아미타불!"

은동은 도무지 이상하기만 할 뿐이었다. 유정이 분명 그런 것을 자신에게 세세히 지도해주었으니 자신보다 그 내용에 대해 잘 알고 있었을 텐데 어찌 이렇듯 놀라는 것일까?

"유정 스님, 어이 그리도 놀라십니까? 스님께서 가르쳐주신 덕분입니다."

그러자 유정의 얼굴이 이상하게 일그러졌다.

"내가? 내가 언제 너를 가르쳤느냐?"

은동은 유정이 농담을 하는 것으로 생각하고 스스럼없이 대답했다.

"스님이 이전부터 제게 찾아오셔서 비급과 구결을 전수해주셨지 않습니까? 석저장군께서도 찾아오셔서…… 그렇지, 어제 오셔서 가르쳐주신 법문이 큰 도움이 되었습니다."

은동의 말이 계속되자 유정은 점점 더 놀라는 얼굴이 되다가 김덕령 이야기가 나오자 깜짝 놀랐다.

"너…… 너 지금 석저장군 김덕령, 김 공을 말하는 것이냐?"

"예……. 그렇습니다만……."

유정은 고개를 설레설레 흔들며 말했다. 그 말에 은동은 충격을 받아 자칫 기절할 정도로 놀랐다.

"나는 정말 이해할 수가 없구나. 나는 너를 가르친 적도 없으며 오년 동안 너를 만난 적도 없다. 김 공이라면 이미 오래전에 돌아가신 분인데, 어찌 어제 너에게 나타날 수 있단 말이냐?"

풀리지 않는 의문

"뭐…… 뭐라구요? 어떻게…… 어떻게……."

은동은 말도 잇지 못하고 더듬거렸다. 그러나 놀란 것은 은동만이 아니라 유정도 그러했다. 은동이 이렇게 훌륭한 법력을 이루고 장성한 것을 보니 은동이 헛소리를 한다고 보이지는 않았다.

하지만 정말 자신이나 김덕령은 은동을 가르친 적이 없었다. 그리고 자신이나 김덕령이 가르쳤다면 절대 은동을 이런 경지로까지 끌어올리지도 못했을 것이다.

그러던 중 유정은 또 한 가지 이상한 것을 느꼈다. 은동은 지난번 만났을 때는 열 살 남짓한 작은아이에 불과했다. 그런데 도대체 어떻게 그사이 이렇듯 장성했단 말인가?

"은동아, 그리고…… 너는 어떻게 그렇게 성장하였느냐?"

"예? 음……. 그건 세월이 지났으니……."

"네가 나와 헤어지고 얼마나 세월이 흘렀는지 그것도 모르느냐?"

"그건…… 그건 잘 모릅니다. 동굴에 들어가서 수련만 하며 지냈기 때문에……."

"햇수로 오 년, 만으로는 사 년 남짓밖에 지나지 않았다. 지금은 정유년(1597년)이야. 정유년 이월 스무이렛날이다!"

"예? 그렇습니까?"

"그런데 너는 스무 살은 된 듯싶구나. 나와 헤어졌을 때에 너는 불과 열 살이었는데 어떻게 오 년 사이에 이토록 성장했다는 말이냐?"

은동은 머리가 터질 것 같았다. 도대체 어찌된 일인지 하나도 알 수가 없었다. 은동은 어쩔 줄을 모르고 혼란스러워하다가 문득 오엽을 찾았다.

오엽은 어느새 홀연히 사라지고 없었다. 그 자리에는 한 장의 편지만이 남아 있을 따름이었다. 은동은 혼란과 두려움으로 몸을 떨며 봉서를 찢었다.

순간 흰색의 긴 터럭 한 올이 너울대며 떨어졌다. 은동이 잊지 못하는 바로 그 터럭이 틀림없었다.

"호유화!"

은동은 갑자기 눈에 핏발이 섰다. 얼른 봉서를 북 찢어 편지를 꺼냈다. 거기에는 다음과 같이 씌어 있었다.

공력은 늘었느냐? 이제 상대가 될 법하구나. 네게 담력이 있다면 이 계집아이를 구하러 오너라. 보름 뒤 좌수영 부근에서 만나자.

"이…… 이…… 요물! 오엽이까지 잡아가다니!"

은동은 이를 뿌드득 갈았다. 그리고 무엇인지 뜻 모를 소리로 외치며 저주를 해대다가 문득 법력이 뒤틀리는 것을 느끼고는 그대로 정신을 잃었다.

은동은 멍한 상태에서 자리에서 일어났다. 눈앞이 빙빙 돌고 모든 일이 꿈만 같았다. 어젯밤 유정의 이야기로는 김덕령은 이미 죽은 지 오래된 사람이라 했다. 그리고 유정도 은동을 가르친 일은 전혀 없다고 하였다. 더구나 자신의 몸은 누가 보아도 이상하리만큼 빨리 자라 있었다.

이 모든 것은 무엇을 뜻하는 것일까?

은동이 그런 악몽에 시달리다가 자리에서 일어나자 그 앞에는 낯익은 얼굴 둘이 보였다. 하나는 여전히 조금은 거칠지만 따뜻한 느낌을 주는 흑호였고, 또 하나는 여전히 냉랭한 얼굴의 태을 사자였다.

"태을 사자님! 흑호 님!"

은동이 일어나사 흑호가 눈물을 흘리며 히죽 웃었다.

"허허……. 은동이…… 많이 컸구나. 허허……. 무사하니 다행이다."

은동도 그 둘을 만나니 비록 그들이 사람은 아닐지언정 반갑기 그지없었다. 냉랭한 태을 사자도 짧지만 격앙된 어조로 말을 건넸다.

"훌륭히 컸구나……."

"도대체 어떻게 알고 오셨나요?"

그러자 흑호는 껄껄 웃었다.

"내가 조선 땅 뭇 금수의 우두머리가 된 걸 잊었냐? 모든 금수가 내 눈이요, 귀인데 내가 그런 걸 모를려구."

잠시 시간이 흘러 감정이 조금 진정되자 은동은 그간의 이야기를 둘에게 했다. 흑호는 은동이 법력을 이루었다는 말에 크게 기뻐했다.

"이봐, 은동이. 어여 나랑 팔씨름 한번 해보자. 얼마나 늘었는가 보자!"

"에이……. 제가 어떻게 흑호 님 상대가 되겠나요?"

"아니여. 만만치 않을 것 같은데? 해보자!"

은동은 쑥스럽기도 했지만 흑호의 순진한 기분에 함께 휩쓸려 난데없이 팔씨름을 한판 했다. 세 번 하여 흑호가 세 번 다 이겼지만 흑호는 고개를 휘휘 저었다.

"네가 이 정도라면 천하에 너를 당할 인간은 없을 게다. 너 불과 오 년 사이에 어찌 법력이 그리 강해졌누? 내 보기에 오백 년 공력은 있는 것 같다."

은동은 그 말을 듣고도 농담으로 알았다. 오백 년이라니, 말도 안 된다고…….

"설마요?"

은동이 믿지 못해 중얼거리자 태을 사자가 고개를 저었다.

"그 이상이네. 아직 은동이 다 발휘할 줄을 몰라서 그렇지."

그 말에 은동은 깜짝 놀랐다. 그래서 은동은 지난 일을 조금 더 세세하게 태을 사자에게 들려주었다. 그러자 태을 사자는 오래 생각해보지도 않고 딱 잘라 말했다.

"호유화가 한 일이 분명하다."

"네? 호유화가요?"

"그래. 네가 아무리 총명하고 아무리 훌륭한 비급으로 연마를 했다 해도 이런 공력을 오 년 사이에 이룰 수는 없다. 더구나……."

태을 사자는 날카로운 눈초리로 은동을 보면서 덧붙였다.

"아무리 보아도 지금의 너를 열다섯 먹은 아이로는 볼 수 없구나. 분명 네 나이는 스물 가깝게 되었을 것이다."

"어떻게 그럴 수가 있나요? 분명 오 년밖에 안 지났는데……."

"호유화라면 가능할지도 모른다. 호유화의 법력이면 시간의 흐름을 일부 조절하는 것도 가능할 테니까. 성성대룡도 지난번 중간계에서 우리를 태워다 주면서 자기 주변의 시간을 수백 배로 변화시킬 수 있었는데, 호유화가 성성대룡만 못하다고 믿지 않는다. 분명 호유화가 술수를 부려 동굴 주변의 시간을 변화시켰을 것이야."

"허지만…… 은동이도 시간관념은 있었을 건데?"

흑호가 의아한 듯이 말하자 태을 사자는 고개를 저었다.

"매일, 은동이가 눈치채기 어려울 정도로 서서히 시간을 늘렸겠지. 아마 두 배나 네 배 정도로 늘린 것 같네. 은동이가 법력을 닦던 초기에는 이상하게도 해도 떨어지지 않은 사이 여러 번 밥을 먹었다고 하지 않았나? 밤에 시간을 늘리면 금방 깨어나서 눈치를 챌 테니 시간은 낮에 늘렸겠지. 어찌되었건 오 년 동안 실지로 은동이에게는 십 년이 흐른 것이 분명하네."

"그러면 공력은요? 저는 분명 수련을 하여서……."

"인간의 수련에 대한 것을 나는 조금 알고 있다. 그러나 네가 겨우 십 년 수련하여 그 정도 경지에 올랐다는 것은 말도 되지 않는 일이야. 나에게 네가 수련하던 이야기를 해줄 수 있겠느냐?"

은동은 수련하던 이야기를 대강 태을 사자에게 들려주었다. 그러다가 마지막에 임독 양맥과 생사현관이 타통되지 않아 고생스럽다가 문득 다시 보니 기경팔맥과 십이중루 등 모든 혈도가 열려 있었다는 이야기에 이르자 태을 사자가 무릎을 쳤다.

"바로 그거다. 분명 누군가가 네가 정신을 잃고 있을 때쯤 공력을 너에게 전이시켜주었을 것이다. 조선 땅에는 우리가 모르는 특별한 존재들도 없고 마수들이 너에게 공력을 넣어줄 리는 없으니, 그건 분명 호유화가 한 것일 게야."

"호유화가 왜요? 호유화는 분명히 내 원수인데……."

그 말에 태을 사자는 길게 한숨을 쉬었다.

"난들 알겠느냐? 나도 알 수 있는 길이 있다면 어떻게든지 해서 알고만 싶단다……."

"처음에는 호유화가 홧김에 그랬다가 나중에 세월이 지나면서 마음을 돌린 것은 아닐까?"

흑호가 말하자 은동과 태을 사자는 터무니없다는 생각이 들기는 했지만 구태여 반박하지는 않았다. 워낙 호유화의 속을 알 길이 없었으니 말이다. 순간 은동은 분노가 치솟았다.

"어쨌거나 용서할 수 없어요! 오엽이는 또 왜 잡아간 거야!"

"오엽이? 그 계집아이 말여?"

"맞아요."

"허어, 그 아이가 내내 너랑 같이 있었구먼. 허허, 이거 보통 사이가 아닌 듯헌데……. 히히."

흑호가 공연히 실실 웃자 은동의 안색이 변했다. 태을 사자는 얼른 흑호를 나무라고 은동에게 말했다.

"또 다른 것은 없었느냐?"

"있어요! 호유화가 오엽이를 잡아가며 편지를 남겼어요."

"편지?"

은동은 호유화의 편지를 흑호와 태을 사자에게 보여주었다. 흑호가 의아하다는 듯 말했다.

"이게 뭐여? 그럼 결국 은동이와 결판을 내자는 거 아녀? 원 참. 난 하나두 모르겄네."

"더구나 호유화는 왜 오엽이를 잡아갔을까요? 그것만 아니어도 용서할 수 있었는데……. 그것만 아니었어도……."

은동은 분한 듯 입술을 악물었다. 그러나 그 말을 들은 태을 사자의 반응은 달랐다. 태을 사자는 조용히 뭔가 깊은 생각에 잠겼다가 은동에게 말했다.

"은동아, 그 일은 내게 맡겨주지 않겠느냐?"

"예? 사자님이?"

"그렇다. 너에게는…… 으음……. 부탁할 일이 한 가지 있단다. 더군다나 너는 이제 다 컸고, 공력 또한 뛰어나니 일을 청하고 싶구나."

하지만 뜻밖에도 은동은 딱 잘라 말했다.

"난 아무 일도 하지 않기로 맹세했어요!"

"은동아……."

"천기니 뭐니, 이젠 지긋지긋해요! 그깟 일에 얽혀 들지만 않았다면 아버지도 돌아가시지 않았을 거라구요! 난 안 해요! 아무것도 안 할 겁니다!"

"흐음……."

격함을 이기지 못한 은동이 한마디 더 했다.

"더구나 이 공력은 내가 닦은 것도 아니고 호유화가 준 거라면서요? 그런 공력, 쓰고 싶지도 않아요! 호유화는 날 가지고 놀려고 공력을 준 것이 분명하다구요. 편지를 보시면 알잖아요?"

태을 사자가 넌지시 말했다.

"허나…… 그 공력을 쓰지 않고 오엽이를 구할 수 있겠느냐?"

그 말에 은동은 대답할 말을 잊었다. 그때를 놓치지 않고 태을 사자가 말했다.

"네가 그 일을 해주지 않으면 우리가 일에 얽매일 수밖에 없고, 그러면 우리는 보름 후에 너를 돕지 못한단다. 은동아, 호유화가 준 공력으로 호유화를 이기고 오엽이를 구할 수 있다고 여기느냐? 우리가 도우면 어떨까? 우리를 도와주려무나. 우리도 너를 돕겠다."

"그건…… 그건……."

은동은 한참이나 머뭇거리다가 비로소 입을 열었다.

"뭔지 들어나 볼까요? 도대체 무슨 일이지요?"

그러자 흑호가 휴 하고 한숨을 쉬며 말했다.

"너도 잘 아는 사람 일이여. 너 없는 사이, 큰일이 났어."

"무슨 큰일이지요?"

태을 사자가 흑호의 말을 이었다.

"큰일은 세 가지란다. 첫째, 유계의 대군이 돌연 사계에 맹공으로 돌아섰다. 그들은 거의 전멸된 줄 알았는데 무시무시한 위력으로 다시 사계를 덮쳐가고 있어. …… 환계에서 그들에게 맞서고 있지만 전혀 상대가 되지 않는다는 거야."

"그럴 리가요……."

팔계의 구조에 대해 잘 모르는 은동으로서도 그 말이 믿기지 않았다. 아무리 그래도 하나의 계 대 계의 싸움인데 어찌 환계가 유계를 당해내지 못한다는 말인가? 태을 사자는 혼란스러워하는 은동을 보며 말을 이었다.

"둘째, 왜국은 그간 명국을 통해 조선과 강화를 하려고 했고 한동안 싸움은 그쳤다. 그러나 모든 조약이 깨어졌단다. 왜군은 다시 대군으로 조선 땅에 쳐들어왔어. 새로운 전쟁이 시작된 것이다."

"그간 강화가 이루어졌었나요?"

"그래, 지난 사 년간이다."

태을 사자는 그간의 이야기를 간략히 은동에게 해주었다. 그리고 김덕령의 이야기도 해주었다. 1596년 이몽학이라는 미친 작자가 반란을 일으켰다. 김덕령은 그해 이몽학의 난을 토벌하라는 왕명을 받고 출군하였으나 가는 도중에 이미 난이 진압되어 퇴군하였다.

그런데 나중에 이몽학의 잔당 중 신경행이라는 자가 이몽학이 김덕령, 이덕형 등등 유명한 장수 및 신하들과 내통하였다는 허위 보고를 하였다.

은동이 깜짝 놀라자 태을 사자의 설명이 이어졌다.

"물론 헛소리이지. 그러나 엄연한 사실이다. 나는 은연중 마수들의 기운이 그렇게 인간에게 감염된 것이 아닌가 싶더구나. 그러나 네가 없는데 우리가 어쩌겠느냐? 인간의 일에 개입할 수 없으니……. 마수들은 분명 그것을 알아내고 보이지 않는 곳에서 우리의 숨통을 조이려는 거야. 지금의 상감도, 이몽학도, 신경행이라는 자도 암암리에 암시를 받았는지도 모르지."

"그…… 그러면 석저장군님은 그때 돌아가셨단 말인가요?"

김덕령은 그 무고로 인해 한양으로 압송되어 갔다. 그러나 실제로 선조는 무서운 김덕령의 용맹을 듣고 그를 두려워하게 된 것이다. 이때는 민심이 극도로 흉흉해져 있었고 조정을 원망하는 소리가 높아져 이몽학이란 자가 난을 일으키기까지 한 것이었다.

그런 판에 김덕령같이 무서운 장수가 난을 일으킨다면 아무도 막을 자가 없다고 선조는 생각한 것이다.

이에 선조는 무고한 명장을 옥에 가두고 모진 국문으로 결국 죽게 만들었다. 이는 선조의 상투 수단이었으니 국문하는 중에 모질게 매를 가하여 도중에 제풀에 죽게 한 것이었다.

김덕령은 고문이 가해져 두 다리뼈가 박살나자 하도 억울하여 그 상처 입은 몸으로 몸을 결박한 오라를 모조리 끊고 무릎만으로 담을 뛰어넘었다가 돌아오면서 울부짖었다.

"내가 도망치려고 마음먹으면 왜 도망치지 못한단 말인가? 나는 죄가 없고 하늘을 보아 떳떳하며 조정에 충성하는 마음이 변함이 없으니 참고 있는 것인데, 정말 나를 때려죽이려는 것인가?"

그 광경을 보고 눈물을 흘리지 않는 자가 없었으나 모진 선조는 그런 김덕령을 이번에는 쇠사슬로 결박하고 더욱 모진 매를 가해 마침내 때려죽이고 말았다.

이렇게 하여 조선은 물론이고, 명국과 당시 그 어디에도 겨룰 자가 없었던 희대의 신력을 타고난 명장 김덕령은 자기가 모시던 상감의 손에 의해 원혼이 되고 말았으니, 그의 나이 그때 겨우 서른세 살의 젊음이었다. 은동은 김덕령의 비참한 최후를 전해 듣고는 눈물을 흘렸다.

"김 장군님이…… 김 장군님이 그렇게까지……. 도대체가……."

"답답한 노릇이다. 그 일은 크나큰 여파를 몰고 왔단다. 그 일이 전해진 이후, 조선 팔도의 의병이란 의병들 거의가 전의를 잃고 스스로 해산해버렸단다. 백성들은 어떤 일이 있어도 의병만은 나가지 말라는 이야기를 하고 있단다. 일국을 이끌어나가는 상감이 제 수족을 제가 끊으니 한심하기 이를 데 없는 일이지. 더구나 난리는 다시 일어나려고 하는데 말이다……."

은동은 한참이나 눈물을 흘리다가 물었다.

"그러면 홍의장군 곽 공께서는요? 그분은 석저장군과는 절친하셨는데……."

"그분도 김 공의 죽음에 충격을 받으시고 기회를 보아 몸을 뺄 작정을 하고 계시는 듯하다……."

"좋아요. 난리가 다시 났는데 나라는 대비가 부족하단 말이지요? 그렇다고 나더러 어쩌라는 건가요? 김 공마저도 그토록 허무하게 죽음을 당하는 판인데……."

은동이 영 떨떠름하게 나왔지만 태을 사자는 아무 말도 않고 있다가 입을 열었다.

"세 번째 이야기이다. 이것이 가장 큰 문제구나. 은동아, 왜란 종결자인 이순신…… 그 사람이 지금 죽음의 위기에 처해 있단다."

"예?"

이순신이 죽음의 위기에 처해 있다니?

"누가 그분을 해치지요? 마수들인가요?"

그러자 태을 사자의 낯빛이 어두워졌다.

"아니다. 그러면 우리가 힘을 쓸 수 있겠지……."

"그러면요? 왜국의 자객인가요?"

"그것도 아니다."

"그러면요?"

"조선의 상감이다. 상감이 이순신을 죽이려 하고 있단다……."

투옥된 왜란 종결자

이순신의 위기는 두 사람에 의해 만들어진 것이었다. 한 사람은 조선의 국왕인 선조, 또 한 사람은 왜장 고니시. 고니시는 지난번 국서 위조 사건 이후 히데요시에게서 신임을 잃었다. 물론 고니시로서도 히데요시에게 정이 떨어지기는 마찬가지였다.

고니시는 과거부터 내려온 충성이라는 감정이 속까지 물들어 있는 낭만주의자로서, 히데요시에 대해 불만을 품으면서도 히데요시를 배신하려고는 하지 않았다.

히데요시가 재차 조선 침공을 명하자 고니시는 처음에는 핑계를 대며 출정하지 않으려 했다. 그는 1596년 11월에 대마도를 출발하였으나 날씨를 핑계 대면서 출정을 계속 미루었다.

그러다가 히데요시로부터 계속 진군을 독촉하는 사자가 오자 고니시는 하나의 계략을 세웠다. 이번 출정을 피할 수 없게 된 것을 알게 된 고니시는 기왕 가더라도 헛된 죽음은 하지 않아야겠다고 마음먹은 것이다.

조선에는 이순신이라는 정말 대적할 수조차 없을 정도로 막강한 적장이 있었다. 더구나 고니시는 이순신에 의해 부대원이 거의 전멸하는 피해를 보기까지 했다. 그것도 싸우다 영광스럽게 죽은 것이 아니라 보급을 받지 못해 굶주려서 죽음을 당한 것이다. 그래서 고니시는 이중간첩인 요시라라는 자를 조선 조정에 파견하여 수작을 부리게 했다. 내용인즉 다음과 같았다.

> 가토는 무모한 자로서 본인은 가토를 증오하고 있소. 가토만 없으면 화의는 이루어진 것이나 다름없었는데 그의 방해로 실패하였소. 본인도 전쟁을 바라지 않고 조선도 전쟁을 바라지는 않을 것이니 협력합시다.
>
> 가토의 부대는 모월 모일에 상륙할 것이니 강력한 조선의 해군을 파견하여 가토의 부대를 해상에서 격파하면 가토는 수중고혼이 될 것이고 난리는 절로 끝날 것이오. 나는 미워하는 자가 없어져서 좋고, 조선은 강한 적장이 없어지니 좋으며 양국 모두가 전쟁을 하지 않아도 되니 좋은 일이 아니겠소?

고니시의 예상과는 달리 조선의 신하들은 이런 고니시의 편지에 의문을 가졌다. 고니시와 가토가 사이가 좋지 않은 것은 익히 알려진 사실이었지만 정말 고니시가 가토를 팔아넘기려 할까?

그러나 그 계략을 액면대로 믿은 단 한 사람이 있었으니 바로 선조였다. 사실 선조도 워낙 계략에 밝고 음험한 사람이라 고니시의 계략에 모조리 속은 것은 아니었다.

하지만 선조는 마음에 들지 않던 이순신을 몰아대어 가토를 반드시 잡으라는 엄명을 권율에게 전달하라 하였다. 권율은 답답했으나 왕명이니 별수 없었다.

정작 당사자인 이순신은 기가 막혔다. 이순신은 내용을 한 번 본 것만으로도 거짓임을 알 수 있었다. 더구나 이순신이 풀어놓은 첩보원들의 보고에 의하면 가토의 부대는 이미 1월 14일에 부산포에 상륙해 있었다.

실제로 이순신의 알려지지 않은 커다란 전공 가운데 하나가 정유재란이 일어나기 직전에 있었는데, 이순신은 안위 등의 수하 장수를 시켜 부산포에 침투하게 하였다가 부산포의 왜군 진지에 큰 불을 지르는 전과를 올렸다. 이때 왜군의 숙사 1천여 호가 불타고 화약고 2채, 군량만 3만 석 가까이 불타버려서 왜군은 싸움을 시작하기도 전에 보급품이 달리기 시작했다.

이순신은 이를 장계에 세세히 보고할 정도로 많은 첩보원을 풀어놓고 대비를 하였으므로 가토의 상륙 날짜도 손바닥 보듯이 환하게 들여다볼 수 있었다. 그런데 가토를 잡으라는 왕명이 도달한 것은 벌써 가토가 상륙해버리고 난 다음이었다.

가토가 바다에 없는데 수군을 통솔하는 이순신이 어찌 가토를 잡을 수 있겠는가? 이순신은 도저히 출격하려야 출격할 수 없는 상황이었다.

이순신은 고니시의 음모에 감탄하면서 탄식을 금치 못했다.

"고니시는 실로 음험한 자로구나. 그는 가토를 죽이려 한 것이 아니다. 나도 원균을 미워했으나 차마 어쩌지 못했는데, 고니시도 가토를 아무리 미워한다 한들 같은 깃발 아래에서 싸우면서 어찌 그를 해할 계략을 꾸미겠느냐? 다만 고니시는 나를 모함하여 의심을 받게 만들려 한 것이 분명하구나. 뻔히 보고 있으되 상감께서 알아주시지 않는다면 나는 빠져나갈 길이 없구나……."

이순신의 예감대로 결국 이는 큰 문제가 되었다. 이순신이 출격하지 않았다는 보고를 받자 선조는 노발대발했다. 이미 1594년 이후 이상하게도 선조는 이순신을 미워하기 시작하였다. 그리고 이순신이 왕명을 어기고 출격하지 않았다는 것을 빌미로 선조는 미친 사람처럼 날뛰며 분노를 이순신에게로 퍼부어댔다.

선조는 이순신의 이름을 듣고 모인 한산도의 수많은 백성들을 무서워했는지도 모른다. 이순신 때문에 왕위에 위엄이 없어지고 왕권이 흔들릴지 모른다는 불안감을 가졌는지도 모른다.

그렇더라도 선조의 행동은 미친 사람이나 다를 바 없었으며, 선조의 마음에서 가장 돌출된 것은 이유를 알 수 없는 이순신에 대한 증오심이었다.[22]

선조는 거의 광기에 가까울 만큼 이순신에게 욕을 퍼부었다.

—한산도의 장수는 편안히 드러누워 무엇을 하고 있는지 모르겠군.

—이제 어찌 이순신에게 가토의 머리를 잘라 들고 오게 할 수 있겠는가? 그저 배를 거느리고 위세만 부리고 돌아다니며 성의를 내지 않으니 탄식할 일이구나. 나라는 그만이야, 나라는 그만!

—이순신이 이제는 설사 가토의 머리를 베어 들고 와도 용서할 수 없어!

—이순신이 글자는 읽을 줄 아는가?

—이순신은 절대 용서 못 해! 무장으로 감히 조정을 경멸하는 마음을 가져?

—원균으로 해군의 선봉을 잡아 적의 소굴을 바로 들이치게 할 것이야![23]

이에 많은 신하들은 조심스럽게 반대 의견을 내세웠으나 선조가 워낙 광기를 부리는 통에 어찌할 수 없었다. 당시 신하들의 반응을 대강 보면 이러하다.

—이정형: 변방의 일이라 멀리서 헤아릴 수 없사오니 천천히 처리하시오소서. (선조의 광기를 가라앉히려는 것이 분명하다)

—유성룡: 설혹 그가 죄가 있다고 하더라도 앞으로 잘하도록 책려하시는 것이 좋을 듯싶사옵니다. (이순신밖에 적을 막을 자가 없다는 것을 알고 답답하여 한 말이 분명하다)

—윤두수: 원균과 이순신을 같이 통제사로 만들고 협력하게 하는 것이 좋을 듯싶습니다. (식견 없고 눈이 어둡기로 유명한 윤두수조차 이순신을 없애는 데에는 반대한 것에 주목할 필요가 있다)

—이정형: 경상도가 온통 쓰러져버린 것이 원균 때문이옵니다. 어찌 원균에게…….

—유성룡: 겨울이면 수군에서는 노군들을 모두 집으로 돌려보내는 것이 관례이옵니다. 그런데 어찌 겨울에 이순신이 가토를 잡을 수 있으리까?

하물며 곽재우와 다툼이 잦았던 간신 김쉬조차도 선조의 노발대발이 이해가 가지 않아 이순신을 자기도 모르게 변명했다. 더구나 선조가 진상 조사를 위해 파견한 어사 남이신마저도 "가토는 풍랑을 만나 7일간 섬에서 꼼짝도 못하고 있었사옵니다"라는 장계를 보냈다.

가토가 풍랑을 만났으면 이순신에게 풍랑을 없앨 재주라도 있단 말인가? 그러나 겁 많은 남이신은 선조가 이순신을 얼마나 미워하는지를 알고 거의 '알아서 긴' 셈이지만 그래도 사정이 너무도 딱하여 이렇듯 우회적으로 써 보낸 것이다.

그럼에도 불구하고 선조는 요지부동, 꿈쩍도 하지 않았다. 결국 선조는 갖은 발악을 다하여 이순신을 옭아매고 마치 철천지원수처럼 다루어, 정유년 2월 27일 금부도사를 시켜 한산도에서 포박하도록 했다.

이순신은 담담했다. 올 것이 오고야 말았다는 듯, 그 표정은 허탈하면서도 침착하게 묵묵히 포박을 받았다.

여기까지 이야기하고서 태을 사자는 은동에게 말했다.

"너의 결심이 어찌되었거나 이순신을 구해야 하지 않겠느냐? 분명 상감은 무엇인가에 씌어 있다. 이대로라면 김덕령과 마찬가지로 이순신은 죽고 만다. 아무리 죄가 없어도 죄를 몰아 죽이는 것이 상감의 특성이니, 이대로 그냥 두면 이순신은 김덕령처럼 물고가 나고야 말 것이야."

은동은 분통이 치밀어서 견딜 수가 없었다. 도대체 무엇 때문에 모든 조선의 백성들이 피를 흘리고 고통을 겪으면서 싸우고 있는 것인가?

그런데 상감이라는 자는 수족 같은 신하들을 난리도 끝나지 않은 상황에서 하나둘씩 잡아 죽이는 것에만 혈안이 되어 있다니. 은동은 분통이 치밀어 더 견딜 수가 없었다.

"죽여버리겠어! 상감이고 뭐고! 그놈만 없어지면 되잖아요!"

"은동아! 그건 안 된다!"

"왜 안 돼요! 염라대왕에게서 받은 술수는 아직 한 번 더 쓸 수 있어요! 그 따위가 무슨 상감이야! 상감이면 백성을 위해야지! 그런 녀석은 살아 있을 가치가 없다구요! 당장……."

태을 사자는 흥분한 은동을 차분한 눈초리로 보면서 고개를 서서히 저었다.

"상감을 없앤다고 난리가 끝나느냐? 사람을 죽여서 진정으로 평화가 오고 일이 순리대로 풀릴 것으로 믿느냐? 정말 그렇게 생각하느냐?"

끝내 은동은 치미는 분통을 참지 못해 소리를 질렀다.

"도대체 무엇이 순리란 말인가요? 손발을 다 묶어놓고 무엇을 하라는 건가요! 도대체 빌어먹을, 나쁜 녀석들은 온갖 수단을 가리지 않는데 어떻게 옳고 곧은 수단으로만 그들을 대적하라는 건가요! 다 죽여요! 상감이고 뭐고! 내가 책임지면 되잖아요! 내가 지옥에 가든 벌을 받든 내가 없애버릴 거예요! 그러면 되잖아요!"

"은동아……."

태을 사자는 고개를 저으며 나지막이 말을 이었다.

"너도 이제 컸으니 알아서 하리라 믿는다. 더이상 이야기를 않겠다. 아니, 할 수가 없구나. 우리가 계책을 내주면 우리도 인간사에 영향을 주는 것이 되어버리니까. 이 일은 마수들이 직접 꾸민 것이 아니니 어쩔 도리가 없구나……."

그러고는 다시 조용히 은동에게 말했다.

"네가 이순신을 구하면, 나도 오엽이를 구해주겠다. 그릇된 방법을 쓰지 않고 할 수 있는 방법을 너는 분명히 생각해낼 것이다. 나도 반드시 오엽이를 구해주마. 약속하지."

"그러면 보름 뒤의 일은……?"

"너는 이순신에게만 신경써라. 내가 꼭 오엽이를 데리고 너를 만나러 갈 것이다. 맹세하마. 되었느냐?"

"나도 가야 해요!"

순간 태을 사자는 슬픈 얼굴을 했다. 감정이 없는 태을 사자로서는 놀라운 변화였다. 그러나 은동은 그런 것을 눈치채지 못했다.

"안 된다. 그러면 오히려 일을 그르쳐. 내 말을 믿어라. 나는 결코 허언을 하지 않는단다."

태을 사자는 그 말을 끝으로 이상해하는 흑호를 데리고 그 자리를 떠났다. 은동은 한동안 분에 못 이겨 엉엉 울고만 있었다.

한참을 간 뒤에야 흑호가 태을 사자에게 말했다.

"흠……. 그런데…… 은동이가 괜찮겠수?"

"은동이는 아직도 선한 영혼을 지녔네. 잘 이겨내고 꼭 해낼 걸세. 설령 해내지 못한다 해도, 인간의 일에 우리가 개입할 수도 없으니 할 수 없는 노릇 아닌가?"

"그런데 오엽이는 어떻게 구하려우? 우리 둘이 합한다 해도 호유화의 상대가 될까……?"

돌연 태을 사자의 눈이 빛났다.

"나는 이제 알 것 같네. 이제야 몇 년을 끌어온 일의 전말이 잡혀. 이제 두고 보게. 모든 것의 결론이 곧 나게 될 걸세. 한 가지만 알면…… 한 가지만 더 알면 되네……."

그날 조금 뒤, 은동을 찾아갔던 유정은 방에 아무도 없는 것을 보고 혀를 차며 탄식했다.

"만나자마자 이별인가. 이 아이가 또 어디를 간 것일까? 아미타불……."

이순신은 한산도에 모여든 백성들의 통곡과 함께 한양으로 압송되어 3월 4일 옥에 갇히게 되었다. 옥에 갇힌 이순신은 침착했다.

'드디어 올 것이 오고야 말았구나. 하긴…… 김 공이 죽을 때 이미

예측은 했지만…….'

김덕령이 애매하게 맞아 죽었을 때 이순신은 마치 자신의 일처럼 슬퍼하고 애석해했다. 그런데 정말 이순신도 같은 위기에 처한 것이다. 그러나 이순신은 담담했다.

'별일은 없겠지……. 아마 별일은 없을 것이야…….'

이순신이 애초에 계획해두었던 200여 척의 군선들은 거의 건조가 완료되어 배치된 상태였다. 이제 자신이 없어도 자신의 전술만 잘 따를 자가 삼도수군통제사에 앉는다면 왜군에게 패하지는 않을 것이라 믿었다.

그게 누구일까? 이억기가 될까? 혹시 원균이 되는 것은…….

'설마 그럴 리야 없겠지. 허허……. 그러고 보니 나도 참 흉한 짓을 많이 했군. 그러나 원균은 안 돼. 그의 사고방식으로는 모처럼 건조한 전선들도 무용지물이 될 거야. 왜군들도 결코 바보는 아니거든…….'

원균이 통제사가 되어서는 안 된다는 것이 오래전부터 이순신의 생각이었다. 이순신의 판단으로는 이억기가 그래도 믿을 만했다. 그래서 이순신은 자신이 창피를 당하고 남의 전공을 가로챈다는 말을 들으면서까지 원균의 흉한 행적을 알리고 원균을 멀리 충청도로 쫓아 보냈던 것이다.

그러니 설마 그 구설수 많은 원균이 다시 삼도수군통제사의 자리에 앉으리라고는 상상도 하지 않았다. 생각이 그에 미치자 마음이 편했다.

'내 할 일은 다 했다. 나는 내 모든 지략과 정열을 쏟았다. 다시 난리가 났어도 이번에는 왜군도 그리 쉽지 않을 것이다. 육군에서도 대비를 했을 테니. 그리고 수군은 이미 정비를 끝냈으니 이억기가 잘해

주기만 한다면 그것도 문제가 없다. 우리가 이긴다. 나는 죽더라도 여한은 없다…….'

이순신은 그렇게 생각하며 담담하게 앉아 있었다. 막상 준비를 거의 마치고 죽음을 맞이하려니 그동안의 신경발작 같은 것도 거의 사라져, 실로 오랜만에 마음이 편해졌다.

이순신은 모르고 있었지만 그런 이순신을 곁의 옥에서 지켜보는 봉두난발의 사내가 하나 있었다.

그는 거지처럼 지저분한 행색으로 보아 옥에서 오랜 시간을 보낸 것이 분명하였다. 그러나 그의 눈빛은 너무도 맑았다. 은동이었다.

오랜 시간이 지나 이순신이 잠이 들자 은동은 품안에서 누런 종이를 꺼내어 휙 하고 이순신의 옥을 향해 뿌렸다. 그러자 부적들은 공중에서 타들어가며 이순신의 손발에 휙 하고 빛을 뿌리고 잠시 후 사라져갔다. 은동은 속으로 조용히 중얼거렸다.

'고문을 받아도 몸이 많이 상하지는 않을 것입니다. 부디 백성들을 생각하시어 옥체 보중하시옵소서…….'

결국 은동은 과거 돌산도의 난민들을 생각하고 마음을 돌렸다. 그때 은동이 치료해주던 무지한 백성들, 그것을 보며 눈물을 흘리던 오엽의 모습, 조용히 바닷가에서 이야기를 해주던 태을 사자와 흑호. 그리고 장래에 다가올 자신의 위험을 알면서도 몸을 사리지 않던 이순신의 모습……. 은동은 거기서 깨달음을 얻은 것이다.

'세상은 혼자 사는 것만이 아니다. 혼자 사는 것이 아니어서 세상살이는 가치 있는 것이다. 백성들을 위해서, 아무것도 모르는 저 난민들을 위해서, 조선 백성들을 위해서라도 절대 쓰러지시면 안 됩니다. 이 수사님…….'

은동은 공력을 발휘하여 임시로 이순신의 육체를 강건하게 만들어준 것이었다. 처음에 은동은 파옥을 하여 이순신을 꺼내려고도 했고, 선조를 죽이려고도 했다. 그러나 그 모두는 종국에 좋은 결과를 거둘 일이 못 되었다.

이 난리통에 수군은 분명 전황에 막대한 영향을 끼치는 존재였고, 그 수군은 이순신밖에 통제할 사람이 없었다. 그러려면 이순신은 어쨌건 다시 싸움에 나서서 공을 세워야 했고, 난국을 참고 버티어 넘어가는 것 외에는 방법이 없었다. 아니, 은동으로서는 버티는 것 외에 뾰족한 수는 떠오르지 않았다.

그러고 보니 태을 사자에게 오엽을 맡긴 것이 잘되었다는 마음도 들었다. 지금 한시라도 자리를 비우면 이순신이 언제 자신의 술법으로 보호할 겨를도 없이 맞아 죽을지 몰랐기 때문이다.

김덕령이라면 원래 신력이 뛰어난 사람이라 오래 버틸 수 있었겠지만 이순신은 버티기는커녕 곤장 두어 대만 맞아도 죽을 정도로 심신이 허약한 사람이었다. 그러니 한시도 눈을 뗄 수 없었으며 그러자니 자연 자신이 오엽을 찾으러 갈 수는 없다고 여겨졌다.

하지만 차츰 보름 후인 3월 13일이 다가오자 은동의 마음은 두근거리기 시작했다. 오엽의 안위는 태을 사자가 장담하였으니 믿을 수 있었다. 그러나 그것만이 아니라 자꾸만 호유화의 얼굴이 어른거렸다.

'왜 그 원수의 요물이 자꾸 생각나는 것일까? 갈가리 찢어 죽여도 시원치 않은데…….'

그러나 아무리 잊으려 해도 호유화는 계속 떠올랐다. 그날 그곳에 나가면 호유화를 만날 수 있는 것이다. 복수를 하건 무엇을 하건 간에 호유화를 볼 수 있다는 사실이 은동의 마음을 한없이 두근거리게 했다.

'안 된다! 안 돼! 도대체 나는 어떻게 되어먹은 놈일까? 그 요물을 만나서 어쩌겠다고! 안 돼……. 내가 자리를 비우면 이 수사님이 고문 때문에 돌아가실지도 몰라.'

사실 은동은 법력은 비록 고강해졌지만 흑호나 태을 사자처럼 둔갑술을 쓰거나 소리 소문 없이 몸을 옮기고 하룻밤 사이에 전라도를 다녀올 정도의 술법은 아직 배운 바가 없었다. 오로지 치고 싸우는 공격 술법과 몸을 보호하는 술법만을 익혔을 뿐이었다.

의금부의 옥으로 들어오는 것도 상당히 힘이 들었다. 그러니 순식간에 옥 밖으로 나갔다가 호유화를 만나고 다시 돌아오는 것은 불가능했고, 또 호유화에게 자신이 맞아 죽어버리면 이순신 또한 죽어버릴 공산이 컸다.

그러나 은동은 가고 싶어서 미칠 것만 같았다.

'내가 왜 이럴까? 내가 미쳤나? 그 요물에게 뭐하러 가서 목숨을 내준단 말이야? 왜 가고 싶은 거야? 왜?'

아무리 해도 은동은 자신의 마음을 알 수 없었다. 오로지 애가 타서 마음만 바짝바짝 타들어갈 뿐이었다.

진실이 밝혀지다

호유화의 편지에서 약속한 3월 13일이 되었다. 이미 이순신이 군영을 한산도로 옮긴 이후라서 좌수영은 썰렁한 상태였다.

좌수영의 뒷산에 아직 해도 지지 않았는데, 어디선가 한 여인이 나타났다.

길게 늘어뜨린 백발에 눈이 부실 정도의 아름다움을 지닌 여인은 다름 아닌 호유화였다. 호유화는 지금 멀리 보이는 섬과 푸른 바다를 정신없이 바라보고 있었다.

"아름답구나. 참 아름다워……. 호호호……."

호유화는 제정신이 아닌 것처럼 웃다가 시무룩해지곤 했다. 게다가 아무런 법력도 발휘하지 않고 있었으며, 완전히 무방비 상태나 다름없었다.

그런 호유화의 앞에 슬며시 두 그림자가 나타났다. 그러나 호유화는 그런 둘의 기척을 못 느낀 듯 계속 바다만 바라보고 있었다.

"호유화……."

흑호가 한참 동안의 침묵을 깨고 입을 열었다. 그리고 문득 주먹을 쥐며 앞으로 나서려는데 태을 사자가 얼른 흑호를 저지했다. 그러고는 천천히 앞으로 나서며 말을 건넸다.

"오랜만이군, 호유화."

그래도 호유화는 흥 하는 소리를 한 번 내었을 뿐 눈길조차 돌리지 않더니 돌아보지도 않고 쌀쌀맞게 말했다.

"은동이는 왜 안 오지?"

"안 올 걸세. 오면 일을 그르칠 우려가 있으니까."

"일을 그르치다니? 은동이가 내 상대가 안 되니까 너희 둘이 대신 온 거야? 호호호……."

호유화는 싸늘하게 웃더니 매서운 눈초리로 태을 사자를 쏘아보았다.

"그래, 나는 악한 요물이고 마수보다 더 나쁜 존재니 너희들 손으로 잡아 없애겠다는 건가? 은동이가 직접 오지 않고?"

"은동이가 네 상대가 되겠어?"

흑호가 소리치자 호유화는 슬픈 듯이 중얼거렸다.

"그런가……. 결국 오지 않는 건가?"

호유화의 말이 끝나기가 무섭게 태을 사자가 다그쳤다.

"은동이에게 법력을 준 것은 너지?"

호유화는 아무 말도 하지 않고 바다로 시선을 돌렸다. 시인한다는 의미였다. 태을 사자가 다시 물었다.

"은동이가 수련하는 곳의 시간을 빠르게 가게 한 것도 너지? 그리고 유정 스님이나 김덕령의 모습으로 둔갑하여 은동을 가르친 것도 바로 너지?"

호유화가 조그마한 목소리로 대답했다.

"그래."

대뜸 흑호가 화를 내며 끼어들었다.

"왜 그랬나? 은동이를 꼭 네 손으로 때려잡아야 마음이 풀리겠어, 엉?"

성질 급한 흑호가 당장이라도 덤벼들 것 같자 태을 사자가 흑호를 말렸다.

"잠깐. 일을 그르치면 안 되네. 호유화와 싸워서는 안 돼."

"왜? 그러려고 온 거 아니유? 은동이 대신 내가 은동이 아버지 원수를 갚아주마!"

흑호가 소리치며 나가려 했으나 태을 사자는 흑호 앞을 막아섰다.

"아닐세! 그럴까 봐 내가 온 것이야!"

그 말에 흑호는 어리둥절해졌다.

"엥? 뭐…… 뭐라구?"

태을 사자는 침착한 표정으로 호유화에게 고개를 돌렸다.

"오엽이도 네가 둔갑한 것이지? 맞지?"

흑호는 깜짝 놀랐다.

"아…… 아니 뭐라구!"

태을 사자는 흑호를 쳐다보며 말했다.

"지난번 마수들이 이순신을 기습했을 때의 일 기억나나? 그때 자네는 소야차에게 유인되어 나갔고 은동이는 시백령에게 죽을 위험에 처했는데 오히려 죽은 것은 시백령이었어. 그때 뭔가 이상한 것을 느끼지 못했나?"

"엥? 뭐가?"

"그때 오엽이는 마수에게 쫓겨 은동이에게 뛰어들었네. 우리가 아는 오엽이는 보통 인간이었어. 그리고 마수는 보통 인간의 눈에는 보이지도, 느껴지지도 않네. 어떻게 오엽이가 마수를 보고 놀란 것일까? 그리고 은동이는 그 와중에 언제 성성대룡의 술수를 발해 시백령을 죽인 것일까? 또 시백령이 성성대룡의 술법을 맞았다면 그 자리에서 소멸되었어야 옳았네.

그러나 시백령은 다른 수법으로 거의 죽을 듯 말 듯하게 타격을 받고만 있었던 거야. 그냥 소멸되면 우리가 다른 존재가 나타났는지 의심을 할 테니까. 하지만 엄청난 법력을 가진 존재가 아니면 그럴 수 없지. 또한 호유화가 은동이의 곁에 없었더라면, 은동이 물에 뛰어든 것을 어찌 그리 금방 알았겠는가? 호유화가 둔갑을 하지 않았다면 우리가 낌새를 챘을 것이니 호유화도 신통술만으로 은동이 물에 빠진 것을 알아냈을 걸세. 그것을 보아도 역시 오엽이가 호유화인 것이 분명하고!"

"그…… 그런 일이…… 그러면 설마……."

흑호는 말을 더듬었다. 태을 사자는 고개를 끄덕이며 침착하게 말을 이었다.

"더구나 은동이에게 유정 스님을 안내해준 것은 누구였나? 오엽이였네. 더 확실한 증거도 있네. 은동이는 틀림없이 호유화에 의해 오 년 사이에 십 년의 성장을 했네. 오엽이가 보통 아이였다면 그 아이는 아직 아이일 걸세.

그러나 오엽이도 은동이에게 맞추어서 같이 십 년의 성장을 했어. 그 또한 있을 수 없는 일이네. 오직 호유화만이, 둔갑의 힘으로 오엽이를 그렇게 보이게 할 수 있을 테지. 안 그러면 은동이가 의심을 할 테니까 말이야……."

흑호는 기절할 직전에 이르렀다. 그러나 호유화는 여전히 꼼짝 않고 우울한 얼굴로 바다만 바라보다가 중얼거렸다.

"역시 뛰어나. 일개 저승사자로는 아까워."

흑호는 태을 사자가 못마땅하다는 듯이 툴툴거렸다.

"왜 인제야 이야기하는 거유? 전부터 알았던 것 같은데…… 엉? 난 감쪽같이 속았네."

"사실 나는 전에 그 싸움의 이야기를 듣고 오엽이를 만나러 나간 적이 있었네. 기억하나? 오엽이가 자네의 모습을 보았다고 했을 때 말이네. 그러나 도중에 그만두었지. 호유화의 뜻이 어떤 것인지는 모르지만 나는 호유화를 의심하고 싶지 않았네. 아무리 증거가 많고 아무리 상황이 이상하더라도 나는 호유화의 은동에 대한 정만은 변하지 않으리라 여겼기에 아무 간섭도 하지 않고 모른 체해온 것이네. 그래서 자네에게 나는 그냥 오엽이는 아무것도 모르는 아이라고만 해두었지……."

그러고 보니 흑호도 이제야 한 가지 의문이 풀렸다. 은동은 곰 한 마리가 오엽을 공격하는 것을 구해주었다고 했다. 그렇지만 흑호는 조선 땅의 어떤 금수도 은동이나 오엽을 해치지 못하게 엄명을 내린 바 있었다.

그런데 재수 없게 어느 미친놈이 오엽이를 덮친 것일까 하고 흑호는 의심쩍어하고 있었다. 그러나 이렇게 되면 문제는 간단하다. 무지무지한 법력을 가진 호유화가 곰 하나쯤 희롱하여 그 정도 장난치는 것은 일도 아니었을 테니까.

"호유화는 은동의 아버지를 죽였잖수! 그리고 나와 은동이를 공격하고 또……."

"가만 좀 있게."

태을 사자는 흑호를 제지하면서 호유화에게 말했다.

"내가 호유화, 자네에게 묻고 싶은 것은 딱 한 가지뿐이네. 자네가 그렇다고 인정한다면 모든 것을 해석할 수 있으니 나 또한 마음이 홀가분할 걸세. 자네가 아니라고 해도 나는 모든 것을 해석할 수 있네. 하지만 마음은 편치 못하겠지. 부디 제대로 답해줄 것을 바라네."

호유화는 여전히 바다만을 바라보고 있었으나 가늘게 떨고 있었다. 그것을 보고 태을 사자는 천천히, 힘 있는 소리로 말을 건넸다.

"호유화, 우린 동료였어. 자네가 어떻게 생각하든 우리는 목숨을 걸고 같이 싸웠고, 어려운 고비를 수없이 넘겨왔네. 나는 지금도 자네를 믿고 있네. 그러니 감정에 치우치지 말고 솔직히 답해주게. 나밖에 중간에 나설 수 없다 생각하여 내가 온 것일세."

흑호는 잘 이해가 되지 않았으나 몹시 긴장하였다. 태을 사자가 천천히 물었다.

"호유화, 자네가 정말 은동의 아버지를 죽였는가?"

호유화는 이번에는 눈에 뜨일 만큼 어깨를 부르르 떨었다. 흑호는 무심결에 주먹을 꽉 쥐는 바람에 발톱이 손바닥을 파고들어 피가 맺혔다. 한참이 지나도 대답이 없자 태을 사자가 재촉했다.

"정말 중요한 일이네. 나를 믿게. 내 법력은 자네만 못해도 나도 수년 동안 계속 생각해서 이제는 진실이 보일 듯하네. 우주 팔계의 모든 일이 자네에게 달렸다고 나는 믿네. 자, 말하게."

그래도 호유화는 대답하지 않고 계속 몸을 떨었다. 흑호가 참다못해 소리를 치려다가 입을 다물고 가슴을 쾅쾅 쳤다. 옆에 있던 태을 사자가 우울한 얼굴로 있다가 벼락같이 외쳤다.

"은동이를 위해서라도 어서 말하게!"

그때 호유화가 난데없이 와락 울음을 터뜨렸다. 그러고는 흐드러진 백발에 얼굴을 묻으며 울음 섞인 목소리로 외쳤다.

"난…… 난 안 그랬어! 내가 왜 그런단 말야!"

태을 사자의 얼굴에서 서서히 긴장이 풀려갔다. 흑호는 울고 있는 호유화를 보며 멍하니 입을 헤벌린 채 얼빠진 듯 중얼거렸다.

"호…… 호유화가…… 호호호…… 호유화도…… 우…… 우네?"

태을 사자는 서서히 호유화의 곁으로 갔다. 그리고 다시 호유화에게 물었다.

"그렇게 의심을 받는 것이 억울했나? 자네는 은동이의 손에 죽으려 했지? 그래서 일부러 법력을 아낌없이 넣어주고 일부러 공격 술법만 가르쳐주었던 거야. 그리고 막판에는 오엽이를 납치하는 것처럼 연극까지 꾸미고……."

태을 사자의 말에 호유화는 마구 울면서 미친듯 고개를 끄덕였다. 그러다가 울음 섞인 목소리로 흐느끼며 말했다.

"너희는…… 너희는 몰라……. 내가…… 내가 은동이를 얼마나 좋아하는데……. 은동이가 나를 원수로…… 원수로…… 나를 미워한다면…… 나는, 나는 정말 어떻게…… 어떻게 다른 방법이……."

"왜 이야기하지 못했나? 왜 스스로 무고하다고 밝히지 않았지?"

"난…… 난 못 해……. 내가 말한다고…… 은동이…… 은동이가 믿어주겠어? 난 요물…… 변덕 심한 요물일 뿐인걸……. 흐흑…… 흑흑……. 난 정말…… 정말 괴로웠어. 나는…… 나는……."

"그런데 성계에서는 왜 그냥 빠져나왔지?"

"은동이가…… 은동이가 날 요물이랬잖아. 그래서…… 그래서 사람 모습으로 은동이와 가까이 있으려고……."

"역시…… 그랬군. 그러나 은동이의 아버지가 죽은 다음에 괴로워서……."

"그래……. 너무도 괴로웠어. 하지만 변명하고 싶지는 않았거든……. 그래서…… 그래서 난 은동이 손에 죽고 싶었어. 한시라도 빨리 죽고 싶었는데……. 이 망할 놈의 법력이 너무 세서 죽으려 해도 은동이가 날 죽일 길이 없잖아. 그래서……."

흑호는 팽 하고 코를 풀어 일부러 멀리 내던졌다. 이제 흑호도 호유화의 결백을 완전히 믿게 되었다.

누가 지금 울고 있는 호유화를 환계의 일인자이자 우주 제일의 법력을 지닌 여걸이라 믿겠는가? 자존심 강하고 콧대 센 호유화가 저렇게 될 정도라면 마음고생이 얼마나 극심했을까?

비로소 태을 사자도 안심할 수 있었다. 태을 사자는 전부터 이 일을 크나큰 사건으로 여기고 있었다. 그러나 중대했기에 반드시 진실을 확인한 다음에야 밝힐 수 있는 일이었다.

그래서 수년간이나 모른 척하고 흑호나 하일지달에게도 속마음을 보이지 않았던 것이다. 흑호는 이제야 태을 사자가 조금 얄팍한 수법을 쓰면서까지 은동을 오지 못하게 한 이유도 알 수 있었다.

은동에게라면 호유화는 죽어도 이런 이야기를 하지 않았을지 모르고, 은동도 믿지 않고 복수심으로 무작정 호유화를 공격할 수 있었다. 그렇게 되면 호유화는 은동의 공격을 고스란히 맞고 죽었을지도 몰랐다. 태을 사자는 모든 것을 짚어보고 파국을 막기 위해 온 것이었다.

"에잇! 제기럴! 난 역시 모잘러."

흑호는 쏟아지는 눈물을 마치 벌레를 잡아채듯이 쓱쓱 훑어내었다. 그러다가 순간 본 광경에 흑호는 자신의 눈을 믿을 수 없었다. 태을 사자의 눈에도 한 줄기의 눈물이 흘러내리는 것이 아닌가.

"태태태…… 태을 사자가…… 아아아, 아무리 양신을 하고 있대도…… 저…… 저승사자가 눈물을……!"

태을 사자는 눈물이 흐르는 것도 모르는 모양이었다. 그는 호유화의 등을 가만히 다독거려주며 말했다.

"정말 그것뿐인가? 허허……. 은동이와 지내면서 즐겁지는 않았는가? 그래서 나도 일부러 찾지 않은 것인데……."

"하하……. 좋았지. 하지만 맞아 죽으려고 나처럼 이렇듯 애써야 하다니. 그런 이상한 일이 어디 있겠어? 빌어먹을, 저주야, 저주. 그래도 그동안은……. 하하……. 좋았어. 기뻤다구……."

흑호는 울면서도 웃는 빛으로 소리를 질렀다.

"제기랄, 이 망할 놈의 저승사자! 나까지 속이구!"

흑호의 말에 아랑곳하지 않고 태을 사자는 호유화를 달랬다.

"되었네. 이제 안심이네. 괴로운 마음 알겠어. 이제 됐네. 다 잘될 걸세. 다 잘될 거야……."

호유화는 마치 어린아이처럼 울먹이며 말했다.

"너희는 모를 거야. 흑흑……. 솔직히…… 정말 솔직히 말하면…… 나는…… 나는 사실 죽고 싶지 않았어. 솔직히 나는……. 흑흑……. 도중에 마음이 바뀌었거든. 은동이와 숨어서 둘이 살려고 했어. 은동이를 홀려서라도 말야……. 흑흑……. 그래서…… 솔직히 나는 천기고 뭐고 관심 없었어. 헤헤……. 그래서 잘될 뻔했는데, 헤헤…….

그런데 제기랄……. 유정 땡초 땜에 망했지 뭐야……. 은동이도 조금 있으면 내가 술수를 부린 것을 다 알 테구……. 그래서 다시 처음대로 죽으려고……. 기왕이면 은동이 손에 죽으려 했는데……. 헤헤……. 난 역시 요물이라 요사스러운가 봐. 그치? 히히……. 머리를 안 쓰려 해도 저절로 써지는 걸 어떡해……. 헤헤."

호유화는 울면서 마치 어린아이처럼 웃었다. 원래 호유화는 아찔할 정도의 미모를 지녔지만 그렇게 순진하게 속마음을 털어놓는 호유화의 표정은 냉랭한 태을 사자에게도 마치 태양이 빛나는 것처럼 느껴졌다.

태을 사자는 빙그레 웃으며 맞장구를 쳤다.

"그래그래. 이해하네……. 괜찮아. 무엇이 요사스러운가. 이해하네. 충분히…… 충분히……."

그리고 둘은 전심법을 사용하여 남들이 알지 못하는 이야기를 한참 했다. 그것을 보고 흑호가 이유 없이 불안해져서 말을 걸었다.

"그…… 근데……."

흑호가 주저하며 말하자 태을 사자가 흑호에게 고개를 돌렸다.

"근데…… 그럼 도대체 은동이의 아버지를 해친 건 누구유? 그리고 고니시에게 수작을 부린 건?"

"이제야 확신이 섰네. 그것은……."

그때 저쪽에서 기다란 외침 소리가 들렸다. 울고 있던 흑호와 태을 사자는 고개를 돌렸으나 호유화는 그 자리에서 벌떡 일어났다.

"은동아!"

흑호와 태을 사자는 깜짝 놀랐다.

"엑? 은동이가 여기 어찌 왔나?"

"아니…… 이순신은 어쩌고!"

그러나 정작 당사자인 은동은 그 일은 이제 안중에도 없었다. 은동의 마음에는 오직 한 가지 생각밖에는 없었다!

'호유화는 결백했어!'

은동은 아까부터 이 근방을 서성이며 법력으로 귀를 기울여 그들의 대화를 하나도 놓치지 않고 들은 것이다. 더구나 오염마저도 실제는 호유화였다는 이야기를 들은 은동의 마음은 방망이질을 치는 것 같았다.

마침내 호유화의 진실을 들은 은동은 벅차오르는 감정을 참을 수 없었다. 호유화 역시 그 짧은 시간마저 참지 못하고 달려가서 은동을 꼭 안았다.

흐드러지게 휘날리는 백발 속에 파묻혀 은동은 호유화를 비로소 접하고는 감격에 울었다. 울고 또 울었다.

"미안해요……. 미안해! 호유화는 항상 내 곁에 있었는데! 항상 내 곁에서 지켜봐주었는데……. 나는…… 나는……."

은동은 더할 나위 없이 미안했고 또 더할 나위 없이 기뻤다. 호유화는 은동을 안았던 손을 풀고 눈물을 흘리며 은동의 얼굴을 한참이나 바라보다가 나지막이 은동에게 말했다.

"미안하긴. 호호……. 그래도 난 마지막까지 너를 속였는데……."

"속이다뇨? 우리 가요. 호유화가 오엽이였죠? 우리 같이, 아무도 모르는 곳으로 가서 살아요. 네?"

호유화가 흐뭇한 얼굴로 말했다.

"난 요물이고…… 사람도 아닌데?"

그 말에 은동은 울상을 지었고 호유화는 너무도 기쁜 듯이 하하하고 웃음을 터뜨렸다. 비로소 호유화의 다소 요사스러운 기의 맑은 웃음소리가 터져 사방에 짜랑짜랑 울려 퍼지자 흑호는 겸연쩍은 듯 중얼거렸다.

"히히, 인제 진짜 대요물 호유화답구먼."

"야! 고양이! 너 뭐라구 했어?"

"히히……. 내가 뭘?"

흑호는 웃으면서 태을 사자에게 말을 건넸다.

"어찌되었건 잘 풀렸네. 은동이도 이젠 어른이 되었구, 어울리는 한 쌍이 비로소 되었군그려. 신부 나이가 너무 많긴 헌데……. 신랑

나이의 백 배? 이백 배?"

대뜸 호유화가 흑호에게 눈을 흘겼다.

"너, 죽을래?"

흑호는 우하하 웃으며 은동과 호유화에게 다가와 은동의 등을 호되게 한 번 철썩 후려갈기고는 호유화에게 손(앞발)을 내밀었다.

"호유화, 반갑수! 허허……."

호유화도 흑호를 바라보며 아찔할 정도로 밝게 웃어 보였다. 흑호조차도 눈이 부시다고 생각했다. 그리고 흑호는 힘 있게 호유화의 손을 꽉 쥐었다가 획 뿌리치며 중얼거렸다.

"제길, 여우 냄새가 배겠네."

"저 고양이가?"

능청스럽게 흑호는 껄껄 웃으며 획 하니 몇 걸음을 뛰어 피했다. 그러다가 흠흠 하더니 입을 열었다.

"그런데 아까 하던 이야기인데…… 시간이 없으니 어서 이야기하지 뭐하슈?"

"무엇 말인가?"

"은동이 아버님을 해친 진짜 흉수 말이여."

호유화가 다시 긴장했다. 태을 사자는 호유화에게 고개를 끄덕해 보였으나 호유화는 문득 슬픈 빛을 띠며 고개를 저었다. 흑호는 어리둥절했고 은동은 분노가 솟구치는지 소리를 쳤다.

"그게 누구죠? 도대체 누가……."

태을 사자는 서둘러 말을 돌려 은동에게 말했다.

"그런데…… 너 이순신은 어쩌고 왔느냐?"

순간 은동은 말문이 턱 막혀버렸다. 은동은 그날이 다가오자 더 참을 수가 없어서 모든 것을 잊고 이리로 달려온 것이다.

곁에 있던 흑호가 신안을 동원하여 한양 쪽을 보고는 놀라 펄쩍 뛰었다.

"어이쿠! 이순신이 국문을 당하네!"

"네?"

은동은 까무러칠 듯 놀랐다. 하필이면 보름 동안 아무 일 없다가 지금 은동이 여기 온 그날에 이순신이 국문을 당하다니. 태을 사자가 엄한 소리로 말했다.

"은동아, 우리는 도움을 줄 수 없단다. 만약 이순신이 죽으면 마수들의 음모가 성공하는 것이야. 너는 아직도 그것을 바라느냐? 아직도 어떤 일에도 간섭하기 싫고 혼자 지내고 싶으냐? 너는 천기를 원망했지만, 천기가 과연 그른 것이더냐?"

은동은 숙연해졌다. 부끄러워 견딜 수 없었다.

그 모습을 보며 태을 사자는 근엄한 표정을 풀고 빙긋 웃으면서 말했다.

"어서 가라. 아직 늦지는 않았느니. 어서 이순신을 구해라."

호유화 역시 은동에게 부드럽게 말했다.

"내가 데려다줄게 어서 가자. 이순신이 죽으면 안 되지. 마수들은 나도 싫어. 싫고도 지긋지긋하단다."

"어어? 호유화가 법력을 빌려주면 안 되는 거 아뉴?"

흑호의 말에 호유화는 딱 잘라 말했다.

"지아비를 돕는 건데 안 되긴 뭐가 안 돼! 안 된다는 놈 있으면 나와보라 그래!"

그러더니 호유화는 날렵하게 은동을 허리에 안고 둔갑법을 펼쳤다. 그때 은동이 말했다.

"그런데 호유화, 지난번 태을 사자님과 흑호 님이 마수가 많이 없어졌다고 했는데요……."

"그건 내가 없앤 거야. 호호……. 그런데 너 자꾸 나한테 존대할래? 오엽이였을 때는 반말도 잘만 하던데?"

그 말을 듣고 흑호는 반가워하며 호들갑을 떨었다.

"뭐? 그새 마수를 많이 없앴다구?"

어느새 호유화는 은동을 안고 사라지면서 한마디만을 남겼다.

"세 마리!"

흑호는 입을 헤벌리고 히죽거렸다.

"역시 호유화가 대단하긴 허우."

"정말 그렇군. 지난번 려를 잡으러 갔을 때 분명 려 말고도 인면지주라는 마수가 있었네. 그놈이 어디로 갔는지 보이지 않는다 했더니 호유화가 잡아 없앤 것이군……. 그리고 그때 은동이가 쏜 화살도 호유화의 힘 때문에 그리 강하게……."

"그런데…… 아까 왜 말을 하다가 말꼬리를 돌렸수? 진짜 흉수 말유."

그러자 태을 사자는 나직이 되받았다.

"이것은 중대한 일이라 아직 은동이가 들어서는 안 될 듯싶어 그런 것이네. 아직은 안 돼. 호유화가 말해줄 것이지만……."

"중대? 나도 궁금해죽겠수. 대체 흉수가 누구인데 그러슈?"

태을 사자는 또박또박하게, 분명한 목소리로 말했다.

"나도 내 결론을 믿기 힘들군. 그러나 분명하네. 이 모든 일의 흉수는 바로 성성대룡이네."

"그럴 리가! 성성대룡이 어찌!"

한양으로 날듯이 둔갑법으로 날아가는 도중에 은동은 깜짝 놀라 자칫 땅으로 떨어질 뻔했다. 호유화는 한숨을 쉬었다.

"모두가 내 탓이다, 내 탓이야. 모든 것이 얽혀서 풀기가 어려웠어. 그러나…… 이제 나는 마음을 정했단다."

성성대룡은 아득한 오래전부터 호유화와 같이 지내온 사이였다. 호유화는 성성대룡을 소룡이라고 불렀고, 성성대룡은 호유화를 누님이라 부르며 친근히 지냈다.

그러다가 호유화가 성계에 들어가 시투력주를 동화시켜 재판을 받자 성성대룡은 괴로워했다. 그 자신은 환계의 대표 입장을 취했기 때문에 그 자리에서 어쩔 수는 없었으나 호유화를 몹시 좋아하고 있었던 것이다.

그런데 수천 년 동안 호유화가 저승 뇌옥에 갇혀 있으라는 판결이 떨어지자 성성대룡은 성계와 광계 등 모두를 마음 깊이 원망하게 되었다. 그렇지만 그때까지만 해도 성성대룡이 모반을 꾸민 것은 아니었다. 결정적인 일은 중간계의 재판에서 벌어졌다.

자신이 연모하던 호유화가 은동을 감싸려고 죽음의 위기를 맞자 성성대룡은 겉으로는 차마 호유화의 눈치를 보아 표출하지 못했으나 은동을 증오하게 되었다.

그때 나갈 곳이 없어 쫓기던 흑무유자는 성성대룡의 그런 마음을 알아채고 그에게 달라붙었다. 분노했던 성성대룡은 그만 흑무유자의 마기에 유혹되고 말았으며, 흑무유자는 성성대룡의 몸 안에 숨어서 생계로 나간 것이다.

그 때문에 광계와 성계의 전사들이 중간계를 이 잡듯 뒤졌어도 흑무유자를 잡을 수 없었던 것이다.

"그…… 그럴 수가……."

"나도 나중에 알았어. 좌우간 그러니 흑무유자가 귀신같이 생계로 도망칠 수 있었던 거야. 성성대룡이 그때 태을 사자와 흑호를 바래다준 것도 호의로 그런 것만은 아니었어. 흑무유자를 탈출시키기 위해 그랬던 거지."

"그러면…… 성성대룡이 아버지를 해쳤단 거예요?"

"그래……. 사실 소룡은 흑무유자에게 이용당했을 뿐이었어. 흑무유자는 나를 완치시킬 술법을 가르쳐주겠다고 했는데, 생계로 내려가자 숨어버렸지. 그런데 나는 너를 찾아 아무도 모르게 숨어 내려와버렸으니 소룡은 화가 난 거야. 내가 자기 마음은 몰라주고 너만 좋아하니…….

마계에서도 속임을 당하고 나는 간 곳이 없고……. 그래서 소룡은 이런 생각을 한 거야. 내 마음을 너한테서 돌릴 수는 없으니 네 마음을 나한테서 돌리려고 말야. 그래서 나로 둔갑하여 그런 짓을 꾸민 거란다……. 나도 그때는 몰랐어."

"그런 치졸한 짓을! 대룡은 위대한 존재로 알았는데……. 그건……."

"환계의 존재는 네가 생각하는 그런 존재는 아니야. 인간과 오히려 흡사한 정반사반의 존재란다. 다른 계들과는 달리 우리들에게는 정도 있고 감정도 있단다. 나도 그렇지 않니?"

"그래서 아버지를 해쳤단 거예요, 성성대룡이?"

"그래……. 사실 소룡도 불쌍한 존재야. 그는 나를 찾아와 이런 이야기를 했단다. 모두가 나를 위한 것이니 자신의 마음을 받아달라고 말야. 그래서 나는 더 괴로웠지……."

"호유화도…… 성성대룡을 좋아했나요?"

"싫어하는 건 아니지만…… 너하고는 다른 감정이야. 어쨌든 나는 그놈을 마구 구박해서 쫓아버렸지. 더 따라오면 죽어버리겠다고 했더니 순순히 가더군. 좌우간 그놈도 나 때문에 그리된 것 아니겠어? 내 마음이 좋을 리야 없지……."

"마음이…… 아픈가요?"

은동이 걱정스럽게 묻자 호유화는 은동의 얼굴을 바라보다가 깔깔 웃었다.

"내가 누구냐? 대요물 구미호인 호유화가 그깟 놈 때문에 마음이 아프다구? 하하, 천만에! 네가 백만 배 천만 배 더 중요해. 놈은 네 옷섶에 묻은 티끌만큼의 가치도 없어. 그놈은 이미 마계에 영혼을 팔아먹었어. 나를 위해서라구? 흥! 내가 그런 것을 좋아할 것 같아? 놈은 바보고, 바보는 바보 대접을 해줘야지……."

그러다가 호유화가 조용히 말했다.

"나는 네게 할 말이 없어. 따지고 보면 그것도 전부 나 때문이 아니겠니? 사실 너에게 죽고 싶었던 것은 그것도 있어. 지금이라도 분이 풀리지 않으면 언제든……."

호유화가 우울한 얼굴로 말하자 은동은 크게 소리를 쳤다.

"그런 소리는 말아요! 호유화가 나쁜 건 아니잖아요. 항상 나를 옆에서 보살피고 지켜주었는데……. 나쁜 건 성성대룡이에요."

"고마워. 정말…… 정말 나를 용서하는 거지? 미워하지 않는 거지?"

"내가 어떻게 호유화를 미워하겠어요?"

그 말에 호유화는 배시시 웃으며 살짝 눈을 흘겼다.

"사실 네가 그럴 줄 알고 말한 거라 해도?"

그 말에 은동은 할말을 잃었다. 호유화가 말했다.

"나는 요물이라 아무리 애를 써도 사악한가 봐. 너는 정말 이해할 수 있니? 이런 나도…… 괜찮아?"

호유화를 보며 은동이 웃었다.

"그럼 나도 요물이 되죠, 뭐."

호유화는 깔깔깔 웃으며 은동에게 샐쭉거렸다.

"근데 너 자꾸 나한테 존댓말 할래?"

"아……. 아……. 그건……. 아니, 안 그럴게."

"좋아! 그래야지! 자, 거의 다 왔다. 어서 이순신이나 구해. 좌우간 일은 마무리 지어야지."

잠시 머뭇거리던 은동이 호유화에게 슬며시 물었다.

"그런데…… 한 가지 물어볼 게 있어요."

"또 존댓말! 덩치도 커다란 것이 자꾸 그럴래? 이젠 그래봐야 귀엽지도 않아."

"이치! 그건 그렇고 지금은 왜 나와 같이 가서 둘이만 지내자고 하지 않지?"

은동이 쑥스러운 듯이 말을 하자 호유화는 잠시 멈추어 서서 은동을 바라보았다.

"기억나니? 돌산도에서 네가 사람들을 치료해주던 일……."

그때 호유화는 오엽으로 변하여 은동을 도왔다. 그때 오엽의 너무도 진지한 표정을 은동은 잊지 않고 있었다. 그것은 거짓이나 둔갑이 아니었던 것이다.

"네……. 아니, 으응."

호유화는 눈을 지그시 감고 미소를 지었다.

"나도 기억해. 그래, 그때 너는 너무 바빴지. 그리고 사람들은 더럽고, 때투성이에다가 악다구니들을 쓰고 있었어. 참 더럽게도 힘들고 귀찮고 피곤했고. 그러나 나는 거기서 정말 뭔가 느꼈어. 생명이 이런 것이구나. 생계에서의 삶이란 게 이런 것이구나…….

인간은 참 힘들고 비참하게 살고 수명까지 짧아. 그러나 수명이 짧으니 오히려 그들은 열심히 살고 힘든 만큼 삶에 대한 욕구가 강하지. 수천수만 년씩 아득하게 사는 우리들은 그런 것을 몰라. 얼마나 사람이 아름답고 반짝이는 가치가 있는 것인지. 다른 것은 다 제쳐두고라도 산다는 것, 살아가려고 애쓴다는 것 하나만으로도 얼마나 위대한 일인지 말이야……. 나는 그것을 알게 되었어. 너를 좋아하게 되면서 나는 네가 살던 이 땅과 너와 같이 살던 이 사람들을 모두 좋아하게 되었단다.

은동아, 우주 팔계에 법력이 높고 신기한 존재는 얼마든지 있단다. 그러나 분명 생계가 우주의 중심이라고 나는 믿어. 우주의 진리는 모두 다른 곳에 있는 것이 아니라 생계에 있단다……. 나는 너에게서 그것을 배운 거야. 홀로 천 년 이상을 있으면서 내가 생각했던 것……. 어리고 순진한 생계의 인간인 너에게서 나는 진정한 천국을 볼 수 있었단다……."

은동은 호유화의 말을 홀린 듯이 듣고 있었다. 호유화는 씩 웃더니 은동을 툭 밀었다.

"빨리 가라! 네 손으로 할 수 있는 건 해야지! 왜란 종결자가 저기 있잖아!"

은동은 별안간 공중에서 까마득한 아래로 떨어져버렸다. 처음에는 깜짝 놀랐으나 곧 정신을 가다듬고 훌쩍 땅으로 가볍게 뛰어내렸다. 수백 년의 법력을 가진 은동으로서는 어려운 일이 아니었다.

어느새 호유화가 자신에게 둔갑술을 걸어주었는지 의정부의 뜰에 내려섰는데도 은동을 알아보는 자는 아무도 없었다. 투명인간이 된 것처럼 은동은 거리낌 없이 이순신을 살폈다.

이순신은 주리를 틀리고 압슬[24]을 당해 거의 혼절해 있었다. 조금만 더 은동이 늦어서 형을 당했으면 벌써 죽었을지도 모르는 일이었다. 은동은 혀를 차면서 이순신의 고통을 줄이도록 법력을 구사하였다.

'죄송합니다, 이 장군님. 제 불찰로…… 제 불찰로 이 장군님이 이렇게…….'

은동은 아무리 급했다고는 하나 자신의 개인적인 일 때문에 이순신이 자칫하면 죽을 뻔했다고 생각하자 등에 식은땀이 흘렀다. 그리고 이순신만은 무슨 일이 있어도 지키겠다고 다시 한번 다짐했다.

그날 밤 이순신은 다시 옥으로 옮겨졌는데 비록 이후의 고문은 은동이 법력으로 보이지 않게 막아내었다고는 하나 고통이 극심했다.

은동은 암암리에 이순신의 곁에서 이순신을 구완하다가 누가 오면 술법을 써서 귀신같이 숨기를 되풀이하였는데 밤이 되자 누군가가 이순신을 찾아왔다.

은동이 얼른 몸을 숨기자 그 사람은 서슴없이 문지기들을 헤치고 안으로 들어왔다.

그는 영의정이었던 서애 유성룡이었다.

"이보게, 괜찮은가?"

이순신은 가냘픈 숨소리를 흘렸다.

"서애인가? 왜 나를 찾았는가……. 나는 이제 틀린 몸인데……."

"약한 소리하여서는 아니 되네. 자네가 아니면 누가 왜적을 막는단 말인가?"

"허허……. 나는 이제 다되었네. 왜 나를 더 고생을 시키려는가. 나는 이제 할 만큼 하였네……."

이순신은 이제 아무런 미련이 남아 있지 않은 모양이었다. 유성룡은 눈물을 삼키면서 이순신에게 말했다.

"아니네. 내 자네의 모습을 보니 차마 말하지 못하겠으나 할 수 없네. 정신을 차리게, 꼭 살아야 하네."

이순신은 고통스러운 듯 중얼거렸다.

"도대체 나에게 무엇을 더 바라는가? 나는 할 만큼 했네. 죽으면 이 고생도 끝이지. 더이상 책임을 감당하고 싶지는 않네. 정말…… 정말 힘이 든단 말일세……."

이순신은 주르르 눈물을 흘렸다. 이순신이 격무와 근심으로 얼마나 고통을 받았기에 저럴까 생각하자 은동은 가슴이 메어지는 것 같았다. 그것은 유성룡도 마찬가지였다.

"내가 죽일 놈일세. 면목이 없네. 그러나 할 수 없네. 조정 중론을 이미 상감께서는 듣지 않으시네. 자네는 살아야 하네. 반드시 살게. 사직과 백성을 위해 그 길밖에는 없네. 의지를 가지고 조금만 더 버티면 반드시 길이 있을 것이니 나를 믿게."

그러나 이순신은 듣지 않았다.

"나를 지옥에 몰아넣으려 하지 말게. 내 할 일은 다 했네. 수군도 정비되었고 이번에는 난리가 났다 해도 녹록히 당할 것은 아니지 않은가?"

이순신의 말에 유성룡은 침통하게 말했다.

"아닐세……. 자네가 살아야 하네, 반드시……. 원균…… 원균이 삼도수군통제사가 되었다네……."[25]

이순신은 마치 마술에 걸린 사람처럼 벌떡 자리에서 일어났다. 상처에서 피가 번지고 우두둑하는 참혹한 소리가 났지만 이순신은 그것도 느끼지 못하는 것 같았다. 이순신은 미친 사람처럼 중얼거렸다.

"안 돼……. 안 돼……. 그것만은…… 그것만은 안 돼……."

유성룡은 흐흑 하고 눈물을 흘리며 말했다.

"상감이 완고하셔서 다른 방법이 없네……. 자네의 우려가 사실이 되지 않기를 바랄 뿐이지만…… 대비를 하여야 하지 않겠는가……."

이순신은 유성룡의 말을 듣고 있지 않았다. 그는 다만 이렇게 중얼거릴 뿐이었다.

"수군들……. 백성들……. 그들은…… 그들은 이제 어떡하라는 말인가. 틀렸구나……. 이제 모두 틀렸구나……."

마계의 반격

이순신이 투옥되어 죽을 지경에 놓이자 알 만한 중신들은 모두 근심에 잠겼다. 난리가 한창인 마당에 명장 이순신을 죽인다는 것은 누가 보아도 말이 되지 않는 일이었다. 결국 많은 중신들은 의논 끝에 이순신을 구명하는 상소를 올려야 한다는 데 의견을 모았다.

그러나 선조가 노기등등해 있는 지금, 구명 상소를 올린다는 것은 실로 목숨을 건 일이나 다름없었다. 결국 김덕령의 사건 때에도 구명 상소를 올린 바 있던 노신 정탁이 나섰다.

"내 나이 이미 일흔둘, 살아야 얼마를 더 살겠소. 구국의 동량을 살릴 수만 있다면 이 늙은 목숨, 아깝지도 않소."

그리고 정탁은 애절하게 은근히 선조의 부당한 행위를 한편 어르고 추켜세우면서, 한편은 달래는 투로 이순신의 구명 상소문을 올렸다. 이는 유성룡, 이항복, 이덕형 등 많은 신하들의 협조로 이루어졌다. 당시 이순신의 죄명은 네 가지였다.

첫째, 조정을 속여 임금을 업신여긴 죄. 둘째, 적을 놓아주어 나라를 저버린 죄. 셋째, 남의 공을 빼앗고, 넷째, 남을 죄에 빠뜨린 죄였다.

이 중 첫째는 이순신이 선조의 말도 안 되는 군명을 따르지 않았다는 것이나, 원래 전장의 장수는 왕명도 듣지 않을 수 있는 재량권이 있는 것이 고금의 법례였으니 성립되지 않는 죄였다.

두 번째는 가토를 놓아주었다는 죄목을 말하는 것이나 이 또한 어사까지 파견하였고 가토의 상륙 날짜와 왕명이 전달된 날짜가 어긋나니 혐의를 둘 수 없는 것이었다.

세 번째 죄는 부산에서의 방화 작전을 가리키는데 이순신이 안위의 공을 빼앗았다는 것이었으나 이 또한 증거 불충분이었으며 당사자인 안위도 전혀 그에 대해 항변하지 않았다.

선조는 잎서의 전공까시 소삭하여 이순신을 죽이려는 광기를 부렸으나 이순신이 평소에 워낙 세밀하고 꼼꼼하게 서류를 작성했으므로 감찰관들이 눈에 불을 켜고 허점을 찾으려 아무리 애를 써도 티끌만 한 허점조차 나오지 않았다. 그래서 선조는 가장 최근의 부산포 작전으로 죄를 씌우려 했지만 그 또한 아무 증거가 없었다.

네 번째 죄는 원균이 자기의 첩의 자식에게 공을 준 것을 고발한 것을 말하는 것이나 이 또한 당시 조사에 따라 원균을 충청병사로 전역시켰던 선례가 있는 터라 누가 보아도 이순신의 죄는 없다고 할 수 있었다.

이에 선조는 모진 고문을 틈나는 대로 가하여 이순신을 때려죽이려 하였으나 이순신은 죽지 않았다. 천하장사인 김덕령보다도 더욱 모진 고문을 가하였으나 죽지 않고 버텨낸 것이라 사람들은 의아하게 여겼으나 이는 은동이 보이지 않게 법력으로 이순신을 수호해주어 그리된 것이었다.

좌우간 정탁이 목숨을 건 상소를 올리고 조정 대신들도 이구동성으로 이순신을 살려줄 것을 주장하자 선조도 견딜 수 없어서 결국 이순신을 삭탈관직하여 권율 도원수부에서 백의종군하게 하는 것으로 형을 낮추었다. 사실 아무런 혐의가 없음에도 백의종군을 하게 하는 것은 지나친 일이었지만 이순신이 선조의 광기 앞에서 살아난 것만도 기적이라 중신들은 두말없이 따랐다.

그리하여 이순신은 병든 몸을 조금 구완한 뒤 무관의 졸병이 되어 권율 도원수부로 떠났다. 이때 이순신을 위문하러 구름같이 사람들이 모였는데 유성룡, 이원익 등 거의 모든 신하들이 이순신을 염려하며 길을 배웅해주었다.

이순신은 탈진 상태에 있었으나 은동은 호유화의 도움을 받아 수시로 둔갑을 해가면서 이순신을 음으로 양으로 보살폈다.

이순신은 은동이 자리를 비운 사이 잠깐 받았던 고문으로도 몸이 크게 상해 있었는데, 은동이 이순신 모르게 산삼 한 뿌리를 먹이자 조금 나아졌다. 그 산삼은 전에 흑호가 캐다 준 것으로 호유화는 전에 오엽으로 변하였을 때 산삼을 팔았다가 둔갑술로 금세 산삼을 도로 되찾아왔는데, 그걸 내주어서 이순신의 목숨을 구한 것이다.

그 이후 은동은 이순신의 수하가 되기를 자청하여 이순신을 돌보는 일을 맡게 되었다. 여기는 호유화의 농간과 둔갑술도 어느 정도 작용했으나 그보다는 이순신이 은동을 마음에 들어 했기 때문이기도 했다.

"네 이름이 무엇이냐?"

"은…… 아니, 금호라고 합니다."

"허허, 예전에 아주 영특한 꼬마 의원이 있었느니라. 그 아이와 알게 모르게 닮았구나. 허허……."

그런 말을 들으며 은동은 섬뜩했으나 5년 사이에 10년을 자란 은동을 이순신이 알아볼 리 만무했다. 그렇게 은동은 이순신을 보살피며 권율 도원수부에 도착하였다. 호유화도 다른 아낙네의 모습으로 나타나 아예 은동의 아내 행세를 하면서 이순신의 수발을 들었는데 워낙 미모가 빼어나다 보니 별별 일이 다 생겼다.

명나라 장교가 호유화의 미모에 혹해서 수작을 걸다가 행방불명이 되기도 했고, 그 외 몇몇 건달들도 수작을 걸고 농지거리를 했다가 대부분 어디론가 실종되어버렸다. 몇몇은 아무도 모르는 사이 정신이 나간 반편이나 병신이 되곤 했다. 은동은 보다 못해 호유화에게 말했다.

"심하지 않아?"

"저런 놈들은 그래도 싸."

"그래도 살생을 하는 것은……."

"죽이진 않았어. 집어다가 한 이삼천 리 떨어진 암초 같은 데다가 버렸지."

"그러면 죽인 것과 무엇이 달라?"

"어쨌건 내가 죽인 건 아니잖아. 호호호……."

은동은 말문이 막혔다. 은동도 호유화에게 추근대는 놈들이 결코 곱게 볼 수는 없었지만, 호유화가 너무 가혹하게 처리하는 것 같아 근심스러웠던 것이다.

"용모를 조금 못나게 하고 다니면 되잖아. 그러면 추근대는 놈들도 없을 거구."

그러나 호유화에게는 씨알도 먹히지 않았다. 워낙이 남자로는 둔갑조차 하지 않으려 했던 호유화였는데, 못생긴 용모로 변한다니 말도 되지 않는 소리였다.

"예쁜 게 나쁜 거야? 나쁜 건 흑심을 품는 놈들이라구. 놈들은 벌을 받은 거니까 그래도 싸. 그런 생각을 하는 놈들은 죽어도 싸지, 뭘."

그렇게 호유화와 은동은 이순신을 보호하기도 하고 아웅다웅하기도 하면서 세월을 보냈다.

그러는 동안 흑호와 태을 사자는 두 사람 앞에 나타나지 않았다. 그들은 중간계에서 삼신대모 등을 만나 이 중요한 사태를 설명하러 갔던 것이다.

호유화와 은동은 겉으로만 부부 행세를 하며 지냈지만 실제로도 신혼이나 다를 바 없이 깨가 쏟아지는 나날을 보냈다. 그러나 이순신은 내내 침울해했고 더더욱 신경이 날카로워져 있었다.

원균은 애초에 자신이 통제사가 되면 왜군을 싹 몰아내겠다고 호언장담을 했다. 그러나 막상 자신이 그 자리에 앉고 보니 겁이 났다. 비록 군선은 이순신이 충실하게 불려서 막대한 숫자로 늘어났으나 자신은 다룰 자신이 없었다. 그제야 원균은 후회했다.

이때까지 이순신의 뒤만 따라다닐 때는 이순신이 별것 아니고 자신도 다 할 수 있을 것 같았는데, 막상 그 자리에 앉고 보니 자신이 감당할 수 있는 일이 아니었다. 과거의 용맹은 어디에 갔는지 원균은 꼬리를 도사리고 절대 출진하지 않으려 했다. 원균은 이때에 와서야 비로소 정신을 차린 것 같았다.

'내가 그동안 무슨 짓을 한 것인가? 내가 왜 그랬던가? 내가 무엇에 홀린 것일까? 내가 무엇을 믿고 수군통제사가 되려 했던가? 아아, 나는 아무래도 제정신이 아니었나 보다……'

원균은 혼자 밤이면 술에 만취되어 엉엉 울기도 했다.

"이 공! 이 공! 내 당신을 잘못 보았소. 내가 미친놈이오! 내가 미친놈! 내가 왜 그랬는지 지금도 알 수가 없소! 제발 돌아와주시오. 나를 도와주시오! 나를!"

그러나 이제는 엎질러진 물이었다. 원균은 완전히 겁을 먹고 의기소침해져 있었다. 얼마나 겁을 먹고 몸을 사렸는가 하면, 도원수 권율이 나가 싸우지 않는다고 직접 내려가 곤장을 여러 번 때렸을 정도였다. 결국 원균은 창피하기도 하고 겁도 나고 하여 술을 진탕 마시고 자포자기 상태가 되었다.

이순신은 권율 도원수부에서 이 일을 전해 듣고 길게 탄식하였다.

"차라리 그냥 현상 유지만 해주어도 그만인 것을……. 나가면 안 되는데…… 안 되는데……. 불쌍한 군사들과 백성들은 어찌할꼬…… 이찌할꼬……."

결국 원균은 자포자기의 기분으로 군선과 장병을 모조리 휘몰아 대군으로 부산 방면으로 출동한다. 그리고 7월 15일, 칠천량에서 조선 수군은 이를 갈며 달려든 왜군들의 야습을 받는다. 왜군들은 이순신이 비로소 통제사에서 물러났다는 소리를 듣고 환호성을 올렸다. 이제야말로 복수의 때가 왔다고 생각한 것이다.

그동안 얼마나 많은 인명과 장비가 이순신 한 명 때문에 수장되었던가? 다 이긴 싸움을 보급이 끊어져 이기지도 못하고 굶어 죽고 얼어 죽은 군사가 얼마이던가?

"조선 수군을 전멸시키자!"

왜군의 의기는 하늘을 찔렀다. 모든 장수가 이를 갈며 나섰다. 그래서 모인 선단은 개전 이래 최대 규모인 1천 척에 달했다. 실로 왜국 역사상 최대의 수군이 조직된 셈이었다.

원균은 자신이 한 짓에 너무나 겁에 질려 있어 전에 이순신과 함께 싸우던 그 정도의 수완조차도 발휘하지 못하고 진군 중에도 술만 퍼마셨다. 괴로워서 견딜 수 없었다.

그 와중에 왜군의 야습이 있다는 보고에 원균은 허둥지둥하다가 달아나기 시작했다. 대장이 그 모양이니 명령을 받지 못한 군대는 자동적으로 개미떼처럼 흩어졌다. 배는 오히려 많았다. 게다가 배를 부리는 수군과 장수도 그대로였다.

그렇지만 그들에게는 일사불란한 작전이 없었다. 전라우수사 이억기는 적선에 비장하게 돌입해 자폭하였고, 그 외 이순신이 키운 수많은 장령들이 죽음을 각오하고 싸웠다. 그러나 아무리 배 한 척, 한 척이 용맹을 가지고 싸운들 체계적인 지휘가 없으니 오합지졸에 불과하였다.

이순신과 난민들이 피땀을 흘려 건조한 군선들, 이순신이 노심초사하며 군량을 조달해 길러낸 수군들이 속속 물속으로 잠겨 들었다. 이때 조선 수군의 피해는 정확히 집계조차 낼 수 없을 정도로 엄청나 대략 1만 이상의 수군이 희생되었고, 2백여 척의 이순신의 목숨 같던 선단이 모조리 불타고 깨졌다.

원균은 겁에 질려 수군 대장임에도 불구하고 배조차 버리고 육지로 달아났다. 원균은 원래 몸이 비대하여 빨리 뛸 수가 없었다. 더이상 달아날 수 없게 되었음에도 왜군들은 소리를 지르며 원균을 끝까지 추적하려 하였다.

도망치던 원균은 칼을 짚고 한 소나무 아래에 섰다. 숨이 차고 힘이 없어 도저히 칼을 들 기운도, 도망칠 기운도 없었다. 그때 비웃는 소리 같은 것이 희미하게 원균의 귀를 스치고 지나갔다. 그때야 원균은 머리가 트이는 것 같았다.

"나…… 나는…… 나는 조종받고 있었다! 나는 홀린 거야!"

원균의 입에서 신음성이 터져 나왔다. 마수의 암묵적인 지배를 받다가 이제야 제정신이 든 것이다. 보이지 않는 마수는 원균의 마음에 희미한 목소리를 남겼다.

"조종받았다구? 그렇지 않아……. 그건 네가 원래 가지고 있던 마음이다. 네 마음이라구. 나는 너를 조종하지 않았어. 너의 마음 중에 우리가 필요한 것만 남기고 가려두었을 뿐이야. ……우리가 너를 조종한 것이 아니야……. 네 스스로, 네 탐욕과 욕심에 조종받은 거야……."

"아아……. 내가…… 내가……."

원균은 얼굴을 일그러뜨리고 칼을 짚고 섰다. 그의 주변에는 왜군들이 실실 웃으면서 날이 시퍼렇게 선 왜도를 쥔 손에 침을 뱉으며 다가오고 있었다.

"이 공! 미안하오! 나는 저승에 가서도 이 공을 뵐 낯이……."

원균이 말을 다 맺지도 못하는 사이 왜군들의 칼은 원균의 몸으로 수도 없이 날아들었다.

조선 수군은 전멸하였다. 글자 그대로 10분의 1도 남기지 않고 몰살된 것이다. 2백여 척의 전선은 모조리 땔감이 되어 흩어졌고 수천 문의 총포는 깊은 바다에 가라앉았다. 그리고 1만이 넘는 수군들과 더 많은 노군들과 사공들이 전멸하여 목이 달아났다.

문제는 그것에 그치지 않았다. 1만 수군의 영혼들이 하나 남지 않고 사라져 저승에는 단 한 명도 들어오지 않았다. 그리고 영혼들을 거두던 수많은 저승사자조차 실종되어버렸다.

"무…… 무엇이라구!"

중간계에서 하일지달 등과 함께 삼신대모를 만나고 있던 태을 사자와 흑호는 몹시 놀랐다. 삼신대모마저 놀랄 정도였다.

"어떻게 그런 일이 생길 수가! 누가 그 수많은 저승사자들을 해칠 수 있단 말인가?"

아무런 증거도 없었다. 마수가 그랬는지 혹은 성성대룡이 그랬는지 그것조차 알 수가 없었다. 태을 사자는 단언했다.

"성성대룡의 짓입니다. 틀림없습니다."

"어떻게 단언하는가?"

"저승사자들은 제가 통솔하고 있었습니다. 저는 그들에게 마수들의 요기에 대해 충분히 경계하도록 일러두었습니다. 더구나 지금 생계에 마수는 몇 마리 남아 있지도 않습니다. 그들이 이토록 소리 한 번 질러보지 못하고 소멸되려면 막강한 법력과 함께 저승사자들에게 의심받지 않을 신분이 필요합니다. 그것은……."

"그렇군! 대룡이 어찌 이런 짓을……!"

삼신대모는 부르르 몸을 떨었다. 그러자 태을 사자가 말했다.

"저희가 급히 가보겠습니다. 호유화, 아마도 호유화와 저희가 힘을 합치면 성성대룡을 잡을 수 있을지도 모릅니다."

"흠……."

삼신대모는 생각에 잠겼다. 지금 아무리 상황이 급박해졌더라도 수많은 신장을 풀어 소란스럽게 일을 벌일 수는 없었다. 그것은 천기를 흐트러뜨리게 되니까. 마침내 삼신대모는 결단을 내렸다.

"가게! 그러나 주의하게. 성성대룡은 환계의 일인자, 무서운 능력의 소유자라네."

"알겠습니다. 더구나 대룡은 은동이의 원수이기도 합니다. 반드시 마무리를 지을 수 있을 것입니다."

삼신대모가 한 가지 당부를 했다.

"그동안 마수들은 행동을 자제해왔네만, 이제 아무리 대룡의 힘을 얻었다고 하나 행동이 지나치게 노골적이 된 것 같네. 더구나 일만의 영혼을 모조리 삼키다니……. 그건 행여 놈들의 암흑의 대주술이 이제 본격화된 것을 의미할지도 몰라. 일만의 영혼이 더 있으면 완성된다는 뜻이 아닐까 싶어 걱정이 되네. 좌우간 그 점을 유념하게. 놈들의 행적을 잡으면 그때는 우리도 본격적으로 나설 것이니 그 일도 잊지 않기를 바라네……."

"알겠습니다!"

태을 사자와 흑호는 함께 급히 생계로 내려갔다. 하일지달도 보고만 있을 수 없어서 급히 흑호의 뒤를 따랐고 다른 팔신장과 팔선녀 중 일곱도 하일지달을 따라갔다.

참혹한 패선의 소식에 이순신은 통분하여 몇 번이고 기절을 했다. 은동은 놀랍기도 하고 덩달아 원통하기도 하였지만 서둘러 이순신을 구완하여 정신을 차리게 했다. 뭐니 뭐니 해도 정신을 차리게 하는 데에는 법력을 불어넣어 주는 것이 제일이었다.

이순신은 정신을 차리자 곧 권율에게 연해안의 실태를 파악하고 대책을 세우기 위해 길을 떠나겠다고 청했다. 사실 이 원균의 패전에는 권율의 책임도 컸다. 권율이 선조의 말만 믿고, 이순신이 쾌히 승전한 것을 당연하게 여겨 원균을 너무 몰아붙이는 바람에 패전을 자초하게 된 것이다.

권율도 자신의 잘못을 뉘우치고 이순신을 급히 현장에 파견하였다. 이순신은 눈물을 뿌리며 길을 떠났는데 도원수부에 있던 군관 등 몇 명이 이순신과 동행하였다. 실제로 대패를 당했다는 보고가 들어오기는 했으나 피해의 정도가 어느 정도인지 이순신은 눈으로 보아야 할 것 같았다.

그동안 각고의 노력을 기울여 이제는 안심이라던 수군이 하루아침에 사라졌으니 이순신의 낙담이 오죽하랴. 이순신은 병이 위중해져 길도 제대로 가지 못하였다. 그러나 은동은 호유화와 함께 빈틈없이 이순신을 모셨다.

곤양을 거쳐 진주 방면으로 나아가는데, 이순신의 기가 너무 약하고 몸이 못 견뎌 말을 오래 탈 수 없어 하루에 수십 리를 채 가지 못하였다. 이순신은 말도 탈 수 없는 상태였다.

그러나 이순신은 일기를 쓰는 것만은 멈추지 않았으니 그때의 눈물겨운 행로는 생생히 기록되어 전해지고 있다. 이순신은 일기에 비록 글로 적지 않았으나 암담한 미래를 자주 탄식하였는데, 이순신을 옆에서 모시던 은동은 그 말을 종종 들을 수 있었다.

이순신이 연안을 돌아보며 얻는 정보란 것도 눈을 가리고 싶을 정도로 비참했다. 각 포구에 한두 척씩 배치되었던 전선을 이순신이 세 배 이상으로 늘려놓았는데, 배가 남아 있는 포구가 하나도 없었다. 더구나 수군들도 모조리 전사해버려 포구의 작은 마을들은 모조리 줄초상의 울음바다였다. 아버지와 아들이 다 같이 죽어 대가 끊겨버린 집도 적지 않았고, 아비와 남편과 자식을 잃은 여인네들의 통곡 소리는 호유화마저도 차마 듣지 못할 정도였다.

그런데도 마을 사람들은 이 장군님이 돌아오셨다고 반기면서 왜 가셔서 이 꼴을 당하게 하였느냐고 원망하고 통곡하기를 몇 번인지 알 수 없었다. 그럴 때마다 이순신은 격심한 마음의 고통을 느끼고 몇 번이나 정신을 잃고 혼절하기를 거듭했다. 은동은 서투르나마 전에 의원 흉내를 냈던 적도 있었고, 이순신의 처방전을 아직도 몇몇 기억하고 있어 이순신을 위기에서 여러 차례 구해냈다. 이순신은 정신이 흐릿해지면 곧잘 헛소리를 했다.

"이제 무엇으로 싸울꼬……. 무엇으로 싸울꼬……."

어떨 때는 이런 말도 했다.

"모두 내 잘못이다. 내 잘못이야. 내 몸 하나 깨끗이 보전하고자 수많은 생명이 죽는데 손을 못 썼구나. 세상에 나같이 죄 많은 자가 있을까……."

그때마다 은동은 장군님의 잘못이 아니라고 소리를 지르고 싶었으나 차마 그러지도 못해 분만 삭였다. 하루는 은동이 이순신이 마음 아파하는 것을 보다 못해 나아가 이순신에게 고했다.

"장군님, 자책하지 마십시오. 조선 수군이 전멸한 것이 왜 장군님 탓입니까? 무능한 원균과 조정이 그렇게 한 것입니다. 힘을 내세요, 장군님……."

그러나 이순신은 힘없이 고개를 저으며 눈물만 흘릴 뿐이었다.

"내가 아니었다면 그리 수군을 많이 모집할 자도 없었을 것이고, 또 내 이름이 아니었다면 그리 수군을 모으지도 못했을 것이다. 모아놓고 떼죽음을 시켜버렸으니 이 죄를 어찌하랴. 만 명이 죽었다면 내가 만 번 다시 태어나도 갚아줄 길이 없으니 이 죄를 어찌하겠느냐……."

은동은 그런 생각은 지나치다고 하고 싶었으나 할 수 없이 곧 입을 다물고 말았다. 그러던 중 은동은 어느 날 밤 난데없이 삼신대모를 만나게 되었다. 삼신대모는 팔신장과 팔선녀 중 하일지달을 뺀 칠선녀와 함께 소리 소문도 없이 은동의 옆에 와 서 있었다.

호유화가 재빨리 은동의 옆에 와서 말을 건넸다.

"세상에, 대모님이 생계까지 행차하시다니. 어인 일이신가요?"

은동도 삼신대모가 자신에게 따뜻하게 정을 베푼 것을 떠올리고는 얼른 공손히 절을 했다. 삼신대모는 웃으며 절을 받더니 힐끗 은동의 기색을 살피며 물었다.

"어떠냐, 이순신은?"

은동은 슬프게 답했다.

"안 좋습니다……."

그 대답에 삼신대모도 말을 하지 못했다. 삼신대모는 묵묵히 서 있다가 잠시 후 입을 열었다.

"이제 모든 것이 밝혀졌다. 마수들의 계획과 성성대룡의 목적 그리고 이 난리와의 연관까지도……. 은동아, 네가 중요한 일을 해주어야 한다. 들어주겠니?"

은동은 잠시 생각하다가 고개를 끄덕했다.

"이번 일을 마무리 지으려면 한 가지 큰 조건이 필요하다. 『해동감결』을 기억하느냐?"

삼신대모의 물음에 은동은 또다시 고개를 끄덕거렸다.

"죽지 않을 자 세 명이 죽고, 죽어야 할 자 세 명이 죽지 않아야 한다는 말……. 그 말은 조만간에 이루어질 것이다. 아니, 이루어져야만 한다."

"그 말은 무슨 의미이지요?"

"죽지 않을 자 셋은 신립, 김덕령, 정운, 이 세 사람이었다. 그리고 죽어야 하나 죽지 않은 자 셋 중 둘은 박홍과 김명원. 또 한 명은 나오지 않은 듯하다. 그 사람만 나오면 이제 우리는 행동을 개시하게 될 것이다. 반드시 그 단서가 잡힐 것이야."

삼신대모가 말하자 삼신대모와 같이 온 팔신장 중 명림답여冥林踏輿라고 자신을 밝힌 신장이 나섰다.

"그 책을 지은 이는 실로 크나큰 예언을 하였소이다. 우리는 성계의 파격적인 허가를 받고 그 책의 내용이 천기의 변화되는 흐름까지를 그대로 나타내고 있다는 것까지도 알아내었소. 인간이 할 수 없는 풀이까지도 우리는 할 수 있었소.

그 책에 의하면 이 시기의 내용은 천기와 많이 다르고 파격적인 내용을 담은 반면에 미래의 내용은 정해진 천기와 크게 달라지지를 않았소이다. 그렇다면 이 책은 지금 천기가 흔들릴 것까지도 미리 예상하여 만들어진 것이라 할 수 있지요."

"그러면 성계에서 정한 천기보다도 이 책은 더 앞질러 천기가 흔들릴 것까지를 예측한 것이란 말인가요?"

호유화가 은동 대신 묻자 팔선녀 중의 하나인 미미옥랑美眉鈺娘이 그야말로 구슬이 구르는 듯한 목소리로 말했다.

"그 예언이 시투력주의 천기보다 정확한지의 보증은 없어요. 허나 만약 저 예언대로 생계에서의 일들이 놀아간다면, 천기보다 『해동감결』의 내용이 이 시기에 있어서만은 더 맞는다는 이야기가 되겠지요. 그러니 태을 사자의 의견은 저 책의 예언대로 따라 기회가 오기를 기다리자는 것입니다."

"가만, 천기를 어떻게……. 아니, 그러면 성계의 천기가 아니라 저 책의 내용을 믿자는 건가요?"

너무나 의외의 발상이라 호유화마저도 놀랐다. 삼신대모가 말했다.

"나는 가능하다고 믿네."

"도대체 어떻게요!"

"나는 그 뒤 구절이 매우 중요한 것이라 믿네. 죽지도 살지도 않은 자 셋이, 죽지도 못하고 살지도 못하는 자 셋을 이겨야 난리가 끝날 것이다……. 난리가 끝난다고 저 책은 단정짓고 있네. 그리고 저 구절에 조건이 붙은 것은 천기가 불확실해질 것을 미리 보았기 때문이 분명해……. 그러니 지금 일루의 희망은 그 책뿐이네."

삼신대모는 한숨을 쉬고는 입을 열었다.

"천기는 복원력을 가지고 있네. 그리고 어찌되었건 이 『해동감결』의 예언서는 천기를 어느 부분 짚어낸 것이네. 시간은 고정된 것이 아니며 반드시 일정하게 흐르는 것만도 아니야. 성계도 미래는 읽을 수 없네. 다만 미래가 이루어지게끔 영향력을 끼치는 곳이지. 그런데 저 예언서가 천기를 미리 읽어 만들어졌다는 것만은 틀림없네.

그렇다면 『해동감결』이 말하는 미래가 분명히 존재하는 것이고, 우리는 그 미래에 맞추어 천기가 흘러가도록 하면 되는 것일세. 이제 이순신이 왜란 종결자가 될 조건도 틀어졌고, 다시 수많은 영혼들이 마수들의 손아귀에 넘어갔지. 이제 시간이 별로 없어. 그리고 우리에게 가장 큰 타격은 이번 패전으로 말미암아 성계의 천기 제작이 혼돈에 빠져버린 것일세. 그것이 마수들이 노린 가장 큰 타격이었어……. 이제 성계는 전혀 이 일에 끼어들 여지가 없게 되었네. 광계는 마계를 상대하는 데 바쁘고, 환계는 지도자가 배신하여 위험한 상태이네. 놈들은 성성대룡을 이용하여 뒤집어질 뻔한 싸움을 완전히 역전시키는 데 성공한 거야."

"그렇다면 어떻게……? 우리가 할 일은 무엇인가요?"

"성성대룡을 잡는 것도 중요하고 마수들을 해치우는 것도 중요하네. 그러나 지금 가장 중요한 것은 천기를 일단 제자리로 돌리는 것이야. 그러려면 이순신이, 스스로의 힘만으로 승전을 하여 왜란 종결자의 지위를 찾아야 하네. 그래야 왜군들이 패주할 것이고 역사는 천기대로 흘러가게 되네……. 그렇지 않고서는 아무리 성성대룡과 마수들을 잡아보아도 우주의 질서는 흐트러지겠지. 작은 곳에서 틈이 나기 시작하여 크게 번져나가는 것이야. 그러면 우리는 패하는 것이고 우주는 마수들의 판이 되는 걸세……."

대뜸 은동이 삼신대모에게 소리쳤다.

"그렇다면 이제 틀렸어요! 이제 다 끝입니다! 이 지경이 되었는데 이순신이 스스로의 힘으로 어찌 왜란을 종결짓겠습니까?"

호유화도 나서서 외쳤다. 호유화는 은동과 정을 나눈 후로 마음이 퍽 온화해져 이순신을 불쌍하게 여기던 참이었다.

"이제 수군은 하나도 남지 않았는데 제아무리 천하 명장이어도 무엇을 가지고 싸우겠어요? 거기다 몸까지 약한 저 사람이? 웃기지 말라 그래요! 좋아! 좋다구! 내가 법력을 쓰겠어요! 까짓 왜놈들 배 수천 척이어도 겁낼 것 없어요! 그리고 대모님도 법력을 빌려줘요! 그것밖에는 방법이 없어! 그러나…… 이순신 스스로 하라는 건, 그건…… 그긴 도저히 말이 안 돼……."

삼신대모는 묵묵히 은동과 호유화의 이야기를 듣고 나서 말했다.

"아니 된다. 인간의 일은 인간이 해결해야 하느니……."

이번에는 은동이 외쳤다.

"이제 더 무엇을 하라는 말입니까? 도대체 어떻게 하라는 거죠? 이 장군님이 신이라도 됩니까? 대체 무엇을 가지고 전쟁을 하며, 무엇을 가지고 전공을 세운단 말입니까? 천기는 틀렸어요! 이제 다 끝이에요! 아니, 이순신이 스스로의 힘만 가지고 이기라구? 도대체 말이 되나요? 그건 불가능해요!"

삼신대모가 고개를 저으며 되받았다.

"틀리지 않았다. 은동아, 나는 믿는다. 절대로…… 그 예언은 절대 틀리지 않았어……. 믿음을 가져라, 은동아. 너는 천기를 원망했다. 그러나 천기는 결국 너에게도 순리대로 찾아왔지 않았느냐?"

"그러나 그 천기가 이미 틀어졌다면서요!"

"아니다. 아직 아니야. 『해동감결』이 있다. 그곳에 기록된 미래가 있어. 절대 포기하면 안 된다. 은동아, 이순신에게 힘을 주어라. 그 길밖에는 없다. 이순신이 실패하면 성성대룡을 처치하고 마수들을 잡더라도 우리가 패하는 것이 된다. 은동아, 너밖에는 할 사람이 없어……. 우리도 힘을 주고 싶다만 그러면 패하는 거야. 마수들도 그래서 직접 힘을 쓰지 않고 있는 거란다. 다행히 너는 인간이야. 너밖에는 할 수 없어……."

"하지만 마수들은 직접 이 장군님을 죽이려 했어요!"

삼신대모는 고개를 저었다.

"아니다……. 그들은 성성대룡의 명을 받고 호유화가 있는 곳을 캐려고 갔던 거란다."

호유화는 벌컥 짜증을 냈다.

"도대체 어떻게! 저 다 죽어가는 늙은이 힘으로 수십만 왜군을 막으라니! 내 법력을 다 줘도 그건 못할 거야! 도대체 어쩌란 말야!"

그러자 삼신대모가 호유화에게 말했다.

"유화 낭자, 낭자에게도 부탁할 일이 있네."

"나요? 내가 뭘?"

"성성대룡이 없어진 후 환계는 혼란의 소용돌이네. 그들을 그대로 두면 자칫 모조리 마계의 손아귀로 떨어질 우려가 있어. 더구나 성성대룡은 환계의 신임이 아직도 무거운 터라 자칫하면 환계 전체가 배신할지도 모르네."

"그래서요?"

"환계에서 성성대룡의 위명을 누를 수 있는 것은 자네뿐이네. 자네가 환계의 지배자가 되어주게. 그렇지 않고서는 누구도 환계를 수습할 수 없는 형편이라네."

호유화는 그 말을 듣자 흥 하고 코웃음을 쳤다.

"안 해!"

"낭자."

"난 낭자가 아니라구요! 이제부턴 강 공의 부인이야. 호호호……. 환계건 뭐건 나는 몰라요. 나는 죽든 살든 은동이…… 아니, 낭군님 곁에 있을 거야."

"둘의 마음은 알지만 아직 혼례도 안 하고 무슨 소리인가? 이 할미가 나중에 중신을 서줄 것이니 이번은 도와주게."

"마음으로 언약했으면 그만이지, 뭘! 좌우간 난 안 가요. 그렇지요, 낭군님?"

그러자 은동은 떨떠름하게 대꾸했다.

"웬만하면 가보지그래."

호유화가 별레 씹은 얼굴이 되었다.

"뭐라구? 나더러 가라구?"

"환계의 처지는 내가 잘 모르지만 호유화의 고향…… 아니지, 따지고 보면 친정 아냐? 그곳이 그리 난리가 났다는데 안 갈 수 있겠어?"

"칫! 내가 보기 싫다 이거지? 이거 벌써부터 소박을 맞히려고 하네?"

호유화는 투덜거렸으나 꼭 가기 싫은 눈치도 아닌 듯싶었다. 호유화의 속셈은 따로 있었다. 호유화는 삼신대모에게서 온갖 선물들을 엄청나게 받을 것을 언약받은 다음에야 혀를 날름 내밀며 간드러지게 말했다.

"호호호, 그럼 섭섭하지만 잠시 후에 봐요. 낭군님, 나 잠시 다녀올게요."

은동은 호유화의 말이 싫은 것은 아니었지만 느닷없이 낭군님 소리를 듣자 자기도 모르게 부르르 몸을 떨고 얼굴이 붉어졌다. 삼신대모는 급한 나머지 호유화에게 당했다고 생각하였으나 워낙 급한 판이라 그저 미소만 짓고 말았다. 호유화는 이번에는 장난기를 거두어 정색을 하고 은동에게 말했다.

"좋아, 할일은 해야지. 나도 사실 고향 동포들이 걱정 안 되는 바가 아니야. 가급적 금방 올 테니, 은동이도 힘내줘, 응?"

그러고 나자 벌써 호유화 등 모두는 보이지 않게 되어버렸다. 은동은 혼자 한숨을 쉬었다. 얼결에 호유화를 보내고 태을 사자와 흑호마저도 없자 적적했고, 이순신을 격려하여 싸우게 하여야 한다는 부담감이 온몸을 짓눌렀다.

'도대체 어떻게 해야 하나? 어떻게 하여야 이 장군님을 기운이 나게 할 수 있을까?'

간신히 죽음의 문턱에서 벗어난 이순신은 고문을 받은 상처를 온몸에 남긴 채 옥에서 나왔고 연안을 순시하는 임무를 자원했다. 하지만 이순신이 받은 마음의 상처는 지울 길이 없었다. 더욱이 이순신은 연안을 순시하고서 더욱더 비참한 기분에 빠졌다. 아무것도 남은 것이 없었고, 너무할 정도로 조선군은 전멸 상태였다.

은동도 괴로워했지만 이순신에게 말을 걸 엄두조차 내지 못했다. 원래가 이런 상황에 빠진 이순신에게 기운을 내어 싸우라는 소리를 할 만큼 은동은 뻔뻔스럽지가 못했다.

'도대체 어떻게 하란 말이야? 내가 이 장군님 입장이더라도 차라리 자결하고 싶겠다.'

더구나 호유화와 태을 사자, 흑호마저도 어디로 가서 무엇을 하는지 종적조차 보이지 않았다. 은동은 답답할 따름이었다.

8월 2일이 되었다. 이순신은 진주에 도달하여 그곳에서 요양하고 있었다. 그 전날 아침, 갑자기 이순신은 자리에서 일어나더니 매무새를 단정히 했다.

이순신의 병구완을 하느라 곁에서 밤을 새우던 은동은 놀라 깨었다.

"장군님, 왜 그러십니까?"

이순신이 엄숙한 기색으로 입을 열었다.

"꿈을 꾸었다."

"그런데 왜 매무새를 가다듬으십니까?"

"내일 교서가 내릴 것 같구나……."

이순신은 전에 없이 담담하게 말했다. 은동은 어리둥절했으나 다음날 정말로 선전관 양호라는 자가 교서를 가지고 이순신을 따라왔다. 이순신을 다시 삼도수군통제사로 임명한다는 것이었다. 은동은 하마터면 뛰어나가 선전관이라는 작자를 두들겨 팰 뻔했다.

'이제 와서 싸우라구? 싸워야 할 때 잡아가놓고 군대가 하나도 남지 않은 지금 싸우라구? 도대체 이런 말도 안 되는 개소리가 어디 있단 말인가?'

하마터면 은동은 선조를 염라대왕의 주술로 그 자리에서 죽일 뻔했으나 간신히 참았다. 그러나 이순신은 오히려 담담하고도 엄숙하게 교서를 받았다.

은동은 그 모습에서 불길함을 느꼈다.

쥐와 늑대의 싸움

그날 이순신은 교서를 받자마자 곧바로 출발했다. 전멸한 수군의 삼도수군통제사로 말이다. 이순신은 군관 몇만 남기고는 모든 사람에게 갈 길을 가라고 명해서 은동도 밀려나듯 이순신의 곁을 떠날 수밖에 없었다. 그러나 은동은 뭔가 섬뜩한 것을 느끼고 한순간도 늦추지 않고 이순신의 뒤를 따랐다.

이순신은 다른 사람이 된 것 같았다. 얼굴에는 핏기가 없고 동작이 어색했다. 은동은 더욱 불길한 예감을 느꼈다. 이순신이 길을 가자 그를 알아본 백성들이 다가왔다. 그들은 이순신에게 전황을 이야기하기도 하고 좌우간 반가워서 어쩔 줄 모르는 표정들이었다. 그러나 이순신의 얼굴은 표정 하나도 변하지 않고 무심하기만 했다.

8월 10일, 이순신은 앓으며 길을 떠나 승주군 낙안에 머물렀다가 몸이 아프다며 그대로 하루를 더 머물렀다. 은동은 그때도 이순신의 뒤를 따라 근방을 어슬렁거리고 있었는데, 별안간 불길한 기운이 느껴졌다. 은동은 생각할 틈도 없이 단숨에 담을 넘어 방안으로 들이

닥쳤다. 예상했던 대로였다. 이순신은 유서 한 장을 남기고 대들보에 목을 매려 하고 있었다.

"장군님! 안 되십니다!"

은동은 손가락에 재빨리 법력을 가해 지풍指風으로 대들보를 분질러버렸다. 그러자 이순신은 목을 매지 못하고 땅에 털썩 떨어져 내렸다. 은동은 이순신의 처지가 너무도 불쌍해 엉엉 울면서 방안으로 들어와 이순신의 목을 맨 줄을 풀고 이순신이 쓴 유서를 갈기갈기 찢어버렸다.

그 모습을 보며 이순신은 조용히 말했다.

"그냥 내버려두어라……. 또 쓰려면 종이가 든다."

은동은 기가 막혀서 이순신을 부여잡고 엉엉 울었다.

"장군님! 아니 됩니다! 이러시면 아니 됩니다!"

이순신은 은동의 모습을 알아보았지만 다시 눈을 감았다.

"내가 더 욕을 보는 것을 바라느냐?"

"아니 됩니다, 장군님. 장군님이 이러시면 백성들은 누구를 믿사옵니까? 돌산도, 한산도에 그득한 난민들은 왜놈들에게 떼죽음을 당할 것입니다. 장군님, 힘을 내소서. 장군님……."

은동은 되는대로 지껄이며 펑펑 눈물을 쏟았다. 은동도 울고, 이순신도 울었다. 한참이 지나자 이순신은 비로소 감정의 평형을 찾았는지 조용히 말했다.

"그래……. 백성들……. 그래……. 내 백성들에게 죄를 많이 지었어……. 갚아주어야지……. 가더라도 갚아주고 가야지……."

그날의 사건 이후로 이순신은 병은 비록 위중하나 다시 예전의 통제사로 돌아간 것처럼, 남은 부서진 전선이나마 부지런히 끌어모으기 시작했다. 이제는 남은 병사도 거의 없었고, 그나마 패전 때문에 군기가 해이하기는 말로 못할 지경이었으나 이순신은 묵묵히 일을 했다. 말을 듣지 않는 자를 곤장을 치고, 달아난 자는 목을 베기도 하는 등 이순신은 서슬 퍼렇게 군기를 잡아나갔다.

은동은 그런 이순신의 모습에서 감히 범접하지 못할 어떤 찬 기운 같은 것을 느꼈다.

'정말 보통 사람은 아니다. 어찌 이렇게 일에 몰두할 수 있단 말인가? 아무것도 남지 않았는데!'

8월 내내 부지런히 애쓴 결과 이순신은 부서진 배를 몇 척 끌어모을 수 있었다. 한산도와 기타 남해 부근의 난민들은 이순신이 돌아왔다는 소식을 듣자 여기저기 흩어져 숨어 있다가 환호성을 올리며 이순신을 따랐다. 그들은 곧 수없이 모여들어 이순신이 정말 왔는지 보기를 청했다.

이순신은 수많은 무지렁이 백성들의 반가워하는 얼굴을 보면서 눈물을 흘렸다. 그리고 수없이 몰려든 백성들 앞으로 나아가 연설을 했다.

"나는…… 나는 죄 많은 사람이오……. 여러분의 피땀으로 만든 군선은 모두 수장되었고 여러분의 아비, 지아비와 아들은 수군으로 뽑혀 갔다가 죽음을 당하기도 했소……."

백성들은 그건 이순신 잘못이 아니라 원균 때문이며 무능한 조정 관료 때문이라며 아우성을 쳤다. 참으로 묘한 것이 이순신이 연설을 하는 것이 아니라 군중이 이순신을 격려하고 있었다.

"나는 지금 여러분에게 또 무리한 요구를 하려고 하오. 다시 배를 짓고 수군으로, 노군으로 나와달라고 말하려고 하오. 당장 하루 살아가기도 힘든 여러분에게서 힘을 빌려달라 하려고 하오. 나는 세상에서 가장 뻔뻔한 자인지도 모르오. 하지만 그것만이 우리가 살 수 있는 길이기 때문이오.

여러분에게 나라와 종묘사직을 위해서 힘을 빌려달라는 소리는 하지 않겠소. 충성하기 위해 싸우라는 소리도 집어치우고 싶소! 여러분은 여러분 자신을 위해서! 이미 상처 입고 피해를 입은 여러분들 자신의 복수를 위해 싸우게 될 것이오! 여러분의 원수인 왜놈들과 싸우고 그놈들을 몰아내기 위하여 여러분은 싸우게 될 것이오! 내 약속하겠소! 여러분 중 한 사람도 헛되이 죽음을 당하지 않게 하겠으며, 여러분이 흘린 피와 땀을 천 배 만 배로 쳐서 왜놈들에게 돌려줄 것을!"

군중은 이순신의 연설에 감격하여 아우성을 쳤다. 이순신의 연설은 실로 핵심을 찌르는 말이었다. 백성들은 더이상 충성이니, 조정이니 하는 진질머리 나는 말 밑에서 싸우려는 것이 아니었다. 그들이 당해온 수모와 고통의 복수를 위해 싸우는 것. 그것이 비록 야만적이기는 하나 사기를 고양시키고 결의를 다지게 하는 데는 가장 중요했다.

이순신은 연설을 끝내고 눈을 감았다. 은동은 백성들이 힘을 얻은 것은 좋았으나 이순신의 연설이 지나치게 과격한 것 같아서 몸을 조금 떨었다. 부장들도 마찬가지였다. 그러나 이순신은 걱정하는 소리를 듣고 그저 웃어넘겼다.

"괜찮다. 당장은 어쩔 수 없을 거야, 허허……. 하지만 내가 승전하면 반드시 내 목은 없어지겠지? 허허……. 하지만 조정에서 얼마나 펄쩍 뛸까 상상하면 유쾌하기 한량없구나! 으허허……. 유쾌하구나!"

은동은 소름이 끼쳤다. 이순신은 죽을 각오를 하고 있었으며, 조정을 극도로 증오하여 비웃고 있다는 것을 알 수 있었다. 부장이 걱정하자 이순신은 한마디를 더 했다.

"우리는 이긴다!"

"예……? 하오나……."

"저 백성들이 있는 한, 우리는 이긴다. 왜놈들이 모조리 죽거나 물러갈 때까지! 우리는 이기기만 한다!"

순간, 이순신의 눈에서는 광채가 번득이는 것 같았다. 은동은 이순신이 그토록 처절하고 무서운 표정을 짓는 것을 처음 보았다.

이순신은 이제 조정이나 상감이나 종묘사직 같은 것들을 위해 싸우는 장수가 아니었다. 그는 바로 눈앞에 있는 무지렁이 백성을 위해 싸우는, 가장 원초적이고 근본적인, 야수에 가까운 상태로 변해 있었다. 궁지에 몰릴 때까지 몰렸으되, 이순신은 오히려 이제까지보다 더더욱 냉정해져 있었다.

백성들은 이순신의 독려에 기운을 얻어 배를 수리하고 노를 젓는 훈련을 하기 시작했다. 패잔병이 모여드는가 하면 '이 장군 밑에서 싸우면 안 죽는다더라'라는 소문을 듣고 자원하는 자들도 상당수 되었다. 다시 함대를 온전히 구성할 수는 없었으나 일단 급한 대로 전선 10척 정도가 형체를 갖추었다. 하지만 가장 큰 문제가 되는 것은 훈련받은 수군이 고작 100여 명밖에 남지 않은 것이었다. 판옥선 한 척의 정원이 160여 명이었으니 배 한 척에도 태우지 못할 사람들만이 남은 것이다.

그러던 8월 28일, 난데없이 왜선 8척이 나타나 돌입하였다. 참패의 기억이 남아 있던 조선군은 아직 대오조차 갖추지 못한 판이라 그대로 어지러이 무너지려 하였고, 특히 겁쟁이였던 경상수사 배설은 몸을 사시나무처럼 떨었다.

"세가 부족하니 일단 피하고……."

그러나 이순신은 한마디로 잘라 말했다.

"피하면 어디로 간단 말이오! 나가자!"

이순신은 오히려 무서운 기세로 정비조차 되지 않은 군선을 휘몰아 무섭게 포구를 짓쳐나갔다. 화포도 싣지 않고 노군들만 태우고 말이다. 그것을 보고 왜군들은 오히려 질린 듯 뒤도 돌아보지 않고 줄행랑을 놓았다. 왜군이 물러나자 이순신도 뒤를 더 쫓지는 않았으나 뭔가 깊은 생각에 잠긴 듯했다.

'예상보다 너무 빠르다. 시간이 없으니 편법을 써야겠구나…….'

이순신은 수리된 판옥선의 노군들을 전원 어부들이나 난민들로 교체했다. 수군은 단 한 명씩 배치했을 뿐이었다. 그리고 12척의 배에 포수를 배치하려 했으나 숙달된 수군은 배 한 척당 10명씩밖에 돌아가지 않았다.

이순신은 하는 수 없이 가장 크고 위력이 강한 천자총통과 지자총통마다 한 명씩을 배치하고, 나머지 서너 명의 보조 인원은 모조리 난민으로 대치했다. 그리고 직접 역할을 분담시킨 후 포를 쏘고 장전하는 방법을 속성으로 가르쳤다. 모든 인원이 포를 쏘고 조준할 줄 아는 것이 좋았으나 시간이 없으니 가장 단순한 동작 하나만을 가르쳐 반복하게 만든 것이다.

수군은 오로지 조준만을 하도록 시켰다. 은동도 그 와중에 다시 이순신의 배에 올라타게 되었다. 이번에는 의사가 아니라 일개 수군으로서였다. 은동은 태을 사자 등이 오지 않을까 했으나 그들은 벌써 한 달이 넘어가는데도 나타날 기미도 없어 혹시 무슨 일이 있나 불안해졌다.

그런 판에 9월 2일에는 경상수사 배설이 도망쳐버리는 한심한 일이 벌어져 군의 사기를 꺾었다. 9월 4일에는 바람이 심하고 파도가 들끓어 그나마 빈약한 배마저도 모조리 수장될 뻔했으나 이순신 등이 밤을 새워 뛰어다닌 끝에 간신히 수습할 수 있었다.

은동도 남몰래 신력을 써서 반이나 가라앉은 배를 두 척이나 파도 속에서 끌어냈다. 그러나 7일에는 또 왜선 십여 척이 다가왔다. 군사들은 불안해했으나 이순신은 추호도 망설이지 않고 진군하였다. 왜선들은 다시 겁을 먹고 물러갔다.

이때 왜군은 비록 조선 수군이 모조리 고기밥이 되었다고는 하지만 이순신이 돌아왔다는 이야기에 어느 정도 긴장하고 있었다. 이순신은 바로 그 점을 노려 일부러 맹공세를 취한 것이다. 만약 이때 왜군이 죽기 살기로 달려들었다면 이순신도 대책이 없었을 터였다. 이순신은 이날 왜선이 달아나는 모습을 보더니 그날 밤에 야습이 있을 것이라고 말하며 대비를 했다.

"놈들의 달아나는 모습이 질서정연한 것을 보니 퇴각한 것도 계략의 일부임이 틀림없다. 야습이 있을 것이니 엄히 대비하라."

은동은 설마 했으나 이순신의 예측은 귀신같이 맞아 밤이 되자 왜선들이 어지러이 총을 쏘며 달려들었다. 다른 수군들은 모두 주춤하는데 이순신은 스스로 자신의 전선을 앞으로 몰고 나가 직접 지자포를 발사하여 한 척을 명중시켰다. 그에 왜군들은 겁을 먹고 네 번이나 왔다 갔다 하면서 포를 쏘는데, 놀랍게도 왜선에도 대포가 실려 있는 듯했다. 군관들이 이를 걱정하자 이순신은 껄껄 웃었다.

"아마도 노획한 포를 대강 실었을 것이다. 그러나 포란 것은 좌대가 튼튼하지 못하고 장수가 운용할 줄을 모르면 소용이 없는 법이다. 겁낼 것 없다."

과연 왜군은 이순신의 예언대로 헛되이 화약만 낭비하다 물러나 버렸다.

9월 13일, 이순신은 자다가 꿈을 꾸었다. 꿈에 이상하고 괴걸한 용모를 지닌 자가 나타나 이렇게 말한 것이다.

"아무 염려 말고 계획대로 시행하면 성공할 것이다. 이름에 은 자가 들어가는 자를 의지하면 위험하지 않을 것이다."[26]

이순신은 깨어난 뒤 놀라 사방을 둘러보았다. 그래서 꿈 이야기를 사람들에게 하였으나 이름에 '은'자가 들어가는 것이 누구인지는 알 수 없었다. 그러나 은동은 그 이야기를 법력으로 엿듣고 혼자 생각했다.

'용모를 보아하니 그분은 증성악신인이시구나. 성공할 것이라 하니 틀림없을 것이다. 그리고 이름에 '은' 자가 들어가는 자란 나를 가리키는 것 같으니, 반드시 이 장군님을 지켜야 하겠구나……'

9월 14일. 드디어 이순신의 함대는 왜선에 대한 정보를 얻었다. 이때 왜군의 대장은 지난번에 이순신에게 죽은 수군 대장 도쿠이 미치토시의 동생인 구루시마 미치후사였으니 그는 형의 원수를 갚기 위해 나온 것이다. 이때 적세는 대략 2백여 척. 그것도 거의 4년 동안의 휴식기에 건조한 대선들이었고, 오구로마루를 능가하는 니혼마루日本丸라는 터무니없이 거대한 배들도 많이 있었다.

이 배들은 삼층으로, 보다 높은 누각이 달리고 벽이 두꺼워졌으며 그 크기는 판옥선의 한 배 반에 달하는 괴물 같은 배들이었다. 이때 이순신의 함대는 고작 12척에 수군은 130여 명이었고, 나머지는 모조리 처음으로 병장기를 만져보는 농군과 어민이었다. 군관들은 대부분 철수하자고 하였지만 이순신은 고개를 저었다. 그러자 군관들은 여기저기서 주워들은 병법과 계략을 떠들어댔으나 이순신은 조용히 미소를 짓다가 말문을 열었다.

"계략과 술수가 많은 것은 알지만 꾀 자체가 장한 것이 아니다. 쓰면 반드시 들어맞을 때를 짚어 꾀를 쓰지 않으면 없느니만도 못한 것이다."

그러면서 이순신은 자신의 작전을 처음으로 밝혔다. 그것은 조수 간만의 차를 이용하는 작전이었다. 이순신이 싸움터로 염두에 둔 임하도 앞바다는 명량 물목을 지나야 하는데, 그곳은 조수 간만의 차가 크고 유속이 무서우리만큼 빨라 한번 들어가면 배를 되돌릴 수 없는 곳이었다. 그곳까지만 왜선을 유인하면 왜선은 방향을 잡을 수 없고 반대편으로 나아가는 조선 수군의 배는 화살같이 달릴 수 있는 것이다. 이순신은 작전을 설명하며 덧붙였다.

"계략이나 인간의 힘보다 더 위대한 것은 자연의 힘이다. 그것을 이용하지 못하는 장수는 죽은 시체나 다를 바가 없다."

이순신은 모든 장수와 군관을 불러 독려했다.

"병법에 이르기를, 죽으려 하면 살고 살려 하면 죽는다 했다. 또 한 사람이 길목을 지키면 천 명도 두렵게 여긴다고 하는데, 그것은 모두 지금 우리를 이르는 말이다. 너희 여러 장수들은 살려는 생각을 하지 마라. 조금이라도 명을 어긴다면 즉각 군법에 처하리라."

드디어 9월 16일, 고작 12척밖에 남지 않은 조선 함대를 비웃듯, 왜장 구루시마 미치후사는 무려 133척의 대선을 이끌고 무섭게 달려들었다. 은동마저도 그 기세를 보고 질릴 정도였다. 은동이 법력을 부린다 해도 겨우 배 두어 척이나 당해낼까? 도저히 상대가 될 것 같지 않았다.

'이건…… 이건 쥐와 고양이의 싸움이다. 아니야, 쥐와 늑대의 싸움이다. 말도 안 된다. 틀렸어…….'

그렇지만 이순신은 침착하게 사색이 된 부하들을 냉정히 꾸짖으며 말했다.

"적이 비록 일천 척이라도 우리 배를 당해 내지 못할 것이다. 동요하지 말고 있는 힘을 다해 적을 쏘아라."

이순신은 이미 작전을 세울 때부터 모든 화포를 장거리용인 천자총통과 지자총통으로 교체해두었다. 아직 신병인 수군들이 신통치 않아 명중률은 낮았지만, 계속하여 조선 수군이 움직이지 않고 포를 쏘자 왜선은 겹겹이 에워싸기는 했으나 가까이 접근할 엄두를 내지 못했다.

그러나 거리가 멀어지자 포가 맞지를 않았다. 더욱이 쏘아도 쏘아도 왜선들은 끝이 없는 듯싶었으며 상처를 입는 것 같지가 않았다. 조선 수군의 모든 장병들은 그것을 보고 얼굴빛이 하나같이 죽었으며, 은동마저도 낯빛이 변했다.

그때 이순신은 과감하게 쾌속 전진하여 왜군 측에 접근할 것을 명했다. 하지만 다른 배들은 하나같이 눈치를 보며 대장선이 나아가는데도 나가려 하지 않았다. 그것을 보고 이순신은 발을 굴렀다.

"중군 김응성은 배를 돌려 무엇을 하려는가! 당장 목을 베어 효시하여야 할 것을!"

왜선의 어마어마한 선단은 조선 수군의 열악한 화포를 무릅쓰며 점차 다가오고 있었다. 이순신은 즉시 중군 김응성과 거제현령 안위(과거 이순신의 명으로 부산성을 불태웠던 사람)를 불러 꾸짖었다.

"너희가 군법에 죽고 싶으냐? 정녕 군법에 죽고 싶으냐? 도망친다고 어디 가서 살 수 있을 성싶으냐!"

이순신의 호통에 안위는 정신이 번쩍 든 듯했다. 안위는 이제 단말마에 몰린 맹수 같은 형상이 되어 소리를 쳤다.

"나가자!"

이순신은 김응성에게도 고함을 쳤다.

"너는 중군장으로 멀리 피하기나 하고 대장을 구원하지 아니 하니 어찌 죄를 면하겠느냐! 당장 처형할 것이로되 정세가 급하니 우선 공을 세우라!"

김응성도 이순신의 추상같은 호령에 정신이 나는 듯하더니 죽기 살기의 각오가 되어 돌진하기 시작했다.

김응성과 안위의 배가 무서운 기세로 앞으로 달려 나가자 궁지에 몰려 눈치만 보던 다른 배들도 덩달아 최후의 발악을 하듯 소리를 쳤다.

"우와!"

"돌격!"

"가자!"

조선 수군은 이제 정말로 죽었다고 각오하고 있는 대로 화포를 쏘면서 앞으로 전진해나갔다. 정말 은동도 눈앞이 캄캄해질 정도였으니 모두는 죽었다는 생각밖에 들지 않았다. 그러나 일단 죽었다고 여기고, 저들의 손에 자신들이 모조리 죽는다고 생각하니 분노와 적개심밖에는 아무것도 남지 않았다. 그렇게 조선 수군의 십여 척 남짓한 다 망가진 군선은 발악적으로 왜군 쪽으로 몰려들었다. 전선수로는 11대 1, 아니 병력으로 본다면 50대 1의 싸움인 '명량 해전'은 이렇게 본격적으로 시작되었다.

모두가 제정신이 아니었다. 닥치는 대로 포를 쏘고 노를 저었다. 그러나 왜군의 배의 수효는 너무도 많았다. 배 한 척 한 척이 여러 척의 왜선에 둘러싸여 움직이기가 힘들 정도였다. 조선군은 모두 자신들이 왜군에 포위되었다고 여겼으나 실상은 그렇지 않았다.

왜선들은 이순신의 함대가 여태까지의 전법과 달리 갑자기 근접하여 돌격하는 태세를 취하자 놀라서 후퇴하려 했다. 그러나 후퇴하는 뱃길은 조수가 빨라 배를 제어하지 못하여 돌릴 수가 없었다. 순식간에 대오가 흐트러졌고, 여기에 조선 수군들이 미친듯 사이로 파고들어오니 명령조차 전달되지 않았다.

어느새 조선 수군은 아예 왜군들 사이사이로 파고들어 총포를 마구 쏘아대었는데 마구잡이로 쏘는 포였지만 사방이 왜선인지라 빗나가는 것이 없었다.

"칙쇼! 키를 잡아라! 배를 돌려라! 돌려!"

구루시마 미치후사는 소리를 질러댔으나 거대한 니혼마루와 오구로마루 등은 선회성이나 조작성이 판옥선에 비해 훨씬 떨어졌다. 조선군, 그것도 이름을 떨치는 이순신 함대가 순식간에 파고들자 왜군은 이전의 조선군보나도 더더욱 기가 꺾여 우왕좌왕할 뿐이었다. 이순신의 이름은 그토록 왜군들에게는 공포의 주문과도 같은 것이었다.

더구나 조수가 갑자기 바뀌어 배가 통제 불능의 상황이 되자 왜군들은 이것도 이순신의 신통함으로 믿을 정도였다. 제갈량이 적벽에서 동남풍을 빌었듯이 이순신이 조수의 흐름을 바꾼 것이라고 여겨 사기는 바닥에 떨어져버렸다.

보다 못한 구루시마는 있는 힘을 다해 자신의 배를 돌렸다. 주위의 부하들은 도망치려고 조수와 싸우며 휩쓸리다가 자기들끼리 부딪히느라 난장판이어서 전혀 명령이 하달되지 않았던 것이다. 기지마는 냉정하게 돌출한 두 척의 배, 즉 안위와 김응성의 배를 노렸다.

"저 두 척을 잡아라!"

구루시마의 독려에 선창에 있던 장교들은 노군들을 마구 채찍으로 후려갈겼고 노군들은 죽을힘을 써서 방향을 선회하는 데 성공했다. 한 척의 왜 소선이 거대한 구루시마의 니혼마루에 짓밟혀 깨어져버렸으나 구루시마는 상관하지 않았다.

"돌진!"

거대한 니혼마루가 일단 안위의 배로 다가들자 다른 두 척의 왜선도 어찌어찌하여 방향을 돌려 안위의 배를 노리고 달려들었다. 안위의 배의 노군들은 노를 들어 니혼마루가 접선接船하지 못하도록 하려 했으나, 거대한 니혼마루의 관성에 의해 안위의 배의 노가 모조리 부러져버렸다. 곧이어 둔탁한 소리와 함께 구루시마의 배가 안위의 배와 접촉하자 한 무리의 왜군들이 우르르 쏟아져 나왔다. 다급한 안위는 직접 포를 돌려 으아악 소리를 지르며 달려들려는 왜군들을 향해 정면에서 쏘았다. 여러 놈의 몸이 가루가 되어 사방에 흩어졌지만 구루시마는 급히 누각에 뛰어올라 소리를 질렀다.

"돌격! 돌격!"

그 소리에 기운을 얻은 왜군들은 갈고리와 밧줄을 던지면서 있는 힘을 다해 안위의 배에 올라타려고 개미떼같이 달라붙었다.

안위는 사력을 다해 소리쳤다.

"나는 죽는다! 모두 나를 따라 죽자!"

곧바로 안위는 장검과 포를 쑤시던 막대를 집어 들고 달라붙는 왜군들을 어지러이 쳐내기 시작했고 곧 포수와 노군까지 미친듯 올라와 손에 잡히는 대로 물건을 던지고 왜군들을 쳤다. 그것을 본 이순신은 급히 외쳤다.

"배를 돌려라! 어서!"

그러나 아무리 우수한 판옥선이라도 그리 쉽게 선회될 리 없었다. 키잡이가 용을 썼으나 키는 삐걱거릴 뿐 꿈쩍도 하지 않았다. 이를 본 은동은 재빨리 선창 밑으로 가서 키를 움켜잡고 용을 썼다.

"여차!"

은동이 당기자 거짓말처럼 배는 휘청하더니 제자리에서 선회했다. 키잡이는 멍하여 정신 나간 사람처럼 은동을 바라보았으나 은동은 피식 웃으며 다시 갑판으로 달려 올라갔다.

방향을 돌린 이순신의 대장선은 곧바로 모든 화포를 장탄하여 근거리에서 세 척의 왜선을 향해 발포했다. 그러기를 두 번, 세 번. 거대한 니혼마루였지만 가까운 거리에서 쏘아대는 천자총통의 위력에 버티지 못하고 기어이 우지끈 소리를 내며 크게 기울었다. 중심을 잃고 수많은 왜군들이 물에 떨어졌고 이 틈을 타서 안위의 군사들은 밧줄과 갈고리를 미친듯 잡아 떼어 물에 던졌다.

곧이어 녹도만호 송여종(정운이 죽고 난 뒤 녹도만호가 된 인물)과 평산포대장 정응두의 배가 합류하여 반대편에서 포를 쏘아대자 왜선 세 척이 삽시간에 여기저기 깨어지며 불이 붙어 지옥과 같은 모양이 되었다. 왜군들은 이순신이 대장임을 알아보고 집중사격을 가했는데, 은동이 이를 갈면서 법력으로 총알을 튕겨내고 장풍을 한 방 날렸다. 순간 왜선 한쪽이 부서지면서 이순신을 노리던 왜병들은 이내 박살이 나서 고기밥이 되었다. 그러나 누구도 그것을 알아볼 틈이 없을 만큼 상황은 긴박했다. 그리고 은동 자신도 몇이나 왜군을 죽였는지 모르되 저번처럼 어쩌고저쩌고 하는 생각조차 나지 않았다. 은동이 성장한 것도 물론이지만, 그만큼 조선군 모두는 악에 받쳐 있었던 것이다.

그때 구루시마는 아직도 누각 위에 올라 소리를 지르고 있었는데, 이순신의 배에 타고 있던 항복한 왜인 준사俊沙라는 자가 이순신에게 외쳤다.

"저…… 저 붉은 옷이노 입은 자…… 대장이오! 대장! 마타시馬多

時요!"

이 준사라는 자는 왜인이었으나 잡힌 후 이순신의 능력에 감복하여 이순신을 신처럼 섬겨 같이 싸우는 자였다. 그자가 구루시마 미치후사를 알아보자 이순신은 곧 옆에 있던 무상 김석손이란 자에게 외쳤다. 김석손은 원래 장사꾼이었는데 힘이 장사에다 팔매질 등 무엇을 던지는 데 능했다.

"저자를 갈고리로 맞혀 끌어내릴 수 있느냐?"

"해봅지요!"

김석손은 갈고리를 휘휘 돌려 구루시마를 노리고 던졌다. 아슬아슬하게 갈고리가 빗나가려는 순간, 은동이 지풍을 탁 날리자 갈고리는 살짝 방향을 바꾸어 덜컥 구루시마를 꿰었다.

"으아악!"

혼비백산한 구루시마는 누각에 매달려 떨어지지 않으려 발악을 했다. 김석손과 몇 명의 노군이 끌어도 꿈쩍 않는 것을 은동이 슬쩍 가서 당겼다. 밧줄이 삽시간에 팅 하는 소리를 내며 당겨졌다. 놈은 아악 소리를 지르며 그대로 허공을 날아 대장선 갑판에 털썩 떨어졌다. 그러자 준사가 얼굴을 보고 손뼉을 치며 외쳤다.

"그래! 마타시다!"

준사는 신기하기 이를 데 없는 듯했다. 이순신이란 장수는 얼마나 신통하기에 적장을 이토록 손쉽게 엮어오는 것일까? 준사는 이순신에게 너무도 감복하여 자기 나라의 대장이 잡혀 왔는데도 손뼉을 치며 기뻐했다. 준사가 구루시마를 확인하자 이순신이 싸늘하게 소리쳤다.

"이놈을 높이 들어 토막토막 잘라라!"

결국 형의 원수를 갚겠다던 기지마 미치후사는 형의 원수는커녕 이순신의 앞에서 눈을 번하게 뜨고 죽었다. 그것도 부하들도 뻔히 보는 가운데 높이 매달려서 참혹하게도 여기저기가 토막토막 잘려 죽은 것이다. 비록 잔혹한 일이었지만 왜군들은 자신들의 대장이 그토록 처참하게 죽는 것을 보고는 손발이 저려 자기들끼리 부딪히며 철수하기 시작했다.

"이순신이 다시 마술을 부린다!"

"대장이 죽었다! 이순신에게는 못 당한다!"

"나 좀 살려라!"

이때 왜선의 피해는 31척에 달했는데, 그중 태반은 조선군이 직접 쏘아 부순 것이 아니라 자기들끼리 엎치락뒤치락하며 빠져나가느라 악다구니를 쓰는 통에 전복된 것을 줍다시피 하여 올린 전과였다. 한바탕 난선을 치르고 난 다음, 모든 조선 수군은 기진맥진하여 늘어져버리려 했다. 노군들도 손을 놓아 배들은 이리저리 서로 맞닿은 채 떠 다녔다. 추격을 할 기운조차도 남지 않은 것이다.

바로 그때, 이순신이 환한 얼굴로 벌떡 일어나 외쳤다.

"일단 점고點考를 하라!"

그러자 방금 지옥문까지 갔다 온 안위가 헉헉거리며 외쳤다.

"조금…… 조금 쉬었다 하시는 것이……."

"지금 점고를 하는 것이 가장 기운이 나리라. 어서 시행하라!"

이순신이 가장 중요시하는 것이 군명의 엄수라 당장 점고는 시행되었다.

"수군 김말득!"

"노군 점돌이!"

"사수 박만복!"

하나하나 점고를 하는 목소리에는 기운이 없었으나 갑자기 환호성이 일었다. 안위의 배에서 점고를 막 끝낸 것인데, 안위는 스스로도 믿을 수 없다는 듯 소리를 질렀다.

"죽…… 죽은 자는 아무도 없습니다! 전원 무사합니다!"

옆 배에서도 환호성이 일었다.

"녹도 이호선! 두 명이 조금 다쳤을 뿐입니다! 전원 무사합니다!"

"평산포 일호선! 우리 배도 그렇습니다!"

이순신이 껄껄 웃자 은동은 자신의 귀를 믿을 수 없었다. 병사조차 거의 타지 않은 빈곤한 12척의 배로 적선과 싸워 31척의 배를 격침시키고, 수만의 왜군을 죽인 조선군의 사망자는 단 두 명! 대장선에 탔던 김탁과 계돌이뿐이었다. 그 외 10여 명의 경상자와 약간의 갑판 파손이 조선군이 입은 피해의 전부였다.

이순신이 웃으며 말했다.

"죽기를 바라고 잘들 싸워주었다. 몸을 아끼지 않으면 대승을 거두는 것이다. 잘들 기억하라."

각 배에서 자신감의 환호성이 마치 폭풍처럼 일어났다. 조선 수군은 기적을 이룬 것이다. 이는 세계 전사상 그 유래를 찾아볼 수 없는 대승이었다. 선박 수로 11대 1, 병력으로 50대 1의 적. 그것도 직전 싸움에서 일패도지하였고, 무지한 어민과 농군을 모은 병력이었다.

기습도 매복도 아니고 정면으로 적과 맞붙어 싸운 것이며, 상대는 얼마 전 조선 수군을 전멸시키고 승승장구하던 부대였다. 그러한 적과 싸워 자신의 병력 세 배의 적을 수장시키고도 입은 피해는 단 두 명. 이러한 승리는 이순신 말고는 어떤 인간도 이루어낼 수 없을 것이라고 은동은 믿었다. 은동은 몸을 떨며 이순신의 웃는 얼굴을 홀린 듯 바라보았다.

'진…… 진정 명장이다. 이런 사람은…… 이런 사람은 고금에 없

을 것이다. 믿을 수가 없다…….'

조선군은 지칠 대로 지쳐 있었으나 그곳은 물살이 너무 거셌기 때문에 다시 노를 저어 당사도로 진을 옮겼다. 피해가 거의 없다는 것이 사기를 높여 지친 몸에 이런 노역을 가능케 했다.

다음날, 선단이 어외도에 이르렀을 때 조선 수군은 놀라운 손님을 맞았다. 무려 수백 척에 이르는 조그마한 난민들의 피란선이 빽빽이 몰려나와 이순신을 맞은 것이다.

"고생들 하셨수!"

"장하시우!"

피란민들은 환호성을 올리며 전선으로 다가와 자신들도 부족할 것인 양식과 물 그리고 무엇보다도 귀중한 격려를 조선군에게 듬뿍 안겨주었다. 패주하여 빈곤했던 선단은 활기를 되찾고, 거의 잔치 분위기를 이루었다. 피란민들도 눈물을 흘렸고, 수군들도 웃으면서도 눈물을 철철 흘렸다. 은동도 감격에 겨워 눈시울이 뜨거워지는데 이순신이 지나가다 은동을 보고 조용히 말했다.

"고마우이. 자네가 아니었으면, 내 큰일을 그르칠 뻔했네……."

은동은 얼른 고개를 숙였다.

"아니옵니다, 장군님. 장군님은 천하의 명장이십니다. 정말 장군님은……."

왜란 종결자가 틀림없다는 말이 입 밖에까지 나올 뻔했으나 은동은 간신히 억눌렀다. 이순신이 말했다.

"고맙네. 내게 무슨 능력이 있겠는가? 다들 잘 싸워준 덕이지……."

"옥체 보중하시옵소서."

"그래……. 전쟁이 끝날 때까지는 반드시 살아야겠네. 보게나, 얼마나 보기 좋은가……."

은동은 '전쟁이 끝날 때까지는'이라는 말에 문득 이상한 기분이 들었으나 이순신은 부하들과 백성들이 한데 어울려 환호하는 모습을 보며 조용히 눈물만 흘리고 있었다.

대룡의 최후

명량 해전으로 제해권을 회복한 이순신의 승선보는 선국 방방곡곡에 퍼졌다. 조선군과 명군의 사기는 드높아졌으며, 왜군의 사기는 바닥으로 떨어졌다. 명량에서의 조선군의 승리는 전쟁의 향방을 결판짓는 엄청난 것이었다.

왜군은 칠천량에서 조선 수군을 무력화시키자 남원과 황석산성을 점령하여 전라도를 장악하려 했으며, 제해권을 잡아 10만 병력으로 물길을 통해 남해와 한강을 지나 한양을 직접 들이칠 계획이었다. 그러나 명량 해전 한 번의 싸움으로 제해권은 다시 이순신의 손아귀에 확고하게 들어갔고 왜군의 모든 계획은 좌절되었다.

고니시, 가토 등은 보급선이 끊긴 상태에서 싸워야 하는 악몽을 되새기며 몸서리를 쳤고, 진격할 계획을 거의 포기하기에 이르렀다. 이순신의 함대는 빈약했으나 이 승전보를 듣고 각처의 지원병과 패잔병이 이순신에게로 몰려들었다. 이순신의 부대는 싸우면 이기고 사상자도 거의 내지 않으니, 기왕 병사가 될 것이면 이순신의 병사가 되는 것이 낫다는 소문이 널리 퍼졌다.

백성들도 마찬가지였다. 언제 빼앗길지 모르는 위태한 산성 같은 곳에 가느니 차라리 이순신이 있는 남해로 가면 안전하다고 여겨 수 없는 난민들이 밀려들었다. 더구나 이순신은 이제 조정이나 상감에 대해서는 신물이 나는 판이라 오로지 백성들을 위해서만 알뜰하게 신경을 썼으므로 인기는 더 높아졌다.

특히 이순신은 출신이나 직업의 귀천을 따지지 않고 인재를 소용되는 곳에다 배치하였는데, 이는 당시의 시대상으로 보면 엄청난 일이었다. 당시 상감인 선조는 자존심이 상하여 이를 갈았으나 이순신이 아니면 난리를 막을 자가 없으니 참는 수밖에 없었다.

수없이 몰려든 백성들은 이순신의 명령이라면 무엇이든 따랐고 힘든 일을 하면서도 신이 나 했다. 왜군들은 겁을 먹고 얼씬도 하지 못하는 가운데, 이순신의 함대는 이러한 백성들의 헌신적인 노력에 의해 눈부시게 재건되어갔다.[27]

은동은 이순신이 큰일을 치러내자 안도의 한숨을 내쉬고 태을 사자나 호유화 등의 기별이 오기를 기다렸지만, 무척 오랜 시간 동안 그들의 기별은 오지 않았다. 특별한 싸움 없이 해를 넘기고 어느새 칠월에 이르렀다.

은동은 기다리다 지쳐서 화를 내며 술도 가끔 마시곤 했다. 이제 은동은 정식 수군이 되었고, 수군들 사이에서 한잔하는 것은 자연스러운 일이 되었다. 이순신도 몸은 좋지 못하여 앓는 날이 군무를 보는 날보다 많았지만 술은 손에서 떼지 않았다. 이순신은 은동이 자신이 자결하는 것을 만류해준 것을 상기했는지 자주 은동에게 술을 하사하곤 해서 은동도 차차 술맛을 알아가고 있었다.

그러던 어느 날 저녁 무렵, 은동이 술을 한잔하고 거처로 돌아가는 길이었다. 난데없는 여인 하나가 길 옆 오동나무 밑에 숨어 있다가 은동을 불렀다. 은동은 누군가 하여 그리로 가보았는데, 놀랍게도 오엽이었다. 은동은 너무나 반가워서 외쳤다.

"어……. 오엽이……. 아니, 아니……. 호유화! 돌아왔구려!"

호유화가 깔깔 웃으며 말했다.

"오엽이? 호유화보다 오엽이가 더 낫단 말이지?"

"어차피 같은 사람이잖아. 언제 왔어?"

그러나 호유화는 역시 장난기 가득한 눈길로 은동을 보며 말했다.

"내가 오엽이일 때는 나인 줄 몰랐잖아? 오엽이가 더 기억에 남는다 이거지?"

그때 난데없이 덩치가 크고 처음 보는 얼굴의 장한 하나가 나타나 다가오더니 비아냥거렸다.

"이거 안 되겠는데? 서방님 단속 좀 잘하지?"

놀라서 은동이 기운을 살피니 흑호였다. 은동은 반가워 어쩔 줄 모르고 외쳤다.

"흑호 님! 하하, 이거 둔갑술이 정말 늘었군요. 이젠 감쪽같네요!"

공중에서 또 다른 소리가 들려왔다.

"누가 들을지 모르니 안으로 들어가세나."

그 목소리를 듣자 은동은 더더욱 반가웠다. 그것은 태을 사자가 아닌가?

"자, 어서 제 거처로 가십시다."

그리하여 오랜만에 모두 모인 일행은 은동의 좁은 방으로 들어갔다.

그간 호유화는 삼신대모의 명을 받고 환계로 가서 환계의 환수들이 성성대룡의 술책에 빠지지 않도록 단속을 했다. 환계는 워낙 광활하여 시간이 꽤 걸렸다. 환계의 환수가 호유화를 중심으로 단합하여 유계의 군대와 맞서자, 사계에서 펼쳐진 유계와의 전쟁은 소강상태에 빠지게 되었다.

태을 사자는 성성대룡의 자취를 추적하였으며, 흑호는 마수들의 자취를 찾아 여기저기를 돌아다녔다. 그리고 이제는 거의 모든 것이 밝혀진 상황이었다. 먼저 흑호가 말했다.

"이제 마수는 셋 남았수. 흑무유자, 풍생수, 소야차. 분하게두 가장 악질적이라 한 맺힌 놈들만 남았지만……."

고개를 갸웃하며 은동이 물었다.

"그들은 어디에 있지요?"

태을 사자가 대답했다.

"일단 그 일은 조금 뒤로 미루고…… 성성대룡의 일을 먼저 처리하여야 할 것 같다."

"성성대룡은 어디 있는데요?"

은동이 묻자 태을 사자는 한숨을 한 번 쉬고 말했다.

"그동안 나는 성성대룡의 자취를 여러 번 찾았지. 그러나 성성대룡은 워낙 법력이 대단하고 술법에 능하여 따라잡기가 어려웠다. 결국 그자가 어디에 숨어 있는지는 알게 되었다만…… 네 도움이 없으면 마무리를 지을 수 없을 것 같구나."

"제 도움요?"

"그래. 성성대룡은 우리 약점을 잘 알아. 인간의 일에 우리가 직접 개입할 수 없다는 걸 말이다. 그래서 놈은 인간의 몸속으로 들어가 버렸단다."

"그럼 그 인간을 찾아내서 처치하면 되잖아요?"

그러자 태을 사자는 침울하게 말했다.

"그것이 쉽지가 않아……. 아주 중요한 인간에게 들어가 있거든."

"그게 누구인데요?"

다급하게 묻는 은동을 쳐다보며 태을 사자는 천천히 말했다.

"도요토미 히데요시……. 왜국의 지배자이지. 성성대룡은 바로 그 놈의 몸속에 숨어 있어."

은동은 그 말을 듣고 깜짝 놀랐다. 아니, 깜짝 놀라지 않을 수가 없었다. 태을 사자는 간략히 그간의 경과를 은동에게 말해주었다.

"마수들은 이제 본격적으로 일을 벌이고 있다. 놈들은 도요토미 히데요시를 부추겨 조선인의 코를 대량으로 베게끔 시켰어."

"코 베기 말이군요……."

은동도 왜군이 전라도를 침범해 수많은 조선 백성들의 코를 베었다는 참혹한 소식을 알고 있었다. 히데요시는 전라도민의 분투와 조선 백성들이 굴하지 않았다는 것에 분노하여 각 병사마다 석 되씩의 조선인의 코를 베어 바치라는 이해조차 하기 힘든 잔혹한 명령을 내렸다. 그 참담한 명령에는 왜장들마저도 반발하였으나 히데요시의 고집은 이만저만이 아니었다.

하는 수 없이 왜장들은 대략 한 왜병당 한 개 정도의 코를 베는 선으로 흐지부지해버렸다. 몇몇 식견 있는 왜장들은 '이 참혹한 짓을 어찌하느냐'며 통탄하며 죽이지는 않고 코만 베기도 했으나 이것도 무참하기는 마찬가지였다. 덕분에 정유재란 이후 조선에는 코 없는 사람이 상당히 많았다.

결국 수십만 개의 코가 베어져 왜국으로 넘어갔다. 조선도 전공을 고하기 위해 증거로 수급이나 귀를 베어 보내는 경우도 있었지만, 전공과도 상관없이 단순히 이런 가학적인 복수의 의미만으로 수십만의 목숨을 해친 이유는 아무래도 납득하기 어려웠다.[28] 은동도 그 이야기에 분노했지만 한편으로는 왜 그런 짓을 할까 하는 의문도 있었다.

"그 짓도 이유가 있었다는 것인가요?"

"그래. 놈들은 이미 얻었던 영혼들과 죽은 조선인 일만 명의 혼, 거기에 사람들의 코를 벰으로써 상처 입는 영혼의 조각을 얻어 암흑의 대주술을 완성시키려 하는 것이란다. 이미 수십만에 달하는 조선인들이 코가 베어지는 원통한 죽음을 당했다."

"그…… 그런……."

"그러나 우리도 가만있었던 것은 아니다. 이제는 마수 놈들 중 몇몇을 남기고는 모조리 우리들의 손에 잡혀 소멸되었고, 흑무유자와 풍생수, 소야차…… 그리고 성성대룡까지 넷만이 남았지……."

"그런데요?"

"바야흐로 『해동감결』의 예언은 거의 이루어지려 하고 있다. 죽어야 하되 죽지 않은 자가 한 명 나왔어. 백사림이라는 비겁자이지."

조선 수군이 칠천량에서 대패한 후 왜군은 맹공세를 취했다. 남원성이 왜군 손에 떨어졌고, 가토는 곽재우가 수비하는 화왕산성으로 갔으나 곽재우에게 기가 꺾여 황석산성으로 진격하였다. 황석산성은 산세가 험하고 군민의 사기가 높아 대승을 할 지역이었는데, 한밤중에 김해부사 백사림이라는 자가 자기 식구들만 데리고 성문을 열고 도주하는 바람에 성문이 열려 군민이 몰살당하였다. 그런데도 선조는 백사림을 죽이지 않고 살려주었던 것이다.

"아니! 어떻게 그런 자를……."

"상감이 제정신이 아니니 그렇지. 그만하고 이야기나 들어보거라."

태을 사자가 은동을 말리려 하자 흑호도 거들듯 말꼬리를 돌렸다.

"하지만 그자들 말고도 죽어 마땅한 자들은 많잖수. 셋은 커녕 수백 수천은 될 건데……"

"물론 그런 자들이야 많지. 허나 예언은 왜란에 대한 것이니, 죽어야 하되 죽지 않은 자도 왜란과 직접 관련 있으며, 큰 파장을 끼친 자들이어야 하겠지. 예언은 아마 이런 식으로 조선에 비겁자나 변절자가 많이 나오고 상감도 제정신이 아니어서 참담한 꼴을 겪을 것이라 예언한 것으로 보이네. 꼭 백사림이나 박홍, 김명원이 그자들이 아니더라도 이미 예언은 이루어진 셈일거야. 더구나……"

태을 사자는 잠시 말을 끊어 은동의 얼굴을 보다가 툭 던지듯 말했다.

"…… 이제껏 그자들이 죽지 않았던 것은 마수들의 입김이 컸다는게 결정적 증거지. 박홍, 김명원, 백사림. 그들의 공통점이 무엇인지 알겠느냐?"

"모르겠어요."

"그들은 항상 많은 군대가 피해를 입은 한가운데에 있었다. 박홍은 처음에 조선군이 궤멸하는 부근에 있었으며, 김명원은 도원수로서 왜군의 진군에 따라 계속 후퇴하고 도망만 다녔지. 그리고 백사림은 칠천량에서 조선군이 대패할 적에 부근에 있었으며, 황석산성에서 조선군이 몰살하는 데 결정적 역할을 했어.

이상하게도 마수들은 그들을 죽음의 위기에서 구해냈지. 그들은 조선 상감에 영향을 끼쳐 박홍을 살려두고, 도망만 다닌 김명원을 계속 자리에 붙어 있게 하고 백사림을 용서해주게 했지. 그런데 그것은 그들이 바로 마수들이 수집한 영혼의 운반책이었기 때문이란다. 그들 스스로는 모르고 있겠지만……"

그 말에 은동은 충격을 받았다.

"그게 무슨 말씀인가요? 어떻게……."

"사실일 것이다. 마수들이 인간의 영혼을 모으고 있으니, 그것이 어딘가에 숨겨져 있어야 하는데, 수년간 모든 존재들이 조사를 했으나 발견하지 못했어. 원래 영혼이 있는 자리인 인간의 몸속에 모아두었기에 발견할 수 없었던 거다. 이번에 백사림을 끈질기게 추적하면서 우리는 그런 사실을 알게 되었으며, 백사림에게서 영혼을 거두러 온 마수들과 겨룸으로써 그 사실을 알아내었다. 우리는 호유화가 잡은 세 마수 외에 분신귀를 해치웠고 남은 마수들은 달아나서 한 곳에 숨었다. 아마도 똑같이 인간의 몸속에 숨은 것이 분명해."

"흠……."

"그리고 마수들에게 그런 지혜를 가르쳐준 것은 바로 성성대룡이다. 성성대룡을 잡으면 마수들의 궁극의 음모를 알아낼 수 있을지도 몰라. 그러니 서둘러야 한다는 것이다."

"그런데 왜 내가……? 도요토미 히데요시가 인간이기 때문에 그러나요?"

그 말에 호유화가 샐쭉 웃었다.

"『해동감결』 기억해? 죽지도 않았고 살지도 않은 자 셋이 죽지도 못하고 살지도 못하는 자 셋을 이겨야 난리가 끝난다는 말."

"그래. 그런데 그게 어때서?"

호유화는 배시시 웃으며 은동에게 되물었다.

"은동아, 너는 난리가 끝나면 어디로 갈 거야?"

"음? 나…… 나는……."

"나와 같이 환계로 가자. 아니, 나는 이제 여기서의 일이 끝나면 환계로 가야만 해. 나는 싫었지만, 내가 환계의 일인자가 되었거든……. 귀찮아지겠지만 말야. 그러니 넌 나와 같이 가야 해. 알았니?"

호유화의 말에 은동은 좀 멍해졌다. 자신은 인간일 뿐인데 어떻게 환계로 간다는 것일까? 그러자 호유화가 말했다.

"그래. 네 생각은 알아. 그래서 나는 이번에 삼신대모께 특별히 부탁했어. 염라대왕에게는 태을 사자가 부탁했구. 네 이름을 저승의 생사부에서 지워달라구."

"뭐라구요? 아니, 그럼……."

"그래. 너는 이제 불멸의 존재가 되는 거야. 몸을 지니고 나와 환계에 같이 가려면 그 수밖에 없거든. 다행히 법력도 쓸 만큼 주었으니 그 정도는 어렵지도 않고."

은동은 어이가 없었다. 그러면 자신이 그 죽지도 않았고 살지도 않은 사람이 되었다는 말인가? 그것도 자기 자신의 의사와는 전혀 상관없이?

"누구…… 누구 마음대로 나를 그렇게 했지요, 네?"

은동이 다그치자 호유화가 되받았다.

"화내지 마. 누가 네 의사도 묻지 않고 마음대로 그러겠어?"

"그러면?"

"그러니 네 의사대로 지금 선택하라는 거야. 은동아, 나와 같이 가자. 응?"

은동은 이 세상을 버리고 간다고 생각하자 몹시 내키지 않았다. 하지만 호유화의 간절한 눈빛을 보자 마음이 약해졌다. 대뜸 옆에 있던 흑호가 버럭 소리를 질렀다.

"사내대장부가 새 세상에 가서 산다는데, 숱한 인간 중에서도 그런 경우를 겪은 것은 네가 처음일 거다! 너는 호기도 없냐?"

은동은 호유화에 대한 정과 흑호의 말에 분발하여 크게 소리쳤다.

"좋습니다! 이렇게 된 것, 행운으로 받아들이지요! 새로운 세상과 우주 팔계를 다 돌아보고 싶습니다!"

그러다가 은동은 조그마한 소리로 기어들어가듯 물었다.

"그런데…… 다시 돌아올 수도 있나요?"

머쓱하게 묻는 은동을 보고 태을 사자가 껄껄 웃으며 대답했다.

"그게 그렇게 염려가 되느냐? 이제 세상의 누가 너를 막겠느냐? 네가 오고 싶으면 얼마든지 와서 살 수도 있고, 환계나 사계를 드나들 수도 있단 말이다. 허허허……."

생계로도 언제든 올 수 있다고 한다면 망설일 이유가 없었다.

태을 사자의 말을 듣자 은동은 비로소 마음이 풀려서 함께 웃었다.

잠시 후 웃음을 거두고 태을 사자가 말을 이었다.

"도요토미 히데요시는 이미 명이 다했다. 그러나 그의 몸속에 있는 성성대룡이 술법을 써서 계속 도요토미 히데요시의 영혼이 빠져나가지 못하게 하고 있어. 이미 판도가 기울었는데, 그가 그토록 무리를 하는 것은 다 이유가 있을 것이다. 그걸 네가 알아내어야 한다."

은동은 『해동감결』의 예언에 자신이 깊숙이 관련되게 되었음을 깨달았다.

"그러니 도요토미 히데요시는 지금 죽지도 살지도 못하는 자란 말이군요? 그러니까 그를, 죽은 것도 아니고 산 것도 아닌 내가 잡아야 한다는 것이고요?"

손바닥을 딱 치며 흑호가 웃으며 말했다.

"그래, 맞구먼. 너는 이제 죽지 않는 존재가 되었고 죽은 자만이 드나드는 사계도 마음대로 갈 수 있게 되었으니 죽은 것도 산 것도 아니지 않겠어? 허허……."

"좋습니다. 가겠어요! 그러나……"

은동은 한 가지 마음에 걸리는 것이 있었다.

"왜 그러느냐?"

"그런데……『해동감결』에는 그런 사람이 각기 세 명이라 했잖아요? 나 말고 그런 사람이 또 누가 있지요? 적 측의 두 명은 누구지요?"

이번에는 호유화가 나섰다.

"그건 아직 모른단다. 그걸 알아내야지……"

호유화에 이어 태을 사자가 말했다.

"아마 성성대룡의 예를 보면, 그 죽지도 살지도 못하는 자들이란 마수들이 숨어 있는 자와 그동안 모은 영혼을 담은 자임이 분명하다. 그러나 너 말고 죽은 것도 아니고 산 것도 아닌 사람이 누구인지는 잘 모르겠구나. 한 명은 좀 감이 잡힌다만……"

"누구죠?"

태을 사자는 뭔가 생각하는 듯, 빙그레 웃으며 고개를 저었다.

"나중에 알게 될 것이다. 나중에……"

성성대룡이 히데요시의 몸속으로 들어간 것은 몇 달 전인 1598년 3월 15일의 일이었다. 처첩과 부하를 거느리고 기분 좋게 벚꽃 구경을 하던 히데요시는 갑자기 그다음 날 앓아눕기 시작하였다. 사실 이는 성성대룡이 히데요시의 몸안으로 스며들어와 숨었기 때문이다.

성성대룡은 원래 거대한 환수였기에 아무리 둔갑을 써서 인간의 몸에 들어갔다고는 하나 그 기운에 눌려 히데요시가 병을 앓게 된 것이다. 안 그래도 히데요시가 나이를 먹고 자신감이 없어진 마당에, 성성대룡이 들어가자 몸에 있던 마기는 성성대룡의 기운을 이기지 못하고 사그라져버렸다. 그러자 히데요시는 늙고 겁 많은 늙은이로 돌아와버렸다.

그는 도쿠가와 이에야스를 필두로 하는 오대 가로五代家老에게 아들 히데요리를 잘 돌보아주겠다는 연판장을 받았다. 이는 히데요시의 성격이 얼마나 쇠약해졌는가를 보여주는 좋은 증거이다. 히데요시가 죽으면 난세가 될 것이고, 난세가 되면 주군을 죽이는 일도 흔한 판인데 그런 종이쪽지 한 장이 무슨 도움이 되겠는가? 그러고도 히데요시는 가장 두려운 존재인 도쿠가와 이에야스의 손녀와 히데요리를 정략결혼시키기까지 하였으나, 그 또한 정략결혼과 정략 이혼이 밥 먹듯 일어나는 왜국의 풍토에서는 부질없는 짓일 뿐이었다.

은동과 호유화, 태을 사자와 흑호에다가 팔신장과 팔선녀까지 히데요시가 거주하는 후시미 성에 도달한 것은 7월 17일이었다. 은동은 왜국에는 처음 와보는 것이었지만, 사계와 중간계도 다녀왔던 터라 왜국은 그다지 신기하게 보이지도 않았다.

더구나 히데요시는 이 전쟁의 원흉으로, 은동뿐만 아니라 조선 사람이면 누구나 이를 가는 원흉이었다. 은동은 저절로 눈에 핏발이 섰다. 어머니의 죽음, 아버지의 죽음 그리고 다른 많은 사람의 죽음의 계기가 된 것이 히데요시가 아니었던가?

"죽여도 됩니까?"

은동이 살벌한 어조로 묻자 태을 사자는 고개를 끄덕였다. 그러나 한마디를 덧붙였다.

"그자는 죽어야 하되 죽지 못하고 있으니 염라대왕의 주문을 써야 죽을 것이다. 그러나 네가 감정이 있다면 죽이기 전에 풀어도 좋겠지."

"성성대룡은요? 내가 당해낼 수 있을까요?"

"히데요시가 죽으면 성성대룡은 저절로 나올 게다. 그러면 우리가 맡지."

그때 대뜸 흑호가 외쳤다.

"나도! 나도 가겠수!"

그러나 호유화는 성성대룡과 과거에 친밀한 사이여서인지 별로 내켜 하는 것 같지 않았다. 은동은 흑호와 함께 둔갑법을 써서 보이지 않게 된 다음 성안으로 들어갔다.

"이쪽이여. 죽음의 냄새가 나네."

흑호가 코를 쫑긋거리며 말하자 은동은 아무 말도 않고 태을 사자가 빌려준 백아검을 들고 성큼성큼 걸어갔다. 많은 하인과 시녀, 호위병이 있었으나 아무도 그들을 볼 수 없었던 것은 물론이다. 그러나 은동이 마지막 미닫이문을 들어갔을 때, 그들 앞에 누워 있는 자는 난리를 일으킨 일세의 괴물이나 영걸이 아니었다. 키가 작고, 보잘것없는 쥐 같은 용모에 온몸이 썩어들어가는 변색된 고깃덩어리 하나가 있을 뿐이었다. 더구나 죽어가는 히데요시의 옆에는 아무도 없었다. 누구도 히데요시의 죽음에 조금이라도 연루되기는 싫어서였다. 측근과 가족조차 히데요시 사후 변할 왜국 전체의 판세를 놓고 끼리끼리 모여 머리를 굴릴 뿐, 이제 살아날 길이 없어진 히데요시 주변에는 얼씬하지 않았다. 금방이라도 죽을 것 같지만 숨만 간신히 붙어 있는 꼴을 보고 싶지도 않았고, 눈곱만큼이라도 연루되어 책임을 뒤집어쓸 것도 무섭기 때문이었다. 죽지도 못하는 히데요시의 비참한 모습은 말년의 광태와 실덕이 낳은 업보가 그의 마지막 순간에 한꺼번에 몰아치는 듯했다.

처음 방에 들어설 때 은동은 눈에 핏발이 섰지만, 일국의 지배자라기엔 너무도 초라하고 비참한 히데요시의 모습을 직접 보자 차마 칼을 내려치지도 술법을 외우지도 못했다. 그동안의 한을 풀러 온 흑호도 으르렁거리기만 했을 뿐 다가가지 않았다.

흑호가 은동의 표정을 살피며 물었다.

"왜 그려? 손을 써……."

은동은 몸을 부르르 떨며 백아검을 꽉 움켜쥐었다. 다음 순간, 은동은 백아검을 늘어뜨리며 주르르 눈물을 흘렸다. 흑호는 그 모양을 보고 깜짝 놀랐다.

"왜 그려, 엉?"

"너무…… 너무 비참하군요……. 이것이 인간 욕심의 말로인가요?"

은동의 마음은 걷잡을 수 없이 일렁거렸다. 수없는 성을 평정하고 수많은 싸움에서 이기고 수많은 영웅을 발밑에 부리던 히데요시가 고작 이것이었단 말인가?

한 사람의 추한 욕심과 자존심, 자기 자식만을 생각하는 이기심 때문에 조선과 왜국과 명국의 그 많은 사람들이 고통을 받고 피를 흘렸단 말인가? 이 썩어가고 힘없는 조그만 노인이 결국 지금 죽음의 순간에 얻은 것은 무엇이란 말인가? 바로 곁에서 임종의 순간을 같이할 사람조차 하나 없으면서……

은동은 스르르 둔갑을 풀고 모습을 드러내었다. 흑호는 깜짝 놀라 누가 올까 봐 술법으로 문에 결계를 쳤다. 그 순간 은동은 히데요시에게 다가가 그의 멱살을 잡고 얼굴을 들여다보았다.

죽음을 앞둔 히데요시는 은동의 얼굴도 알아보지도 못했고 움직일 기력도 없었으나, 은동의 몸에서 강렬하게 뿜어나오는 기운에 본능적인 공포를 느끼고 몸을 부들부들 떨었다. 헤벌어진 입가에는 더러운 썩은 침이 주르르 흘러내렸다.

"살…… 살려줘……."

히데요시가 힘겹게 중얼거렸다.

"살…… 살려주면……. 뭐든지…… "

은동은 팽개치듯 히데요시를 내려놓고는 히데요시의 얼굴을 발로 짓밟았다. 히데요시는 저항조차 하지 못하고 컥컥 죽는 소리를 내뱉었다. 그러다가 은동은 뒤로 돌아서며 조용히 말문을 열었다.

"가엾군요. 편하게 죽게 해줍시다."

은동은 나지막이 염라대왕이 일러준 죽음의 술법을 외웠다. 그것은 인간을 다루는 사계의 지배자인 염라대왕의 주술이라 성성대룡도 어찌할 수 없었다.

히데요시의 숨이 끊어지는 순간, 천둥 치는 소리를 내며 성성대룡이 무서운 속도로 히데요시의 몸에서 빠져나와 지붕을 통과하여 하늘로 올라갔다. 차마 방안에 들어오지 않고 밖에서 히데요시가 죽기만을 살피던 하인들과 시녀들도 희미하게 놀랄 정도로 강한 기운이었다. 흑호가 어 하면서 뒤를 쫓으려 했지만 은동은 조용히 히데요시의 죽어버린 몸을 내려다보며 흑호를 만류했다.

"서두르지 마세요. 밖에서 알아서 할 겁니다."

그러자 흑호는 씨익 웃었다.

"잘했어. 너는 히데요시를 죽이기만 한 것이 아니라 그를 동정받는 자로 만들었어. 네가 정말로 이긴 거여……."

은동은 무심하게 말했다.

"우리도 나가죠."

그날, 싸움의 여파로 왜국에서는 마른하늘에 날벼락이 치며 하늘이 어두워졌다. 순진한 왜국 사람들은 일대의 영웅인 간파쿠 히데요시가 세상을 떠났기에 그랬다고 했지만, 실제로는 성성대룡 때문이었다. 그리고 히데요시는 아무도 보는 이 없는 가운데 순간적으로 목숨을 잃었다. 신하들은 혼란이 닥쳐올까 봐 히데요시의 죽음을 숨기고 그가 죽지 않았다고 발표했다.

그 탓에 히데요시는 죽은 후에 매장도 되지 못하고 살이 썩어 문드러질 때까지 한 달 이상이나 방에 갇혀 참혹한 최후를 맞이했다. 아무도 히데요시의 죽음에 눈물을 흘리지 않았으며 왜국의 백성들은 이제야 전쟁이 끝났다며 잔치 분위기에 휩싸였다. 히데요시가 그토록 아꼈던 아들 히데요리는 이시다 미쓰나리와 고니시 등의 헌신적인 충성을 받았으나 훗일 도쿠가와 이에야스와 세키가하라에서 벌인 싸움 한 번으로 패망하여 어머니 요도도노와 함께 불 속에서 죽었으니 히데요시의 비참한 말로는 그가 죽은 이후까지도 업보처럼 계속되어 끊이지 않았다.

은동과 흑호가 밖으로 나와 하늘을 보니, 왜국의 하늘에서는 성성대룡과 명립답여 등의 팔신장이 격전을 벌이고 있었다. 그들뿐 아니라 주변에는 하일지달을 필두로 한 팔선녀가 성성대룡이 빠져나갈 수 없게 팔방을 포위하고 있었으며 그들 말고도 왜국의 혼령들, 영혼들이 모조리 동원된 듯 주변을 몇 겹으로 에워싸고 있었다. 저만치 구름 위에는 삼신대모와 증성악신인 그리고 왜국의 신들인 듯한 존재들이 싸움을 보고 있었다. 태을 사자와 호유화도 그들과 함께 있었다.

성성대룡은 과연 환계의 지배자답게 강했다. 팔신장의 연환 법력은 그야말로 불과 바람, 번개와 칼날 등 세상에 존재하는 여덟 가지 모든 힘을 담은 것이었다. 하지만 성성대룡은 갖가지 희귀한 술법을 연달아 써서 팔신장의 공격을 계속 막아냈다. 더구나 환계의 불길과 기운을 몸 곳곳에서 내쏘아 간혹 달려드는 팔신장 중 몇을 물러서게 만들기도 했다. 팔신장은 싸우면서 틈틈이 성성대룡의 죄를 비난하고 꾸짖으며 항복하라 을렀지만, 성성대룡은 아무 대답도 하지 않고 끝까지 술법을 쓰며 버텼다. 하지만 성성대룡 쪽이 점점 기운이 빠져나가는 것이 느껴졌다. 그에 비해 이쪽은 팔신장에 팔선녀, 또 수조차 짐작하기 어려운 영혼의 대군과 삼신대모, 증성악신인까지 있으니 성성대룡의 최후는 자명했다.

은동은 싸움 쪽을 힐끗 보다가 하늘로 올라 호유화 옆으로 갔다. 호유화는 아무래도 낯빛이 좋지 못했다. 은동은 호유화의 기분을 이해해 달래주려 했다.

"친했다면서…… 보기 불편하지 않겠어?"

호유화는 조용히 말했다.

"내가 대성인을 따라 그 옆에서 법력을 닦을 때, 소룡이 나를 지켜보고 있는걸 발견했어. 그땐 그냥 작은 뱀이었는데 왜 나를 보았는지. 잡아버릴까 하다가 녀석이 두려워하지도 않고 빤히 쳐다만 보기에 그냥 내버려두었지. 그랬더니 녀석이 나를 졸졸 따라다니는 거야……. 조그마한 뱀 주제에……. 그러다가 결국 내가 먼저 법력을 통하고, 소룡도 옆에서 얻어 배운 것으로 소통이 되었지……. 그게 벌써 몇천 년 전인지……. 녀석은 도통한 다음에는 용으로 변해 나와 함께 환계로 들어갔고, 난폭하게 환계를 휩쓸며 강자들을 때려눕혔어. 그리고 나를 환계의 지배자로 추대하고…… 내가 성계로 놀러 갔다가 사계 뇌옥에 들어간 것을 알고는 환계의 지배자가 되었어. 그때 환계 전체를 몰아 전쟁도 불사하려고 했을 정도지만, 내가 말려서 참았지. 그러고 보면 녀석과는……."

"정이 깊었나 보네?"

은동이 은근히 고개를 끄덕이자 호유화는 정색을 하며 깔깔 웃었다.

"호호호. 아니, 정이 있는건 어릴 적 뱀 새끼였던 소룡이야. 나를 속이고 은동이 네 아버지…… 내 시아버님 될 분을 죽이고 환계 전체를 전쟁에 휘말리게 한 저 대룡이란 놈은 난 몰라!"

호유화는 화난 표정이 되어 은동을 돌아보았다.

"정을 내친 건 속임수를 쓴 저 녀석이야. 난 이제 저 녀석과는 인연을 끊고, 모든 기억도 지워버릴거야……. 은동아?"

"왜?"

"아버님 원수를 갚아야 하지 않겠어? 아무리 성성대룡이라도 이 대라금계 속에서 팔신장을 당해낼 수는 없어. 그러니 직접……"

은동은 잠시 고민했다. 물론 성성대룡은 아버지의 원수다. 하지만 호유화와 오랜 기간 같이해온 존재이기도 하다. 직접 죽이면 호유화에게 상처를 주는 것 아닐까 싶어 저절로 망설여졌다.

"이미 성성대룡은 빠져나갈 길이 없으니…… 죄악의 응보는 이미 치러진 거고, 아버님도 편히 눈을 감으실 거야. 내 손으로 직접 해치우기는……"

그러자 호유화는 싱긋 웃으며 은동을 빤히 쳐다보았다.

"혹시 내가 마음에 상처 입을까 봐?"

"그건……."

"소룡과의 인연이 하나라면 너와의 인연은 하늘만큼이야. 내가 나빴네. 내 손으로 마무리해야 하는 걸 널 공연히 고민하게 했어. 그래. 내 손으로 마무리하는 게 나을 거야……."

호유화는 흐뭇하게 웃었지만 말소리는 어딘가 공허했다. 그리고 마음을 다잡으려는 듯 호유화는 말을 마치자마자 바로 몸을 날려 싸움판 중간으로 뛰어들었다.

"모두 비켜!"

호유화의 앙칼진 일갈에 공격을 퍼붓던 팔신장이 주춤하다가 이내 고개를 숙여 깊이 읍해 보이며 뒤로 물러섰다. 팔신장이라면 하일지달이 속한 팔신녀와 동급인데, 이전과 달리 그들이 왜 이다지도 공손한 태도를 취하는지 은동은 알지 못했다. 그러자 태을 사자가 넌지시 말했다.

"성성대룡의 환계 지배권은 신계에 품을 올려 정식으로 회수되었다. 그러니 호유화가 다시 환계의 지배자가 된 것이지. 이전과는 위치가 달라."

"허…… 그래도……."

흑호가 중얼거리자 삼신대모가 말했다.

"속한 계가 다르니 직접 비교는 어렵겠지만, 사계로 치면 지위가 염라대왕이요, 생계로 치면 증성악신인보다 윗줄에 서게 되는 것이란다."

흑호가 놀라 입을 떡 벌리자 은동은 고개를 숙였다. 호유화가 그렇게 높은 지위에 올랐다는게 기쁘기도 했지만, 그에 비해 자신의 처지가 너무 하잘것없다는 못난 생각이 들어서였다. 그러자 삼신대모가 웃으며 은동의 고개를 들게 한 다음 말했다.

"그 정도 되어야 은동이 네 배필이 될 자격이 있지."

"예?"

은동이 놀라 되묻자 삼신대모는 웃으며 말했다.

"은동이 너는 천기의 돌파구가 되어 수많은 위험과 모험을 헤쳐나갔고, 마계의 큰 음모를 바로잡는 데 주역이 되었어. 그런 너를 우주 팔계의 그 누가 무시할 수 있겠느냐. 너는 이제부터 정식으로 천기의 수호자가 될 것이니, 우주 팔계 전체의 은총이 모두 너에게 깃들 것이야. 허니 네 배필이 되려면 일계의 지배자 정도는 되어야 간신히 어울리겠지."

은동은 하도 큰 이야기에 어이가 다 없었다.

"하…… 하지만 그건 대체 뭔지요?"

"천기의 수호자. 이 순간부터는 신계를 제외하고 우주 전체에서 너보다 중요한 사람은 없을 거란다. 우주 전체의 힘과 의지가 너에게 깃들 것이니, 힘과 의지를 다듬어 장차 전 우주가 바라마지 않는 큰 일을 해내기를."

그러면서 놀랍게도 삼신대모와 증성악신인, 그리고 주위에 있던 모든 신들이 은동에게 고개를 숙여 보였다. 주위에 있던 흑호와 태을 사자가 경악할 지경이었으니 은동 자신의 놀라움이야 더할 나위 없었다. 그나마 십 년의 성장을 하여 어른이 되었기에 망정이지, 아이 때였다면 아예 소스라쳤을지도 모른다.

"저…… 저는 그럴 만한 인물이 못됩니다. 크게 한 일도 없……."

그러나 삼신대모가 은동의 눈을 똑바로 쳐다보며 강한 어조로 말했다.

"하늘이 시련을 내리고, 또 기연을 내리는 까닭은 장차 크게 쓰기 위해서라네. 신계의 큰 뜻이 있어서 그리된 것이니, 우주 만물을 여의如意할 수 있는 힘을 잘 갈무리하기 바라네."

"장차 크게 쓰다니요? 그러면 왜란이 끝이 아닙니까?"

흑호가 뒤에서 묻자 삼신대모는 간단히 말했다.

"아니네."

그러자 태을 사자가 물었다.

"그러면 사계 접경에서의 유계와의 전쟁을 일컬음입니까?"

"그것도 당면한 일이나, 그도 아닐세. 때가 되면 알게 될 것이네……. 천기에 관련된 일이니 더는 묻지 말게나."

삼신대모가 딱 잘라 말하자 모두 입을 다물 수 밖에 없었다. 은동은 멍한 기분으로 생각했다.

'천기의 수호자라니…… 왜 내게…….'

그러다가 은동은 삼신대모의 방금 전 말을 기억해냈다.

'하늘이 시련을 내리고, 또 기연을 내리는 까닭은 장차 크게 쓰기 위함이라 했지……. 그러면 내 할 일이 왜란과 유계에서의 전쟁 말고도 더 있단 말인가?'

그러나 은동에게는 무엇보다 왜란이 중요했다. 사계 접경에서의 전쟁소차 남의 일 같은 판에 더 나아갈 일까지 생각하는 건 무리였다.

'미리 생각해봤자다. 그때 가면 알게 되겠지.'

은동은 마음속에 부담감을 일단 묻어두고 호유화 쪽으로 눈을 돌렸다. 그쪽은 이미 싸움이 중단되어 있었다. 호유화가 성성대룡을 제압한 것이 아니라, 성성대룡 자신이 법력을 풀고 조용히 호유화를 맞아들였던 것이다.

성성대룡은 거대했던 용의 형체에서 눈부신 금빛 옷을 입은 귀공자의 모습으로 변신해 있었다. 어딘가 은동이를 닮은 듯한 모습이었다. 다만 방금까지의 격전 때문에 법력을 많이 소진한 듯, 얼굴빛도 좋지 않고 어깨는 가늘게 떨리고 있었다. 하지만 성성대룡은 호유화가 앞으로 나서자 조용히 웃었다.

"허허허……. 누님! 누님이시구려……."

"그래. 나야, 소룡."

그 말을 듣자 성성대룡은 씁쓸하게 웃었다.

"오래 기다렸소. 마지막으로 누님을 한 번 보려고 추한 아귀다툼을 벌였군요. 마지막 가는 길이 너무도 후줄근하니 낯을 들 수 없군요. 허허……."

호유화는 그 말을 듣고 마치 어린아이를 나무라는 듯한 말투로 말했다.

"소룡……. 옳지 못한 짓을 하면 결과가 이런 법인데…… 너는 왜 그랬지? 도대체 왜……."

"허허……. 오래 기다렸소. 할 말이 없소. 내가 무엇을 바랐겠소?"

"다른 것은 다 좋아……. 마계와 결탁한 것까지 이해할 수도 있어. 그러나 너는 은동이의 아버님을 해쳤어. 그것만은 나는 용서할 수 없어……."

"누님, 나는 누님을 좋아했소. 그러나 누님은 나를 항상 아이 취급만 해왔지. 좋소. 그건 그렇다 칩시다. 그러나 그 생계의 인간 꼬마는 무엇이오? 내가 그보다도 어리고, 그보다도 못하오? 나는…… 나는 참을 수 없었소."

성성대룡이 눈물을 흘렸다. 그러자 하늘에서 벼락이 치며 장대 같은 비가 퍼붓기 시작했다.

"마계의 대주술……. 허허, 그렇소. 그건 내가 일러준 것이오. 나는 누님을 내 세상으로 모셔 가고 싶었소. 새 세상을 만들어서, 누님을 여왕으로 만들고 그 세계의 신이 되게 하고 싶었소. 누님, 누님은 내 우상이었고, 내가 우주에서 단 하나 걱정했던 존재였소……."

"내가 정말 그런 것을 바란다고 믿었어? 그런 것이 정말로 중요하다고 믿었니?"

호유화는 슬퍼 보였다. 성성대룡도 슬픈 듯 눈물을 흘리며 대답했다.

"내가 틀렸다는 것, 잘 알고 있소. 그러나 내 마음을 받아주지 않는데 내가 무엇을 할 수 있었겠소? 미친 짓이었다는 것을 알지만, 그것이라도 하고 싶었소. 허허, 누님의 마음을 얻지 못한다면 차라리 미움이라도 받고 싶었소……."

호유화는 그 말에 고개를 돌렸다. 성성대룡은 악행을 저질렀고 용서할 수 없었으나 호유화만은 그를 미워할 수 없었다. 그의 마음을 알고 있었기 때문이다. 하지만 은동의 생각이 떠오르자, 호유화는 모진 마음을 먹고 다시 고개를 돌려 앙칼지게 쏘아붙였다. 소룡에게 정이 남지 않은 게 아니라, 그래야만 할 것 같아서였다.

"그래. 나는 이제 너와의 정은 모두 잊기로 했어. 이제 네가 미워. 그러니 만족해?"

그러자 성성대룡은 고개를 숙였다.

"바보짓이었소……. 내가 너무도 어리석었소……."

"알았으면 됐네. 그런데 어울리지도 않는 사람 둔갑은 벗어버려. 은동이 흉내내지 마. 기분 나쁘고 용서할 수 없어."

그러자 성성대룡은 중얼거렸다.

"할 수 없군요……."

그러면서 성성대룡은 다시 둔갑을 풀어 작은 뱀의 모습으로 변했다. 호유화는 흥 하며 코웃음을 쳤지만 어느새 호유화의 눈가에도 눈물이 솟았다. 그것이야말로 수천 년 전 같이 도를 닦던 성성대룡의 진짜 모습이었기 때문이다. 그러자 성성대룡도 조용히 말했다.

"누님 손으로 날 보내주길 바라서 흉한 짓을 했는데…… 누님에 대해서만은 마지막까지 하나도 성공하지 못하는구려……."

말이 끝나자 성성대룡은 다른 자들은 들리지 않게 타심통의 술법으로 호유화에게 마지막 말을 전하고 스스로 법력을 흩어버렸다. 성성대룡 같은 거대한 힘을 지닌 자가 힘을 흩는다는 것은 완전히 소멸되어 없어진다는 의미였다. 호유화가 눈물을 한 방울 흘리는 사이 성성대룡, 이제는 소룡이 된 작은 몸은 작은 오색 무지개를 반짝거리면서 서서히 사라져갔고 그와 반대로 환계 제일 환수의 소멸을 천지도 아는 듯, 번쩍하는 광채와 함께 번갯불이 무섭게 으르렁거렸다. 그리고 성성대룡은 우주에서 완전히 소멸되었다. 하늘은 그의 소멸을 조상하는 듯 먹구름이 끼며 온통 어두워져갔다. 호유화는 하늘 한가운데 떠서 울고 있었다. 은동은 호유화의 곁으로 가서 어깨를 다독거렸고 태을 사자와 은동을 따라 올라온 흑호도 그 옆에 섰다.

어느새 삼신대모가 나타나서 입을 열었다.

"슬퍼하지 마시오. 유화 낭자, 아직 할 일이 남았소……."

은동도 한마디 거들었다.

"울지 마. 이제 됐어. 울지 마……."

흑호도 말했다.

"마수 놈들이 아직 남았어! 놈들을 찾아내야지!"

그러자 호유화가 울음을 그치고 조용히 말했다.

"맞아……. 마수들이 있어. 잡아야지……. 가자구."

말없이 있던 태을 사자가 고개를 갸웃하며 물었다.

"가자니? 어디를?"

호유화는 조용한 목소리로 말했다.

"소룡이 가르쳐줬어, 놈들이 숨은 곳을……."

노량 해전

히데요시의 죽음은 비밀에 부쳐졌지만 언제까지나 비밀이 지켜지는 것은 아니었다. 한 달 정도 지나 히데요시의 시체가 완전히 썩어 참을 수 없는 악취를 풍기자 더이상 비밀을 유지할 수 없게 된 왜국에서는 결국 히데요시의 죽음을 공표하였다.

명분도 승산도 없는 전쟁에 붙들려 있던 왜장들은 모두 철군만을 간절히 바라게 되었다. 지난번 명량에서의 대패로 한양 진군 계획과 전라도 점령 계획이 모두 실패로 돌아가자 왜군들은 왜성에 웅거하여 꼼짝도 않고 있었는데, 이제는 모두 도망갈 궁리에 정신이 없었다. 그러나 그동안 수없이 고통을 당한 조선군들은 왜병들을 놓아주지 않고 전멸시키려고 아우성을 쳤다. 특히 이순신은 더했다.

"다시는 이 땅에 발을 붙이지 못하도록 혼을 내주어야 한다. 한 놈 한 놈이 모두 우리의 원수! 한 놈도 돌아가게 해서는 안 된다!"

이순신의 부대는 비록 그리 큰 규모는 아니었지만 사기는 충천했다. 그때 조선의 장수들은 활발한 첩보 활동으로 각 부대의 집결지가 부산이라는 것을 알아내었다. 유격전과 섬멸전이 곳곳에서 펼쳐지고 왜군 부대들은 많은 타격을 받았다.

그런데 의병들 중에 곽재우는 끼어 있지 않았다. 당시 홍의장군으로 이름을 떨친 곽재우는 가토에게서 화왕산성을 수비하고 난 후 스스로 몸을 숨기고 의병을 해산해버렸다. 김덕령의 죽음에 충격을 받은 것이다. 그런데 태을 사자는 은거한 곽재우를 비밀히 찾아가 몇 번인가 이야기를 나누곤 했다.

당시 대부분의 왜군 부대는 해안 근처에서 별로 나아가지 못하였고 고니시의 부대와 시마즈의 부대가 가장 멀리 떨어져 있었다. 고니시는 순천의 신성리 왜성에 있었으며 시마즈는 사천의 선진리 왜성에 주둔하고 있었다.

이 시마즈 부대는 7년 동안 단 한 번도 조선군이나 명군과 접전해 본 적이 없는데도 아사와 질병으로 수없는 피해를 입은 부대였는데, 그 부대가 부산에 남아 있는 마지막 배를 탔다. 이런 판국에서도 가장 난처한 위치에 빠진 것은 고니시의 부대였다.

고니시의 부대는 육로로 부산포까지 사흘 정도의 거리에 주둔하였으나 조선 의병들이 길목 곳곳을 가로막고 있어서 육로로는 이동을 할 수 없었으며, 바다로도 배가 없어 갈 수가 없었다. 결국 고니시 부대를 철수시키기 위해 왜국에서 전용의 수송선단이 출발하였는데, 그 선단의 수부들은 고토五島, 히라도平戶, 아마쿠사天草 등지에서 용병처럼 돈을 주고 사 모은 왜구였다.

이순신은 그들을 저지하기 위하여 싸우기 싫어하는 명나라 수군 제독 진린과 함께 출동을 하였다. 그런데 이 진린이라는 인물은 능력이 없고 탐욕이 많은 인물이라 이순신의 마음을 꽤나 썩게 만든 인물이었다. 하지만 이순신은 진린을 혼쭐을 내준 다음[29] 서서히 군공을 돌려주어[30] 진린을 따르게 만들었다.

더구나 이순신의 전법과 식견을 보고 진린은 완전히 경도되어 항상 이순신을 이야李爺(이씨 어르신이라는 의미 정도로 보면 무난할 듯)라고 부르며 떠받들었다. 전투에 나설 때에도 우습게도 자신의 군선이 아닌 조선군의 판옥선을 탔고 명군의 지휘까지도 완전히 이순신에게 넘겨버렸다. 그리고 항상 이순신에게 이렇게 말했다.

"이야께서는 능력이 발군이어서 작은 나라에 계실 분이 아니오. 내 황제께 추천할 테니 명국에 가셔서 큰 벼슬을 하시는 것이 어떻겠소이까? 나보다 윗자리에 서셔도 이 진린, 몸 바쳐 싸우리다! 허허……."

진린은 이순신에게 사탕발림의 환심 사는 말을 한 것이 아니라, 진심으로 그런 말을 한 것이다. 이순신은 작은 싸움에서 진린이 위험에 처한 것을 두 번이나 구해주기까지 했으니 진린에게는 생명의 은인이기도 했다. 그러나 이순신은 그런 말을 들을 때마다 항상 담담한 목소리로 이렇게 대답했다.

"나는 나라의 미움을 받는 사람이오. 이제 한 번 죽을 일만 남았을 뿐……."

그때마다 진린은 웃었다.

"이야께서 나라의 미움을 받는다면 조선 땅에 살아 있는 자는 하나도 없겠소이다그려? 이야께서 공이 없다면 다른 자들은 이미 오래전에 조선을 팔아먹은 셈이겠소. 내 작은 소견으로 보아도 이야의 공로가 전 조선에 으뜸이신데 무슨 말씀이시오? 그리고 한 번 죽을 일이라니요? 허허, 농담이 심하십니다."

그런 말을 들을 때마다 이순신은 속으로 중얼거렸다.

'그래, 너는 모르겠지. 하지만 나는 이제 죽는 길밖에는 없

다……'

이순신은 전쟁이 끝남과 동시에 죽을 결심을 이미 굳히고 있었던 것이다.

'석저장군 김 공은 조금의 죄도 없었는데 용맹과 인망이 뛰어나 죽음을 당했다. 나도 비록 수군이 패전하여 간신히 살아나기는 했으나 전쟁이 끝난 다음 과연 내가 용납될 수 있을까? 옛말에도 토사구팽이라고, 사냥감이 없어지면 사냥개로 개장국을 끓인다고 하였다. 하물며 상감은 나를 몹시 시기하여 두려워하고 미워한다. 전쟁이 끝나면 나는 죽어야 한다. 반드시 죽어야만 한다. 살길이 없다……'

이순신은 평소 가깝게 지내던 부장 유형에게도 그런 의미가 담긴 말을 했다. 유형은 이순신이 매우 아끼던 유능한 장수였으며, 후에 이순신의 후임으로 삼도수군통제사를 지내기도 한 강직한 인물이었다.

"예부터 만약 대장이 자기 전공에 대해 인정을 받아보려는 생각이 있다면, 대개는 생명을 보전하기 어려운 법일세. 그러나 전공에 대해 나보다도 조정에서 관심이 더 많으니 괴로우이. 상을 받을 생각은 없으나 전공은 크고, 전공을 세우고 싶은 마음도 없으나 그렇지 않고는 적을 물리칠 수 없으니 어찌하겠는가? 그러므로 나는 적이 물러나는 그날에 죽어서 추잡한 일들을 미리 없앨 것이라네."[31]

그런데 이제 왜군은 히데요시가 죽은 이후 철군하기에 바쁘니 이제 전쟁은 끝나가는 것이 분명하였다. 그러던 11월 6일, 왜군에게서 잡혀갔다가 혼란 중에 탈출한 변경남이라는 자가 급보를 알려왔다.

그의 첩보에 따르면 대부분의 왜군들은 이미 빠져나가고, 마지막으로 고니시의 부대가 남았다 했다. 고니시는 이순신으로서도 한이 맺힌 상대로, 왜국의 제일가는 장수였을 뿐 아니라 간첩의 책략을 써서 자신을 고생시키고 조선 수군을 완패시키기도 한 원수이기도 했다.

이순신은 지금 최후의 작전에 대한 구상을 하고 있었다. 고니시의 선단은 3백 척이고 잔여 호위 부대까지 하면 5백여 척의 대선단이었다. 이 일격으로 전멸은 시키지 못하더라도 반만 격침시키면 여태 죽어간 군사들의 수효만큼은 앙갚음을 하는 셈이라고 이순신은 생각했다. 이로써 작전 방침은 결정되었다.

'그래, 이것을 마지막 싸움으로 삼는다. 그리고…… 나는 죽는 것이다…….'

일단 마음이 정해지자 모든 것이 후련하였다. 이순신은 혼자 앉아 껄껄껄 웃었다.

'허허허……. 그래, 죽어야지. 마지막 싸움터에서 죽지 않으면 추하게 죽게 되지만, 싸움터에서 죽게 되면 이름은 보존될 것이고 친척, 친구나마 도움을 받을 것이다…….'

그러다가 문득 얼마 전 영의정에서 물러난 유성룡의 얼굴을 떠올렸다.

'서애 그 친구도 아첨을 못하는 성격이라 난리가 끝나면 화를 당할 것이 분명하다. 내가 먼저 죽지 않으면 필경 그 친구와 나란히 목이 잘리리라. 그러나 내가 죽으면 그 친구는 좀더 목숨을 부지할지도 몰라. 허허……. 그러니 잘 있게. 부족한 친구로 무엇 하나 도움 준 적 없지만 자네는 정말 나를 믿고 잘 대해주었네. 자네의 격려가 없었다면 나는 여기까지 오지도 못했을 것이고, 많은 백성들을 구하지도 못했을 것이네…….'

이순신은 자신을 믿고 싸우다가 먼저 간 전우들과 아직 살아 자신을 따르는 부하들, 그리고 이름도 얼굴도 기억나지 않는 수많은 백성들의 모습을 되씹으며 조용히 감상에 잠겼다.

'그래, 나도 곧 가네. 가야 하지. 가야 하고말고. 그래야 모두가 좋은 법. 나는 난리가 끝나면 필요 없는 사람이네. 가야 하지. 그럼 가야 하고말고…….'

그렇게 이순신은 생각하며 마지막 싸움터인 노량 앞바다로 군선을 몬다는 작전 명령에 통제사의 도장을 찍었다.

11월 17일, 이순신과 진린의 연합 함대는 노량 앞바다로 진군하였다. 그러자 왜군들도 눈치채고 모든 전선을 긁어모아 노량 앞바다로 내보낼 채비를 갖추었다. 이기겠다는 것이 아니라, 고니시의 부대를 실은 수송선단이 빠져나갈 때까지의 시간을 벌자는 것이었다.

'이제 내일이면 마지막 싸움이 되는구나…….'

이순신은 그날 일찍, 누구도 들지 못하게 하고 방문을 닫았다. 그리고 혼자 마음을 가다듬고 다가올 죽음에 대비하였다. 이순신은 갑주를 끄르고 대장선을 돌출시킬 예정이었다. 그 뒤 미리 준비한 세자총통에 조총탄을 장진하여 스스로 목숨을 끊을 작정이었다.

대장선으로 왜군의 총탄이 날아든다면 좋지만, 그러리라는 보장은 없었기에 나름대로 준비한 것이다. 세자총통은 조선에서도 구하기 힘든 일종의 권총으로, 길이가 여섯 치밖에 안 되는 총통이지만 가까이에서 맞으면 위험할 수 있었다.

이순신은 세자총통에 조심스럽게 장전을 하여 앞에 놓고 불을 껐다. 그러고는 다시 총통을 집으려는데 이상하게도 총통이 어디로 사라졌는지 보이지 않았다.

'아니, 이게 무슨 일인가?'

이순신이 더듬거리며 총통을 찾는데 누군가가 이순신의 손을 힘있게 꽉 쥐었다. 이순신은 깜짝 놀라 소리를 지르려 했으나 그보다 앞서 어디선가 들은 것 같은 목소리가 조용히 말했다.

"장군님, 이러시면 아니 됩니다……."

이내 다시 불이 켜졌다. 그러자 이순신은 자신의 눈을 믿을 수 없었다. 자신의 눈앞에는 은동이 조용히 무릎을 꿇고 미소를 띤 채 앉아 있는 것이 아닌가.

"자네…… 자네가 웬일인가?"

이순신은 어이가 없고 얼떨떨하여 피식 웃었다. 지난번에도 은동이 자신이 목을 매려던 것을 만류한 기억이 났다.

"자네는 내가 죽으려고만 하면 나타나서 말리는구먼. 허허……."

은동은 이순신에게 넙죽 절을 하며 입을 열었다.

"장군님, 장군님의 마음은 잘 알겠사옵니다. 그러나 아니 됩니다. 장군님은 아직 하실 일이 있으시옵니다……."

"이제 죽은 사람이나 다름없는 내가 무슨 일이 있겠는가?"

은동은 다시 이순신에게 머리를 조아리며 조용히 말했다.

"장군님은 왜란 종결자이시며, 앞으로 더 큰 일이 남아 있습니다. 제 이야기를 들어보십시오……."

그렇게 하여 은동은 이순신에게 길고 긴 이야기를 하기 시작했다.

다음날인 11월 18일 저녁, 이순신과 진린의 연합 함대는 남해로부터 무수히 쏟아져 나오는 왜선들과 맞닥뜨렸다. 적의 규모는 거의 모든 호위 함대가 예비대 없이 몰려나오는 것인 만큼 어마어마한 군세를 이루고 있었다. 전투함만 해도 물경 5백 척이 넘는 끔찍할 정도의 군세였다.

"이제 끝판이다. 우리는 졌다. 하지만 이순신만이라도 잡아라! 그러면 된다!"

이것이 왜군들 각자에게 하달된 명령이었다. 그러나 이순신의 통제는 물 흐르듯 계속되었고, 이순신과 진린의 함대는 두 갈래로 나뉘어 적을 유인하다가 다음날 축시(새벽 2시경) 무렵에 노량에서 원진을 이루며 합류했다.

왜선들을 포위망에 가둔 양군의 함대는 무서운 기세로 덤벼들었고 왜선들 또한 최후의 발악처럼 조선군에 나아갔다. 바야흐로 이것이 마지막 싸움인 것은 누가 보아도 분명했기에 그들은 모든 전력을 할 수 있는 데까지 투입했다.

이렇게 하여 왜란 최후의 싸움이자 규모 면으로 볼 때 최대의 싸움인 노량 해전이 시작되었다. 양군은 밤을 꼬박 새우며 있는 힘을 다 짜내어 싸웠다. 조선군으로서는 7년 동안의 설욕을 할 마지막 기회였고, 왜군으로서는 한 명이라도 더 돌아가기 위한 발악이었다. 그러나 원래부터 도망치는 것을 목표로 하던 왜군의 함대는 점차 어수선해지다가 밀리면서 급기야 꽁무니를 빼기 시작했다.

"돌격! 돌격!"

격렬하게 외치던 이순신의 대장선은 다른 배들과 연합하여 왜선들을 가차없이 깨뜨리며 나아갔다. 격파된 왜선은 이미 100여 척. 그러나 왜선들의 수는 끝이 없었다. 한참 싸움이 고비에 이르렀으나 이제 왜군의 진형은 허물어져가고 있음이 누가 보기에도 역력했다. 그때 느닷없이 이순신이 배의 갑판에 꿇어앉으며 간절히 기도하는 자세로 말했다.

"이 원수를 무찌른다면 지금 죽어도 여한이 없으리이다……."

대장선의 모든 사람들은 이순신이 왜 저러는가 싶어 크게 놀랐다. 그때 놀라운 일이 벌어졌다.

"저기 보아라! 별이다!"

"별이 떨어진다!"

이순신이 기도를 하자, 하늘에서 이글이글 빛을 뿜는 커다란 별이 긴 꼬리를 끌며 바다로 떨어지는 것이었다. 모든 장병들과 왜군들마저도 잠시 싸움을 멈추고 그 희한한 광경을 바라보았다. 그러나 그것도 잠시, 별이 바다에 떨어지자 이내 빛은 사라졌고 잠시 주춤해 있던 모든 병사들은 다시 싸움을 시작했다.

이때 대장선 위에는 이순신의 맏아들 회와 조카 완, 이순신의 병구완을 하는 종 김이와 군관 송희립만이 있었다. 그들도 별을 보는데 눈이 팔려 있다가 돌아보자 이순신은 어느새 기도를 마치고 단정한 자세로 앉아 있었다.

싸움은 계속되었다. 이순신은 더이상 독전도 하지 않고 태산같이 묵묵히 앉아 있을 뿐이었다. 거의 승리가 눈앞에 보이자 이순신은 몸을 벌떡 일으켰다.

그때…….

"헉!"

일어섰던 이순신이 돌연 어깨를 움켜잡고 쓰러졌다. 이순신의 곁에는 맏아들 회와 조카 완이 있었는데, 그들은 이순신이 쓰러지자 대경실색하며 이순신을 부축하였다.

이순신은 곧 끊어질 듯한 목소리로 말하였다.

"싸움이 한창 급하니 내가 죽었다는 말을 내지 마라."

"아버님! 아버님!"

이순신의 맏아들 회가 울음을 터뜨리며 이순신의 몸을 부여잡았지만 이순신은 힘겹게 말했다.

"내 앞을 가려라……. 어서……."

그 말에 조금 더 침착한 완이 얼른 방패를 가져다가 이순신의 앞을 막았다. 다행히 싸움이 한창이라 아무도 이순신이 쓰러지는 것을 보지 못한 것 같았다. 그러자 이순신의 몸이 한 번 꿈틀하더니 이윽고 잠잠해졌다.

"이것이 무슨 일인가!"

회는 터지려는 울음을 입으로 틀어막고 속으로 비명을 질렀다.

"아버님! 아버님!"

완도 주르르 눈물을 흘리며 외쳤다.

"기가 막히는구나!"

완은 곧 회에게 근엄하게 말했다.

"하지만 지금 곡성을 내었다가는 온 군중이 놀라고 적에게 도망칠 기회를 줄지도 모른다."

회도 눈물을 흘리며 고개를 숙였다.

"그래……. 아버님의 뜻이니……. 아버님! 아버님! 부디 편히 눈을 감으소서! 부디 편히 눈을 감으소서!"

두 사람은 눈물을 흘리며 이순신의 시체를 아무도 보지 못하게 가려 선실로 옮기고 올라와 송희립에게 외쳤다.

"아버님의 엄명이시네! 어서 적을 더 들이치게! 한 놈의 적도 살려 보내지 말게!"

"예!"

송희립은 평소 이순신이 몸이 불편할 때가 많았기 때문에 별 의심을 하지 않고 대답한 다음 다시 기라졸들에게 호통을 쳤다. 그렇게 이순신의 죽음은 감추어진 채 노량 해전은 끝나고 있었다. 그러나 아무도 그때 저만치에서 왜선 한 척을 따라가는 쪽배 한 척을 보지 못했다. 워낙 작은 배였고 위에 포장이 드리워져 있어 모두 난파한 배 정도로만 알았던 것이다. 그러나…….

마지막 싸움

"전전히 가세. 힘이 드네."

배 안에서 이순신은 키를 잡은 손으로 이마에 땀을 닦으며 헐떡였다. 그 안에서는 곽재우가 노를 젓고 있었으며, 은동이 법력을 발휘하여 날아오는 화살이며 총탄이 모두 빗겨나가도록 술법을 쓰고 있다가 말을 건넸다.

"어서 가야 합니다. 놈들을 놓치면 다시는 이런 기회를 잡기 어렵습니다."

곽재우가 웃으며 말했다.

"내 평생 이런 일은 처음일세. 정말 그 배 안에 그런 요물들이 있단 말인가?"

곽재우가 묻자 은동은 눈빛을 빛내며 확고하게 대답했다.

"틀림없습니다."

이순신은 죽지 않았다. 이순신이 갑자기 기도를 올린 것은 은동에게 자신의 지휘가 없이도 전황이 변하지 않으니 이제 되었다고 알리는 신호였으며, 커다란 별처럼 보였던 불덩어리는 팔신장과 팔선녀가 법력을 모아 만들어낸 것이었다.

호유화는 모두의 시선이 그 불덩어리에 쏠린 틈을 타서 재빨리 이순신의 모습으로 둔갑을 하였으며, 태을 사자는 진짜 이순신을 순식간에 통천갑마를 써서 이 작은 배로 이동시킨 것이다.

그리고 흑호는 다 부서진 왜선 한 척을 감시하며 작은 배를 안내하고 있었다. 이 모든 것은 최후의 싸움, 『해동감결』에 적힌 마지막 구절을 실행시키기 위해 행해진 것이었다.

죽은 것도 아니고 산 것도 아닌 자 셋이, 죽지도 못하고 살지도 못하는 자 셋을 이겨야 난리가 끝난다고 『해동감결』에서는 말하고 있었다. 그중 죽지 않게 된 은동이 죽지도 살지도 못하는 히데요시를 이김으로써 하나는 이루어진 셈이다.

그리고 성성대룡이 마지막으로 호유화에게 일러준 바에 따르면 흑무유자와 풍생수, 소야차 등 세 마리의 마수는 고니시 휘하의 졸병 하나의 몸에 숨었다고 했다. 그동안 그들이 모은 인간의 영혼들 또한 암흑의 대주술에 걸려 다른 졸병의 몸에 들어가 있었던 것이다.

은동 일행은 성성대룡의 마지막 정보로 그들을 찾아내었으나 문제가 생겼다. 예언을 이루기 위해서는 죽은 것도 아니고 산 것도 아닌 자 둘이 더 있어야 하는 것이다. 은동은 이미 한 명을 이겼으나 나머지 두 사람이 더 있어서 그자들을 이겨내야만 예언이 완벽하게 실행될 수 있었다.

왜란은 끝난 것이나 다름없지만, 그 예언을 이루면 장차 왜국은 적어도 한참 동안은 조선을 침공하지 않을 것이라고 삼신대모가 말했다. 그래서 그들은 이제 현재를 건졌지만, 미래를 위하여서라도 가야만 했다.

보다 더 중요한 것은 그동안 마수들이 지녔던 영혼들이었다. 거의 2만 명에 달하는 가엾은 영혼이 윤회는커녕 승천도 하지 못하고 그들에게 잡혀 있는 것이다.

그러나 죽은 것도 아니고 산 것도 아닌 자는 인간이어야 했다. 그 때문에 그들은 그 왜병을 졸졸 따라다니며 빈틈없이 감시하면서도 선뜻 엄두를 내지 못했다. 다행히 새로운 세계를 창조해낸다는 그 암흑의 대주술은 아직 이루어질 가망이 보이지 않았다.

헌데 태을 사자는 곽재우를 만난 적이 있었다. 곽재우는 의병을 해산하고 숨어서 도를 닦는 사람이 되었다. 그러면서 김덕령이 죽어 원혼이 되어 그 원을 풀 곳이 없으니 승천도 하지 못한다고 말했다.

그 말을 들은 태을 사자는 묘안을 짜내었다. 김덕령의 죽은 혼령에게 곽재우의 몸을 빌려주는 것이었다. 그러면 그 사람은 죽은 김덕령이라고도 할 수 없고 산 곽재우라고도 할 수 없으니, 죽은 것도 아니고 산 것도 아닌 자가 되는 것이었다.

그러나 나머지 한 사람을 구하지 못해 그들은 애가 탔다.

헌데 노량 해전의 전날, 마침내 은동이 묘안을 짜냈다. 은동은 이순신이 이제 더 살 의사가 없으며, 전쟁이 끝나면 자살할 것이라는 것을 알고 몹시 안타까워하던 참이었다. 그래서 은동은 태을 사자에게 이렇게 제안했다.

"왜란 종결자인 이 장군님이 이대로 죽는 것은 너무 안타까워요. 이 장군님을 죽었다 하고 살려내면 안 될까요?"

"글쎄다……. 그것은……."

"그리되면 이 장군님은 죽은 것도 아니고 산 것도 아닌 자가 되잖아요! 더구나 그분은 왜란 종결자였고……."

그 말에 모두가 영감을 받았다. 이순신이 죽은 것으로 하고 이순신을 살려내면 이순신 또한 그야말로 산 것도 아니고 죽은 것도 아닌 자가 되는 것이 아닌가!

그리하여 은동은 밤을 꼬박 새워 이순신에게 모든 정황을 털어놓았다. 이순신은 그 말을 믿지도 못했지만 얼결에 응낙을 하게 되어 결국은 이 쪽배에 곽재우(라기보다는 김덕령에게 씌인), 은동과 함께 가는 처지가 되었던 것이다.

이순신은 모든 것이 실감이 나지 않았다. 아니, 꿈이라고 생각하는 몽롱한 상태에 있었다고 보는 편이 옳았다. 이순신을 도저히 납득시킬 수 없자 호유화가 약간의 술법을 써서 정신을 조금 몽롱하게 만들어놓았으니 말이다…….

"저기 저 배여!"

흑호가 길게 소리쳤다. 그 배는 이미 포화를 여러 차례 받았는지 만신창이가 되어 깨어진 커다란 배 니혼마루였다. 이미 조용한 것이 그 안의 모든 사람들은 죽었거나 도망쳐버린 것 같았다.

이순신은 은동을 돌아보았다.

"저기에 그 요물이 있다는 말인가?"

"그렇습니다, 아마도 두 명일 듯싶습니다. 그러니 두 분께서 그놈들을 이겨내셔야만 합니다……."

"자네는?"

"저는 이미 하나를 쓰러뜨렸습니다. 이제는 두 분의 몫입니다."

그러자 이순신은 미간을 찌푸렸다.

"여기 곽 공이야 괜찮겠지만 나는 무예가 대단치 않아. 나는 원래 문관이었고 스물둘에야 무예를 익히기 시작하였어. 두려운 것은 아니네만…… 무리라고 여겨지네."

은동은 백아검을 꺼내어 이순신에게 쥐여주었다. 곽재우에게는 이미 태을 사자가 자신의 법기였던 묵학선을 주었다. 묵학선은 호유화가 전에 우연히 지녔다가 나중에 태을 사자에게 돌려주었는데, 태을 사자는 그것을 법력을 운용하는 데에 사용하라고 곽재우에게 주었던 것이다.

"이 검이면 문제없을 것입니다."

이순신은 검을 한 번 뽑아보고 꽂으며 말했다.

"활은 조금 연습한 적이 있지만 검을 잘 다루지는 못하는데……."

아무래도 이순신은 자신이 부족한 듯싶었다. 그러다가 이순신이 은동에게 물었다.

"그런데 자네, 그 예언이 어떻게 되어 있다고 했는가? 내가 보기에는……."

이순신은 그 예언의 구절을 다시 한번 듣더니 고개를 저었다.

"그렇다면 내가 그자를 꼭 쓰러뜨려야만 하는 것은 아닐 성싶은데? 그자를 이기면 되는 것이 아니겠는가? 어떻게 해서든……."

그러나 마수가 들어 있는 자들이 장난을 칠 것도 아니고 경기를 치를 것도 아닐 테니, 필경 목숨을 걸고 빠져나가려 치열하게 싸울 수밖에 없는데 어찌 싸움 이외의 방법이 있단 말인가?

은동은 답답함을 억누르고 짧게 대답했다.

"글쎄요."

"좌우간 사실인가? 정말 그자들을 우리가 이기면 수많은 백성들의 영혼이 구원을 받는 것인가?"

이순신은 각오를 하는 것 같은 비장한 말투로 물었다. 사실 이순신은 수많은 백성들과 군사들의 영혼이 잡혀 있으며, 두 사람이 애를 써야만 그들을 구해낼 수 있다는 말에 그런 연극을 할 결심을 하게 된 것이다.

"예……. 다만 누구도 더이상의 힘을 빌려 드릴 수는 없습니다. 그것은 천기에 어긋나는……."

은동이 다시 설명을 하려 하자 이순신은 고개만 끄덕했다.

"그러면 됐네."

"다 왔다!"

흑호가 다시 소리를 쳤다. 그 왜선은 이제 보이지 않는 힘에 의해 싸움이 한창인 노량 해협의 변두리 쪽으로 밀려와 있었으므로 주변에는 다른 군선들이 없었다.

그러나 은동과 김덕령의 눈에는 그 주변을 빽빽이 에워싸고 있는 수많은 존재들의 모습이 보였다.

흑호와 태을 사자를 비롯하여 호유화, 하일지달을 비롯한 팔신장과 팔선녀, 삼신대모와 증성악신인, 그리고 수많은 사계의 사자들과 신장들이었다.

하지만 법력이 없는 이순신은 아무것도 볼 수 없었다. 얼마 후, 쪽배가 부서진 니혼마루에 닿자 이순신이 몸을 일으켰다.

"어찌되었건 왜군이라니 해치워야 하겠지?"

그러면서 이순신과 김덕령은 부서진 배 안으로 들어갔다. 은동과 흑호, 호유화도 따라 들어가려 했으나 삼신대모가 말렸다.

"이제 마지막이오. 인간의 일이니 저들에게 맡겨둡시다. 은동아, 너도 이미 네 할 일을 다 했으니 여기에는 관여하지 않는 것이 좋으리라. 마수들이 나오면 그때는 우리가 나서되 지금은 저들이 처리하도록……."

그 말에 모두는 인간계에서 뽑힌 저 두 명이 어떻게 싸울지 궁금하였고 가슴을 졸이며 묵묵히 기다렸다. 특히 은동은 가슴이 콩당

콩당 뛰었다. 곽재우나 김덕령은 차라리 나을 테지만 이순신은 실제로는 힘이 거의 없지 않는가?

배 안에는 살아 있는 자가 아무도 없는 듯싶었다. 그 배는 병력과 장비를 수송하는 역할을 하는 배였던 모양인지라, 조총과 화약 등 많은 전쟁 물자가 실려 있었다. 대부분의 물자가 상하지 않은 것을 보고 이순신은 말했다.

"나는 이 배가 포를 맞아 부서진 줄 알았는데 그렇지도 않은가 보군. 기이한 일이야……."

더구나 수많은 왜병들은 모두 참혹하게 죽은 시체가 되어 사방에 널려 있었다.

이순신도 그 시체를 보고 불안한 느낌이 드는 모양이었다.

"이상하군. 이건…… 포를 맞아 생긴 것도 아니며 누가 벤 것 같지도 않구먼……. 정말 이것은……."

그러자 곽재우의 몸을 빌리고 있는 김덕령이 음산한 목소리로 말을 건넸다.

"모두 산 채로 찢긴 것 같구려……."

그 말이 나오는 순간, 시체 더미 속에서 무엇인가가 불쑥 튀어나와 이순신을 덮쳐갔다.

"조심하오!"

김덕령은 이순신의 앞을 막아서며 법력으로 그놈의 몸을 쳐냈다. 그러나 다음 순간, 놈은 무서운 기운을 회오리같이 뿜어냈다. 이에 김덕령 또한 지지 않고 두 주먹을 무섭게 질러내어 권풍을 뿜어내었다. 묵학선을 빼어 들 시간도 없었다. 그러나 뒤쪽에서 또 한 놈이 나타났다. 놈들은 왜병의 모습을 하고 있기는 했으나 온몸이 피투성이였고 추악하게 일그러져가고 있었다.

이순신은 백아검을 휙 휘둘렀다. 백아검은 원래가 법력이 깃든 것이라, 순식간에 검기가 발산되어 나가 배의 한 귀퉁이가 움푹 베어져 나갔다.

"오호……. 신기하도다."

이순신은 중얼거리며 다시 열심히 검을 휘둘렀으나 불행하게도 놈은 놀라운 속도로 검기를 피하며 이순신에게 돌입해 들어갔다. 김덕령은 법력을 펼쳐내어 다른 왜병과 맞서고 있었다. 몸이 신력을 지니지 않은 곽재우라 그런지 아무래도 행동이 부자연스러워 조금씩 밀리고 있었다.

"이겨내기 어렵겠소!"

김덕령이 소리치자 이순신은 별로 당황하는 기색도 없이 오히려 덤덤하게 되받았다.

"왼쪽 벽으로 붙으시오."

"뭐라고 했소?"

"왼쪽 벽!"

이순신은 말하면서 백아검을 두어 번 휙휙 휘둘러 보이고는 먼저 왼쪽 벽으로 가서 바싹 붙었다. 김덕령은 영문도 모르는 채 두 번 강하게 주먹을 날려 왜병을 밀어내고 이순신의 곁으로 왔다.

두 왜병은 음산한 웃음을 흘리더니 무시무시한 포효를 냈다. 징글맞게도 두 놈의 몸에 주변의 죽은 왜병들의 팔다리가 처덕처덕 붙기 시작했다. 놈의 몸은 눈 깜짝할 사이에 죽은 왜병들의 몸으로 이루어진 거대한 괴수로 변해갔다.

배 밖에서는 은동과 태을 사자 등이 배 안에서 풍기는 이상한 낌새를 채고는 발을 굴렀다. 특히 하일지달은 그 술수를 아는 듯 외쳤다.

"마수들이 죽은 자들의 몸을 이용하여 술법을 펴고 있어요! 저 둘은 당해내지 못할 겁니다!"

그러자 흑호가 소리를 지르며 가슴까지 쳤다.

"우리도 술법으로 도와줘야 하우! 마수놈들이 술법을 펴고 있잖수!"

그러나 삼신대모는 손을 저어 그들을 제지했다.

"조금만…… 조금만 더 기다려보게. 술법으로 놈들을 파괴하면 수만 명의 영혼까지 같이 망가질지 모르네! 술법을 쓰지 않고 저들이 마수 놈들의 몸을 파괴해야만 되네! 조금만……."

무슨 형체를 지녔는지도 모르게 거대하게 커진 괴수는 무시무시한 기운을 뿜어대며 하늘에 대고 길게 포효했다. 그것을 보고 김덕령조차 안색이 변했다. 마수들은 모든 법력을 그 주술에 몰아넣고 있어 김덕령이나 곽재우도 상대가 안 될 것 같았다.

"이 장군! 물러서시오! 내가 어떻게든……."

이순신이 담담히 말했다.

"그렇다 한들 사람의 몸으로 된 괴물이오……."

그리고 김덕령에게 조용히 물었다.

"화섭자가 혹시 있소?"

"그건 왜?"

"빌려주시려오?"

괴수가 막 덮치려는 순간, 이순신은 태연하게 화섭자에 불을 퉁겼다.

"미안하오, 곽 공, 아니 김 공……. 같이 갑시다."

순간, 그 불은 바닥에 쏟아져 있던 화약에 옮겨 붙어 순식간에 배를 온통 뒤덮었다.

그 배에 탔을 적부터 이순신은 왜선에 많은 화약과 총포 등이 실려 있는 것을 유심히 보아두었다. 그래서 가급적 화약을 등지기 위해 왼편 뱃전에 붙은 것이다. 괴수가 달려드는 순간, 이순신은 주저하지 않고 화약에 불을 붙였다.

'화약이 폭발하더라도 네놈들이 먼저 박살이 날 것이다. 조금이라도 우리가 더 버티면 우리가 이기는 것이지. 이기기만 하면 되는 것 아니겠는가?'

화약은 곧 대폭발을 일으켜 시체로 이루어진 괴수는 폭발에 휘말려 박살이 나버렸다. 그러나 괴수의 덩치가 컸던 탓에 김덕령과 이순신에게는 다행히 직접적인 폭발력이 미치지 않았다. 게다가 김덕령이 전력으로 법력을 쓰고 이순신의 몸을 덮어주었기 때문에 둘은 그을리고 다치기는 했지만 다행히 무사했다.

배 밖에서 상황을 보고 있던 모든 자들은 배에서 폭발이 일어나자 깜짝 놀랐으나 삼신대모는 얼굴빛이 환해지며 말했다.

"해냈소! 드디어 이순신이 해냈소이다!"

수만을 헤아리던, 마수에게 붙잡힌 인간의 영혼들은 왜병의 몸이 박살이 나자 뛰쳐나와 사방으로 흩어졌다. 이순신의 기지 덕분에 영혼들이 모두 무사하게 풀려난 것이었다.

만약 술법을 써서 놈들의 몸을 깨뜨렸다면 영혼들도 많이 다쳤을 것이며, 마수들도 술법에 대해 방어를 하고 있었기에 그다지 통하지도 않았을 것이다. 그러나 이순신이 사용한 것은 화약의 폭발력으로 순수하게 물리적인 힘이었던 것이다.

마수들은 본디 물리적인 힘에는 타격을 입지 않아 그 생각을 하지 못하였지만, 그들이 들어가 있던 인간의 몸은 어찌되었건 물리적인 존재여서 화약의 폭발로 박살이 나버린 것이다. 그러니 그들이 이루려던 암흑의 대주술조차 그 그릇이던 왜병의 몸이 깨지자 마침내 영혼들이 한꺼번에 해방되면서 무너지고 말았다.

이를 보고 대기하고 있던 수많은 저승사자들은 환호성을 올리며 인간의 영혼들을 이끌어 갔다.

"보이시오, 이 장군?"

김덕령은 해방되어 기뻐하는 수많은 영혼들을 보면서 이순신에게 웃으며 말했다. 그러자 이순신은 고개를 저었다. 그러다가 이내 웃으며 말을 건넸다.

"아니오. 그러나…… 뭔가 느껴지기는 하는구려."

다음 순간, 배가 크게 기울어지며 남아 있는 화포들과 화약들이 다시 폭발하려 했다. 김덕령과 이순신은 휘청 몸이 기울어지며 곧 물에 빠질 것이라 여겼으나 둘의 몸은 어느새 하늘에 떠 있었다.

은동이 달려가서 이순신과 곽재우, 김덕령의 몸을 빼낸 것이다. 이순신은 온몸이 쑤시는데다가 하늘을 나는 것에 익숙지 않아 곧 기절해버렸으나 그의 얼굴에는 여전히 미소가 감돌았다.

그러나 하늘에서는 아직 싸움이 계속되고 있었다. 숨어 있던 왜병의 몸이 부서지자 그 안에 마지막까지 숨어 있던 흑무유자와 풍생수, 소야차가 뛰쳐나온 것이다. 흑무유자가 뛰쳐나오자 가장 먼저 호유화가 소리를 지르며 뛰어나갔다.

"이놈! 중간계에서 잘도 나에게 암습을 가했겠다?"

은동도 같이 나가려고 했으나 삼신대모가 말렸다.

"천기의 수호자. 이번엔 나서지 말고 유화 낭자에게 맡기세."

그러나 은동은 호유화가 걱정되었다.

"하지만 흑무유자는 마계 서열 4위의……"

"물론 강하지. 마계 서열 4위 흑무유자. 아스타로트나 루수트라, 메캐붐바 등의 이름으로 많은 역사, 많은 나라에서 숱한 인간들을 괴롭혀온 마계의 강자야. 하지만 유화 낭자는 환계 제일이니 염려하지 않아도 될 걸세. 그리고……"

삼신대모는 은동을 한 번 바라보며 말했다.

"……자네는 아직 우주의 축복을 다 받지 못했어. 아직은 방해가 될지도 모르니 나서지 말게나."

"죽일 수 있나요?"

은동이 삼신대모에게 묻자 삼신대모는 고개를 저었다.

"유화 낭자 정도면 가능하겠지만 흑무유자 정도 되는 존재는 소멸시켜서는 안 된다네. 다만 제재를 크게 가해 다시 몇백 년간은 제대로 활동하지 못하게 할 수밖에 없지."

흑호도 소야차에게 일족을 잃은 한이 골수에까지 스며 있는 터였다.

"거기 서라, 이눔!"

흑호는 그동안 엄청난 법력이 증강되었으나, 소야차는 일개 마수로 이전에 비해 달라진 것도 없었다. 지방의 신통한 금수 정도야 쉽게 이겼겠지만 이제 흑호는 우주에서도 몇 손가락 안에 들 법력을 지녔으니 어찌 상대가 되겠는가? 흑호가 갈기털을 잔뜩 곤두세우며 반인반수의 형상으로 달려들자 소야차는 기겁을 하며 몸을 피하려고 발버둥칠 뿐이었다.

마지막으로 태을 사자는 조용히 양손을 펴들고 풍생수 앞을 막아섰다. 흑풍 사자, 그리고 윤걸을 해친 흉수가 바로 풍생수가 아니었던가?

"아직 우리에겐 해결할 것이 남지 않았던가……?"

그렇게 드디어 삼 대 삼의 싸움이 시작되었다. 다른 존재들도 수없이 와 있었지만 이 셋을 해치우는 것은 생계 왜란의 끝을 보는 것이니, 가장 크게 활약한 당사자들인 이 셋이 처리하게 두는 것이 맞다 생각한 것이다. 흑무유자는 마계 서열 4위의 강적이고, 호유화 또한 비록 은동에게 상당량의 법력을 넣어주었다고는 하나 역시 막강한 위력을 가진 환계 제일의 존재이니, 충분히 상대가 되었다. 특히 호유화는 성성대룡이 죽은 후 내심 마음속에 슬픔과 울화가 가득차 있던 터라 다짜고짜 최강의 술법을 폈다. 아홉 개의 분신을 모두 자신과 똑같은 형태로 만들어 흑무유자를 에워싸며 사방의 공간에서 동시에 덮쳐들었나.

"마계의 주술이 얼마나 대단한지 한번 보자!"

호유화는 크게 외치고는 여섯 분신으로 흑무유자의 주위에 여섯 겹이나 겹겹이 모라망을 펼쳤다. 그리고 세 명의 분신이 각각 손톱을 곤두세우고 달려들었다. 흑무유자는 한 번 무형체의 몸을 움찔하더니 곧 방어하듯 마계의 검은 기운을 내뿜었다. 첫 번째 모라망이 강력한 흑무유자의 기운에 거미줄처럼 뜯어져나갔고 두 번째, 세 번째 망까지 연속으로 터져나갔지만 세 분신은 어느새 흑무유자에게 파고들어가 길다란 손톱으로 공격을 가했다. 허나 호유화의 손톱은 무형체에 가까운 흑무유자의 몸을 뚫거나 할퀴지 못하고 헛되이 지나가버렸다. 세 분신은 곧장 술수를 바꾸어 미모침의 수법으로 흰색의 머리카락을 바늘처럼 내쏘며 눈부시게 공격을 가했다. 흑무유자도 이것은 조심하는 듯, 검은 형체에서 돌연 세 개의 길다란 연기 같은 기운을 솟구쳐 올렸다. 그 기운들은 커다란 손바닥 모양으로 변하더니 호유화의 미모침을 받아냈다. 그사이에도 흑무유자는 뒤로 계속 물러서며 막고 있는 모라망을 터뜨려 찢어갔다. 네 번째, 다섯 번째 망까지 터져나가자 모라망을 잃은 다섯 분신도 일제히 흑무유자 쪽으로 날아들었다. 흑무유자도 이것에는 놀랐는지 급히 몸에서 수없는 팔을 만들어내어 정신없이 호유화의 분신들을 잡아챘다. 그러는 사이 흑무유자의 뒤쪽의 모라망이 갑자기 풀리면서 다른 하나의 호유화가 아름다운 백발을 휘날리며 뒤에서부터 짓쳐들었다. 천하의 흑무유자도 놀란 듯 급히 자세까지 흩뜨려가며 뒤로 돌면서 다시 커다란 두 개의 검은 손을 만들어내어 간신히 호유화를 잡았다. 그러자 다른 곳에서 싸우던 호유화들도 동시에 사라졌다.

"호유화가!"

은동이 놀라 흠칫하여 뛰쳐나가려는 것을 삼신대모가 웃으며 제지했다. 돌격하던 호유화를 아슬아슬하게 손에 잡자 흑무유자는 음산하게 말했다.

"정말 놀랐지만 잡았군……. 네가 진짜 호유화렷다?"

그러자 잡혀서 분해하던 분신이 갑자기 생긋 웃으며 말했다.

"난 승아야."

그 말을 듣고 은동은 돌연 떠오르는 것이 있었다. 처음 호유화를 만났을 때 호유화는 자기의 아홉 꼬리가 모두 분신이며 이름까지 있다고 하면서 그중 막내가 바로 승아라고 했다. 그렇다면 흑무유자가 진짜인 줄 알고 잡은 호유화의 몸도 실은 분신이었다는 것이다.

흑무유자가 놀라는데 호유화, 아니 마지막 꼬리인 승아가 크게 입을 벌리자 놀랍게도 그 입안에서 조그만 호유화가 튀어나와 어찌할 사이도 없이 흑무유자의 몸 안으로 파고들어갔다. 흑무유자의 몸이 크게 충격을 받은 듯 부르르 떠는데 곧이어 흑무유자의 몸을 뚫고 잡혀 있던 승아를 뺀 여덟 명의 분신이 일제히 튀어나왔다. 그리고 마지막으로 부르르 떠는 흑무유자의 머리를 폭발시키며 호유화가 우아한 동작으로 웃으며 뛰쳐나왔는데, 양손에는 아주 새빨갛고 커다란 구슬 같은 것을 받쳐들고 있었다. 온몸이 구멍투성이가 된 흑무유자의 몸은 바람 빠진 풍선 껍질처럼 늘어지며 서서히 사라져갔다. 호유화는 씩 웃으며 구슬을 들고 은동의 옆으로 날아오더니 뭐라고 말할 틈도 없이 다짜고짜 구슬을 은동의 몸으로 쑥 밀어넣었다. 은동은 기겁을 했지만 신기하게도 구슬은 아무 저항도 없이 몸으로 쑥 들어가버렸다.

"뭐…… 뭐야?"

은동이 당황하자 호유화가 샐쭉 웃으며 말했다.

"아, 겁도 많네. 아무렴 내가 나쁜 걸 줄려고? 그건 흑무유자의 원정내단이랄까? 그러니까 흑무유자의 법력이 뭉쳐져 있는 거야. 우리 낭군님 힘 좀 세지시라고. 호호."

"마…… 마계 법력인데 문제없을까?"

은동이 더듬거리자 삼신대모도 웃으며 말했다.

"은동 자네는 천기의 수호자이니 팔계의 어떤 법력도 다 받아들일 수 있네. 그나저나 유화 낭자, 정말 잘해주었네. 흑무유자는 소멸시키면 안 되는 존재이니 적절히 혼을 내고 힘을 빼앗아야 하는데, 그걸 아주 잘 해내주었네."

"나도 눈치는 있다구요. 그 녀석은 법력을 몽땅 뺏겼으니 아마 몇백 년 동안 힘도 못 쓰고 골골거릴 테니 충분하다구요. 그리고 우리 낭군님도 좀 강해지시니 앞으론 나서서 날 좀 보호해달라구. 마누라가 맨날 앞에서 험하게 싸워야겠어?"

은동은 호유화의 마음씀씀이가 고마워 고개를 끄덕였다.

"앞으로는 내가 꼭 지켜줄게!"

호유화는 믿기지 않는다는 듯 히죽 웃으며 건성으로 말했다.

"응응. 그래그래."

소야차는 마수의 일족이라 해도 상당한 힘을 지닌 흑호의 상대가 될 수 없었다. 죽어라 도망쳤지만 결국은 흑호에게 뒤를 따라잡혔다. 소야차의 다리를 한 손으로 잡아 마구 휘휘 돌리면서 흑호는 껄껄 웃었다.

"이놈! 이런 날이 올 줄 몰랐냐? 네놈이 한 짓을 고스란히 되갚아 주마!"

소야차는 기겁을 하여 캬캬거리며 발악했지만, 무지막지한 흑호의 손아귀에서 벗어나지는 못했다. 흑호는 소야차의 양팔을 잡아 단숨에 쭉 찢어 한 팔을 뜯어내고, 연달아 온몸을 조각조각 찢어댔다.

"이눔! 네가 한 짓대로야! 네놈이 우리 할애비를 죽이고, 널신을 죽이고…… 많은 짐승을 죽였지? 당해봐! 당해보라구!"

흑호는 분에 못이겨 엉엉 울고, 복수했다는 기쁨에 껄껄 웃기를 반복하며 소야차의 몸을 그야말로 가루가 될 정도로 찢어댔다. 마수라서 선혈이 튀는 것도 아니고 찢어진 부분이 불에 타들어가는 종이처럼 검게 사그러지다 없어져 그리 끔찍하진 않았으나, 흑호의 짐승다운 광기가 폭출되자 주변 뭇 존재들은 그 서슬에 떨었다. 마지막으로 흑호는 소야차의 대가리를 양손으로 꽉 쥐어 그야말로 으스러뜨려 없애버리고는 하늘을 향해 어흥 하며 크게 포효했다.

'원수를 갚았수! 이제 편히들 쉬시구려. 조부님, 그리고 벗들이여…….'

단 풍생수만은 워낙 불사의 괴물이라, 태을 사자가 법력은 떨어지지 않는다 하더라도 상대하기가 그리 쉽지 않을 것 같았다. 허나 태을 사자의 표정은 언제나처럼 평온하고 진중했다. 태을 사자가 조금도 서두르지 않고 주위를 맴돌자 풍생수가 말했다.

"흥! 아무도 나를 죽일 수 없다. 나는 소멸되었다가도 다시 살아나는 불사의 존재라는 걸 잊었는가?"

태을 사자가 조용히 대답했다. 애당초 태을 사자는 성격상 서두르는 법이 드물었다. 주로 사용하던 검법도 검을 느리게 쓰는 만검법일 정도였다. 그런 태을이 조용히, 그리고 진중하게 말했다.

"알고 있다. 그동안 몇 번을 보았는데 어찌 모르겠는가? 그래서 그 대비책도 생각해두었다."

그리면서 태을 사자는 직수공권으로 양손에 법력을 맺어 풍생수를 공격해 들어갔다. 풍생수 자신은 불사의 괴물이지만, 법력 면에서는 이제 태을 사자의 상대가 되지 않았다. 풍생수가 발악하며 물려는 것을 태연히 한 손으로 제지한 태을 사자는 다른 한 손에 불의 법력을 담아 풍생수의 몸속에 찔러 넣었다. 법력이 높아진 태을 사자는 원래 사계에서 잘 사용하지 않던 불을 비롯한 오행의 기운을 자유로이 사용할 수 있게 된 상태였다.

"너는 마계의 존재라 사계에 대해 무지할지도 모르겠지만, 원래 내가 속한 사계가 바로 죽지 않는 불사의 영혼들을 다루는 곳이니라. 소멸시키지 않고 다루어 죄의 대가를 치르게 하고, 나아가 죄를 짓지 않게 갱생시키는 곳이 사계이니라."

말하면서 법력을 찔러 넣자 풍생수는 고통스러운 비명을 지르며 온몸이 무화되며 소멸되어갔다. 허나 태을 사자는 방심하지 않고 풍생수를 잡은 손의 법력을 풀지 않았다. 잠시 후 풍생수는 금방 되살아났지만 태을 사자의 손아귀는 벗어나지 못했다. 풍생수는 발버둥치며 외쳤다.

"이…… 이건! 왜 이리 고통스러운 거냐? 왜……."

태을 사자는 계속 훈계하듯 말했다.

"사계의 지옥에 대해서 아느냐? 일단 너도 고통을 느끼는 존재라 다행이다. 사계의 존재들은 고통을 다루는 데에 능하다. 아까의 일격으로 네 몸은 평소보다 훨씬 예민해졌을 것이니, 이제 사계 지옥의 여러 수법들을 경험해보아라. 아까 것은 불이니 화염지옥의 것이고, 이번에는 한빙지옥이니라."

그러면서 태을 사자가 손에 냉기의 법력을 실어 다시 풍생수의 몸에 찔러 넣자, 풍생수는 비명을 지르는 듯하다 이내 뻣뻣이 얼어서 그 자리에서 바스라져버렸다. 바람이 한줄기 불어오자 풍생수의 몸은 다시 살아났다. 하지만 아직도 태을 사자의 손아귀 안이었다. 태을 사자는 고통을 가하는 쪽보다 풍생수를 잡은 손에 오행의 법력을 모두 담아 쥐고 신경을 쓰고 있으니 풍생수가 달아날 길이 없었다. 풍생수는 고통스럽게 비명까지 질러댔다.

"그만! 그만해! 미친놈아!"

"미친 것이 아니다. 징벌로 가해지는 엄정한 훈계는 사계의 법도이니라. 행해져야 하는 일이면 무한겁을 계속하더라도 행하는 것이 나 같은 사계의 존재들이니라. 남들이 미쳤다고 하거나 싫어해도, 우리는 해야 할 일을 한다. 이번에는 도산지옥이다."

그러면서 태을 사자가 풍생수의 몸에 찔러 넣은 손에서는 수없는 칼 같고 바늘 같은 기운이 솟구쳐 나와 풍생수의 몸을 갈기갈기 찢었다. 그러나 조각난 풍생수의 몸은 금방 다시 살아났고 태을 사자는 묵묵히 그렇게 사계 지옥의 9대 악형을 모조리 풍생수에게 가했다. 그것이 다 순환되자 이번에는 반복하여 또 하고 또 했다. 풍생수는 이제 거의 고통에 지쳐 광기에 가까운 비명만 질러댔다. 그러나 태을 사자는 조금의 감정도 실리지 않은 특유의 어조로 계속 말했다.

"네가 해친 자들이 살려달라 할 때 너는 봐주었느냐? 다른 자들에게 고통을 가하며 너는 웃었잖느냐. 나는 적어도 웃지는 않는다."

"으으아……. 제……제발……."

"고통스러우냐? 죄지은 인간 영혼들은 이보다 훨씬 더 고통받는다. 내 법력이 지옥 전체와 어찌 비교되겠느냐? 아무래도 내 술수가 너무 약하고 수법도 몇 없으니 지옥으로 옮겨가서 이 세상의 끝이 올 때까지 무한정 계속하자꾸나."

천하의 풍생수도 눈이 튀어나올 것같이 되었다. 그러나 악형을 주고 또 주고, 정해진 대로 묵묵히 가하는 것이 지옥과 사계의 법도. 풍생수는 욕도 하고 빌어도 보고 아부도 해보고 간청도 해보고 갖은 발광을 했지만 태을 사자의 손아귀는 저승 그 자체 같아서 조금도 벗어날 수 없었다. 인간에게 고통을 가하는 마수 주제에 풍생수 자신의 고통은 더 못 견뎌했다. 급기야 풍생수는 고통을 이기지 못해 헐떡이며 간신히 말했다.

"죽…… 죽여줘……. 소…… 소멸시켜줘……."

허나 태을 사자는 간단히, 그리고 무겁게 답했다.

"아니 된다."

"나…… 나는 생계 존재가 아냐……. 이…… 이렇게는…… 이래서는 너무해……. 제발…… 제발 소멸시켜줘……."

"아니 된다."

여전히 무뚝뚝하게 말하며 태을 사자는 계속 악형을 가했다. 풍생수는 비참하게 울부짖었다.

"나…… 나는 모든 것을 뉘우친다! 으으……. 아니, 뉘우칩니다! 마계…… 마계 따위 망해버리라지! 제…… 제발 풀어줘요……. 아니면…… 제…… 제발 그만해줘요……!"

풍생수가 비참하게 부르짖었지만 태을 사자는 묵묵히 말했다.

"아니 된다."

"자…… 잘못했어요……. 잘못했어요! 내…… 내가 해친 자들에 대해 미안하고…… 으으……. 제발…… 제발 좀 그만…… 제발 소멸시켜달라구요!"

"아니 된다."

밖에서 보고 있던 은동조차 소름이 돋을 정도로 태을 사자는 철저했다. 잔인하다기보다는 무뚝뚝하게 해야 할 바를 하는 셈이라 더더욱 으쓸했다. 보다 못한 은동은 태을 사자에게 백아검을 던져주었다.

"사자님, 그만하면 되었어요. 윤 무사님의 원수도 갚으셔야지요!"

그러다가 은동은 문득 과거 어디에서인가 들은 말을 떠올렸다. 풍생수는 화火와 금金의 술수를 같이 써야만 없앨 수 있노라는…….

은동은 태을 사자에게 날아가는 백아검을 보며 생각했다.

'백아검은 금에 해당하니 화의 술수만 더 있으면 태을 사자가 상대하기 쉬울 텐데……. 성성대룡에게서 받은 술법이 남아 있었으면 좋으련만…….'

무심결에 은동은 성성대룡의 술수를 외웠다. 그러자 신기하게도 그 술법이 먹혀들어서, 갑자기 백아검이 이글거리며 타오르는 불꽃의 검으로 변하였다.

"어어……."

은동은 처음에는 놀랐으나 금세 그 연유를 알게 되었다. 과거 좌수영에서 마수들과 싸울 때, 자신은 그 술법으로 시백령을 해치운 것으로 여기고 그 술법을 모두 쓴 줄 알았다. 하지만 그때 시백령을 해치운 것은 오엽으로 변했던 호유화였으니 자신의 술법은 그대로 남아 있었던 것이다.

태을 사자는 그 검을 받아들기는 했으나 풍생수를 보며 서운한 표정을 지었다.

"이거라면 너와는 극성일 것 같으나, 이렇게 보내기는 섭섭한데. 우리 같이 사계로 가서……."

그러자 풍생수가 더 기겁을 했다.

"아…… 안 됩니다! 제발! 제발 그걸로 날 죽여주세요! 소멸시켜주세요! 전 죗값을 치러야 합니다. 전 죽어 마땅하다구요! 제발! 제발요!"

그러자 태을은 한숨을 쉬며 말했다.

"정말 반성하느냐? 나는 아무래도 믿지 못하겠다만……."

"반성합니다……. 제가 잘못했습니다. 그러니 제발…… 제발…… 소멸시켜주세요……."

풍생수가 울듯이 비통하게 호소하자 태을은 결국 마음을 정한 듯 고개를 끄덕여 보였다.

그렇게 거의 동시에 세 마수는 원한을 지녔던 세 존재의 손에 영원히 소멸되었다. 흑무유자는 소멸은 아니지만 법력을 모조리 빼앗겼으니 그에 준하는 죗값을 치른 셈이다. 그리고 때를 같이하여, 노량 해전도 끝나고 왜군은 2백여 척의 파괴된 배를 남기고 궤주하였다.

모든 조선 군사들은 그때야 이순신의 죽음을 알고 슬피 울었으나 이제 난리가 끝났다는 생각에 모두들 한숨을 쉬며 다시 하늘을 보았다. 밤새 싸운 끝에 해는 또다시 떠오르며 아무 일도 없었다는 듯, 도도하게 금빛 햇살을 사방에 뿌리고 있었다.

왜란 종결자

눈부신 새벽이었다. 이순신은 남해의 이느 알지 못하는 산벼랑에서서 멀리 보이는 바다를 바라보고 있었다. 그리고 그 곁에는 은동과 호유화, 흑호와 태을 사자와 하일지달이 서 있었다. 곽재우는 일이 끝나고 다른 사람들이 보기 전에 자신의 거처로 돌아갔고, 김덕령은 그제야 원을 풀고 평안히 승천하였다.

곽재우는 나중에 태을 사자에게 묵학선을 돌려주려 했으나 태을 사자는 괜찮다며 사양했다.

"이제부터는 백아검을 법기로 삼으려 합니다. 흑풍의 원수도 갚았으니 묵학선은 이제 과거의 기억으로 같이 잊고 싶소이다."

곽재우는 묵학선의 법력을 이용하여 후에 도를 이루어 우화등선하게 되었다. 임종 후 그의 원신은 학을 타고 날아갔다고 하는데, 그 학이 태을 사자가 준 묵학선이었던 것이다. 곽재우는 자신의 법력을 더해 묵학선을 흰색으로 바꾸어 사용하여 후에 신선의 반열에 오르게 된다.

좌우간 이순신에게는 지금 은동 말고는 여기 있는 누구도 보이지도 들리지도 않았다.

그들은 이순신이 있었지만 마음놓고 이야기를 나누었다. 이순신은 전쟁이 끝난 바다를 바라보며 뭔가 깊은 생각에 잠긴 것 같아 은동은 말을 걸지 않고 바라만 보고 있었다. 그러다가 한참이 지난 다음 은동이 입을 열었다.

"이제…… 다 끝난 건가요?"

은동이 묻자 태을 사자는 고개를 끄덕였다.

"그래. 적어도 여기의 일은."

흑호가 의아해하며 물었다.

"여기의 일이라니? 그러면 또 다른 일이 있수?"

고개를 갸웃거리는 흑호를 보며 호유화가 샐쭉 웃었다.

"아직 사계에서의 전쟁은 끝나지 않았거든. 유계의 잔당들이 남아서 말이야……. 태을 사자, 당신은 그리로 갈 생각이지?"

태을 사자는 묵묵히 떠오르는 해를 보며 느닷없이 딴소리를 했다.

"정말 아름답군, 정말……."

흑호가 히힉 웃으며 태을 사자에게 한마디 했다.

"저승사자가 떠오르는 태양을 보다니. 허허, 어떠우? 생계가 좋지 않수? 여기 그냥 있지그래? 이만한 공을 세웠는데 누가 뭐라 하겠수?"

태을 사자는 저승사자답지 않게 웃으며 고개를 저었다.

"생계가 좋기는 좋네만…… 영 적응이 되지 않아서 말이야……."

"뭐가 적응이 안 된단 거유?"

"너무 밝아."

일동이 웃음을 터뜨리자 태을 사자가 조용히 말을 이었다.

“사계가 비록 어둡고 인간에게는 두려운 세계이지만 나의 고향이나 다름없다네. 그곳에서 일이 있는데 몰라라 할 수는 없지 않은가?”

흑호가 태을 사자의 어깨를 툭 치면서 말했다.

“나도 같이 가겠수.”

“뭐…… 뭐라구?”

“이젠 여기도 조용할 것 같으니 왠지 심심해질 것 같아서 말이우. 금수 우두머리 노릇은 난 안 할라우. 히히. 언제든 그만둘 수 있다는 다짐을 받아두었으니 염려는 없지.”

그러자 은동도 환하게 웃으며 호유화를 쳐다보았다.

“우리도 가자, 호유화.”

“응? 이니, 니랑 같이 흰계로 가는 기 아니었어?”

은동은 고개를 저었다.

“나중에. 일단 태을 사자님을 도와야지. 그리고 그곳의 일이 다 마무리되어야 모든 일이 정말 끝나는 것 아닐까?”

그 말에 호유화도 깔깔 웃으며 말했다.

“서방님이 가자시는데 내가 안 따를 수 있겠어? 호호호……. 좋아! 가자구!”

은동은 속으로 ‘천기의 수호자’의 일이 정말 그것으로 끝일까 의문스러웠지만 내색하지 않았다. 그건 아직 짐작할 수도 없는 일일 테니 그때 가서 생각하면 그뿐일 것이다.

태을 사자는 간신히 평안을 찾은 시점에 그들이 또 일에 휘말려드는 것이 안쓰러웠다. 그러나 그들의 마음이 고맙기도 하여 뭐라 할 말을 찾지 못했다.

“모두들…… 모두들……. 그러나…….”

흑호가 태을 사자의 어깨를 쳤다.

"그러지 마슈. 우린 모두 같이 목숨 걸고 싸운 동지 아니유?"

"그래요. 그리고 나도…… 사계도 가보고 싶고……. 그 일이 끝나면 장차 우주의 구경을 다 해보고 싶습니다. 그때도 같이 가요, 네?"

은동이 맞장구를 치자 호유화도 웃으며 말했다.

"나두! 전에 다 가봤지만, 한 번 더 보고 싶은걸?"

비로소 태을 사자가 호탕하게 웃었다.

"그래! 고맙네! 모두들 고마우이! 그래, 다 같이 가세나!"

그때까지 조용히 그들을 미소를 띠고 바라만 보던 하일지달이 말문을 열었다.

"보기 좋군. 그러나…… 나중에 꼭 들르라구. 알았지?"

그러면서 하일지달은 흑호를 언뜻 보았다. 흑호는 허허하고 웃어넘기며 모르는 척 고개를 돌렸으나 몹시 수줍어했다.

이제부터 갈 곳이 정해지자 은동은 이순신 쪽을 보았다. 그런데 이순신은 어떻게 할까? 은동은 이순신이 걱정되었다.

그때 호유화가 은동에게 속삭이듯 말했다.

"은동아, 이순신 장군은 이제 무엇이든 되실 수 있단다. 삼신대모께서 언약한 일이야."

"아니, 언제……?"

놀라는 은동을 보며 호유화는 깔깔거리며 귀엽게 웃었다.

"지난번. 환계의 일을 수습해달라고 할 때 내가 해둔 말이지. 헤헤……. 난 원래가 간사한 요물 아니겠어? 기회를 놓치지 않는다구!"

은동은 크게 기뻤다. 안 그래도 이순신을 끄집어냈지만 이순신을 어떻게 해야 할지 몰라 답답하던 참이었다. 은동이 이순신의 곁으로 조용히 다가가자 그 옆을 하일지달이 미소를 지으며 따라갔다.

"장군님……. 이제 저는 갑니다. 그러나 장군님은……."

이순신은 조용히 고개를 끄덕였다.

"그래……. 잘들 가시게."

얼른 하일지달이 은동에게 속삭였다.

"이순신이 무엇을 바라는지 물어봐. 대모님께서 반드시 그렇게 만들어주실 거야."

그 말에 은동은 이순신에게 물었다.

"장군님은 이제 무엇을 하시렵니까?"

"나? 허허……. 글쎄……. 이제부터는 누구에게 내 존재를 알릴 수도 없으니 곽 공을 따라 도나 닦아야겠네……."

옆에 있던 하일지딜이 뒤딜했다.

"나중에 무엇이 될 것인지를 물으라구!"

은동은 헛기침을 한 번 한 다음 물었다.

"도를 닦아 무엇을 하시려구요?"

이순신은 다시 한번 바다를 홀린 듯 바라보다가 입을 떼었다.

"옛날…… 신라의 문무왕은 죽은 후 바다를 지키는 용이 되기를 바랐다고 하는데…… 나도 그랬으면 좋겠네. 이 땅과 이 백성을 지키기 위해서 말일세. 허허, 백성들이 또 고통받으면 어쩌겠는가?"

그 말을 듣고 은동은 숙연해졌다. 이순신은 이 시점에 와서까지도 백성들과 고통받는 동포들을 생각하고 있는 것이었다.

"그래……. 이순신이 용이 된다면 아마 삼백 년 정도는 남해를 문제없이 지켜낼 거야……."

하일지달이 고개를 끄덕이며 말했지만 은동은 듣지 않았다. 은동은 이순신이라는 이 희대의 인물, 왜란 종결자를 마음속 깊은 데서 우러나오는 경모의 눈길로 보았다. 이제 사계로 떠나면 다시는 이순신을 만날 수는 없을 것이었기에 더더욱 그러했다.

그러나 이순신은 바다를 보더니 은동에게 말했다.

"보게! 이제는 백성들이 마음놓고 고기잡이를 나가는 듯하네. 허허……."

아닌 게 아니라 이순신이 가리키는 곳에는 고기잡이배들이 떠다니고 있었다. 다른 때 같았으면 전선들과 순시선들만이 돌고 있을 요지였다. 이순신은 그 광경에 몹시 즐거운 듯했다.

이순신은 어느새 서슬 퍼런 삼도수군통제사가 아니라 마음 좋은 영감님으로 변해 있었다. 그리고 그 모습이 은동에게는 훨씬 위대해 보였다. 신력을 지닌 김덕령이나 법력을 지닌 유정 스님, 기타 수많은 위인들보다도 힘없고 병색이 완연한 이 노인이 은동에게는 너무나도 위대해 보였다.

"저기 마을을 보게……. 사람들이 모여 놀고 있네. 난리가 끝났다고 잔치를 여는가 보군. 얼마나 보기 좋은가? 허허허……."

은동은 그러한 이순신을 보면서 가슴이 뭉클해졌다. 은동은 자신도 모르게 이순신에게 큰절을 올렸다. 이순신은 의아한 눈빛으로 쳐다보았으나 은동은 막힘이 없이 말을 술술 쏟아내었다.

"장군님, 장군님이야말로 진정한 왜란 종결자, 이 난리를 평정하신 분입니다. 장군님 덕분에 모든 백성들이 목숨을 부지하게 되었습니다……."

그러나 이순신은 허허하고 가볍게 웃어넘겼다.

"아직도 그 소리를 하는군. 왜란 종결자라……. 허나 난 왜란 종결자가 아닐세. 자네, 아직도 그렇게 잘못 알고 있는가? 허허……."

"예? 무슨 말씀이십니까?"

"나 혼자만 싸웠는가? 나 혼자만 피를 흘렸는가? 나 혼자만이 고통을 받고 고통을 참아냈는가?"

그러고는 이순신은 저만치의 마을부터 바다 위의 고깃배, 다시 저쪽, 아무것도 보이지 않는 산등성이까지를 크게 손가락을 펴서 가리켜 보였다.

"조선 땅 모든 백성들이 다 진정한 왜란 종결자라네."

은동은 그 말에 숙연해져 아무 말 없이 큰절을 다시 올렸다. 그러자 이순신은 고개만 끄덕해 보이고 즐거운 듯 웃더니 이내 바다와 마을을 바라보았다. 이순신은 정말 즐거운 것처럼 보였고 그 평화로운 광경에서 눈을 돌릴 것 같지 않았다.

은동은 공손히 이순신에게 고개를 숙인 후 호유화 등이 기다리는 옆으로 돌아왔다. 은동은 공연히 벅차오르는 감정에 눈물을 나올 것만 같았다.

"왜 그래?"

호유화가 물었으나 은동은 대답을 하지 않았다. 그리고 이순신이 했던 것처럼 먼 바다와 산, 마을과 하늘을 둘러보았다. 영원히 잊지 않으려는 듯이……. 돌연 은동이 밝은 목소리로 외쳤다.

"됐어! 갑시다!"

은동과 호유화, 태을 사자와 흑호는 일제히 사계를 향해 몸을 전이시키기 시작했다. 새로운 모험이 기다리는 다른 세상을 향하여…….

결어結語

이순신의 죽음에 대하여

이순신의 죽음에 대해서는 여러 설이 분분하다. 일반적으로는 이순신이 마지막 전투에서 적의 유탄에 맞아 숨진 것으로 되어 있으나 자살로 생각한 설도 많았던 듯하다.

정탁의 이순신에 대한 구명 상소문이 실린 이여李畬의 1711년 글을 보면 그는 자살설을 지지하고 있다.

> 공로가 클수록 용납되기 어려움을 스스로 깨닫고 마침내 싸움에 이르러 자기 몸을 버렸으니, 이순신의 죽음은 미리부터 계획된 것이었다고들 말하는데, 그때의 경우와 처지를 보면 그 말이 타당하다고도 할 수 있을런가? 아아, 슬프도다…….

또 김덕령을 조상弔喪한 이민서李敏叙는 『김충장공유사金忠壯公遺事』에서 완연히 자살설을 주장하고 있다.

김덕령 장군이 죽고 여러 장수들이 저마다 스스로 의혹하고 또 스스로 제 몸을 보전하지 못하였으니, 곽재우는 마침내 스스로 군사를 해산하고 숨어서 화를 피했고, 이순신은 바야흐로 전쟁 중에 갑주를 벗고 스스로 탄환에 맞아 죽었으며…….

이 밖에도 많은 저서들이 자살설을 주장하고 있다.

실제로 당시 이후의 상황을 보면 선조는 논공행상에서 죄 많은 원균을 부득부득 일등공신으로 올리려고 갖은 수를 다 쓴 반면 이순신의 공을 깎아내리려 했다.

이에 모든 신하는 반대를 표방하였으며 '이등 공신도 분에 넘친다' 하여 반발하였으나 최후에는 이항복이 '상감의 뜻이 정 그러하시다면 일등으로 고처 올리겠습니다'라고 간신히 타협하여 일등공신으로 올렸다.

또 실록을 편찬한 사관도 1598년 11월의 『선조실록』을 편찬할 때에 이런 기록을 남겼다.

이순신은 충용하고 지략이 있었으며, 기강을 분명히 하고 장병들을 사랑하여 부하들이 모두 기꺼이 따랐다. 반면에 원균은 탐욕하기에 유례가 없는 사람이었으며, 장병들의 인심을 크게 잃었으므로 사람들이 모두 그를 이반하여 드디어 1597년 한산도에서 크게 패하였다. (중략) 만일 1597년 이순신을 통제사에서 면직시키지 않았다면 어찌 한산도에서의 패전이 있었을 것이며, 호남호서를 적의 소굴로 만들었을 것이냐? 아아, 애석하다…….

그러나 무능한 선조는 행여 자신의 왕권이 약해질까 봐 이순신의 공을 깎아내리려고 대신 원균을 일등공신으로 올리는 술수를 쓴 것이다. 전쟁이 끝나자 선조는 일등공신으로 이순신, 원균, 권율 단 세 명만 책봉한 반면, 곽재우나 이원익 등등의 수많은 사람들에게는 포상을 내리지 않았다.

또 이순신의 친구이기도 한 서애 유성룡은 영의정까지 하고 있었지만 이순신이 죽고 한 달 후에 파직되어 귀양까지 가기에 이르렀다. 이는 선조의 음흉함을 드러내 보이는 것이다. 선조는 모든 공 있는 대신들을 의심하여 난리가 끝나자 공을 깎아버리거나 없애버리려 한 것이 분명하다.

대전략가이자 비상한 머리를 지닌데다 고문으로 죽을 뻔하고 백의종군을 당했던 이순신이 그런 일 정도를 내다보지 못했을 리 없다. 그러나 실제로 이순신의 죽음을 볼 때에는 많은 의문이 있다. 이순신이 사거리가 2백 보밖에 안 되는 조총에 맞으려면 대장선이 진에서 돌출되어야 한다. 그러나 대장선이 돌출하는 진형은 이순신이 결코 취하지 않았던 전법이었다.

이순신은 예전에 옥포에서 총탄에 다친 후 다시는 그런 대형을 취하지 않았다. 또 이순신이 기왕 다가올 화를 알았다면 자살을 하더라도 그런 방법으로 총탄에 맞으려 하지는 않았을 것이라 추정된다. 총탄이 날아와도 정말 맞을지 맞지 않을지는 모르기 때문이다.

또 만약 이순신이 자살을 하였다면 그 배에 타고 있던 아들 회나 조카 완이 제지하지 않았을 리도 없다. 참고로, 이순신의 장례는 기이하게도 이순신이 죽은 지 80일이나 지나서 치러졌다. 게다가 이순신이 죽은 지 15년이 지난 뒤 이순신의 묘지는 터가 결코 나쁘지 않았음에도, 별다른 이유도 없이 고작 6백 미터 남짓 떨어진 곳으로 이장된다.

이는 80일이 지나 이순신이 무사히 아무도 없는 곳에 정착하였고, 15년 이후에 평안히 정말 여생을 마친 것으로 볼 수도 있지 않을까? 이순신과 같은 비상한 머리를 가진 사람이 정말로 죽음을 자청하였을 것이라고는 생각하기 어렵다.

이로 볼 때 필자는 이순신이 죽은 것이 아니라 죽은 것으로 위장하여 몸을 피해 은거하였다는 것이 타당하다고 보는 바이다. 그리고 그것이 이유도 없는 전쟁에서 조선의 수많은 백성들을 구한 대공을 세운 이순신에게 주어져야 마땅한 운명이라고 믿는다.

주

1. 이순신의 『난중일기』는 6월 11일부터 8월 23일까지 기록되어 있지 않다. 본문에서 은동이 이순신을 만난 날이 6월 11일로 설정되어 있는데, 이때는 6월 10일과 6월 14일 장계의 기록만이 남아 있을 뿐 다른 기록은 남아 있지 않다. 아마도 6월 10일 귀환 이후 7월까지 사이에 이순신의 병이 위중하였던 것이라고 필자는 상상하고 글을 썼다. 후에 이순신이 다시 출정한 것은 7월 4일에 이르러서였는데, 이때는 이순신이 선상에 있었던 탓인지 장계만이 수차례 올라갔을 뿐 역시 일기는 남아 있지 않다.

2. 석탈해는 신라의 시조로, 김수로왕과 술법을 겨루었다는 전설이 유명하다. 훗날 석탈해를 장례 지낸 부근에서 거대한 인간의 유골이 발굴되었는데 그 크기가 상상을 초월할 정도였으며 뼈들이 떨어지지 않고 모두 고리처럼 이어져 있는 천하장사의 골격이었다 하여 그것을 모든 사람들이 석탈해의 유골이라 했다 한다. 그러므로 석탈해는 거인 내지는 장사의 전형적인 예로 알려져 있다고 보아야 할 것이다.

3. 고추는 원래 남아메리카가 원산지인데, 포르투갈인이 일본으로 전파했다가 임진왜란 때 처음으로 우리나라에 전해졌다.

4. 이순신의 백의종군은 이후 잘 알려진 정유재란 때만이 아니라 이때부터 이미 시작되었다.

5. 임진왜란이 발발한 시점에서 이순신이 지니고 있던 거북배는 한 척인 것으로 보아야 한다. 그 거북선을 이순신은 장계에서 '본영거북배本營龜船'라 하는데 한산도 해전에는 두 척의 거북선을 몰고 나간 것으로 되어 있다. 이 거북배는 '방답거북배'로 불렸으며 원래 판옥선이던 '방답 제3선-방답포구 소석의 전선 중 세 번째 배'를 개조한 것이 분명하다.
이것으로 볼 때 일반적으로 거북선이라 불리는 거북배는 결코 특별한 구조적인 특징을 가진 배가 아니라, 판옥선에 뚜껑과 미르머리龍頭 정도를 덧붙인 배로 보는 것이 옳을 것이다. 참고로 이순신이 임란 초기, 즉 전라좌수사 시절에 거느린 25척의 전선은 대장선 1척, 본영에 4척(거북배 포함), 본영 전령선 1척, 방답과 홍양에 각 3척, 사도·녹도·낙안·발포·순천에 각2척, 보성·광양·여도에 각 1척으로 하여 모두 25척이다. 이 군선들은 1594년까지 변하지 않았으며 격침된 배도 없었다. 이순신이 왜선을 수백 척이나 수장시킨 것에 비해 한 척의 배도 격침되지 않았다는 것은 수십 번 듣고 보아도 놀라운 일이라 하지 않을 수 없다.

6. 후에 도요토미 히데요시 사후 도쿠가와 이에야스와 천하를 놓고 겨룬 이시다 미쓰나리조차도 당시 실무 3장관으로 와키자카와 계급으로는 비슷한 정도였다.

7. 일본에 전해지는 와키자카 가문의 문서는 이때의 상황을 이렇게 기록하고 있다.
"야스하루는 노의 수가 많은, 빠른 배에 타고 있었으므로 공격하거나 또는 후퇴하는 일을 마음대로 할 수 있었음에도 불구하고 갑옷에 화살을 맞는 등 위험하기가 십사일생十死一生의 지경이었다."
"이때 야스하루 가문의 중신인 와키자카 사헤에, 와타나베 시치에몬 등을 위시하여 이름 있는 신하들이 모두 함께 죽었다."

8. 한산대첩을 조정에 알린 장계에는 대부분의 큰 배들이 '깨뜨려진 연후에 포

획된' 것으로 나타나 있는데, 이는 왜병들이 배가 부서지자 겁을 먹고 모두 도주하여 거의 빈 배가 되어 있었음을 의미한다.

9. 일본의 『고려선전기高麗船戰記』에는 이 싸움에 대해 이렇게 묘사하고 있다.
"7월 9일(이때의 왜국 달력은 우리와 하루가 달랐다) 진시辰時(오전 7시부터 오전 9시 사이)에 큰 배 58척과 작은 배 50척이 쳐들어왔다(이때의 작은 배는 판옥선 옆에 매어놓은 일종의 '보트'인 협선을 의미한다). 큰 배 중에는 장님배目くら船 3척이 있는데 철판으로 덮였으며 불화살, 대수보大狩保 등으로 진시에서 유시酉時(오후 5시에서 오후 7시 사이)까지 교대로 계속하여 공격하는 바람에……."
이 부분이 바로 거북배를 철갑선으로 믿게 한 유일한 증거 부분이다. 그러나 이 한 구절만으로 거북선을 지금껏 철갑선이라고 주장한 것은 아무래도 미화가 아닐까 생각된다.
첫째, 이것은 당하는 왜병 측의 시각에서 쓰인 것이라 정확성을 찾기가 어렵고 둘째, 이순신 자신의 기록이나 당시 조정, 좌수영의 기록 등등에 거북배에 철갑을 씌웠다는 기록은 전혀 남아 있지 않으며 셋째, 판옥선을 기초로 덮개를 덮은 거북배에 철갑이 덮인다면 무게가 지나치게 무거워져 재빠른 움직임을 필요로 하는 돌격은커녕 움직이지도 못하게 되기 때문이다.
가령 거북배 위에 두께 4밀리미터의 철갑이 씌워진다면 그것만으로도 무게가 10톤은 추가되는데, 10톤의 무게를 배의 상위 부분에 놓는 것은 배의 안전성을 크게 해친다. 특히 당시의 배처럼 높은 구조를 지닌 배일 경우에는 더더욱 그렇다. 이는 부력의 원리에서 안전성의 원리로 유체 역학의 앞부분을 배운 분들은 쉽게 알 수 있을 것이다.
넷째, 거북배에 철갑을 씌웠다면 전라우수사 이억기가 불과 며칠 만에 한 척의 거북배를 똑같이 개조할 수 없었을 것이다. 이억기는 당포 해전에서 이순신이 만든 거북배를 눈여겨보았다가 한산대첩 때에 거의 똑같이 제작한 거북배를 이끌고 나온다. 그러나 10톤에 이르는 철갑을 씌우는 작업은 당시의 기술상으로 볼 때 그렇게 금방 이루어질 성질의 것이 아니다. 결국 거북배는 판옥선에 나무 덮개를 씌운 배라는 것이 확실하다고 여겨진다.

실제로 거북배와 똑같은 복원선을 만들려는 시도는 현대에 이르러서도 번번이 성공하지 못했던 것으로 알고 있다. 기껏해야 2분의 1 축척의 모형만이 진수에 성공한 것으로 알려져 있는데 이는 아무런 의의가 없다. 크기로는 2분의 1이겠지만, 부피나 무게는 8분의 1이 되므로 이 모형은 외모만 그럴듯할 뿐 실제 거북배의 성능을 재현할 수 없기 때문이다.

유체 역학의 원리가 사용되는 배의 모형은 크기를 일방적으로 줄이는 것이 아니라 여러 가지 역학적인 요소들을 고려하여 제작되어야 성능 면에서 고찰이 가능하다. 어느 부분은 길고 어느 부분은 작게 한다면 거북선의 형상이 아니게 될 테니 그 또한 보지 않아도 쉽게 짐작할 수 있다. 따라서 이 모든 것은 '철갑선설'을 지나치게 신봉한 나머지, 반드시 윗부분에 철갑을 얹으려 하고, 그 철갑 때문에 안전성을 크게 해쳐 실제 크기로 복원되지 못한 것이 아닐까 생각한다.

그런데 어째서 왜군은 거북선을 철갑선으로 보았을까? 필자의 견해에 의하면, 당시 왜군은 귀갑차龜甲車라 부리는 육상용 공성 병기를 보유하고 있었다. 이는 바퀴가 달린 차에 철판 덮개를 씌워 성을 공격하면서 위에서 떨어지는 돌이나 화살, 불이나 끓는 물 같은 것까지도 막을 수 있는 무기인데, 2차 진주성 싸움에 동원되어 효과를 거둔 바 있다. 이 귀갑차를 가지고 있고 성능을 알고 있던 왜병들이 비슷하게 덮개를 씌운 거북배를 보았을 때 귀갑차를 연상하고 철판으로 덮개가 씌었다고 여긴 것은 당연한 일이 아니었을까? 본문에서는 일반적인 상식을 크게 벗어나지 않도록 하기 위해 거북배에 철판을 덮었던 시도는 있었으나 출격 시에는 철판을 덮지 않고 출격한 것으로 썼다. 그러나 거북배가 세계 최초의 철갑선이라는 말은 틀렸다고 본다.

10. 이때의 장계를 보면 "경상도의 공로를 세운 여러 장수들이 작은 배를 타고 뒤에서 지켜보다가 적선을 깨뜨리는 것을 보고서야 구름같이 모여들어 머리를 베었습니다"라고 하여 원균의 비겁한 행동을 간접적으로 비판하고 있다.

11. 머리만을 모아 무더기를 만들었다면 머리의 크기를 볼 때 한 무더기가 1,000급 미만이라고는 보기 어렵다. 조금 원시적으로 계산한다면 가로 10급, 세

로 10급, 높이 10급만 쌓아도 1,000급이 된다.
그런 무더기가 열두 곳이나 있었으니 여기서 죽은 왜병의 수는 적게 잡아도 1만 명이 훨씬 넘는다고 볼 수 있다. 이것은 한산도에서 죽은 숫자를 훨씬 상회한다. 결국 믿기 어려운 일이지만, 임진왜란에서 대부분의 왜군 사망자는 육전이 아니라 해전에서 나왔으며 그 수는 거의 10여만을 헤아린다고 볼 수 있다.

12. 당시의 왜성은 우리나라나 중국에서 볼 수 있는 것처럼 돌로 쌓은 성이 아니었다. 왜국은 그러한 축성술이 거의 발달하지 않았다. 긴 전국시대 동안에도 보통 성이라 하면 주위에 해자를 파고 목책이나 해자를 판 흙을 쌓아올리는 정도로, 이는 수많은 일본 측 기록에 나타난다. 그러한 성들이 모두 왜성이라고 이름 붙은 것은 꼭 왜군이 쌓아서만이 아니라 축성의 방법이 우리나라와 다른, 즉 흙으로 대강 쌓은 성이라는 점에서 붙었을 것으로 추정된다.

13. 「창의통문」의 내용 중 일부는 다음과 같다.

> "…… 부모가 병이 들면 어찌 천명에만 맡겨 약을 쓰지 않을 것인가? 대세가 기울어졌다고 하여도 때로는 하늘이 도와 회복할 수도 있다. 죽음을 좋아하는 자 그 뉘 있으랴만 천지에 그물을 쳐 빠져나갈 수도 없음이며, 아무리 삶을 누리고 싶어도 개돼지에게 굴하여서야 어찌 살겠는가? 아무래도 죽을 것이면 차라리 의에 죽을 것이며 어찌 살기를 바라겠는가? 생명을 인仁에 버리는 것이 낫지, 나라를 등지고 원수를 섬겨서 편히 할 수 있을 것인가……."

14. 당시 전해진 명나라의 『기효신서紀效新書』를 바탕으로 엮은 『무예도보통지』에 따르면, 등패는 등나무를 말려 엮어 만든 둥근 방패이다. 이 방패는 질겨서 조총을 막아낼 수 있다. 또한 등패의 뒤에는 칼을 꽂을 수 있어 등패병은 땅을 구르면서 방패로 공격을 막고 경우에 따라서는 칼을 휘두르는 일종의 특수병이었다. 등패로 무장한 부대는 적의 기마병이나 총병에 강한 위력을 발휘하였다.

등패는 중국의 남쪽 지방에서 잦은 왜구의 싸움과의 경험으로 만들어진 무기이다.

15. 일종의 특수 병기로 1장 5척의 긴 대나무의 끝을 뾰족하게 하고 철을 씌운 뒤 겉에 가시와 갈고리를 빽빽하게 매달고 독을 바른 병기이다. 이 무기는 적의 대형을 흩뜨리고 기마병의 돌진을 저지하는 데 주로 사용되었다.

16. 당파창이라고도 불리는 당파는 우리가 익히 알고 있는 삼지창이다. 당파창의 가지는 적의 무기를 잡아 빗겨나게 만드는 용도로 방어용 무기이다. 흔히 사극이나 드라마 등에서는 조선 초기의 배경임에도 불구하고 당파창이 자주 등장하는 것을 볼 수 있는데 이는 옳지 않다.

17. 당파, 낭선, 등패, 조총 등은 임진왜란 때 명군이 참전하면서 비로소 우리나라에 전파된 것으로 보아야 옳다. 『무예도보통지』의 「기예질의技藝質疑」를 보면 "중국의 장사들이 우리나라에 주둔함으로 해서 비로소 조총과 패牌, 선筅, 창槍, 파鈀를 보았고 그 사용법을 익혔다"라는 구절이 있는 것으로 보아 확실하다. 그러므로 그때까지 우리나라 병사의 주무기는 활이었으며, 그 외 여러 가지의 검과 월도(청룡도), 장창, 편곤(도리깨라고도 불렸던 철퇴의 일종) 등이 사용되었을 것으로 추정된다.

18. 1593년 1월 8일, 부상자를 버리고 남으로 행진하는 왜군의 처참한 모습을 고니시의 부하 요시노 진고자에몬吉野甚五左衛門이 쓴 『요시노닛키吉野日記』라는 종군 기록에서는 이렇게 묘사되어 있다.

> "…… 이날 밤 북풍이 맹렬히 불어 손발에 동상이 걸린 병사들은 화살은 커녕 지팡이도 잡을 수 없었고, 몽둥이 같은 아픈 다리를 몽유병자처럼 흐느적거리며 움직이고 있었다. 그러나 그 움직임이나마 중지한다면 동사凍死나 아사餓死라는 확실한 죽음이 길가에 입을 벌리고 기다리고 있었다."

19. 기록에 의하면, 임진왜란 당시 최초 개전 때 왜군의 인원은 16만 7250명이었는데, 임진년이 지난 후의 부대원의 수는 고작 5만 3천 명에 불과하였다. 3분의 1로 줄어든 것이라 볼 수 있으며, 이 인원도 대부분은 부상을 입었거나 굶주림, 동상에 시달린 자들이었다. 보통 군대에서 10분의 1의 부대원이 사상되면 그 부대는 통제력을 잃게 되고, 3분의 1의 부대원이 사상되면 그 부대는 거의 '전멸'된 것으로 간주된다. 실제로 전멸의 의미는 부대라는 조직이 없어진 것을 의미하지, 부대원 모두가 죽음을 당한 것은 아니다. 그렇게 볼 때 당시의 왜군의 피해는 전멸보다 두 배 이상이나 참혹한 지경이었다고 볼 수 있다.

20. 그러한 상황 속에서도 이순신은 이미 1593년 9월에 조총의 원리를 스스로 깨우쳐 알아내고, 최초로 조총을 조선에서 자체 생산하는 쾌거를 올려 발명가이자 공학자로서의 면모도 유감없이 드러냈다. 조총의 개발은 명목상으로는 이순신의 군관인 정사준이 한 것으로 되어 있으나 당시의 공문을 자세히 읽어보면, 조총의 원리를 스스로 습득하여 지시를 내린 것은 이순신 본인이 분명하다는 사실을 알 수 있다.
이순신에 대한 연구는 지금까지 일면적으로 알려진 것처럼 싸움을 잘한 명장, 즉 무장으로서의 면모보다 조금 더 사실적, 다원적으로 접근해야 하지 않을까. 이순신의 행정적, 정치적, 과학적인 그 어느 면도 그의 군사적인 업적보다 못할 것이 없다고 필자는 생각한다. 물론 조선을 구한 그의 군사적인 업적이 가장 큰 쾌거이기는 하지만, 위인으로서나 인간으로서의 이순신의 면모는 그러한 명장으로서의 자질보다는 다른 면모에 있다고 본다. 서양 역사상 가장 다재다능했던 레오나르도 다빈치 정도가 비교될 인물이라고나 할까?

21. 1594년 11월 12일 자의 『선조실록』에는 선조와 당시 승문원제조 김쉬, 좌의정 김응남 등의 대화가 다음과 같이 기록되어 있다.

> 김쉬: 원균과 이순신이 서로 다투는 것은 참으로 걱정스러운 일이옵니다.
> 선조: 무슨 일로 그렇게까지 되었는고?

김쉬: 원균이 자기 첩의 소생이 열 살 남짓한 것을 군사 공로에 참례시켜서 상을 받게 하였으므로 이순신이 그 일 때문에 불쾌하게 여겼다 합니다.

김응남: 이순신이 스스로 면직시켜달라고 청하는 것은 부당하옵니다.

선조: 밖에서는 원균으로 (삼도수군통제사를) 바뀌었으면 좋겠다고들 그러는고?

김쉬: 별로 바꾸어야겠다는 생각들은 없사옵니다.

이때의 대화 내용을 보면 선조는 은근히 이순신을 미워하여 오히려 원균을 그 자리에 앉힐 생각을 하기 시작한 면모가 엿보인다.

22. 1596년의 어전 회의 기록을 보자. 1596년 6월 26일의 어전 회의에 선조가 이순신을 "성공할 만한 사람인가? 어떨까?"라며 의심하는 대목이 나온다. 거기에 좌의정 김응남은 원균이 빼어나며 이순신은 원균의 공을 빼앗은 것이라고 원균을 암암리에 옹호하고 있다.

그런데 1596년 10월 5일, 강화 회담이 본격적으로 깨진 후에는 갑자기 선조가 삐딱한 반응을 보인다.

선조: 통제사 이순신이 일에 힘을 쏟고 있는가?

이원익: 그 사람은 졸렬한 사람이 아니라서 일에 힘을 많이 쓰옵니다. 한산도에 군량도 많이 쌓아두었다고 하옵니다.

선조: 처음에는 왜적을 부지런히 잡더니만 그 뒤에 들으니 게으른 생각이 없지 않다던데 공이 보기에 그 위인은 어떤고?

이원익: 소신의 의견으로는 여러 장수들 가운데 가장 출중한 인물로 보이옵니다. 처음에 부지런하다가 나중에 게을리한다는 것도 소신으로서는 알지 못하는 일이옵니다.

선조: 통솔하는 일은 어떤가?

이원익: 소신의 생각에도 남도 여러 장수들 가운데 순신이 제일인 줄 아옵니다.

여기서 오리정승으로 알려진 명재상 이원익은 이순신의 평가를 정확히 하고 있음을 알 수 있다. 이원익은 그때부터 약 1년 전, 체찰사로 한산도를 직접 순시하였고 이순신과 함께 지냈다. 이순신도 그때는 지긋지긋해하던 원균이 없어져 정신적인 평정을 찾은 다음이라 군무를 제대로 돌본 것으로 보인다. 그런데 불과 보름밖에 지나지 않은 10월 21일, 선조가 난데없이 원균의 칭찬에 침이 마르는 줄을 모른다.
이원익은 원균의 단점을 들며 간곡히 원균은 쓸 만한 사람이 못 된다고 하나 선조는 원균이 고금에 없는 명장이라는 헛소리를 해대면서 이미 이때부터 원균을 이순신을 대치하여 배치할 생각을 하고 있다.
11월에 선조는 다시 영의정 유성룡을 불러 원균에 대해 물으나 유성룡, 정탁 등은 원균이 병마를 통솔할 인재가 못 된다고 강력히 주장한다. 하물며 눈이 흐린 용렬한 인물인 윤두수마저도 원균을 명장이라 하는 주장에는 놀라고 찬동하지 않을 정도였다.
결국 선조는 오래전부터 무엇인가에 영향을 받아 이순신을 미워하게 되어 그를 잡아 죽일 마음을 암암리에 굳혀온 것이 틀림없다.

23. 이 발언들은 결코 필자가 만든 것들이 아니다. 전해지는 내용을 다소 요약했지만 실제로 이렇게 적혀 있을 정도이니 그 자리에서 얼마만한 폭언이 있었는지 짐작할 만하다.
참고로 『조선왕조실록』의 내용은 발언한 말을 그대로 적은 것이 아니다. 말은 우리말이되 글은 한문으로 적었기 때문이다.
일례로 과거 어느 왕이 역모를 꾀한 자를 벌할 때, "저놈을 밧줄로 이리저리 얽어매어 뭉칫돌로 때려라!"라고 한 것을 사관이 어떻게 적어야 할지 몰라 쩔쩔매자 그것을 옆에서 보던 기지 있는 신하가 "뭘 그리 생각하시오? 지之(갈지자 모양이 이리저리 엮은 것과 비슷한 것을 말한 것) 자 형으로 엮어 품品(역시 돌이 덩어리진 모양을 말한 것) 자 돌로 때리라 적으면 되지 않소?"라고 하였다는 일화가 전해지는 것으로 볼 때 실록의 기록이 언문일치가 된 것은 결코 아니라는 것을 알 수 있다. 이로 미루어볼 때 선조의 발언은 훨씬 과격하였다는 것을 짐작할 수 있다.

24. 우둘투둘한 나무 위에 무릎을 꿇리고 다리 위에 무거운 돌을 놓아 짓누르는 악형. 이것을 당하면 멀쩡한 사람도 불구자가 되기 십상인 중형이었다.

25. 원균은 애초 경상도통제사라는 이름으로 부임하였다가 이순신이 체포된 후 삼도수군통제사로 부임하였다. 이순신은 옥중에 있었으므로 원균이 삼도수군통제사가 된 것을 아직 듣지 못했던 것으로 설정하였다. 또 영의정 유성룡이 국문중인 죄인을 만나러 사사로이 들어가는 것은 무리가 있는 일이나 소설의 허구로 등장시켰다.

26. 꿈에 시인을 응감하였다는 구절은 이순신의 『난중일기』에 몇 번 나온다. 여기서는 판타지적으로 해석하여 증성악신인과 결부시켰지만 실제로는 어떤 꿈이었는지 이순신이 기록하지 않았으므로 알 길이 없다. 그러나 꼼꼼한 이순신이 기록한 일이니만치 허위는 아닐 것이고 정말 대승을 앞둘 때마다 전날 꿈에서 그런 징조를 보았다면 신기한 일이 아닐 수 없다.

27. 이순신의 조카 이분이 쓴 이순신의 행록에 의하면, 1598년 이순신은 고금도로 진을 옮겼는데 이미 수만 호의 백성이 이순신을 의지하여 살았으며 군대의 위세도 한산도 때보다 열 배는 더하였다고 되어 있다. 그사이 군대의 크기가 열 배가 되었다는 것은 근간이 되는 피란민이 늘고 사기가 드높았다고 보는 편이 타당할 듯하다.
더구나 전선의 수는 불과 일 년 사이 과거 칠천량의 패전 이전으로 돌아간 것이 확실하니, 이 또한 백성과 이순신의 행정 능력이 만들어낸 기적이라 하지 않을 수 없다. 칠천량에서 상층부의 무능으로 흩어진 판옥선들이 다시 집결해 주력이 되었다는 설도 있는데, 그렇다해도 이순신의 통솔력을 믿고 다시 모여든 것이니 이 역시 이순신 덕분이라 할 수 있다.

28. 일본에는 아직도 이런 코 무덤이 수십 곳이나 남아 있고 어떤 곳은 '귀 무덤'이라 이름이 바뀌어 남아 있는 곳이 있다. 그러나 귀 무덤은 코를 벤 것이 너무 참혹하여 이름을 변조한 것이다.
너무나 우스운 것은 일본인이 이 코 무덤을 '도요토미 히데요시가 이를 가엾게 여겨 공양을 드렸다'는 식으로 미화하는 것이다. 자신이 베라고 해놓고 가엾게 여겨 공양을 드린다니 이 얼마나 뻔한 수작인가?

29. 명나라 수군 또한 처음에는 민가에서 약탈을 일삼았는데, 이순신은 다음과 같은 계책을 썼다. 어느 날 이순신은 군중에 명령을 내려 모든 집을 허물어버리고 가재도구를 배로 운반하라 하였다.
이를 보고 진린이 이상하게 여겨 연유를 묻자, 이순신은 냉랭하게 "우리 작은 나라의 군사와 백성은 귀국 장수가 온다는 말을 듣고 마치 부모를 바라보듯 했는데, 이제 귀국의 군사들이 행패를 부리고 약탈하는 것을 일삼는 것을 보니 백성들이 견딜 도리가 없어 모두 흩어지려 하오. 그러니 나도 대장의 몸으로 군대가 모두 흩어지면 어찌 버티겠소? 그래서 우리는 모두 배를 타고 다른 곳으로 가려는 것이오!"라고 말했다.
이 말을 들은 진린이 놀라서 달려나와 이순신을 만류하였으나 이순신은 고개를 저었다.
"귀국 군사들이 우리를 속국의 군사로만 알고 조금도 꺼림이 없으니 방편상 내게 귀국 군사들을 벌줄 수 있는 권한을 주시오."
결국 진린은 이순신에게 권한을 주어 이순신이 군기를 엄정히 다스리니 민가에는 추호도 피해가 없었을 뿐만 아니라 명군들도 이순신을 진린 도독보다 무섭게 여기게 되었다. 군기가 엄정해지니 군대의 전투력도 올라가 진린이 크게 기뻐하고 이순신을 다시 보게 되었다고 한다.

30. 8월 24일 절미도에서 일어난 작은 전투에서 조선군의 부장 송여종은 작은 적선 6척을 나포하고 수급을 69급 베었으나 함께 작전한 명군은 조금의 공도 올리지 못했다. 이에 진린이 노하여 부하를 벌주려 하자 이순신은 그 공을 모

조리 명군이 세운 것으로 기록해두고 따로 조정에 이를 알리니 조정에서도 잘했다고 하였다. 진린은 기쁘기도 하고 머쓱하기도 하여 한층 이순신의 말이라면 무엇이든 듣게 되었다고 한다.

31. 훗날 유형은 이 이순신과의 대화를 행장에 그대로 옮겨 그 내용이 지금도 전해진다. 원문은 다음과 같다. 그리고 중간 부분은 이해하기 쉽도록 필자가 조금 더 추정하여 덧붙인 것이다.

> 自古大將若小有邀功之心
> (자고로 대장이 공을 조금이라도 인정받을 마음이 있으면)
> 則多不得保全.
> (대개 생명을 보전하기 어렵다)
> 吾死賊退之日
> (나는 적을 물리치는 날에 죽어서)
> 則可無憾矣.
> (한스러운 일이 없게 하겠다)

유형은 5년 후에 통제사가 되는데 그때 여수에 타루비墮淚碑라는 이순신을 애도하는 비를 세우기도 하였으니 그 유적은 지금도 남아 있다.

특별 단편

•

유계 정벌기
幽界征伐記

사계 접경

"은동아, 솔직히 말해봐."

"뭘?"

호유화의 물음에 은동은 무덤덤하게 대꾸하며 소맷자락을 한 번 펄럭여 밖으로 나왔던 손을 안으로 조용히 갈무리했다. 태연하고도 자연스러운 동작이었다. 그러나 손이 잠깐 나왔다 들어간 결과는 소소하지 않았다. 은동 앞에는 산더미라고 해도 과언이 아닐 만큼 수많은 유체들이 움직임을 잃고 흐트러져 있었다. 전부 사계의 접경을 넘어 침노해온 유계의 무리다.

호유화는 아직도 놀라움이 가시지 않은 눈빛으로 유계 무리를 보다가 은동에게 눈을 돌렸다.

"너, 언제부터 이렇게 강해졌어?"

"글쎄……."

은동은 여전히 무덤덤하게 대답을 피하며 산화되어 허공중에 스러져가는 산더미 같은 유계의 유체들 쪽으로 눈을 돌렸다. 애당초 산 것도 아니니 죽었다기보다는 움직임이 그쳤다는 쪽이 맞을 것이다. 은동은 그 광경을 보며 대수롭지 않다는 듯 말했다.

"별것도 아닌 유계의 졸개들인데, 뭘."

호유화는 고개를 저었다.

"아냐. 절대 그렇지 않아."

아무리 쇠락한 영혼, 혹은 그 일부밖에 가지고 있지 않아 마물만도 못한 것들이라도 유계 존재들의 수는 엄청났다. 법력도 변변치 않지만, 곤충처럼 무리를 지으면 영력을 포개고 겹쳐 강한 힘을 낼 수 있는 것이 유계의 존재다. 때문에 사계와 환계, 나아가서 부분적으로는 광계와 성계의 지원도 받는 군세조차 애를 먹고 있었다. 밀리는 것은 아니다. 광계의 전사나 환계 수위를 달리는 신수들 말고라도 사계의 저승사자도 어시산한 유계 존재 한 무리 정도는 상대할 수 있다. 서로 엉켜 힘을 합칠 기회만 주지 않는다면 강한 공격을 받지 않으니 밀릴 이유는 없다. 그렇지만 숫자가 너무도 많으니 쉽게 밀어낼 수도 없다. 이쪽이 많은 숫자의 군세를 동원하면 유계 무리는 꾸물꾸물 모여들어 수백 배 수천 배 큰 군집을 이룬다. 지능도 거의 없는 존재지만 본능적으로 그렇게 모여든다. 때문에 그들을 효과적으로 상대하기 위해서는 강한 법력과 술법을 지닌 소수가 먼저 전열을 붕괴시키는 편이 유리했다. 본능적으로 움직이는 유계 존재들은 상대의 숫자가 적으면 먼저 뭉치지 않고, 상대가 아주 강하다는 걸 인식해도 하나하나의 존재들의 법력이 떨어지기에 빠르게 뭉치지 못한다. 이 전략은 은동 일행이 막 왜란을 끝내고 사계로 참전해올 즈음에 제안되어, 유계와 사계가 접경을 이루는 전 지역에서 시행되었다.

그중에서도 은동 일행의 활약은 압도적이었다. 환계 제일인 호유화는 물론이고, 태을 사자나 흑호도 그간의 일들을 통해 원래의 법력보다 훨씬 강한 힘을 얻었기 때문이다. 하지만…….

호유화는 속으로 뭔가 생각하다가 다시 은동에게 말했다.

"이렇게 많은 적을 손짓 한 번에 박살내는 건 나도 못 해. 아니, 못 하는 정도가 아니라 꿈도 못 꿔. 어떻게 그렇게 법력이 높아진 거야?"

"흑무유자의 원정을 줬잖아, 그게 녹아들었을지도……."

호유화는 신경이 거슬리는 듯, 눈매를 샐쭉하게 만들며 언성을 높였다.

"흑무유자 열이 모여도 이런 건 못 해! 어떻게 된 거야?"

그러자 은동은 비로소 호유화를 똑바로 쳐다보며 말했다.

"그게…… 나도 모르겠어."

"모른다고?"

"그래, 모르겠어. 그냥 될 것 같아서 해본 건데……."

물론 그간의 싸움에는 은동도 참전했고, 은동의 법력도 범상한 것은 아니었다. 하나 그것은 생계, 인간 세상의 기준에서 볼 때나 그렇지, 우주 팔계에서 모여든 수많은 초월적 존재들 사이에서는 별것 아니었다. 은동이 지닌 힘 중 가장 큰 것은 역시 호유화가 오 년에서 십 년 사이에 남몰래 넣어준 법력이었는데, 그것이 대략 오백 년 수위 정도 되었다. 인간 세상에서야 팔 갑자에 해당하는 힘이니 사람들 입장에서야 경천동지라 말하겠지만, 기실 흑호가 왜란 이전에 수련한 기간만도 팔백 년이니 여기서는 그리 두드러진 힘도 아니었다. 때문에 은동보다는 환계 제일인 호유화가 선봉을 주로 맡았고, 좌우를 태을 사자와 흑호가 보좌하곤 했다. 은동도 힘껏 싸우고 싶었지만 그럴 기회조차 별로 없었다. 호유화의 힘은 어지간한 유계 존재 수천 마리는 거뜬히 밀어낼 만큼 압도적이었기 때문이다.

전선이라고 하지만, 생계에서 인간들이 전쟁할 때와는 또 달랐다. 사람들에게 보통 저승이라 인식되는 사계死界지만, 실제로는 무한의 공간을 가진 또 하나의 세계요, 우주에 가깝다. 또한 유계도 무한의 공간을 지닌 세계다. 따라서 두 세계의 전선은 국경선을 놓고 싸우는 형태는 아니었다. 사계와 유계는 원래 다른 차원의 세계이지만 우주 팔계 전체의 순환 원리에 의거하여 완전히 단절된 것은 아니었다. 영혼이 순환하려면 세계와 세계를 통과해야 하기에, 차원적인 단절 안에서도 어느 정도의 공통 요소들이 계 건립 시부터 배분되어 있다. 즉, 양쪽의 차원이 비슷하게 동조하여 경계가 불분명해지는 지점들이 양측 모든 쪽에 생겨나는데, 이런 지점들이 바로 전선이 된 것이다. 개념 자체는 인간 세상 전쟁의 전선과 비슷하되, 평면적, 이차원적으로 길게 이어지는 것이 아니라 그런 성질을 가진 한 지점, 혹은 한 지역들이 무수히 산재하게 된다. 어떤 지역으로부터 시작하여 어떤 특정 공간, 가령 지표에서 한참 올라간 상공의 어떤 공간이 출입구가 되기도 하고, 땅속 깊은 곳이나 도읍 한복판이 그런 지점이 되기도 한다. 이를 통틀어 전선이라 부르는 것이다. 계 전체에 수없이 혼재되어 있는 작거나 아주 거대한 수많은 문을 지키는 것이 바로 계간 전쟁界間戰爭의 양상이다.

시간이 지나자 유계 측에서도 점차 대응을 해왔다. 호유화가 나타나는 전선에서는 비상이 걸려, 무지막지한 수의 유계 무리가 군집했다. 아무리 무한한 유계라고는 해도 전선에 집결시키는 존재의 수는 한계가 있는 듯, 호유화에 전력을 집중시키다 보니 주변의 방어는 상대적으로 소홀해졌다. 덕분에 사계의 전선은 지루한 밀고 당기기를 벗어나 실로 오랜만에 유계 존재들을 몰아붙이는 데 성공하고 있었다. 다만 예전 같지 않은 것은 호유화와 은동 일행이었다. 제아무리 호유화가 환계 제일이라 해도 수만에서 수십만을 넘는 유체들의 대군집을 물리칠 수는 없었다. 때문에 언제부터인가 호유화는 전략적인 존재로 모습을 드러내 방어망을 흩는 상징적 역할을 맡게 되었다. 전략적으로는 중요한 일이되 호유화는 답답해했다. 호기롭게 힘을 다해보리라 생각하여 거대한 유계 존재들의 군집체에 정면으로 돌격해 들어가기도 했다. 그건 오산이었다. 법력이라면 환계 최고를 넘어 팔계 으뜸이라고까지 일컬어지는 호유화였지만 수를 헤아릴 수 없는 유계 유체들이 엉킨 군집체를 돌파하지 못했을뿐더러 오히려 포위되어버렸다. 애당초 전술적 상의도 없이 깊게 들어온 참이라 구원을 청할 시간도 없었다.

그때 은동이 나선 것이다. 은동이 손을 한 번 휘두르자 뭐라 표현하기 힘든(불도 번개도 빛도 아닌) 잔잔한 섬광이 뻗어나가 유계 군집체를 덮쳤다. 거대한 폭음도, 폭풍도 없었다. 단지 번쩍하고 모두의 눈앞이 캄캄해졌을 뿐이다. 그러자 호유화조차 난감하게 만든 거대한 유계 군집체는 결속이 풀려 바스라져버렸고, 수십 장 내에서는 단 한 마리도 살아남은 것이 없었다. 호유화가 진정 놀란 것은 파괴력만이 아니었다. 주변 수십 장을 바스러뜨리는 법력은 우주 팔계 전체로 보면 그렇게 드문 것은 아니었다. 하나 이렇게 아무런 여파도, 그 안에 있던 같은 편에게는 아무 영향도 주지 않고 수만 수십만의 적을 해치우는 것은 호유화조차도 처음 보는 것이었다. 그것은 단순히 어려운 정도가 아니라 차원을 달리 하는 힘이었고 그런 사실조차 호유화 정도 되지 않으면 구별하기도 힘들었다.

그때, 앞에 펼쳐진 광경에 조금 뒤에서 역시 멍하니 입을 벌리고 있던 흑호가 갑자기 신이 난다는 듯 웃었다.

"우하하! 은동이가 이렇게 세지다니! 하핫!"

흑호가 껄껄 웃자 더 뒤에 있던 태을 사자도 한 걸음 앞으로 나오며 말했다.

"이제 팔계 제일 법력은 은동이가 되겠구먼. 그게 기분 상하는가?"

태을 사자가 묻자 호유화는 성질을 냈다.

"기분 상한 게 아냐! 낭군님이 세진 건데 내가 왜. 하지만 납득이 되지 않아."

호유화는 다시 은동을 돌아보며 말했다.

"이런 힘은 그냥 생길 리 없어. 무슨 일이 있었던 게 분명해. 은동아, 솔직히 말해봐. 우리 모르는 사이 무슨 일이 있었어?"

은동은 고개를 저었다.

"전혀."

"그런데 어떻게 이럴 수 있어? 너, 나 모르게 다른 누구에게 힘 얻은 거 아냐?"

그러자 흑호가 끼어들었다.

"은동이가 강해진 게 뭐 나쁜 일이라고 자꾸 그러누?"

"강해진 게 나쁘거나 기분 상한다는 말이 아니라니까. 이 정도 힘이 그냥 주어졌을 리 없잖아. 뭔가에 얽혀든다거나, 대가를 치러야 한다거나 할지도……. 그게 걱정되는 거야!"

호유화의 말에서 진심을 느낀 은동은 정색을 하고 말했다.

"그런 일은 없어. 왜란이 끝나고 사계로 온 이후로 우리가 한 번이라도 떨어진 적이 있었어?"

은동은 말하다가 다시 차분한 목소리로 말했다.

"당신이 모르는 일은 내게 없었고, 앞으로 만들지도 않을 거야. 안심해."

은동의 말에 호유화는 조금 얼굴을 붉히며 깔깔 웃었다.
"당신? 아우우, 그게 뭐야. 소름 끼쳐라."
"마음에 안 들어?"
"아, 아니. 그게 아니라…… 조금 익숙지 않아서……."
그것을 보더니 흑호가 말했다.
"어어. 허허. 이제 은동이 다 컸네그려. 말로 마누라를 홀리는구먼."
"뭐가 어째? 홀려?"
호유화가 째려보자 흑호는 힐끗 눈을 돌려 피했지만 정말 역정을 내는 건 아니었다.
태을 사자가 말했다.
"은동이도 이제는 장부고, 한입으로 두말할 사람이 아니니 호유화 자네는 안심하게. 그리고 내 생각엔……."
태을 사자는 고개를 옆으로 기우뚱 돌리며 뭔가 생각하더니 말을 이었다.
"…… 아무래도 은동이의 새로 얻은 칭호 때문에 생긴 힘 아닐까 싶네."
그 말에 흑호가 눈을 크게 떴다.
"칭호? 그러면 그, 천기 뭐라던?"
"천기의 수호자! 미련하기는."
호유화가 톡 쏘자 흑호는 입을 꾹 다물고 미간을 찌푸렸지만 뭐라 대꾸하지는 않았다. 태을 사자는 잠시 기다렸다가 계속 말했다.
"삼신대모께서 말씀하셨다 하지 않았는가? 은동이는 이제 천기의 수호자가 되어 우주 팔계에서 가장 중요한 존재가 되었으니 우주 전체의 가호가 흘러들 거라고. 그 힘이 아닐까?"

왜란의 막바지, 최후로 생계에 남은 세 마수와 싸울 때 은동은 삼신대모에게 그 말을 들었고, 호유화도 같이 들은 바 있다. 호유화나 흑호는 그것을 단지 왜란을 막아 천기를 수호하는 데 공을 세웠기에 부여된 명예직이라고만 생각했었다. 태을 사자도 처음에는 그렇게 여겼지만, 은동의 변모를 보고 혹시 그렇지 않을까 유추한 것이다. 그 말을 듣고서야 은동도 고개를 끄덕였다.

"그런 거였나요?"

"정말 몰랐는가?"

"삼신대모께 제가 들은 이야기는 전에 말씀드린 게 전부였어요. 그래서 제가 강해지는 거라면……."

은동이 말을 끝내기도 전에 호유화가 끼어들었다.

"그게 정말이야?"

"그렇지 않고는 설명할 길이 없으니."

태을 사자가 대답했으나 호유화는 여전히 편치 않은 표정이었다.

"정말 그런 거 맞을지? 누구한테 받은 거 아냐?"

은동은 말없이 고개를 저었고 흑호가 대신하듯 말했다.

"환계 제일이라는 너보다 강한 법력이여. 세상에 누가 그런 힘을 줄 수 있누? 태을 이야기가 맞는 거 같어."

호유화의 얼굴은 오히려 어두워졌지만 태을 사자가 눈에 띄지 않게 눈빛을 보내자 금세 얼굴을 밝히며 웃었다.

"아, 그런 거라면 염려 없지. 난 또 누가 우리 낭군님에게 수작이라도 부리는 줄 알고……."

흑호가 이해되지 않는다는 듯 물었다.

"수작을 부려? 누가?"

"환계에는 별별 것들이 다 있고, 요사스러운 것들도 많거든. 날 시기하는 것들도 꽤 많고. 그래서 혹 우리 낭군님께 법력 선물이라도 한아름 안겨서 뭔가 해보려는 걸지도 몰라서……."

"에이. 생각하는 수준하고는! 요물 티 좀 그만 내!"

"요물? 너 혼 좀 나볼래?"

둘이 철없이 아웅다웅하는 모습을 보고서도 은동은 웃지 않고 말없이 고개를 돌렸다. 순진한 흑호는 진심이었지만 호유화는 일부러 꾸며서 철없는 흉내를 내는 것이 뻔히 보였기 때문이다. 아직도 호유화는 수상하다는 생각을 지우지 못했고, 그런 내색을 하지 않기 위해 흑호와 철없는 짓을 해서 본심을 가리려는 것이다. 물론 은동을 정말 의심하는 것은 아니다. 남도 아닌 은동이가 법력이 강해지는 것을 싫어할 이유도 없다. 하지만 막연하게 불안한 느낌이 드는 것은 어쩔 수 없었다. 태을 사자도 편안한 표정은 아니었다.

'이건 기적에 가까운 은총이다. 이런 일은 이유 없이 일어나지 않는 법인데……. 대체 어떤 일이 기다리기에 이런 것이 은동에게 주어진 건지……'

그러나 태을 사자도 굳이 그런 속마음을 꺼내 보이지는 않았다. 대신 그는 이렇게 말했다.

"이 일은 소문나지 않도록 하세."

"무슨 소리야? 왜?"

호유화가 묻자 태을 사자는 차분하게 말했다.

"아직 은동이의 힘이 어디서 비롯된 것인지 확실하게 밝혀진 것도 아닐뿐더러 소문이 나면 귀찮은 일이 생길지도 몰라. 유계 쪽에서도 태도를 바꿔 대응해올지도 모르고……."

"그럼 어쩌자는 거여?"

흑호가 되묻자 태을 사자는 잠시 생각하다 말을 이었다.

"일단 이 법력은 호유화가 발출한 것으로 해두세. 어차피 자네는 환계 제일이고, 유계도 그걸 잘 아니, 이름을 좀더 떨쳐도 상관은 없겠지."

"하지만 은동이가 더 강할 것 같은데 굳이 왜 내가?"

호유화가 고개를 갸웃거리자 태을 사자는 찬찬히 설명했다.

"호유화 자네는 법력도 법력이지만 환계 제일이잖은가. 모든 환계의 존재들이 자네는 지키고 수호해야 한다고 생각해. 혼자만의 법력보다 그게 더 중요할 수 있다는 거지. 은동이는 천기의 수호자로 지명은 되었다지만 그게 무얼 의미하는지도 알려져 있지 않으니, 낯선 하나의 영혼일 뿐. 지금대로라면 유계 측에서 갑자기 나타난 강적을 저지하려고 무슨 수를 쓸지 모르니 차라리 환계 전체를 배경으로 지닌 호유화가 이름을 빌려주는 편이 낫다고 생각하네. 어차피 남남도 아니고……."

완전히 거짓말도 아니었지만 거기에는 은동을 소문이나 다른 자들의 눈초리에서 벗어나게 해주려는 배려도 담겨 있었다. 그 의도를 눈치챈 호유화는 고맙다는 듯 태을 사자를 힐끗 쳐다보고는 은동에게로 고개를 돌렸다.

"네 생각은?"

"난 아무래도 상관없어."

은동은 여전히 담담하게 대답했다.

마계의 두려움

엄청나게 강해진 은동의 힘이 가세하자 전황은 극적인 변화를 맞았다. 아무리 숫자가 많은 유체들이 집결해도 순식간에 와해되어 전멸을 면치 못했다. 은동에게 주어진 힘의 근원은 호유화조차 정확히 알지 못했지만 무소불위의 파괴력을 지니고 있었다. 상대가 수만이건 수백만이건 상관도 없었을뿐더러 한 마리도 빠져나가지 못했다. 물론 유계 측은 이것을 호유화의 활약으로 알고 있었다. 맞닥뜨린 유체들이 하나도 빠져나가지 못했기에 비밀은 새어 나가지 않았다. 아무리 유체들의 수가 많다지만 무한은 아니었다. 여기저기서 전멸당하니 효과가 차츰 드러났다. 계 간 접전의 전선은 선을 이루는 것이 아니기에 파급되기까지는 시간이 걸렸다. 하지만 결국 절대 전력의 누수로 인해 각 지점에서 팽팽하던 전력이 연쇄적으로 기울어졌다. 수많은 승리가 이어지면서 지루한 접전을 펼치던 전선 전체가 크게 요동치기 시작했다.

"이제 이 싸움에 획을 그어야 할 때입니다."

싸움에 투입된 각 계의 존재들 중 최고위급이 모인 대규모 회의에서 결론이 지어졌다. 지금이 전환기라는 것은 싸움에 참가한 사계와 성계, 광계 등의 현자와 참모 들이 이구동성으로 내린 결론이었다. 그리고 지금은 은동 일행에게 그 내용을 전달하는 자리였다. 모인 숫자는 많지 않았다. 은동 일행에게 성계, 사계, 광계의 서로 다른 존재들이 몇몇씩 찾아온 비밀회의에 가까웠다. 환계도 다수 참전했지만 회의에 나선 것은 호유화 하나뿐이었다. 성계에서 파견되어 온 유리답琉璃踏이라는 묘한 이름의 여女현자가 말했다.

"원래 유계의 무리는 이렇게 대규모로 뭉치거나 조직적으로 움직일 수 없습니다. 그것이 가능한 이유는 유계를 무언가가 장악했기 때문입니다. 그리고 그 배후에는 마계가 있습니다."

"당연하잖아."

호유화는 코웃음을 치며 중얼거렸다. 호유화는 명실공히 환계 최강의 존재인데다 성격도 원래 건방져서 지위 고하를 막론하고 함부로 말했다. 또 그것이 호유화답기도 하고, 누구도 그에 대해서 이의를 제기하지 않았다. 그러자 서양 쪽 사계의 판관 격인 사도 마몬이 말했다. 마몬은 서양인이 믿는 사신의 모습이라, 온몸을 검은 천으로 감고 해골화된 얼굴에 길고 섬뜩한 낫을 메고 있어서, 얼핏 보면 마계나 유계의 존재처럼 보였으나 이런 회의에까지 나온 것으로 보아 그는 엄연히 정의로운 사계의 존재였다.

"마계의 존재가 지금까지 유계에 있다는 것은 심각한 의미를 지니오."

"어차피 마계 놈들은 생계건 어디건 드나들며 수작을 부릴 수 있잖아."

호유화가 말하자 유리답이 대답했다.

"그랬었지요."

"그랬었다니? 그럼 지금은 아니라는 거야?"

"호유화 님은 생계에서의 일로 잘 모르실지 모르겠습니다만, 마계는 이미 꽤 오래전부터 완전히 봉인되어 있었습니다."

"봉인? 누구에 의해?"

호유화의 물음에 유리답은 염려가 묻어나는 소리로 답했다.

"우주 전체의 힘으로요."

"그게 무슨 소리야? 그럼 모든 계의 힘으로 마계를 봉인했다는 거야?"

"그러려고 했습니다."

"그러려고? 그럼 봉인되지 않았다는 거야?"

"그럴 수도 있습니다."

"이봐. 한둘도 아니고 우주 전체의 힘으로 봉인했는데 그걸 뚫는다고? 그게 말이 돼?"

"봉인되었다면 마수들은 더이상 마계를 드나들 수 없어야 합니다."

"드나들지 못하잖아! 생계에서 일을 꾸미던 마수들도 그래서 처치할 수 있었고……."

"생계에서는 그랬을지도 모릅니다. 허나 유계에서는 상황이 다르다는 판단입니다. 유계 전체가 이렇게 대규모로 뭉쳐, 방어도 아니고 사계로 집요하게 역공을 했지요. 이건 대량의 마수들이 배후에서 조종하지 않으면 불가한 일이라 전부터 생각되어왔습니다. 그리고…… 이제 확인까지 되었습니다."

유리답이 차근차근 설명하자 사도 마몬이 다시 나서서 말했다.

"유계는 사계에서도 포기한 영혼들이 버려지는 장소. 사계와의 접점이 가장 많습니다. 그래서 충실한 사계의 존재 몇몇이 유계의 존재화되어서 유계에 침투했소. 막 싸움이 시작되었을 때 일인데, 이제야 탈출하여 정보를 건넨 자가 나왔소. 마수들은 확실히 유계에 있을뿐더러 자유롭게 오고가며 힘을 행사해 유계 전체를 부리고 있소."

그때까지 말없이 있던 태을 사자가 말했다.

"믿을 수 있는 정보요?"

마몬은 해골화되어 검은 구멍만 남은 눈으로 태을 사자를 지긋이 바라보며 말했다.

"직접 본 거요. 유계에서 돌아온 자가 바로 나요."

"그럼 이상하잖어!"

흑호가 참지 못하고 소리쳤다. 이 장소, 아니 전장 전역을 뒤져도 생계에 속한 존재는 흑호와 은동 둘밖에 없었다. 더구나 은동은 천기의 수호자라는 애매한 직함을 받은 터라 흑호는 사실상 생계의 대표자나 다름없었다.

"마수들이 유계를 그렇게 들락거릴 수 있으면 생계에서는 왜 그 모양이었어? 더구나 봉인은 또 뭐고? 우주 전체가 힘을 모아 친 봉인인데 그렇게 펑펑 뚫리나?"

"몇 가지 추측은 가능하지. 생계에서처럼 마수들이 이미 다른 계로 나와 있기에 돌아가지 못하고 암약하는 것일 수도 있겠고……."

태을 사자의 말에 마몬이 딱 잘라 말했다.

"그건 아니오. 유계에서 마수들은 분명 마계와 소통하고 있었소. 그것을 확인하느라 유계의 밑바닥까지 가라앉았었소. 지금 느끼는 이 몰골이 되도록……."

스스로를 희생한 마몬의 증언은 침투 과정에서 밴 마기로 인해 음산하기까지 했으나 그의 양옆에 떠 있는 빛 덩어리인 광계의 존재들이 은은한 빛을 유지하는 것으로 보아 진실임은 분명했다.

“그러면 마수들이 우주 전체의 봉인을 뚫고 드나들 정도로 마계의 힘이 강하단 거유?”

“절대 그럴 수 없을 것인데…….”

흑호와 태을 사자가 위기감을 느낀 듯 속삭이자 유리답이 조용히 말했다.

“믿기 힘드시겠지요. 납득이 가지 않는 일이긴 합니다. 그러나 마몬의 증언을 토대로 어느 정도 짐작할 수 있게 되었습니다. 우주 전체가 힘을 다한 봉인은 막강합니다. 하지만 마계 내부의 일부는 그것을 비집고 바깥으로 힘을 보낼 수 있습니다.”

“그럼 봉인을 뚫었다는 거 아녀! 마계가 우주 전체보다 강하다고?”

흑호는 말도 안 된다는 뜻으로 소리친 것이지만 놀랍게도 유리답은 선선히 고개를 끄덕였다.

“그럴 수…… 있습니다.”

그 말에 모두가 놀랐다. 항상 냉정한 태을 사자조차 흔들리는 목소리로 물었다.

“지금 뭐라고 하셨소?”

“정확히는 마계가 강한 것이 아닙니다. 마계의 존재 중 일부가 그렇다는 뜻입니다…….”

“마계도 아니고, 마수 중 일부가 우주 전체를 합한 것보다 강하다고? 그런 말도 안 되는…….”

“저도 정확한 것은 알지 못합니다. 허나 지금부터 말씀드리는 내용은 우주 전체에서도 비밀이며, 짐작조차 하지 못할 일입니다.”

유리답은 한숨을 쉬었다. 흑호나 태을 사자는 물론 호유화까지도 긴장된 눈빛으로 그녀만 빤히 바라보았다. 다만 은동만은 입도 떼지 않고 처음과 다름없이 듣고 있었다. 유리답이 천천히 이야기를 시작했다.

"지금 이 자리에는 환계 제일, 나아가서는 법력으로는 우주 최고라 하는 호유화 님이 계십니다. 그 말에는 아무도 이의가 없지요."

"난데없이 왜 내 이야기야?"

호유화가 말하자 유리답은 긴장을 풀려는 듯 억지로 웃어 보이며 말했다.

"비유를 들기 위해서입니다. 그런 호유화 님의 법력을 보통 수행의 법력으로 환산하면 어느 정도 될까요?"

"예전에는 삼천 년 정도라 해야겠지. 다만 요즘 들어 부쩍 강해져서 두 배는……."

"세 배."

태을 사자가 끼어들어 지그시 누르듯 말했다. 그러자 유리답이 조용히 말했다.

"그렇다면 거의 만 년에 달하는 법력이시군요. 정말 놀랍습니다. 그런데 호유화 님, 이상하다 여기신 적 없습니까?"

"뭘?"

"세상의 처음부터 법력, 도력, 주술력은 존재했습니다. 그런데 어째서 호유화 님의 만 년, 아니, 호유화 님이 환계 제일 칭호를 얻으신 것은 법력 삼천 년일 때부터지요. 그 힘이 우주 제일이 되었을까요? 그보다 더 오래된 존재들이 많은데 어찌하여 삼천 년 법력이 우주 최고가 되었을까요?"

흑호와 태을 사자가 거의 동시에 말했다.

"법력이란 게 그냥 살아 있는 것만으론 쌓아지는 것이 아니니……."

"개인적인 자질의 차이도 있지 않겠소?"

"그러나 세상에는 별의별 존재들이 다 있지요. 생계만 해도 그 수를 헤아릴 수 없는데 다른 계까지 생각한다면요? 오래 살면서 자질 있고 노력하는 존재가 그렇게 없었을까요?"

그 말에 호유화가 대답했다.

"그러니 명목상이란 거지! 나보고 자꾸 그렇게들 떠들지만 난 내가 삼신대모님이나 다른 성계 분들보다 법력이 강하다고는 생각해본 적 없어!"

유리답은 조용히 미소 지으며 답했다.

"물론 그분들의 깨달음이나 행하시는 일은 호유화 님보다 넓지요. 그러나 법력은 호유화 님보다 강하지 못할 겁니다. 그렇게 되어 있으니까요."

"그렇게 되어 있다니, 무슨!"

"입에 담기도 버겁지만, 우주 전체가 말입니다."

"무슨 소리야?"

"막연히 느끼고 계실 겁니다. 이 세상은 아주 오래되었고, 헤아릴 수 없을 정도로 긴 세월동안 내려오면서 쌓여온 것이라고요. 그러나…… 실제는 그렇지 않습니다. 우리가 보고 있는 이 세상, 우주 전체는 창조된 지 기껏해야 1만 년도 되지 않습니다!"

고대古代의 법력

유리답의 발언은 너무도 충격적이라 모두가 할말을 잃었다. 말도 되지 않는 헛소리 같았다. 그러나 유리답은 가장 순수하고 지고한 성계의 존재다. 이유 없이 헛말을 입에 담을 리가 없다. 그렇게 생각한 태을 사자가 간신히 말했다.

"어째서 그리 말씀하시는지…… 이유를 설명해주시겠소?"

유리답은 고개를 끄덕이며 말했다.

"쉽게 이해하시기는 힘드실 것입니다. 생계 사방에 널린 돌 한 조각, 물 한 방울도 수십억 년의 세월을 지니고 있으니까요. 그런 물질이나 존재가 수십억 년 전에 처음 만들어졌다는 말씀이 아닙니다. 우주 전체를 움직이는 진리의 틀, 그중에서도 지금 우리가 속해 있고 이루고 있는 질서의 체계가 만들어진, 즉 지금의 우주 체계가 창조된 것이 1만 년 전이라는 뜻이지요."

제일 먼저 은동이 답했다.

"우주 체계라……. 그러니 나라로 비유를 들면 되는 건가요? 지금은 조선이지만 과거에도 조선 땅에 사람들은 살았을 테죠. 그 이전엔 고려라는 체계에서 살다 죽어갔고, 그 이전에는 신라……. 하지만 지금은 조선이라는 체계 속에서 사는 거죠. 말씀하신 우주 전체의 체계라는 것도 그것과 흡사하지 않을까 싶습니다."

"천기의 수호자님의 말씀이 맞습니다. 적절한 비유군요."

"그렇군. 우주의 질서가 1만 년 전을 계기로 바뀌었다 하면 이해가 가오."

"아니, 고작 1만 년은……."

도리어 호유화가 납득이 가지 않는 듯했다. 자신의 연령이 워낙 높은지라 세상 전체가 고작 1만 년 전에 시작되었다는 말을 받아들이기 힘든 것 같았다. 흑호도 그런 기분이었으나 은동은 확실하게 이해한 듯 고개만 끄덕였다.

"1만 년 전까지는 법력이 세상을 지배하는 가장 확실한 힘이었지요. 그러나 그것은 1만 년 전을 기점으로 바뀌었고, 결정적으로 약 오천 년 전쯤에 법력, 혹은 주술력은 세상을 구성하는 힘이 아니게 되었습니다. 법력은 주술로 구현되는 힘이 아니라 정신적이고 사고적인 힘으로 변환된 겁니다."

"그…… 그렇게 쉽게 되는 거요? 물리적 힘이 정신적인 것으로 바뀐다고?"

"그것이 '법칙'이자 '원리'입니다. 우주 자체도 이 법칙으로 이루어져 있으니, 법칙의 변환은 엄청나게 큰 사건입니다. 보통의 물질이나 존재 자체에 영향을 주는 것은 아니지만, 세상의 판도에는 엄청난 영향을 주었죠. 그게 1만 년 전에 일어났습니다. 우주의 결단이 그러하여 법칙이 변했고, 그래서 오천년 전을 계기로 하여 우주 전체에서 힘으로서의 법력은 마르기 시작했습니다."

"마르다니요?"

"우주의 법칙이 다시 짜였으니, 원천적인 고대의 법력은 근원적으로 새로 보충될 수 없었습니다. 허나 그때까지 세상에 힘으로 풀려 있던 법력은 전부 소모되기까지는 계속 흘러다니게 되어 있었죠. 힘만이 아니라 존재들, 신수라 칭해지는 고대의 거대 생명이나 도를 닦은 존재들이 남아 있었습니다. 오천 년 동안의 경과를 볼 때 법력의 전환은 성공적이었고, 세상의 대부분 존재들은 힘보다는 정신을 위주로 활동하며 그것이 우위에 서게 되었습니다. 그 때문에 고대의 법력과는 흡사하나 생계의 정신 활동에 근간을 둔 법력이 약간 존재합니다. 그것은 임시적인 법칙으로 만들어진 것이지요. 그럼에도 고대의 존재들, 즉 이전 시대부터 존속해서 고대의 법력이 과하게 집중된 존재들은 남아 있었습니다. 세상의 법칙에 따라 그들은 과하게 나서지도 않았지만 분명 존재했습니다. 그런 존재들마저도 세상과 격리시킬 것인가, 낮은 급수의 신과 같은 역할을 맡겨 존재하게 둘 것인가에 대한 마지막 판단만 남아 있었습니다. 그것만은 실제 생계를 주재하는 인간의 결단에 맡겨야 했는데, 어느 위대한 인간의 군주가 그 결단을 내렸습니다. 그래서 그 결정 이후로 환계나 우주 팔계가 현재의 모습을 이룬 것입니다."

흑호마저도 헉하고 신음성을 냈다.

"우주 팔계가 완성된 것이 그때란 거유?"

"예. 예를 들어 말씀드리면 환계의 존재들은 그 이전까지는 신수라 불리며 지금으로는 상상하기 어려운 힘을 지녔습니다만, 그 법칙의 여파로 모든 법력이 고갈되거나 세상에 개입할 수 없는 성스러운 존재 혹은 다른 존재로 변했습니다. 즉 오천 년 전에 처음부터 다시 시작한 겁니다. 그것도 새로 법력을 공급받지 못하고 그때까지 남아 있던 희박한 법력을 모아야만 힘을 이룰 수 있는 상태. 그래서 호유화 님의 법력이 우주 제일인 겁니다. 고작 오천 년, 그것도 희박하게 떠도는 고대 법력을 붙잡아야 하는 중 무에서 시작하여 삼천 년의 법력을 쌓는 것은 정말 희귀한 경우지요."

"나도 혼자 팔백년 법력을 쌓았는데……."

흑호가 궁시렁대자 유리답이 웃으며 말했다.

"흑호 님이 쌓은 것은 비슷한 법력 같지만 후대에 허용된 법력입니다. 흑호 님 만이 아니라 현재 생계의 인간이나 금수 등이 부리는 법력은 모두 후대에 임시적으로 허용된 것 같은 법력이죠. 즉 믿음이나 바람이나 수련 같은 것으로 착실하게 쌓이는 힘 말입니다. 다만 호유화 님의 법력만이 현재의 다른 법력과는 궤를 달리하는 고대의 법력에 가깝습니다."

"난 내 힘이 고대 어쩌고라는 생각해본 적 없는데? 그게 뭐가 그리 달라서"

"아주 흡사해 외견으로는 구별하기 어렵습니다만, 근본 법칙이 다릅니다. 따라서 잘 사용하면 어마어마한 위력의 차이를 보이게 되지요."

"흠……."

호유화가 시무룩해지는데 마몬이 말했다.

"근래 사용하신 힘들과 같소. 유계 유체들을 분리하여 공격하시는."

마몬의 말에 호유화는 깜짝 놀랐다. 사실 그것은 호유화의 힘이 아니고 은동의 힘이었으니까. 호유화는 생각했다.

'내가 삼신대모님급에는 그 사실을 알렸었는데 이들은 모르고 있네? 고대의 법력이란 게 정말 뭔가 큰 문제가 있긴 있는 건가 보다.

이들 정도는 그것을 정확히 알 급이 안 되는 거겠지. 굳이 내가 알려 줄 필요는 없지.'

호유화가 생각하는 사이 마몬은 말했다.

"나는 유계에서 마계의 존재들을 보았소. 그리고 그들이 쓰는 힘도 접했소. 물론 모두가 그런 것은 아니었지만, 고위급에 속하는 마계 존재는 그 힘을 사용할 줄 알았고, 그것을 그들은 '개념 주술'이라고 불렀소. 즉 호유화 님이 쓰신 주술, 적 수만 마리에 둘러싸여 폭발적으로 힘을 발출해도 되레 멀리 있는 적은 공격받아 바스러지고, 바로 옆에, 혹은 힘 속에 있던 우리 편은 상처 하나 입지 않는 선별적인 방향성을 갖는 힘 말이오……. '적'으로 인식한 적만 공격한다."

"그런게 어떻게 정말 가능한 거요?"

"우리의 법력이란 건 세상의 법칙과 실서 아래서의 편법을 추구하는 것이라 할 수 있소. 물론 그것도 유한한 것일 테고. 따라서 일상적으로 보이지 않던 힘이나 재주를 부리더라도 어디까지나 법칙 자체를 무시하는 것은 아니오. 그러나 고대 법력은 그렇지 않소. 법칙을 회피하는 것이 아니라 법칙 자체를 틀어버리고 조종하는 힘이란 거요. 그렇기에 우주 전체가 힘을 모은 봉인을 뚫을 수도 있을 거요. 우주 전체의 법력이라 해도 법칙에 근거하기 때문에 근간은 건드리지 않는 힘이니까. 그러나 고대 법력은 법칙 자체를 조종하니 그렇지 않소. 그것이야말로 우주의 질서를 흐트릴 만큼 막강한 위력을 지녀 우주의 법칙을 다시 짜게 만들었던 힘이오. 그리고……."

마몬은 괴로운 듯 말했다.

"그것이 마계의 힘이기도 하오……."

모두 할말을 잃었다. 은동 일행은 실제로 보아 그것이 엄청난 힘이라고는 생각하고 있었지만, 그것이 고대의 전혀 다른 법력에서 비롯된 것인지도, 그 힘이 우주 전체의 법칙을 재건축할 정도로 강력한 것이었는지도, 나아가서는 그것을 마계가 사용하는지도 몰랐다. 우주 전체의 법칙을 재건축할 정도의 힘을 마계가 쥐고 있다면 우주 전체의 봉인을 깨는 것도 가능할 것 같았다.

유리답도, 마몬도 그 이상의 이야기는 알려주지 않았다. 그보다는 그들도 알지 못했다고 보는 편이 맞다. 다만 그들은 상황이 이러하니 결코 전세를 낙관적으로 보아서는 안 되며 일을 조속히 끝마치기 위해서는 유계의 진입, 그것도 금단의 고대 주술을 사용하는 마계의 존재를 목표로 하는 잠입 작전이 필수라 주장했다. 고대의 주술을 사용하는 마계 존재는 많지 않으니 그를 잡으면 어쩌면 유계 전체의 전쟁을 금방 종결시킬 수도 있는데다 고대의 주술을 어떻게 얻어냈는지도 알게 될지도 모른다. 그 일을 행할 수 있는 자는 은동 일행뿐이었다. 호유화가 외견상 법력이 최고이기도 하고, 고대 법력을 사용할 수 있는 것으로 알려져 있었으니까. 은동 일행도 이의는 없었다. 실제 힘을 쓰는 것은 호유화가 아니고 은동이었지만 어차피 일행이다. 그리고 그렇게 무서운 힘일지라도 겁먹을 이들 일행은 아니다. 오히려 그렇게 모든 일이 빨리 끝날 수 있다면 물불 가리지 않고 뛰어들 일행이었다. 결국 그렇게 유계 진입을 결정하고, 유리답과 마몬, 그리고 광계 전사들이 돌아간 후, 일행은 한동안 이야기를 나눴다.

흑호가 말했다.
"무슨 암흑의 대주술이라고 영혼을 번식시킨다고 하더니만……. 그게 문제가 아니잖아."
"암흑의 대주술이란건 환계의 존재도 필요한데다 지금 돌이켜보니 여기저기 애당초 허점이 많았네. 한 세계가 흥망을 걸고 몰입하기엔 불완전했어. 그러고 보면 그것도 지금 말한 고대 주술을 부활시키는 방편이거나 혹은 눈가림을 위해 내세운 것일지도 모르겠군."

태을 사자가 말을 끝내자마자 호유화가 말했다.

"그런데 이상하잖아. 미계 마수들이 그 정도로 강력한 고대 법력을 쓴다면, 나에게 당한 흑무유자는? 마계 서열 4위인데……."

"서열 4위라도 고대 법력은 몰랐을 수도 있지. 그보다는 지금의 질서가 1만 년 전에 이루어졌다는 것, 그 원인이 고대 주술에 있다는 것 같으니 그게 더 충격일세."

은동도 입을 열었다. 은동은 유리답 등이 있던 자리에서는 별말을 하지 않았지만 지금은 솔직히 자기 심정을 토로했다.

"나는 이제야 의문이 풀리는 느낌입니다. 어떤 사서를 펼쳐보고 어떤 구전을 들어보아도 어느 시점 이상의 이야기는 없었어요. 그 이전이라 하는 언급이 있어도 굳이 말하면 숫자 장난이지, 실제로 오래전 이야기를 사람들은 완전히 잊고 있는 것 같았어요. 아예 언급되지도, 생각하지도 못하는 것 같았지요. 글이 만들어진 것은 당연히 1만 년도 안 되지만, 말은 그보다는 훨씬 전에 만들어졌을 테니, 적어도 이야기라도 전해 내려왔을 거라 생각했거든요. 우주의 질서를 위해 모든 존재의 과거 기억도 같이 없어졌는지도……."

그 말에 호유화도 고개를 끄덕였다.

"그건 그래. 환계의 존재들 중에는 만 단위는커녕 수천만 년이나 수억 년 전에 태어난 존재들도 있어. 그러나 그들도 기억은……."

말하다가 호유화는 갑자기 말을 멈추고 몇 번 눈을 깜박이며 깊이 생각하다 다시 입을 열었다.

"아냐. 그렇진 않아……. 그들도 과거 이야기는 했었어. 너무 오래

전의 일이고, 법력을 깨닫지 못한 때였지만 그때의 기분을 이야기를 하던 존재들이 많았어."

"그러면 기억이 없어진 건 아니라는?"

은동이 묻자 호유화는 고개를 저었다.

"아니, 꼭 그런 건 아니고…… 생각해보니…… 으음……."

호유화는 다시 한참 생각하다 말했다.

"오히려 수천만 년, 수억 년 전 기억은 남아 있어. 다만 내가 한 번도 듣지 못한 시대는 그보다는 훨씬 뒤야. 대강 백만 년? 이백만 년 전 이야기부터는 갑자기 없어져. 그리고 만 년이 안 되는 인간들 이야기로 바뀌지."

흑호는 뭐가 뭔지 어리둥절해하다 툭 던지듯 말했다.

"그게 뭘? 제길. 몇백만 몇천만 하니 뭐가 뭔지 실감은 안 나지만, 백만 년 전이면 인간 종족이 처음 생겨난 때일지도 모르잖아. 그때는 지금처럼 똑똑하지 못해서 말도 글도 몰랐다가 만 년 전부터 기억한 거 아냐?"

흑호는 무심코 한 말이었지만 호유화는 오히려 놀란 표정을 지었다.

"고양이, 대단한데? 사실과 비슷해."

"엥? 정말? 그런데 호유화 네가 어떻게 알어? 네가 백만 년을 산 건 아니잖아."

"물론 그런데, 내 몸에는 아직도 사백년 후의 천기를 읽는 시투력주가 있거든. 전에 왜란 종결자가 누군지 알아내려고 대천안통을 마구 썼을 때, 사백 년 후에 학문으로 인간이 백만 년쯤 전에 세상에 나왔다는 기록을 본 적 있어. 원숭이에서 서서히 인간으로 바뀌는데……."

"가, 가만. 원숭이에서 사람으로 바뀌었다고? 그게 대체 무슨……."

되레 냉철한 태을 사자가 적응하지 못하고 끼어들자 호유화는 딱 잘라 말했다.

"아주 오랫동안 천천히 변한 거지. 그건 거의 확실한가 봐. 그걸 진화라고 한다는데, 뭐가 뭔지 이해는 안 가지만, 그렇게 많은 사람들이 확신하는 걸 보면 증거가 많은가 봐. 그런데 말이지……."

호유화는 눈을 빛내며 말했다.

"이상하지 않아? 인간들은 말야, 불과 1만 년 남짓한 세월 동안 수많은 발전을 이뤘다구. 글자나 학문이나 등등, 다른 종족들이 수억 년 걸려도 못 해낸 걸 순식간에 이룬 종족이야. 다른 종족 생물도 드물게 법력을 스스로 얻어 노통하기도 하지만, 숫자도 극히 드물고 시간도 어마어마하게 걸리지. 하지만 인간은 법력조차도 금세 깨우쳐. 사실 우리가 도를 이룬 것도 인간을 옆에서 보고 따라 했기 때문에 이 정도지, 원래대로면 흑호 너도 팔백 년커녕 팔백만 년을 살아도 깨우칠까 말까 할걸."

"그건 나를 너무 무시하는……."

"법력만이 아냐. 인간은 무서울 만큼 빠르게 변화하지. 지금부터 사백 년만 지나도 나도 도저히 감당하기 어려울 만큼 급속히 변해 있어."

"그런데?"

"그런데 1만 년, 아니 수백 년만 주어져도 이렇게 많은 일을 해낼 수 있는 인간 종족이, 그 이전 백만 년 동안은 대체 뭘 했지? 난 그게 궁금했어."

"그땐 원숭이에서 변한 지 얼마 안 되어서 그랬던 게 아닐까?"

"만약 그랬다면, 그 원숭이 같은 바보 인간이 어떻게 세상의 지배자가 되었을까? 백만 년 전이라 해도 어마어마한 힘을 가진 생물은 많았어. 지금의 거대 마수보다 더 크고 강력하며 똑똑한 짐승들이 많았는데?"

"에? 네가 어떻게 그걸 알아?"

"환계에는 그런 존재도 소수 남아 있어. 흑호 너와 흡사하지만 송곳니만 해도 은동이 키보다 더 큰 거대한 호랑이나 몸이 집보다 큰 곰, 그보다 더 커서 집이 기와집만 한 거대한 코끼리나 코뿔소까지 있었지. 맥이나 기린이라 일컬어진 신수도 그런 종족 때문에 전해지는 거고. 그런 것들이 환계에는 아직 남아 있거든. 그런데…… 생각해보니 그들은 아무것도 기억하지 못해. 분명 우주의 법칙이 그들의 기억도 지웠다고 봐야겠지. 다만 한 가지, 그들이 이구동성으로 하는 말이 있어."

"뭔데?"

"우리 일족은 인간에 의해 멸종했다는 거야. 한결같이. 그러니 오래전 인간을 원숭이로 얕봐서는 안 된다고 생각하는데? 지금만큼 똑똑하고 뭔가 힘이 있었을 거야. 어때?"

그 말에는 모두가 놀랐다. 그렇게 엄청난 괴수들을 호유화 외에는 본 적도 없을뿐더러 인간이 그들을 멸종시켰다는 것은 이해가 가지 않았다. 더구나 호유화와 흑호의 말대로라면, 원숭이에서 벗어난 지 얼마 되지도 못한 미약한 인간들이 괴수들을 모조리 물리쳤다는 이야기가 된다. 은동조차도 고개를 갸웃거렸다.

"지금 조선만 해도 호환이 끊이질 않지만 호랑이를 모조리 죽이진 못해."

"이봐. 이봐. 은동이. 왜 하필 호랑이여."

흑호가 툴툴거렸지만 은동은 무시하고 계속 말했다.

"지금이라면 인간이 불을 사용할 수 있고, 쇠로 된 무기도 있고, 글이 있으니 전술도 짤 수 있지. 그런데 그런 것도 없던 시대 사람들이 어떻게……? 하물며 말만 들어도 보통 호랑이보다도 훨씬 강하고 무서운 존재들을……멸종? 믿어지지 않아. 어떻게?"

"듣고 있는 보통 호랑이 기분 나쁘네."

흑호가 또 중얼거렸지만 호유화도 흑호의 말은 무시하고 말했다.

"나도 모르겠지만, 사실이 그랬다는걸."

그때 태을 사자가 말했다.

"고대의 법력으로 인한 주술이란 게 그런 힘을 준 것 아닐까?"

은동이 고개를 끄덕이며 말했다.

"이렇게 생각해볼 수 있겠군요. 오래전의 인간도 지금 인간 못지않았다면…… 1만 년쯤 전에 모종의 큰일이 벌어진 게 아닐지요? 고대 법력에 대한 두려움 때문에 인간을 비롯한 모든 생명체의 기억을 단절하고, 우주 전체의 질서를 바꿔 판을 다시 짜야 할 만큼요……."

은동의 표정이 심각해지자 흑호가 다시 웃으며 말했다.

"어이, 은동이, 인상 쓰지 말어. 고작 1만 년, 1만 년, 하지만 사실 그것만 해도 까마득한 오래전 이야기잖어. 또 그냥 짐작일 뿐이고 정말 그랬는지 아닌지는……."

웃으며 둘러대려던 흑호는 은동과 눈이 마주치자 깜짝 놀라 말을 채 잇지도 못했다. 은동의 눈빛이 마치 불타는 것처럼 빛나고 있었다. 불탄다기보다는 붉은빛을 띤 금색 광채의 빛무리가 눈에서 빛나며 나고 드는 것 같았다. 생전 처음 본 현상이라 먼저 발견한 흑호는 물론, 호유화와 태을 사자도 놀라 경계했다. 그러나 바로 다음 순간, 눈에서 빛무리가 없어지더니 은동은 갑자기 풀죽은 침울한 표정이 되어 고개를 푹 숙였다.

"그런…… 건가요……."

"뭐야, 난 아무 말도……."

호유화가 놀라 중얼거리자 은동은 여전히 침울한 표정으로 말했다.

"난 알 것 같아요. 아니 알게 되었는데……. 그건…… 그건……."

알아들을 수 없는 말을 중얼거리던 은동은 이내 입을 꾹 닫고 고개를 돌렸다. 호유화나 태을이 아무리 물어도 은동은 조개처럼 꽉 닫은 입을 열지 않았다. 그리고 표정도 밝지 못했다.

유계 진입

사계는 낮밤이 없기에 하루나 이틀 같은 시간 단위를 쓸 수 없어 정확히 얼마인지는 알 수 없으나, 은동은 시간이 지나자 다시 본래의 표정을 되찾았다. 그러나 그날 무엇을 알게 되었는지, 그때 갑자기 눈에서 나오던 신기한 빛무리가 무엇이었는지 모르겠다는 말뿐, 통 대답해주지 않았다. 영민한 호유화의 눈에는 은동의 모습과 행동에 어딘가 그늘이 져 있는 것 같았다. 단정할 수는 없지만 그렇게 느꼈다. 하지만 호유화도 그런 말을 입 밖에 꺼내지는 않았다. 자신이 잘못 느꼈을 수도 있거니와 그날 이후 은동은 이전보다도 호유화에게 훨씬 다정하고 따뜻하게 대해주었기 때문이다. 비록 영적인 존재만 있는 사계였지만 은동과 호유화는 이런 곳에서도 자신의 몸을 영안에 도리어 갈무리할 수 있는 몇 안 되는 존재들 중 둘이었다. 은동은 천기의 수호자로서 받은 우주적인 은총 덕분에, 호유화는 원래 영육을 가리지 않는 변신의 천재였기 때문이다. 그런 둘이었기에 사계라는 환경은 조금도 지장이 되지 않았고, 둘은 유계 진입 전의 얼마 되지 않는 시간이나마 흑호와 태을까지도 떼어놓고 살뜰한 정을 나누었다. 호유화가 아이를 가지게 된 것도 바로 이때였다.

"뭐…… 뭐, 뭐, 뭐, 아이?"

은동이 없는 자리에서 호유화에게서 넌지시 말꼬리를 잡아 실토를 받아낸 흑호가 도리어 입을 딱 벌렸다.

"그게 어때서……."

호유화는 부끄러운 듯 고개를 돌리면서도 심드렁하게 대답했다. 태을 사자도 물었다.

"그런데 그게 가능한 건가? 둘은……다른 종족인데……."

"나를 뭐로 보는 거야? 열 개 넘는 다른 존재로 나뉠 수도 있는 게 나야! 몸을 내가 원하는 존재로 만드는 건 문제도 아냐. 은동이 꼭 닮은 애 나오라고, 인간 몸 그대로 유지시킬 거야."

"허어……. 아무리 그래도……. 정말 은동이 닮은 장부가 나오면 좋겠지만 너 닮은 요사스런 여우가 나오면……."

흑호가 농을 하자 호유화는 머리칼까지 곤두세우며 눈을 흘겼다.

"죽고 싶니?"

"장난은 그만두게나, 흑호. 축하하네, 호유화."

태을 사자가 진심을 담아 잘 보이지 않는 억지웃음까지 지었다. 기쁘지 않아 억지웃음을 짓는 것이 아니라 원래 감정이 거의 없는 태을이기에 애써 웃어 보이려 하면 저절로 일그러진 억지웃음이 되는 것이다. 그것을 알기에 호유화는 진심으로 고마워했다.

"고마워. 그런데…… 아무래도 불안해."

흑호가 껄껄 웃으며 말했다.

"어허! 원래 새끼…… 아니, 자식을 갖게 되면 다 그런 맘이 된다고. 유계로 들어가도 너한텐 어떤 잡것도 손끝 하나 못 대게 내가 지켜줄 테니까! 은동이도 있고……."

호유화는 고개를 저었다.

"그런 게 아니라…… 은동이가 불안해."

"불안? 뭐가? 깨가 쏟아지도록 금슬만 좋두먼. 허허."

흑호가 껄껄 웃었지만 호유화는 다시 고개를 저었다.

"그게 아냐. 어쩌면…… 어쩌면 은동이를 다시 못 보게 될지도……. 갑자기 사람이 달라진 것 같아서……."

태을 사자는 좋게 달래주었다.

"뭐가 달라졌다 그러나. 원래 좋은 사람이고, 지금도 그렇네. 염려 말게나."

"아냐. 은동이는 천기의 수호자가 되었고, 우리도 모르게 엄청나게 힘도 늘었어. 그리고 지난번에 본 빛무리……. 힘만 세신 게 아니라 뭔가 우리는 모르는 경로로 지식도 얻은 거라면?"

"허어. 그러면 좋은 거 아닌가?"

"이러다가……이러다가 은동이가 대도의 길을 깨달으면……."

"대도의 길을 깨달으면 성인이 되는 것인데 그게 왜……?"

호유화는 자신도 모르게 목소리를 낮추었다.

"대도는 위대하지만, 정 같은 것은 없거든……. 대도는 비정해……."

• • •

꽤나 긴 시간동안 작전을 수립하고, 계간의 차원을 열어젖힐 준비를 하고 나서야 마침내 유계로 진입할 순간이 왔다. 마몬 등의 희생으로 얻은 유계의 정보를 바탕으로 하여 가장 좋은 지점을 찾아야 하는데다가 사계 전체에 열려 있는 각 접점들에서 유계 존재들을 밀어내야 역습당하지 않으므로 대규모의 전력이 투입되느라 꽤나 시간이 걸렸다.

마침내 그날은 왔다. 사계와 성계, 광계, 그리고 환계에서 모인 수도 없이 많은 숫자의 존재들 중 강자들이 추려져 유계로 진입할 호유화 일행을 엄호하게 되었다. 그리고 물론 호유화 일행의 목표는 고대 법력을 지니고 있다는 정체불명의, 아주 고위급이 분명할 것인 마수의 포획 혹은 말살이었다. 작전 직전에 은동이 오래간만에 이런 이유로 입을 열어 말하길, 숫자는 많아도 소용없으니 지금 넷에 길안내를 할 마몬만 있으면 된다고 했다. 때문에 호유화도 똑같이 말했다. '적'이라는 개념 자체를 공격하는 고대 법력의 힘 앞에 숫자는 무의미하다는 것이 이유였다. 각 계의 지휘부는 너무도 소수라 고민하는 것 같았으나 결국 호유화의 주장을 받아들였다. 물론 실제로는 은동의 주장이었다. 최대한 유계의 주목을 끌어야하기 때문에 정작 호유화가 치고 들어갈 접점에는 도합 팔만에 이르는 거대한 규모의 군세가 집결했다. 더구나 비슷한 인간들의 모임이 아니라 거대한 환수나 용족으로부터 애당초부터 힘으로만 이루어져 육체가 존재하지 않는다는 광계의 전사들까지 다채로워 더더욱 요란했다. 이 군세가 최대 규모인 것은 아니었다. 사계와 유계의 접점 중 큰 곳에는 십오만이 넘는 군세가 배치된 곳도 있기에 이 정도 규모는 중급에 불과했다.

너무도 넓은, 한 세계와 세계와의 전쟁이기에 작전은 오히려 단순했다. 애당초 접점의 숫자만도 계 전체를 헤아리면 몇천 곳이 넘는다. 그 접점들로부터 수억을 헤아리는 모든 계의 연합군이 한꺼번에 쏟아져 들어가 가능한 한 최대한의 힘을 내어 유계를 정벌한다. 그

사이 고작 다섯이라는 극소수 인원으로 이루어진 호유화 일행이 고대의 법력을 쓰는 마수를 잡는 것이다. 그리고 상대의 혼선을 노리기 위해 변신이 가능한 재주를 지닌 사계와 환계의 존재들이 대거 호유화나 은동 일행으로 둔갑하여 상당수의 접점에 배치되었다. 물론 혹시나 있을지 모를 유계의 정탐 때문이었으며, 대부분의 이쪽 존재들조차 자신의 접점에 배치된 것이 진짜 환계 제일 호유화 일행이라 믿고 기뻐하는 촌극도 벌어졌다. 그만큼 호유화(실은 은동의 힘이지만)의 법력이 전황에 끼친 영향은 실적 외의 사기 면으로서라도 절대적이었던 것이다.

접점 앞에서 진입을 기다리는 군세의 머리 위쪽으로, 광계의 전사 하나가 찬란한 빛을 뿜으며 떠올랐다. 워낙 대규모의 작전이므로 평범한 언어 같은 전달 수단으로는 각 군세의 손발을 맞추기 어렵다. 때문에 각 군세의 신호는 광계 전사들이 맡기로 되어 있었다. 순수한 힘으로만 이루어진 광계 전사들은 빛, 혹은 다른 계의 존재들은 모르는 어떤 힘을 이용하여 자신들끼리 소통이 가능했고, 그 힘으로 사계 전역의 전 군세에 신호를 보내는 것이다. 광계 전사들끼리는 특별히 외견으로 드러내는 힘을 보일 필요는 없지만, 서로 다른 계에서 모인 무리들에게 신호를 보내야 하므로 광계 전사는 순수한 힘을 빛으로 응집하여 펼쳤다. 아찔해질 정도로 밝은 빛이 광계 전사의 몸에서 뿜어져 나왔다. 그와 동시에 각 접점에 집결해 있던 군세가 일제히 힘을 모아 접점을 벌리기 시작했다. 접점이 크게 벌어지는 순간, 팔만에 이르는 군세가 안으로 함성을 지르며 쇄도해 들어갔다. 사계의 판관, 신장, 사자 들은 공포와 고통의 기운을 안개처럼 흩뿌리며 돌진했고 광계의 전사들은 눈부신 빛을 힘을 뿜내듯 몸 전체에서 쏘아대며 거대한 목걸이처럼 줄을 지어 돌입했다. 크기나 모습부터 성격까지 각양각색인 환계의 존재들도 함성을 지르거나 울부짖음, 혹은 자신의 기량을 과시하는 힘이나 주술 장막을 펼치며 뛰어들었다. 그야말로 일대 장관이었지만, 이 광경은 여기서뿐만이 아니라 사계와 유계를 이루는 모든 접점에서 비슷하거나 더 큰 규모로 이루어지고 있을 터였다.

호유화조차도 그 광경을 보자 무거운 책임감이 느껴져서 자신도 모르게 중얼거렸다.

"이 모든 게…… 우리 임무 때문이란 말이지?"

마몬은 작지만 간절한 목소리로 말했다.

"반드시 성공해야 하오. 두 번의 기회는 없소."

흑호나 태을 사자도 모두 그 광경을 지켜보고 있었다. 은동도 눈을 떼기 어려웠는데, 문득 마몬의 시선이 호유화가 아니라 자신에게 향해 있는 것을 느꼈다. 은동은 속으로 생각했다.

'그도 느끼고 있나?'

은동 일행은 조용히 기다렸다. 그러다가 팔만의 군세 중 절반 정도가 접점으로 진입해 들어가자 마몬이 말했다.

"갑시다."

• • •

접점 안으로 들어가는가 싶더니 곧장 주변이 어둡고 음산한 유계의 풍경으로 변했다. 하늘은 짙은 회색빛이고 땅은 검고도 검었다. 다만 의외로 어둡지는 않았다. 어떤 빛도 찾아볼 수 없음에도 주변은 똑바로 보였는데, 오히려 흉하고 음산한 풍경이 똑똑히 보여서 더

언짢았다. 그리고 각 계의 연합 군세는 접점 앞에 미리 대기하고 있던 수를 헤아릴 수도 없는 유계의 유체 무더기와 싸우고 있었다. 이쪽의 숫자도 팔만에 달했지만, 유체 무더기는 백만도 넘을 것 같았다. 각 계의 존재들은 저마다 주술력이나 힘을 뿜어내어 거침없이 유계의 존재들을 부수어 나갔지만, 유체들은 마치 해일처럼 사방을 뒤덮으며 덮쳐들었다. 오직 접점을 목표로 밀고 들어오는지라, 이쪽의 존재들은 서로 밀려 제대로 힘을 발휘하기 어려웠다.

"이런! 놈들이 혹시 눈치챈 건……."

흑호의 말을 태을 사자가 재빨리 막으며 말했다.

"놈들이 여기에 병력을 조금 더 배치한 것뿐일세. 정말 알았다면 이 정도일 리가 없지."

마몬이 주위를 둘러보며 말했다.

"잘못하면 접점까지 밀리겠소. 어떻게 좀……."

은동은 조용히 호유화에게 눈짓을 해 보였다. 실제로 힘을 쓰는 것은 은동이지만 외견적으로는 호유화가 나서야 했기 때문이다. 호유화는 망설였다.

"내가 나서면 우리가 여기 있다고 알려주는 셈이 되잖아?"

그러자 마몬이 은동 대신 말했다.

"이미 수많은 접점에 호유화 님의 모습으로 변신한 자들이 있소."

호유화는 마몬의 시선이 부담스러운 듯 고개를 옆으로 돌려 살짝 숙이며 중얼거렸다.

"허나 그들도 고대의 법력은 못 쓸 텐데?"

"그러니 그 힘은 쓰시면 안 되지요. 법력을 일반적인 힘으로 바꿔 발출해주십시오."

아무리 호유화가 환계 제일이라 해도, 순수한 자신의 법력만으로

이 정도를 밀어붙이는 것은 무리였다. 하지만 호유화는 이미 이전 전장에서 이만한 숫자를 여러 번 물리친 바 있다 알려져 있으니 실제로는 발뺌하기도 어려웠다. 은동이 조용히 뒤에서 호유화를 주시했다. 저번만큼 티가 나지는 않았지만, 은동의 눈에 살짝 전에 보였던 신기한 빛무리가 어리는가 싶더니 호유화가 고개를 번쩍 들었다. 흑호와 태을 사자는 왜 그런가 싶었는데, 호유화는 앞으로 성큼 한 발자국 내디디며 오른손을 뻗었다. 오른손 주변에서 엄청난 힘의 파장이 일렁거렸다. 주변의 공간까지 뒤틀릴 정도로 집약된 힘이라 흑호나 태을 사자는 자신도 모르게 뒤로 몇 걸음씩 물러섰다. 그리고 곧이어 호유화의 손에서 무지무지한 빛이 뿜어져 나와 저만치에서 해일처럼 모여 솟아오르던 유체의 무리를 향했다.

단 한 번. 그것으로 끝이었다. 한데 모여 산더미만큼이나 거세게 솟아오르던 수십만에 달하던 유계 유체들이 호유화가 뿜어낸 빛 한 방에 일제히 폭발해버렸다. 소리나 충격 없이 존재가 소멸되던 은동의 힘과는 달리, 이 힘은 압도적으로 그리고 파괴적으로 작렬했다. 수십만의 무리가 일제히 폭발하여 수십만 유체의 잔해를 사방에 날리다가 그마저도 공중에서 힘에 휩쓸려 먼지, 아니 존재 자체가 소멸되어가는 모습은 장관이었다. 마몬도 해골 같은 눈구멍에서 눈알이라도 튀어나올 듯 경악한 표정을 숨기지 못했다. 그러나 그것으로 끝이 아니었다. 호유화는 그렇게 무지무지한 법력을 또다시 그리고 또다시 숨쉴 틈도 없이 다른 유체 무리들에게 퍼부어댔다. 눈 몇 번 깜짝거릴 순간에 여섯 번이나 연속으로 힘을 발출했지만 위력은 처음과 마찬가지였다. 마지막 유체 무리는 처음만큼 크지도 않았고, 기겁을 하여 달아나려던 중에 당해서 더더욱 완전히 소멸되었다. 호유화가 숨조차 고르지 않고 오른손을 슬쩍 거두었을 때는 이미 유체 무리들 중 3분의 2 정도가 완전히 소멸되었고, 접점 주변에는 깊은 연못만 한 구덩이가 여섯 개 생겼다. 요행히 무리를 이루지 않아 직격당하지 않은 나머지 유체 무리는 압도적인 힘에 저항할 엄두도, 도망칠 엄두도 내지 못해 얼어붙어버린 것 같았다. 그러나 순간 놀라움에 정지했던 이쪽의 존재들은 곧이어 기쁨의 함성을 울렸다. 그리고 나머지 유계 존재들을 처리하기 시작했다.

"놀랍소이다. 이건 정말……."

충격을 받았는지 마몬이 제대로 말을 잇지 못하자 호유화는 다소 우월감에 가득찬 표정으로 살짝 웃으며 말했다.

"이쯤에서 우린 빠져나가는 게 맞지 않을까?"

"그렇습니다. 조용히 저쪽으로……."

다른 접점들에도 비슷한 상황이 벌어지고 있었다. 물론 진짜 은동과 호유화가 있던 곳만큼 압도적이지는 않았고 몇몇 고전한 곳도 있지만 예외 없이 모든 접점에서 승리, 그리고 극소수의 접점에서만 진입하지 못하고 대치 상태를 유지했다. 그리고 미리 짠 대로, 많은 승리 중 대부분의 경우는 호유화가 진두에 나서 있었다. 호유화로 변신한 존재들은 극비 작전에 직접 참여한 것이니만치 그만큼 각 계에서도 법력이 높고 강한 존재들이기도 했다. 따라서 가장 눈부신 전과를 올린 것도 당연했으며, 전과는 모조리 호유화 한 사람에게로 집중되었다. 너무 많은 호유화가 전선에 나서기는 했지만 애당초 수뇌부는 '호유화는 팔계 전체에서 가장 변신이 능하여 분신도 문제없다'는 소문을 충분히 퍼뜨린 뒤였다. 이전 모습을 드러내기 전부터도 사계에서 전설적인 존재로 유명했던 호유화였다. 거기에 각 계가 인위적으로 낸 소문을 유계 측 존재들도 모를 리 없었다. 덕분에 유계 진입 과정의 싸움이 전역에서 벌어진 한나절 정도만에 호유화의 이름은 유계 전체를 지진처럼 흔들었다. 유계의 피해는 이루 헤아릴 수 없었고, 대부분의 전과가 호유화가 올린 것으로 전해졌다. 유계 측은 아연실색할 수밖에 없었다. 안 그래도 이전부터 호유화 하나 때문에 전장이 무너져갔던데다가, 이날 적게 잡아도 수천에 달하는 분신으로 나뉘어서 이런 전과를 올렸다 믿었기 때문이다. 이전에 보여준 신위가 너무 가공하기에 유계의 존재들은 이것을 속임수가 아니라 진실이라 받아들였다. 특히 진짜 호유화가 나선 장소에서 살아남은 극소수의 유계 존재들은 이후에도 그것을 잊지 못해 이야기를 퍼뜨렸고, 호유화의 힘은 전설이 되어 유계 전체에 대를 이어 깊이 각인될 정도였다. 호유화 자신도 아직은 몰랐지만, 그녀는 이미 유계를 정복한 것이나 다름없었다. 갓 들어온 유계의 존재들조차 그녀의 무서움을 전해 듣는 것으로 시작하게 되었고 당사자는 관심도 없었지만 모든 유계의 존재가 압도적인 두려움에 떨었다. 호유화의 이름은 그야말로 유계의 공포로 확고하게 자리잡게 되었는데, 이것이 그 시작이었다.

누구를 위한 힘인가?

유계는 광활했다. 생계는 물론, 인간의 믿음에 따라 작은 여러 차원으로 분할되어 있는 사계와는 비교도 할 수 없었다. (유계도 나름의 은하계로 구성되어 되지만, 그 안에 있는 별들은 물질이 아니라 플라즈마, 즉 힘과 물질의 중간 단계로 이루어져 있다. 따라서 별의 크기도 어마어마해서 지구와 비교하면 몇천 배나 몇만 배에도 달하기도 했다.) 첫날의 대전투가 끝나고, 각 군세는 진격을 계속했지만 은동 일행은 마몬의 인도를 받아 숨어서 이동했다. 애당초 은동의 힘을 빌리지 않더라도 변신과 둔갑에는 최고인 호유화가 동행했기에 그들은 누구의 눈에도 띄지 않을 수 있었다. 유계는 밋밋하고 음산한데다 어디를 가도 변화가 적었다. 애당초 치열하게 살아 있는 생명의 세계가 아니기 때문에, 또 유계에 떨어진 존재들이 발전이나 희망이 없는 존재들이기에 더더욱 그러했다. 한없이 넓고 한없이 우울하며 한없이 똑같은 세계. 그것이 유계의 모습이었다. 은동 일행들조차 피곤을 느꼈다. 법력의 고갈이나 육체적 피로가 아니라 한없는 반복과 변화 없는 지루함에 정신이 황폐해져가는 것이다.

"아, 이건 너무하네그려. 아무리 유계라도 이렇게까지 끔찍할 줄이야……."

흑호가 투덜대자 마몬이 말했다.

"내 모습이 이 꼴이 된 것도 바로 이 때문이오. 죽음만도 못한 퇴락, 쇠퇴, 고갈, 절망……. 그런 것으로 가득찼지. 유계는 있을 곳이 못 되오."

"그러나……."

태을 사자는 뭔가 말하려다가 이내 입을 다물었다. 뭔가 이상했고, 또 직후에 그런 말을 할 필요는 없다는 데 생각이 미쳤기 때문이다. 태을 사자는 후에 마몬이 정찰하러 멀리 나갔을 때에야 일행에게 말했다.

"뭔가 이상하네. 모두들 느끼고 있겠지만……."

흑호도 태을 사자를 바라보며 말했다.

"태을 자네도 그랬어?"

태을 사자는 고개를 끄덕이며 호유화를 보았다. 그러자 호유화도 말했다.

"나도 확실히 느껴. 여긴 이렇게 황폐한 세상인데 왜 우리는 그냥 있는 것만으로 왜 이렇게 강해지는 거지? 힘이 넘쳐 들어와. 감당하기 어려울 정도로."

확실히 그랬다. 이해할 수 없는 일이었다. 수련도 하지 않았는데도 알게 모르게 법력이 늘어가고 있었다. 일행 모두.

"유계가 원래 이런 데인 게 아녀? 그래서 간이 배 밖으로 나와 전쟁을 벌인……."

흑호의 말에 태을 사자가 고개를 저었다.

"아니네. 이 정도 기운을 유계 존재들이 받았다면, 사계는 오래전에 무너졌을 걸세."

"그러면 유계에 들어온 다른 계의 존재만이 그런 힘을 받는 건?"

이번에는 호유화가 고개를 저었다.

"그것도 아냐. 마몬은 아무 변화도 느끼지 않는 것 같거든? 그리고 유계에 들어온 연합 군세가 수도 없을 텐데, 그런 큰 변화가 있다면 우리에게도 소식이 들렸겠지. 광계 전사들의 전달 방법을 통해서라도."

호유화는 말없이 있는 은동을 바라보았다.

"이 힘…… 혹시 은동이 네가 보내주는 거 아냐?"

은동은 살짝 웃으며 고개만 저었다. 그러나 호유화는 다그쳐 물었다.

"솔직히 말해봐. 곧 아빠가 될 텐데 숨기는 건 없어야지! 너, 처음 유계 들어올 때 나에게 힘을 넣어줬잖아."

"그건 맞지만…… 지금 여러분이 느끼는 힘은 내가 보내는 게 아닙니다. 나에게도 흘러들거든요."

"정말?"

"내가 왜 거짓말을 하겠어?"

태을 사자가 고개를 갸웃했다.

"지금 흘러오는 법력, 보통 수준이 아닐세. 이미…… 나만 해도 접점에 들어올 때의 호유화 정도의 법력을 갖추게 된 것 같은데……."

"에엑? 그럼 만 년 법력?"

흑호가 놀라자 태을 사자는 흑호를 바라보았다.

"자네는 아닌가?"

"난, 난 아직 팔구천 년 정도야. 만 년은 안 된다구. 차별하는 거야, 뭐야……."

"그게 문제가 아닐세. 분명 예전 유리답은 세상의 질서가 다시 짜인 지 만 년, 확정된 지는 오천 년도 안 되니 삼천 년 법력의 호유화가 팔계 제일이라 했네. 성계의 존재들도 깨달음을 얻었을 뿐, 법력 자체는 그만 못하다 했어. 그런데 지금 우리에겐 무슨 일이 벌어지고 있는 거지? 도대체 세상의 누가, 어떻게 이런 일을 하는 것인지……."

그러다가 태을 사자는 호유화를 보았다. 그러자 호유화는 놀랍게도 두려운 표정으로 말했다.

"나도 두렵다구. 이건…… 내 것이라곤 해도 너무하잖아. 내 지금 법력은……."

"됐네, 말할 필요 없네. 은동이?"

태을 사자는 잔잔한 미소만 머금은 채 조용히 앉아 있는 은동을 주목했다.

"아니, 천기의 수호자. 내 짐작건대, 우주 팔계의 은총이 모두 자네에게 쏟아진다는 말은 정말인 것 같네. 지금 호유화의 법력은 나로서도 짐작하기 어려울 정도겠지만, 자넨 그보다 훨씬 큰, 아니, 크다기보다는 비견도 되지 않는 상위의 힘을 깨닫고 있을 거야. 유리답이 말한 고대의 법력보다 훨씬 큰……. 그렇지 않은가?"

그 말에 은동은 살짝 한숨을 쉬며 말했다.

"개념 주술 정도는 고대의 법력의 일부에 불과해요. 법칙 자체를 흔드는 고대의 법력보다 큰 힘은 없습니다. 그건 절대적인 것이라……."

"어어, 그럼 은동이가 이미 깨달았다는 거여? 어느새?"

흑호가 놀라면서도 기뻐하자 태을 사자가 말했다.

"삼신대모께서 허언을 하실 리 있나. 천기의 수호자. 그것이 은동이 받은 사명이고 운명이거늘. 전에 우리가 언뜻 본 빛무리……. 그건 혹시 우주 팔계 전체가 자네에게 지식과 깨달음을 전해주는 것 아니었나?"

은동은 순순히, 아무것도 아니라는 투로 덤덤히 대답했다.

"맞습니다. 처음에는 받아들이는 제가 서툴러서 그렇게 밖으로 보였고, 이제는 티 나지 않을 테지만요. 정확히는 우주 팔계 전체가 아닙니다. 성계와 광계의 지식일 뿐이죠."

그것만으로도 흑호와 호유화는 놀라웠다. 특히 호유화는 대도에 대해 감정이 그리 좋지 않았다. 아득한 오래전이었지만, 그녀가 처음 진심으로 따랐던 성인은 대도를 얻자마자 세상과 호유화를 버리고 대도의 길을 따랐다. 대도는 크기에 비정해질 수밖에 없다는 것을 알고, 은동의 어깨에 얹힌 짐이 막중하다는 것도 알지만, 그럼에도 은동이 대도의 길을 따라 자신의 곁을 떠나는 것은 참을 수 없었다.

"은동이 너, 혹시 대도의 길로…… 날, 아니, 우릴 떠날 거야?"

"아직 대도의 길은 아냐. 내가 깨닫는 것은 힘에 관련된 법칙일 뿐이야. 진실한 대도의 길은 너무도 멀고, 나에게는 보이지 않아서……."

"정말이야? 아니, 너…… 아직이라고 했어. 너…… 너…… 언젠가 정말 떠나는 건……."

"뭐라 단언할 순 없지만, 아직은 절대 아냐. 절대."

호유화는 몹시 불안한 듯했지만 은동이 두 번이나 반복하여 단언하자 일단 입은 다물었다. 그러자 태을 사자가 물었다.

"아까 지금 여기서는 자네에게도 힘이 들어온다고 들었네. 아마도 천기의 수호자인 자네는 우리가 얻은 법력보다 더 큰 힘을 얻고 있겠지?"

은동은 선선히 고개를 끄덕였고 태을 사자는 덧붙여 말했다.

"그리고 깨달음도?"

은동은 조그맣게 말했다.

"예. 조금."

은동이 거짓말을 한 것은 아니지만 만약 태을 사자나 호유화가 사실을 알았다면 '조금'이라는 말을 거부했을지 모른다. 은동에게 몰려드는 법력의 양은 태을이나 호유화 수준이 아니었다. 만 단위가 아닌 백만, 천만 단위의 힘이 수시로 밀려들고 있었기 때문이다. 허나 은동에게는 '조금'이라는 표현이 거짓이 아니었다. 그러한 외견상의 법력 단위는 필요조차 없었다. 그 힘은 모이고 밑바탕이 되어 보다 고차원적인 법칙과 조율법을 익히는 수단에 불과했고, 은동은 어느새 자신도 느끼지 못하는 사이 그 경지로 나아가고 있었으니까. 은동과 다른 일행과의 법력 차이는 비교할 수준을 넘어선 지 오래였다. 숫자로 은동의 힘을 환산하는 일조차 무리일 정도였으니.

"난 이해가 되질 않네. 이렇게 거대한 힘을 우리에게 주어서 뭘 하라는 거지?"

흑호가 중얼거리자 호유화가 말했다.

"내 짐작이 맞는다면, 우리가 아냐. 우린 단지 은동이 곁에 있는 것만으로 힘을 얻어가는 건지도 몰라. 은동이 혼자만으로 유계 전체를 제압, 아니 복속시킬 수 있을 건데?"

그 말에 흑호가 입을 딱 벌리자 태을이 고개를 끄덕였다.

"나도 그럴 것 같네."

그러자 은동은 말했다.

"더이상 입 다물고 있을 수는 없네요. 말씀드릴게요. 유계는 이제 별문제가 되지 않습니다."

"헉! 정말?"

흑호가 다시 놀랐지만 은동은 태연하게 말했다.

"허나 제가 하는 건 안 좋지요. 지금처럼 제 안사람…… 호유화가 할 것입니다. 여러분이 강해지는 것도 충분히 의미 있는 일일 테고요."

"그럼 네가 힘을 전해준 거야?"

"아니라고 말씀드렸습니다. 정확히 말하자면, 누가 제게 힘을 보내고 있고, 저는 그중 일부를 흡수하지 않고 걸러낼 뿐입니다. 그게 여러분에게 들어간 거구요."

"힘을 보내? 우주 팔계…… 아니 성계와 광계가?"

"아닙니다. 그 힘과 깨달음은 이것과는 별개의 것이지요. 처음에는 저도 몰랐지만 이건……."

은동은 시무룩한 표정을 지으며 말했다.

"대부분 유계의 힘, 그리고 마계의 힘도 있는 것 같군요."

마계 서열 2위二位, 타락한 자

그 말에는 흑호나 호유화는 물론, 태을 사자마저도 경악했다.

"유계? 그리고 마계? 우린 지금 그들과 맞서고 있잖아! 그런데 왜……?"

은동은 조용히 말했다.

"처음에는 저도 짐작도 하지 못했습니다. 그러나 성계와 광계의 깨달음이 제게 주어지면서 차차 어떻게 된 일인지 짐작이 가더군요. 그리고…… 그리고……."

갑자기 은동은 주르르 눈물을 흘렸다. 대체 이해가 가지 않아 다른 자들은 멍하니 은동만 바라볼 뿐 입도 열지 못했다. 그러자 은동은 눈물을 닦고 말했다.

"그게 모두 저 때문인 듯합니다. 이 많은 전쟁, 이 많은 희생. 모든 것이……."

대체 무슨 말인지 알 수가 없어 태을 등이 서로 얼굴만 바라보고 있는데 갑자기 머리 위쪽에서 천둥 같은 고함 소리가 들려왔다. 정확히는 소리라기보다 영적인 파장이었는데 기세가 엄청나서 이미 만 년 법력에 달한 태을 사자조차도 그 소리만으로 몸을 휘청거릴 정도였다.

"이제 그만!"

말을 마치자마자 일행의 앞에 거대한 존재가 내려앉았다. 그가 내려앉자마자 위압감에 흑호와 태을 사자는 주저앉고 말았다. 호유화는 간신히 휘청이며 지탱했고, 은동만 미동도 하지 않았다. 호유화가 신음했다.

"마……마수? 어느 틈에?"

그들의 눈앞에는 검은 날개를 활짝 펼친 거대한 존재가 서 있었다. 체구는 흑호보다 약간 큰 정도였지만 몸에서 풍기는 기운이 눈에 보일 정도로 소용돌이치고 전신을 흐르고 있어서 위압감 때문에 산만큼, 하늘만큼이나 거대해 보였다. 머리에는 두 개의 뿔이 돋고 창 모양의 꼬리가 달려 있으며, 무릎까지는 사람의 형상이되 발은 말발굽으로 이루어진 기이한 생물체였다.

그는 거칠게 송곳니가 돋아난 입술을 위로 말아 올리며 여유 있게 웃었다.

"내 이름은 너무 많아 무슨 이름을 대야 너희가 이해할지 모르겠구나. 그렇지, 그냥 '타락한 자'라고 불러도 좋다."

호유화가 다시 신음하듯 말했다.

"타락한 자…… 이……이건 흑무유자 따위와는 비교도 안 돼. 이건……."

그 말을 들은 듯, 마수는 씩 웃으며 우렁우렁한 목소리로 말했다.

"서열 4위 아스타로트 말이냐? 네가 그에 대해 뭘 안다고?"

"뭘 알다니? 난 그와 맞서 싸우기까지 했는데."

“싸웠다고? 온 우주가 힘을 합쳐 펼친 마계의 봉인. 그 틈을 있는 힘을 다해 비집고 간신히 내보낸 아스타로트의 조그마한 그림자와 싸워놓고 말이냐?”

“뭐…… 뭐라고?”

“하긴. 어차피 내겐 벌레 같아 보이는 놈이다만. 난 마계 서열 제2위, ‘타락한 자’다. 게다가 난 그림자가 아니지.”

그 말에 호유화가 경악하는데, 은동은 차분하게 말했다.

“그보다는 루시퍼…… 아니면 ‘새벽별’이라는 이름이 더 어울리지 않을까요?”

타락한 자는 고개를 저으며 껄껄 웃었다.

“용케도 생각했다만 그건 내가 아니다. 성계의 지식인 모양이지만 그나마도 뒤틀려 있어. 난 그냥 ‘타락한 자’다. 천기의 수호자여.”

“강은호라는 이름이 있습니다. 은동이라고 불러도 됩니다만.”

“아니, 그런 생계 이름 따위는 의미가 없어. 넌 천기의 수호자니까.”

“아뇨. 의미가 있습니다. 천기의 수호자란 이름보다 더.”

은동이 말하는 순간, 타락한 자가 순간 힘을 끌어올렸다. 손을 뻗기는커녕 눈빛 하나 흔들리지 않은 바로 그 순간, 타락한 자의 몸에서 어두운 광채가 반원을 이루며 폭사되어 나왔다. 그리고 은동의 몸에서도 밝은 광채가 비슷한 형상으로 폭사되었다. 두 개의 힘이 부딪혔지만 폭음이나 폭발이 일어난 것은 아니었다.

은동이 친 보호막 안에 있는 태을 사자 등은 경악했다. 타락한 자의 광채 안에 있던 것은 그것이 무엇이건, 지반이건 공기건 모조리 검게 변하며 사그라져 없어져갔다. 반대로 은동의 막 안에 있는 것은 아무런 변화를 보이지 않고 있었다. 얼핏 보아 타락한 자의 힘을 은동의 힘이 막아내는 것 같아 보였다. 그렇지만 두 힘이 겹쳐 미치는 지역의 사물의 모습이 단순히 그렇지 않다는 것을 보여주고 있었다. 타락한 자가 소멸시켜가는 지반과 사물이 은동의 막 안에서는 다시 재생되어 생성되어갔다. 두 개의 막이 조금씩 밀고 당기는 중간에 낀 사물은 생성과 소멸을 반복해가는 것이다. 더이상 법력이니 힘의 문제가 아니었다. 둘의 힘은 그런 차원을 넘어선 생성과 소멸이라는 상반된 대법칙으로 겨루고 있었다. 우주를 구성하는 근본 원리인 법칙 대 법칙의 싸움. 본질이 어떤지는 알 길이 없지만 외견적인 양상으로는 그러했다.

그러다가 타락한 자가 크게 웃으며 고함을 쳤다.

"엉성하게 급조한 수호자인 줄 알았는네 조금 하는구나. 우리에게 맞서려고 반칙으로 만든 놈이지만 법칙을 깨닫기에는 아직 어려! 중복된 법칙은 어떨까? 공간과 차원까지 모조리 소멸시킨다면 어떨까?"

흑호나 태을 사자는 물론, 호유화조차도 어떤 일이 벌어졌는지 알 수 없었다. 눈앞이 캄캄해지면서 아무것도 보이지도, 느껴지지도 않았다. 그야말로 완벽한 '무無'가 되는 것 같았다.

새로운 차원

호유화는 기절한 것이 아니었다. 단지 의식과 사고가 잠시 정지되었던 것 같았다. 그보다는 시간이 정지되었던 것 같기도 했다. 그러나 다시 사고가 되돌아오자 호유화는 본능적으로 주변을 살폈다. 그리고 크게 놀랐다.

호유화가 있는 곳은 상상도 하지 못했던 이상한 곳이었다. 유계 같지도 않았다. 서 있는 땅은 유계와 같았으나 절망감은 느껴지지 않았다. 머리 위의 하늘은 성계의 하늘처럼 밝고 희었다. 푸른 하늘이 아니라 고귀한 백색의 하늘. 해도 달도 없었다. 점점이 별처럼 흩뿌려지는 별빛 같은 것은 광계의 빛. 떠도는 바람은 사계의 느낌이 나는 무정하고도 준엄한 바람. 그리고 저만치에 서 있는 건물은……?

호유화는 눈을 비볐다. 그곳에는 작은 연못이 하나 있고, 고아한 아취의 추녀를 지닌 아담한 정자 한 채가 서 있었다. 생계, 그것도 조선식의, 그러나 그것보다도, 정자에 마주앉아 있는 두 사람이 믿어지지 않았다. 그것은 바로 은동과 마계 서열 2위, '타락한 자'였기 때문이다. 조금 전까지 우주 법칙을 뒤엎으면서까지 싸우던 둘이 어디 인지도 모를 이 공간에서 무엇을 하는 것일까?

'혹시 우리 모두 죽어서 저승에…… 아니, 저승이라고 해도 사계일 뿐, 이런 장소는 없잖아.'

옆을 보니 상대적으로 법력이 약한 태을 사자와 흑호는 충격을 이기지 못한 듯 쓰러져 있었다. 둘 다 상처나 고통은 없는 것 같아 호유화는 안심하고 은동에게 다가갔다. 둘이 나누는 이야기가 호유화에게도 들렸다.

"바로 당신이 유계와 마계의 힘을 제게 보내주셨군요."

"그렇다네. 이날을 위해 나는 타락했고, 마계 서열 2위의 자리에 있었네. 진정한 천기의 수호자라면 신계는 제외하더라도 나머지 칠계의 힘을 모두 모은 자여야 하지. 지금 마계나 유계의 힘은 지네를 향할 리 없지. 그래서 내가 필요했던 걸세. 부족한 유계와 마계의 힘을 보태, 천기의 수호자를 완벽하게 탄생시키기 위해."

"그 때문에 타락의 길을 택해, 수천 년을 견뎌오셨다니, 그건……."

"수천 년 정도야 아무것도 아니지. 도리어 전혀 생각지 않던 길을 걸을 수 있어 나름 즐거웠다고 할까……."

"그래도 유계에 대규모 전쟁을 몰고 온 것은 아무래도 너무 심한……."

호유화도 눈치는 있어서 사태를 즉각 파악했다.

'이 타락한 자야말로 마계 속의 우리 편이었구나! 전쟁을 빙자하여 소진된 유계의 법력과 자신의 마계 법력을 모아 은동에게 보내주었구나. 그러나…… 정말 그것 때문에 전쟁을 일으킨 건가? 왜란도

이자가 일으킨 것이고?'

타락한 자는 마치 호유화의 내심을 알고 답하기라도 하듯 말했다.

"이 계획은 마계 전체가 꾸민 것이네. 어차피 벌어질 일이었고, 내가 나서지 않았다면 다른 마수가 나서서 일을 진행했을 걸세. 그랬다면 유계의 힘은 자네에게 가지 않고 헛되이 소비되었겠지. 또 자네에게 마계의 힘을 줄 기회도 없었을 테고. 자네를 위한 것이 아니라 천기를 위한 거라네."

은동은 차분했으나 여전히 슬프고 시무룩한 표정이었다.

"어차피 벌어질 일이었으니 개의치 말게."

다시 한번 말하면서 타락한 자는 호유화를 힐끗 보며 말했다.

"그렇게 노려보지 마시게. 참, 우주 제일의 신랑을 둔 것을 축하하네. 장차 아이도 우주 제일의 수호자가 되겠지?"

공포의 존재 마계 서열 2위가 건넨 말치고는 어이가 없어서 호유화는 멍하니 말했다.

"그…… 그런데 여긴 어디?"

"수호자의 공간…… 아니, 개인 차원이라 해야 하나?"

"개인 차원……?"

"우주 팔계에 속하지 않은 수호자만의 작은 계界라고나 할까? 아주 아득한 과거, 고대의 대선인이 세상을 위해 스스로의 몸을 우주 팔계로 변화시켰다는 전설은 들은 바 있네만, 수호자도 그런 창조를 행할 수 있다니 이건 정말 보통이 아니지."

"그러니까 여기가 은동이가 창조한 공간이라고? 우주 팔계 어디도 아닌?"

그 말에 은동이 부끄러운 듯 말했다.

"아이도 생기는데…… 가장으로서 집 한 칸은 있어야……."

"집? 이게…… 이게 우리집이란 거야?"

무심한 듯했지만 성의가 절절이 느껴지는 그 말에 호유화는 눈물이 솟았다.

은동은 아직 부끄러운 듯 중얼거리듯 말했다.

"예전 우리가 중간계에서 심판받은 적이 있잖아. 그래서 한번 만들어본 거야. 저쪽으로 가면 팔계 어디든 맘대로 통할 수 있는 문이 있어. 힘들게 접점을 찾지 않아도 되고……. 여긴 우리 허락이 없으면 우주의 어떤 존재도 들어올 수 없는 곳이니 편안하게……."

"칫! 집이라더니 그냥 덩그러니 휑하고 정자 하나 있고……. 뭐야."

말로는 구시렁거렸지만 호유화는 속으로 기뻐 엉엉 울었다.

'그래. 대도니 뭐니 해도 은동이는 안 그럴 거야. 천기의 수호자건 뭐가 되건 간에 은동이는 은동이야…….'

그때 타락한 자가 말했다.

"아무 간섭도 안 받고, 누구도 엿볼 수 없는 차원이라 나도 편하게 이야기했네. 그러나 경계하게. 마계의 힘은 우주 팔계를 합한 것보다 크다네. 그들은 법칙을 뒤틀어 힘을 추구했고, 시간을 늘려서 무한정의 힘을 쌓아왔네. 우주의 법칙을 무시하고, 법칙을 정하는 측에서 변칙을 써서 자네와 같은 존재를 만들어낼 정도로……."

"저는 두려울 뿐입니다. 그 정도로 마계가 강합니까?"

"엄밀하게 말하면 마계라는 세계가 강한 것이 아니라 마계 안에 강한 자가 있을 뿐이지. 더이상은 묻지 말게. 알 수 있을 때가 반드시 올 테니."

은동은 조용히 답했다.

"그때가 오기를 기다려야 한다는 거군요."

"그래. 아마도 그때가 되면 자네도 모든 것을 알게 되고 결정을 내릴 수 있게 될 거야. 나는 극히 일부만을 보았지만, 자네는 아마 모든 것을 보고 모든 것을 깨닫고 지루하고도 위험한 싸움에 결말을 낼 수 있게 될 거야."

"어떻게 말입니까? 어떻게 그럴 수 있죠?"

타락한 자는 엄숙하게 말했다.

"자네에게도…… '온'이 찾아올 테니까."

"온이라고요?"

은동이 되묻자 타락한 자는 조용히 고개를 끄덕였다.

"그래. '온'. 나는 이제 더이상 할 말이 없네. 더이상 할 일도 없고."

"어째서 그렇습니까?"

타락한 자는 싱긋 웃었다.

"아마도 여기서 나가는 순간, 나는 실패의 책임을 지고 영원히 소멸될 테니까. 어쩌면 마계를 배신한, 혹은 원래 마계에 속해 있지 않았다는 이유로 그렇게 될는지도. 그러고 보니 이유도 많군 그래."

타락한 자가 남의 일처럼 말하자 은동은 조용히 권했다.

"여기 계셔도 됩니다."

타락한 자는 고개를 저었다.

"아니, 나는 너무 지쳤어. 게다가 내가 사라져야 모든 계획이 완성되지. 내가 퍼뜨린 흙탕물에 마계는 마계 나름대로, 자네는 자네 나름대로 시간을 벌게 될 테니까. 내가 있으면 부담이 된다네. 입장을 바꿔보면 나는 배신행위를 한 거니 그러는 편이 도리에도 맞고……."

말하면서 타락한 자는 몸을 일으켰다.

"……남의 집에 너무 폐를 끼치기도 싫거든."

은동은 쓸쓸히 고개를 끄덕였다. 타락한 자는 마지막으로 사라지기 전에 말했다.

"조심하게. 마계를 악으로 생각하기 쉽지만, 그렇지 않네. 그렇다고 선하다는 것도 아냐. 마계는 원한일세. 그리고 마계 전체가……."

타락한 자는 주저하다가 힘주어 말했다.

"……어둠이니까……."

타락한 자는 차원 문을 통해 사라졌다. 뒷모습을 말없이 보며 은동은 혼자 생각했다.

'정말로 천기는 옳은가? 이런 희생을 치러가며 지켜져야 할 만한 것인가? 힘과 지식은 넘쳐나도록 흘러들지만, 난 모르겠다. 난 아직도 모르겠다.'

그러는 은동의 눈에 호유화, 그리고 그녀의 뱃속에서 이제 막 생명의 씨앗이 된 그의 아들이 느껴졌다. 이제야 정신을 차린 태을 사자와 흑호도, 그리고 실제로는 모든 계를 뚫어볼 수 있는 힘을 지닌 연못을 통해 느껴지는 수많은 존재들, 그리고 은동이 아직도 잊지 못하는 조선 땅과 친분을 맺었던 모든 사람들이 느껴졌다. 은동은 눈을 감고 억지로 웃어 보였다.

'그래. 뭐가 되었든 해야 할 일이라면 해야지. 내가 할 일은 내 주변을 위한 거야. 천기니 우주니 하는 것보다는 내 옆의 사람들을 지키기 위해 하는 거야. 상대가 고대의 존재건 마계의 어둠이건 간에, 해야 하면 해야 하는 거지.'

생각을 정리한 은동은 아직도 불안한 눈빛으로 자신의 눈치를 보던 호유화에게 환하게 웃으며 손을 내밀었다.

"우리, 아이 이름은 뭐로 할까?"

호유화는 그제야 활짝 웃었다.

뒷이야기

'타락한 자'는 은동의 차원에서 나간 이후로 팔계 전체에서 사라져버렸다. 천기의 수호자인 은동에게도 그의 종적은 우주 팔계 어디에서도 느껴지지 않았다. 마계에 의해 소멸되었거나 스스로 소멸되었을 것이다.

유계에서의 전쟁은 호유화의 이름을 유계 전체에 각인시키며 간단히 종결되었다. 지휘자 격인 타락한 자의 공백도 그렇지만, 정식으로 천기의 수호자의 힘을 얻은 은동이 앉은 자리에서의 생각만으로 모든 유계 존재들의 전의를 빼앗는 한편, 호유화에 대한 절대적인 복종심과 공포를 각인시켰기 때문이다. 다만 그것은 실제 은동을 제외하고는 아무도 내막을 알지 못했다. 덕분에 '호유화가 혼자 유계를 정벌했다'는 전설이 생겼다.

넘쳐나는 법력과 전쟁에서의 활약, 그리고 진정하게 마계를 상대하기 위해서는 자신의 존재가 노출되면 좋지 않다는 은동의 주장 덕분에 호유화는 명실상부한 팔계 제일의 존재가 되었으며, 태을 사자와 흑호는 각각 사계와 성계의 우두머리 격인 존재가 되었다. 다만 둘 다 공명심은 없었기에 그들은 명예직처럼 각 계의 최고 지배자와 나란히 하는 원로 격인 존재가 되었다.

마몬은 소멸되지도, 은동의 공간 안으로 이동되지도 않았기에 아무것도 몰랐다. 타락한자와 은동의 대결 속에서 수없이 생성소멸을 반복했지만 그렇다는 사실조차 깨닫지 못했다. 유계와의 전쟁이 종결된 후 마몬은 공을 치하받고 본래의 모습을 되찾아 사계로 돌아갔다.

은동이 시간을 잊은 존재가 된 연후에 생계에서 친분이 있던 이순신, 사명대사 등이 명을 다했다. 그들은 한민족의 영웅이었으므로 성계의 반열에 들었고, 은동도 그때 그들과 인사를 나누었다. 생계의 기억과 인연은 성계에 들면서 모두 시리져 없어지므로 그 순간이 이별이기도 했다. 곽재우는 태을 사자에게 얻은 묵학선의 법력을 얻어 우화등선하여 성계의 반열에 스스로 올랐다.

그 후 은동은 점차 고독을 벗삼기 시작했다. 자신만의 차원에 앉아 오랜 기간 움직이지도 않고 생각에 잠겼다. 호유화는 그런 은동이 원망스러워서 그를 자극하기 위해 일부러 임신 기간을 늘려 생계 시간으로 사십 년 이상 아이를 낳지 않았다. 또 임신중이라는 특권을 누리기 위한 작은 응석이기도 했다. 우주 제일의 둔갑력을 지닌 호유화에게는 마음만 먹으면 뱃속의 아이를 낳지 않는 일쯤 쉬웠다. 그런 호유화가 안쓰러워서인지 은동도 시간을 내어 평범한 나날을 보내기도 했으나 시간이 지남에 따라 점점 그런 일은 줄어들었다. 은동의 법력은 무한해져서 신과 같은 급이라 해도 부방할 정도였지만 아무도 알지 못했고 느낄 수도 없었다.

생계 시간으로 삼십 년 정도가 지났을 때 조선에 호란이 발생했다. 조선 출신인 흑호나 태을 사자 등은 은동이 혹시나 조선에 힘을 보태주지 않을까 기대했으나 은동은 그러지 않았다.

—생계에서 벌어진 일이니 인간에게 맡길 수밖에 없다.

이런 은동의 반응을 보고 호유화는 슬퍼했다. 결국 은동이 냉혹한 대도의 길로 들어섰다 생각했기 때문이다. 호유화는 더더욱 뱃속의 아이를 출산하는 일을 꺼렸다. 혹여 아이가 은동처럼 대도의 길로 들어서 냉정하고 냉혹해진다면 호유화는 견딜 수 없을 것 같았다. 이미 그 즈음 호유화는 은동과의 이별을 예감하고 있었다. 다만 은동의 아이가 있으니 견딜 수 있다 생각했다. 마계는 타락한 자의 말과는 달리 준동하지도 않았고, 별다른 일이 벌어지지도 않았다. 마계가 개과천선한 것은 아니지만 예전 수준의 비슷한 장난질(당한 인간에게는 재앙이겠지만)을 할 뿐이었다. 호유화는 이럴 거면 은동의 힘은 필요 없는 게 아닐까 하는 생각마저 했다.

그러던 어느 날, 은동은 홀연히 사라졌다. 그가 정말 마계와의 싸움에 나선 것인지, 혹은 다른 일로 간 것인지 그조차도 알 수 없었다. 다만 은동은 떠나기 전, 자신이 참선하던 자리에 작은 옥팔찌 하나를 두고 갔다. 온전히 둥근 모양이 아니라 한 구석이 끊어진 불완전한 형태의 옥팔찌였다. 그것을 보고 태을 사자가 해석해주었다.

"온전한 팔찌는 환環이니 이는 돌아온다還는 뜻이겠지만 끊어져 있으니 이것은 결缺이고 종지부를 짓는다結는 뜻이네. 관계가 끝났다는 뜻이니 아쉽지만 은동이는 이제 돌아오지 않을 것 같네……."

호유화와 흑호가 대성통곡을 한 것은 물론이고 태을 사자마저도 슬퍼 눈물을 흘렸다. 호유화는 출산을 했고 아이의 이름을 은동이 남긴 유품을 따 '옥결玉結'로 지어 끔찍이 사랑했다. 옥결은 우주 전체가 떠받드는 존재이자 신동으로 자라갔다. 태을 사자와 흑호는 각각 사계와 생계의 일을 수행했고, 호유화는 지나치게 큰 영향을 받을 지 모르는 생계와 위험한 마계를 제외한 나머지 세계들을 거리낌없이 누비면서 혹은 숭배의 대상, 혹은 공포의 대상으로 군림하며 지냈다. 모두가 수명이나 나아가서는 어지간한 운명에도 구속받지 않는 자유로운 존재들이었다.

그러나 강은호—은동은 영원히 돌아오지 않았다. 그가 아무도 모르게 천기의 수호자로서의 역할을 해낸 것인지, 아니면 임무가 쓸모없어져 사라진 것인지, 어디론가 떠나거나 새 우주를 창건한 것인지는 우주 팔계의 그 누구도 아무도 알 수 없었다.

왜란 종결자 3

1판 1쇄 2015년 3월 31일 | 1판 6쇄 2023년 4월 3일

지은이 이우혁

책임편집 임지호 | 편집 지혜림 | 외주편집 이경민
디자인 이현정 | 캘리그라피 강병인 | 저작권 박지영 형소진 이영은 오서영
마케팅 정민호 이숙재 김도윤 한민아 이민경 안남영 김수현 왕지경 황승현 김혜원
홍보 함유지 함근아 박민재 김희숙 고보미 정승민
제작 강신은 김동욱 임현식 | 제작처 영신사

펴낸곳 (주)문학동네 | 펴낸이 김소영
출판등록 1993년 10월 22일 제2003-000045호

주소 10881 경기도 파주시 회동길 210
문의 031-955-8892(편집) 031-955-2696(마케팅) 031-955-8855(팩스)
전자우편 editor@elmys.co.kr
홈페이지 www.elmys.co.kr

ISBN 978-89-546-3568-4 (04810)
978-89-546-3563-9 (SET)

* 엘릭시르는 출판그룹 문학동네의 장르문학 브랜드입니다. 이 책의 판권은 지은이와 엘릭시르에 있습니다.
이 책 내용의 전부 또는 일부를 재사용하시려면 반드시 양측의 서면 동의를 받아야 합니다.

* 이 도서의 국립중앙도서관 출판예정도서목록(CIP)은 서지정보유통지원시스템 홈페이지(http://seoji.nl.go.kr)와
국가자료종합목록 구축시스템(http://kolis-net.nl.go.kr)에서 이용하실 수 있습니다.
(CIP 제어번호: CIP2015007596)

* 잘못된 책은 구입하신 서점에서 교환해드립니다.
기타 교환 문의: 031-955-2661, 3580